Störtebeker

– Historischer Roman –

Klaus
Scheidt

Störtebeker

– Historischer Roman –

Du-Lac-Verlag
Verlagsbuchhandlung

Impressum

Titelzeichnung: Erica Guilane-Nachez, Frankreich (retuschierte Figur)
Umlaufcover Klappenbroschüre: Stefan Böttcher, Gerlingen
Typografie, Gestaltung und Cover: Klaus-Peter Hünnerscheidt, Kassel
Support: Werner Schubert, Chaiyaphum, Thailand
Made in Germany / CPI books GmbH, Leck
Internationale Standardbuchnummer: ISBN 978-3-9816543-5-6
Inet: www.du-lac-verlag.de

Für
Werner Schubert
(Miguel de Torres)

Inhalt

Baltisches Meer

Erster Teil
Bekanntschaften
Ende November-Anfang Dezember 1390

1

»Hüah!« Hermann Nyenkerken stieß mit seinen Unterschenkeln zweimal gegen die Rippen des Pferds, stellte sich in die Steigbügel und beugte seinen Oberkörper über den Widerrist. Der Rappen steigerte sich in Galopp und kam rasch der Zugbrücke näher, die langsam emporgezogen wurde.

»Brrr!«, befahl er seinem Pferd und zerrte an den Zügeln, sodass es stehenblieb, einen Schritt nur vom Rand des Wassergrabens entfernt.

»Halt!«, brüllte Nyenkerken mehrmals, zog hastig seinen Geldbeutel vom Gürtel und hielt ihn hoch übers Haupt, damit die Wachen auf den beiden Türmen des Mecklenburger Tors ihn nicht nur hörten sondern auch den ledernen Sack sahen. »Last uns noch herein!«

Er hatte Erfolg, denn einer der Männer beugte sich zwischen zwei Zinnen nach unten und rief etwas hinab. Das Geräusch der Ketten verstummte, einige Augenblicke später klirrten deren Glieder wieder, aber die Bewegung hatte sich umgekehrt – die Zugbrücke senkte sich.

Der Reiter atmete erleichtert aus. Er beugte sich vor und tätschelte mit seiner rechten Hand den nass glänzenden Hals des Pferdes. Aus dem schwarzen Fell verdampfte der Schweiß und Schaum troff aus dem Maul. Das Vollblut wieherte freudig, stampfte mit seinen Vorderhufen abwechselnd auf und schüttelte mehrmals den Kopf. Nyenkerken flüsterte dem Rappen lobende Worte ins gespitzte Ohr und kämmte mit gespreizten Fingern die verklebte Mähne.

Der Gesandte der Hamburger Ratsherren war über eine Stunde scharf geritten, um rechtzeitig hinter die schützenden Mauern der Hansestadt Wismar zu gelangen. Ende November schlossen die Wachen wegen einsetzender Dämmerung schon spätnachmittags die Eingangstore.

Nyenkerken hatte es darauf ankommen lassen, eine hochgezogene Zugbrücke zu erblicken und nach einem unbequemen Lager im Umland suchen zu müssen. Er war zu ungeduldig gewesen, um bereits mittags im letzten Gasthof vor Wismar absatteln zu lassen. Stattdessen hatte er sein Gefolge angetrieben, um heute noch in die Stadt zu gelangen.

Der junge Mann besaß ein schnelles Pferd, jedoch konnte er es nur traben lassen, denn das Tier trug schwere Pakete. Gepäck türmte sich auch auf dem Rücken des Maultiers, das er an einer kurzen Leine mitgeführt hatte, bevor er seinen Rappen antrieb. Zudem konnten seine Begleiter, die Soldaten der Hamburger Stadtwache, ihre stämmigen Braunen nicht im Galopp reiten, da sie stählern gerüstet waren.

Zum Glück hatte es seit über einer Woche nicht mehr geregnet, sodass die Wegstrecke in einem guten Zustand war und sie rechtzeitig vor der Stadt Wismar ankamen. Die Wachen hatten den näher kommenden Trupp gewiss bemerkt, denn die Strahlen der untergehenden Sonne blitzten auf dem blanken Stahl der Rüstungen. Auch die wehenden Wimpel an den ellenlangen Piken waren weithin zu erkennen. Trotzdem hatten die Wismarer begonnen, die Zugbrücke hochzuziehen, sodass Nyenkerken vorpreschen musste, um sie davon abzuhalten.

Die Zugbrücke rastete ein im Widerlager und eine Kompanie Wachsoldaten rückte mit gefällten Piken bis zur Mitte der Brücke vor.

»Ihr seid zu spät dran!«, beschied deren Hauptmann dem Ankömmling, verschränkte seine Arme vor der Brust und zog ein missbilligendes Gesicht.

»Gott zum Gruß!«, sagte Nyenkerken, obwohl er sicher war, dass dieser grobe Kerl mit Absicht befohlen hatte, das Mecklenburger Tor vor seiner Nase zu schließen. Es war immerhin hell genug, dass er den Umriss jeden Steins in der Mauer erkannte. Aber er wollte sich auf keinen Fall mit dem Hauptmann anlegen, sondern so schnell wie möglich hinter diese Mauern gelangen. »Entschuldigt, Herr Kommandant!«

Er öffnete den Geldbeutel und ließ dreizehn Groschen auf seine rechte Handfläche rieseln, je einen für die Wachen und drei für den Hauptmann. »Darf ich mich erkenntlich zeigen für Eure Mühe, mich und meine Bedeckung doch noch hineinzulassen?«

Die Wachen grinsten bereits, aber der Hauptmann verzog noch keine Miene. Er hakte beide Daumen in den Waffengürtel und schob seinen ansehnlichen Bauch noch etwas weiter vor.

»Meinetwegen«, brummelte er nach einigen Augenblicken und ging behäbig zur Seite, indessen seine Männer die Piken wieder hoben und seitlich an beiden Brückenrändern Aufstellung nahmen. »Aber nur weil ich heute meinen besonders großmütigen Tag habe.«

Inzwischen hatten die gerüsteten Begleiter des Hamburger Gesandten die Zugbrücke erreicht und trieben ihre Pferde an den Spalier stehenden Wachen vorbei. Diese hüteten sich, den fremden Soldaten zu nahe zu kommen, denn hoch zu Ross waren diese ihnen überlegen. Nyenkerken hätte hinterherjagen und die unverfrorenen Wachen stehen lassen können. Jedoch reichte er dem Hauptmann die versprochenen Münzen, nickte ihm freundlich zu und folgte seiner Eskorte.

Er war trotz der Wegelagerei der Stadtwache zufrieden – eine Übernachtung im Umland hätte ihn das Dreifache und eine Nacht gekostet. Aber jeder Tag zählte bei seiner Mission!

Während das Abendgeläute einsetzte, ritten die elf Ankömmlinge von der Toranlage durch die Straßen der Hansestadt bis zum Wismarer Rathaus. Vor dessen Portal ließen sie ihre Reittiere verschnaufen und sahen sich neugierig um. Der rechteckige Marktplatz lag verlassen; er wirkte wie leer gefegt durch winterlich kalten Wind. Der bunte Fassadenanstrich der umstehenden Patrizierhäuser war kaum noch zu erkennen. Die Farben erschienen in der Abenddämmerung zusehends grauer.

Das Rathaus war aus Backsteinen gemauert und im spätgotischen Stil errichtet. Rechts daneben stand das ansehnlichste Bauwerk im Geviert, denn es war das einzige aus gehauenen Steinen errichtete Gebäude sowie bewehrt mit Türmen und Zinnen. Über dem bogenförmigen Eingangstor ragte ein behauenes Wappen aus Sandstein eine Elle weit aus dem Giebel hervor: ein gewölbter Schild mit einem gekrönten Stierkopf. Nyenkerken kannte sich mit Hoheitszeichen aus und folgerte, dass er sich vor dem Stadtschloss der Mecklenburger Herzöge befand, welche bis 1358 in Wismar residiert hatten.

In diesem Augenblick wurde die mit einem Eisengitter beschlagene hölzerne Pforte des majestätischen Gebäudes nach innen geöffnet und ein edel gekleideter Herr trat heraus. Er fasste mit seiner Rechten die äußere Klinke und ergriff mit der linken Hand einen metallenen Klopfring. Dieser hing an der eisernen Nase eines Stiers, dessen Kopf an das Türblatt genietet war. Beidhändig zog der Herr das massive Türblatt zu, steckte einen handspannenlangen Schlüssel ins Schloss und drehte ihn dreimal. Prüfend drückte er die Klinke und rüttelte an ihr; gleichzeitig stieß er seine linke Schulter gegen das Türblatt. Zufrieden nickend wandte er sich nach links und ging mit raschen Schritten zum Rathaus hinüber.

Der hochgewachsene Mann stieg die seitlichen Steinstufen zum Portal des Amtsgebäudes empor, ohne die Ankömmlinge zu beachten. Erst ein zufälliger Blick auf die Gruppe weckte seine Neugier. An den Piken der Soldaten hingen Wimpel mit einer weißen Burg im roten Schild – es war das Wappen der Hansestadt Hamburg.

Der Herr blieb auf der zweithöchsten Stufe des Rathauses stehen und stellte sein rechtes Bein auf den letzten Absatz. Mit seiner rechten Hand, die ein Paar feiner lederner Handschuhe hielt, stützte er sich leicht auf dem Oberschenkel ab. Während er seinen Oberkörper den Reitern zuwandte, öffnete sich der gefütterte Mantel, den er sich nur um die Schultern gehängt hatte. Mit der Linken schob er den Pelz beiseite und stemmte die gespreizte Hand in die Hüfte. Das Erz einer Scheidenspitze klirrte gegen Stein und der schmale Griff eines Schwerts, das er am Gürtel trug, wurde sichtbar. Diese Geste sollte den Ankömmlingen zeigen, dass er ein wehrhafter Herr in diesem Lande war.

Nyenkerken stutzte. So ein martialisches Auftreten war in ummauerten Hansestädten nicht mehr üblich, schon gar nicht bei gesetzten Ratsherren. Er drehte seine Schulterpartie zum Einheimischen, so weit es ihm im Sattel möglich war. Er sah diesem direkt ins Gesicht und behielt ihn im Blick, während er sich auf seinem hohen Ross höflich verbeugte. Der Herr befand sich auf Augenhöhe und erwiderte den stummen Gruß; jedoch neigte er den Kopf nur wenig und blickte herablassend vom Hut des Reiters bis zu den Hufen des Rosses.

Dieser Mann ist vom hiesigen Adel, dachte Nyenkerken. *Die Hochnäsigkeit dieser Herrschaften ist überall gleich!*

Nyenkerken wandte sich zum Hauptmann neben ihm. »Herr von Klaasen, Euer Begleitschutz war vortrefflich!«, sagte er mit dankbarer Stimme und verbeugte sich so tief, wie es ihm im Sattel möglich war.

Hindrick von Klaasen war erst dreiundzwanzig, aber schon stellvertretender Befehlshaber der Stadtwache Hamburg. Er war am Ende seiner Kräfte und erleichtert, die Strapazen des Rittes überstanden zu haben. Klaasen drückte sein Kreuz durch, tippte alle Finger seiner Rechten ans hochgeklappte Visier und gab mit strahlendem Blick ein tapferes Lächeln zurück.

Er entstammte einem alten Adelsgeschlecht der Hansestadt. Seit seiner Kindheit war er das Tragen von Rüstungen gewohnt, nun aber steckte er in seinem neuen maßgefertigten Feldharnisch. Der stählerne Plattenpanzer umhüllte ihn am ganzen Körper und war rötlich eingefärbt, um Rost abzuhalten. Klaasen war erpicht darauf gewesen, für seine erste wichtige Mission außerhalb der Mauern Hamburgs seinen nagelneuen Vollharnisch zu tragen. Dafür brauchte er ein stärkeres Pferd und hatte sich vor Kurzem ein Kaltblut aus Oldenburg schicken lassen.

Nun atmete er schwer und fror erbärmlich, weil er nass geschwitzt war. Denn er hatte sich so viel Kleidung übergestreift, wie noch unter die Rüstung passte. Hätte er weniger angezogen, würde ihm die Kälte noch ärger zusetzen. Sein weiter grauer Umhang, versehen mit dem Wappen seiner Heimatstadt, der Burg auf einem Schild, nützte ihm nichts trotz des dichten Gewebes.

Längst hatte Klaasen sich vorgenommen, auf dem Rückweg seine leichtere Rüstung zu tragen und seinen Plattenpanzer den Saumtieren aufzuladen. Schließlich war die Aufgabe des sicheren Geleits erfüllt, sodass sein Gesicht gewahrt blieb. Seine bisherige bequemere Wehr ähnelte jener seiner Soldaten und unterschied sich lediglich durch seine Abzeichen sowie die edlere Ausführung. Diese bestand aus Plattenrock, Brustpanzer, Arm- und Beinschienen, Fingerhand- und Eisenschuhen. Hand- und Fußschutz waren zusammengesetzt aus zahlreichen kleinen Platten.

»Ich steige ab«, fuhr Nyenkerken fort. »Im Rathaus werde ich mich erkundigen nach einer Überfahrt. Begebt Euch mit den Soldaten und meinem Gepäck zur Herberge und ruht Euch für den Heimritt aus.«

»Wird gemacht, Herr Kapitän!« Die Geschiebe des stählernen Plattenpanzers ratschten, als der Hauptmann erneut Haltung annahm. »Wir reiten voraus zum ›Schweriner Hof‹. Wir finden unsere Unterkunft, denn einer meiner Soldaten wurde hier geboren. Aber was ist mit Euch, Herr Kapitän? Ihr seid zum ersten Mal hier.«

»Keine Sorge, Herr Hauptmann!«, rief der Mann auf der Treppe dem Offizier zu. »Ich werde höchstpersönlich Euren Kapitän zu diesem Gasthof führen!«

Hindrick von Klaasen schickte einen fragenden Blick zu Nyenkerken. Dieser senkte seine Lider, gleichzeitig auch den Kopf. Erneut tippte Klaasen die Finger seiner Rechten ans hochgeschobene Helmvisier und verabschiedete sich mit einem leichten Nicken vom Kapitän. Flüchtig wiederholte er die Gesten gegenüber dem Herrn auf der Treppe und winkte seinen neun Wachen, ihm zu folgen. Die Kompanie versetzte ihre Pferde in Schritt, während Nyenkerken vom Rappen stieg. Er zog seinen dicken Reisemantel aus und legte ihn quer über den Sattel. Der letzte Soldat in der Reihe ergriff die Zügel des Rappens sowie die Leine des Maultiers und führte die Tiere mit sich.

Nyenkerken streckte seinen strapazierten Körper. Er zog mit beiden Händen den Gürtel hoch, der seine Schecke[1] zusammenhielt. Die Jacke war innen dicht gefüttert, aber sie reichte ihm nicht einmal über den Po. Um am Allerwertesten der Kälte zu trotzen, hatte er sich vor der Abreise ein zweites Beinkleid aus Wolle untergezogen.

Mit der Linken fasste Nyenkerken an den Gürtel und schob das Gehänge ein Stück nach hinten. Mit dieser Geste zeigte er seine friedlichen Absichten, denn am Gehänge baumelte seine Waffe – ein Dolch, dessen lange Klinge in einer ledernen Scheide steckte. Er stakste die ersten Schritte zum Rathaus, bewegte sich aber zusehends geschmei-

1 Schecke, die – ursprünglich ein knielanger Mantel. Aus modischen Gründen wurde er im Lauf der Zeit verkürzt, sodass eine Jacke daraus wurde.

diger. Vor der ersten Stufe blieb er stehen. Trotz der Kälte zog er mit weitem Schwung seine dicke Pelzkappe und verbeugte sich tief.

»Grüß Gott, Herr Ratmann!« Er war sicher, die richtige Anrede gewählt zu haben. »Hermann Nyenkerken ist mein Name und ich stamme aus Hamburg. Ich bin Kaufmann sowie Kapitän auf der Kogge meines Vaters. Womöglich bin ich nur heute Nacht in Wismar, denn meine Reise geht noch weiter.«

Der Herr auf der Treppe hatte gewartet, ohne sich zu rühren, aber der Blick seiner Augen wurde lauernder. Er besann sich wohl auf das Gebot der Gastfreundlichkeit und stieg die vorderen Stufen des Rathauses hinab zum Ankömmling. Auf der untersten Treppenstufe jedoch blieb er stehen, sodass er immer noch auf Nyenkerken herabschaute, und lupfte sein mit den Insignien eines Ratsmanns versehenes Barett. Er verbeugte sich nur leicht. »Ich bin *Johann* Erik von Landorp, der Bürgermeister von Wismar. Zuvor wurde ich bereits sechsmal zum Ratsherrn berufen. Ich heiße Euch willkommen in meinem Land.«

»Ich danke Euch für Euren zuvorkommenden Empfang, Herr Bürgermeister von Landorp.« Nyenkerken verbeugte sich höflich, indes er ein respektvolles Gesicht zog. Aber er dachte sich seinen Teil, denn seine unvorteilhafte Ansicht über den Adel bestätigte sich aufs Neue. Dieser stattliche Edelmann hatte in hoffärtigem Ton gesprochen und seinen Status vorangestellt, bevor er sich herabließ, ihn zu begrüßen. Vom hiesigen Land hatte er gesprochen, als sei es sein Eigen – unverkennbare Aristokratie. Merkwürdig fand Nyenkerken die Betonung des ersten Vornamens, als künde dieser von einer Besonderheit. »Das trifft sich vorzüglich, denn Ihr seid die Person, die ich wegen meines Anliegens aufsuchen wollte.«

»So? Meinetwegen, dann nehme ich mir die Zeit für Euch.« Landorp blickte prüfend entlang der Hausfassaden am Marktplatz, bevor er Nyenkerken winkte, ihm zu folgen. Er stieg vor ihm die Stufen zum Rathausportal empor, schloss die Tür des Amtshauses auf und ging hinein. Nyenkerken folgte ihm nur zwei Schritte weit ins Innere und blieb stehen, denn Landorp versperrte die Tür sofort von innen, sodass es stockdunkel wurde. Der Bürgermeister entfernte sich und Nyenkerken hörte ihn hantieren, bis ein Kerzenlicht aufflammte.

Landorp hielt eine Laterne hoch und streckte seinen Arm in Richtung einer Tür im Hintergrund. Er wies seinem Gast den Weg in die Schreibstube des Rathauses. Dort stellte er das Licht auf einen Tisch und bat seinen Gast, sich zu setzen. Der Bürgermeister nahm die Kerze aus der Laterne und zündete mit dem flammenden Docht ein halbes Dutzend Kerzen an, die mitten auf dem Tisch in einer Reihe auf eisernen Dornen steckten. Dann nahm er Platz auf seinem eigenen Stuhl und kam ohne Umschweife zur Sache. »Ihr wollt nach Norden, nicht wahr?«

»Richtig, nach Stockholm.« Nyenkerken war überrascht. »Ihr denkt schlüssig, Herr Bürgermeister, denn ich sprach vorhin nicht viel. Unser Wappen habt Ihr sofort erkannt. Kein Wunder, Ihr seid von Adel und beherrscht die Heraldik.«

Johann Erik von Landorp gefiel nicht, dass der Fremde ihn so trefflich einschätzte. Ihm lag stets daran, den anderen überlegen zu sein. Die Mitmenschen am Zügel halten, am liebsten das ganze Land unter seine Fuchtel bringen, nur das war ihm recht. Darum verfiel er bei seiner Nachfrage am Ende in einen schrofferen, fast höhnischen Ton. »Ihr sucht hier ein Schiff, das noch nach Stockholm ausläuft? Ich dachte, Ihr seid Kapitän und wüsstet, dass Martini[2] längst vorbei ist!«

»Ich weiß, dass bis Petri Stuhlfeier[3] kein Schiff mehr in See sticht!« Nyenkerken lächelte leicht verlegen, aber er hatte keinen Grund zur Scham. Denn von seinem Vater, dem lebensklugen Ratsherrn Joergen Nyenkerken, war er darin eingeweiht worden, dass doch noch eine Flotte von Wismar auslaufen sollte.

Der Rat der Stadt Hamburg zahlte gut für geheime Nachrichten und hatte auf diese Weise von den Absichten des Herzogtums Mecklenburg erfahren. Weil die Hansestädter ihre eigenen Interessen verfolgten, hatten sie beschlossen, der Stadt Stockholm eine geheime Botschaft zu übersenden.

Zum Boten hatten die Ratsherren ihr erfahrenstes Mitglied bestimmt: Joergen Nyenkerken. Als angesehenes Mitglied des Rates hatte er den Auftrag nicht ablehnen können, obwohl er sich nicht in der Lage gesehen hatte, ihn auszuführen. Seit Jahrzehnten schon mied er das Land Mecklenburg, den Grund dafür hielt er geheim. Er hatte sein Problem gelöst, indem er einen folgenschweren Sturz vortäuschte, um den Botengang an seinen Sohn delegieren zu können. Der Sohn hatte dem Vater hoch und heilig versprochen, bis zur Übergabe des Schreibens an den Bürgermeister von Stockholm stets auf der Hut zu sein.

Hermann Nyenkerken stellte sich daher ahnungslos. »Der Rat von Hamburg rechnet damit, dass ich in einem der Mecklenburger

---

2 Martini – der Martinstag. Der 11. November ist der Gedenktag des heiligen Martin von Tours. Im Mittelalter ruhte die Schiff-Fahrt der Hanse ab Martini.

3 Petri Stuhlfeier – so der volkstümliche Ausdruck für das röm-kath. Fest ›Kathedra Petri‹ am 22. Februar. Dieses erinnert an die Berufung des Apostels Petrus zum Lehramt in der Kirche, an seine Übernahme des römischen Bischofsstuhls. Die Schiff-Fahrt der Hanse begann erst nach Petri Stuhlfeier.

Häfen doch noch eine allerletzte Gelegenheit zur Überfahrt nach Stockholm finde. Wir gehen davon aus, dass Mecklenburgs Herzöge die Stadt auf jeden Fall halten wollen. Das kann nur gelingen, wenn deren Bewohner der Belagerung durch die Dänen standhalten. Damit die Schweden nicht im Laufe des Winters die Stadt übergeben, müssen sie noch einmal mit dem Notwendigsten versorgt werden. Daher sandte mich der Rat in der Gewissheit, dass er mit seiner Vermutung richtig liegt.«

Nyenkerken unterdrückte den Drang, sein Gegenüber verschmitzt anzublicken; stattdessen schob er seinen Kopf vor, hob die Schultern und breitete die Hände aus, als bäte er, etwas empfangen zu dürfen.

»So, so.« Landorp verzog seinen Mund zu einem sarkastischen Lächeln. »Daher also weht der Wind – nach Stockholm wollt Ihr!« Er ließ sich von der devoten Mimik nicht beirren, sondern ärgerte sich darüber, dass der Hamburger Gesandte den Nagel so genau getroffen hatte. Er lehnte sich zurück und während er nachdachte, ließ er seinen Blick die Kante eines im Halbdunkel schemenhaft sichtbaren Deckenbalkens entlangstreifen.

Der Bürgermeister entschied sich, die Ankunft des Hamburgers als willkommene Gelegenheit anzusehen, um herauszubekommen, was die westlichen Hansestädte im Schilde führten. »Gut.« Er legte beide Unterarme auf die gepolsterten Stuhllehnen und schloss seine kräftigen Hände um zwei hölzerne Löwenköpfe an deren Enden. »Ihr habt das Glück gepachtet!«

Er hob seinen rechten Zeigefinger, als mache er Gott für diese Vorsehung verantwortlich, und hob den Ton wie zu einer Verkündigung. »Obwohl Martini vorbei ist, wird noch eine Flotte nach Stockholm segeln. Besondere Umstände, wie Ihr schon ..., ähm, erfordern dies.«

»Ja? Dann habe ich wirklich das Glück gepachtet!« Nyenkerken blickte hocherfreut; er hatte das Gefühl, ihm fiele ein Stein vom Herzen. »Wisst Ihr Näheres darüber, Herr Bürgermeister?«

»Näheres? Ihr scherzt wohl? Denkt Ihr, ich übe dieses Amt nur innerhalb der Mauern von Wismar aus? Von wegen, ich bin der verlängerte Arm des Landesherrn Johann I. und teile sein Wissen.«

»Entschuldigt bitte meine unüberlegte Frage«, murmelte Nyenkerken verlegen. »Liegt diese Flotte etwa schon vor Anker?«

»Jawohl! *Ich* habe sie aufgebracht und *ich* werde auf dem Flaggschiff mitsegeln.« Landorps Pupillen weiteten sich, seine Augen erstarrten im Stolz. Er packte die verzierten Holzknäufe fester, presste seine Unterarme auf die Stuhllehnen, stemmte seinen Oberkörper höher, dann leicht nach vorn. »Dieses Aufgebot habe *ich* höchstpersönlich zu

Werke gebracht! *Ich* bin der Mann, der im Recht ist und sich holt, was ihm zusteht!«

Nyenkerken hatte längst bemerkt, dass sein Gegenüber sich verhielt und sprach wie die Herren des höchsten Adels. Dazu passte Landorps Behauptung, das Wissen seines Landesherrn zu teilen. Dieser Mann schien mehr zu sein als Bürgermeister von Wismar. Nyenkerkens Neugier wuchs.

Landorp spürte, dass er sich zurücknehmen musste, lockerte seine herrische Haltung und ließ den Rücken an die Lehne sinken. »Die Flotte wird angeführt vom besten Kriegsschiff im Baltischen Meer[4]! Heute Mittag stand ich auf dem Wachtturm des Wassertors und sah zu, wie dieser wehrhafte Holk[5] hereinsegelte. Es war ein sehr erfreulicher Anblick, weil ich kaum noch damit rechnete, dass der Befehlshaber dieses Schiffs auf mein Angebot eingehen würde. Es gibt nur einen Mann, der sich um diese Zeit immer noch nach Norden traut – nämlich Klaus Störtebeker!«

»Waaas?« Nyenkerken beugte sich überrascht vor. »Dieser üble Kerl ist hier im Hafen?«

»Ja.«

»*Der* Klaus Störtebeker wagt es, mit seinem Schiff vor Eurer Nase zu ankern?«

»Jawohl!« Landorp lächelte belustigt und kraulte mit seinen langen Fingern die hölzernen Mähnen der Löwenköpfe.

»In Hamburg erzählt man sich seit einiger Zeit bitterböse Geschichten über ihn. Weil er uns noch nicht in die Quere gekommen ist, haben wir ihm noch nicht nachgejagt. Jedoch fügt dieser Seeräuber anderen redlichen Hansestädten schweren Schaden zu! Setzt ihn fest und führt ihn mitsamt seinen Männern der gerechten Strafe zu – nämlich …« Nyenkerken schlug so heftig mit der Faust auf den Tisch, dass der Hieb im Raum nachhallte, und schrie: »... Kopf ab!«

»Mein lieber Herr Kapitän!« Landorp lächelte nachsichtig über den Eifer seines Gegenübers, zog den rechten Handschuh an und streckte den Arm durch eine Lücke zwischen zwei Kerzen. Er tätschelte milde die vom Zorn geballte Hand Nyenkerkens und redete mit kreideweicher Stimme. »Wer sämtliche Ziele erreichen will, muss manchmal auch mit den Wölfen heulen können! Störtebeker ist nur deswegen im Hafen vor Anker gegangen, weil er bereits unter meinem Schutz steht.

---

4 Baltische Meer, das – Name der Ostsee im Mittelalter, gegenwärt. noch geläufig.

5 Holk, der – ein Schiff mit einem flachen Balkenkiel, welches breiter und flachbödiger gebaut war wie eine Kogge. Dadurch verringerte sich der Tiefgang trotz größerem Laderaum.

Er wartet in der Bucht, gleich Dutzenden von Hauptmännern auf ihren Schiffen, auf seinen Stehl…, ähm, den Freibrief. Morgen früh händige ich ihn aus.«

Nyenkerken machte runde Augen und entzog seine Faust der Hand Landorps. Er packte beidhändig die Löwenköpfe der Armlehnen, stemmte seinen Rücken nach hinten und blickte vorwurfsvoll.

Landorp hob die Augenbrauen, blickte nachsichtig und lächelte verschmitzt, als er sich einer kleinen Kommode neben dem Tisch zuwandte. Er schloss ein Schubfach auf und nahm ein zusammengerolltes Pergament heraus.

»Das ist er!« Er hielt das versiegelte Dokument an einem Ende senkrecht und wedelte damit. »Ihr werdet wohl früher als alle anderen erfahren, was es damit auf sich hat, Kapitän Nyenkerken.« Landorp hob rasch seine Brauen, sodass er starr blickende Augen bekam. »Um noch einmal auf Klaus Störtebeker zurückzukommen, für den diese Urkunde ist: Wollt Ihr ihn heute Abend noch sehen? Ich biete Euch an, nachher mit zum Hafen in die Schänke ›Goldener Stier‹ zu gehen, um ihn unauffällig in Augenschein zu nehmen.«

Nyenkerken dachte, sich verhört zu haben, blickte Landorp verwundert an und schüttelte unwirsch den Kopf. Aber seine Neugier gewann die Oberhand, sodass sein Haupt in Wiegebewegung geriet, bis er letztendlich entschlossen nickte.

»Ich dachte mir schon, dass Ihr mitkommt.« Landorp kniff ein Auge zu und verzog sein Gesicht zu einem Lächeln. Er beugte sich vor und flüsterte, obwohl niemand sie hören konnte: »Glaubt mir, Kapitän, ich kann's kaum abwarten, in ein paar Stunden den namhaftesten Seeräuber des Baltischen Meeres zu beobachten. Ich will ihn auf jeden Fall schon mal gesehen haben, bevor ich ihm morgen früh von Angesicht zu Angesicht gegenübertrete!«

Landorp stützte seine Fäuste auf die Tischplatte, ohne die Rolle loszulassen. »Aber zuerst geleite ich Euch zur warmen Herberge, denn im Rathaus ist's und bleibt's arschkalt – merkt Ihr's?« Er holte tief Luft, schnellte aus seinem Stuhl nach vorn und mit sechs Lungenstößen pustete er die Kerzenlichter aus, ohne Atem zu holen.

2

Seit einer Viertelstunde stand Nyenkerken in stoischer Haltung vor dem Eingang des Schweriner Hofs. Er hatte den Kopf in den Nacken gelegt und betrachtete den nächtlichen Himmel sowie den zunehmenden Mond, dessen Licht von vorüberziehenden Wolken gelegentlich abgeschwächt wurde.

»Warum wartet Ihr denn draußen?« Landorp rief von Weitem. Der Bürgermeister versuchte, in seiner Stimme einen besorgten Ton mitklingen zu lassen. »Bei dieser Saukälte solltet Ihr im Gastzimmer bleiben, möglichst nah an den wärmenden Ofen rücken und unser hiesiges gutes Abendmahl in Ruhe verdauen.«

»Ach was, Herr Bürgermeister.« Nyenkerken lächelte beruhigend und winkte lässig ab. »Ich bin Seemann und schwere Wetter gewohnt. Mir macht es nichts aus, draußen im Rauen zu sein.«

»Rau wird's in der Tat werden, sehr sogar, wenn's bald nach Norden geht!« Landorp zeigte mit seiner freien Linken in die entsprechende Himmelsrichtung. In seiner rechten Armbeuge hielt er ein dickes Bündel Kleidung. Er hatte sich umgezogen und wirkte mit dem schäbigen Mantel, der zerschlissenen Schecke und dem schmutzigen Schuhwerk wie ein Mann niederen Stands. Er zog aus dem Bündel einen zusammengerollten Mantel, der genauso schäbig war wie sein eigener, und reichte ihn dem Hamburger. »Hier, Käpt'n. Tut mir den Gefallen und zieht diesen alten Mantel an. Dieses Gewand, das Ihr tragt, ist zu fein für die Gegend am Hafen.«

Nyenkerken lächelte verständig. Als jugendlicher Seemann hatte er manche verrufene Gegend hautnah kennengelernt. Jedoch mied er die Hafenschänken, seitdem er zum Kapitän ernannt worden war. Zudem betrieb der angesehene Ratsherr Joergen Nyenkerken die Berufung seines Sohns in den Rat der Stadt Hamburg. Der Vater wünschte, dass er bald neben ihm im Ratssaal säße.

Er zog den Mantel aus, legte ihn zusammen und wandte sich um. »Ich gehe rein und …«

»Das ist nicht nötig, Käpt'n. Gebt ihn mir.« Landorp nahm Nyenkerkens Mantel und stopfte ihn in seine Armbeuge, in der eine zusammengerollte Decke übrig geblieben war. »Den brauchen wir auch noch. Damit es uns nicht zu ungemütlich wird. Gehen wir, Seemeister Nyenkerken.«

Die beiden Männer begaben sich mit weiten Schritten nordwärts zur Hafengegend. Unterwegs scherzten sie über die Kälte und prahlten mit ihrer Abhärtung, um sich gegenseitig zu beeindrucken.

Sie erreichten das verschlossene Wassertor. Landorp winkte der nächsten Wache und verlangte nach dem Hauptmann. Nach etwa einer Minute trat dieser aus der Wachstube und nahm Haltung vor dem Bürgermeister an. Er grüßte soldatisch, indem er die Hand an das hochgeschobene Visier legte, und schritt den beiden Herren voran zu einem engen Nebeneingang im Torturm. Mit einem eisernen Schlüssel öffnete er die Tür, ließ die beiden Herren durch und steckte die erhaltene Münze ein. Ein schmaler Steg, aus einem einzigen Baumstamm zurechtgehauen, sowie zwei Holme in Hüfthöhe führten über den finsteren Graben. Die beiden Männer tasteten sich mit den Füßen auf dem Balken voran, schoben und schlossen die Hände abwechselnd entlang der hölzernen Stangen bis zum jenseitigen Ufer des Wassergrabens. Sie atmeten erleichtert aus und gingen weiter zu den Kais.

Dort angelangt hielt der Bürgermeister seinen behandschuhten Zeigefinger senkrecht vor seine Lippen. Er wandte sich nach Westen und schweigend schritten sie weiter.

Nach einigen Minuten näherte Landorp sich zielsicher einem Gebäude, welches zwischen zwei großen Lagerschuppen stand. Es sah nicht betretbar aus, so krumm und schief stand es; der Dachfirst war durchgebogen, als habe ein Riese darauf gesessen. Es schien, als habe jemand das Haus absichtlich in diese Lücke hineingebaut, weil es freistehend umgefallen wäre. Direkt neben dem verbogenen linken Eckpfosten befand sich die verzogene Eingangstür. Den Sturz bildete ein hölzerner Querbalken mit ungelenk eingekerbten Lettern. *Goldener Stier*, las Nyenkerken.

Den adeligen Ratmann schien das schäbige Äußere nicht im Geringsten zu stören. Er drückte den abgewetzten Klinkenstumpf behutsam, stieß mit seiner Schulter die Tür einen handbreiten Spalt auf und lugte vorsichtig hinein. Dann entspannte sich sein Körper und er nickte kurz. Landorp zog sein Haupt zurück und mit einer Kopfbewegung deutete er an, dass Nyenkerken ihm folgen sollte. Der Bürgermeister drückte das hölzerne Blatt weiter auf, sodass sie hineinschlüpfen konnten.

Landorp wies auf die Sitzbank an der Wand rechts neben der Tür und Nyenkerken setzte sich sofort hin. Er schob sich hinter den Tisch und rutschte ein Stück weiter, damit der Bürgermeister den äußeren Sitz einnehmen konnte. Es waren die letzten freien Plätze im Raum gewesen, in dem sich fast einhundert Männer befanden. Keiner hatte auf sie geachtet, denn sämtliche Zecher wandten ihre Häupter dem vordersten Tisch zu. Dort steigerte sich ein Rededuell zwischen zwei ungleichen Männern zu beträchtlicher Lautstärke, sodass es alle Anwesenden in Bann zog.

Der Raum war wesentlich ansehnlicher und geräumiger als das elende Äußere vermuten ließ – zwölf Ellen[6] breit und vierundzwanzig Ellen lang. Die Höhe bis zum verzogenen Firstbalken des windschiefen Dachs betrug etwa zehn Ellen; statt einer Decke befand sich

6 Elle, die – sie entsprach dem Abstand zwischen Ellbogen und Mittelfingerspitze = etwa ½ Meter.

in etwa vier Ellen und einer Spanne[7] Höhe ein Dutzend eingezogener Querbalken. Rechts und links an den Wänden entlang lagen auf ihnen lange Bohlenbretter mit Bergen von Heugarben. Das Stroh diente den Männern als Lager, wenn sie dort oben übernachteten.

Das Gebäude war in der Höhe geräumig, die Bretter neu und das Stroh frisch, sodass trotz der zahlreichen Menschen sich die Luft nicht stickig anfühlte. Jeder der sechs grob gefertigten Tische waren zehn Ellen lang und stand rechts bis an die Wand. An den Längsseiten passten je acht Männer auf die beiden Bänke. Die Sitzgruppen ließen links einen schmalen Gang vom Ausschank bis zum Eingang übrig.

Dort zog es heftig, obwohl Landorp die Tür sofort wieder zugestoßen hatte. Nyenkerken schlang die mitgebrachte Decke um Beine und Hüften. Es erstaunte ihn, dass der Bürgermeister, der sich seinen Mantel umwickelte, hier so gut Bescheid wusste.

Nyenkerken saß neben einem düster blickenden Mann, der unangenehm nach Achselschweiß roch. Den Narben im Gesicht nach hatte dieser Haudegen allerhand erlebt. Die Kleidung war voller Flicken und stark verschmutzt. Das schwarze Haupthaar und der dunkle Bart, der erste weiße Fäden aufwies, waren zerzaust und schmierig. Im Gürtel steckte sein ein und eine halbe Spanne langes Messer. Es war leicht gekrümmt und blankpoliert, sodass der Schein der Kerzen auf dem Stahl irrlichterte. Der Kapitän war sicher, dass der Bürgermeister ihn mit Absicht vorgelassen hatte, um Abstand von diesem Kerl zu haben. Zudem hatte Landorp für alle Fälle den Ausgang in Reichweite.

Ob er neben einem leibhaftigen Seeräuber saß, der zufällig seinen friedlichen Tag hatte, konnte Nyenkerken nicht beurteilen. Auch auf Hanseschiffen befanden sich solche grobschlächtigen Kerle, wenn keine anderen Seeleute aufzutreiben waren und mussten durch harte Hand angeleitet werden. Daher machte es ihm nichts aus, so nahe bei diesem Mann zu sitzen. Dieser jagte ihm mit seiner blanken Waffe auch keinen Schrecken ein, obwohl deren Knauf wegen der Enge auf seinen Beckenknochen drückte. Hermann Nyenkerken war ein von Wind und Wetter gegerbter Seefahrer, gewohnt zu befehlen und sich auch körperlich durchzusetzen.

Jedoch hatte der Bursche ihn gar nicht in Augenschein genommen, wie es üblich ist, wenn jemand eintritt. Zu vertieft war er in die Auseinandersetzung, die sich in der großen Stube anbahnte. Seine Augen glühten und mit der Rechten hielt er den Henkel seines Krugs so fest,

---

7 Spanne, die (große) – sie entsprach dem Abstand zwischen Daumenkuppe und der Spitze des kleinen Fingers = etwa 20 Zentimetern.

als müsse er ihn in Kürze bei einer Rauferei zweckentfremden. Die Gelegenheit dazu würden ihm seine Kumpane reihum bieten, denn vor jedem stand ein großer irdener Krug, der mehr als eine Maß fasste.

Der Einzige, der die beiden Eintretenden sogleich wahrgenommen hatte, war der Wirt der Kneipe. Wie jeder gute Mann seines Fachs überwachte er die Eingangstür ständig aus den Augenwinkeln. Gert Acker wartete jedoch, bis die beiden Herren Platz genommen und sich mit der Lage vertraut gemacht hatten. Er hob zwei Finger der Linken, mit der Rechten einen gefüllten Bierhumpen und sandte einen fragenden Blick. Landorp nickte kurz. Der Wirt zog seine Augenbrauen hoch und blickte erfreut. Diensteifrig schnappte er sich einen weiteren gefüllten Bierkrug, gab einer jungen sowie einer älteren Frau kurze Anweisungen, und eilte entlang der linken Wand an den Tischenden vorbei.

Vor den beiden Herren angekommen, neigte er seinen Oberkörper und setzte das flüssige Brot ab auf dem groben Holztisch, behutsamer als er es gewöhnlich tat. Er stützte sich mit beiden Armen auf die Tischplatte und lächelte so breit er konnte. Dabei stieß er zwischen den Lücken seiner wenigen Zahnstummel eine Wolke üblen Gestanks aus, die vor allem aus Bierdunst bestand. Seine Gestalt war gedrungenen und auf dem kurzen Hals saß ein dicker Kopf, stets leicht nach vorn gebeugt von einem Stiernacken. Breite Schultern, kräftige Arme und eine tonnenförmige Brust versetzten den Wirt in die Lage, sich in seiner Kneipe durchzusetzen, selbst gegen solch raue Zunftbrüder wie an diesem Abend. Schütter werdendes Haupthaar, von dem einige verschwitzte Strähnen pechschwarz auf der Stirn klebten, umrahmten sein kugelrundes Haupt, übergehend in einen ungepflegten Vollbart. Aus diesem fiel ein Tropfen, welcher wohl von seinem eigenen Bier stammte. Die schwarzen Pupillen in den tief liegenden Augen huschten hin und her und schienen bei jedem Blick zuzustechen.

Der Mann erweckte in Nyenkerken keinerlei Vertrauen.

»Wohl bekomms!«, flüsterte Gert Acker im vertraulichen Ton und beugte sich noch weiter vor. »Herr ...«

»Pscht!« Landorp brachte den Wirt zum Schweigen, indem er den rechten Zeigefinger vor den Mund legte. Gleichzeitig öffnete er seine behandschuhte Linke, die er halb unter der Tischkante verdeckt hielt. Auf der Handfläche lag ein golden glänzendes Geldstück, welches ein Mehrfaches der Getränke wert war. Die Pupillen Gert Ackers weiteten sich. Mit drei Fingern angelte sich der Wirt die Münze so geschickt, dass er Landorps Handschuh nicht einmal streifte, und ballte die Faust um seinen Erwerb.

Gert Acker steckte die Münze ein und setzte ein nichtssagendes Gesicht auf. Er richtete sich auf, nahm vier leere Krüge vom Tisch, verbeugte sich so höflich er konnte und verzog sich eilends wieder hinter seinen Tresen.

Mein adliger Begleiter ist hier offensichtlich bestens bekannt! Wie um alles in der Welt kommt der feine Herr Bürgermeister zu einem solchen Umgang?, dachte Herrmann Nyenkerken verwundert. *Deswegen kann er sich um diese Zeit ohne Wachen noch hierher wagen.*

Die beiden Herren wedelten mit ihren Händen den üblen Geruch beiseite und atmeten tief aus. Sie zogen die Humpen zu sich heran, griffen in die Henkel und hoben die Krüge. Sie prosteten sich zu und nahmen einen kräftigen Schluck.

Landorp setzte seinen Humpen behutsam ab und seufzte. »Ein fürchterliches Gesöff schenkt dieser Kerl hier aus – immer noch!« Er schloss die Augen und schüttelte sich vor Abscheu. »Wirklich scheußlich! Nicht wahr, Herr Kapitän? Ihr Hamburger trinkt ein weitaus besseres Gebräu.«

Nyenkerken grinste und schüttelte verneinend den Kopf – durch seine England-Fahrten war er noch ganz anderes Zeug gewöhnt, außerdem war er nicht wählerisch. Er prostete seinem merkwürdigen Begleiter erneut zu und tat noch einen langen Zug.

Währenddessen steigerte sich das Wortgefecht der zwei Männer am vordersten Tisch, sodass es nun auch die Aufmerksamkeit der beiden Herren in Anspruch nahm.

3

Die beiden Zänker, welche zur Freude der anderen Haudraufs für Abwechslung sorgten, standen als Einzige, Auge in Auge. Dabei boten sie den Zuschauern einen ergötzlichen Gegensatz: einerseits ein Hüne, drei Ellen, einen Fuß[8] und eine Handbreit[9] groß, andererseits ein anderthalb Köpfe kleinerer Mann. Dieser war fast ein Zwerg, denn er maß nur zwei Ellen, einen Fuß und zwei Handbreit.

Der Große schwankte, denn er vertrug die Biermenge nicht, die ihm schon zu Beginn des Umtrunks aufgenötigt worden war. Der Wanst, der so mächtig war, dass der Riese seine eigenen Füße nicht sehen konnte, wabbelte bei jeder Bewegung. Sein glatt rasiertes Gesicht glich dem Vollmond, umrahmt von fingerlangem braunem Haar, welches ungebändigt vom Kopf abstand. Seine wasserblauen Äuglein

---

8 Fuß, der – er entsprach einer halben Elle, etwa 25 Zentimetern.

9 Handbreit, die – sie entsprach etwa 10 Zentimetern, dem Durchmesser der Mittelhand. (Wim = 1,85 m, Fietje = 1,45 m)

lagen tief versteckt hinter den apfelförmigen Backen, die stets rötlich gefleckt waren.

Wim Rasmus wirkte trotz seines Umfangs nicht achtungsgebietend, zu offensichtlich war seine Schwerfälligkeit wegen seiner Fettleibigkeit und die Kraftlosigkeit seiner Glieder trotz ihres Umfangs. Sein Blick war glasig, nicht mehr so treuherzig wie stets. Nur das ungewohnte Getränk hatte ihn dazu gebracht, seine Gutmütigkeit zu verlieren und sich zu streiten.

Der Kleine trug einen halbkugeligen schwarzen Helm mit einem zwei Daumen breiten Ringwulst. Selbst die Kuppe seines Helms reichte nur knapp über den Bauchansatz seines Gegenübers. Jedoch wirkte Fietje Schuit weit überlegen, denn er stand breitbeinig und spannte jede Sehne seines drahtigen Körpers an. Eine bleiche fingerbreite Narbe durchfurchte den schwarzen Backenbart und reichte vom linken Ohrläppchen bis zum spitzen Kinn; die leicht vorgewölbten Augen waren weit geöffnet und die schwarzen Pupillen starr auf Wim gerichtet. Er war ein Kämpfer, stets bereit, den Gegner anzuspringen und an der Gurgel zu erwischen.

Zum dutzendsten Mal tappte Fietje in einer Geste schierer Verzweiflung mit der linken Handfläche auf seinen unscheinbaren Kopfschutz. Von dieser dick mit Pech bestrichenen Wehr trennte er sich niemals, sondern behielt sie auch während des Schlafs auf.

Gleichzeitig rammte er energisch seine rechte Faust in Wims Bauch, sodass dessen Hüftfett ringsherum wabbelte.

»Ich sage dir zum letzten Mal! Mein Hauptmann ist der allerstärkste Mensch überhaupt!« Fietje ballte seine knochigen Finger und drückte noch fester ins gegnerische Fettpolster.

»Ich sag‘s auch zum letzten Mal!«, beharrte der sonst so friedliche Wim. »Der Samson aus der Bibel ist‘s! Der ist der Stärkste, bis heute, obwohl er schon ganz lange tot ist.«

Fietje boxte mehrmals in Wims Bauch. »Schamso? Bibel? Daran soll ich glauben? Nix da! Ich glaub nur an das, was ich erkenne. Daher weiß ich auch: Unser Klaus hier«, er wies auf einen großen Mann am vordersten Tisch, der stillvergnügt zu grinsen begann, »ist der Stärkste überhaupt.«

»Nee, nee, das kann gar nicht sein. Denn da war noch so ein Starker, der Herkules, glaube ich. Der war auch riesenstark, stärker als alle Menschen heutzutage.«

Fietjes Faust stieß wieder und wieder in den Bauch und versetzte diesen in regelmäßige Schwabbelbewegungen. Fietje starrte auf die Wampe, schien sie als eigenes Wesen wahrzunehmen und anzusprechen. »Herrgott nochmal! Dein Kumpel da oben bringt mich noch zur Weißglut!«

Dann legte er den Kopf weit in den Nacken und sah Wim fest in die Augen. »Hör mir mal gut zu, du Dickwanst! Ich wette mit dir um die Beute von einem Jahr, dass mein Klaus der Stärkste ist! Nicht dein komischer Schamso oder dieser Hähkulläs oder ein Wer-weiß-was-sonst-wer!«

Fietje senkte den Kopf wieder, rammte die Faust erneut in den Wulst und hielt stupsend eine Delle im Bauch. Sein Blick war voller List, als er sich mit dem Fettwesen vor ihm beschäftigte.

»Eine Jahresheuer?«, murmelte Wim nachdenklich. »Wirklich? Wenn du die unbedingt loswerden willst. Aber ich sag, was der da machen muss.« Ein Zeigefinger, dick wie eine Wurst, zeigte auf den großen Mann am Tisch, welcher daraufhin gutmütig auflachte. »Sonst gilt's nicht.«

»Nee, nee.« Fietje schüttelte den Kopf, ohne ihn zu heben. »Womöglich soll er dich bis nach Rügen werfen, damit du's gelten lässt.«

Jedoch ertönte johlende Zustimmung aus der bezechten Mannschaft. In ihrem fortgeschrittenen Rausch hielten einige diese unsinnige Annahme wahrhaftig für eine geeignete Probe.

»Nee, nee«, wehrte Fietje nochmals ab und sein Gesicht bekam einen unwirschen Ausdruck. Er nahm die Faust von Wims Bauch und wedelte die Zurufe seiner Kameraden ab. »Hört mir mal gut zu Jungs. Ich mache dem Dicken hier vor mir jetzt einen sehr vernünftigen Vorschlag. Unser Klaus soll sich mit den Händen an einem Balken über uns festhalten und ein Fass Bier mit fünfzig Maß intus zwischen die Beine klemmen. Dann muss er sich zehn Mal hochziehen bis sein Kinn auf Höhe der oberen Balkenkante ist. Na, ist das nichts?«

Die Männer grölten begeistert ihre Zustimmung zu dem Vorschlag des Steuermanns des *Roten Teufels*.

Selbst Wim nickte. »Gut, gut. Das schafft niemand. Du kannst mir schon mal deine Heuer geben und …

»Denkste, von wegen und. Wirst'e schon sehen ...« Fietje griente und tippte mit seinem Zeigefinger vorn auf die Helmleiste.

»Klar werde ich was sehen, nämlich viel zu wenig. Aber versuchen kann er's ja mal.« Wim lächelte gönnerhaft und blickte den Mann aufmunternd an. Dabei ging er leicht in die Knie, bog die wulstigen Unterarme und hielt die Flächen seiner tellergroßen Hände nach oben. Er drückte die Knie wieder durch und hob leicht die fülligen Pratzen, als wolle er den armen Mann unterm Hintern stützen beim vergeblichen Versuch, sich zum x-ten Mal hochzuziehen.

Die umsitzenden Männer grölten, klatschten freudig auf die Knie oder hieben begeistert ihren Nebenmännern auf die Schultern. Störtebeker jedoch wischte seinen Humpen beiseite, stand langsam auf und stützte sich schwerfällig auf der Tischplatte ab. Seine Stimme klang rau, als er den beiden Streithähnen widersprach. »Mich fragt wohl keiner von euch beiden, he? Seit wann verfügst du über deinen Hauptmann, Fietje? Ich mache das nicht, das kommt überhaupt nicht infrage!«

»Nun mach schon, Klaus!« Fietje wusste, dass er Störtebeker überreden konnte, seine Stärke zu zeigen, denn sein Hauptmann war angetrunken. »Du kannst mich doch nicht jetzt im Stich lassen, mich, deinen alten Gefährten und Retter!«

Diese Aufforderung wirkte. Nur wenige in der Mannschaft wussten, mit welcher alten Schuld Fietje Schuit seinen Hauptmann unter Druck setzte. Zunächst schüttelte Störtebeker seinen Kopf mehrmals – er wollte sein Gesicht wahren –, dann hielt er ihn schräg und schien mit zur Decke gerichteten Augen abzuwägen. Letztendlich ließ er ein ergebenes Nicken folgen und spielte den Großmütigen, der sich umstimmen lässt, um der Gefolgschaft den Spaß nicht zu verderben.

Einige seiner Leute sprangen entzückt auf und stürzten hinter die Theke. Der Haufen schob den bärenstarken Wirt einfach beiseite und entdeckte ein Fass mit verschlossenem Spundloch. Unter allgemeinem Gejohle wurde das Gebinde herbeigerollt, auf den Tisch gehievt und hochkant gestellt. Die Tonne voll Bier stand direkt unter einem klobigen, in viereinhalb Ellen Höhe verlaufenden Querbalken.

Bisher war Störtebeker sein Rausch deutlich anzusehen, nun aber stand er angespannt und konzentriert vor dem Tisch mit dem Fass. Diejenigen, welche ihn nicht kannten, erwarteten, dass er sofort hochspringen würde. Jedoch begann er, sich auf seinen Kraftakt mit Übungen vorzubereiten, welche noch niemand außer seinen Leuten auf dem Roten Teufel gesehen hatte. Mit langsamen Bewegungen dehnte er seine Armmuskeln, streckte die Waden und vollführte etliche Liegestütze mithilfe der Sitzbank. Etwa zwei Dutzend der anwesenden Männer segelten auf anderen Schiffen – von diesen waren Befürchtungen zu hören, der riesenhafte Hauptmann habe bereits zu tief in zu viele Krüge geschaut.

Als Störtebeker seine Muskeln bereit fühlte, gab er Fietje und einigen anderen Anweisungen, wie sie den Tisch zurechtzurücken und das Fass zu drehen hätten. Danach sprang er mit einem Satz auf den Tisch und stellte sich breitbeinig über die dickste Stelle des nun bauchig hingelegten Fasses. Er ging leicht in die Hocke, glich mit den

Knien die Balance des Fasses aus und umschloss es mit den langen Beinen. Aus dem Stand federte er zum Deckenbalken hoch, klatschte seine tellergroßen Handflächen gegen die obere Kante und presste die Finger auf die obere Fläche des Balkens. Sofort zog er sich hoch, bis das Kinn über den Balken ragte. Er ließ sich herabsinken, atmete ein, bis er mit durchgedrückten Armen fast bis zum Boden frei hing, denn seine Männer hatten sofort nach dem Absprung den Tisch zur Seite gerissen. Diese Kerle hielten den weggerückten Tisch noch an seinen Kanten und zählten lauthals als Erste an.

»Eiiins!«

Störtebeker zog sich zum zweiten Mal hoch, atmete tief aus, bis sein Kinn fast das Holz streifte. Er wirkte trotz aller Anstrengung überlegt und geübt.

Nun johlten auch weitere Tischgruppen und fielen ein ins Zählen: »Zweiii!«

Vom vielstimmigen Gebrüll angetrieben, bog der Hauptmann regelmäßig seinen Bizeps und hievte seinen Leib zum Balken empor.

»Dreiii!«

»Viiiääär!«

»Füüünf!«

Bevor sie jedoch ›sechs!‹ brüllen konnten, stockte den Männern der Atem, denn Störtebeker begann zu stöhnen. Er hing lang, atmete heftig und sein Kopf lief rot an. Das zuvor reichlich genossene Bier machte ihm nun sichtlich zu schaffen. Dennoch folgte ein energischer Ruck und er begann den sechsten Zug.

Der Erleichterung wegen wurde die nächste Zahl leiser und gedehnter verkündet.

»Sääächs!«

Das Humpengetrommel setzte wieder ein und begeistertes Gejohle trieb ihn zum siebten Zug, der unmittelbar folgte.

»Siiiebäään!«

Nach diesem Zug ließ Störtebeker sich nicht gänzlich durchhängen sondern nahm etwas Schwung mit für den nächsten Klimmzug.

»Aaacht!«

Danach hing er lang und gab schwer atmend sechs Luftstöße von sich. Erwartungsvoll brodelte es im Raum, vereinzelte Ermunterungsrufe unterbrachen das allgemeine Summen.

»Neuuun!«

Die Horde brüllte bereits, bevor Störtebeker ächzend mit dem Kinn den Balken entlanggestreift war. Stöhnend rang er nach Luft, als er herabsank. Seine Gelenke knackten vernehmlich.

Erneut benötigte er mehrere Luftstöße bevor er mit letzter Kraft sich qualvoll langsam emporzog, bis sein verzerrtes Gesicht endlich über dem Balken ragte.

»Zeeehn!«

Die Menge im Raum toste.

Störtebekers Getreue hüpften herum wie irre, auch die anderen sprangen unter lautem Jubel auf und beklatschten den Hauptmann.

»Uuufff!« Störtebeker spreizte die Beine. Das Fass fiel den Männern auf die ausgestreckten Arme, welche den Tisch gerückt hatten. Sofort gingen sie beiseite, stellten es behutsam ab und blickten wieder empor zum Hauptmann.

Störtebeker sank vom Balken herab, den letzten Fuß Höhe bis zum Boden ließ er sich fallen.

»Boaaah!« Er stöhnte befreit auf, legte sich auf die Bank und japste. Sein Kopf war hochrot.

4

Nyenkerken war fasziniert und sah nur noch diesen Mann und seine Kraft. Nach dessen fünftem Zug wollte er eine anerkennende Bemerkung über den Recken am Balken fallen lassen. Deswegen wandte er sich Landorp zu, erschrak aber über dessen Anblick – bleich und mit stieren Augen blickte dieser zu der Gestalt an der Decke. Der Bürgermeister biss mit den Zähnen seines Unterkiefers heftig in die Oberlippe; seine Hände hatte er so fest um den Humpen gekrallt, dass seine Arme zitterten.

»Herr von Landorp, was habt Ihr denn auf einmal? Was ist denn in Euch gefahren?«, fragte Nyenkerken besorgt seinen so veränderten Begleiter. »Kennt Ihr den da oben etwa doch schon?«

Landorp nahm die Fragen nicht wahr, schien aber durch das Ansprechen wie aus einem Traum zu erwachen.

»Nein!« Er schüttelte hastig den Kopf, blickte ungläubig und murmelte ins abgestandene Bier seines Krugs hinein. »Nein, nein. Das kann nur eine Ähnlichkeit sein. Es ist unmöglich! Natürlich. Ich hab's ja schließlich mit eigenen Augen gesehen und ...«

»Mir scheint aber«, hakte Nyenkerken nach, »dass er Euch bekannt vorkommt.«

»Wie?« Landorp kam zu sich und drückte seinen Rücken gerade. Sogleich stritt er mit einer abschwächenden Handbewegung ab. »Schon gut, Meister Nyenkerken. Dieser Mann hat mich an eine andere Person erinnert, die ihm ähnlich sieht. Meine schlechte Erfahrung von damals hat mich übermannt. Vergesst es bitte und kommen wir zur Sache – diesen Mann müssen wir morgen früh unbedingt zur Fahrt überreden! Prost!«

Landorp hatte sich wieder in der Gewalt und hielt dem Nachbarn den Krug entgegen. Nyenkerken ließ seinen Humpen sacht dagegenklacken und stellte ihn sofort wieder ab. Den letzten Klimmzug des Mannes vor ihm an der Decke verfolgte er mit großer Anteilnahme.

5

»Groooßaaartig!«

»Härkuuuläs!«

»Stark wie Thooor!«

»Genauuu sooo hab' ich's erwartet!«

So tönte es aus der johlenden Menge, übertrumpft von einem übermäßigen Schrei. Es war der ›Schöne Jan‹, ein junger Mann mit einem durch einen Schwertstreich entstellten Gesicht. »Hoch soll er leben, unser starker Hauptmann! Dreimal hoooch!«

Fast alle Anwesenden fielen in die Lobpreisung ein.

Wim war bereits nach dem dritten Zug die Kinnlade herabgesunken und mit offenem Mund sah er zu, wie der Riese am Balken unglaubliche Stärke bewies. Nach dessen letztem Zug sank er in sich zusammen und stand nun mit hängenden Schultern wie ein Berg Elend. Fietje stellte sich wieder vor ihn, stemmte die Fäuste in die Hüften und sah triumphierend zu ihm auf.

Die Zecher an den Tischen hatten es eilig, sich hinzusetzen und leiser zu werden, denn keiner wollte den nun folgenden Auftritt verpassen.

»Määänsch. Das gibt's doch gar nicht!«, seufzte Wim in seinen Bauch, der dem tief herabhängenden Kopf nun am nächsten war.

»Na, was habe ich gesagt? Wirst'e schon sehen!«, rief Fietje im gedehnten Ton des Überlegenen. »Ein Jahr lang arbeitest du nur für mich! Aber ich will mal nicht so sein. Die Jahresheuer brauchst du mir erst ab nächsten Herbst zu geben, dafür ist das Fass hier sofort fällig – als Einstand!«

»Aber ich kann das Zeug doch noch gar nicht bezahlen.« Der Berg Elend fiel noch weiter in sich zusammen, dann raffte Wim sich auf zu einer Erklärung. »Ich habe mich doch vorhin erst von dir als Hilfskoch anwerben lassen.«

Die Züge in Fietjes ständig verkniffenem Gesicht, in dem selbst bei der größten Untat nicht eine Wimper zuckte, entspannten sich leicht. Dieser armselige Wim begann ihm leidzutun, dessen Schutzlosigkeit im rauen Leben schien die Hilfe eines starken lebenserfahrenen Kumpans zu benötigen. Daher breitete sich in ihm ein merkwürdiges, bisher unbekanntes Gefühl aus – er begann, den tumben Dicken zu mögen.

»Nun mal langsam, mein Guter.« Fietje kratzte sich an der Stelle des Helms, der die Schläfe deckte. »Mitgenommen hab ich dich zwar, aber die Werbung gilt erst, wenn der Hauptmann mit dir einverstanden ist. Dann bist du einer von uns. Nach der Geschichte eben befürchte ich jedoch, dass er dich nicht mehr nimmt, weil du ihn da hinaufgetrieben hast. Warum hast du es denn nicht gleich geglaubt, Mann! Wenn ich das gewusst hätte, wäre ich früher mit dir zum Klaus gegangen.« Fietje packte entschlossen das füllige Handgelenk von Wim. »Wir versuchen es trotzdem. Komm mit, Dicker!«

Er zog den großen Kerl, der ihm wie ein kleines Kind folgte, zu Störtebekers Tisch, wo dieser die beiden bereits erwartete. Das breite Kreuz rücklings an die Tischkante gedrückt, die Ellbogen auf der Platte abgestützt, saß er tief atmend auf seiner Bank. Aber er grinste und schien bereit, ein Ohr für das ungleiche Paar zu haben.

»Klaus«, sprach Fietje Schuit seinen Hauptmann an und zeigte mit dem Daumen über die Schulter auf den Dicken. Wim stand direkt hinter ihm und versuchte, sich zu verstecken, indem er sich hinter Fietje so klein machte wie möglich. »Der muntere Rundliche hier, dieser gut in Futter stehende Bursche heißt Wim Rasmus und kocht wirklich gut. Ich entdeckte ihn bei meinen Erkundigungen in einer Küche am Markt, habe reichlich von seinem Essen gekostet und ihm dann das Doppelte seines bisherigen Einkommens geboten.«

«So?«, grunzte Störtebeker und zeigte sich skeptisch. Er tat, als überwinde er sich, Großmut walten zu lassen, letztendlich grinste er wieder. »Wenn es *dir* schon schmeckt, dann kocht er gut und würzt es auch lecker, weil er gern am Löffel leckt, wie man's sieht.«

Eine Woge gutmütigen Lachens aller Männer im Raum ergoss sich über Wim Rasmus. Dieser hatte immer noch das Lob Fietjes im Ohr und sein freudiger Gesichtsausdruck zeigte, dass er sich seines Könnens sicher war. Schüchtern nickte er und wagte es, zum Hauptmann zu blicken, treuherzig wie ein Bernhardinerhund.

»Na gut.« Störtebeker hatte längst erkannt, wie wichtig dieser Mann für ihn sein konnte – zufriedene Männer an Bord machten keinen Ärger. Er zwinkerte den beiden zu. »Ich will mal nicht so sein, darum bin ich einverstanden. Aber das Fass bezahlt Wim, weil er mich bei seinem Einstand gleich bis zum Äußersten getrieben hat.«

Fietje drehte sich rasch zu Wim um. »Keine Sorge. Ich lege vor! Dafür bekomme ich deinen nächsten Beuteanteil.« Dann sprang er zum

Tresen, schnappte sich einen Zwickel und den nächstbesten Holzhammer. Er lief zurück, sprang auf den Tisch, brüllte um Ruhe und setzte den Hahn auf das Spundloch.

»Jungs, das Fass lege ich vor!«, schrie Fietje, bevor er zuhieb. Eine Bierfontäne schoss hervor und schäumte die mit leeren Krügen Herbeieilenden voll. »Sauft es aus! Auf der Stelle!« Er sprang wieder herunter. »Auf unseren neuen Hilfskoch hier!« Dabei tätschelte er fast liebevoll Wims schwabbelnden Bauch. »Wer *so* eine Wampe hat, *muss* einfach ein guter Koch sein!«

»Hoch er leben! Willkommen an Bord!«, grölten sämtliche Tischrunden und fast alle Männer prosteten Wim zu, der trotz seiner Verlegenheit strahlte wie ein Honigkuchenpferd. Fietje nahm wieder Wims Hand und zog ihn wie einen kleinen Jungen zu einem anderen Tisch. Er fing mit einer Gruppe Männer sofort zu trinken an; Wim jedoch ließ sich kein Bier mehr aufnötigen.

6

Auch die vierzehn Männer am Tisch der beiden Herren kamen in Bewegung, um sich ihren Teil vom Freibier zu sichern. Der düster blickende Mann neben Nyenkerken hielt den Henkel seines Krugs immer noch dermaßen fest, als bräuchte ihn sogleich für eine Rauferei. Nun drängte es ihn nach vorn, wo ihm jedoch der Tisch im Weg war. Er stieß seinen linken Ellbogen dem Kapitän in die Seite, sodass diesem die Luft wegblieb.

Nyenkerken japste.

»He!« Der narbengesichtige Haudegen nahm die beiden Männer neben sich wahr. »Wo kommt ihr denn auf einmal her? Was habt ihr hier zu suchen?«

»Wir hatten Durst«, erklärte Nyenkerken hastig. »Darum kamen wir auf eine Maß herein.«

»Der ist gelöscht!« Der Kerl bückte sich über die fast leeren Krüge der beiden Hanseherren, dabei troff ihm ein Speichelfaden aus dem Mundwinkel, lief übers Kinn und tropfte auf den Ärmel von Nyenkerkens alten Mantel. »Darum trollt euch – aus dem Weg! Verloren habt ihr hier ohnehin nichts, das sehe ich doch.«

Der Kapitän saß eingezwängt und drückte den Bürgermeister, damit er aufstand. In der Enge kamen beide nicht vom Fleck. Der Mann blickte finster und hob seinen leeren Krug höher, sodass dieser bedrohlich über dem Haupt Nyenkerkens schwebte.

»Lass dir von uns den Becher füllen!« Landorp griff in seine Manteltasche und warf im Bogen eine Münze auf den Tisch. »Das reicht für mehr als ein Viertel[10]. Setz dich mal wieder hin, bestell und trink!«

Der Kerl glotzte, stellte verblüfft seinen Krug ab und bückte sich über das Geldstück, während ein weiterer Speichelfaden von ihm in seinen Bierrest tropfte.

»Ein Groschen[11]!« Der Düstere zog seinen Mund in die Breite, sodass seine mit den Fingern einer Hand zählbaren Zahnstummel sichtbar wurden. Mit der flachen Hand klatschte er auf die Münze und ließ sich langsam auf die Bank sinken. Er wölbte leicht den Handrücken und zog den Groschen unter den Fingern zu sich. Rasch pickte er das Geldstück mit der anderen Hand und besah es eingehend. Seine Pupillen weiteten sich und mit der freien Hand griff er nach seinem Krug.

»Wirt!« Der Kerl donnerte seinen Trinkbehälter dermaßen heftig auf die Tischplatte, dass er den Griff abriss. »Hierher!«, brüllte er, hob seine Hand und spreizte sie. Der Henkel polterte auf den Tisch. »Bring mir Weißbier aus Hamburg!«

Gert Acker hatte diese Szene beobachtet und war daher im Nu mit einer noch überschäumenden Maß auf dem Weg zum letzten Tisch. Hinter dem Düsteren drängten noch fünf Männer, aber er ließ sie nicht raus. Er raunzte sie dermaßen an, dass sie lieber über die Tischplatte kletterten, als sich mit ihm anzulegen.

»Ja, ha!«, grölte der Düstere und stöhnte vor Gier. Beidhändig riss er dem Wirt den randvollen Krug aus der Hand, hielt ihn an seinen Mund und soff. Der Zug dauerte ein halbes Dutzend Herzschläge. Seelenruhig las Gert Acker den Henkel auf und ließ ihn in den entzweiten Krug fallen.

»Noch einen!«, befahl der Kerl und hielt dem Wirt den geleerten Krug unter die Nase.

Gert Acker nickte gleichmütig und nahm beide Behälter mit, ohne ein Wort zu verlieren.

Nyenkerken und Landorp nutzten die Ablenkung, um die Tür einen Spalt zu öffnen und sich hindurchzudrücken. In der überbordenden Stimmung der Zecher, die eine große Menschentraube um das Fass bildeten, bemerkte nur der Wirt, dass zwei Männer den Raum verließen. Er sandte dem Bürgermeister einen heimlichen, vertraut wirkenden Abschiedsblick. Dieser wandte unwirsch den Kopf, denn der Kapitän sollte nichts bemerken.

Draußen vor der Tür fassten die beiden Herren ihre Mäntel am Kragen enger und verließen mit hastigen Schritten die finstere Ge-

10 Viertel, das – es entsprach vier Maß, etwa 4 Liter.

11 Groschen, der – er war etwa 18 Heller wert. Ein Fisch kostete zum Beispiel einen Heller, ein Pfund Rindfleisch 4 Heller.

gend. Über den schmalen Steg neben dem Wassertor kehrten sie in die sichere Stadt zurück. Vor der Herberge verabschiedete sich Nyenkerken vom Bürgermeister und ging zu Bett. Er war solchermaßen von dem Geschehen beeindruckt, dass er noch lange wach lag.

Landorp eilte zu seinem steinernen Haus, trat ein und verriegelte hinter sich das Tor. Im dunklen Flur ließ er die Decke sowie den alten Mantel auf die Erde fallen und legte seine Hände flach aufs Gesicht. Er schüttelte leicht den Kopf und flüsterte ein halbes Dutzend Mal das gleiche Wort: »Unmöglich!«

Der Bürgermeister entzündete eine Kerze und steckte sie in die Bodenfassung einer Laterne. Er ergriff deren Ring, hob sie vom Regal und leuchtete die Wendeltreppe aus auf dem Weg hinab ins Kellergeschoss. Am Ende eines kurzen Gangs schloss er eine schwere eiserne Tür auf und drückte das Blatt nach innen. Landorp stellte die Lampe auf einen eichenen Tisch und blickte zu einem wuchtigen Wandschrank. Er ging hin, schloss das oberste Fach links auf und sah nach. Es war alles an Ort und Stelle, was ihn zu einem zufriedenen Nicken verleitete.

Er nahm eine kleine Phiole heraus und hielt sie gegen das Licht der Laterne. Die Flüssigkeit war durchsichtig und schimmerte dunkelbläulich. Das Gift hatte Landorp schon mehrmals eingesetzt zum ›künftigen Wohl des Herzogtums‹ und ›im Namen der Gerechtigkeit‹. Er fühlte sich vom Höchsten ins Abseits gestoßen und ging den Weg der Rache, um zurückkehren zu können ... und weiter – nach ganz oben. Allerdings war er in den letzten Jahren seinem Ziel nicht näher gekommen, denn er kam nicht mehr dazu, das Gift einzusetzen. Beim letzten Mal hatte er eine Markierung angebracht, anhand der er feststellen konnte, dass das Elixier seitdem unangetastet geblieben war.

Der Anblick des Seeräubers, dessen frappierende Ähnlichkeit mit einem längst Toten, hatte ihn überwältigt und aus dem inneren Gleichgewicht gebracht. Dabei legte er doch größten Wert darauf, allen Leuten stets durch Wort und Geste überlegen zu sein. Er betrachtete alle Menschen als seine Untergebenen. Um ihnen über zu sein, musste er jedoch immer seine wahren Gedanken und Gefühle beherrschen.

Er ärgerte sich über seine Schwäche, aber die Überraschung war zu heftig gewesen. Erneut ließ er das Geschehen vor seinem inneren Auge ablaufen: eine Kogge in rauer See; auf dem Deck ein junger blonder Hüne liegend, die starken Arme und Beine stramm gefesselt, ein steinernes Gewicht zwischen den nackten Füßen; kräftige Hände, die seinen Körper hoben, ihn über Bord warfen; das Entsetzen in seinem Gesicht, dessen letzter hassvoller Blick auf den dänischen Admiral – er selbst hatte sich gehütet, in den Sichtkreis dieses Mannes zu treten –, bevor die Wellen über dem eintauchenden Riesen zusammenschlugen und das Meer ihn auf Nimmerwiedersehen verschlang.

Es konnte also nicht derselbe Mann, nur eine täuschende Ähnlichkeit sein. Des hehren Ziels wegen, welchem Johann Erik von Landorp alles, wirklich alles, unterordnete, war er jedoch so vorsichtig, nichts auszuschließen. Daher war er sicher, dass er das Gift bald wieder verwenden würde.

7

»Gott zum Gruß, Herr Bürgermeister!«, sagte Nyenkerken, als er die Rathaustreppe erreichte, und hob erstaunt die Brauen. »Ihr wartet auch lieber draußen?«

»Ihr seid nicht der Einzige, der hart im Nehmen ist, werter Kapitän.« Landorp stand auf der Rathaustreppe, auf derselben Stelle und in der gleichen Pose wie tags zuvor. Statt der Handschuhe, die er nun übergestreift hatte, hielt er den Freibrief für Störtebeker in der Rechten und klatschte mit dem Ende der Rolle regelmäßig sacht in die linke Handkuhle – der Ankömmling sollte durchaus seine Ungeduld spüren. »Gott zum Gruß, ich kann es kaum abwarten, diesem bullenstarken Hauptmann Störtebeker meine Aufwartung zu machen.«

»*Ihr* habt gesagt, dass wir uns Zeit lassen können.« Nyenkerken fühlte sich genötigt, sein wegen der Unterhaltung mit Hauptmann von Klaasen in die Länge gezogenes Frühstück zu rechtfertigen. »Ihr wart Euch sicher, dass diese Burschen heute Morgen erst einmal ihren Rausch ausschlafen müssen!«

»Das stimmt, Kapitän. Wir werden diese Meute verkatert in ihren Matten hängend antreffen. Ihren noch trunkenen Hauptmann werden wir höchstpersönlich aus seiner Koje werfen und beginnen sofort mit dem Verhandeln, egal wie strubbelig er dabei aussehen mag.« Der Bürgermeister trappelte die Stufen herunter und schob die Urkunde so tief in eine längliche Innentasche seines Mantels, dass sie nicht mehr zu sehen war. Unten angekommen blickte er kurz zu Nyenkerken und nickte zufrieden, denn der Kapitän beeilte sich, ihm zu folgen.

Nyenkerken und Landorp gingen wieder zum Hafen. Das Wassertor war geöffnet und die Zugbrücke über den Graben herabgelassen. Dieses Mal wandten sie sich nach links und gingen entlang der holzverschalten Mole, die im langgestreckten Bogen nach Nordost verlief. Nach etwa dreihundert Schritten ging die Uferbefestigung in eine natürliche Böschung mit eingerammten Pflöcken über, an denen die zuletzt angekommen Schiffe festgezurrt worden waren. Es lagen so viele

Schiffe in dem sichelförmigen Hafen wie nie zuvor. In einiger Entfernung sah Nyenkerken eine schenkeldicke eiserne Kette, die quer über der Bucht hing und die Einfahrt in den Hafen versperrte. Mit Winden konnte sie herabgelassen werden, sodass sie auf den Grund des Meeresarms sank. Er schob seine Unterlippe vor, zog seine Brauen hoch und nickte anerkennend.

Schon von Weitem fiel den beiden Männern die abstoßende Galionsfigur am Bug einer Holk auf – ein aus Holz geschnitzter Teufel, von dem dunkelrote Farbreste abblätterten. Sie blickten sich gegenseitig prüfend an, ob sie den gleichen Gedanken führten. Beim Näherkommen hörten sie laute Kommandos und Störtebeker erschien tatsächlich an der Reling des Schiffs. Die Ankömmlinge sahen den Hauptmann auf eine fußbreite Planke steigen, die vom Bord zum sechs Ellen entfernten Ufer gelegt worden war. Beim Hinübergehen gestikulierte er beidarmig und gab seinen Leuten lauthals Anweisungen. Die von ihm befehligten Seeleute waren damit beschäftigt, Berge von Waren, die auf vier großen Karren lagen, über mehrere nebeneinanderliegende Bohlen hinweg aufs Schiff zu bringen.

Nyenkerken beobachte seinen Begleiter aus den Augenwinkeln, ob dieser wieder seine Fassung verlieren würde, wie gestern Abend. Kein Muskel regte Landorps Gesicht, aber es erbleichte und seine Körperhaltung wirkte steifer.

Sie sahen, wie der Hauptmann auf die Böschung sprang und mit raschen Schritten zu einem älteren Herrn hinüberging, der neben dem größten Wagen stand. Störtebeker begrüßte den fülligen Mann mit sichtlicher Freude. Nyenkerken schlussfolgerte, dass es sich um einen Braumeister aus Wismar handelte – der Leiterwagen musste bis oben hin mit Fässern beladen gewesen sein, denn gerade wurde das letzte heruntergeholt. Bei dem Glanz in den Augen und dem Einsatz, den die Männer zeigten, konnte es sich bei dem Inhalt nur um Bier handeln. Nyenkerken kannte außer Rum nichts anderes, was von Seeleuten im Handumdrehen im Bauch eines Schiffes verstaut wurde. Die Waren auf den anderen Karren lagen noch unberührt. Darüber hatte sich der Hauptmann lauthals beschwert, als er von Bord ging. Nyenkerken schmunzelte, denn ihm erging es mit seinen Leuten ähnlich.

»Alle Achtung!«, flüsterte Landorp. In seiner Stimme klang ein Hauch von Respekt. »Alle Mann schon wieder auf den Beinen! Das hätte ich nicht gedacht. Der Kerl hat seine Leute im Griff.«

»Stimmt! Aber er ist auch fürsorglich«, entgegnete Nyenkerken mit leiser Stimme und lachte glucksend. »Kaum aus ihrem Rausch erwacht, lässt er sie ihren Nachdurst löschen.«

Der Bürgermeister zog anerkennend die rechte Augenbraue hoch. Den Geist für eine doppelsinnige Bemerkung hatte er dem Hamburger Seemann nicht zugetraut. Er verzog sein Gesicht zu einem Anflug sarkastischen Lächelns und steckte seine Hände mit gespreizten Fingern dreimal ineinander, um seine Handschuhe fester zu schieben.

Das Gespräch mit dem Handwerksmeister war kurz, Störtebeker gab ihm die Hand und verbeugte sich zum Abschied. Der Brauer ging ans Ufer zu den Planken und wedelte dem Zeigefinger. Er ermahnte die hin und her hastenden Männer, auf die Fässer acht zu geben, denn er nähme nur leere Fässer an, die gesäubert und unbeschädigt seien.

Störtebeker sah aus seinen Augenwinkeln zwei edel gekleidete Männer auf sich zukommen, die sichtlich guter Laune waren. Er wandte sich den Ankömmlingen zu, stellte sich breitbeinig, drückte den Rücken kerzengerade und kreuzte die Arme vor seiner Brust. Die Finger seiner Linken strichen sacht über die rechten Rippenbögen seines vorgewölbten Brustkorbs – eine Drehung des Handgelenks genügte, um sein Schwert am Griff zu packen. Das Gesicht und die Haltung drückten Wachsamkeit, jedoch kein Misstrauen aus.

Die beiden Ratsherren nahmen beim Näherkommen den bereits legendären Kapitän der Holk *Roter Teufel* in Augenschein. Klaus Störtebeker war ein Riese, der mit drei Ellen und zwei Spannen alle Umstehenden zumeist um mehr als Haupteslänge überragte. Seine weiten Obergewänder zeigten wenig vom Leib und den Armen, aber die Hose schmiegte sich um die muskulösen Beine, den strammen Po und das Gemächt. Dass der Hauptmann auch einen mächtigen Oberkörper besaß und immense Kräfte in seinen Oberarmen steckten, hatten sie auf unnachahmliche Weise vorgeführt bekommen.

Gefährlich, gemeingefährlich, dieser Kerl!, urteilte Landorp in Gedanken, während er seine Handschuhe festzog. *Aber solange er mir nützlich ist, darf er seinen Kopf noch behalten.*

Nyenkerken besaß ein einfühlsameres Wesen und sah mehr, viel mehr. Tiefe Furchen in Stirn und Wangen seines Gegenübers zeugten vom unsteten Leben auf See, die wettergedunkelte Haut war aufgeraut durch die salzige Seeluft und die Hände waren knorrig vom entbehrungsreichen See- und Kriegshandwerk. Der übliche Vollbart, dunkelblond wie die langen gelockten Haare, welche von der Salzluft gebleicht waren, rahmte sein Gesicht ein. Seine blauen Augen blickten klar, aber ein Anflug von Melancholie blieb einem aufmerksamen Beobachter nicht verborgen. Dennoch mochte der Mann höchstens dreißig Jahre alt sein – dies bemaß der Hamburger Kapitän aufgrund seiner Erfahrung. Trotz der entstellenden Lebensspuren erkannte er, dass dieser harte Kerl vor ihm als jüngerer Bursche ausgesprochen gut ausgesehen haben musste.

Landorp nickte kurz, statt sich höflich zu verbeugen. »Hauptmann Klaus Störtebeker, nehme ich an?«

Der Angesprochene löste seine Arme und verbeugte sich mit einer Eleganz, die jedem Höfling zur Ehre gereicht hätte. »Grüß Gott, werte Herren! Eure Vermutung stimmt, ich bin es! Was verschafft mir die Ehre Eures Besuchs?«

»Gott zum Gruß, Herr Hauptmann! Hermann Nyenkerken ist mein Name; ich segele als Kauffahrer unter der Flagge Hamburgs«, antwortete der Kapitän und verbeugte sich fast ehrerbietig. Unwillkürlich reichte er seinem Gegenüber die Hand und sein Gesicht drückte offensichtliche Bewunderung aus. »Ich bin gestern hier angekommen und möchte ...«

»... Euch willkommen heißen in der Hansestadt Wismar. Ich bin ihr Bürgermeister, *Johann* Erik von Landorp!«, warf Landorp in unwirschem Ton ein. »Guten Morgen!«

Beim Gruß vermied der Bürgermeister jene Formel, die jedem rechtschaffenen Menschen geboten wurde. Er reichte dem rauen Seemann ebenfalls die rechte Hand, obwohl er lieber darauf verzichtet hätte – nun konnte er jedoch wegen seines voreiligen Begleiters nicht zurückstehen. Er tat dies so schnell, dass er dem Hamburger zuvorkam. Störtebeker stutzte wegen des Handschuhs, ergriff aber zuerst die Hand des Bürgermeisters, denn er wusste um die Wichtigkeit dieser Person. Ihm fiel sogleich der Achtung gebietende Ton in Landorps Stimme auf, als dieser seinen ersten Vornamen nannte. Sein Händedruck war flüchtig, gerade lang genug, um nicht als Unhöflichkeit aufgefasst zu werden.

Dann nahm Störtebeker die weiterhin dargebotene Hand Nyenkerkens, schüttelte diese fester und länger. Er versuchte ein Lächeln, bei dem sichtbar wurde, dass ihm links im Gebiss vier Backenzähne fehlten, oben und unten zwei. Nyenkerken reagierte herzlich, ganz anders als er beabsichtigt hatte.

Landorp fasste mit drei Fingern seiner Rechten die Rolle und zog sie nur so weit aus seiner Manteltasche, dass der Hauptmann sie erkennen konnte. Dann ließ er sie wieder verschwinden und machte ein bedeutsames Gesicht. »Warum fragt Ihr, Hauptmann Störtebeker, weshalb ich Euch beehre? Ihr seid doch nur wegen dieser Angelegenheit hergekommen!«

»Die Höflichkeit, die Euch gebührt, ließ mich ich dies sagen.« Störtebeker beeindruckte das Gehabe des Mannes nicht, jedoch achtete er darauf, die Umgangsform zu wahren. Er wollte weitersprechen, aber er kam nicht dazu.

»Übrigens, Hauptmann Störtebeker, hat Herr Nyenkerken ein Anliegen. Vielleicht können wir ihm ja weiterhelfen?« Landorp lächelte mit dünnen Lippen, denn er fand sein Wortspiel gelungen.

Störtebeker zeigte seine Bereitschaft mit einem Nicken und wies mit einer einladenden Geste auf sein Schiff. »Dann lasst uns an Bord gehen, werte Ratsherren. Unter Deck in meiner Kajüte werden wir ungestört sein. Folgt mir, bitte sehr!«

»Ja. Sehen wir zu, dass wir von hier fortkommen.« Landorp patschte mehrmals sacht auf die Stelle des Mantels, hinter welcher sich die Rolle barg. »Das hier geht nur Euch etwas an.«

Der Hauptmann des Roten Teufels nickte erneut und blickte mit wissenden Augen. Er drehte sich um und schritt vor den beiden Männern über die Planke. Diese Zeitspanne nutzte er, um sich im Stillen ein Urteil über die beiden Herren zu bilden. Johann Erik von Landorp schien weitaus mehr als der Bürgermeister einer Stadt zu sein, obwohl Wismar durchaus ein bedeutender Handelsort war. Seine Hoffart, die er vergebens zu kaschieren versuchte, ließ eher auf eine Verbindung zum herzoglichen Schloss in Schwerin schließen. Der Mann mit den weißblonden gewellten Haaren reichte ihm zwar nur bis zur Nase, aber für die anderen Menschen war er groß – Störtebeker schätzte ihn auf über drei Ellen und einen Fuß –, aber schlank, sowie elegant in seinen Bewegungen. Schmale Wangenfalten beiderseits des vollen Munds sowie der scharfe Blick seiner Augen, deren Pupillen in ungewöhnlichem Grün schimmerten, und das längliche Kinn verliehen seinem glatt rasierten Gesicht einen Ausdruck von Unerbittlichkeit.

Während Störtebeker sich zum Gruß vor Landorp verbeugte, hatte er mit einem raschen Blick den Griff von dessen Schwert beurteilt, welches aus der wertvoll verarbeiteten Scheide an goldenem Gehenk ragte – Spuren von starker Abnutzung ließen auf häufigen Gebrauch der Waffe schließen.

Wahrscheinlich ist er ein Bastard[12] des Adels. Gleich ihm gibt er sich hochnäsig und benimmt sich dementsprechend. Er ist geübt mit der Waffe, sicher nur auf seinen Vorteil bedacht und daher sehr gefährlich. Vor diesem Mann muss ich auf der Hut sein.

Nyenkerken, der ihm mit knapp drei Ellen und einem Fuß immerhin bis zum Mund reichte, gefiel ihm sogleich wegen seines ehrlichen Gesichtsausdrucks, obwohl er spürte, dass dieser gegen ihn voreinge-

12 Bastard, der – außerehelicher Sohn eines Adligen. Siehe Anhang, S. VIII (586).

nommen war. Selbst wenn dem so war, hatte der Hamburger ihn aufrichtig gegrüßt und sofort die Hand dargeboten. Dies widerfuhr ihm selten.

Die Hände von Nyenkerken waren kräftig durchs Handwerk der Seefahrt, mit schwieliger Haut und aufgerauten Fingerkuppen. Der Körper war stämmig und die Schultern breit geworden durch die schwere Arbeit auf der Kogge und im väterlichen Kontor. Ein Kaufmannssohn, der hart arbeitete, statt nur zu verkaufen – vor solch einem Mann hatte Störtebeker Respekt.

Nyenkerken bewegte sich etwas schwerfällig, fast linkisch, wenn er nicht in seinem Element war. Die fingerlangen leicht abstehenden Haare waren von hellem Braun wie auch sein Vollbart, der sich korkenzieherförmig kräuselte. Einzelne weiße Haare ringelten sich durch das kaum gestutzte Gestrüpp, obwohl er nicht viel älter sein konnte als Störtebeker selbst. Die Pupillen des Hansekaufmanns waren graublau, die Nase kurz mit einem Stups, der Mund schmal, meist zusammengepresst und die Backen blieben wegen der feinen Äderchen unter der Haut stets gerötet. Wer ihn nicht kannte, hätte ihn für einen einfachen Fischer halten können.

Ein Hansekaufmann, womöglich der Sohn eines hochnäsigen Hamburger Patriziers, aber bodenständig! Dem traue ich.

Während dieser Gedanken querte Störtebeker das Deck mit langen Schritten und wartete vor dem Aufbau des Hinterdecks. Er öffnete die einzige Tür, welche in diesen Teil des Schiffs führte. Er bückte sich, um sich durch die Öffnung hindurchzuzwängen, denn sie maß nur drei Spannen in der Breite und drei Ellen in der Höhe. Er winkte den Herren, ihm zu folgen. Im dahinterliegenden Gang mussten alle die Köpfe einziehen, auch in der Kajüte des Hauptmanns konnte keiner aufrecht stehen – das gesamte Verdeck maß höchstens drei Ellen und eine Hand vom Boden bis zu den Planken des Kastells über ihnen.

In Störtebekers Kajüte saß ein ernst blickender Mann in dicker Winterkleidung am einzigen Tisch und studierte bei Kerzenlicht mit gerunzelten Augenbrauen eine große über den ganzen Tisch ausgebreitete Seekarte. Schreib- und Messwerkzeuge, griffbereit auf dem Baltischen Meer abgelegt, frische Tintenmarkierungen und -linien an der Küste Mecklenburgs, den Schären Schwedens, der Inseln Gotland und Öland zeigten Nyenkerkens geübtem Blick, dass dieser Mann das Segelhandwerk beherrschte wie wohl kaum ein anderer.

Mit einem so gewissenhaften Navigator an Bord würde ich bestimmt nicht auf Grund laufen, dachte er und vermittelte dem Sitzenden durch seinen Gesichtsausdruck gehörigen Respekt.

Der Mann am Tisch ließ mit einem kurzen Augensenken erkennen, dass er dieses stille Lob zu würdigen wusste, zog stoisch eine Linie zu Ende, legte sein Werkzeug hin und erhob sich in gebückte Haltung. Er sowie die beiden Ankömmlinge brauchten sich zu höflichen Verbeugungen nur noch etwas tiefer zu bücken.

»Kapitän Hennig Wichmann.« Störtebeker stellte mit einer Bewegung der offenen Handfläche den Mann am Kartentisch vor. »Mein Stellvertreter als Hauptmann.«

Nyenkerken schätze ihn einige Jahre älter ein als den Hauptmann, auf Ende dreißig. Wichmann schien die gleiche Größe wie der Hamburger zu haben, denn er musste den Kopf genauso tief einziehen. Auch von der Statur her ähnelte er ihm, das Kreuz noch etwas breiter und Hände knorriger. Die dünnen schwarzen Haare lugten unter der Pelzkappe hervor, waren kurz geschoren und lagen eng an den kantigen Schläfen. Wangen und Kinn waren rasiert und unter der Nase mit dem eingedrückten Rücken wölbte sich auf der Oberlippe ein Bart wie ein Wall, sodass die Lippen kaum noch zu sehen waren. Zudem hatte er leicht vorstehende graue Augen, klein und rund, daher verglich Nyenkerken ihn unwillkürlich mit einem Walross.

Mit der anderen Hand wies Störtebeker auf die beiden Besucher. »Johann Erik von Landorp, Bürgermeister der Stadt Wismar, wie erwartet. Kapitän Hermann Nyenkerken aus Hamburg. Ich kann dir aber nicht sagen, was ein Seemann aus dem Westen mit dieser Sache hier zu tun haben soll.«

»Willkommen an Bord des Roten Teufels! Ich lege alles beiseite.« Wichmann räumte flink alle Werkzeuge ab und rollte die große Karte sorgfältig ein. Er umwickelte sie mit einem Band und knotete eine Schleife. Dann gab er die Rolle Störtebeker, der sie in einem flachen Regal über der Sitzbank verstaute, aus der weitere Rollen, wohl auch Pläne, hervorragten.

»Nehmt Platz, werte Herren.« Hennig Wichmann streckte den Arm über den Tisch aus und wies mit der Hand auf die schmale Bank gegenüber.

Die beiden Herren gingen in die Knie, schoben sich hinter der Tischplatte entlang auf ihre Plätze und setzten sich. Sie zogen ihre Mäntel fest, eng an die Körper, denn es war in dem kleinen stickigen Raum genauso kalt wie an der frischen Luft, die durch jede Ritze des Raums einströmte. Störtebeker zwängte sich neben Wichmann.

Landorp setzte sich auf der Bank noch einmal zurecht, stützte seinen rechten Ellbogen auf, strich langsam mit Zeigefinger und Daumen die Kinnlade entlang bis zur ausgeprägten Spitze seines Kinns.

Als die beiden Finger sich berührten, sprach er Wichmann an. »Kapitän Wichmann, wieso ladet Ihr Vorräte? Es ist schon eisig kalt, zu spät, um noch einmal auslaufen zu können. Deswegen habe ich Euch doch angeboten, den Winter über hier im Hafen zu verbleiben.«

»Wir nehmen Ihr Anerbieten ja auch liebend gern an, Herr Bürgermeister. Einer unserer Wahlsprüche lautet: Sieh dich für! Deswegen halten wir das Schiff den ganzen Winter über seetüchtig – wir lassen es nie einfrieren! – und unter voller Ladung. Auch Wachen bleiben stets an Bord. Herr von Landorp, bitte versteht unsere Umsicht nicht falsch, das hat nichts mit Misstrauen in die Gastfreundschaft Eurer Stadt zu tun.«

»Schon gut, schon gut.« Der Bürgermeister winkte mit Verständnis im Blick ab. »Ich beherzige selbst diesen Spruch. Kommen wir ohne Umschweife zu unserer Angelegenheit. Hauptmann Störtebeker hat in der Tat recht, Kapitän Nyenkerken hat nichts damit zu tun. Wir werden noch auf sein Anliegen zu sprechen kommen.«

Landorp fasste die Pergamentrolle am sichtbaren Ende, zog sie aus dem Gewandausschnitt und hielt sie mit bedeutsamer Geste hoch. »Diese Urkunde erlaubt Euch, für die Mecklenburger Sache zu kämpfen. Wir werden erst nächstes Jahr dem betrügerischen Dänen unseren gerechten Krieg offiziell erklären, aber aus einem guten Grund bekommt Ihr den Kaperbrief vorweg. Bitte sehr!«

Landorp überreichte die Rolle. Störtebeker erhob sich unwillkürlich etwas von seinem Bankplatz und verbeugte sich leicht. Er nahm die Urkunde, streifte das Siegelband ab und zog das Pergament auseinander. Weil er Linkshänder war, hielt er es zunächst verkehrt herum. Der Hauptmann bemerkte das oben herunterhängende Siegel, grinste verlegen und drehte das Dokument rasch herum. Er riss die Augen auf, als könne er auf diese Weise die Lettern besser erkennen. Seine Pupillen irrten über das Pergament.

»Darf ich?« Nyenkerken handelte, ohne nachzudenken. Er hielt Störtebeker beide Hände hin. Der Hauptmann ließ sich seine Überraschung nicht anmerken sondern reichte dem Kapitän mit großer Geste die Urkunde. Störtebeker blickte Nyenkerken kurz an, Dankbarkeit leuchtete in seinen Augen.

Der Kapitän nahm das Dokument, obwohl er damit nichts zu tun hatte. Denn er hatte gespürt, dass der Hauptmann in eine missliche Lage geraten war: Er konnte nicht lesen. Nyenkerken ertrug nicht, Menschen in Not zu sehen, darum hatte er unwillkürlich gehandelt. Nun tat er, als wäre es selbstverständlich, dass er den Text vorläse.

Landorp hatte schon ein verächtliches Lächeln mühsam unterdrücken müssen, als der Hauptmann die Urkunde verkehrt herum hielt. Er hatte längst erkannt, dass er einen Mann vor sich hatte, der nicht lesen oder schreiben konnte, wie das ganze niedere Volk nicht. An einer Bloßstellung des Riesen war ihm aber jetzt noch nicht gelegen, daher unterdrückte er den Affekt, dem Kapitän die Urkunde zu entwenden, sondern ließ ihn gewähren.

Ohne zu stocken, las Nyenkerken den Text vor.

»Der Bürgermeister der Hansestadt Wismar, Stadt des Hochwohlgeborenen und erlauchten Herzogs Johann IV. von Mecklenburg-Schwerin[13], verkündet hiermit im Auftrag und im Namen des Herzogtums Mecklenburg, dass Hauptmann Nikolaus Störtebeker, geboren im Frühjahr dreizehnhunderteinundsechzig in Wismar, erschienen mit seinem Schiff Roter Teufel und seiner Besatzung von etwa sechzig Mann, das Recht erhält, alle Schiffe, die mit dem Herzogtum Mecklenburg in Fehde liegen, insbesondere Dänemarks, zu kapern, Schiffe und Ladung nach Wismar, Rostock oder andere Mecklenburger Häfen zu überführen und dort meistbietend zu verkaufen.

Jeweils fünfzig Teile vom Hundert der erbeuteten Waren, Waffen und Schiffe sind den Stadtkassen oben genannter Städte auszuhändigen, namentlich zu Händen des Herzogs!

Im Gegenzug verpflichten sich alle Hafenstädte des Herzogtums Mecklenburg, diesem Schiff und seiner Besatzung uneingeschränkten Einlauf in ihre Häfen zu gewähren, gegen Entgelt Verpflegung, Waffen und Munition zu liefern und die Besatzung während der Überwinterung einzuquartieren.

Kapitän Nikolaus Störtebeker wird zum herzoglichen Hauptmann ernannt. Des Weiteren ist Hauptmann Störtebeker verpflichtet, die Hauptstadt des allergnädigsten Königs Albrecht von Schweden, Stockholm, mit Vitalien zu versorgen. Jährlich zu erledigen sind ein Dutzend Fahrten, die aus der herzoglichen Kasse entgolten werden.

Dieser Vertrag ist gültig, solange Mecklenburg Krieg gegen Dänemark führt. Ausgestellt zu Wismar am XXV. November, Anno Domini MCCCXC[14].«

»Amen!«, sagte Störtebeker lakonisch.

Hastig fügte Wichmann hinzu: »So ergeben ist das natürlich nicht gemeint, Herr Bürgermeister. Wir denken, das ist ein guter Vertrag und werden unseren Teil davon einhalten.«

Störtebeker nickte und sprach mit Nachdruck. »Und ob Ihr mit

---

13 Herzog Johann IV. von Mecklenburg-Schwerin – siehe Anhang, Seite VIII (586) und Seiten XXX/XXXI (608/609).

14 25. November, im Jahre des Herrn 1390.

uns zufrieden sein werdet! Wir verstehen uns darauf. Stimmt der Sold, stimmt das Handwerk! Wir sind nicht umsonst die gefragtesten Söldner im Baltischen Meer.«

»Söldner? Ihr bezeichnet Euch als Söldner?«, hakte Nyenkerken nach. Er staunte die ganze Zeit schon darüber, nicht nur leibhaftig auf einem Seeräuberschiff zu sein, sondern auch noch zwei weithin gefürchteten, schon legendären Gestalten friedlich gegenüberzusitzen. Er wollte die Sache beim Namen nennen, dann fiel ihm ein, wie brüskierend dies sein musste, und brach ab. »Ich dachte …«

Störtebeker rollte einmal mit seinen Augäpfeln und zog ein entsagungsvolles Gesicht. Aber er blickte den Kapitän nachsichtig an und beendete dessen Satz. »... Ihr seid Seeräuber! Das wolltet Ihr doch sagen, nicht wahr? Aber Ihr habt recht, leider verfolgt uns dieser Ruf. Jedoch finde ich das ungerecht, denn auch an Land gibt es neuerdings Söldner, die stets für diejenigen Fürsten kämpfen, die ihnen den höchsten Sold bieten. Niemand kommt auf den Gedanken, diese Landsknechte als Räuber zu benennen!«

»Deswegen habe ich *Euch* in Sold geholt, Störtebeker und Wichmann«, warf Landorp ein. »Für harte Gulden werdet Ihr die Fahne Mecklenburgs hochhalten und mich beim Sieg über Dänemark unterstützen.«

Die beiden Söldner sandten sich rasche Blicke, jeder las in den Augen des anderen den gleichen Gedanken: Dieser Bürgermeister benahm sich wie ein Landesherr.

Landorp war die Übereinstimmung der Blicke nicht entgangen. Aus Ärger über seine Unachtsamkeit biss er sich kurz auf die Lippe. »Wir schweifen ab, werte Hauptleute. Ich habe der ganzen Flotte die Überwinterung im Wismarer Hafen angeboten, damit sie im Frühjahr gegen den Dänen auslaufen kann. Aber ich muss unbedingt jetzt noch eine Ladung Vitalien nach Stockholm bringen! Sonst überlebt seine Bevölkerung diesen Winter nicht oder muss sich Dänemark ergeben, und das darf auf keinen Fall geschehen!«

»Was?« Beide Hauptmänner riefen wie aus einem Mund.

Störtebeker sprach allein weiter. »Das kann doch nicht Euer Ernst sein. Martini[15] ist seit zwei Wochen vorbei! Soeben habt Ihr Euch über uns mokiert, dass wir uns auslaufbereit halten. Jetzt wollt Ihr selbst aufbrechen.«

»Auch ich muss unbedingt nach Stockholm. Ich werde dort dringend erwartet«, warf Nyenkerken hastig ein.

»Unmöglich!« Wichmann hieb mit der flachen Hand auf den

15 Martini – der Martinstag, 11. November. Siehe Anhang, Seite VIII (586).

Tisch. »Das sage ich Euch. Das Packeis verschließt bereits den Finnischen Meerbusen. Wir frieren mit Sicherheit in den Schären fest und dann stecken wir in der Falle. Nein, nein, das geht nicht mehr!«

»Hennig!« Störtebeker stieß seinen Ellbogen dem Kumpan in die Seite. »Wenn's sein muss, dann geht das doch!«

Störtebeker grinste verwegen, zwinkerte Wichmann auffordernd zu und ruckte mit dem Kopf. »Denk' dran, wir leben mit der Gefahr und der Preis dafür lohnt sich! Nicht wahr, Herr Bürgermeister?«

»In der Tat! Das Doppelte vom Üblichen wird's auf jeden Fall werden. Sechs Schiffe werden aus Wismar absegeln. Euer Schiff wird vor allem seine wehrhafte Besatzung tragen und Waffen sowie Munition für die belagerte Stadt mitnehmen. Meine fünf Koggen werden mit Vitalien bis in den letzten Winkel vollgestopft und nicht mehr Männer mitführen, als zum Segeln notwendig sind. Ihr werdet mich und Kapitän Nyenkerken an Bord Eures Schiffes haben. Ihr segelt voran, denn die Flotte untersteht Eurem Befehl. Damit kommen wir zum zweiten Teil unserer Vereinbarung ...«

Landorp nahm mit einer absichtlich weit ausholenden Bewegung eine kleinere Pergamentrolle aus seinem Mantel und übereichte sie Störtebeker. »Ab sofort steht Ihr im Sold des Herzogtums Mecklenburg – als Hauptmann, bestätigt mit Brief und Siegel!«

Er lächelte gönnerhaft. »Da darf auch ein angemessenes Präsent des Herzogs nicht fehlen ...« Landorp hob nun den Mantel zur Rechten hoch, nestelte eine dort am Gürtel hängende Dolchscheide ab, aus der ein wertvoll gearbeiteter Griff ragte. Zwischen Griff und Klinge befand sich eine tellerförmige Scheibe. Ebenso am Knauf. »Hier, für Euch! Von Herzog *Johann I.* von Mecklenburg-Stargard[16] persönlich.«

Störtebeker schaute das Geschenk erfreut an und erhob sich wieder leicht von seinem Bankplatz. Er nahm es mit einer respektvollen Geste an sich. Er fasste den Griff, zog die Waffe und hielt die stählern blinkende Dolchklinge vor seine Augen. »Gute Arbeit, wirklich gute Arbeit! Mithilfe der Scheibe kann ich noch fester drücken und besser parieren. Hm ...«

»Wie schmal die Klinge ist.« Wichmann zog eine anerkennende Grimasse, in seiner Stimme klang nicht der geringste Neid. »Sie ist so dünn, dass du jedes Visier durchstechen kannst. Trotzdem zweischneidig und bestimmt unzerbrechlich.«

Landorp war der Stolz anzusehen. Er beschrieb das Kleinod ausführlicher, als er beabsichtigt hatte. »Ja, schaut ruhig genau hin, Herr-

16 Herzog Johann I. von Mecklenburg-Stargard – siehe Anhang, Seiten XXX und XXXI (608 und 609).

schaften! Dieser Scheibendolch[17] ist aus Herzog Johanns eigener Waffenschmiede. Dies erkennt Ihr an dem unverwechselbaren Wappen Mecklenburg-Stargards, das in die Scheide hineingewirkt wurde. Sogar zwischen die Platten eines Panzers passt die Klinge, und wenn man die richtige Stelle erwischt, kann man die Rüstung eines Ritters tatsächlich knacken. Das sind Werke erster Güte, als Geschenke für die Kapitäne der Stehlschiffe, die im Frühjahr zu Hauptmännern meines Landes befördert werden.«

»In der Tat.« Störtebeker nickte anerkennend. »Alle Zusagen von Eurer Seite sind erfüllt worden. Bei einem guten Geschäft aber muss es am Ende zwei zufriedene Partner geben. Wir werden unseren Teil dazugeben: Wir segeln und kämpfen für Eure Sache! Wann sollen wir ablegen?«

»Übermorgen früh!« Landorps Stimme klang bestimmt, sein Blick erwartete keine Widerrede.

Störtebekers Augen suchten das Einvernehmen mit Wichmann. Dieser sah direkt in die Pupillen, nickte leicht und murmelte: »Nur her mit dem Riesenhaufen Gemüse, Herr Bürgermeister! Wir werden das ganze Grünzeug schon nach Stockholm hinüberschaukeln, selbst über die höchsten Wellen, und wenn sie schon aus Eis sind, schieben wir's drüber.« Die beiden Hauptmänner lachten rau. Sie waren bereit fürs nächste Abenteuer.

8

Zwei Tage später legten Störtebekers Holk und fünf Koggen ab, fuhren aus dem sichelförmigen Hafen und stachen in See. Die kleine Flotte querte die Wismarer Bucht, umfuhr die Insel Poel steuerbords, hielt sich vom Liepser Sand fern und erreichte die Mecklenburger Bucht. Die Schiffe drehten auf Nordost und segelten in Sichtweite parallel zur Küste Mecklenburgs. Rostock mit dem weithin sichtbaren Turm der Petrikirche wurde passiert sowie Kap Arkona auf Rügen. Südlich von Bornholm nahm die Flotte Kurs Ostnordost mitten durch die Baltische See. Der Wind blies aus ungünstigen Richtungen und der Seegang wurde zusehends rauer.

Kein Segel zeigte sich weit und breit, denn der Schiffsverkehr war wegen der kalten Luftströmungen aus dem Norden längst eingestellt worden. Sie sichteten lediglich eine wohl in Schonen mit Heringen beladene Schnigge[18] auf letzter Fahrt nach Pommern.

17 Scheibendolch, der – siehe Anhang, Seite IX (587).

18 Schnigge, die – ein kleines, schnelles Schiff mit nur einem Mast zum Segeln, welches auch gerudert werden konnte.

Um überhaupt noch die Fahrt nach Stockholm zu schaffen, hatte Wichmann einen Kurs vorgegeben, der mitten durch das Meer führte. Denn beim notwendigen ständigen Kreuzen[19] wollte man nicht in Küstennähe geraten; sogar Gotland sollte deswegen auf seiner Ostseite umrundet werden. Weil dadurch die zu segelnde Strecke doppelt so lang werden würde wie üblich, ordnete Störtebeker an, dass die Segel nicht nur tags, sondern auch nachts gesetzt und somit das Licht des zunehmenden Mondes und die zu dieser Tageszeit günstigeren Winde ausgenützt werden konnten. Da die fünf voll beladenen Wismarer Hanseschiffe nur mit geringster Besatzung gesegelt wurden, setzten abends je sechs Mann vom Roten Teufel – dessen Bugfigur frisch mit blutroter Farbe gestrichen worden war – über, um das Nachtwerk zu übernehmen. Diese dreißig Mann schliefen tagsüber in ihren Hängematten im Mannschaftsraum des Flaggschiffs.

Die beiden Hanseherren hielten sich meist auf dem Achterdeck oder in ihrer Kajüte auf. Landorp fror, langweilte sich und blieb ab dem zweiten Tag ständig unter Deck. Gegenüber seinem Begleiter deutete er mehrfach an, dass dies hier ganz und gar nicht seine Welt sei. Nyenkerken dagegen wurde durch das ihm nur zu bekannte Treiben an Bord angeregt. Er nahm jedoch eine andere Stimmung auf diesem Schiff wahr, als er sie von seinen Hamburger Koggen gewohnt war. Zunächst konnte er nicht erfassen, woran dies lag.

Einen Tag später wurde es ihm klar. Das umsichtige Steuern des Schiffes durch die beiden Kapitäne sowie das tüchtige Handwerk der Männer an Bord unterschied sich nicht von dem Leben auf einer Hanse-Kogge. Aber das Benehmen der Besatzungen war anders. Begleitete die Hanseschiffe auf ihrer christlichen Seefahrt eine endlose Folge von lauthals ausgestoßenen Flüchen allerderbster Art, herrschte hier Schweigen, wenn nicht gesprochen werden musste. Näherte er sich allerdings einem Mann unbemerkt, konnte er sehr wohl einen zwischen den Zähnen herausgepressten üblen Fluch heraushören.

Nyenkerken bewunderte die Führungsstärke der beiden Hauptleute, denn sie schienen in der Lage, rigoros Disziplin von diesem wilden Haufen einzufordern. Eindeutig trug zum Erhalt dieser Ruhe bei, dass die Männer den ganzen Tag über beschäftigt wurden, hauptsächlich mit dem Borddienst, der Instandhaltung des Schiffes, und was für ihn ungewohnt anzusehen war – Übungen mit Waffen aller Art. Auch an einigen zum Teil noch nie gesehenen Vorrichtungen auf und in der Holk erkannte er, dass der Rote Teufel für einen Kampf wahrlich gut gerüstet war. Links und rechts an den Bordwänden dieses Kriegs-

19 kreuzen – im Zickzackkurs gegen den Wind segeln.

schiffs hing je ein gut manndickes eisernes Rohr in einem massiven hölzernen Balkengestell, welches in einer ebenfalls eisernen drei Finger dicken Bodenplatte steckte. Diese Rohre waren nur zwei bis drei Fuß lang und ließen sich in ihren Gestellen nur auf und ab kippen. Wollte man sie nach links oder rechts schwenken, mussten mehrere Männer mit großem Kraftaufwand die auf dem Schiffsdeck aufliegende mächtige Bodenplatte drehen.

Ein verdreckter Schuh wurde in Nyenkerkens Gesichtskreis gestellt. Er blickte auf. Vor ihm befand sich der Schöne Jan und zog eine grässliche Fratze, daneben stand der ›Hässliche Piet‹ und tat es ihm nach; sein Lächeln jedoch ließ ihn engelsgleich erscheinen. Er hatte als Einziger an Bord noch sämtliche Zähne, obendrein waren sie weiß wie Perlen.

Die Zwillingsbrüder waren von klein auf Waisen, hatten vor fünf Jahren angeheuert und dienten zunächst als Schiffsjungen. Als Störtebeker an Bord kam, rasch zum Hauptmann avancierte und kurz darauf die Bombarden erbeutete, wies er Jan und Piet in deren Bedienung ein. Seitdem hüteten sie vor allem das Fass mit dem wundertätigen Pulver wie ihre Augäpfel.

Die schmächtigen Jünglinge taugten kaum für den Kriegsdienst, trotzdem waren sie mit ihren knapp einundzwanzig Jahren die wohlhabendsten Männer an Bord. Obwohl die Beute unter allen gleich aufgeteilt wurde, landeten viele Anteile früher oder später bei ihnen, denn mangels Weiber begehrte man ihre Leiber. Brüderlich teilten die Zwillinge, wenn der eine mehr als der andere einstrich. Selbst nachdem Jan durch einen Schwerthieb fürchterlich entstellt worden war – damals hatten ihm die Männer in ihrem derben Humor den Namen ›Schöner Jan‹ gegeben und auch seinen Zwillingsbruder umgetauft – und nur noch selten in Anspruch genommen wurde, gab der nun reichlicher gedeckte Piet bis zur Hälfte ab.

Die Besatzung wunderte sich stets, wo der Reichtum verblieben war – am Marktplatz der Stadt Wisby auf Gotland gehörte den beiden im Geheimen ein stattliches Badehaus, in welchem der Propst nach der sonntäglichen Messe im Dom regelmäßig während seines Bades zu speisen pflegte.

»Sind das die neuen Böller? Ich habe unglaubliche Dinge darüber gehört!«, sagte Nyenkerken.

Jan nickte heftig und grinste zum Erbarmen.

»Alles ist wahr!« Piet lächelte gewinnend und blickte überlegen. »Wir kennen uns mit den Kanonen des Roten Teufels aus.«

»Dann erklärt mir bitte diese Dinger!«

»Aber gerne, Käpt'n.« In Piets Stimme klang Respekt, denn er hatte von seinen Kameraden erfahren, dass Nyenkerken ein tüchtiger Hansefahrer war. »Sie können fast kopfgroße Steinkugeln über mehrere hundert Ellen hinweg schleudern. Dies vollbringt ein Pulver[20], das aus Holzkohle und einem Häufchen Salpeter besteht. Wir schütten es ins Rohr, stopfen es fest und zünden es an. Dann …«

»Ich begreife nicht, wie daraus eine solche Kraft erwachsen soll?«

»Wir schwören Stein und Bein, dass dem so ist!« Jans Augen blickten ernst, was ihn weniger hässlich erscheinen ließ.

Nyenkerken ging quer übers Deck zur rechten Bombarde und inspizierte sie ebenfalls. »Nach meiner Rückkehr werde ich den Rat bedrängen, diese neue Waffe für Hamburgs Schutz zu beschaffen.«

Die beiden Zwillinge blickten verdrießlich, während der Kapitän den Lauf absuchte. Jan fand seine gute Laune wieder und grinste dermaßen, dass man ihn kaum ansehen konnte, ohne zu erschauern. Er zeigte Nyenkerken ein kleines Loch am Ende des Rohres.

»Da hinein frisst sich das Feuer durch zum Pulver«, erklärte indessen sein Zwillingsbruder und lächelte so schelmisch, dass man dahinschmelzen konnte. »Der Funke entzündet das in die Mündung geschüttete Gemisch. Das Pulver verwandelt sich in eine schwarze Wolke, die davor im Rohr steckende Kugel fliegt weit davon und …

»Für mich bleibt das ein Wunder!«

Nyenkerken entdeckte jedoch weder Zündschnur noch Pulver oder Kugeln.

»Sicher verstaut unter Deck!«, sagten die Zwillinge gleichzeitig.

Der Hansekapitän grinste anerkennend, denn die beiden Kanoniere schienen seine Gedanken lesen zu können. »Hätte ich mir eigentlich denken können.«

Piet und Jan grinsten wie Himmel und Hölle um die Wette.

Nyenkerken patschte mit der flachen Hand auf das kühle Eisenrohr und strich über das spröde Metall bis zum Wulst der Mündung. Immer wenn er Waffen anfasste, durchfuhr ihn ein Schauer und seine Haut begann zu kribbeln. Sie faszinierten ihn, obwohl er das Gefühl hatte, ein friedliebender Mensch zu sein.

»Ich habe gehört, dass fast alle Rohre platzen, oft schon beim ersten Schuss. Dann taugen diese Dinger doch nichts, lediglich ihr Anblick verbreitet Furcht.«

»Wartet's nur ab, Käpt'n.« Piet hob seinen Finger und blickte uralt wie ein Wahrsager. »Ihr werdet es noch erleben, denn die Böller werden stets verbessert und irgendwann …«

20 Schießpulver, das – siehe Anhang, Seite IX (587).

»… wird man mit Kanonen Krieg führen und siegen, denn die Mächtigen im Lande haben der Wert dieser Wunderwaffe längst erkannt.« Jan tätschelte liebevoll die Kanone und bleckte sein zerstörtes Gebiss.

Nyenkerken nickte. »Es wird so kommen wie beim Kettenhemd. Was ist heutzutage daraus geworden: ein stählerner Panzer, in dem ein Mensch steckt.«

Der Hamburger Kapitän dankte den Geschützmeistern mit einem Nicken, blieb noch an der Bombarde stehen und hing seinen Gedanken nach.

9

Störtebeker kam heraus und begab sich zum Achterdeck. Er zog sein Wams aus und streifte das Unterhemd ab. Mit bloßem Oberkörper begann, er Streck- und Dehnübungen auszuführen. Nyenkerken merkte auf und beobachte aus den Augenwinkeln die Bewegungen des Hauptmanns. Einige Übungen erkannte er wieder. Er hatte sie in der Gaststube verfolgt, bevor der Anführer der Männer des Roten Teufels auf den Tisch gestiegen war.

Nyenkerken schlenderte übers Deck, stellte sich neben Störtebeker und sah neugierig zu. Dieser ließ sich nicht beirren, sondern begann mit seiner nächsten Aufgabe. Störtebeker legte sich bäuchlings längs auf die Planken des Decks, stützte die Faustballen und die Fußspitzen aufs Holz. Er versteifte seinen Körper, drückte ihn mit seinen Armen in die Höhe, hielt seinen Leib waagerecht in der Luft und ließ ihn bis auf einen Fingerbreit über Deck sinken. Er wiederholte diese Übung einhundertdreiundvierzig Mal.

Nyenkerken staunte, denn nirgendwo machte ein Mensch so etwas. Unwillkürlich zählte er mit und schüttelte mehrmals den Kopf, denn er wusste diese Anstrengung nicht zu würdigen.

Störtebeker atmete schwer, hockte sich auf die Fersen und legte seine Hände flach auf die Knie.

»Hauptmann, was macht Ihr da? Wofür um alles in der Welt soll das gut sein?« In der Stimme Nyenkerkens schien Zweifel am Gemütszustand des anderen mitzuschwingen.

Störtebeker lächelte nachsichtig, zwinkerte dem Kapitän zu und kündigte mit gestrecktem linken Zeigefinger die Erklärung an. Mehrmals zog er tief Luft ein und erhob sich. Er stellte sich seitlich vor Nyen- kerken auf, einen Arm stützte er in die Seite, den anderen hob er, winkelte ihn langsam an und hielt den Oberarm dicht vor Nyenkerkens Gesicht. Langsam ballte er seine Hand, kippte die Faust nach innen und ließ den Bizeps emporschnellen, sodass dieser fast die Nase Nyenkerkens traf. Der erschrak, machte große Augen und ruckte gleichzeitig den Oberkörper nach hinten.

»Da staunt Ihr, Kapitän! Nicht wahr?« Störtebeker warf den Kopf in den Nacken und lachte laut. Er freute sich diebisch über den Scherz. »Solche Muskeln habt Ihr noch niemals gesehen, ganz bestimmt nicht, Kapitän! Denn so ein Berg aus Muskeln wächst nicht von alleine. Ihr habt Euch durch Euer Handwerk gewiss viel Kraft und Ausdauer erworben, jedoch hilft das schwerste Tagewerk nicht, einen solchen Armumfang zu bekommen. Selbst Ritter und Soldaten, die ihr Leben lang schwere Panzer tragen, bringen das nicht zu Stande. Dafür muss man sich jahrelang schinden mit Übungen. Sie haben letztendlich Sinn.«

»Dieses ständige Auf und Ab soll Eure gewaltigen Muskeln gebildet haben? Das meint Ihr doch nicht im Ernst, Herr Hauptmann?«

»Doch! Das kommt davon.« Störtebeker nickte, senkte seinen Arm und schüttelte ihn locker. »Allerdings reicht das nicht, was Ihr eben gesehen habt. Gewicht gehört noch dazu.« Er drehte sich um und zeigte auf einige flache Felsbrocken von unterschiedlicher Größe neben der Tür zu seiner Kajüte. »Diese Steine legen mir meine Leute nacheinander auf den Rücken, damit es schwer wird, schwerer und am schwersten. Das erst bringt die Muskelberge.«

Störtebeker blickte allwissend und wies mit seinem Zeigefinger auf Nyenkerkens Nasenwurzel. »Das ist schon länger bekannt, seit über zweitausend Jahren.«

»So?« Nyenkerken schielte auf die Fingerspitze. »Warum habe ich dann niemals etwas davon gehört?«

»Weil diese Erkenntnisse in Vergessenheit geraten sind, wie vieles andere auch.«

»Das wissen wir nicht mehr?«

»So ist es.« Störtebeker nickte heftig, seine Mimik drückte Missbilligung aus. »Seit dem Ende des Römischen Reichs.«

»Ach nee.« Nyenkerken winkte ab und lächelte spöttisch. »Die ollen Römer! Was sollen die uns schon noch lehren können?«

»Wie? Ihr seht's auch so?« Störtebeker verschränkte die Arme vor der Brust und neigte den Kopf; sein Gesicht drückte Enttäuschung aus. Im nächsten Augenblick sah er seinem Gegenüber wieder in die Augen und lächelte melancholisch. »Ihr denkt nicht nach und redet leichtfertig, wie alle anderen. Leider! Die Erfahrung vergangener Generationen lehrt uns viel. Wir sollten unsere Vorfahren mehr achten, uns ihr Wissen aneignen und ihre überlieferten Ratschläge befolgen, die zumeist weise sind.«

»So?« Nyenkerken zeigte unverhohlen seine Skepsis. »Was wollt ausgerechnet Ihr mit solchen Lehren anfangen? Ihr? Ein unsteter Seefahrer, welcher weder lesen kann, noch schreib...«

Störtebeker zog die Brauen zusammen.

»Oh!« Der Hansekapitän hielt seine hohle Hand vor den Mund. »Verzeiht mir! Ich bitte vielmals um Entschuldigung. Ich wollte Euch nicht verletzen.«

»Schon gut.« Der Hauptmann verzog keine Miene mehr, sondern winkte mit der linken Hand ab. »Nicht der Rede wert. Ich bin ja nicht der Einzige, der's nicht kann. Ich nutze lieber die Gelegenheit, mich fürs Vorlesen zu bedanken. Ihr habt mir aus der Patsche geholfen.« Störtebeker hielt Nyenkerken die Rechte hin. »Hiermit sage ich Euch herzlichen Dank!«

Nyenkerken blickte überrascht auf die dargebotene Hand. Ein Lächeln huschte über sein Gesicht, dann zeigte es seine Freude, als er einschlug. »Ich mag's nun mal nicht, wenn Menschen in Verlegenheit geraten. Ich helfe gerne.«

Sie schüttelten ihre Hände kräftig, sahen sich offen in die Augen.

»Das höre ich mit Freude. Aber die Sache war halb so schlimm, denn ich hätte das Schreiben ohnehin an Hennig weitergereicht, weil er nämlich lesen und schreiben kann. Nicht so gut wie Ihr, aber immerhin. Übrigens, ich hatte von Anfang an einen guten Eindruck von Euch.«

»So? Das vernehm ich auch ganz gern. Meinerseits war's nämlich gleich!«

Sie ließen los.

»Zurück zur fernen Vergangenheit, der lehrreichen.« Störtebeker verkniff sich seine vorherige Geste mit dem Zeigefinger. »Woher also weiß ein unsteter und unbelesener Söldner solche Sachen? Das Schicksal lenkte mich zu einem guten Lehrer, einem allwissenden Magister der sieben Künste. Jener weise Mann erklärte mir, dass die alten Griechen auf diese Weise übten, um sich für ihre Olympischen Spiele[21] im wahrsten Sinne des Wortes in Form zu bringen. Schon als junger Bursche war ich höher gewachsen als sämtliche Männer meiner Heimatstadt, jedoch schlanker von Gestalt und längst nicht so kräftig wie die anderen.«

Nyenkerken zog seine Brauen hoch, wiegte seinen Kopf.

»Das glaubt Ihr nicht?« Störtebeker beugte den linken Unterarm, hob den Bizeps und deutete mit seinem rechten Zeigefinger auf ihn. »Aber jetzt – seht ruhig einmal richtig hin! – bin ich der kräftigste

21 Olympische Spiele – siehe Anhang, Seite IX (587).

Mann weit und breit. Wenn Wille und Wissen sich finden, wird die Mühe vom Erfolg gekrönt. Glaubt mir das doch endlich!«

»Meint Ihr etwa den Magister Wigbold?«, lenkte Nyenkerken ab, um nicht zustimmen zu müssen. »Von dem habe ich schon gehört. Was hat der denn bei Euch verloren, wenn er wirklich ein Magister ist? Ich denke eher, dass er sich seinen Titel ange…«

»Halt!« Störtebeker schnellte seinen linken Zeigefinger vor Nyenkerkens Nasenspitze. Seine Brauen zogen sich zusammen, die Pupillen richteten sich starr auf den Hansekapitän. »Auf meinen Meister lasse ich *nichts* kommen! Gar nichts! Er ist ein großartiger Gelehrter, ein Genie. In der ganzen Welt der Wissenschaft ist er herumgekommen. Er hat tatsächlich in Paris studiert, auch in London, dort seinen Magister erworben und …«

»Schon gut!« Nyenkerken riss seine Hände mit gespreizten Fingern hoch, um den Hauptmann zu beruhigen. »Ich wundere mich nur, was ein Mann von solchem Geist unter See…, ähm, Söldnern zur See verloren hat.«

»Verloren?« Störtebeker blickte versonnen in die Höhe, denn er war längst besänftigt. »Dieses Wort trifft ganz gut den Kern der Geschichte. Er ist vom rechten Lebensweg abgekommen, genauso wie ich. Die Göttin des Schicksals, diese ungerechte und launische Dame, hat uns gründlich in die Irre geleitet.«

»So?« Nyenkerken fühlte mit und zeigte Anteilnahme. Unwillkürlich legte er Störtebeker seine Hand leicht auf die nackte Schulter, wie einem Freund. »Dann ist Euer Leben nicht so verlaufen, wie Ihr gern gelebt hättet?«

»Ganz und gar nicht.« Der Hauptmann zögerte, ließ die Hand aber ruhen. In seinen blauen Augen war ein Anflug von Melancholie zu erkennen wie bei der Begrüßung im Hafen, als dies dem Hansekapitän aufgefallen war. »Aber jetzt habe ich mich mit meinem Los abgefunden, ich hadere nicht mehr mit meinem Schicksal. Ich will und kann nicht darüber reden – mit niemandem! Nehmt mir dies nicht übel, Kapitän Nyenkerken.«

Er hob seine Schulter leicht an.

Nyenkerken nahm rasch die Hand fort.

»Entschuldigt mich, Kapitän.« Störtebeker lächelte und wies mit dem Kopf auf eine Gruppe seiner Mannschaft in der Nähe. »Ich nehme meine Männer zu Waffenübungen ran, das verschafft ihnen Bewegung, statt herumzuhängen und auf noch schlechtere Gedanken zu kommen.«

»Ihr denkt voraus.« Nyenkerken zeigte seine Bewunderung. »Ich habe schon bemerkt, dass Ihr Eure Mannschaft ohne Unterlass beschäftigt. Dadurch vermeidet Ihr Eintönigkeit, die Quelle des Aufbegehrens und vertreibt die Langeweile, die Brutstätte der Unzufriedenheit. Ihr könnt führen … und habt meinen größten Respekt!«

Störtebeker grinste so ausgiebig, dass das Loch in seinem linken Gebiss vollständig sichtbar wurde – das Lob gefiel ihm. »Genau darum bin ich hier der Hauptmann!« Er drehte sich zur Seite, um zu gehen. »Ich empfehle mich.«

»Bitte sehr.« Aber Nyenkerken war neugierig geworden, trat einen Schritt vor und fragte mit Eifer. »Darf ich zusehen?«

»Das könnt Ihr machen.« Störtebeker lachte leise vor sich hin. Er wusste um den Reiz des Waffenhandwerks auf tumbe Bauern und harmlose Bürger, falls es ihnen dabei nicht an die Gurgel ging. »Seht ruhig zu.«

10

Störtebeker rief vierzwanzig Männer auf, sich für Kampfübungen bereit zu machen. Diese verteilten sich über das ganze Deck.

Dehnen, strecken, einschwingen, stechen, schlagen – alles machte er seinen Männern vor, die es ihm mehr oder weniger gelungen nachahmten. Störtebeker schritt zwischen ihnen umher, tadelte, lobte, führte und riss mit Worten die Kämpfer mit. Er war mit Feuereifer bei der Sache.

Landorp, den der Waffenlärm auf das Deck gelockt hatte, schlenderte um die kämpfenden Gruppen herum. Er versuchte, den Eindruck zu erwecken, als ginge ihn dies nichts an. Seine vergrößerten Pupillen jedoch verrieten ihn: Sie huschten hin und her, um nichts vom Waffengewerk zu verpassen. Wiederholtes Nicken und andere bestätigende Körperbewegungen zeigten sein Wohlgefallen bei der Beobachtung der Finten und Angriffsvarianten, besonders natürlich beim Hauptmann. Trotzdem legte sich ein leichter Zug von Spott über seine Züge, als Störtebeker einen auf Deck liegenden über drei Ellen langen Anderthalbhänder ergriff und mit diesem zu schwingen anfing.

»Wunderbar, Herr Hauptmann!«, lobte er Störtebeker, aber seine Stimme klang ironisch. »Das sieht beeindruckend aus, wie schwungvoll Ihr mit dieser riesigen Waffe umzugehen wisst.«

Landorp strich mit Zeigefinger und Daumen die Kinnlade entlang bis zur ausgeprägten Spitze seines Kinns. Als die beiden Finger sich berührten, löckte er wider den Stachel. »Dennoch hättet Ihr gegen mich einen schweren Stand.«

»So?«, stieß Störtebeker aus und machte ein bissiges Gesicht. »Um was in aller Welt sollte ich mich mit Euch groß abplagen? Etwa wegen des Stöckchens, das Ihr am Gürtel tragt?«

»Dünn und kurz ist dieser Stab, jedoch aus Solinger Stahl[22], Herr Hauptmann«, gab Landorp zurück. Er nutzte die Gelegenheit, sein lediglich eine Elle und eine Handspanne langes Schwert zu ziehen. »Diese Klinge ist leicht und daher rasant zu handhaben.« Seine Pupillen weiteten sich beim Blick aufs blanke Schwert. »Ich erwische Euch, ehe Ihr aus dem ersten Schwung eures Riesenschwerts, der fehlgehen wird, wieder in Verteidigung geht. Ihr werdet nicht mehr dazu kommen, nochmals anzugreifen.«

»Ich schwinge nicht fehl!« Störtebeker wedelte mit dem langen Schwert. »Im Gegenteil, wo ich hinhaue, wächst kein Gras mehr. Darauf könnt Ihr Euch verlassen.«

»Einen Angriff, Hauptmann!« In Landorps Augen blitzte die Gefechtslust; er ließ seine Schwertklinge quer vor sich in Doppelschleifen durch die Luft zischen. »Ich biete Euch drei Versuche an, mich zu treffen. Nur zu, ich passe schon auf mich auf, denn ich bin kein Grashalm, der nicht ausweichen kann.«

Störtebeker ließ sich das nicht nochmal sagen, packte den Griff des Anderthalbhänders fester und hielt die Schneide waagerecht, sodass die Spitze auf Landorps Brust wies. Dieser konnte sich ihm nur nähern, wenn er sich in die Klinge stürzte.

»Seht Ihr?« Störtebeker grinste, blickte herausfordernd. »Ihr könnt mir gar nicht ans Leder gehen mit eurem Halbschwert.«

»Stimmt!« Landorp senkte die Spitze seines Schwerts bis eine Hand breit über die Planken und ging zwei Ellen zurück. Er setzte den linken Fuß nach hinten, stützte die Spanne seiner linken Hand in der Hüfte ab, stellte sein rechtes Bein nach vorn und federte mit dem Knie. »So lang euer Doppelschwert auch ist, Ihr kommt ebenfalls nicht ins Ziel, wenn Ihr keinen Angriff wagt.«

»Der kommt jetzt,« warnte Störtebeker sein Gegenüber. Er schwang den Anderthalbhänder auf Brusthöhe heftig hin und her und ging dabei vorwärts. Landorp wich mit kurzen Schritten bis zur Bordkante zurück, ohne seine Haltung zu ändern oder die Klinge zu heben. Störtebeker grinste höhnisch, denn er erwartete die Kapitulation seines Kontrahenten. Seine Aufmerksamkeit ließ nach.

Er setzte zu seinem vermeintlich letzten Schlag an, der Anderthalbhänder schwang nach links. Blitzartig schnellte die Spitze des kurzen Schwerts hinterher, traf die Klinge des Riesenschwerts und

22 Solinger Stahl – die Stadt Solingen war bereits im Mittelalter berühmt für ihr Klingenhandwerk.

gab seiner Bewegung zusätzliche Wucht. Störtebekers Oberkörper drehte sich so weit, dass er mit der Rechten den Griff loslassen musste, um nicht das Gleichgewicht zu verlieren. Der Bürgermeister machte einen Satz nach vorn und einen Ausfallschritt nach links, gleichzeitig reckte er sein Schwert gegen den Hauptmann, bis die Spitze die Haut über dessen Herzgrube berührte. Sein Arm war noch leicht angewinkelt; er brauchte ihn nur zu strecken, um die Klinge ins Herz zu drücken.

»Treffer und Sieg!« Landorps Stimme gellte, seine Augen blitzten voller Triumph. »Von wegen zu dünn und zu kurz! Habe ich Euch überzeugt, mein Herr?«

Störtebeker riss unwillkürlich seine rechte Hand zur Brust, konnte aber seine Finger nur um den Ort[23] führen. Er presste die Handfläche auf die oberen Bauchmuskeln, die Klingenspitze stak zwischen Mittel- und Ringfinger. Der Anderthalbhänder wog schwer, er ließ seinen linken Arm sinken, bis die Spitze des Schwerts in einer Deckplanke stak – er war wehrlos.

Einen Augenblick lang erstarrten sämtliche an Deck befindlichen Männer in ihren Bewegungen und gaben keinen Laut von sich.

»Durchaus!« Störtebeker senkte ergeben den Kopf. Er blickte auf die im Sonnenlicht blitzende Klinge, die ihm unversehens den Garaus machen konnte. Er fing sich und begehrte auf. »Im Kampf trage ich aber einen Brustharnisch. Auf dem würde die Schwertspitze abrutschen, wenn nicht gar brechen. Erstechen könntet Ihr mich nicht, höchstens irgendwo ein wenig ritzen.«

»Ha!« Landorp lachte höhnisch. »Ich würde die richtige Lücke finden, um Euch zu töten, selbst wenn Ihr gänzlich in Stahl gehüllt wärt.«

»Nehmt endlich die Klinge weg, Herr Bürgermeister!«, ließ sich Nyenkerken mit besorgter Stimme vernehmen. Er sah über zwanzig Mann um sich verharren, die immer noch keinen Mucks von sich gaben. Aber mit Sicherheit würden sie ihre beiden Passagiere in winzige Fetzchen zerhauen, falls ihrem Hauptmann etwas geschähe. »Geht sofort zurück!«

»Pardon, Herr Hauptmann!« Landorp sah ein, dass er zu weit gegangen war. Aber er konnte es sich nicht verkneifen, dem Hauptmann mit seiner Waffe, unbemerkt von den anderen, noch einen winzigen Stich zu versetzten. Dann nahm er die Klinge beiseite und schob das Schwert wieder in die Scheide. Landorp ließ sich seine Schadenfreude nicht anmerken, sondern verbeugte sich in vollendeter Höflichkeit. »Vergebt mir, ich verlor meinen Kopf.«

23 Ort, der – ist die Klingenspitze, der ›gefährlichste Teil‹ der Waffe.

»Gut, dass Ihr ihn gleich wiedergefunden habt!« Störtebeker war wieder Herr seines Schicksals. »Sehen wir zu, dass unsere Köpfe zwischen beiden Schultern stecken bleiben, denn nur so können wir sie gebrauchen.«

Er ließ seine Hand auf seiner Brust liegen, presste sie sogar fester auf seine Haut, denn er fühlte Feuchtigkeit quellen. Blut! Er spürte einen leichten Schmerz, der anhielt.

»Schon gut, Herr von Landorp.« Er drückte noch fester, es sollte nichts Rotes unter der Hand hervorkommen und von den Männern zu sehen sein. »Kameraden! Steckt die Waffen ein! Schluss für heute!«

Die Anspannung unter den Söldnern zur See ließ nach, die Schwerter sanken herab.

Störtebeker wurmte die Niederlage, er versuchte, abzuwiegeln. »Eure Finte kannte ich noch nicht. Nächstes Mal würde es andersherum laufen.«

»Vielleicht.« Landorp lächelte und machte eine abwägende Geste mit der rechten Hand. Er achtete aber darauf, nicht mehr überheblich zu wirken und gab seiner Stimme einen verbindlichen Ton. »Trotzdem rate ich Euch, wie eben bewiesen, die neuen Waffen zu beachten und sich anzueignen. Passt Euch rechtzeitig dem Wandel der Zeit an.«

»Dem Wandel der Zeit? Wie meint Ihr das?«

»Feuerwaffen!« Landorp ließ sich nicht lange bitten, das war sein bevorzugtes Metier. »Auch Ihr vollzieht den Wandel in Form dieser beiden Bombarden hier auf dem Deck. Noch erregen sie mehr Furcht, als sie Unheil bringen können. Aber wartet nur ab, bis wir Mecklenburger Rohre gießen können, die Mauern niederwerfen und Armeen hinwegfegen. Dann nützt der dickste Panzer nicht mehr. Schaut Euch doch nur die Ritter an! Sie hüllen sich in immer mehr und mehr Stahl, sodass sie sich kaum noch bewegen können. Zu schwer, zu langsam, zu dumm ...«

»He!«, warf Störtebeker erzürnt ein. »Sagt mir nichts gegen die Ritter, Ratsherr. Von wegen dumm! Wisst Ihr denn nicht, wie viel so ein Ritter lernen muss?«

»Und ob!« Der Bürgermeister lächelte überlegen. »Ich könnte ohne Weiteres ein Ritter sein, wenn ich nur wollte. Ich erkannte aber, die sind von gestern!«

»Von gestern?« Störtebeker ließ den Griff seines Anderthalbhänders los, sodass die Waffe auf die Planken polterte, und wedelte mit dem linken Zeigefinger. »Im Gegenteil! An ihrer Ritterlichkeit könnte man sich in der ruchlosen heutigen Zeit ein Beispiel nehmen.«

»Ritterlichkeit?« Landorp lachte hämisch und schüttelte den Kopf.

»Aber, aber, Herr Hauptmann! Diese Zeit ist vorbei, heutzutage gibt's doch nur noch mittellose Raubritter, die von der Hand im Mund leben. Sie müssen sich billige Mehlspeisen backen, welche nicht umsonst ›Arme Ritter‹ heißen.«

Störtebeker wollte auffahren, besann sich aber und nickte schweigend. Dann holte er tief Luft. »Ihr habt recht, deren Zeit geht zu Ende. Euer ›dumm‹ jedoch lasse ich auf keinen Fall durchgehen.«

»Schon gut.« Landorp hob beide Hände und gab sich jovial. »Ich nehme das zurück. Wir wollen uns doch wegen der guten alten Rittersleute nicht in die Haare geraten. Im Gegenteil, wir haben uns zusammengetan, um zahlreiche heldenhafte Taten zu vollbringen.«

Ja, dachte Störtebeker. *Aber wenn ich deinen Zwecken genug gedient habe, komm ich dran.*

»Männer!« Wichmann trat rasch zu Störtebeker, legte ihm eine Hand auf die Schulter, sodass die Leute erkennen konnten, dass er für beide sprach. »Wir erlauben euch, heute Abend ein Fass Bier sowie ein Fässchen Schnaps aufzumachen und die ehrenwerten Ritter hochleben zu lassen.«

»Johooo!« Gebrüll brauste auf, die Söldner zur See hieben und schüttelten sich gegenseitig vor Begeisterung. Sie zerstreuten sich, ließen die Gruppe der Herrschaften außer Acht und kümmerten sich nicht mehr um das Geschehen.

»Werte Herren!« Wichmann wandte sich an die beiden Passagiere. »Wir laden Euch zu diesem Umtrunk ein.«

»Selbstverständlich.« Störtebeker verbeugte sich höflich vor den beiden Herren.

Die beiden Passagiere dankten mit einem Nicken, der eine mit Spott in den Augen, der andere mit Anteilnahme.

11

Wichmann zog Störtebeker am Arm und führte ihn in ihre Kajüte.

»Hennig!« Störtebeker fuhr Wichmann an, als sie eintraten, sprach aber leise. »Die Vorräte sollen doch nicht angegriffen werden.«

»Denk nach!« Wichmann zog an Störtebekers Schulter und drehte ihn zu sich. »Diese Ablenkung war nötig, damit du dein Gesicht wahren kannst.«

»Schon gut.« Störtebeker nickte langsam. »Du hast recht. Dieser tückische Mensch hat mich vor versammelter Mannschaft bloßgestellt. Ich danke dir für den guten Einfall.«

Wichmann lächelte nachsichtig, winkte ab und schloss die Tür.

»Ich Blödmann!« Störtebeker schimpfte lautstark auf sich und hob seine Hand von der getroffenen Stelle, sodass mehr Blut aus der kleinen Wunde sickerte. Mit verbissenem Gesicht streifte er mit einem Lappen die Tropfen von Hand und Bauch. »Beim ersten Handschlag schon habe ich gesehen, dass er sein Schwert häufig zieht – überall an der Waffe sind Scharten und Kratzer. Obwohl er manchen Strauß gefochten haben muss, sieht er unbeschadet aus. Er wird meistens gewonnen und manches Leben genommen haben.«

»Bist du in Ordnung?« Wichmann klang besorgt, dachte aber wohl mehr an die Bloßstellung.

»Das ist nur ein Kratzer, Mann! Mach keinen Wind drum.«

»*Nur*? Ein Treffer, genau in die Herzgrube angesetzt, unter diesen Umständen! Junge, Junge, dieser feine Herr kann's wirklich.«

»Stimmt!« Widerwillig nickte Störtebeker. »Aber ich fress einen Besen, dass hinter diesem überheblichen Adligen mehr steckt als nur das Bürgermeisteramt von Wismar.«

»Glaubst du, da ist mehr Sein als Schein?«

»Bestimmt! Du beobachtest ihn doch auch, siehst, was für ein Gehabe er an sich hat!« Störtebekers Stimme wurde leiser. »Ich habe irgendwie das Gefühl, diesem Mann schon begegnet zu sein. Aber ich kann mich nicht erinnern, wann, wo und unter welchen Umständen.«

»Auf jeden Fall solltest du dich vor ihm mehr als in Acht nehmen!« Wichmanns warnender Finger wedelte vor Störtebekers Nase. »Hast du seinen Blick gesehen?«

»Ja.«

»Der hätte am liebsten seinen Arm durchgedrückt …«

»… und mit Wonne mich sterben gesehen!«

»Er ist hinterhältig.«

»Keine Sorge. Ich lasse mich nicht zweimal übertölpeln, schon gar nicht von solch einem hochnäsigen Adelsbalg.« Störtebeker schob die Hand Wichmanns beiseite, um an seine Bank zu kommen. Er hob den Deckel, griff nach einem hölzernen Fässchen und klemmte es in seine Armbeuge. Dann ließ er den Deckel der Bank fallen, dass es knallte, und setzte sich darauf. »Aber diese Schande muss ich erst einmal ertränken.«

Störtebeker riss den Verschluss aus dem Spundloch und hielt beidhändig das Fässchen über sich. Er legte den Kopf in den Nacken und ließ die Flüssigkeit, fast ohne zu schlucken, durch die Kehle laufen.

»Mach mal langsam!« Wichmann legte ihm wieder die Hand auf die Schulter. »Heute Abend gibt's noch genug zu saufen.«

Er zog an seiner Schulter, um ihn beim Trinken zu stören. »Zieh dir endlich etwas über, es ist saukalt.«

12

Mitten in der Nacht erwachte Nyenkerken. Seine Blase drückte, sodass er nur noch schlummern konnte. Er wusste, dass er nicht darum herumkam, sich zu erleichtern. Sein Leib jedoch fühlte sich bleischwer an, war nicht willig, die körperwarme Schlafstatt zu verlassen und aufs eiskalte Deck zu wanken. Der Kampf zwischen Gewissheit und Unwillen zog sich gut eine Viertelstunde hin. Der steigende Druck bezwang den inneren Schweinehund, sodass Nyenkerken sich aus der Koje wälzte. Er tat dies so leise wie möglich und unterdrückte ein Stöhnen, damit er den im gleichen Raum schlafenden Landorp nicht weckte. Mühsam zwang er sich hoch, schwankte zur Kajütentür, öffnete sie sacht und taste sich an den Wänden entlang zum Ausgang.

Mit einem sanften Stoß stieß Nyenkerken die Tür zum Deck auf, trat hinaus und verharrte im Licht des Vollmonds. Zwei Blicke, einer zum Bug, einer zu den Sternen, genügten ihm – das Schiff hielt Kurs Nordnordwest. Eine steife Brise aus Ost blähte das Segel. Nyenkerken wandte sich nach links, um zur Leeseite[24] des Schiffs zu wanken. Dort machte er eine massige Gestalt aus, die schwankend an der Reling stand und am Latz der eng anliegenden Hose herumnestelte. Der Größe nach konnte es nur Störtebeker sein.

Nyenkerken genierte sich, sich neben den anderen Mann zu stellen. Er schaute kurz nach Luv[25], ob dort hingehen konnte. An dieser Bordseite[26] stand jedoch Fietje Schuit, dick eingemummt, und hielt beidhändig das Steuerruder auf Kurs. Der konnte ihm dabei zusehen, außerdem war der Wind so rau, dass er ihm die Pisse ans eigene Bein wehen würde. Der Steuermann würde sich einen Ast lachen und morgen der gesamten Mannschaft alles haarklein schildern.

Ich bin noch berauscht, also geht's es mit dem Pinkeln, auch wenn einer danebensteht. Los, geselle dich dazu!, machte er sich Mut und stellte sich rechts neben Störtebeker an die Reling. Er lehnte sich an und machte sich am Verschluss seiner Hose zu schaffen. Aus den Augenwinkeln erkannte er, dass es wirklich der Hauptmann war, dessen Strahl nun kräftig abging. Er wandte seinen Kopf, blickte Nyenkerken übermütig an, zwinkerte kurz mit seinem rechten Auge, schwankte und schwenkte stärker. Der weite Strahl seiner Kammerlauge[27] schlug Kapriolen.

---

24 Lee, die – die dem Wind abgekehrte Seite (des Schiffs).

25 Luv, die – die dem Wind zugekehrte Seite (des Schiffs).

26 Steuerbord, das – in Fahrtrichtung gesehen, ist dies stets die rechte Seite des Schiffs, denn dort befand sich früher das Steuerruder. Backbord ist immer die linke Seite des Schiffs.

27 Kammerlauge, die – eine frühere Bezeichnung für Urin.

Die Unbekümmertheit seines Nachbarn nahm Nyenkerken die Anspannung, es lief sofort. Aus Erleichterung wurde ebenfalls Übermut, er schwenkte ebenfalls hin und her. Weit voraus erkannte er – abgegrenzt von dem vom Mondlicht erhellten Firmament – die stockdunkle Konturlinie einer Küste. Schweden konnte es noch nicht sein, denn sie befanden sich auf einem Kurs mitten durchs Baltische Meer.

»Gotland?«

»Gotland«, erwiderte Störtebeker. »Da pisse ich drauf!«

»Weil dort der Däne sitzt, nicht wahr.«

»Nein!« Der Strahl schwenkte zu Nyenkerkens Seite. »Nein. Ich pisse auf Gotland, nicht auf die Dänen.«

»Wie?« Der andere Strahl zog zur Seite Störtebekers. »Nur auf die Insel schifft Ihr? Wieso denn?«

Die Strahlen versiegten, sie schüttelten.

»Weil es sie gibt.« In Störtebekers Stimme rollte der Groll. »Wäre sie nicht da, wär ich jetzt nicht hier.«

»Das verstehe ich nicht.« Statt sein bestes Stück zu verstauen, zeigte Nyenkerken zum Horizont und schüttele ratlos den Kopf. »Ihr schifft auf Gotland, bloß weil es da ist?«

»Ja.« Störtebeker drohte der Küstenlinie mit der linken Faust. »Weiß der Teufel, was aus mir geworden wäre, wenn diese Scheißinsel nicht wäre.«

»Was denn?«

»Weiß ich doch nicht.« Störtebeker achtete nicht auf sein Glied, welches vor Kälte fast von alleine verschwand. »Ich rede nicht über diese Sache, mit niemandem! Auch nicht, wenn ich Freundschaft mit Euch schließen würde. Nehmt's mir nicht übel, Herr Kapitän. Ich hab mit dieser Geschichte abgeschlossen.«

»Warum nicht?«

»Was?«

»Freundschaft schließen?«

»Hä?« Störtebeker hob seine Brauen, wandte seinen Kopf wieder zu Nyenkerken und sah ihn erstaunt an. »Im Ernst?«

»Es ist mein voller Ernst!« Nyenkerken nickte mehrmals, was ihn ins Schwanken brachte.

»Freundschaft mit einem Kapitän der Hanse, einem künftigen Ratmann Hamburgs obendrein?« Störtebekers Gesicht zeigte Respekt, er antwortete mit Bedacht. »Bei meiner Vergangenheit? Nun gut, warum nicht.«

Klaus Störtebeker nickte, reichte seinen rechten Arm zu Hermann Nyenkerken hinüber. Er lächelte herzlich, aber seine Augen blickten noch ungläubig. »Ich bin der Nikolaus.« Störtebeker schüttelte sogleich den Kopf, winkte mit der Linken in weitem Bogen ab, sodass er ins Schwanken geriet und sich mit der rechten Hand an der Reling festhalten musste. »Nein, nein. Bloß nicht! Nenn mich Klaus, wie alle anderen auch.«

Zunächst wollte Nyenkerken ihm die Rechte reichen, besann sich aber eines Besseren, denn mit offener Hose wollte er sich nicht zu ihm herumdrehen. Er tastete mit seiner Linken nach Störtebekers Hand und drückte sie fest. »Klaus, für dich bin ich der Hermann, aber nur wenn wir unter uns sind.«

»Ist recht. Das muss nicht jeder mitbekommen.«

Störtebeker ließ die Reling los und zerrte kurz an Nyenkerkens Hand. Er lachte leise vor sich hin und sein Gesicht strahlte vor Freude.

Beide sahen gleichzeitig nach unten, grinsten und ließen los. Hastig verstauten ihre besten Stücke und nestelten die Sackbeutel zu. Arm in Arm kurvten sie übers Deck zur Tür, die zu den Kajüten führte, und zwängten sich durch den Gang zu ihren Räumen.

Nyenkerken tastete sich zu seiner Koje, wälzte sich mühsam in sein Bett und zog die Decken bis zur Nasenspitze. Er seufzte erleichtert und schlief sofort wieder ein.

Zurück blieb ein Zeuge: Fietje stand an Steuerbord und hielt unbeirrt hielt das Schiff auf Kurs. Er schüttelte lediglich mehrmals den Kopf, tippte sich an die Zierleiste seines tief sitzenden Helms, welcher fast bis zu den Augen reichte, und murmelte in seinen von der Narbe zerfurchten Bart. »Saufbrüder! Morgen früh seid ihr wieder bei Verstand und wollt nichts mehr davon wissen, denn Hansen und Söldner zur See können nicht Freunde sein.« Fietje pochte mit den Knöcheln an die Haube. »Darauf setze ich meinen Helm!«

Zweiter Teil

Händel

Dezember 1390

1

Zwei Tage später erreichten die sechs Schiffe den ausgedehnten Schärengarten vor Stockholm. Gegen Mittag segelte der Rote Teufel an der Spitze der kleinen Flotte hinein in die fächerförmige Meereslandschaft.

Wichmann stand im Mastkorb und spähte mithilfe einer Seekarte die günstigste Fahrtrinne zwischen den rundhöckrigen Inseln aus; auf diese Weise lotste er die Schiffe zwischen Hunderten von Schären hindurch. Fietje war nach dem Kapitän der kundigste Mann an Bord und besaß ein treffliches Auge für Uferbeschaffenheiten und Wasserströmungen. Der Steuermann zog oder schob das Ruder schon, bevor von den Männern im Bug, welche die Wassertiefe[28] maßen, eine Untiefe erkannt und ausgerufen wurde.

Seit einem Tag blies ein günstiger Wind von Nordost und trieb sie ihrem Ziel entgegen, die Luft jedoch war eisig kalt. An den Ufern der Inseln bildeten sich bereits Säume aus weiß glitzernden Eiskristallen. Die kleine Flotte segelte weiter durch den Schärengarten. Unter dem Bug der Holk zerknisterte das Eis nicht mehr, sondern brach in flachen Schollen seitlich weg. Die Fahrt verzögerte sich zusehends.

Als sie die Fjäderholmarna[29] erreichten, war das ersehnte Ziel mit dem schützenden Hafen nicht mehr weit. Aber es dämmerte bereits und der Wind flaute ab. Der Horizont verdunkelte zu sternklarem Himmel, klirrende Kälte in der Nacht war sicher.

Wichmann beugte sich über den Rand des Mastkorbs und rief nach Störtebeker. Der Hauptmann eilte über das Deck zum Mast und starrte nach oben. Wichmanns gesenktes Gesicht war nur noch ein Schemen, denn der Vollmond beschien nur die dünnen, am Kopf anliegenden Haare und verlieh ihnen einen silbrigen Glanz. Der Kapitän schüttelte den Kopf und dann ein zweites Mal, ganz langsam.

Dieses Signal begriff Störtebeker sofort: Stockholm war nicht mehr zu erreichen. Er schloss kurz die Augen und dachte nach. Dem Ufer des Festlands durften sie nicht zu nahe kommen, denn der Däne lauerte dort, um ihre Schiffe in Besitz zu nehmen. Folglich kamen nur die beiden menschenleeren Eilande zum Anlegen infrage.

Störtebeker entschied sich für die südlich gelegene Insel mit dem

28 Wassertiefe, die - sie wurde gemessen in ›Faden‹. Siehe Anhang, Seite IX (587).
29 Fjäderholmarna – die Federinselchen. Siehe Anhang, Seite IX (587).

größeren Baumbestand, denn seine Absicht war es, mit Holzstämmen eine Bastion zu errichten. Dazu musste er jedoch zwischen den beiden Inseln noch hindurchkommen, um die günstigste Stelle am westlichen Ufer der Südinsel zu erreichen. Er ließ die Hellebarden holen, welche für die Verteidiger von Stockholm vorgesehen waren, und ergriff die längste Waffe mit dem dicksten Stiel. Am Bug beugte er sich über die Reling und hieb das Blatt ins Eis vor dem Spriet. Er schob die Schneide ins Wasser und benutzte sie als Ruderblatt. Auf allen Schiffen machten die Männer es ihm nach: Sie schlugen, ruderten und stakten, sodass die Boote in einer Fahrrinne zwischen den beiden Inseln langsam aber stetig vorwärtskamen.

Störtebeker veranlasste, dass der Rote Teufel wegen seines geringeren Tiefgangs so nah wie möglich an einer höheren Uferstelle der Südinsel anlegte. Indessen formten seine Gedanken bereits einen Plan. An Steuerbord glitt die erste Kogge neben die Holk. Die beiden Schiffe wurden vertäut, Reling an Reling, einen Sprung weit voneinander entfernt. Nach einer Stunde lagen alle sechs Schiffe nebeneinander, die Buge nach Süden ausgerichtet, backbords zur Insel.

Einige Böen fegten noch über die Decks, bis es windstill wurde. Eisige Luft sank herab und verströmte die Kälte bis in den letzten Winkel der Boote. Störtebeker befahl sämtliche Männer unter Deck und verzichtete sogar auf die obligatorischen Wachen. Er ermahnte seine Leute zur Besonnenheit und forderte sie auf, aus der Ladung alle wärmenden Stoffe herauszusuchen.

Kristallklare Luft, funkelnde Sterne, leuchtender Mond, stille Natur: die Männer hatten dafür kein Auge; sie kauerten in ihren Verschlägen unter Deck und versuchten einzuschlafen. Wegen der ungewohnten Lage schwiegen die abends keineswegs maulfaulen Söldner; nur gelegentlich waren geflüsterte Gespräche zu vernehmen. Die Männer schliefen unruhiger als üblich und vernahmen während ihrer halb wachen Momente die leisen Knackgeräusche, welche die Eisdecke bei ihrer Ausdehnung von sich gab.

2

Störtebeker ließ seine Leute ausschlafen, denn sie verfügten nun über mehr Zeit, als allen recht war.

Landorp wachte als Erster auf, zog sich an und weckte Nyenkerken. Von ihm erfuhr er, dass sie Stockholm nicht erreicht hatten – keinen Augenblick länger hielt er es in ihrer Kabine aus. Er betrat das wie leer gefegte Deck und streckte seinen Körper zum ersten Mal, seit der Rote Teufel in den Schärengarten eingefahren war. Die gesamte Zeit war er in seiner Kajüte geblieben und hatte Rachepläne ausgebrütet gegen die Dänen, wegen denen er diese erniedrigende Überfahrt ertragen musste.

Hastig ging er das gesamte Schiff ab, um sich einen Überblick zu verschaffen. Als er seinen Rundgang beendet hatte, war er sicher, dass Hauptmann Störtebeker sowie Kapitän Wichmann unverzeihliche Fehler begonnen hatten. Im Stillen zürnte er den beiden, hieb mit seiner rechten Faust heftig auf die Reling und stürzte wutentbrannt zurück zu den Kajüten. Im dunklen Gang zur Kapitänskabine stieß er sich den Kopf und fluchte noch, als er die Tür aufstieß.

Die beiden Anführer lagen in ihren Kojen und sprachen leise miteinander, denn sie waren zu faul, aufzustehen und sich anzuziehen. Die grimmige Miene des Bürgermeisters beeindruckte sie nicht, als dieser hereinpolterte, weil sie es fast erwartet hatten. Im Gegenteil, sie gähnten übertrieben und räkelten sich in ihrer Unterwäsche, als ob sie ihn nicht bemerkt hätten.

Dies brachte Landorp noch mehr in Rage. Er trommelte ans Türblatt. »Nur wenn das Tagewerk rechtschaffen gemacht, ist guter Schlaf als Lohn angebracht! Das sollten die werten Herren beherzigen!«

»Hm«, brummte Störtebeker und setzte sich langsam auf. Wichmann nickte kurz, dann zuckte er mit den Schultern. Sein Blick stellte die Frage, wozu dieser Spruch jetzt gut sein sollte.

»Nach dem, was ich da oben gesehen habe, hättet ihr beiden Stümper diese Nacht keinen Augenblick Schlaf verdient gehabt!« Landorp hieb mit der behandschuhten Faust auf den Tisch, der zwischen den beiden Hauptmännern stand.

»So?« Störtebekers linke Hand ballte sich, dann löste er langsam seine Finger wieder. Mehr ließ er sich nicht anmerken, sondern griff gemächlich nach seinem Wams. »Warum denn?«

Während sich Störtebeker das lederne Oberhemd überstreifte, sandte Wichmann dem Bürgermeister einen warnenden Blick und wies kurz mit dem Kopf auf den Hauptmann. Landorp verstand trotz seines Ärgers – dieser Riesenkerl konnte durchaus hitzig werden.

»Verzeiht meinen Zorn, Hauptmann.« Der Ratsherr überwand sich zu einer kleinen Verbeugung. »Aber er ist gerechtfertigt.«

»Schon gut.« Störtebeker schälte seinen Unterkörper aus den Decken, streifte sich rasch sein Beinkleid über, zog dicke Socken an und stieg in die kniehohen gefütterten Stiefel. Er stand auf, nahm seinen Mantel aus Seehundfell vom Haken und wandte sich seelenruhig zu Landorp. »Sehen wir erst einmal nach.«

Die Männer gingen hinaus aufs Deck. Störtebeker reckte sich, sog die klare Luft ein und stieß sie mit einem Laut des Behagens wieder aus. »Was für ein wunderbares Winterwetter! Herrlich! Nicht wahr, Herr Bürgermeister?«

»Das schert mich nicht die Bohne!« Landorp bemühte sich um Fassung. Er blickte nur noch tadelnd, letztendlich schüttelte er fast resignierend seinen Kopf. »Ich verzweifle bereits an der hoffnungslosen Lage, in welche Ihr mich gebracht habt.«

»Was habt Ihr bloß, Herr von Landorp?« Störtebeker breitete die Arme aus und drehte sich um seine Achse. »Neben diesem Inselchen mit seinen Bäumchen liegen wir doch goldrichtig. Außerdem brauchen wir nicht mal den Anker zu werfen, weil das Eis uns so schön eingepackt hat.«

»Spart Euch Euren Galgenhumor.« Landorp zeigte hin und her auf die Böller. »Die Kanonen sind wertlos, weil die Schiffe nebeneinanderliegen. Wir können nur die Insel und die eigenen Schiffe kaputt schießen. Längs! Hintereinander in der Fahrtrinne zwischen den Inseln müssen wir vor Anker gehen!«

»Nein«, antwortete Störtebeker und schüttelte bestimmt den Kopf. »Diese Bombarden verbreiten mehr Furcht als Schaden. Mit Kugeln treffen wir keinen einzigen Dänen, sondern jäten höchstens Unkraut.«

Das geflügelte Wort ›Wenn man vom Teufel spricht‹ bewahrheitete sich: Vom Ufer des Festlands im Süden schallte ein Freudenschrei herüber. Es folgte allgemeines Rufen und eine Schar bewaffneter Männer lief über das Ufer bis zum Wasser.

»Dänen!« Störtebeker verschränkte die Arme vor der Brust und beobachtete in stoischer Haltung Mecklenburgs Feinde.

Es war eine Gruppe leicht gerüsteter Fußsoldaten auf Erkundungsgang, welche die Entdeckung der vermeintlich leichten Beute bejubelten. Ein Knappe wurde übermütig, nahm seinen Bogen von der Schulter und schoss auf die Männer auf dem Roten Teufel. Obwohl die Entfernung zum Festland mehr als eintausend Ellen betrug, zuckte Hermann Nyenkerken leicht zusammen. Die anderen schätzten die Lage so ungefährlich ein, wie sie war – der Pfeil prallte weitab von den Schiffen aufs Eis. Begleitet wurde das Geschoss von wilden Drohgebärden der Dänen. Sie zeigten mit ihren Waffen eindeutig, wie sie mit ihren Gegnern umgehen würden.

»Nächste Woche erst trägt das Eis.« Störtebeker zog seinen Hosengürtel fester und redete mit ruhiger Stimme weiter. »Vorher können die Dänen nicht angreifen. Wir haben also viel Zeit, uns darauf vorzubereiten und uns erfolgreich zu verteidigen.«

»Abwehren?« Landorp hielt seine Hände flach nach oben und

spreizte die Finger. »Wir liegen hier wie auf einem Präsentierteller und Ihr fabuliert vom Sieg.« Erregt redete er weiter auf die beiden Hauptmänner des Roten Teufels ein. »Das ist doch Irrsinn! Wir müssen schleunigst hier ablegen und in die Mitte der Fahrtrinne gelangen.«

»Mitten in den See?« Wichmann zeigte nach Westen und schüttelte den Kopf. »Wenn wir dort hintereinanderliegen und festfrieren, wären wir in der Tat eine leichte Beute. Nach Stockholm durchbrechen können wir nicht mehr, weil das Eis immer dicker wird. Spätestens an der Enge bei Djurgården haben die Dänen uns im Sack.«

»Wenn ich an dieser Stelle bleiben muss, bin ich so gut wie tot. Meine Feinde werden mit tausend Mann stürmen.« Landorp nahm eine herrische Haltung an und richtete seinen rechten Zeigefinger gegen Wichmanns eingedrückte Nase. »Kapitän Wichmann! Ich befehle Euch, den Roten Teufel in die Mitte des Sees zu bringen!«

»Klaus?« Wichmann verzog keine Miene, sondern wandte sich an Störtebeker.

»Nein.« Störtebeker streckte seinen Riesenkörper und sah über Landorp hinweg in die Ferne.

»Nein, Herr von Landorp.« Wichmann drehte sich wieder zu dem Bürgermeister. »Wir bleiben an Ort und Stelle.«

»Ihr wagt es, meinem Befehl zu …«

»Ihr seid der Bürgermeister von Wismar und ich bin der Hauptmann vom Roten Teufel!«, fuhr Störtebeker barsch dazwischen. »Kommandieren dürft Ihr nur nebenan auf den Koggen. Auf diesem Deck befehle *ich* ... und Hennig!«

Landorp schwieg überrascht, er hatte seine Macht zu hoch eingeschätzt – zurzeit befand er sich allein auf einem Schiff eigentlich vogelfreier Männer. Zwar standen sie in seinem Sold, aber wenn es darauf ankam, waren sie … Seeräuber!

Störtebeker beobachte aus den Augenwinkeln den Bürgermeister und erkannte, dass seine Worte wirkten. Darum lockerte er seinen Körper, senkte leicht den Kopf. Er nahm sich vor, die Wogen zu glätten, denn der womöglich jahrelange Sold für ihn und seine Männer war ihm wichtiger.

Er sprach besonnen weiter und gestikulierte zur Unterstützung seiner Worte leicht mit den Armen. »Ihr könnt ohne Weiteres mit Euren Schiffen ablegen und diese ins Verderben führen, Herr von Landorp. Ihr seid ein glänzender Fechter, gewiss mit jeder Waffe vertraut und sicherlich ein überragender Stratege – auf festem Boden. Ihr befindet Euch jedoch auf dem Wasser, in meinem Revier also. Daher bitte ich Euch höflichst, unserer Erfahrung auf See zu vertrauen. Lasst uns alles

Nötige verrichten, damit wir die Dänen vertreiben können – ein für alle Mal. Ich verbürge mich für das Gelingen meines Plans. Ich habe ihn mit Hennig besprochen und er hat ihn für gut und durchführbar befunden. Das will etwas heißen bei diesem besonnenen Mann.«

Landorp sah ein, dass Einlenken für ihn besser war. Um nicht sein Gesicht zu verlieren, ließ er sich Zeit mit seinem Einverständnis. Er nahm eine nachdenkliche Haltung ein und strich mit Daumen und Zeigefinger seine Kinnlade entlang. Als sich die beiden Finger berührten, nickte er mit etwas herablassender Miene. »Werte Herren, ich ziehe mich zurück und gewähre Ihnen mein Vertrauen. Ich befasse mich, nach Einweihung in Eure Vorhaben, mit der Lage und ergreife ebenfalls Maßnahmen zur Abwehr des Dänen.«

Der Bürgermeister ging zur Tür des Aufbaus und begab sich in seine Kajüte. Er holte tief Luft, schloss die Augen und bebte am ganzen Leib. Er schwor sich, niemals wieder in eine Lage zu geraten, derer er nicht Herr sein konnte. Landorps Gesicht verzerrte sich durch ein tückisches Grinsen. Noch brauchte er die Leute dort draußen – noch … und dann …

Störtebeker achtete nicht weiter auf die aufgeregten Dänen am Ufer. Er schützte sein Gesicht mit flacher Hand vor der Morgensonne und spähte mit weit geöffneten Augen die Insel aus. Nach mehreren Atemzügen nickte er zufrieden und rief sämtliche Männer zu sich. Er machte ihnen das Vorhaben begreiflich und teilte sie zu den notwendigen Arbeiten ein. Die Gewissheit und Furchtlosigkeit ihres Anführers ermutigte die Seeleute – sie gingen mit Feuereifer ans Werk.

Zunächst verschafften sie sich einen Zugang zur Insel. Die beiden Ruderboote des Roten Teufels wurden mit je vier Männern besetzt und herabgelassen. Die dünne, noch durchsichtige Eisdecke zerbrach unter der Last der Boote, sodass die Männer ihre Kähne zwischen den Eissplittern bis zu den angestrebten Stellen bugsieren konnten. Nachdem die beiden Boote parallel zum Schiff und dem Ufer ausgerichtet waren, schoben einige Männer von der Bordkante der Holk zwei Bohlen nebeneinander zum ersten Boot, von diesem legten die Ruderer zwei Bretter zum nächsten Boot und dessen Besatzung legte von dort aus wiederum ein Paar bis aufs Ufer. Das Ganze wurde vertäut und ausprobiert – die behelfsmäßige Brücke hielt ein Dutzend hin und her gehender Seeleute aus, ehe sie so heftig zu schwanken begann, dass alle Mann stillhalten mussten.

Vier Dutzend Männer rüsteten sich mit Äxten und Schlagmessern aus, gingen an Land und drangen in das Inselwäldchen ein. Auf den Schiffen war der rhythmische Einschlag der Schneiden sowie das prasselnde Knacken der Äste beim Fallen der Baumstämme tagelang zu hören. Der Abwehrkampf hatte begonnen.

Störtebeker ließ auf der Insel eine Schanze zimmern, außerdem beabsichtigte er, einen über acht Ellen hohen Wall aus Gestrüpp auf dem Eis aufschichten zu lassen. Die Dänen sollten nicht erkennen, was dahinter geschah, selbst wenn sie auf die höchsten Bäume des Festlands klettern würden.

Während der nächsten Tage waren fast alle Männer über die Insel verstreut, um weiterhin Holz zu schlagen und Geäst einzusammeln. Das Holz wurde sofort zur Inselschanze verbaut; die Zweige für den Wall wurden am Ufer zu übermannshohen Haufen gestapelt, denn das Eis trug noch nicht.

3

Hermann Nyenkerken beteiligte sich eifrig an den Schanzarbeiten und ging Klaus Störtebeker zur Hand. Sie richteten die beiden Luken her für die Bombarden, welche inzwischen vom Roten Teufel auf die Insel geschafft worden waren. Die beiden Geschütze gliederten den etwa einhundertzwanzig Schritte langen und über sechs Ellen hohen bogenförmigen Wall aus gefällten Baumstämmen in drei Teile. Die meisten Männer zimmerten an einem drei Fuß breiten Steg, der innen umlaufend in etwa vier Ellen Höhe befestigt wurde. Auf ihm konnten die Verteidiger den Wall abgehen und über die Palisaden schießen.

Das Bollwerk war fertig bis auf das Einrichten der zweiten Bombarde. Zu acht packten sie die bullige Kanone und schoben sie ächzend in ihre Position.

»Geschafft!« Klaus Störtebeker richtete sich auf und stieß einen mächtigen Schwall warmer Luft aus seinen Lungen, der sogleich zu einer eisigen Wolke kristallisierte. Wie gewohnt hatte er alles gegeben. Er klopfte jedem der umstehenden Männer auf die Schultern. »Männer! Das habt ihr prächtig hinbekommen, wie immer.«

Störtebeker reckte sich und besah zufrieden die Bastion. Er stutzte, tippte sich mit mehreren Fingern an die Stirn und ging zu Nyenkerken hinüber.

»Herr Kapitän, kommt bitte mit mir.« Er zog ihn außer Hörweite. »Hermann, mir ist etwas Wichtiges eingefallen. Geh bitte sofort zum Wichmann rüber; er ist in unserer Kajüte. Sag ihm, du willst deine Rüstung für den Kampf abholen. Er hat eine gute Wehr für dich in seiner Kiste, denn der Däne wird zwischen todesmutigen Kämpen und einem harmlosen Kapitän nämlich keinen Unterschied machen.«

»Harmlos?« Hermann Nyenkerken verdrehte die Augen. Obwohl er flüsterte, widersprach er nachdrücklich. »Ich verstecke mich nicht und luge durch eine Ritze, wie ihr eure Häute für die meinige zu Markte tragt! Ich werde kämpfen mit Schwert und Schild Seite an Seite mit euch!«

»Schon gut.« Störtebeker kniff sein linkes Auge zu. Er gab Nyenkerken einen freundschaftlichen Klaps auf die Schulter und grinste. »Ich wollte dich nur ein wenig foppen. Ich weiß, dass du keine Angst vor dem Dänen hast und eine große Hilfe für uns sein wirst.«

Nyenkerken nickte beruhigt, meldete sich ab und trottete über den Bohlensteg zum Roten Teufel. An Deck hielt er sich nicht auf, öffnete die Tür zu den Kajüten und schloss sie hinter sich. Er blieb gebückt stehen, denn im Gang war es dunkel. Er wartete, bis seine Augen spärliches Tageslicht wahrnahmen, das durch einige Ritzen drang. Am Ende des Gangs erkannte er vage einen gelblichen Lichtstreifen unter der Tür der Kapitänskabine. Er tastete sich voran und klopfte mit seinen rechten Fingerknöcheln an.

»Herein!«

Nyenkerken stemmte mithilfe seiner linken Schulter die Tür sacht auf. Er beugte sich weit vor, hielt sich am Blatt fest und lugte in den Raum. Hennig Wichmann saß auf seiner Bank. Er war vertieft in eine auf dem Tisch ausgebreitete Karte von Stockholm sowie der Umgebung, vor allem dem Schärengarten. Neben ihm auf dem Boden stand ein eisernes Lampengestell. In ihm steckte ein kupfernes Gefäß mit einer Öffnung in der Spitze, aus der ein mit Tranöl getränkter Docht ragte. Er speiste eine daumenlange Flamme, die wegen des Luftzugs zu blaken begann.

»Herr Kapitän, der Klaus schickt mich.« Nyenkerken lächelte verlegen. »Ihr sollt mir die Wehr übergeben, aber auch ein ordentliches Schwert und einen guten Schild.«

»Schwert und Schild?« Wichmann sah überrascht von der Karte auf, dann nickte er bedächtig und lächelte milde. »Liegen für Euch im Arsenal bereit, Herr Kapitän. Nachdem ich mich mit dem Hauptmann besprochen hatte, rechnete ich mit Eurem Mut.«

Ein wohliges Gefühl durchströmte Nyenkerken, denn die Wertschätzung der beiden abgeklärten Seeleute tat ihm gut. Er trat ein.

»Augenblick noch!« Wichmann beugte sich wieder über die Karte. »Ich muss noch ein wichtiges Detail einzeichnen. Dann hole ich die Sachen und Ihr macht die Anprobe.«

Nyenkerken stützte sich mit seinen Händen auf den Oberschenkeln ab und verharrte gebeugt. Ihm fielen sieben neue Kerzen auf, die auf dem Tisch in einer Reihe entlang der Kajütenwand standen. Jede von ihnen war mehr als eine Elle lang und fast so dick wie ein Oberarm. Sie waren zum ersten Mal angezündet worden und steckten auf eisernen Dornen von handtellergroßen silbernen Schalen, die auf der Tischplatte befestigt waren. Damit das Holz der Wand sowie der niedrige Decke nicht entflammt wurde, waren eiserne Blenden davor angebracht worden. Die Platten an der Decke waren schon schwarz vom Ruß. Nyenkerken war sicher, dass Kapitän Wichmann sich diese Anordnung ausgedacht hatte, um seinem Handwerk als Kartenmacher jederzeit nachgehen zu können.

Für den redlichen Hansekauffahrer war es ein beklemmender Anblick, wie die sicherlich gesegneten Votiv- und Heiligenkerzen diesem Söldner-Kapitän und -Hauptmann das Licht für seine zumeist kriegerischen Pläne spendeten. Nyenkerken fragte sich, für welche Kirche oder gar Kloster die Ladung bestimmt gewesen war, bevor die Mannen des Roten Teufels sie erbeutet hatten. Dass diese reich verzierten Kerzen für gutes Geld eigens als Kartenbeleuchtung erworben worden waren, schloss er aus. Er hätte nie geglaubt, eines Tages auf ein solches Schiff zu geraten und davon auch noch fasziniert zu sein.

»Kann ich Euch über die Schulter schauen?« Hermann Nyenkerken konnte seine Neugier kaum noch bezähmen.

»Aha!« Wichmann blickte wieder auf und lachte erfreut. »Auf diese Frage habe ich gewartet. Ihr seid wie ich zur Seefahrt berufen und könnt nicht an einer Seekarte vorbeigehen, ohne sie ausgiebig studiert zu haben.«

Der Kapitän des Roten Teufels bot die Bank gegenüber an. Nyenkerken schob sich hinter den Tisch und setzte sich auf Störtebekers Bettkasten. Er musterte über die mehr als zwei Ellen im Quadrat große Karte, schüttelte staunend den Kopf wegen des Inselgewirrs im Schärengarten und beobachtete Wichmann. Der Kapitän ließ sich nicht ablenken, tauchte seine Feder wiederholt in ein Tintenfass und schrieb einige Ziffern auf das Pergament. Nyenkerken erkannte, dass die Zeichen entlang der Gewässer eingetragen wurden, auf denen sie an den vielen Inseln vorbeigesegelt waren.

Der Frost drang selbst unter Deck bis in die letzte Ritze. Wichmann hatte sich eine Decke um den Unterkörper gewickelt und seine Pelzkappe tief über die Ohren gezogen. Jeder Silbe, die er aussprach, folgte eine sichtbare Atemwolke; gelegentlich streifte er Reifkristalle vom Bartwall seiner Oberlippe. Zwischendurch griff er nach einem irdenen Krug, der auf dem Boden stand, hob ihn hoch und stieß ihn gegen die Tischkante, damit die dünne Eisschicht des Wassers aufbrach. Er nahm nur einen Schluck und stellte den Behälter wieder beiseite.

Der Wasserspiegel schwappte nur kurze Zeit und fror aufs Neue fest.

Nyenkerken zog die Augenbrauen hoch und wunderte sich, dass die Tinte im Fass flüssig blieb. Jedoch stand es nicht direkt auf dem Tisch sondern auf einem handtellergroßen Backstein, der auf einer eisernen Platte lag. Als er sein Gesicht dicht über das Fass beugte, spürte er Wärme aufsteigen. Er verstand: *Viele solcher Steine liegen neben der ständig brennenden Feuerstelle der Kombüse, werden heiß und – wahrscheinlich von Wim – einzeln mit einer großen Eisenzange hierher getragen. Den erkalteten Stein nimmt der Mann mit und legt ihn wieder neben das Feuer. Und so fort.*

Dass der Kapitän des Roten Teufels selbst von Dauerfrost sich nicht von seinen Aufgaben abhalten ließ, faszinierte Nyenkerken. Seit dem ersten Blick verwunderten ihn die Symbole, die der gute Mann vor ihm kritzelte. »Was sind das für seltsame Zeichen, die Ihr da auf die Karte malt?«

»Ich trage arabische statt römischer Zahlen ein. Das ist viel einfacher.« Wichmann zeigte der Reihe nach auf ›eins‹ bis ›neun‹ an verschiedenen Stellen. »Eins, zwei, drei, vier, fünf, sechs, sieben, acht, neun – das sind die Ziffern, aus welchen die arabischen Zahlen sich zusammensetzen!«

»Ziffern? Die Zahlen ergeben? Wie II und III gleich V etwa?« Nyenkerken schüttelte den Kopf und blickte skeptisch. »Von diesen merkwürdigen Zeichen der Heiden habe ich schon gehört. Das ist Teufelei und daher strengstens verboten!«

»Verboten?« Wichmann grinste übers ganze Gesicht, sodass sich Lachfältchen bis zu den Schläfen bildeten. »Wer kann mir, einem freien Söldner zur See, etwas untersagen? Wer denn?«

»Ich verstehe. Ihr macht es wie kleine Jungs – weil es verboten ist, dann erst recht!«

Über Nyenkerkens verunglückten Scherz rümpfte Wichmann die Nase, sodass deren Delle sich vertiefte. Deshalb beeilte sich Nyenkerken, wieder ernst zu blicken, und fragte ohne Unterton. »Warum tut Ihr's dann?«

»Ja, Spaß beiseite!« Wichmann mochte keine Scherze über Dinge, die ihm wichtig waren. »Ich bewerte eine Sache nach ihrem Nutzen – darum gebrauche ich diese Ziffern! Die römischen Zahlen sind viel zu umständlich, sowohl beim Schreiben wie auch zum Rechnen.«

»So?« Nyenkerkens Neugier überwand seine Vorbehalte. »Aber es gibt gute Gründe, warum keine anderen verwendet werden dürfen.«

»Gute?« Wichmann tat, als spucke er in die rechte Handfläche, und machte mit seinem Arm eine Geste, als werfe er das Ausgespuckte über seine Schulter hinter sich. »Weil es Heidenwerk ist? Sonst noch Gründe? Nein! Also müsst Ihr Euch nur von dem Gedanken befreien, dass alles, was aus dem Morgenland kommt, Sünde sei – wie zum Beispiel die Null, die genialste aller Zahlen.«

»Nuul?«

»Null! So spricht man das aus. Diese Zahl steht für nichts und kommt vor der eins.«

»Eine Zahl für nichts? Vor der eins noch? Das geht doch gar nicht! So ein nihilistisches Symbol gilt nicht umsonst als Hexerei!«

»Nein! Nicht doch!« Wichmann zwang sich zu jener Geduld, die man einem kleinen Kind gegenüber aufbringt, ihm etwas zu erklären. »Hört mir bitte mal unbefangen zu: Die Zahl zehn ist auf Römisch der große Buchstabe ›X‹. Auf Arabisch gibt es lediglich neun Grundzahlen: 1, 2, 3, 4, 5, 6, 7, 8, und 9. Weiter geht es mit der Zehn, dafür kommt hinter die ›1‹ eine ›0‹ – das ist dann die ›10‹.«

»Meinetwegen.« Nyenkerken zuckte mit den Schultern. »Zehn als Icks oder Zehn als Eins und Null – na und?«

»Von wegen egal!« Wichmann hob die Karte an einer Seite leicht an und zog ein Stück Pergament darunter hervor. Es war bekritzelt mit Zahlen. Er nahm ein kleines Messer mit abgerundeter Spitze und schabte das Blatt sauber. Dann tunkte er seine Feder in das Tintenfass und schrieb eine Reihe Zahlen. »Es rechnet sich leicht, schnell und vor allem fehlerfrei. Achtzehntausendfünfhundertsechsundsechzig weniger dreizehntausenddreiunddreißig ergibt welche Zahl?«

»Nun mal langsam, Kapitän!«, wiegelte Nyenkerken ab. Er hob hilflos die Hände. »Dafür brauche ich einen Abakus, viel Zeit und ein gutes Kopfgedächtnis. Abgesehen davon – mit solchen Riesenzahlen wird so gut wie nie gerechnet.«

»Wartet nur mal ab, Herr Nyenkerken!« Wichmann witschte mit Daumen und Zeigefinger, als zählte er Goldstücke. »Ihr Hansen scheffelt ohne Unterlass und handelt mit stets größer werdenden Beträgen.«

»Ihr übertreibt«, widersprach Nyenkerken und wedelte mit dem rechten Zeigefinger. »Es geht gerade so mit den Einnahmen.«

Wichmann beachtete den Einwand nicht, sondern kritzelte eine Zahlenreihe auf das Pergamentblättchen: 18566. Darunter schrieb er 13033 und setzte einen kleinen waagerechten Strich davor. Sein Eifer ließ ihn lauter und hell sprechen. »Auf Arabisch rechnen ist so einfach, dass Ihr es im Nu beherrscht! Achtet genau darauf, wie ich abziehe – von hinten nach vorn wird von den übereinander stehenden Stellen einer Zahl, die untere von der obigen abgezogen.«

Wichmann zog unter der zweiten Zahl einen Strich. Er trug nacheinander vier Ziffern ein. »Ich fange rechts an. Sechs weniger drei – da bleibt drei übrig; wiederum sechs weniger drei – da sind ebenfalls drei übrig; fünf weniger null, also nichts – da bleibts bei fünf; acht weniger drei – bleibt fünf übrig; eins weniger eins ist nichts – also null. Ihr seht, wie wichtig diese Null ist, Kapitän! Dies macht summa summarum fünftausendfünfhundertdreiunddreißig. Fertig ist die Rechnerei. Das Ganze hat nur wenige Augenblicke gedauert. Nicht wahr, Kapitän?«

»Ihr habt in so kurzer Zeit schon das Ergebnis?« Nyenkerken tippte auf jede Ziffer der Zahl 5533. »Stimmt das auch, was da steht?«

»Dafür bürge ich.«

»Das gibt's doch gar nicht!« Nyenkerken ließ sich einen Moment von der Begeisterung seines Gegenübers anstecken. Dann besann er sich, was ihm erlaubt war. »So einfach und so schnell. Aber Null? Muss denn mit ihr gerechnet werden? Dieses Symbol ist verhext und eine Zahl des Teufels! Ihre Anwendung ist von der Kirche streng verboten worden.«

»Kapitän Nyenkerken! In welcher Zeit lebt Ihr denn?« Wichmann schüttelte den Kopf und sah sein Gegenüber fast mitleidig an. »Die Inder erfanden die Null, die Araber haben sie für ihre Algebra übernommen!«

»Was für Inder? Das Morgenland ist doch das Ende der Welt!«

»Arabien am Ende? Ach was.« Wichmann lachte und schüttelte verwundert den Kopf. Für einen klar denkenden Seemann wie ihn gab es einige Tatsachen, die er aber besser für sich behielt. »Kapitän Nyenkerken, wir leben auf einer Kugel! Wenn Ihr immer weiter nach Osten segelt, landet Ihr irgendwann an der Stelle, von der Ihr lange Zeit zuvor abgelegt habt. Desgleichen geschieht, wenn Ihr stets gegen Westen fahrt.«

»Unsinn!«, wandte Nyenkerken ein. »Wenn ich auf der Kugel unten wäre, würde ich doch von Ihr herunterfallen.«

»Wir leben aber auf einer Kugel! Das sieht doch jeder, der mit offenen Augen übers Meer segelt.«

»Ich habe sogar sehr scharfe Augen! Was übersehe ich also?«

»Das tut Ihr!«, rief Wichmann und beugte sich erregt vor. Mit der Rechten zog er einen Viertelkreis durch die Luft. »Wäre die Erde eine Scheibe, wäre der Horizont ganz gerade, also flach. Doch wie sehen wir die Kimmung? Sie ist gekrümmt, Herr Kapitän – wie der Teil einer Kugel! Wenn die Schiffe weit fortsegeln, sehen wir sie nicht mehr, weil sie auf der Kugel aus unserem Gesichtskreis verschwinden. Kehren sie um, sehen wir sie wieder. Wo also ist die Kante, von der wir angeblich abstürzen könnten? Herr Kapitän, glaubt bloß nicht an diesen Schwachsinn mit der Scheibe. Selbst die Kirchengelehrten gehen längst von einer Kugelform der Erde aus, was ja auch schon seit dem großen Griechen Aristoteles bekannt ist.«

»Lasst mich!« Nyenkerken hatte das Gefühl, sich auf schwankendem Boden zu befinden. »Ihr verwirrt mich. Aber erklären könnt Ihr mir auch nicht, warum unten auf der Kugel keiner herunterfallen sollte. «

Wichmann lächelte rätselhaft, gab jedoch keine Antwort, sondern zuckte nur mit den Schultern.

»Seht Ihr!« Nyenkerken fühlte sich bestätigt. »Trotzdem würde ich gerne wissen, wie Ihr zu einer solchen rebellischen Sichtweise gekommen seid.«

»Durch unseren sehr verehrten Magister Wigbold.«

»Der schon wieder!« Nyenkerken schüttelte den Kopf und verzog abschätzig sein Gesicht.

»Was heißt hier: schon wieder?«

»Ist ja schon gut.« Nyenkerken winkte ab. »Aber lasst mich bitte mit eurer verkehrten Welt in Frieden! Diese arabischen Zahlen allerdings erwecken meine Neugier trotz der Null. Lehrt Ihr mich, auf diese Weise zu rechnen?«

»Aber gern!« Wichmann war sofort besänftigt. Seine Äuglein traten noch etwas weiter vor und glänzten; er sah sich bereits als Lehrmeister eines Hansekapitäns. »Wenn ich Euch alles beigebracht habe, seid Ihr ein überzeugter Algorist.«

»Was bedeutet denn das schon wieder?«

»Das ist ein Anhänger der Algebra, dem Rechnen mit arabischen Zahlen.«

»Das kann ich aber nur klammheimlich sein. Wenn das die Schergen der Kirche herausbekämen, hätte ich mächtig Ärger, würde peinlich befragt und könnte gar auf dem Scheiterhaufen verbrennen.«

»Pah. Lasst Euch nur nicht von den ewig Gestrigen aufhalten.« Wichmann winkte überlegen ab. Er beugte sich weit vor und grinste seinem Gegenüber ins Gesicht. »Im Gegenteil! Ich sehe schon Hamburgs gesamte Kaufmannschaft heimlich im Hinterstübchen fleißig eine Null an die andere reihen. Hä, hä.«

»Ihr glaubt doch nicht etwa, dass ich dieses Wissen in meiner Heimat verbreite?«

»Glaubt Ihr etwa, Ihr könnt das für Euch behalten? Ihr seid doch schon längst überzeugt vom Besseren. Eurem Vater, zum Beispiel, zeigt Ihr es gewiss. Und der wiederum ...«

»Ich bitte herzlichst um Entschuldigung!«, unterbrach Nyenkerken. Er fühlte sich in der Nähe der beiden Söldner-Anführer wider Erwarten wohl, aber sich von ihnen vereinnahmen lassen wollte er nicht. »Eigentlich bin ich nur hergekommen, um meine Rüstung anzuprobieren und mitzunehmen.«

4

»Schon gut.« Wichmann erhob sich langsam, das lange Sitzen hatte ihn schwerfällig gemacht. »Wenn ich mit einem gestandenen Seemann über solche Dinge spreche, komme ich mächtig in Fahrt.«

Mit eifrigem Blick wickelte er sich aus der Decke, schob sich hinter dem Tisch hervor, drehte sich um und beugte sich über seine Sitzbank, die auch seine Schlafstatt war. Diese bestand aus einer drei Ellen und einer Handspanne langen Kiste, jeweils über eine Elle breit und hoch. Er packte die in der hinteren Ecke zusammengerollten Decken und legte das Bündel auf den Boden vor die Tür. Der Deckel des Kastens war an der Vorderseite mit Eisen beschlagen und die beiden Verschlussleisten wurden durch Schlösser gesichert. Wichmann griff an seinen Gürtel und zog einen Schlüssel ab.

Er öffnete und brummelte vor sich hin, während er Gegenstände heraushob, die sämtlich in saubere Lappen eingewickelt waren. Er wog einige Teile in seinen Händen, nickte zufrieden und reichte sie zu Nyenkerken hinüber. Einen verbeulten Helm legte er wieder in den Kasten in den hintersten Winkel.

»Das ist mein alter Brustpanzer.« Wichmann ergriff mit beiden Armen ein in der Mitte gewölbtes Paket. Er ächzte, als er es heraushob. »Der passt bestimmt, denn wir haben eine ähnliche Statur. Ihr werdet in ihm gut geschützt sein, denn solange ich ihn trug, habe ich keinen Kratzer abbekommen. Lasst Euch nicht von den vielen Scharten irritieren. Die allein sind der Grund, warum ich jetzt einen anderen trage, den ich neulich erbeut…, ähm, erstanden habe.«

Wichmann wusste nicht, wohin mit dem Paket. Er blickte auf die Karte und nickte Nyenkerken auffordernd zu. Dieser rollte das umfangreiche Pergament vorsichtig auf, band es rasch zu und schob es in ein längliches Fach über Wichmanns Bank zu den anderen Rollen.

»Ihr müsst Euch aus euren dicken Kleidern winden!« Wichmann legte den Brustpanzer auf dem Tisch ab und wickelte die Wehr aus den Tüchern. »Die Brünne muss drunter, sonst passt sie nicht.«

»Unter die Kleidung?« Nyenkerken entledigte sich umständlich seiner Wintersachen. Er legte seine Hände auf den blanken Stahl. »Ah, ist das kalt! Kommt das auf die blanke Haut?«

»Ach was. Behaltet die Untersachen an, die wärmen ja auch ein bisschen.« Wichmann grinste. »Da drin wird's Euch schon heiß genug werden, wenn's erst einmal richtig losgeht. Unterarm- und Schienbeinschienen sowie eiserne Handschuhe habe ich Euch schon gegeben, sonst gibt's nix.«

»Was ist mit den Oberschenkeln?«

»Nix! Aber Euer kluger Kopf bekommt noch eine Sturmhaube obendrauf.« Wichmann griff noch einmal in die Truhe und holte eine konische Helmglocke hervor, deren kegelförmige Spitze in einem Helmknauf von der Größe einer Eichel endete. Die gesamte Oberfläche war mit blatt- und rankenförmigen Elementen bedeckt sowie mit Inschriften aus Goldintarsien geschmückt. Am Helm befestigt waren der Sonnenschild, das Naseneisen, der Nacken- und Wangenschutz sowie ein Zierköcher mit einem Rosshaarbusch.

Wichmann forderte Nyenkerken mit einer Geste auf, leicht in die Knie zu gehen. Der Kapitän beugte sich zudem noch vor, damit er die Spitze des eisernen Kopfschutzes nicht an der Decke abstieß. Wichmann stülpte ihm die ovale Helmöffnung über den Kopf.

Nyenkerken stöhnte. »Der friert mir schon an der Stirn fest.«

»Im Kampf wird's Euch so warm werden, dass Ihr wünscht, er könnte Euren Kopf kühlen. Den Helm habe ich in Nowgorod auf dem Markt erworben. Der Händler war ein Tatar aus Kasan, der mir weismachen wollte, dass schon Dschingis Khan ihn getragen habe.« Wichmann lachte schallend. »So ein Aufschneider! Dieser gerissene Kerl wollte mir für das schöne Stück ein Vermögen abknöpfen. Ich denke eher, das hat ein persischer Panzerreiter getragen.«

»Tschingiskan? Pärsiser? Nie gehört! Das habt Ihr wohl auch von eurem famosen Magister Wigbold aufgeschnappt.« Nyenkerken verwünschte den bizarren Lehrmeister, der ihn durch seine Schüler verunsicherte. Bekümmert sah er auf seine Wehr. »Allzu viel Schutz scheint mir das Ganze aber nicht zu sein, wenn ich an den Plattenpanzer von Hauptmann von Klaasen denke.«

»Mehr Rüstung hat keinen Sinn.« Wichmann schüttelte den Kopf. »Den Rest deckt Ihr durch einen Schild.« Sein erfahrener Blick richtete sich auf Nyenkerken. »Wir müssen übers Eis und dabei beweglich bleiben, ohne einzubrechen. Schild und Schwert holt Ihr Euch aus der Waffenkammer.«

Er half Nyenkerken, den Brustpanzer überzustreifen. Während sein Gegenüber die Lederbänder durch die Seitenschnallen zog, hielt er inne und lächelte immer breiter, bis sich die Backen hoben. Er blickte so schalkhaft, dass die Fältchen an seinen Augenwinkeln fast einen Halbkranz bildeten. »Aber ich hätt da noch etwas ...«

Wichmann suchte die Truhe ab, holte den verbeulten Helm in der hintersten Ecke wieder heraus und wühlte einen faustgroßen in ein rotes Tuch gewickelten Gegenstand hervor. Er packte ihn aus und hielt Nyenkerken eine ovale Halbschale hin. »Hier! Diese eiserne Schamkapsel könnt Ihr noch über Eure Hodensäcke stülpen, damit Euer bestes Stück nicht durch einen unglücklich geführten Streich abhandenkommt.«

Nyenkerken lächelte verlegen, blickte kurz auf das Ding, schüttelte den Kopf und murmelte eine dankende Ablehnung. Er zitterte vor Kälte am ganzen Oberkörper, schnallte rasch seine Brünne ab und stellte sie behutsam auf den Tisch. Hastig streifte er sich seine Gewänder wieder über.

»Ich danke Euch von ganzem Herzen, dass Ihr mir Eure Rüstung leiht!«, sagte er zu Wichmann. Sein Blick ließ keine Hoffnung erkennen und die Stimme zitterte beim Sprechen, als er versuchte, einen feierlichen Ton zu treffen. »Ich verspreche Euch, Herr Hauptmann, dass ich nicht zur feigen Schande werde und mein Leben so teuer wie möglich verkaufe.«

Wichmann schüttelte verwundert den Kopf, blickte auf und runzelte die Stirn. »Wie redet Ihr denn, Kapitän, wo bleibt Eure Zuversicht?« Er beugte sich wieder über die Wehr, packte sie gänzlich ein und stellte das Bündel an die Tür. Dann schob er sich zurück auf seine Bank. »Seht Ihr denn nicht, wie gut der Klaus die Falle vorbereitet?«

»Falle? Was für eine Falle?«

Wichmann hob die Brauen. »Wir beide geben laufend Anweisungen, was zu tun ist.«

»Das kann ich durchaus nachvollziehen – wir bauen eine solide Verteidigungsanlage. Aber ich sehe keine Falle.«

»Setzt Euch bitte wieder hin!« Mit seinem rechten Arm wies Wichmann auf die Schlafstatt Störtebekers. »Ich will nicht, dass Ihr herumlauft wie ein Ahnungsloser. An Bord müssen alle Mann Bescheid wissen, sonst gelingt‘s nicht.«

Nyenkerken quetschte sich wieder auf die Bank. »Ich soll nicht bemerkt haben, dass eine Falle aufgebaut worden ist?«

»Langsam, Herr Kapitän.« Wichmann lächelte nachsichtig und besänftigte sein Gegenüber mit beruhigenden Handbewegungen. »Sie besteht ja noch nicht. Ich erkläre Euch die Strategie und ...«

»Strategie?«

»Strategie. Die Lehre von der Kunst des Krieges. Euch muss man aber auch alles erklären! Ähm, ich bitte um Entschuldigung, Kapitän. Ich wollte Euch nicht ...«

»Schon gut«, unterbrach Nyenkerken und zog ein säuerliches Gesicht, dann winkte er ergeben ab. »Schon gut. Ich kenne nur die Küsten der Westsee[30] und verstehe, in England zu handeln. Trotzdem denke ich, das ist so etwas wie ein Plan?«

»Na also, Kriegsführungsplan! Ja, wir haben einen, mit eingebauter Falle. Daher sind wir felsenfest überzeugt, dass er gelingt.«

»Wenn der Däne mitspielt!«

»Richtig.« Wichmann grinste. »Der Nordmann muss mitspielen, ohne dass er unseren finalen Zug erahnt. Wir jedoch müssen vorhersehen, wie er ziehen wird. So wie beim Schach ...«

»Könnt Ihr Schach spielen?«

»Und ob! Klaus auch! Wir spielen oft und ...«

»Dieses Spiel ist dem Adel vorbehalten und ...«

»Ach was.« Wichmann lachte spöttisch, Hohn klang in seiner Stimme. »Die hohen Herrschaften haben keine Ahnung! Die tun doch bloß, als könnten sie's. Das ist ein Spiel für Strategen – für Anführer von Kriegsknechten, wie unsereiner.«

Nyenkerken beugte sich vor, seine graublauen Augen blinkten vor Neugier. »Wer von Euch beiden gewinnt denn?«

»Ich!« Wichmann stupste seinen rechten Daumen in die Herzgrube, grinste dann jedoch verlegen und wedelte abwägend mit seiner linken Hand. »Meistens.«

»Dann seid Ihr der bessere Spieler.«

»Eigentlich nicht.«

»Nicht?« Nyenkerken schüttelte verwundert den Kopf. »Aber der Bessere gewinnt doch.«

»Keineswegs! Klaus ist der bessere Spieler, viel besser sogar. Die meisten Einfälle hat er, wenn er mit Weiß beginnt, dann erdenkt er die ungewöhnlichsten Züge, die mich sogleich in arge Bedrängnis bringen. Manchmal fegt er mich regelrecht vom Brett. Unterm Strich aber gewinne ich.«

»Woran liegt's?«

»Klaus ist ein genialer Angreifer.« Wichmann nickte anerkennend, Respekt lag auf seinem Gesicht. »Er ist darauf versessen, den Gegner nicht zum Luftholen kommenzulassen, ihn unablässig bis zum Matt zu treiben. Aber er lässt seine Verteidigung außer Acht. Im Gegensatz zu ihm kann ich gut abwehren, gegen ihn bin ich es sogar gewohnt. Außerdem habe ich mehr Geduld und warte auf Fehler von ihm, die ich stets ausnütze. Infolge bricht sein Angriff zusammen und ich siege meistens mit Leichtigkeit.«

30 Westsee, die – der Name der Nordsee im Mittelalter.

Wichmann blickte so schalkhaft, dass die Fältchen an seinen Augenwinkeln fast wieder einen Halbkranz bildeten. »Dann wird er wütend, schmeißt seinen König in eine Ecke und haut auf den Tisch, dass alle übrigen Figuren tanzen. Er schreit herum, schilt sich einen Depp und fordert eine sofortige Revanche – die er erst recht verliert. Klaus ist ein Hitzkopf, jedoch kann er sich meistens gut zusammenreißen.«

»Dann kennt Ihr ihn bestimmt schon lange. Seid ihr Freunde? Entschuldigt bitte, Kapitän Wichmann, ich wollte Euch nicht zu nahe treten, aber …«

»Freunde? So, wie ihr beide?«

»Nun, ja.« Nyenkerkens Backen wurden noch röter und sein Blick irrte über die Maserungen der Tischplatte. »Der Rum ...«

»Aber ihr habt‘s beibehalten.« Wichmann nickte und senkte die Lider. »Gut so. Zunächst habe ich mich mächtig gewundert: Klaus Störtebeker schließt Freundschaft mit einem Kapitän der Hansestadt Hamburg. Sehr ungewöhnlich, nicht wahr. Aber warum nicht?«

Er hielt inne, sein Gesicht wurde ernst. »Der Klaus und ich sind Gefährten und bleiben es durch dick und dünn bis zu unserem gemeinsamen Ende.« Er zog eine Grimasse, verdrehte die Pupillen in seinen runden Äuglein und deutete mit dem rechten Zeigefinger einen Schnitt durch die Gurgel an. Danach lachte er Nyenkerken ins entsetzte Gesicht, wurde rasch aber wieder ernst. »Wir respektieren einander und ergänzen uns, wie Ihr sicher bemerkt habt. Aber Freundschaft? Dazu ist‘s wegen einer alten Geschichte nicht gekommen – die hab ich ihm zu lange nachgetragen.«

»Ich möchte auf keinen Fall mich zwischen Euch drängen.«

»Das ist Eure Sache, keine Sorge. Aber die Förmlichkeiten können wir uns ersparen und ...«

»Und ob!« Nyenkerken strahlte. »Also … Hennig. Ich danke dir nochmals sehr herzlich für die Rüstung und gehe jetzt ... ach, die Falle. Du wolltest mir doch den Plan erklären.«

»Jetzt kommen wir endlich zur Sache! Also, was will der böse Däne von uns?«

»Unser Leben!«

»Ach was!« Wichmann feixte, schüttelte den Kopf und winkte ab. Nachsichtig lächelnd erwartete er die nächste Vermutung.

»Nicht? Also die Schiffe.«

»Höchstens als Dreingabe! Also, was will er?«

»Da bleibt ja nur noch die Ladung.« Nyenkerken zuckte mit den Schultern.

»Genau *die* wollen sie haben!« Wichmann breitete die Arme aus und beugte sich vor. »Sie haben Hunger und es fehlt ihnen an allem, mehr sogar als den Stockholmern.«

»Wieso denn? Die Dänen haben ganz Schweden außer Kalmar und Stockholm besetzt und werden durch ihre Flotte versorgt.«

»Die dänische Flotte? Bah!«, höhnte Wichmann. » Sie liegt in Kopenhagen vor Anker und wird erst im Frühjahr wieder auslaufen. Die hohe Dame Margarethe sowie ihre dänischen Herrschaften sitzen vollgefressen an ihren warmen Öfen in Roskilde und Kopenhagen. Die können sich doch gar nicht vorstellen, wie ihre Soldaten bei der Belagerung von Stockholm leiden!«

»Ich verstehe. Die Dänen sind also auf die Schiffsladungen aus ...« Nyenkerken begann zu hoffen. »Dann wäre es möglich, dass sie uns laufen lassen. Wir nehmen mit, soviel wir tragen und schieben können, gehen übers Eis …«

»… bis vor die Stadt! Unsere Feinde würden uns sogar hinterherwinken … uns Dummköpfen.« Wichmann strahlte übers ganze Gesicht und wedelte mit beiden Armen wie zum Abschied.

»Wieso wäre das dumm von uns?«

»Auf diese Weise verlören wir alles, einschließlich unseres Lebens.«

»So?« Dann begriff Nyenkerken und klatschte alle Finger seiner rechten Hand an die Stirn. »Bis *vor* die Stadt! Natürlich! Warum bin ich nicht gleich darauf gekommen? Das ist doch klar: Die Städter lassen uns nicht herein. Im Gegenteil, sie werden uns verjagen, denn wir wären nur weitere hungrige Mäuler.«

»Genau dies geschähe, lediglich Johann Erik von Landorp als Gesandter Mecklenburgs käme hinein. Das kann sich unser guter Bürgermeister denken, daher würde er unter einem Vorwand vorausgehen. Kaum wäre er hindurch, ließe er das Tor vor unserer Nase verschließen, falls wir nicht schon vorher beschossen würden.«

»Somit müssen wir die Waren um jeden Preis verteidigen«, sagte Nyenkerken und blickte enttäuscht. »Die Dänen werden also nicht mit unserer Flucht rechnen, sondern auf der Stelle angreifen.«

»Nicht sofort, denn ihr Anführer wird auf jeden Fall erst einmal Parlamentäre schicken.«

»Warum denn? Das ist doch vergebliche Mühe.«

»Der Däne weiß, dass es nichts zu verhandeln gibt und es zum Kampf um alles oder nichts kommen wird.« Wichmann senkte den Kopf und blickte grimmig. »Die Unterhändler kommen aus anderen Gründen. Zum einen prüfen sie auf dem Weg hierher die Festigkeit des Eises, andererseits können sie uns auskundschaften, ohne in Lebensgefahr zu geraten.«

Nyenkerken lernte rasch. »Er wird uns zuerst freien Abzug zur Stadt anbieten, wenn wir Waren und Schiffe zurücklassen. Wir werden ablehnen. Danach werden die Dänen die Hälfte der Waren verlangen, im Gegenzug ihren Abzug anbieten. Wir werden ablehnen. Selbst wenn sie die auf diese Weise zumindest die Hälfte der Ladung hätten, würden sie unsere Schiffe in Brand schießen, denn sie könnten nicht zulassen, dass wir mit dem Rest nach Stockholm gelangen.«

»Richtig. Sie werden unverrichteter Dinge zurückkehren und dem Anführer berichten. Dieser wird seine Schlüsse ziehen und bei tragfähigem Eis zum Angriff blasen lassen.« Wichmann lehnte sich zurück und sah Nyenkerken prüfend an. »Und was machen wir?«

»Wir?« Der Kapitän zog ein langes Gesicht. »Wüsste ich das, wäre ich bereits wieder bei den Schanzarbeiten. Bitte weihe mich endlich ein, denn ich will helfen!«

»Sofort!« Wichmann zog die Augenbrauen nach oben und hob mehrmals seinen rechten Zeigefinger.

Nyenkerken erhob sich so gut es ging, griff nach der zusammengerollten Karte und legte sie vorsichtig auf den Tisch.

Wichmann richtete sich auf. Mit wachsendem Eifer löste er die Bänder, rollte die Karte auf und beschwerte deren Ecken. Er legte eine weiche Filzmatte auf das Pergament, hob die Laterne vom Boden und stellte sie auf die viereckige Unterlage. Er beugte sich vor und forderte Nyenkerken auf, es ihm gleichzutun. Mit dem Zeigefinger seiner rechten Hand tippte er auf zwei Fleckchen inmitten der Stockholmer Schären.

»Hier ... diese beiden kleinen Punkte markieren die Fjäderholmarna, die Federinselchen, nur einige Seemeilen von der Stadt entfernt und ...«

»So nah sind wir dran?«, flüsterte Nyenkerken und staunte. »Hoffentlich erfährt Landorp das nicht. Dann tobt er noch mehr, weil wir so kurz davor nicht versucht haben, durchzukommen und ...«

»... dann würden wir spätestens im Nörrström[31] feststecken, als leichte Beute der Dänen auf beiden Seiten. Wichtig für unser Vorhaben ist eine unbesetzte und dicht bewachsene Insel. Wir liegen backbords an der westlichen Seite der südlichen Federinsel, in Bugrichtung steht der Däne – auf dem Festland von Södermanland –, und vom Heck aus siehst du im Norden die größere Insel Lidingö. Dort befinden sich wohl keine Dänen, also erfolgt der Angriff nur von Sü-

31 Norrström, der – die Wasserstraße zwischen dem Baltischen Meer und dem Mälarsee. Auf einer Insel im Norrström befindet sich die Altstadt Stockholms, Gamla stan.

den. Sie werden uns nicht einschließen, sondern versuchen, uns zu vertreiben.«

»Die Schanze auf der Insel soll den Dänen davon abhalten, von der Seite, von Osten anzugreifen.«

»Ja, die Befestigung ist so trutzig, dass sie es nicht versuchen werden.« Wichmann hielt inne. »Ich werde den Stockholmern raten, hier eine Festung zu errichten und Bombarden aufzustellen. Bald wird es tauglichere Kanonen geben, durch welche die Fjäderholmarna eine ideale Bastion zur Verteidigung der Stadt werden. Aber ich schweife ab. Der Däne soll und wird nur von Süden übers Eis kommen. Dieser Übermacht sind wir keineswegs gewachsen, also muss eine List her: Wir hacken vor den Schiffen das Eis auf und dann fallen sie rein ...«

»Sie fallen rein?« Nyenkerken schüttelte verwundert den Kopf. »Du redest ständig davon, wie umsichtig der Däne ist und jetzt nimmst du an, er fällt da rein, einfach so?«

»Hermann,« murmelte Wichmann und beschwichtigte mit Gesten. »Lass mich doch erst einmal alles erklären. Der Gegner darf nicht hören, dass wir eine Falle ins Eis hacken. Darum brechen wir gleichzeitig Schollen in Richtung Stockholm ...«

»... damit er denkt, wir wollen mit Seilen die Schiffe durch die Rinne ziehen.«

»Wollen? Werden wir – wenn die Schlacht gewonnen ist! Wir könnten sogar an Bord bleiben und die Schiffe bis zur Stadt staken, wenn das Eis doch nochmal aufweicht. Ein kurzer Wetterumschwung durch einen Föhnwind aus Süden ist durchaus möglich.«

»Trotzdem hat die Sache einen Haken!«, sagte Nyenkerken und verneinte mit dem rechten Zeigerfinger.

»So? Was für einen denn?« Wichmann stellte sich ahnungslos, aber seine Lippen umspielte ein nachsichtiges Lächeln.

»Die Dänen sehen doch, dass um die Schiffe das Eis aufgeschlagen wird ...«

»Wir bringen die kleineren Stämme sowie das Gestrüpp hinüber, stapeln das Ganze auf und errichten einen ...«

»Ich hab's! Das ergibt einen hohen Wall als Sichtschutz, aber ausgebaut als Schanze, damit die Dänen nicht misstrauisch werden! Die sehen nur, dass wir nach Westen eine Rinne durchs Eis hacken. Die Lücken für die Falle hauen wir gleichzeitig, das hören sie nicht heraus.«

»Erfasst!« Wichmann grinste anerkennend.

»Trotzdem ...«

»Was denn noch?«

»Wenn die Dänen den Gestrüppwall überwunden haben – nachdem wir uns von ihm zurückgezogen haben –, werden sie sich wohl kaum mit Gebrüll auf uns stürzen. Sie werden unter Deckung vorsichtig anrücken, sodass höchstens ein paar von ihnen reinfallen. Das Heer ist gewarnt, zieht sich zurück, geht über die Insel und greift uns von Norden an.«

»Gratuliere!« Wichmann zog ein anerkennendes Gesicht. »Du hast es im Nu zum Strategen gebracht! Soweit darf es nicht kommen. Wir müssen sie mit einer List zu einem unüberlegten Sturmangriff verleiten. Diese Finte erkläre ich dir morgen, denn es ist spät geworden.«

»So?« Nyenkerken bemerkte, dass ihm sein Zeitgefühl abhandengekommen war. »Jetzt gehe ich aber an Land und mache weiter.«

»Du kannst nichts mehr ausrichten.«

»Wieso denn? Wir sind noch lange nicht fertig.«

»Das wirst du schon sehen, oder auch nichts.« Wichmann lächelte zweideutig.

»Ich empfehle mich und sage nochmals herzlichsten Dank!«

»Bitte sehr, gern geschehen.«

Wichmann öffnete die Tür, ging vor und stieß die gegenüberliegende Tür auf. Nyenkerken hob ächzend sein umfangreiches Bündel auf und quetschte sich durch Türrahmen und Gang bis in seine Kajüte; Wichmann zog die Türen hinter ihm zu.

5

Zwei Laternen standen auf dem Boden, die ein diffuses Licht verbreiteten. Landorp saß am Tisch und polierte mit einem Lederlappen das schimmernde Holz einer anderthalb Ellen langen Armbrust. Er hob den Kopf, blickte skeptisch auf die Bündel mit den Rüstungsteilen, zog die linke Braue hoch und den rechten Mundwinkel hinab.

»Oho! Unser tapferer Kapitän aus Hamburg macht sich kampfbereit. *Jetzt* wird's gefährlich! Die Frage ist nur – für wen?«, spottete er.

Ohne ein Wort der Erwiderung legte Nyenkerken das schwere Bündel einfach auf einige über den Boden verstreute Armbrüste. Er öffnete beide Schlösser seines Bettkastens, hob den Deckel und drückte ihn an der Wand. Mit einem Schwung hob er den großen Haufen und legte ihn in die Kiste, denn er hatte es eilig, hier herauszukommen.

Während Nyenkerken einräumte und den Deckel des Bettkastens zufallen ließ, hörte er hinter sich knarzende Geräusche. Er sah sich nicht um, denn er wollte gehen, ohne den Bürgermeister eines Blicks zu würdigen. Mit eingezogenem Kopf erhob er sich, ging zur Tür und öffnete sie.

»Perfekt!«, hörte er Landorp murmeln.

Unwillkürlich hielt sich Nyenkerken am Türblatt fest, wandte seinen Oberkörper und blickte zurück.

Landorp hatte die Sehne mit dem Spannhaken zurückgekurbelt, festgeklemmt und in die Kerbe der Armbrust einen zwei Handspannen langen Bolzen eingelegt. Beidhändig hob er die Waffe auf Gesichtshöhe, kniff das linke Auge zu und drehte langsam seinen Oberkörper nach rechts. Er zielte, zog ab und der Bolzen zischte in Hüfthöhe neben Nyenkerken in den Türpfosten. Der Kapitän riss erschrocken die Augen auf und starrte auf die Einschlagsstelle. Nahe beieinander, fast wie ein Bündel, staken ein halbes Dutzend Schäfte in einem nur münzgroßen Holzauge. Nur mit einem Werkzeug würden diese Bolzen herauszustemmen sein.

»Treffer!«, sagte Landorp in lakonischem Ton. Er hob leicht die Schultern und die Augenbrauen, schob die Unterlippe etwas hervor – dass er jedes Mal traf, war für ihn unzweifelhaft. Er sah in die Augen des Kapitäns, und sein Blick bekam einen spöttischen Ausdruck.

Nyenkerken schüttelte erbost den Kopf, drehte sich wortlos herum und schlug die Tür hinter sich zu. Im dunklen Gang holte er tief Luft und wankte zum Ausgang.

Der Bürgermeister hatte die gespannte Armbrust an ihm vorbeigeschwenkt, bevor er den Bolzen in den Türpfosten gejagt hatte. In jenem Moment, als die Waffe auf Nyenkerkens Gemächt gerichtet gewesen war, hatte Landorp mit dem rechten Auge nur einen Wimpernschlag lang zu ihm hochgesehen. Aber dieser Augenblick hatte gereicht, um Nyenkerken erschauernd zurückbesinnen zu lassen. Denn Landorps geweitete, wie ein Kohlestück glühende Pupille erinnerte ihn an die Bestrafung des einäugigen Jan Hindrichsen auf dem Grasbrook, der Hinrichtungsstätte der Stadt Hamburg.

Jener Kerl war ein gottloser Mörder gewesen, hatte etliche Seelen auf dem Gewissen gehabt und keine seiner Taten bereut. Die Leute munkelten, er sei vom Satan besessen.

Nyenkerken war zehn Jahre alt gewesen, als jener elende Geselle aufs Rad geflochten wurde und der Henker ihm mit einer zwei Ellen langen Eisenstange einen Knochen nach dem anderen brach. Trotz der stundenlangen Marter ließ der Kerl nicht ab, gotteslästerlich zu fluchen und alle Umstehenden in die tiefste Hölle zu wünschen.

Letztendlich wies der Scharfrichter den Henker an, Hindrichsen die Zunge herauszureißen, um ihn zum Verstummen zu bringen. Der Henker war ein Meister seines Fachs und hatte sich gut vorbereitet. Zunächst steckten seine beiden Gehilfen Brechstangen zwischen die Zahnreste des Delinquenten und stemmten den Kiefer auf. Dann quetschte der Henker eine eiserne Zwinge in den Mund und schraubte so lange, bis der Kiefer sperrangelweit aufgerissen stand. Er zog eine ellenlange Zange, die an den Backen rotgolden glühte, aus dem nebenstehenden Kohlebecken, dessen Glut von seinem Gehilfen stetig angefacht wurde, beugte sich über den Mund des Mörders und steckte die Zange hinein. Er schob die Backen bis zur Zungenwurzel, sodass der Rachenraum verschmorte und schwarzer Qualm aus dem Mund stieg. Der Henker presste die Griffe zusammen, riss die Zunge mit einem Ruck heraus und hielt die Zange gerade vorgestreckt. Sich im Kreise drehend zeigte er der aufheulenden Menge den Fleischfetzen mit dem rotbraun tropfenden Stumpf. Aus dem Mund Hindrichsens quollen in steten Stößen mehrere Blutfäden.

An Blutleere jedoch sollte der Unhold nicht sterben, zu mild wäre die Strafe. Der Henker zog einen kurzen Stab mit einem glühenden Stempel an der Spitze aus dem Feuer. Er schob ihn in den Mund und drückte die sengend heiße Platte auf die Wunde. Mehrere Augenblicke lang war ein Zischen zu hören und eine wabernde Dampfwolke zu sehen. Der Henker blickte in den versengten Rachen, nickte befriedigt und steckte den Stab wieder ins Kohlebecken. Die Gehilfen schraubten an der Zwinge und rissen sie aus dem Mund des nunmehr Bewusstlosen heraus.

Daraufhin wurde das Rad angehoben und die Spitze einer langen Stange durch die Nabe geschoben und befestigt. Der Pfahl wurde in ein tiefes Loch gesteckt und aufgerichtet. Jan Hindrichsen thronte zehn Ellen über dem niederen Volk, das befriedigt nach Hause zog und noch tagelang von diesem Ereignis zehrte. Der Bestrafte besaß einen zähen Körper und lebte noch zwei Tage. Dann zerriss seine Seele, fiel durch die Speichen des Rads, wurde vom Teufel persönlich eingesammelt und in die tiefste aller Höllen hinabgeschleudert.

Doch bevor diese Hinrichtung begonnen hatte, war etwas geschehen, dass Nyenkerken niemals vergessen konnte.

Er war mit seinen Eltern frühzeitig zum Grasbrook hinübergegangen, damit sie auf der Tribüne, welche den Patriziern der Stadt vorbehalten war, einen guten Sichtplatz ergatterten.

Vier gerüstete und bewaffnete Stadtwachen betraten als Letzte die Richtstätte und führten den gefesselten Unhold mit sich. Er ging vornübergebeugt wegen der hoch und stramm auf den Rücken gebundenen Arme, stierte zu Boden und schüttelte gelegentlich den Kopf. Vor der Tribüne angelangt, beschimpften ihn die Herrschaften. Er hob trotzig den Kopf, wendete ihn zur Menge und blickte finster über sie hinweg.

Und dann hielt er inne und starrte ins Gesicht Nyenkerkens, welcher im heilen Auge des Mörders die Lust wahrnahm, ihm Übles anzutun oder ihn zu töten. Der Junge hatte einen Heidenschreck bekommen, war entsetzt hinter seinen Vater gesprungen und hinter ihm versteckt geblieben. Nur durch dessen Achselhöhlen hatte er die folgende Tortur bis zum Ende beobachtet.

Nyenkerken wies die trüben Gedanken von sich und bereitete sich vor auf die harte Arbeit am Wall. Er stieß die Tür zum Deck auf und sah sich überrascht um – es war bereits dunkel, niemand weit und breit zu sehen. Seit dem langen Gespräch mit Wichmann hatte er trotzdem das Gefühl, sich hier so sicher zu befinden wie in Abrahams Schoß.

Vor dem undurchsichtigen Landorp jedoch fürchtete Nyenkerken sich zusehends.

6

Die nächsten Tage rackerte Nyenkerken von morgens bis abends, während das Wasser zu einer stets dicker werdenden Eisschicht gefror.

Nebenbei beobachteten sie die dänischen Kundschafter. Diese lösten sich bereits vom Ufer und gelangten gut ein Drittel des Wegs bis zu den Schiffen, weiter wagten sie sich noch nicht. Aber alle wussten, dass sie nicht mehr lange warten mussten, bis sie gefahrlos zu den Schiffen gelangen konnten.

Die wuchtige Palisade auf der Insel war fertig und an ihrem Ende am südlichen Ufer schloss sich der Wall auf dem Eis an. Er führte in einem leichten Bogen um die sechs Schiffe herum und reichte bis zur geplanten Fahrtrinne nach Stockholm.

Zunächst schütteten die Männer einen zweihundert Schritte langen hüfthohen Haufen aus Reisig auf und übergossen ihn mit Wasser. Das stammte aus hinter den Schiffen gehackten Löchern und wurde in Eimern per Menschenkette zum Bestimmungsort transportiert. Am nächsten Tag steckten sie Gehölz in das gefrorene Gespinst und durchflochten es mit Tannenzweigen. Ständig wurde die Wand verstärkt und erhöht sowie mit Wasser bespritzt, bis ein sechs Ellen hoher undurchsichtiger Wall entstanden war – ein bizarres Gebilde aus vereisten Hölzern sowie Zweigen, durchsetzt von Kaskaden und Zapfen gefrorenen Wassers. Es verbarg vor den Dänen die dreißig Schritte weit reichende Eisfläche bis zu den Schiffen. Dies war nötig, um den nächsten Schritt des Plans angehen zu können.

Etwa zwei Dutzend Männer arbeiteten an der Fahrtrinne in Richtung Stockholm. Ein Drittel davon hackte die Rinne auf und verbreiterte sie, die zweite Gruppe zog und schob die Eisschollen beiseite, und der Rest stand etwas abseits und sicherte die Kameraden durch Seile. Die Mannschaft arbeitete zügig, erreichte bald das westliche Ende des Walls und geriet ins Blickfeld der Feinde.

Die Dänen schrien höhnische Bemerkungen herüber, lachten schallend oder winkten kopfschüttelnd ab. Sie ließen drohende Gesten folgen und schlugen mit ihren Schwertern auf ihre Schilde. »Atterdag!«, riefen sie, wieder und wieder.

»Warum rufen sie den Beinamen eines längst verstorbenen Königs?« Nyenkerken stand am Bug des Roten Teufels und wandte sich zu Störtebeker.

Der Hauptmann hielt die flache Hand über die Augen und spähte zum Feind. »Atterdag?« Er grinste. »Waldemar IV.[32] war ein mehr als besonnener Herrscher. Er pflegte seine Angelegenheiten stets zu verschieben, ›Atterdag‹ war sein Lieblingswort – ›morgen ist auch noch ein Tag‹, hat er wohl damit gemeint. Daher rührt sein Beiname.«

Klaus Störtebekers Gesicht wurde ernst und Nyenkerken ahnte, was er sagen würde. »Allerdings schob der König die Entscheidung über seine Nachfolge stets hinaus; er taktierte zu lange. Letztendlich starb er so rasch, dass er keinen Entschluss mehr verkünden konnte. Darum herrscht um die Thronfolge Krieg zwischen Mecklenburg und Dänemark. Und wir stecken im wahrsten Sinn des Wortes mittendrin.«

»Morgen!« Nyenkerken nickte verstehend. »So ist das gemeint – sie werden in der Frühe angreifen.«

»Richtig.«

Nyenkerken stieß Störtebeker mit dem Ellbogen an. »Kannst du etwa auch noch dänisch?«

»Warum nicht? Hab schließlich lange genug dort gelebt.« Der Hauptmann lächelte wehmütig, dann schüttelte er unwillig den Kopf. »Nimm's mir nicht übel, Hermann. Aber ich möchte mit niemandem über diese Zeit reden. Auch nicht mit Freunden.«

Er wandte sich abrupt ab, beugte sich über die Reling und nickte den Männern unter ihm auf dem Eis zu. »Ihr könnt anfangen!«, sagte er, ohne die Stimme zu heben.

Die Söldner lauschten auf die Schläge ihrer Gefährten hinten an der Fahrtrinne und begannen, im gleichen Rhythmus zu hacken. Auf diese Weise konnten die Dänen nicht heraushören, dass noch an einer anderen Stelle Eis geschlagen wurde. Drei Schritte von den Bugen der Schiffe entfernt schlugen die Männer vier Löcher, jedes fünf Ellen lang

32 Waldemar IV. – König von Dänemark, Vater der Regentin Margarete (I.). Siehe Anhang, Seiten X (588) und XXXIII/XXXIV (611/612)

und dreißig Schritte breit; dazwischen ließ man drei Eisbrücken stehen, die etwa zwei Ellen breit waren.

Sämtliche Eisbrocken wurden herausgehoben, selbst das kleinste Stück, und hinter den Schiffen zu einer bogenfömigen Mauer gestapelt; einige wurden beiseitegelegt. Das Fortschaffen auch des kleinsten Bröckchens war nötig, damit die sich neu bildende Eisdecke keinerlei Unebenheiten aufwies. Nachdem die erste dünne Schicht gefroren war, lag sie jedoch tiefer als das umliegende Eis. Daher holten die Männer Wasser aus den Löchern hinter den Schiffen und gossen so häufig, bis die fehlende Höhe ausgeglichen war.

Trotzdem konnte Hermann Nyenkerken den Unterschied zum älteren Eis noch deutlich erkennen, denn der Lichteinfall machte ihn sichtbar. Nach dem langen Gespräch mit dem abgeklärten Strategen Wichmann vor einigen Tagen war er aber sicher, dass etwas dagegen unternommen würde.

Klaus Störtebeker ließ haufenweise Steine und Kiesel vom nördlichen Ufer der Insel holen und auf allen sechs Schiffen mitten auf den Decks zu drei Ellen durchmessenden Kreisen auslegen. Auf jeden der fast kniehohen Geröllteppiche stapelten die Seeleute der Koggen loses Stroh und knochentrockenes Reisig. Die kriegsunerfahrenen Mannschaften der Handelsschiffe sollten während der Kampfhandlungen an Bord bleiben, aber auf Befehl Störtebekers die Haufen anzünden und Rum hineingießen.

Auf dem Roten Teufel waren der Koch und sein neuer Gehilfe, der dicke Wim, für diese Aufgabe vorgesehen. Sie sollten das Feuer im Herd schüren und nach dem Anzünden sofort ein ganzes Fässchen Rum in die Flammen schütten, sodass eine mannshohe Stichflamme auflohen würde.

Sechs Fässchen Rum – ins Feuer zum Teufel jagen? Die Männer konnten es nicht fassen, rotteten sich zusammen und stellten ihren Hauptmann zur Rede.

Störtebeker fasste sich an den Kopf, er hatte ihnen den Plan lang und breit erklärt. Ergeben wiederholte er, wie wichtig dieses Opfer für das Gelingen des Plans war. Da er seine Männer kannte, drohte er ihnen in vollem Ernst. Er werde jeden, der Rum aus einem der Fässchen neben den Feuerstellen tränke, auf der Stelle einen Kopf kürzer machen, selbst wenn es nur ein winziger Schluck gewesen sei.

Um die Männer zu besänftigen, hob Störtebeker seine Finger zum Schwur. Er versprach ihnen im Brustton der Überzeugung ein kapitales Besäufnis innerhalb der sicheren Mauern der Stadt Stockholm. Die Männer fügten sich, aber sie trauerten lange um den guten Stoff.

Störtebeker wandte sich wieder seinen Köchen sowie den Seeleuten der Hansekoggen zu und wies sie nochmals ein.

»Skibet er braendes af!«, wiederholte er ein ums andere Mal und sprach dabei immer lauter. Letztendlich schrie er, bis auch der letzte Mann heftig genickt und versichert hatte, diesen Satz bestimmt nicht zu vergessen.

Nyenkerken vermutete, dass es dänische Worte waren, welche die Männer im Gedächtnis behalten sollten. Warum, wurde ihm allerdings nicht klar. Er wollte aber auch nicht mehr fragen.

Zu guter Letzt wies Störtebeker die Hanseschiffer sowie seine Köche an, die beiseitegelegten Eisblöcke in kleinste Teile zu zerstoßen und die Haufen feinster Kristalle in Bottiche zu schaufeln. Die gefüllten Behälter nebst den hölzernen Schippen ließ er zwischen den Schiffsrümpfen auf dem Eis abstellen.

Am Abend wurde es lebhaft bei den Dänen. Zahlreiche große Feuer brannten die ganze Nacht und das Gewirr Hunderter erregter Stimmen drang herüber. Tagsüber schon hatten die Söldner mehrfach Späher auf der Insel entdeckt und davongejagt.

Nyenkerken verbrachte eine unruhige Nacht. Die Aufregung in Erwartung des Angriffs raubte ihm den Schlaf; er schwitzte trotz der Kälte, dann fror er wieder erbärmlich. Er beneidete seinen Bettnachbarn Landorp um dessen tiefen Schlummer. Der Bürgermeister hatte sich auch nach dem üblen Scherz mit dem Bolzenschuss nur zum Luftholen an Bord gezeigt und war stets wieder verschwunden, ohne einen Finger für die Verteidigung zu rühren. Allerdings hatte er ein Dutzend Armbrüste aus der Ladung hervorgeholt und in der Kajüte gestapelt. Dort war er tagelang damit beschäftigt gewesen, die Schäfte zu pflegen und die Schnüre neu zu wickeln, die Spannmechaniken zu ölen und die Visiere einzustellen. An Tisch und Wände angelehnt standen die Waffen mit den Bögen nach unten in mehreren Reihen bereit und ließen im Raum keinen freien Schritt mehr zu.

Nyenkerken zeigte dem Bürgermeister die kalte Schulter und achtete darauf, nur die nötigsten Worte mit ihm zu wechseln. Dessen offensichtliches Unwohlsein gönnte er ihm von Herzen.

7

Während der Morgen graute betrat Nyenkerken das Deck, um backbords sein kleines Geschäft zu verrichten. Er war nicht allein; beobachtet von den spöttischen Augen mehrerer Wachen zwang er sich zur Erleichterung.

Er spürte er die Unruhe innerhalb der feindlichen Schar am Ufer.

Kaum hatte er seinen Hosenstall wieder zugebunden und sich umgedreht, sah er unruhige dunkle Striche. Sie bewegten sich vom Ufer fort über das Eis, geradewegs auf sie zu. Nach halber Strecke sahen die Dänen wie ein vielgliedriges Wesen aus; erst als sie näher kamen, erkannte er fünf Gestalten. Sie waren unbewaffnet bis auf einen Mann, der eine Lanze hochhielt, auf deren Spitze ein hellgraues Laken gesteckt worden war.

Die Parlamentäre ließen Insel und Eiswand rechts liegen und gingen stracks zu der Stelle, an welcher der Wall endete und die Eisrinne in Richtung Stockholm begann. Ihr Vorhaben war zu erkennen: Sie wollten die ihnen verborgene Fläche durch die Lücke ausspähen.

Die Hauptleute des Roten Teufels hatten die Verhandlung seit Tagen vorausgesehen, sodass sie auf die Absichten der Dänen vorbereitet waren. Zwanzig Mann versperrten diese Stelle; Störtebeker, Wichmann und Fietje, sowie zwei Söldner gaben ihre Waffen ab. Sie lösten sich von dieser Gruppe und gingen zwei Dutzend Schritte auf die Unterhändler zu, dann blieben sie stehen.

»Halt!«, kommandierte Störtebeker mit drohendem Unterton und hob gebieterisch die linke Hand. »Keinen Schritt weiter!«

Der Däne, welcher die Lanze hielt, breitete sofort seinen linken Arm aus, sodass die anderen stehen blieben.

»Wir Frieden bringen!«, radebrechte er auf Deutsch und zeigte auf den Lappen über ihm. Der Ton jedoch, in dem er fortfuhr, war bestimmend, fast drohend. »Wir hier Herr sein. Alles, was auf festem Boden steht, gehört uns.«

Er begann zu grinsen, zeigte auf das Eis, dann auf das nächste Schiff. Gier schimmerte in seinen Augen. »Boden jetzt fest. Boote und alles drauf gehören uns.«

Die anderen Dänen lachten und nickten. Was sie nicht verstanden, erkannten sie an den Gesten ihres Verhandlungsführers, und sie wussten ohnehin Bescheid.

»Frieden wollt ihr?« Störtebeker tat verwundert. »Nicht, wenn ihr mit solchen Haarspaltereien kommt. Von wegen fes...«

In diesem Augenblick stieß Wichmann ihn von hinten an. Störtebeker verstand sofort – der Knuff war ein Tadel im Sinne von ›Bring sie nicht auf die richtige Spur‹. Er gab dem Satz augenblicklich eine andere Wendung. »...ter Frieden! Aber *ich* weiß ganz genau, welcher Friede der einzig wahre ist.«

»Sagt es uns.«

»Ihr zieht auf der Stelle friedlich von dannen! Das ist der einzige wahre Frieden.«

»Hoh!« Der Däne schüttelte die Lanze, dass der Lappen hin und her flog. »Abziehen – im eigenen Land? Hoh! Ihr seid Eindringlinge!«

Der Abgesandte wechselte unversehens seine Taktik. Er verbeugte sich leicht und zeigte scheinbar höflich die Richtung nach Stockholm an, den Weg wie ein unverdientes Geschenk anbietend. »Und wir gut zu euch, wenn sagen dass nur nehmen Schiffe, ihr frei, nehmt Waffen, könnt gehen über Eis nach Stadt!«

»Nichts!«, bekam er von Störtebeker zu hören. Der Hauptmann legte so viel Nachdruck in seine Stimme, wie er nur konnte. »Gar nichts bekommt ihr!«

Der Däne setzte weiter aufs Verhandeln. »Drei Schiffe leer machen! Hier hinlegen!« Er zeigte auf das Eis hinter ihm, dann winkte er in Richtung der Stadt. »Wir nehmen mit, ihr weitermachen.«

»Nichts!«, sagte Störtebeker und schüttelte trotzig seinen Kopf. »Kein einziges Körnchen gibt's für euch.«

»Gut denken, Mann!« Der Däne wurde ungehalten und verlegte sich aufs Drohen. Er schüttelte seine Lanze; es kostete ihn sichtlich Überwindung, sie nicht sogleich unter seine Achsel einzulegen. »Ihr sterben, wenn nicht gut denken! Wir eintausend Mann!«

Er reckte sich, blickte siegesgewiss drein und schlug mehrmals mit dem linken eisenbeschlagenen Fausthandschuh auf seine Brünne, die dumpf aufdröhnte. »Unbesiegbar! Weil Dänen!«

Seine Begleiter nickten und fassten drohend an ihre leeren Schwertgehänge.

»Verschwindet!« Klaus Störtebeker blieb beinhart. »Das ist der einzige Weg zum Frieden.«

Der dänische Verhandlungsführer gab kopfschüttelnd auf, zog ein finsteres Gesicht und winkte verächtlich ab. Dann stampfte er abwechselnd mit beiden Beinen auf das Eis, nickte zufrieden und redete mit seinen Begleitern statt zu dem Feind. »Eis gut, sehr fest! Deutsche gleich tot!«

Seine Männer sahen ihn fragend an, er wiederholte auf Dänisch – sie lachten und gestikulierten abfällig.

Der Verhandlungsführer drehte sich wortlos um und ging mit seinen Begleitern zurück. Als sie außer Schussweite waren, senkte er die Lanze, riss den Lappen von der Spitze und schleuderte ihn weit von sich. Dann setzte er sich mit seinen Leuten in Trab, um möglichst schnell seine Todesdrohung wahrmachen zu können.

Klaus Störtebeker sah der Dänengruppe lange nach. Wichmann versetzte ihm heimlich einen Stoß in die Seite. Erst jetzt wandte sich der Hauptmann, um ebenfalls zu seinen Leuten zu eilen.

8

Die sechzig Söldner zur See waren nicht wehrlos, denn sie verfügten über ein großes Arsenal an Kriegswerkzeug. Die Laderäume des Roten Teufels waren bis zum letzten Winkel mit Waffen für die Verteidiger von Stockholm bestückt. Unter anderem führten sie Hunderte von Armbrüsten mit sich, die durchschlagendste Waffe. Die Besatzung konnte ausnahmslos mit ihnen umgehen; jeder Mann nahm zwei Stück an sich.

Zwei Drittel seiner Leute schickte Störtebeker zum Eiswall, in welchem zwei Dutzend Schießscharten eingerichtet worden waren. Die Angreifer sollten in ihm lediglich eine Verteidigungsanlage ausmachen, auf keinen Fall eine List dahinter vermuten.

Nyenkerken war zum Deck der letzten Kogge hinübergestiegen – neben ihrem Bug begann die Eisrinne nach Stockholm –, um die Verhandlung mit den Dänen aus nächster Nähe beobachten zu können. Er sah, wie die fünf Unterhändler das Festlandufer erreichten und Bewegung in die wartende Menschenmenge brachten. Der dänische Heerhaufen begab sich in breiter Linie auf das Eis und die Krieger schritten in losen Reihen dem Wall entgegen.

Nyenkerken wurde noch bleicher, und das flaue Gefühl im Bauch verstärkte sich. Er schätzte die Zahl der Feinde auf sechshundert. Wie üblich hatte der Parlamentär übertrieben.

Als die ersten Reihen in die Reichweite der Armbrüste gelangten, zogen die Dänen die Schwerter und hoben ihre Schilde bis zu den Augenschlitzen ihrer Helme. Sie marschierten unbehelligt näher, bis Störtebekers Schützen die Gesichter unter den Helmen erkennen konnten und die Augen als dunkle Punkte.

Die Verteidiger verharrten in ihren Stellungen und schwiegen. Klaus Störtebeker klatschte lediglich in die Hände, um die erste Salve auszulösen. Nach dem Abfeuern der Bolzen zogen sich die Schützen zurück, legten ihre Waffen aufs Eis und schubsten sie in Richtung der Schiffe. Dann hoben sie ihre Ersatzarmbrüste auf, die bereits gespannt waren. Die Schützen der zweiten Reihe nahmen sofort die verlassenen Plätze in den Scharten ein und suchten sich ein neues Ziel.

Die anstürmenden Dänen begannen zu brüllen wie urige Ochsen, daher befahl Störtebeker die zweite Salve mit Donnerstimme. Nach den Schüssen wechselten die Schützen abermals.

Die aus kurzem Abstand geschossenen Bolzen durchschlugen selbst die stärksten Schilder und Rüstungen. Dumpfes Klirren und Wehgeschrei, auch ein einzelner Todesschrei zeigten die Wirkung bei den Dänen. Nach kurzer Unruhe formierten sie sich jedoch wieder.

Die Angreifer wussten, dass sie schneller am Wall sein würden, als die Armbrüste wieder gespannt werden konnten. Einige Krieger erhoben sich wieder trotz eines Bolzens in Bein, Arm oder Rumpf. Denn sie wussten: Ob Freund oder Feind, jeder Schwerverletzte wurde liegen gelassen und erfror an Ort und Stelle.

Fietje Schuit fühlte sich wohl – endlich wieder konnte er jenem Handwerk nachgehen, in welchem er ein Meister war. Das Töten war ihm in Fleisch und Blut übergegangen.

Von klein auf war er mit seinem Vater tagelang wildern gegangen in den Wäldern der Oberpfalz. Als sie eines Tages heimgekehrt waren, hatten sie Frau sowie Geschwister tot auf dem Küchenboden vorgefunden, verunstaltet von Pestbeulen. Voller Entsetzen hatten ihre Heimat verlassen, sich nach Norden durchgeschlagen und einer Räuberbande im Harz angeschlossen. Der Vater war später beim Suff mit Kumpanen von einem von ihnen im Streit erschlagen worden; der Sohn war bis ans Meer geflohen und hatte erst zwölfjährig auf dem Roten Teufel angeheuert.

Ruhig schlug Fietjes Herz, als er seine Arbalest[33] zum finalen Schuss anlegte; er wusste um die Verantwortung, die er nun trug. Der Steuermann zielte auf einen stattlichen Krieger mit einem silbernen Flügelhelm. Dieser lief in einer der mittleren Reihen und schien sich durch den Schilderwall vor ihm sicher zu fühlen, denn er hatte seine Wehr nur bis zum Kinn gehoben. Fietje wartete auf eine Lücke zwischen den Schilden und zog den Hebel durch. Sein eiserner Pfeil traf ins rechte Auge. Der hünenhafte Mann stürzte hintenüber der Länge nach aufs Eis.

Der Steuermann verzog sein Gesicht im Triumph, seine Pupillen weiteten sich, um diesen Augenblick so intensiv wie möglich in seinem Gedächtnis zu verankern. Sofort sprang er auf, denn keine Zeit war zu verlieren. Wie seine Mitstreiter stopfte Fietje ein dickes Bündel Reisig in die Luke, damit die Dänen nicht hindurchblicken konnten und womöglich noch sahen, wie die Falle abschließend präpariert wurde.

Die unerwartet vielen Salven, die mehrere Dutzend ihrer Leute fällten, sowie der Tod eines ihrer Anführer brachten den Angriff ins Stocken. Die Dänen blieben stehen und errichteten einen Schildwall. Erst ein zornig herausgebrüllter Befehl eines ansehnlichen Mannes aus der Mitte des Heers ließ sie wieder vorwärtsstürmen.

Als die ersten Reihen die Schanze erreichten und einen Schilderwall errichteten, liefen Pikenträger aus den hinteren Linien nach vorn.

33 Arbalest, die – eine Armbrust mit Stahlbogen. Siehe Anhang, Seite X.

Einige von ihnen rammten ihre Hellebarden in die splitternde Wand und hackten und rissen Breschen durchs vereiste Gestrüpp; andere stießen ihre Lanzen durch die zugestopften Schießscharten hindurch. Dahinter jedoch befand sich niemand mehr.

Die Söldner zur See nutzen die Zeit, die sie gewannen, indem sie die Dänen in Verteidigungsstellung zwangen. Sie bückten sich nach ihren weggeworfenen Arbalesten, schulterten ihre Waffen und eilten zu den Schiffen zurück. Vorsichtig liefen sie über die Eisbrücken, die durch ausgelegte Seile erkennbar waren, und gingen weiter bis in die Lücken zwischen den Schiffen. Dort begannen sie sofort zu kurbeln, um die Bögen ihrer Armbrüste wieder zu spannen.

Einige der bei den Schiffen verbliebenen Männer rissen die Seile weg, andere griffen beidhändig in die Bottiche und warfen mit weiten Schwüngen das vorbereitete Eispulver über die Eisfläche, sodass einige Körner bis zum Wall purzelten. Schon nach wenigen Sekunden wirkte der Boden durch den glitzernden Belag wieder einheitlich.

Sämtliche Kämpfer zogen sich in die Lücken zwischen den Schiffen zurück und verschanzten sich hinter mannshohen und zwei bis drei Ellen breiten Pavesen[34]. Die Söldner im Dienst Mecklenburgs atmeten durch und erwarteten schweigend den Ansturm ihrer Feinde.

9

Die Dänen zwängten sich durch zahlreiche Breschen und verteilten sich diesseits des überwundenen Hindernisses. Mit ihren Schilden bauten sie einen neuen Wall und warteten auf ihren Anführer.

Ein großer Mann erschien in der breitesten Lücke und blieb stehen. Er hob den ziselierten Schild, auf dem sein buntes Wappen prangte, und blickte über dessen Rand prüfend nach allen Seiten. Den silbern glänzenden Helm zierten zwei schwarze Büffelhörner, mit Pfauenfedern besteckt.

»Das ist Tuve Christiansen!«, zischte Störtebeker, knirschte mit den Zähnen und machte einen Schritt nach vorn. »Mein einziger Feind! Dieses Wappen erkenne ich unter Tausenden. Den Kerl haue ich auf der Stelle tot!«

»Klaus!« Wichmann hieb seine Hände auf die Schultern des Kameraden und krallte sich an ihm fest. »Verlier jetzt nicht den Kopf.«

»Schon gut.« Störtebeker seufzte ergeben und wich zurück. »Er bleibt wo er ist.«

Wichmann lockerte seinen Griff. »Deine Rachegöttin muss noch auf ihr Opfer warten.«

34 Pavese, die – ein tragbarer, frei stehender Großschild. Siehe Anhang, Seite X.

»Leider.« Störtebeker ließ seine Schultern sinken. »Aber hoffentlich nicht zu lange.«

»Oder sehr lange.« Wichmann nahm seine Hände von Störtebekers Schultern. »Denn ich befürchte, dass Christiansen nicht reinfällt.«

»*Er* nicht.« Störtebeker nickte. »Dieser gewiefte Fuchs wird nicht umsonst bevorzugt von der Regentin Margarethe.«

Wichmanns Miene verdüsterte sich, als er sich nach vorn schob.

Störtebeker stieß seinem Gefährten in die Seite und grinste zuversichtlich. »Fang bloß nicht an, dir Sorgen zu machen. Gleich wird seinen tumben Gefolgsleuten das Wams näher sein als die Schecke – darauf kommt es an. Im Nu wird er mutterseelenallein auf dem Eis stehen, dann rechne ich mit ihm ab.«

Tuve Christiansen verharrte, denn dieser Kampfplatz war so ungewöhnlich, dass seine Erfahrung aus vielen Schlachten ihm nicht weiterhalf. Er trug einen eisengrauen Bart, der bis zur Mitte des Brustpanzers reichte. Deswegen hatte sein Helm keinen Kinnschutz. Misstrauisch überblickte er das freie Eisfeld und fühlte, dass irgendetwas nicht stimmte – er ahnte die Falle.

Die Dänen standen dicht an dicht, geschützt durch ihren Schilderwall, und warteten schweigend auf einen Befehl ihres Heerführers.

Christiansen entschied, nur die erste und zweite Reihe langsam vorrücken zu lassen. Er reckte den rechten Arm, hielt sein Schwert steil in die Höhe und öffnete den Mund, um diesen Befehl zu geben.

Ein Ruf wie Donnerhall kam ihm zuvor.

»Verbrennt die Schiffe! Mitsamt Waffen und Vitalien[35]!« Störtebeker brüllte diese Worte auf Dänisch. »Alles! Brot und Bier, Fleisch und Schnaps! Lasst das ganze Zeug in Flammen aufgehen! Wenn wir ohnehin sterben, dann sollen die verdammten Dänen verhungern!«

Auf den Schiffdecks entflammten Feuer, die in Sekundenschnelle zu zehn Ellen hohen Bränden wuchsen, aus denen rötliche Stichflammen schossen.

Der Admiral schloss vor Überraschung seinen Mund und ließ beide Arme sinken – sein Befehl blieb aus.

Sechshundert Dänen reckten sich und blickten ungläubig zu den Lohen hinüber. Schreie des Entsetzens und des Zorns schwollen zu einem rasenden Gebrüll an.

Von den Entbehrungen der Belagerung zermürbt sahen die Dänen ihre Hoffnung auf Milderung des harten Winters in Feuer und Rauch vergehen. Dieser Anblick war zu viel für sie – die darbenden Krieger rannten auf die brennenden Schiffe zu.

35 Vitalien, die – eine mittelalterliche Bezeichnung für Lebensmittel allgemein.

Zwei Dutzend Schritte wälzte sich das Heer voran, bis der vorderste Streiter auf das dünnere Eis trat und sofort versank. Während des nächsten Augenblicks brachen sechzig Mann ein, deren Wehgeschrei noch unter Wasser nachhallte. Aus dem Gebrüll der nachfolgenden Dänen wurden Rufe des Schreckens, als sie die Gefahr erkannten. Sie versuchten anzuhalten, jedoch vergeblich, denn ihr eigener Schwung beförderte sie ins nasse Loch. Wer noch ums Gleichgewicht rang, wurde von dem fallenden Nachbarn erfasst oder von den nachdrängenden Kriegern in den schwärzlichen Wasserschlund gestoßen, welche ihnen mit ihrem nächsten Schritt bereits in die Finsternis des Todesspalts folgten.

Die Falle füllte sich dermaßen mit untergehenden Dänen, dass es einigen Kriegern der hinteren Reihen gelang, auf die sinkenden Leiber der Vorderen springend, die jenseitige Kante festen Eises zu erreichen. Einige von diesen fanden keinen Halt, versuchten mit ihren schild- oder schwertbewehrten Armen das Gleichgewicht zu halten, rutschen aber ins nasse Grab. Ein halbes Dutzend Krieger retteten auf diese Weise ihr Leben, um es im nächsten Augenblick doch zu verlieren. Denn die Verteidiger griffen sofort an und beförderten sie mit mächtigen Hieben und Stößen ihrer Waffen zurück in die Falle.

Drei Grüppchen trieb der Schwung über die Eisbrücken. Jedoch verlängerte dieses Glück ihr Leben nur um wenige Herzschläge, denn hinter den Pavesen lauerten die Armbrustschützen. Diese Schutzschilde wurden nun umgestoßen und ein Hagel von Bolzen mähte die über die eisigen Stege laufenden Dänen nieder.

Einige bereits ins Wasser gefallene Angreifer krallten ihre mit Eisen oder Leder umschlossenen Hände um die rettende Kante. Die Verteidiger jedoch kannten keine Gnade, sie schlugen die Hände ab oder stießen die Schwertspitzen mitten in die Gesichter.

Der Schöne Jan hatte ebenso wie sein Bruder Piet den Befehl erhalten, an Bord des Roten Teufels zu bleiben. Beim Anblick der Angreifer jedoch begann sich seine fürchterliche Narbe vom Zorn zu röten, denn dieses Andenken hatte er einem Dänen zu verdanken. Er stieg trotzdem herunter und mischte sich unter die Verteidiger auf dem Eis.

Nun spähte er nach einem Opfer für seine Rache und näherte sich einem Dänen, der an der Eiskante Halt gefunden hatte, um ihm die Hände abzuhacken. Der vermeintlich Wehrlose jedoch begann Wasser zu treten, sodass sein Oberkörper emporstieg, und er Jan am Knöchel packen konnte. Er riss seinen Feind um, zerrte ihn in die Wasserrinne und umklammerte dessen Körper mit Armen und Beinen. Während sie gemeinsam in die tödliche Tiefe hinabsanken, stieß der

Däne einen lang anhaltenden Siegesschrei aus, in den sich ein vergurgelnder Schreckensruf des unvorsichtigen Jan mischte. Jan jedoch schloss sofort wieder den Mund, befreite den rechten Arm aus der Umklammerung und riss seinen Dolch aus dem Gürtel. Er stieß ihn bis zum Heft seitlich in den Hals des Dänen, sodass die Spitze der Klinge gegenüber austrat.

Mit aller Kraft stieß Jan sich vom Körper des sterbenden Dänen ab, riss seinen Helm herunter und tauchte hinauf. Er nahm kaum noch wahr, dass sein Kopf die Kielunterseite des Roten Teufels rammte. In seinen Ohren dröhnte es, in den Augen flimmerten Lichtfunken und seine Lungen holten Wasser. Der Schöne Jan ertrank.

Erst die Angreifer der letzten Reihe – über fünfhundert Dänen waren bereits im Graben verschwunden – schafften es, vor der Rinne anzuhalten. Sie sahen, wie ihre Gegner eilig an den Arbalesten kurbelten, um die stählernen Bögen wieder zu spannen. Auf diese Entfernung hielt weder eine Wehr noch eine Rüstung einem Bolzenschuss stand – die Dänen drehten sich um, hielten ihre Schilde rücklings und rannten davon. Trotzdem fand noch mancher Schütze sein Ziel und fällte einen der fliehenden Krieger.

10

Tuve Christiansen hatte sich nicht von der Stelle gerührt. Zwar hob er den Schild wieder an, seinen Schwertarm jedoch bewegte er nicht. Er blickte über den Rand seiner Wehr und verfolgte das Ende seines Heeres. Seine Miene wurde immer grimmiger und er nickte sogar, als die Fliehenden niedergeschossen wurden; er gönnte ihnen dieses Ende. Und seine gefallenen Gefolgsleute wünschte er zum Teufel statt in den Himmel, denn sie hatten ihm nicht gehorcht!

Christiansen sah, wie die vermeintlichen Brände auf den Schiffen gelöscht wurden. Er lachte anerkennend – es war eine Falle gewesen und er musste zugestehen, eine sehr treffliche.

Als er erkannte, dass die wenigen, die umgekehrt waren, bereits durch die Lücken im Wall verschwanden, ohne sich um seinen Schutz zu kümmern, wuchs der Zorn noch in ihm. Er bat Gott, ihnen den Tod hinterherzusenden, denn er selbst konnte sie nicht mehr bestrafen – er würde sogleich von dieser Walstatt direkt zu seinen Ahnen aufsteigen.

Tuve Christiansen befahl sich in Gottes Hand und nahm nur noch schemenhaft wahr, wie Störtebekers Kämpfer über die Eisbrücken hasteten und ihren Triumph mit tödlichen Streichen an den Gestürzten vollendeten. Vier Armbrustschützen knieten nebeneinander nieder und nahmen ihn aus etwa zwanzig Ellen Entfernung ins Visier.

Hinter diesen Männern kam ein edel gerüsteter Mann herbeigerannt, der einen sonderbaren konischen Helm trug. Er lief an den Schützen vorbei und hastete mit erhobenem Schwert auf ihn zu – er suchte den Nahkampf. Wollte er den Siegeslorbeer allein erringen?

Der alte Kämpfer erkannte an den ungelenken Bewegungen seines Angreifers, dass dieser das Tragen einer Rüstung sowie das Führen von Waffen nicht gewohnt war. Dieser Kämpfer war nicht kriegstüchtig, jedoch vom leichten Sieg euphorisiert.

Tuve Christiansen hoffte, einen einflussreichen Mann vor sich zu haben, und entschloss sich, seine letzte Überlebensmöglichkeit beim Schopf zu packen. Zunächst tat er einen Schritt zur Seite, damit der anstürmende Mann ihn deckte vor den Armbrustschützen, und wandte sich scheinbar zur Flucht.

Daraufhin jedoch ließ er seinen Schild fallen, wirbelte herum und schlug eine Finte mit der blitzschnell hochgerissenen Waffe. Im nächsten Augenblick packte er den linken Arm des Mannes, riss an ihm, sodass der Körper herumschleuderte, und presste seine Brust gegen dessen Rücken. Er spreizte die linke Hand, legte sie über das Gesicht des Angreifers und zog den Kopf nach hinten. Mit der Rechten hielt er das Schwert waagerecht und zog dessen Schneide sacht an der Kehle des Feindes entlang. Die in die Haut gezogene Furche füllte sich mit Blut und rotbräunlich quoll es über die stählerne Klinge, die im Sonnenlicht aufblitzte, dann tropfte es auf die Brünne des Mannes herab.

Nyenkerken erstarrte in Todesangst, das Schwert entfiel seiner Hand. Er krächzte und gurgelte einige unverständliche Worte. Er bat um sein Leben. Bleich wie der Tod schielte der Hamburger Kapitän zwischen den Fingern des Admirals hindurch, aber er konnte nur ins klare Blau des Himmels sehen.

Der Schlachtenlärm verhallte; auf der Eisfläche zwischen Falle und Wall lagen zahlreiche Leiber, die sich zum Teil noch bewegten. Sämtliche Augenpaare richteten sich auf den Admiral und seine Geisel, die in der größten Bresche des Walls standen. Klaus Störtebeker stürmte auf die beiden zu und schwang den Anderthalbhänder in seiner Linken hoch über seinen Kopf empor.

Fietje Schuit war einer der Armbrustschützen, die den gegnerischen Admiral zu visieren versuchten. Da er im Kampf stets kaltblütig und berechnend blieb, mahnte er seine Kumpane, die Waffen abzusetzen, um nicht den Falschen zu treffen.

Sechs Schritte fehlten noch, dann hatte Klaus Störtebeker seinen verhassten Feind erreicht, und die langersehnte Rache war sein.

»Klaus!«, brüllte Wichmann. Er lief hinter dem Hauptmann her und warf einen eisernen Handschuh nach seinem Kameraden. »Wir sind nicht frei! Wir stehen im Sold!«

Der Fingerschutz klatschte Störtebeker ins Kreuz und prallte an den Lederbändern der Brünne ab. Der Hauptmann rutschte noch drei Schritte, bis er auf dem glatten Eis Halt fand, und ließ langsam die drei Ellen lange Schlagwaffe sinken.

Wichmann kam heran und stellte sich neben Störtebeker. Behutsam legte er seine Hand auf die geschlossene Faust, die den Anderthalbhänder umklammerte.

Klaus Störtebeker atmete tief und starrte auf Tuve Christiansen. Der Däne war nur im Halbprofil zu sehen, denn zwischen ihnen befand sich Nyenkerken in einer misslichen Lage.

Der Anblick des neuen Freundes brachte ihn gänzlich zur Besinnung. Seine kopflose Wut verrauchte und ließ nur einen tief in ihm grollenden Zorn zurück.

Er blickte kurz zur Seite und senkte für einen Moment seine Lider. Auf diese Weise dankte er Wichmann für dessen Eingreifen. Seine augenblickliche Rache an dem dänischen Admiral forderte ein zu hohes Opfer – der Preis wäre das Leben des neuen Freundes. Vor allem aber war der Kapitän ein Gesandter der Hanse. Klaus Störtebeker musste als Söldner im Interesse der Herzöge von Mecklenburg handeln, seinen gegenwärtigen Dienstherren.

Weder der Däne noch Nyenkerken hatten sich indes gerührt.

»Tuve Christiansen!« Störtebeker versuchte, in seiner Stimme keinen Groll klingen zu lassen. »Lasst diesen Mann leben! Gebt ihn frei, denn er ist nicht Euer Feind, sondern nur ein friedlicher Kapitän der Hanse.«

»Friedlich?«, spottete Tuve Christiansen, seine Stimme triefte vor Hohn. »Eher hält er mich wohl für Väterchen Frost mit der Eiszange, der sein schönes Schiff zerknacken will.

»Er ist nicht Euer Feind. Lasst ihn laufen.«

»Aber Ihr seid mein Feind!« Tuve Christiansen grinste und drückte die Schneide gegen Nyenkerkens Kehle; das Blut quoll stärker. »Darum werdet Ihr mich umgehend ins Jenseits befördern. Darum dachte ich mir, ich nehme den Burschen hier mit, damit er mich auf ewig an Odins Tafel bedienen kann.« Der Däne lachte unbewegt angesichts seines Todes.

»Ich schwöre, dass Ihr unbehelligt bleibt und zum Ufer zurückkehren dürft.« Klaus Störtebeker fasste mit der Rechten den Anderthalbhänder an der Fehlschärfe[36] und legte ihn hinter sich aufs Eis. »Ich werde meine Waffe nicht gegen Euch erheben.«

»Ich nehme Euch beim Wort!« Tuve Christiansen wandte den Kopf und blickte über die Schar seiner Feinde hinweg. »Aber was ist mit den anderen? Ihr habt nur für Euch gebürgt.«

»Ihr habt recht!« Wichmann verstand genug Dänisch, um folgen zu können. Er nickte und legte seine linke Hand auf sein Gemächt. Er hob die Rechte, spreizte drei Finger zum Schwur und blickte Störtebeker auffordernd an.

Der Hauptmann verdrehte die Augen, sah aber ein, dass ihm nichts anderes übrig blieb. Er hob die Linke und legte seine rechte Hand auf seine lederne Schamkapsel. »Ich lege für alle Mann, die hier versammelt sind, meine Hand ins Feuer. Soll mich der Teufel holen, wenn Euch heute und hier auch nur ein Haar gekrümmt wird, so wahr ich Klaus Störtebeker heiße!«

»Andersrum!«, knurrte Tuve Christiansen und sah sein Gegenüber durch verengte Augen an.

»Ich bin Linkshänder«, brummte Störtebeker und blickte trotzig. »Für mich gilt das.«

»Nun gut.« Tuve Christiansen nickte – der Mann vor ihm hatte sein Schwert in der Linken gehalten und die Schwertscheide hing am Waffengürtel rechts. »Ich lasse diesen verdrehten Schwur gelten, denn Euer Nachbar hat es recht gemacht – für alle.«

Tuve Christiansen nahm seine Hand vom Gesicht Nyenkerkens und senkte langsam das Schwert. Sein Gesicht blickte gnädig und die Stimme klang milde. »Ich schenke Eurem Burschen das Leben. Ich hoffe, der Mann weiß sein Glück zu schätzen. Ich gehe, denn ich habe Euer Wort für alle.«

Der Admiral schob Nyenkerken sanft von sich, sodass dieser den beiden Hauptmännern entgegen taumelte, und legte das Blatt seines Schwerts auf die Schulter. Er maß Störtebeker mit einem eindringlichen Blick, drehte sich langsam um und schritt gemessen und ohne sich umzusehen zum Ufer zurück.

Je näher Tuve Christiansen der Küstenlinie kam, desto häufiger entglitten seine Gedanken der Gegenwart – er erinnerte sich an eine drastische Begebenheit. Die Ähnlichkeit zweier Männer verwunderte ihn; am liebsten hätte er den Kopf geschüttelt. Dies unterließ er, denn die ihm sicherlich nachblickenden Feinde sollten keine falschen Schlüsse ziehen.

---

36 Fehlschärfe, die – ein nicht geschliffener Teil der Klinge. Siehe Anhang, Seite XVI (594).

11

Im August 1387, also vor drei Jahren, hielt sich die dänische Königsfamilie in Schloss Falsterbo an der Südspitze Schonens auf. König Olaf III. erkrankte, aber nicht ernsthaft – daher war der rasche Tod des Sechszehnjährigen nicht zu erwarten gewesen. Seine Mutter Margarethe war in ihrer Trauer wie von Sinnen und schloss sich in ihren Gemächern ein.

Nur Tuve Christiansen wurde vorgelassen und durfte ihr sein tiefstes Beileid bekunden. Danach jedoch zog er sich nicht zurück, sondern äußerte einen schwerwiegenden Verdacht aufgrund einer Beobachtung, die ihm mitgeteilt worden sei. Er nannte den Namen des vermeintlichen Mörders. Vom Kummer noch wie von Sinnen, steigerte sie sich in rasenden Zorn und schwelgte in Rachegelüsten.

Die Regentin Margarethe ernannte noch in der Nacht Tuve Christiansen wieder zum Admiral Dänemarks und befahl ihm, den Täter im Handumdrehen zu exekutieren.

Im ersten Morgengrauen verließ der alte und neue Befehlshaber der Flotte an Bord seines Flaggschiffs den nahe gelegenen Hafen von Skanör. Er segelte in die See südlich Schonens, um den angeblichen Mörder über Bord werfen und in der rauen See ertrinken zu lassen.

Der Kerl, der die verabscheuungswürdige Tat begangen haben sollte, war bewusstlos und lag halbnackt auf den nassen Decksplanken. Seine mächtigen Arme waren mit Tauen fest an den Leib gebunden und die Beine vielfach mit Seilen umwickelt. Ein vielpfündiger Stein hing an einer Kette zwischen den Fußfesseln.

Dieser Mann war ein Riese, drei Ellen und zwei Handspannen hoch, dunkelblond und blauäugig. Er erwachte aus seinem Rausch und erbrach sich seitlich; er hatte ersichtlich einen Kater, denn abends zuvor hatte er sich sinnlos betrunken. Mit schmerzverzogenem Gesicht blickte er ungläubig um sich, warf seinen Kopf auf die andere Seite und versuchte vergebens, sich zu befreien.

Tuve Christiansen blickte den vor ihm liegenden Mann höhnisch an, dann lachte er ihn verächtlich aus. In bitterem Ton schleuderte er die anklagenden Worte aus sich heraus und teilte ihm sein noch viel zu mildes Los mit. Der Mann sah entsetzt zu ihm auf, schüttelte heftig den Kopf und versuchte verzweifelt, zu reden. Jedoch kam er nicht zu Wort, denn erneut überkam ihn der Brechreiz.

Der Admiral ballte seine Fäuste und trat seitlich neben den Kopf des Riesen. Er holte mit dem rechten Bein aus und trat zu. Die Fußspitze traf die linke Wange mit solcher Wucht, dass mehrere Backenzähne knackten. Während dem Mann das Blut aus dem Mund quoll, winkte der Admiral seinen Untergebenen. Zu sechst hoben sie mit Mühe den schweren Leib hoch, ein Siebter hielt ächzend die steinerne Kugel. Zusammen liefen sie auf die Reling zu. Der gefesselte Übeltäter atmete heftig ein und aus und sandte einen letzten, Tod und Verderben wünschenden Blick zu Admiral Tuve Christiansen. Die Seeleute warfen ihn über Bord. Der Körper platschte mit den Füßen voraus in die Wellen, die sich um ihn aufbäumten und darüber zusammenschlugen.

Tuve Christiansen ging zum Geländer und blickte aufs wogende Wasser. Er sah nur dunkle See und helle Schaumkronen – der Ritter Hans von Halsmühlen ob Verden an der Aller war auf dem Weg zum Meeresboden. Der Ertrinkende war Gesandter der Söldner zur See am dänischen Hof gewesen. Dort hatte er die Gunst der Regentin Margarethe errungen, sodass sie ihn zum Admiral der dänischen Flotte ernannt hatte. Den Amtsinhaber Tuve Christiansen hatte sie deswegen zuvor abgesetzt.

Tuve Christiansen hörte hämisches Lachen hinter sich, richtete sich auf und wandte sich um. Hinter ihm stand der junge Botschafter des Herzogtums Mecklenburg-Stargard. Dieser hatte den rechten Fuß auf einen Holzklotz gestellt und die gespreizte linke Hand in die Seite gestemmt; mit seinem rechten Arm stützte er sich auf dem Knie ab. Er blickte mit gönnerhafter Miene den wieder zum Admiral ernannten Dänen an. Dieser verbeugte sich steif und reichte ihm nur widerwillig die Hand zum Dank. Der Mecklenburger fasste die dargebotene Hand, drückte sie leicht und ließ los. Dann richtete sich der Botschafter auf und sah dem Admiral einen Augenblick starr in die Augen. Tuve Christiansen wusste, dass der Deutsche die vereinbarte Gegenleistung erwartete.

Er mochte den blasierten Adeligen nicht, welchen Herzog Johann I. von Mecklenburg-Stargard nach Kopenhagen gesandt hatte, um dessen Interessen am dänischen Hof zu vertreten. Nun jedoch hatte der Ratsherr aus Wismar ihm zur langersehnten Rache an seinem Nebenbuhler verholfen.

Der Botschafter Herzog Johanns I. nickte gönnerhaft und zog sich den ledernen Handschuh von den rechten Fingern. Er stellte sich an die Reling, beugte sich leicht über und blickte mit starren Pupillen auf die Wogen in jenem Bereich, wo der Riese versunken war.

Tuve Christiansen wandte sich wieder dem Meer zu. Er wusste, das Wasser war an dieser Stelle fast achtzig Ellen tief. Um sicherzugehen, stieg er aber auf das Kastell im Heck des Schiffes, hielt sich mit beiden Händen an der Brüstung fest und beugte sich vor. Lange schaute er aufs Baltische Meer hinaus, während sich sein Schiff bei aufkommender Dämmerung rasch vom Ort des Geschehens entfernte, von langen Dünungswellen getragen.

Der Ritter von Halsmühlen war ein bärenstarker Riese gewesen! So groß und breit wie der Hauptmann, welchem er gerade gegenübergestanden hatte. Sogar die Haar- und die Augenfarbe stimmten überein, selbst die Stimme und der Akzent seines Dänisch klangen gleich.

»Es ist unmöglich!«, flüsterte Tuve Christiansen. Er ballte die rechte Hand und schlug seine gepanzerte Faust mehrmals auf den Harnisch über der Herzgegend. Der Admiral schüttelte energisch seinen Kopf, um diese trüben Gedanken zu verscheuchen, jedoch vergebens.

Der niedersächsische Ritter war jünger gewesen, hatte keinen Bart und die Haare länger getragen, noch alle Zähne gehabt und blendend ausgesehen.

Daher konnten die beiden nicht ein und derselbe Mensch sein!

Würde der Ritter aber noch leben, könnte er dann so aussehen wie dieser Klaus Störtebeker? Durchaus! Obwohl erst einige Jahre vergangen waren? Und ob, denn das Leben konnte hart sein.

Dieser Hauptmann hatte vor Zorn gerast, als er auf ihn zulief, und letztendlich, als er ihn laufen lassen musste, noch vor Erregung gebebt. Klaus Störtebeker hatte ihn mit seinem Namen angeredet und dänisch mit ihm gesprochen – wie der Ritter aus Verden an der Aller.

»Was nicht sein darf, kann auch nicht sein!«, stieß Tuve Christiansen hervor. »Die Welt ist groß genug für zwei so ähnliche Menschen.«

Der Admiral stutzte und hob seinen Kopf. Er lachte leise auf und nickte erleichtert vor sich hin. »Zwillinge! Natürlich! Warum bin ich denn nicht gleich darauf gekommen!«

Tuve Christiansen erreichte das Ufer und ging schweigend an den wenigen auf ihn wartenden Überlebenden der Schlacht vorbei zu seinem Gepäck. Er lud einen Schlitten so voll, wie er ziehen konnte; dann brach er mit seinen Männern auf und stapfte zurück zu seinem Winterquartier. Die dänischen Krieger mussten noch tagelang den Weg ablaufen, bis alles im Lager Gelassene zurückgeholt war. Dies war des Admirals Strafe, viel zu mild, wie er fand.

12

Nyenkerken konnte sich kaum auf den Beinen halten. Störtebeker fasste ihn am linken Oberarm und hielt ihn aufrecht. Schuldbewusst senkte der Kapitän seinen Kopf. Er traute sich nicht, den Hauptmännern in die Augen zu blicken, denn er war sicher, sie würden ihn tadelnd ansehen.

Er spürte den Schmerz und presste die rechte Hand auf die Wunde. Seine bitterkalten Eisenfinger empfand er wie den Griff des Todes. Aber sie kühlten den dunkelrot verschmierten Hals und hielten das Blut auf, welches aus Hautschnitten über der Gurgel austrat.

Nyenkerken lugte unter seinem Helm hervor und beobachtete, wie der Anführer der Dänen sich entfernte. Dann wurde er am Arm gezogen und sah auf. Klaus Störtebeker zwinkerte ihm zu und grinste gutmütig, denn er vergab ihm. Der Kapitän atmete erleichtert durch und nickte dankbar. Der Hauptmann wies mit dem Kopf zu den Schiffen und ging mit Wichmann zurück; Nyenkerken folgte ihnen.

Die Hauptmänner schwiegen, denn ihre Befehle wurden nicht mehr benötigt. Die Söldner zur See widmeten sich mit Eifer ihrem Handwerk; sie suchten die toten oder schwer verletzten Feinde nach Brauchbarem ab. Danach packten sie diese an den Beinen, schleiften sie bis zur Eisfalle und schoben sie über die Kante.

Nyenkerken bemerkte, dass auch verwundete Krieger in die Rinnen gestoßen wurden. »Der Mann dort lebt noch!«, krächzte er. »Ihr könnt ihn doch nicht einfach ins Wasser werfen!«

Er eilte zum nächsten Körper und beugte sich über ihn. Die Gestalt lag rücklings auf dem Eis und krümmte sich vor Schmerzen; ein Bolzen hatte sich in den Rücken und vorn durch das Kettenhemd gebohrt, sodass die stählerne Pfeilspitze aus dem Bauch hervorragte. Die linke Hand lag auf dem Bauch, der rechte Arm längs neben dem Körper auf dem Eis; in den geöffneten Fingern lag der Griff eines Scheibendolchs. Die blutbeschmierte Klinge und auf der Brünne verstreute Holzspäne zeigten, dass der Krieger vergebens versucht hatte, die Spitze abzuschneiden. Der Däne hatte die Augen geschlossen, keuchte und spuckte Blut.

Nyenkerken sah, dass der Krieger verblutete und er ihm nicht helfen konnte. Er wollte sich schweren Herzens abwenden, aber es war schon zu spät. Der Däne musste den Schatten über sich wahrgenommen haben und öffnete die Augen. Er starrte Nyenkerken an, sodass dieser unwillkürlich verharrte. Der Krieger schloss seine Finger um den Griff des Messers und riss den rechten Arm hoch.

Einen Wimpernschlag später ragte das gefiederte Ende eines Bolzens aus der Schläfe des angreifenden Dänen. Er stieß noch die Klinge am Hals des Kapitäns vorbei, dann sank er tot aufs Eis. Das Geschoss hatte den Helm des Kriegers durchschlagen, die Spitze des Bolzens ragte auf der anderen Seite aus dem Ohr.

»Du Hohlkopf!«, hörte Nyenkerken den Hauptmann fluchen. Dann wurde er von Klaus Störtebeker an der Schulter gepackt und zur

Seite geschleudert, sodass er der Länge nach auf das Eis fiel und ein gutes Stück davonrutschte. »Du Einfaltspinsel!«

Störtebeker schimpfte immer weiter auf den Kapitän ein, während er die Leiche des Dänen mit kräftigen Tritten bis zur Eisfalle beförderte. Störtebeker tunkte den Körper des Toten so tief ins Wasser, dass es seinen Fuß nässte.

Nyenkerken rappelte sich auf. Er war so benommen, dass er nicht einmal daran dachte, sich wieder zu schämen. Er suchte den Grund für sein Glück, drehte sich um und sah Landorp im Bug des Roten Teufels stehen. Sein rechtes Bein hatte er auf die Reling gestellt, die linke Faust in die Seite gestemmt und mit der Rechten stützte er den Schaft einer Arbalest, die er geschultert hatte – die Pose des siegreichen Helden.

»Sieben!«, sagte er und lächelte den Kapitän herablassend an.

Nyenkerken verstand. Eine Hand voll gespannter Armbrüste ragte hochkant gestellt über die Bordkante hinaus, die restlichen Waffen hatte Landorp nach dem Abschuss wohl beiseite geworfen. Die zuletzt ausgelöste Arbalest ruhte auf seiner Schulter.

Ein leichter Stoß traf Nyenkerken in die Seite. Störtebeker stand neben ihm und hatte ihn mit seinem Ellbogen geschubst. Er blickte den Kapitän an; seine Wut war schon wieder verraucht und er tadelte ihn nur mit einem leichten Kopfschütteln. Dann grinste er, rollte mit den Augen und wies mit dem Haupt zu Landorp.

Nyenkerken verstand, und sein Gesicht rötete sich.

»Habt Dank!«, rief er und verbeugte sich leicht. Er sprach weiter, bis ihm die Stimme fast versagte. »Ihr habt mir das Leben gerettet, ich stehe in Eurer Schuld.«

»Ihr habt wirklich Glück, Kapitän. Ein Bürgermeister, der perfekt schießen kann, ist mehr als ungewöhnlich.« In Störtebekers Stimme klang Respekt. »Solch einen Meisterschuss habe ich meinen Lebtag noch nicht gesehen.«

Landorps Gestalt spannte sich vor Stolz. Er blickte auf den Kapitän und nickte gnädig. »Zwei geschenkte Leben an einem einzigen Tag! Ihr bringt Euren guten Stern noch zum Verlöschen.« Er lächelte ironisch und weidete sich an der Verlegenheit des Kapitäns, der unter ihm stand. »Als Handelsmann wisst Ihr doch, dass man sich nicht über Gebühr verschulden sollte. Seht jetzt lieber zu, dass Ihr noch lange genug lebt, um Eure Schulden zu begleichen.«

Störtebeker schüttelte das Eiswasser von seinem Fuß ab. »Ihr habt völlig recht.« Dann legte der Hauptmann seine Hand mit einer freundschaftlichen Geste auf Nyenkerkens Schulter. »Wir leben im Krieg! Ich an seiner Stelle hätte ebenso noch an der Schwelle des Todes versucht, einen Feind mit ins Jenseits zu nehmen – ein Feind weniger gegen Dänemark! Um so sterbend noch meiner Sache zu dienen.«

»Merkt Euch das, Kapitän«, legte Landorp schadenfroh nach. »Ich tät's genauso!«

Er strich sich mit Daumen und Zeigefinger die Kinnlade entlang. Kaum berührten sich die beiden Finger, mahnte er Störtebeker. »Jetzt sollten wir unseren Hamburger Kapitän schleunigst unter Deck bringen, bevor er noch einen dritten Schutzengel braucht.«

Nyenkerken kam sich erneut wie ein ertappter Junge vor. Kaum hörbar dankte er seinen Rettern aufs Neue.

Er nahm seinen Helm ab und gab ihn Wichmann. »Er hat mir nichts genützt, wegen meiner Torheit.«

»Her damit!« Wichmann klemmte sich den Helm unter den Arm und grinste. »Er hat seinen Zweck doch erfüllt, nämlich seinen Träger geschützt. Weil er so ungewöhnlich ist, hatten wir dich meist im Auge.«

»Wie? Hast du ihn mir nur deswegen gegeben?«, flüsterte der Kapitän.

»Durchaus.« Wichmann nickte und zwinkerte Störtebeker zu, der ebenfalls ein Auge zukniff und lächelte. »Aber einmal bist du uns leider doch entwischt.«

Unvermittelt jedoch hielt Störtebeker inne; sein Gesichtsausdruck drückte Überraschung aus. Er drehte sich um, stellte sich auf die Zehenspitzen und sog die Luft durch die Nasenflügel tief ein.

»Ich wittere Föhnluft!« Der Hauptmann zeigte nach Süden. »Der Wind schlägt um und wird das Eis dünner schmelzen. Das kann uns nur recht sein.«

Dritter Teil

Werbung

Dezember 1390 - Frühjahr 1391

1

Der überraschend aufgekommene Südwind hielt in der Tat der kleinen Flotte die Dänen vom Hals, denn der Föhn schmolz die Eisoberfläche. Große Wasserlachen bildeten sich auf der weiten Fläche.

Die Söldner beseitigen eilig die gröbsten Spuren der Schlacht und richteten ihr Augenmerk auf die Fahrtrinne. Sie hackten die Schiffe frei und drehten sie nach Westen, sodass sie durch den Kanal hindurchgestakt werden konnten. Als letztes Schiff wurde der Rote Teufel hineingelotst, denn er war dem Ufer am nächsten gewesen. Die Bombarden ließ man in ihren Schießscharten im Wall zurück; sie wurden vorläufig nicht mehr benötigt. Erst auf dem Rückweg nach Wismar sollten sie wieder an Bord gehievt werden.

Für die etwa drei Seemeilen von den Fjäderholmarna zu ihrem Ziel brauchte die Flotte fast eine Woche. Nach einem Viertel der Strecke bewegten die Männer ihre Schiffe in die Mündung des Norrström und erblickten bereits von Weitem die wie ein Pfropf mitten in der Wasserstraße liegende Insel Stadsholmen[37].

»Wir waren schon fast auf Sichtweite.« Nyenkerken stand neben Wichmann an der Reling des Roten Teufels und atmete erleichtert aus. »Jedoch dem Tod näher als unserem Bestimmungsort.«

Wichmann sah ebenfalls zur Stadt hinüber und nickte bedächtig. »Gut, dass Landorp dies nicht wusste, als wir an den Eilanden beidrehten.«

»Aber geahnt hat er es.«

»Jedoch nicht gesehen. Unser Bürgermeister hat einen schneidenden Blick, der einen förmlich durchdringt, aber für die Weite scheint er nicht scharf genug zu sein.«

»Wie kommst du darauf?«

»Klaus und ich haben die ganze Zeit die Turmspitze der Sankt-Nikolai-Kirche[38] sehen können.« Wichmann lachte verhalten. »Von dort oben beobachten uns die Einheimischen schon die ganze Zeit. Da bin ich sicher.«

»Tatsächlich? Das habt ihr wohl für euch behalten, damit Bürgermeister Landorp nicht herumschimpft.« Nyenkerken blickte etwas

37 Stadsholmen – auf dieser Insel befindet sich heute die Stockholmer Altstadt Gamla Stan.

38 Sankt-Nikolai-Kirche – diese Kirche heißt heute Storkyrka und ist Stockholms Domkirche.

vorwurfsvoll. »Aber mir hättet ihr es durchaus mitteilen können.«

»Nimm uns das nicht übel. Wir nahmen einfach an, dass du die Ferne gut erkennen kannst. Schließlich bist du Kapitän.«

»Gute Ausrede.« Trotzdem wurde Nyenkerken verlegen. »Jedenfalls hat mein Blick in die Ferne bisher ausgereicht. Ich kam nicht im Traum darauf, dass man noch schärfer sehen kann.«

»Schon gut.« Wichmann winkte ab. »Präge dir lieber die Lage der Stadt ein. Birger Jarl[39] scheint auch ein scharfes Auge gehabt zu haben und war wohl ein guter Stratege – wie unsereiner!«

Nyenkerken beugte sich vor, spähte zu seinem Bestimmungsort hinüber und nickte anerkennend.

Die Insel wurde gesäumt von einer mächtigen Wehrmauer, die Schwedens größte Siedlung schützte. Die Flotte näherte sich dem befestigten Hafen, der vor dem Osttor lag.

Als die erste Kogge nur noch einen Pfeilschuss von der Hafeneinfahrt entfernt war, erwartete sie bereits ein Ruderboot. Die Einwohner der Stadt waren nicht untätig gewesen, sondern hatten ihrerseits eine Rinne bis zum Hafen hinaus geschlagen. Vom Boot wurde ein Tau herübergereicht, welches am Bugkastell des Schiffes befestigt wurde. Der Strick reichte bis zur Mole und an seinem Ende zogen Hunderte von begeisterten Bürgern mit aller Kraft, um das ersehnte Schiff so schnell wie möglich in den Hafen zu bugsieren. Auf diese Weise landeten auch die anderen Schiffe an.

Die Wachen der Stadt mussten blankziehen, um die andrängende Menge davon abzuhalten, die Koggen zu stürmen. Der Holk Störtebekers allerdings brauchte von ihnen nicht geschützt zu werden. In die Nähe der fast sechzig waffenstarrenden Söldner an Deck des Roten Teufels wagte sich niemand.

Der Rat der Stadt mit dem die Umgebenden überragenden Bürgermeister an der Spitze erwartete die Ankömmlinge. Die Herren befanden sich inmitten der Menge, allerdings hielt eine Kompanie Stadtwachen die Umstehenden auf Abstand.

Johann Erik von Landorp betrat als Erster den Boden der Stadt und wurde von Gösta Oxenstierna überschwänglich umarmt. Er überraschte mit dieser Geste seinen Amtsgenossen aus Wismar, sodass diesem nichts anderes übrig blieb, als die Nähe des vitalen Schwe-

39 Birger Magnusson von Bjälbo, der Reichverweser Schwedens, ließ Mitte des 13. Jahrhunderts auf Stadsholmen eine Burg errichten. Im Schutz dieser Festung entstand eine Siedlung, die sich in kurzer Zeit zu einer Stadt entwickelte. Dadurch beherrschten die schwedischen Könige durch ihre Stadt Stockholm die Zufahrt zum weit ins Land hinein reichenden Mälarsee – kein Schiff konnte ungehindert passieren.

den für die Zeit von zwei schmatzenden Wangenküssen zuzulassen. Der Bürgermeister Stockholms war noch etwas größer als Landorp und sein Leibesumfang maß mehr als das Doppelte, jedoch strotzte er vor Kraft und war beweglich trotz seiner Masse. Oxenstierna ließ von dem stocksteifen Landorp ab und rief mit Donnerstimme den Männern auf den Schiffen ein herzliches Willkommen auf Deutsch entgegen. Diese Sprache war ihm geläufig, denn in der Stadt siedelten sich immer mehr Deutsche an, seit ein Sohn von Herzog Albrecht II. von Mecklenburg-Schwerin im Jahr 1362 als König von Schweden inthronisiert worden war.

Danach forderte er die umstehenden Bürger auf, die Seeleute gastfreundlich aufzunehmen und jedem ein Winterquartier anzubieten.

Landorp rieb sich währenddessen mit seinen Handschuhrücken die glatt rasierten Wangen trocken und bemühte sich, kein angeekeltes Gesicht zu ziehen. Danach stellte er sich dem Schweden vor sowie Nyenkerken und die beiden Hauptmänner. Oxenstierna verbeugte sich trotz seiner Ausmaße mit Eleganz und stellte seinerseits die höchsten Ratsmitglieder vor. Mit ausladenden Armgesten lud er die vier Männer in sein Haus am ›Stortorget‹ ein. Am Hauptplatz stand auch das Rathaus, genau gegenüber.

Mit großer Anteilnahme der Menschenmasse, aber unter scharfer Aufsicht der Wachen schaffte man die Waren in die Speicher und die Waffen ins Zeughaus.

Oxenstierna sah strahlend zu, bis der letzte Kornsack verstaut war und das letzte Bolzenbündel sich hinter Schloss und Riegel befand. Danach stellte er sich auf die Zehenspitzen, reckte seinen rechten Zeigefinger gegen den Himmel und verkündete mit seiner voluminösen Stimme ein großes Festmahl, denn die Stadt werde morgen die mutigen Seehelden feiern.

Das Volk jedoch verfiel nicht in Begeisterung, denn es hatte begriffen, dass von dem unverhofften Segen nur wenig abfallen würde. Immerhin murmelten die Umstehenden Zustimmung und trollten sich in der Gewissheit, wenigstens beim Fest auf ihre Kosten zu kommen. Sie nahmen die Hoffnung mit, gegen Ende des Winters die Reste zu bekommen, welche die hohen Herren übrig lassen würden.

Die rauen heimatlosen Männer vom Roten Teufel machten ihr Schiff klar und begaben sich schwer beladen mit Sack und Pack, Waffen und Rüstung zum Stortorget. Vor dem Rathaus scharten sie sich um den Brunnen und verschnauften. Sie blickten skeptisch und sahen sich um, ob der Aufforderung des Bürgermeisters wohl Folge geleistet würde. Ihre Bedenken wuchsen, als sich nur ein paar kichernde Gören vernehmen ließen, die vorsichtig um die entfernteste Hausecke lugten.

Umso größer war die Erleichterung der Söldner, als sich endlich von allen Seiten Stockholmer Bürger näherten. Zumeist handelte es sich um Deutsche, die König Albrecht aus Mecklenburg gefolgt waren; nun machten sie beinahe die Hälfte der Stadtbevölkerung aus und stellten fünfzehn der dreißig Ratsherren.

Jeder der sesshaften Männer wählte sich einen der verstrubbelten Kerle aus und nahm ihn mit nach Hause. Als die Söldner die heimeligen Wohnstuben betraten, breitete sich ungewohntes Behagen in ihnen aus, denn nun wussten sie, dass sie in der Tat den ganzen Winter über diese Gastfreundschaft gewährt bekamen.

Sechs von ihnen jedoch konnten erst in vierundzwanzig Stunden die Beine von sich strecken, denn sie mussten nach ihrer Einquartierung sofort zurück zum Roten Teufel eilen. Auf dessen Deck warteten die beiden Hauptleute auf die Männer der ersten Tageswache. Sie wiesen ihre Leute ein, gingen von Bord und bezogen ein behaglich eingerichtetes Zimmer im Haus des Bürgermeisters Oxenstierna.

Die Söldner sonnten sich in der ungewohnten Herzlichkeit braver Bürgersleute, denen sie eigentlich ein Gräuel sein sollten.

»Ihr seid unsere Vitalienbrüder!«, scholl es ihnen allerorts und vielstimmig in die Ohren und so geschwisterlich auch wurden sie in diesem strengen Winter von den dankbaren Einwohnern behandelt. Diese Bezeichnung wurde ihr fester ehrender Beiname und die Söldner führten ihren neuen Titel auf ihren jahrelangen Fahrten nach Stockholm mit großem Stolz.

2

Nach Einbruch der Dunkelheit riefen die Nachtwächter auf Geheiß Oxenstiernas das ersehnte Festmahl erst für den übernächsten Tag aus, sodass ein weiterer Tag für die Vorbereitung blieb.

Am nächsten Morgen begann um den Stadtkern herum ein emsiges Gewimmel in den Gassen. Den Bewohnern war die Vorfreude aus den Gesichtern abzusehen. Besonders die Seeleute sehnten sich nach einem handfesten Besäufnis, welches erst zu Ende sein würde, wenn sie bewusstlos unter den Tischen lägen. Dies betrachteten sie jedoch lediglich als erste von vielen Entschädigungen für den kostbaren Rum, der für die Eisfalle, wenn auch nicht umsonst verbrannt worden war.

Am nächsten Tag begann das Fest bereits im Morgengrauen. Das Volk und die Seeleute feierten in großen Gaststuben und Räumen ringsum des Rathaus- und Marktplatzes, während sich die vornehme Gesellschaft im Festsaal des Rathauses beim Empfang des Bürgermeisters die Ehre gab. Eingeladen waren der Stockholmer Adel und das gehobene Bürgertum, soweit es einen Sitz im Rat hatte oder zu den Würdenträgern der Stadt gehörte. Von den Ankömmlingen hatte Oxenstierna nur seine vier eigenen Gäste zum Kommen aufgefordert.

Diese verabredeten sich für den Beginn der Mittagsstunde auf dem Stortorget-Platz. Wichmann jedoch ließ sich nicht blicken, sondern besuchte lieber den Stadthauptmann, um diesen von den Vorteilen einer kanonenbestückten Festung auf den Fjäderholmarna zu überzeugen. Landorp, Nyenkerken und Störtebeker gingen gemeinsam zum Rathaus hinüber, grüßten die Wachen am Tor und betraten die Vorhalle des stattlichen Gebäudes. Hier hängten sie ihre Überkleidung auf die letzten freien Haken, die aus der vertäfelten Wand ragten. Sie hörten den Übermut der Feiernden, lächelten verständnisvoll und machten sich gerade auf den Weg in den Saal, als die Klinke der Rathaustür heftig nach unten gedrückt wurde.

Knarrend schwang der rechte Flügel des Portals nach innen und ein junges Fräulein trat ein. Ohne die Männer zu beachten, drehte sie sich um und drückte energisch ihren Leib gegen den geöffneten Torflügel. Er rastete mit solcher Wucht im Schloss ein, dass es ringsum hallte.

Das Fräulein wandte sich wieder um und stützte seine Rechte in die Hüfte, um besser Atem holen zu können. Ihr Blick streifte die Männer, ohne die Wimpern artig zu senken. Mit ihren Fingerspitzen fasste sie die auf den Schultern liegenden Enden ihres weißen Jungfrauenschleiers, der an den Spitzen der hellblauen Hörnerhaube befestigt war. Sie lüpfte das filigrane Tuch, streifte es nach hinten, gab sich einen Ruck und ging auf die drei Männer zu.

Währenddessen machten Landorp, Nyenkerken und Störtebeker kaum eine Bewegung, bis das Mädchen direkt vor ihnen anhielt. Es neigte leicht den Kopf zur Seite und sah die Männer neugierig und unbefangen an.

»Ich freue mich sehr, Euch kennen zu lernen! Ihr seid große Helden, denn Ihr habt uns vor der Hungersnot gerettet und den argen Feind geschlagen!« Das Fräulein wippte mit den Füßen und strahlte die drei Männer in unverhohlener Begeisterung an.

»Ihr sprecht Deutsch?«, erkundigte sich Landorp.

»Leidlich, denn ich lernte es von meiner Mutter. Sie lebte in ihrer Jugend für einige Jahre am Hof von Schwerin als Gesellschaftsdame von Euphemia Eriksdotter, der Gemahlin von Herzog Albrecht II. von Mecklenburg und Halbschwester von König Magnus II. Eriksson von Schweden.«

Landorp verbeugte sich so tief, wie es seine beiden Begleiter noch nicht gesehen hatten, schritt eifrig um das Fräulein herum und hob die Arme, um ihr den schweren Mantel abzunehmen. Die Jungfrau drehte ihren Kopf mit bis zur Schulter, lächelte ihm dankbar zu und schlüpfte geschickt aus ihrem Pelz. Landorp stolzierte zur Wandtäfelung, hängte den Mantel mit Bedacht über den seinen und schritt zu der wartenden Gruppe zurück.

Spät besann sich die junge Dame, die Herren zu begrüßen, wie es der Anstand ihr gebot. Sie verdrehte die Pupillen, schürzte hastig ihren langen Rock aus dunkelblauem Samt und tat einen tiefen Knicks. Während dieser Bewegung senkte sie die Lider nicht züchtig, sondern beobachtete aus den Augenwinkeln die stattlichen Herren.

Fasziniert betrachteten die Männer ihrerseits die Jungfrau.

Sie war für ein Weib ungewöhnlich groß und konnte selbst dem hochgewachsenen Landorp direkt in die Augen sehen. Ihr unten weit fallendes Kleid war auf Taille geschnitten und schmiegte sich an ihren Oberkörper; sie war schlank wie eine nordische Tanne und besaß auch deren Spannkraft.

Um den Hals trug sie eine feingliedrige goldene Kette mit einem silbernen Kreuz, welches auf dem Stoff des hochgeschlossenen Kleids lag, welches sich auf Brusthöhe zweifach deutlich wölbte.

Ihr Haar steckte nicht gänzlich unter ihrer Haube, sondern etliche rötliche Strähnen ringelten sich um ihre Wangen und den Hals. Sie waren so sorgfältig drapiert, dass es nur Absicht sein konnte, somit ein bewusster Verstoß gegen die Sitten. Auch sonst schien sie ungebändigt, denn sie verließ ihr Elternhaus ohne Anstandsbegleitung.

Sie war keine Schönheit, denn ihr Gesicht war schmal, die Nase länglich und der Mund breit. Aber ihre Lippen waren voll, die Haut wie ein Pfirsich und die Pupillen glitzerten grünlich. Der klare Blick der großen Augen und die straffe Haltung ihres Leibs strahlten Selbstvertrauen aus. Dies war selten bei einer Frau und daher reizte sie die anwesenden Herren.

»Ich komme zu spät und allein. Papa ärgert sich bestimmt! Ich befürchte, dieses Mal kann ich ihn nicht besänftigen.«

»Doch, ganz gewiss junge Frau.« Störtebeker grinste. »Ihr wickelt Euren Vater sicherlich jedes Mal um den kleinen Finger. Aber mich nicht!«

»Nicht?« Die Jungfrau blickte mit schmalen Augen zu dem Riesen hoch, hob die Augenbrauen und lächelte überlegen. »Ihr seid der große Krieger, der so gewaltig kämpfen kann! Ich besitze Falkenaugen und habe vom Turm der Sankt-Nikolai-Kirche die Schlacht beobachtet.« Das Fräulein blickte bewundernd in Störtebekers Augen. »Über Euch und Eure Taten habe ich schon allerhand zu hören bekommen! Ihr seid ...«

»Fräulein, dieser Mann hat Anstand. Ich verbürge mich für ihn!«, unterbrach Nyenkerken übereifrig. Er reckte sich und wies mit dem Kopf zu Störtebeker. »Klaus Störtebeker ist Hauptmann im Dienst des Herzogtums Mecklenburg! Ich bin Hermann Nyenkerken, Kapitän der Hansestadt Hamburg und als Bote der Hanse hier. Das verdanke ich …«

»… Bürgermeister Johann Erik von Landorp!« Erneut verbeugte sich Wismars oberster Ratsherr tiefer als je zuvor. Sein sengender Blick glitt über die Gestalt der Jungfrau. »Ich sorgte vor und meine Flotte bewahrte Stockholm für die Krone.«

Die junge Frau neigte leicht den Kopf und dankte mit einem angedeuteten Knicks.

Landorp straffte seinen Körper und seine Stimme wurde lauter. »Denn ich diene einer gerechten Sache – dem Haus Mecklenburg stehen von Rechts wegen alle Kronen des Nordens zu!«

»Darf's auch ein bisschen mehr sein?«, sagte das Fräulein in schnippischem Ton.

Landorp verbarg seinen Groll und ging nicht auf die spöttische Bemerkung ein. »Mit wem habe ich die Ehre, edles Fräulein?«

»Ich bin Katarina, die jüngste Tochter vom Papa! Also ich meine, vom Bürgermeister.«

»Dann ...«, Landorp reagierte mit der ihm eigenen Geistesgegenwart, »... seid *Ihr* also Fräulein Oxenstierna! Welch eine Ehre für mich. Und zudem eine große Freude, denn ich geleite Euch in den Saal zu Eurem Vater.«

Rasch schritt er zu ihrer linken Seite und bot ihr galant die rechte Armbeuge. Kararina besaß so viel Anstand, diese Geste nicht auszuschlagen, obwohl sie den großen Hauptmann als Begleiter vorgezogen hätte.

Nach einem kurzen Blick des Bedauerns zu Störtebeker legte sie ihren Arm ein und entfernte sich in anmutigem Gleichschritt mit Landorp. Dessen Atem ging heftiger als er die Saaltüre aufstieß und mit Katarina hindurchging. Zurück blieben die beiden Freunde, deren Gesichter immer länger wurden.

»Katarina heißt sie …«, ließ Störtebeker sich als Erster vernehmen. »… und ist eine Oxenstierna! Dieser Name passt wirklich zu ihr – sie könnte tatsächlich Hörner unter ihrer Haube haben.« Störtebeker Gesicht hellte sich wieder auf. Er tat, als spucke er in beide Hände und rieb sich unternehmungslustig die Handflächen. »Gerade deswegen ist dieser hübsche Dickkopf genau das Richtige für uns.«

»Für uns?«, wandte Nyenkerken ein und schüttelte den Kopf. »Für *einen* von uns, meinst du.«

»Ach was, sieh's doch nicht so eng. Wir sind gute Freunde und deswegen habe ich auch an dich gedacht! Also ich hab zuerst mein Vergnügen; du kannst sie dann heiraten und in deine Heimat mitnehmen.«

Nyenkerken zeigte Störtebeker den Vogel. »Denkst du im Ernst, da spiele ich mit? Aber im Moment sieht es eher so aus, als ob sich der Dritte freut, weil zwei sich streiten.«

»Wir streiten uns doch nicht! Wir wollen doch nur ein bisschen ›hmmm‹ machen, denn der Winter ist lang! Du weißt schon, was ich meine?« Als Störtebeker stöhnte, kreiste er langsam sein Haupt und schob seine Pupillen unter die oberen Augenlider. Zuletzt legte er den Kopf schräg und ruckte diesen mehrfach Richtung Saal.

»Was? Wir können doch nicht den ganzen Winter über ›hmmm‹ machen.« Nyenkerkens Bäckchen wurden noch röter, aber er grinste und ahmte Störtebekers Stöhnen nach. Dann schüttelte er den Kopf. »Das geht doch nicht! Ich weiß aber, wie du die restliche Zeit hier verbringen kannst.«

»So?« Störtebeker machte ein übertrieben langes Gesicht, denn er ahnte Unerquickliches. »Mit was denn?«

»Mit ›A‹, ›B‹, ›C‹, ›D‹, Eee ...«

»Nee, nee, nee! Dafür bin ich viel zu alt und du weißt ja, worauf es im Leben wirklich ankommt.«

»Trotzdem, wir können nicht monatelang nur ›hmmm‹ machen.«

»Ich könnte aber hier die ganze Zeit ›hmmm‹ machen, ich habe so lange nicht mehr gehmmmt.«

»Meinetwegen, aber in den Pausen wird gelernt.« Nyenkerken mahnte mit seinem Zeigefinger.

Störtebeker blickte ungläubig. »Willst du mir wirklich Lesen und Schreiben beibringen?«

»Hmmm.«

»Nein, nein, doch nicht das! Das kann ich bestimmt besser wie du. Ich meine Aaa, Bee, Cee ... und dann hmmm.«

»Dee kommt dann und nicht hmmm, wir sind doch noch in der Pause.«

»Hör auf!« Störtebeker winkte mit beiden Armen ab. »Du machst mich wahnsinnig! Aber den Landorp lassen wir auf keinen Fall zum Zug kommen, den müssen wir unbedingt mattsetzen. Wir beide machen das unter uns aus, klar?«

»Du glaubst doch nicht im Ernst, dass du eine Chance gegen mich hast? Versuchen kannst du‘s ja.«

»Hmmm.«

»Nein, erst ›D‹.«

»Ich werd wirklich verrückt!« Störtebeker hatte es nun eilig und zog Nyenkerken kräftig am Ärmel. »Jetzt aber hinter den beiden her, sonst schießt dieser Laffe das Vögelchen noch vor uns ab.«

Die beiden schritten in den Saal, dabei neckten und pufften sich in aller Freundschaft, als ob nichts geschehen wäre. Ihre Herzen aber pochten heftig.

3

Der holzgetäfelte Rathaussaal war festlich geschmückt und angenehm warm. Dafür sorgten zwei große Feuer in den Kaminen an den Stirnwänden. Berge von Holzscheiten türmten sich neben den Feuerstätten bis in doppelte Manneshöhe und verbargen fast die dicht geschlossenen Fenster. Hunderte von dicken Wachskerzen standen auf den Tischen oder steckten in Halterungen an der Wand und hellten den riesigen Raum zu einem heimeligen Halbdunkel auf.

Die Tafel verlief wie ein langes eckiges Hufeisen und war nur außen herum bestuhlt. An ihren Enden saßen gehobene Bürger mit Einfluss; je näher zur Stirnseite die Eingeladenen platziert waren, desto höhere Ränge besaßen sie. Der Vorsitz blieb den beiden Bürgermeisterpaaren, dem höchsten Adel und ihren Gästen vorbehalten. Sie vor allem kamen in den Genuss der Wärme des Feuers hinter ihnen und der einen wahren Heißhunger bewirkende Duft von gebratenem Bären- und Elchfleisch stieg ihnen zuvörderst in die Nasen.

Gösta Oxenstierna, der erste Bürgermeister Stockholms, saß in der Mitte und war durch sein imposantes Aussehen unübersehbar.

Er überragte alle Anwesenden und niemand nahm es mit ihm an Masse auf. Trotzdem wirkte er nicht fett oder derb, sondern muskulös und seine Bewegungen hatten eine gewisse Eleganz. Seine rotblonden Haare wallten um das Haupt wie die Mähne eines Löwen und hingen in langen dichten Strähnen bis weit über die Schultern herab. Ein breiter nach oben gespitzter Schnauzbart sowie ein langer Kinnbart zierten sein Gesicht; seine Wangen waren rasiert, wie bei den meisten Adeligen. Die Backen waren rosig vom häufigen Branntweingenuss und bildeten über den Wangenknochen kleine Äpfel, da sein Mund sich meist zu einem Lächeln breitete. Die hellblauen Pupillen flitzten häufig übers Weiß seiner Augen; hinter den Falten der hohen Stirn verbarg sich ein wacher Geist.

Obwohl sein Magen knurrte, hatte er noch nicht mit den Vorspeisen angefangen, sondern begnügte sich mit einem Becher verdünnten Weines. Er hatte vergebens gebeten, mit dem Mahl zu warten, bis die Ehrengäste einträfen, sodass er ungewohnt ernst auf seinem Stuhl herumrutschte und sehnsüchtig aus seinen Augenwinkeln beobachtete, wie die Bürger seiner Stadt mit spitzen Fingern Obst oder Salat aßen. Besonders schmeckte es dem zweiten Bürgermeister zu seiner Linken, dem Deutschen Albrecht von Pecatel.

Häufig schielte Oxenstierna zu seiner schönen Gemahlin Birgitta, die ihn immer noch durch ihr Aussehen betörte. Sie saß nicht wie üblich neben ihm, sondern zwei Plätze entfernt. Die Ehrenplätze zu seiner Rechten hatte er für seinen hohen Gast und den sehr wichtigen Gesandten vorgesehen. Der Bürgermeister seufzte ergeben; selbst seine Gattin speiste bereits, statt wenigstens als Einzige seiner Bitte nachzukommen.

Birgitta Oxenstierna war genau so groß wie ihre Tochter Katarina und konnte selbst ihrem Mann durch kaum merkliches Kopfheben in die Augen sehen. Ihr unten weit fallendes Kleid war trotz ihres Alters auf Taille geschnitten und schmiegte sich an ihren Oberkörper. Sie war schlank geblieben wie ihre Tochter und auch ihre Spannkraft hatte sie sich bewahrt; sogar ihre Brüste wölbten sich voll und verführerisch wie eh und je. Ihre dichten Haare waren immer noch weißblond, was nur ihr Gemahl wusste, denn sie steckte züchtig jede Strähne unter ihre Haube. Nachts wallten sie in langen prächtigen Locken um ihren schönen von ihrem Gatten immer noch verehrten Körper.

Selbst mit ihren mehr als fünfzig Jahren war sie immer noch eine Schönheit, hübscher sogar als ihre Tochter und sämtliche Frauen im Saal. Ihr Gesicht war voller, die Nase etwas kürzer und der Mund weniger breit als bei Katarina. Aber sonst glich sie ihrer Tochter mit ihren vollen Lippen, der Haut wie ein Pfirsich und den grün glitzernden Pupillen.

Oxenstierna hatte die Nutzlosigkeit seiner Bitte längst eingesehen, aber er zwang sich immer noch, erst mit seinen Gästen das Mahl zu beginnen, und tröstete sich damit, dass es ohnehin bis in die Nacht hinein dauern würde.

Daher erhellte sich seine Miene beim Eintritt des Mecklenburger Edelmanns, und als er an dessen Seite auch noch seine jüngste Tochter erblickte, wölbten sich seine Backen innerhalb eines breit strahlenden Gesichts. *Katarina!* Oxenstiernas Gesicht zeigte blanke Freude, gleichzeitig jedoch schweiften seine Gedanken ab.

Katarina war sein Liebling, aber auch sein Sorgenkind. Sie wurde bald zwanzig, war aber noch nicht verheiratet! Sie sollte längst treu sorgende Ehefrau und Mutter sein, wie ihre Schwestern. Ingrid und Margit waren nur wenig älter, hatten ihm aber schon acht Enkel beschert!

Wie oft hatte er versucht, sie endlich unter die Haube zu bekommen! Bei allen Bewerbern hatte sie die Augen verdreht und energisch den Kopf geschüttelt. Jedes Mal hatte sie sich gleich darauf an seinen mächtigen Leib geschmiegt und gesagt: »Papa, das kannst du mir doch nicht antun! Du sagst immer, du willst nur mein Bestes.«

Stets blickte sie ihn liebevoll an mit ihren großen grünen Augen, streichelte sanft mit ihrer Linken seine dicke Backe und wand mit der anderen Hand einige Strähnen seiner ellenlangen Mähne spielerisch um ihren schlanken Mittelfinger.

Verzweifelt fragte er sich immer wieder aufs Neue, woher nur sie ihren Trotzkopf hatte. In ihrer Nähe fühlte er sich stets weich wie Wachs; zum Wohl der Gemeinschaft dagegen konnte er mit dem Kopf durch die Wand gehen.

Der gut aussehende Edelmann an Katarinas Seite brachte Oxenstierna auf hoffnungsvollere Gedanken: Er stand ihr glänzend zu Gesicht und sah ihr sogar ähnlich. Seine Tochter schien es zu spüren und gab sich Mühe beim Einherschreiten. Auf dem Weg zu ihren Plätzen sandte sie Landorp sogar ein verstohlenes Lächeln. Als sie sich setzte und von ihrem Begleiter den Stuhl untergeschoben bekam, zwinkerte sie ihrem Vater vertraulich zu. Landorp trat ihr vor Eifer fast auf die Robe, bevor er sich zwischen dem Gastgeber und dessen Tochter niederließ.

Gösta Oxenstierna begrüßte den Amtsgenossen in seiner jovialen Art, unterließ aber seine üblichen vereinnahmenden Gesten. Denn während er Landorp bei der Ankunft umarmte, hatte er dessen Unbehagen über seine körperliche Nähe gespürt. Aber er musste ihn unbedingt bei Laune halten, denn Landorp war der erste Mann außer ihm, den seine Katarina angelächelt hatte!

Endlich konnte er den innerhalb der Tafelrunde herumeilenden Bediensteten zuwinken, ihnen die Wasserschüssel zum Händewaschen zu reichen und die Vorspeisen aufzutischen. Er fühlte sich schon ganz schwach vor Hunger durch die verführerischen Gerüche und konnte es kaum abwarten, das Wildbret des Hauptgangs auf seiner Zunge zu schmecken.

Er war erleichtert, denn seine Sorgen waren nicht unbegründet: Mehrere Jahrhunderte hatte der christliche Glaube unumschränkt das Denken der europäischen Völker beherrscht. Immer häufiger jedoch wagten es Menschen, die Glaubenssphäre im Hirn zu durchbrechen.

Die Dogmen wurden infrage gestellt und humanistisches Gedankengut drang ein. Aber auch alter Glaube keimte wieder auf, wie zum Beispiel an übersinnlich begabte Männer und Frauen, die zwar heilen könnten, vor allem aber für Unglück verantwortlich seien und Verderben über die Menschheit brächten.

Seit Jahrzehnten hatte die Kirche nicht mehr die Allmacht über die Menschen wie noch vor zwei, drei Jahrhunderten, aber sie hielt das Volk nieder, wenn es wegen seiner Leiden nach Sündenböcken[40] suchte. Die Priester wetterten von ihren Kanzeln gegen althergebrachtes aber unchristliches Brauchtum und neue Auswüchse des Aberglaubens. Es schien jedoch nur eine Frage der Zeit zu sein, bis der Klerus nachgeben musste, denn die weltliche Macht neigte ihr Ohr bereits der Stimme des Volkes zu.

Oxenstierna hatte mehrfach heimlich gelauscht, wenn über seine Tochter geredet wurde. Sie sei unnatürlich stark, träfe sich mit Ihresgleichen zu Verschwörungen gegen die einfachen Leute, sei an den Unglücken der letzten Zeit schuld und könne es mit jedem Manne, auch dem Vater, aufnehmen. Das läge an geheimen Tränken, die sie mische und verabreiche. Nachts habe man sie schon im Wald umhergehen sehen, über unbetretbare Moore solle sie auf einem Reisigbesen geflogen sein! Sie sei eine Hexe[41]! Wer‘s nicht glaube, wage ihr tief in die grünen Augen zu blicken oder ihre roten Haare anzufassen, welche sie – unzüchtig wie sie ist – nicht unter die Haube lässt!

Wo hat sie diese unglückseligen roten Haare bloß her? Wie oft habe ich Katarina schon angefleht, sie soll ihre Haare unter die Haube stecken! Verzweifelt wühlte Gösta Oxenstierna in seinem Kinnbart. Er bemerkte nicht, dass er Haarspitzen abbrach und als rostfarbene Würze auf seinen erkaltenden Braten bröselte. *Glücklicherweise ist meine Tochter eine eifrige Kirchgängerin und weckt bei der Geistlichkeit keinen Argwohn wegen Häresie[42].*

Ein tüchtiger Ellbogenstoß in seine linke Seite ließ ihn Luft schnappen und verscheuchte seine düsteren Vorstellungen. Bürgermeister Albrecht von Pecatel beugte sich an sein Ohr und flüsterte vertraulich: »Donnerwetter, wenn deine Tochter sich den feinen Adligen aus Mecklenburg angelt, dann hat sich die Warterei gelohnt! Stimmt‘s, Gösta?« Pecatel grinste ungeniert.

Oxenstierna schüttelte unwirsch den Kopf und schaute mit Sorge aus den Augenwinkeln zu Landorp, ob dieser etwas mitbekommen

40 Sündenbock, der – siehe Anhang, Seite X (588).
41 Hexe, die – siehe Anhang, Seite XI (589).
42 Häresie, die – siehe Anhang, Seite XI (589).

hatte. Aber dessen Aufmerksamkeit galt einzig und allein Katarina.

Erleichtert lehnte sich Oxenstierna etwas zurück. Pecatel jedoch ließ nicht locker und schob sich noch näher an Oxenstiernas Ohr. Er hob die Brauen und blickte verschwörerisch. »Man trägt sich zu, dass er ein Verwandter der Mecklenburger Herrscher sei. Einige munkeln sogar, er wäre aus dem Geblüt eines Herzogs!«

»Gerüchte!« Oxenstierna wehrte ab mit einer fahrigen Geste und ließ sich seine Betroffenheit nicht anmerken. Er flüsterte zurück, entgegen seiner Gewohnheit stets zu laut zu sein. »Nichts als Gerüchte! Du weißt doch, dass die hohen Herren sich unumwunden zu ihren Bastarden bekennen, diese sogar Erbrechte erhalten und unter Umständen sogar Thronfolger werden. Wenn dieser Johann Erik von Landorp ein Bastard von einem der Herzöge von Mecklenburg wäre, würde dieser sich doch zu ihm bekennen, wie üblich. Nicht wahr?«

»Sicherlich. Aber er hätte auch Gründe, es nicht zu tun, denn es leben ja noch genügend legitime Thronfolger. Von einem von ihnen erzählt man sich übrigens ...«

»Ah, da kommen unsere anderen Gäste!« Oxenstierna unterbrach erleichtert seinen schon etwas angeheiterten Stellvertreter, denn Störtebeker und Nyenkerken betraten den Saal. »Steht mit mir auf, Pecatel, wir begrüßen sie gemeinsam.«

Die beiden Freunde eilten um die Tafel, um die zwei Bürgermeister der Stadt zu begrüßen. Diese umarmten sie herzlich und boten ihnen die beiden freien Stühle neben Albrecht von Pecatel an. Als sie sich hinsetzten, sahen sie sich mit langen Gesichtern an, denn Katarina befand sich außer Reichweite auf der anderen Seite. Sie würden kaum Gelegenheit erhalten, mit ihr ins Gespräch zu kommen. Störtebeker fand als Erster seine gute Laune wieder und stieß dem abwesend auf seinen Teller blickenden Nyenkerken in die Seite. »Hermann, Kopf hoch! Der Landorp wird uns nicht zuvorkommen; bestimmt macht unser Fräulein ihrem Namen alle Ehre. Und jetzt lang endlich zu, ich höre schon deinen Magen knurren.«

Nach einer halben Stunde wurde die Tafel abgeräumt und für den nächsten Gang vorbereitet. Oxenstierna erhob sich etwas mühsam, das kam vom langen Sitzen. Er trommelte mit beiden Fäusten auf den Tisch, um sich Gehör für seine Ansprache zu verschaffen.

Er holte tief Luft, um genügend Puste für seine übliche Lautstärke zu haben. Mit jovialem Lächeln breitete er seine Arme aus, als wolle er die gesamte Gesellschaft auf einmal umarmen, hieß alle Anwesenden nochmals willkommen.

Zunächst auf Schwedisch stellte Oxenstierna seine vier Gäste aus

Wismar vor, dann auf Deutsch die gesamte einheimische Tafelrunde, wobei sich jeder der Genannten erhob und leicht verbeugte.

Mit einer Dankesrede an Landorp fuhr er fort, wobei er nicht vergaß, dem Edelmann ordentlich Honig um den Mund zu schmieren. Albrecht von Pecatel lächelte ironisch; er erkannte hinter den Worten den Vater, der endlich seine Tochter verkuppeln will. Landorp jedoch war empfänglich für das Lob, fast dankbar, denn diese Worte mussten einfach Wirkung auf die außergewöhnliche Frau neben ihm haben. Immer wieder betrachtete er sie verstohlen und spürte sein Herz bummern. Von ihm aus hätte die Rede endlos währen können.

Aber Oxenstierna hob beide Arme, wedelte ab mit gespreizten Fingern und forderte Ruhe. Er wandte sich zu Nyenkerken um, wies mit langem Arm auf ihn und sagte mit leuchtenden Augen. »Unser tapferer Kapitän aus Hamburg verkündet nun einen Rezess des letzten Hansetags in Köln; dieser Beschluss ist für uns von größter Bedeutung. Bitte sehr!«

Nyenkerken wich die Farbe aus dem Gesicht. Solch einen Auftritt war er nicht gewohnt, obwohl sein Vater Ratsherr war. Er erhob sich etwas linkisch, öffnete die lederne Tasche an seinem Gürtel und entnahm ihr ein mehrfach zusammengefaltetes Pergament. »Dies hier ist leider nur eine Abschrift. Ich hätte Euch liebend gerne die Originalrolle mit den zahlreichen Siegeln mitgebracht, aber es wäre zu auffällig gewesen.«

Oxenstierna blickte verständnisvoll, als er nickte.

Nyenkerken entfaltete das Dokument und strich es auf der Tischplatte glatt. Dann hob er es vor seine Augen und las: »Der Hansetag zu Köln folgt dem Antrag der Stadt Lübeck und beschließt einvernehmlich die Aufnahme der Stadt Stockholm in ihren Bund mit allen Rechten und Pflichten! Gezeichnet im Herbst 1390, gesiegelt von siebzig Mitgliedsstädten der Hanse.«

»Großartig!«, überdröhnte noch Oxenstierna den brausenden Beifall der Tafelrunde. Voller Begeisterung hieb er seine rechte Pratze dem Nachbarn Pecatel ins Kreuz, sodass dieser fast auf eine Bratenplatte fiel. Oxenstierna hatte die Gelegenheit genutzt und kraftvoll draufgehalten, denn er trug dem deutschen Bürgermeister die unpassenden Bemerkungen über seine Tochter Katarina nach.

»Was!«, schrie Landorp und sprang von seinem Stuhl auf, sodass dieser hinter ihm zu Boden polterte. Seine Stimme schrillte. »Und ich nehme den Kerl mit diesem Wisch auch noch mit!«

Er wandte sich um, stellte sich vor den Bürgermeister und maß ihn von Angesicht zu Angesicht. Beide Hände sanken auf die Knäufe seiner

Waffen – von Messer und Schwert trennte er sich niemals. »Was führt Ihr im Schilde, Bürgermeister Oxenstierna? Was spielt ihr da gegen Mecklenburg aus? Deren Herren dient Ihr, habt Ihr das vergessen?«

Oxenstierna ließ sich nicht beirren, hakte die Daumen im Gürtel ein und hob seinen massigen Körper mehrmals auf die Zehen. Er blickte vorwurfsvoll auf Landorps Hände und schüttelte missbilligend seinen Kopf.

Landorp erkannte seinen Fehlgriff, löste die Hände von den Knäufen und verschränkte die Arme vor der Brust. Herausfordernd sah er Stockholms Bürgermeister an.

Oxenstierna brach sein Schweigen. »Oho, ich weiß sehr wohl, wem ich diene – nämlich den Bürgern von Stockholm! Ich erkenne, was für meine Stadt am besten ist, und das setze ich in die Tat um.«

Landorp wandte sich auf den Absätzen um und sprach laut, während er über die Versammlung hinwegblickte. »Das Beste für diese Stadt ist unerschütterliche Treue zum Landesherrn, König Albrecht I. von Schweden, gleichzeitig Herzog Albrecht III. von Mecklenburg!« Er beugte sich vor und blickte den deutschen Bürgermeister an, der von Oxenstierna fast verdeckt wurde. »Herr von Pecatel, Ihr seid Deutscher. Macht diesem Frevel ein Ende!«

Albrecht von Pecatel zog ein verlegenes Gesicht, umklammerte seinem Trinkpokal und starrte auf den Tisch. Er holte tief Luft, gab sich einen Ruck und stand auf. Er berührte Oxenstierna an der Schulter, damit dieser etwas beiseitetrat, und blickte Landorp in die Augen. »Ihr habt recht, Herr von Landorp. Ich bin Deutscher, wie der halbe Rat und die halbe Stadt. Aber die meisten von uns sind nach Stockholm gekommen, um Handel zu treiben oder einem Gewerbe nachzugehen, nicht um einen König aus Deutschland zu stützen.«

»Ohne ihn wärt ihr gar nicht hier!«, fuhr Landorp ihn an.

»Das ist möglich. Aber nun sind wir Stockholmer Bürger und fühlen uns dieser Stadt verpflichtet. Wir Deutschen liegen mit den Schweden oft im Zwist, aber in einem sind wir uns einig: Was für unsere Stadt am besten ist, setzen wir die Tat um.«

»Das Beste für diese Stadt ist unerschütterliche Treue zum Landesherrn, König Albrecht I. von Schweden, gleichzeitig Herzog Albrecht III. von Mecklenburg!« Landorp schrie sein Gegenüber an; die Untreue der Deutschen in Stockholm trieb ihn in kaum glaubliche Wut. »Verratet Ihr ihn, werdet Ihr dafür büßen!«

»Büßen?« Oxenstierna stellte sich wieder vor Pecatel und schob seinen Oberkörper vor. »Wofür? Haben *wir* den König verjagt? Nein! Er hat Stockholm verlassen und ist in den Krieg gezogen. Haben *wir* die Schlacht verloren? Nein! Sind *wir* schuld, dass er nicht mehr als König regiert, sondern hinter schwedischen Gardinen[43] steckt? Nein, nein und nochmals nein!«

Landorp holte tief Luft und schlug kurz die Augen nieder. Es war die Wahrheit, so unerträglich, dass sie seinen Zorn in Trauer verwandelte. »Treue hängt nicht von Sieg oder Niederlage ab, sondern gilt vom Schwur bis zum Tod! Aber der König lebt und wir Mecklenburger werden dafür sorgen, dass Albrecht I. wieder in Stockholm residiert. Nur darum wird seine Hauptstadt gegen die Dänen verteidigt, und deswegen werdet Ihr durch uns Mecklenburger versorgt.«

Oxenstierna wandte sich bedächtig um und sah über die Ratsherren im Saal hinweg. »*Wir* sehen das etwas anders. Der König ist raus und die Dänen lassen wir nicht rein, also sind wir unsere eigenen Herren und schließen uns als freie Stadt der Hanse an.«

»Das werdet ihr *nicht* tun!«, brauste Landorp wieder auf. »Dies werden weder Mecklenburg noch Dänemark zulassen, sondern Euch in die Zange nehmen und zerquetschen!«

Oxenstierna lachte überlegen. »Wenn zwei sich streiten, freut sich der Dritte. Ihr seid euch spinnefeind! Darum werdet ihr euch nicht einigen, uns eine Lektion zu erteilen. Folglich wird unser Vorhaben gelingen.«

»Ich habe Kopf und Kragen nicht für Pfeffersäcke riskiert. Die Vitalien und Waffen sind nur für Königstreue gedacht! Ich nehme alles wieder mit!« Landorp wedelte mit dem rechten Zeigefinger vor Oxenstiernas geröteter Nase.

»Werte Herren!« Nyenkerken beugte sich vor und klopfte mit umgedrehtem Trinkhorn auf den Tisch, bis er sich Gehör verschafft hatte. »Die Hanse ist kein Bund freier Städte. Deutschlands Reichsstädte sind keine eigenen Staaten, sondern dem Kaiser untertan. Die meisten Hansestädte sind sogar in Landesherrschaften eingebunden. Stockholm muss sich nicht von jeglicher Herrschaft befreien, um Hansestadt zu werden.«

»Aber wir setzen den König vors Tor!«, sagte Oxenstierna überraschend. Er erinnerte sich, dass er seine Tochter endlich unter die Haube bekommen musste, und daher diesen aussichtsreichen Bewerber nicht vergraulen durfte. »Er muss sich einen anderen Herrschaftssitz suchen, denn in Stockholm als Reichsstadt darf sein Thron nicht stehen. Wir verwalten uns und richten selbst, bleiben dem König von Schweden aber untertan.«

---

43 ›Schwedische Gardinen‹ – siehe Anhang, Seiten VIII (586, Fußnote 13, Johann I.) und XXXI (609)

Oxenstierna sah seinen Bürgermeisterkollegen an, um dessen Zustimmung zu erhalten. Pecatel blickte die Reihe der mit Gesten zustimmenden deutschen Ratsherren entlang, dann nickte auch er.

Landorp indessen strich langsam mit Zeigefinger und Daumen die Kinnlade entlang. Auch er nutzte die Zeit zur Besinnung und schalt sich innerlich für sein Aufbrausen, denn auf diese Weise imponierte er Katarina bestimmt nicht. Er wollte sie um alles in der Welt besitzen und war daher auf das Wohlwollen ihres Vaters angewiesen – noch. Trotz seines unbändigen Ehrgeizes hatte seine Geduld bisher gereicht, um stets seine Ziele zu erreichen, selbst wenn es Jahre dauerte und es diplomatische Umwege erforderte.

Fiel Stockholm nicht ab, bleib der Zweck seines Unternehmens erhalten: Sie bewahrten die Stadt vor einer Hungersnot und vor dem Dänen. Der Kompromiss bot sich an, bis die politische Lage sich zu seinen Gunsten wieder ändern würde.

Als die beiden Finger sich an der ausgeprägten Spitze seines Kinns berührten, nahm Landorp eine hoheitsvolle Haltung ein und stützte seine Rechte in die Seite. »Sei‘s drum. Hauptsache Ihr haltet erst einmal die Dänen aus der Stadt heraus.«

»Das werden wir mit Leib und Seele!«, dröhnte Oxenstierna. »Denn unter Regentin Margarete verlören wir unsere Bedeutung und …«

»… unser gutes Auskommen!«, pflichtete Albrecht von Pecatel bei und rieb Daumen und Zeigefinger.

»Geschäfte!« Landorp spie das Wort aus mit äußerster Verachtung, riss sich aber rasch zusammen. »Es gibt Wichtigeres. Wir werden sehr bald den König aus der Gefangenschaft auf Schloss Lindholm befreien.« Landorp packte sein Trinkhorn und hielt es mit ausgestreckter Hand der Versammlung entgegen. Er sprach laut und eindringlich. »Ich fordere alle Anwesenden auf, sich zu erheben!«

Stockholms Ratsherren sahen ihre Bürgermeister an. Diese zogen ihre Schultern hoch, nickten aber dabei. Daher erhoben sich sämtliche Anwesenden von ihren Stühlen, nahmen wenig oder gar nicht erfreut ihre Becher und hielten sie halbhoch vor sich. Sie bemühten sich um einen teilnehmenden Blick und erwarteten die Laudatio des Wismarer Bürgermeisters.

»Seit achtundzwanzig Jahren regiert unser allerdurchlauchtigster König dieses Land, um dessen Frucht zu mehren und es vor Unbill zu bewahren. Von den Gerechten wird er geachtet und von den Ungerechten gefürchtet. Möge unser allergnädigster Gott ihn noch lange herrschen lassen. Auf unsere Majestät Albrecht I., den König von Schweden und Herzog von Mecklenburg!«

»Hoch, hooch, hoooch!« Alle Anwesenden leerten in einem Zug ihr Trinkgefäß bis zur Neige.

Es entging Landorp nicht, dass sein Trinkspruch nur aus Höflichkeit erwidert wurde, trotzdem genoss er diesen Augenblick und trank mit geschlossenen Augen.

Wartet nur!, schwor er sich. *Der Tag wird kommen, an dem ich über Euch herrsche! Dann gewöhne ich Euch an eine feste deutsche Hand im Land und stecke Eure Bürgermeister samt allen Ratsherren ins tiefste Loch! Drei Kronen werde ich zu einer Union vereinigen!* Er setzte sein leeres Horn ab und stierte ins Halbdunkel des Saals. *Geduld, Erik, Geduld. Einst wird kommen der Tag der Erfüllung und der Vergeltung an allen, welche mir Schmach angetan haben. Dafür werde ich alles, aber auch wirklich alles tun!*

Landorp riss sich zusammen, atmete tief ein und schielte zur linken Seite. Katarina stand neben ihm und blickte ihn von der Seite an auf eine merkwürdige faszinierte Weise. Sie neigte den Kopf, sah hinter sich und lächelte Landorp aufmunternd zu. Er ging drei Schritte hinter den Stuhl und schob diesen unter das herabsinkende Gesäß von Katarina. Landorps Stuhl lag, wie er ihn im Zorn fortgestoßenen hatte. Statt einen Bediensteten zu rufen, packte er selbst die Lehne und stellte sich den Stuhl zurecht.

Bis in die Nacht hinein wich Johann Erik von Landorp nicht mehr von Katarina Oxenstiernas Seite. Er unterhielt sie mit seiner Weltläufigkeit, schnitt ihr den Braten vor, schenkte Wein ein und fühlte sich die ganze Zeit über schwebeleicht.

Klaus Störtebeker hatte mit keiner Wimper gezuckt, als Landorp aufgesprungen war, sondern aß und trank während des Disputs der beiden Bürgermeister gemächlich weiter.

Als er jedoch den Namen der dänischen Regentin Margarete vernahm, zuckte er zusammen und verzog das Gesicht zu einem sardonischen Lächeln. Seit den leidvollen Erfahrungen am dänischen Hof war ihm jegliche Politik zuwider. Nur mit einem Ohr und aus einem Augenwinkel verfolgte er die ›Verhandlungen‹ neben sich. Selbst Nyenkerken beachtete er nicht, als dieser mit dem Trinkhorn auf den Tisch klopfte und begütigend auf die Kontrahenten einredete. Störtebeker stand als Einziger nicht auf, um auf den König zu trinken. Den Inhalt des Horns jedoch leerte er in einem Zug, um seinen Durst zu löschen.

Immer wieder schweiften seine Gedanken ab, denn Landorps Auftritt erzeugte in ihm erneut den Eindruck, ihm doch schon einmal begegnet zu sein oder zumindest seine Stimme vernommen zu haben. Viele Aufenthaltsorte seines Lebens erschienen vor seinem inneren Auge. Nur Kopenhagen kam infrage, jener Ort, an dem er sich im siebten Himmel gewähnt und einen jähen Absturz erlebt hatte.

Zum wiederholten Mal nahm er sich vor, auf der Hut zu sein vor diesem undurchsichtigen Adligen.

Während dieser Festlichkeiten erfolgten keine nennenswerte Zwischenfälle mehr, sodass die Gesellschaft bis in die tiefste Nacht hinein feierte, wie auch die gesamte Stadtbevölkerung. Die Stockholmer stopften sich voll, bis sie sich kaum noch bewegten, denn alle wussten: Ab morgen würde ihr Küchenmeister wieder ›Schmalhans‹ heißen, trotz aufgefüllter Vorratskammern.

Oxenstierna ließ gegen Mitternacht die Tafel aufheben und ein Fässchen Branntwein ausschenken. An die nächsten Stunden der Feier erinnerte er sich später schemenhaft, an deren Ende gar nicht mehr.

Am nächsten Morgen erfuhr er von seiner milde lächelnden Gattin Birgitta, dass er seinem Tischnachbarn noch einen kräftigen Klaps versetzt habe, sodass Pecatel vom Stuhl rutschte und unter dem Tisch weiter schnarchte. Er selbst sei von ihr und vier seiner Bediensteten unter Aufbietung aller Kräfte quer über den Stortorget-Platz bis zu ihrem Haus gezogen und geschoben worden.

»Schwedische Gardinen!«, habe er unablässig aus vollem Hals getönt. »Haltet den deutschen König fest, bis zu seinem Lebensabend!« Dabei habe er ständig mit den Armen herumgefuchtelt und zu guter Letzt sich beidarmig gegen die Pfosten der Eingangstür ihres Hauses gestemmt, weil er auf einmal unbedingt wieder in den Saal zurückgewollt hatte.

4

Das Heer der Dänen zog sich in die umliegenden Ortschaften zurück. In den weit verstreuten tief eingeschneiten Dörfern hatten die Belagerer genug damit zu tun, nicht zu verhungern oder zu erfrieren. Stockholm wurde während des gesamten Winters nicht behelligt.

Auch die Bevölkerung der Stadt litt unter dem harten Winter und musste sich die knappen Vorräte einteilen. Kälte und Schnee hielten die Bürger innerhalb ihrer eigenen vier Wände fest, sodass sie träge auf den Frühling warteten. Auch Wichmann, der sich ein Zimmer mit Störtebeker teilte, ließ sich kaum blicken.

Quicklebendig jedoch waren Landorp, Nyenkerken und Störtebeker, denn sie verbrachten ihre Zeit im gleichen Haus wie Fräulein Oxenstierna. Darum hatten die Eltern Oxenstierna alle Hände voll zu tun, dass Anstand und Sitte gewahrt wurden. Die Herren Gäste waren im ersten Stock untergebracht, ihre reizende Tochter besaß eine

Kammer unter dem Dach und sie selbst achteten im zweiten Stock peinlichst darauf, dass niemand ihre Etage heimlich nach oben oder unten passierte.

Nichtsdestotrotz kamen die eifrigen Bewerber dem Bürgermeisterpaar äußerst gelegen, denn ein fast zwanzigjähriges Fräulein noch im Elternhaus zu haben, war mehr als peinlich und schadete ihrem Ruf. Die Oxenstiernas gerieten sich jedoch regelmäßig in die Hörner, ob der Hamburger Kapitän und angehende Ratsherr oder der Wismarer Bürgermeister, womöglich von hohem Adel, die bessere Partie sei. Lediglich in der Ablehnung des Söldners Störtebeker waren sie sich einig, obwohl die beiden gehörigen Respekt vor seinem Äußeren hatten und ihn auch achteten für seinen Anstand.

Um nichts unversucht zu lassen, sorgten sie dafür, dass es in dem prächtigen vor einigen Jahren erst errichteten Patrizierhaus von Gösta Oxenstierna so gesellig zuging, wie noch nie zuvor. Zudem mehrte es sein Ansehen in der Stadt, denn deren Bürger waren immer noch neugierig auf seine abenteuerlichen Gäste.

Selbst im dichtesten Trubel der vielen eingeladenen Bürger aus der Stadt waren sie aber darauf bedacht, dass ihr keckes Fräulein nicht einen Augenblick mit einem der Herren allein war. Landorp wiegte sich nach dem Bankett in der Gewissheit, sein Ziel bald erreicht zu haben, denn Katarina war ihm sichtlich zugetan. Ihr Vorwitz jedoch ließ die beiden anderen Herren nicht außer Acht.

Als Nächstem schenkte Katarina ihre Aufmerksamkeit Nyenkerken und zerging fast vor Mitleid mit ihm. An einem der langen Abende erfuhr sie bei einem Gespräch am Kamin – wie üblich nie unter vier Augen –, dass der junge Hansekapitän bereits zweifacher Witwer und Vater von drei Halbwaisen war.

Seine erste Frau war nach der Geburt der zweiten Tochter noch im Kindbett verstorben und die zweite Gemahlin hatte er nach drei Ehejahren durch eine tückische Krankheit verloren. Deswegen hatte er sein stattliches Haus verkauft und lebte mit den drei Töchtern wieder bei seinen Eltern. Diese zogen die Kinder auf, denn er musste sich ums Geschäft kümmern und segelte regelmäßig nach London.

Katarina stellte sich lebhaft vor, dass sie diesen armen Kinderchen eine herzensgute Stiefmutter sein könnte und dem bieder aussehenden aber liebenswerten Hermann noch ein Dutzend Jungen – nein, sechs reichten, aber dafür noch ein paar Mädchen – schenken würde. Welch ein Glück würde sie in das Leben der Nyenkerkens bringen!

Störtebeker hatte nichts dagegen, dass Katarina seinem neuen Freund ihre Gunst schenkte; er gönnte es ihm von Herzen. Aber wider den Stachel löcken und sich eine einmalige Gelegenheit verschaffen wollte er durchaus; zudem lag ihm daran, dass Landorp nicht noch einmal zum Zug kam. Daher machte er sich auf und erkundigte sich in der Stadt nach einem Lautenmacher.

Er fand einen Laden und entdeckte darin zu seiner Freude eine alte, verkratzte aber immer noch wohlklingende Laute. Nach langem Feilschen wurde er sich einig mit dem Handwerker. Er verbarg seine Erwerbung unter dem Mantel und suchte eine Gaststube am anderen Ende der Stadt auf. Dort reinigte und spannte er das Instrument, bevor er darauf zu üben begann. Er hatte nichts verlernt, und als er spürte, dass seine Finger fast wieder so leicht und flink über die Saiten huschten, wie in seinen besten Tagen, beglich er seine Zeche und stapfte durch den fallenden Schnee zurück ins gastliche Haus am Stortorget.

Am Abend betrat er die gute Stube der Oxenstiernas im Parterre als Letzter. Zur Verblüffung aller Anwesenden trug er einen altmodischen aber eleganten Hut, verziert mit einer Pfauenfeder, und einen weiten Umhang. In der Armbeuge hielt er andächtig eine Laute, wie die fahrenden Sänger früherer Jahrhunderte.

Skeptisch sahen sich die Mitglieder der Familie Oxenstierna an, denn keiner von ihnen konnte sich vorstellen, was dieser kraftstrotzende für den Krieg lebende Mensch mit einem Musikinstrument anfangen wollte. Währenddessen stellte Störtebeker den rechten Fuß auf das Podest des Kamins und stützte mit dem Oberschenkel die Laute. Den hölzernen Rahmen fasste er mit der Rechten und zupfte mit Daumen und Zeigefinger der linken Hand die ersten Töne. Er summte einige Takte, bevor er eine kurze Weise sang. Es war ein lustiges Volkslied und die Anwesenden wippten den Takt mit Händen oder Füßen.

Störtebeker zupfte die Laute, als ob er nie etwas anderes getan hätte. Die Anwesenheit dieser Zuhörer, besonders einer Zuhörerin, spornte ihn zu lange nicht geübtem Können an, und bald traute er sich schwierigere Melodien zu. Daher wurden die Lieder ernster, sodass die Anwesenden nur noch still zuhörten. Als Zugabe wagte er sich an ein altes Minnelied des berühmten Meistersängers Wolfram von Eschenbach. Er spielte und sang tadellos, mit Inbrunst und Schmelz in der Stimme.

Nyenkerken sowie Gösta Oxenstierna saßen in ihren Lehnstühlen, sahen sich mehrmals erstaunt an und zogen anerkennende Gesichter. Sie genossen die Abwechslung.

Landorp zog die Augenbrauen hoch und lauschte aufmerksam. Zunächst war er erstaunt und bewunderte unwillkürlich den Recken; nachdem er jedoch aus den Augenwinkeln beobachtete, wie hingerissen die Damen waren, beneidete er ihm um diesen Auftritt und begann, sich zu ärgern. Sein Unmut wich jedoch, denn während der Abfolge weiterer Lieder breitete sich zu seinem Entsetzen wieder jenes Gefühl aus, welches er bereits im Goldenen Stier in Wismar empfunden hatte. Er verzerrte sein Gesicht und presste die Augen zusammen, sodass sich zwei steile Falten auf der Stirn bildeten.

Dieses Lied hatte er mehrmals vernommen, als er noch Gesandter am Hof von Kopenhagen gewesen war. Ein junger blonder Hüne hatte es der Königin vorgesungen. Derselbe Mann, der in der letzten Stunde seines Lebens auf dem Deck des Flaggschiffs der dänischen Flotte gelegen hatte. Die starken Arme und Beine waren stramm gefesselt gewesen, ein steinernes Gewicht hatte zwischen den nackten Füßen gehangen. Sechs kräftige Seeleute hatten seinen Körper aufgehoben, ein siebter den schweren Stein gehalten, und ihn samt Stein hochkant über Bord geworfen. Dabei war sein Entsetzen im Gesicht zu sehen gewesen, während er hastig Luft gepumpt hatte. Aber sein letzter Blick hatte dem an der Reling stehenden Admiral Tuve Christiansen gegolten und grenzenlosen Hass ausgedrückt, bevor die Wellen über ihm zusammengeschlagen waren und das Meer ihn verschlungen hatte.

Minutenlang hatte Landorp damals auf die Wellenberge gestarrt, während der sich drehende Wind das Schiff rasch zurückgetrieben hatte nach Skanör. Nichts war auf dem Wasser zu sehen gewesen, und daher konnte dieser Mann hier vor ihm nicht der Gleiche sein, obwohl es eindeutig seine Stimme zu sein schien. Es konnte nur eine täuschende Ähnlichkeit vorliegen. Nein, musste!

Katarina indessen hatte nur noch Augen für den scheinbar aus dem hohen Mittelalter entstiegenen Troubadour. Ihr Hände lagen über der Brust, die sich immer rascher hob und senkte.

Birgitta war genau so angetan von den Melodien, wie ihre Tochter, die sie aber zunächst argwöhnisch aus den Augenwinkeln beobachtete. Je ernster und anspruchsvoller die Lieder wurden, desto weiter fühlte sie sich in die Vergangenheit zurückversetzt, denn am Hof des Herzogs von Mecklenburg-Schwerin war viel musiziert worden.

Störtebeker besaß bereits die ungeteilte Aufmerksamkeit des Fräuleins, aber er wollte noch mehr. Deswegen summte er zum Abschluss ein Sonett, in welcher Petrarca seine immerwährende Liebe zu Laura besingt.

Katarinas Augen füllten sich mit Tränen und sie sah nur noch Schemen. Dennoch war sie sich der Gegenwart des Sängers bewusst und in Stimme, Blick und Haltung erkannte sie sein Begehren. Auf der Stelle hätte sie sich ihm hingegeben.

Birgitta Oxenstierna legte hastig die linken Finger auf den rechten Handrücken ihrer Tochter, aber nicht um sie abzuhalten, sondern um selbst Halt zu suchen. Sie konnte kaum noch ihre Tränen unterdrücken, denn diese Weise führte sie noch weiter in die Vergangenheit.

Im Winter von 1355 auf 1356 hatte sie sich in Nürnberg befunden, denn als blutjunges Fräulein Magnusdotter begleitete sie die beiden Mecklenburger Herzöge auf den deutschen Reichstag[44]. Dabei gewesen war auch ihr stattlicher Liebhaber vom Hohen Adel, den sie aber nur heimlich treffen durfte. Er war ihre und sie seine große Liebe gewesen und er hatte ihr den Aufenthalt in der winterlich kalten Reichsstadt so angenehm wie möglich gemacht. Er hatte so häufig in seinen Geldbeutel gegriffen, dass dieser bei der Heimreise nur noch schlaff am Gürtel gehangen hatte. Auch den großen italienischen Dichter und Sänger Petrarca hatte er mittels eines Haufens Goldmünzen in ihre geheime Absteige gelockt. Dort hatte der Poet ihnen einige Sonetten vorgetragen, die sämtlich von Laura und dessen Liebe zu ihr gehandelt hatten.

Im Frühling des Jahres 1356, wieder im Schloss zu Schwerin, hatte sie im Leib gespürt, dass sie guter Hoffnung war.

Bei diesem Gedanken hob Birgitta wieder die Lider und ihr Blick fiel auf Landorp. Er saß versunken im Stuhl, aber die Finger krallten sich in die Lehnen und auf seiner Stirn hatten sich zwei scharfe Falten gebildet. Er saß neben Katarina, sodass Birgitta beide im Profil sah. Wie ähnlich er ihrer Tochter war … ja … so müsste ihr Sohn heute aussehen – Erik. Erik!

Birgitta krallte sich an der Hand ihrer Tochter fest, sodass Katarina aus ihrer träumerischen Hingabe geweckt wurde. Sie konnte gerade noch aufspringen und den kraftlosen Leib ihrer Mutter fassen, ehe dieser zu Boden rutschte.

Landorp konnte die Musik und die Erinnerungen nicht mehr ertragen, weitete seine Augen, sprang hoch und verließ überstürzt das Zimmer.

5

Nach dem beeindruckenden Auftritt Störtebekers sah Johann Erik von Landorp seine Felle davonschwimmen, denn seine weitaus bedeutenderen Eigenschaften schienen Katarina unfassbarerweise nicht mehr zu imponieren.

Daher beschloss er, ihr seine wahre Identität zu offenbaren. Dazu würde er sich einen erhabenen Ort aussuchen. Dies würde sein Trumpf

44 Deutscher Reichstag – Reichstag des Heiligen Römischen Reiches. Siehe Anhang, Seite XI (589)

sein, denn einen Thron könnte sie wohl kaum ausschlagen. Er würde es tun, obwohl sein hochwohlgeborener Vater ihm allerstrengstens verboten hatte, jemals irgendeinem Menschen auf dieser Welt sein Geheimnis preiszugeben. Aber um dieses Fräulein zu erobern, war er bereit, eine Übertretung zu wagen. Zwar schlug sein Herz schneller, wenn er sie sah und er fühlte sich beschwingt in ihrer Nähe, stärker jedoch war sein Eroberungswille. Es drängte ihn, sie um jeden Preis zu bezwingen, auch damit niemand anders sie jemals besitzen würde. Nicht einmal an den Kaiser würde er sie abtreten! Gar zu gern hätte er sich sofort seiner Rivalen um ihre Gunst entledigt, wenn sein politischer Sinn nicht zur Besonnenheit gemahnt hätte. Noch brauchte er sie für seine Zwecke.

Landorp bereitete sich für seine Offenbarung, die unter vier Augen stattfinden sollte, gründlich vor. Zuerst suchte er Katarinas Beichtvater auf, der im Pfarrhaus neben der Sankt-Nikolai-Kirche wohnte. Er legte dem Priester einen ordentlichen Obolus auf den Tisch und erfuhr auf diese Weise die Beichtgewohnheiten des Fräuleins. Nachdem er wusste, wann Katarina ihre neuen Sünden bereuen würde, verdoppelte er seinen Obolus, um ihren Beichtvater davon abzuhalten, selbst zu dieser Zeit in der Kirche zu erscheinen.

Am betreffenden Tag wartete er im Haus der Oxenstiernas, bis er mitbekam, dass Katarina sich für den Kirchgang vorbereitete. Rasch zog er über die wärmenden Untersachen sein edelstes Wams, welches er in der Öffentlichkeit noch nie getragen hatte – auf der Brust prangte das eingestickte Wappen der Herzöge von Mecklenburg. Dann schnallte er sich seinen Waffengürtel um, stieg in den Mantel und eilte zur Sankt-Nikolai-Kirche. Dort setzte er sich in den Beichtstuhl des linken Kirchenschiffs und harrte der Ankunft der jungen Dame.

Katarina war bereits auf dem Weg von ihrem Elternhaus zur Sankt-Nikolai-Kirche. Sie wurde dabei kaum beachtet, denn das Volk war ihre Alleingänge gewohnt. Sie schritt zum Eingang auf der linken Seite, den die Beichtenden nehmen mussten, und zog das schwere Portal einen Spaltbreit auf, sodass sie sich ins dunkle Seitenschiff zwängen konnte. Geübt tat sie, als tauche sie die Finger ihrer Rechten bis ins Weihwasser des Beckens. Über der dünnen Eisfläche jedoch krümmte sie die Fingerspitzen in die Handfläche und bekreuzigte sich trocken, denn ihr schauderte vor den kalten Tropfen auf der Stirn.

Sie ging nur widerwillig zur Beichte, denn sie war der Ansicht, dass es wenig zu bereuen gab und einmal jährlich Buße tun schon viel zu viel sei. Aber ihre Eltern wollten, dass sie es monatlich tat, und bedrängten sie regelmäßig, bis sie nachgab.

Katarina ging zum Beichtstuhl, kniete auf der rechten Bank nieder, drückte ihren Rücken durch und machte mit ausgestreckten Fingern das große Kreuzzeichen. Sie hob den Kopf an das Beichtgitter, bis ihr Mund es fast berührte und begann auf Lateinisch. »Im Namen des Vaters und des Sohnes und des Heiligen Geistes. Amen.«

Landorp lächelte und lehnte sich erleichtert zurück. Er antwortete klar und deutlich auf Deutsch, denn sie sollte ihn an der Stimme erkennen. »Gott, der unser Herz erleuchtet, schenke dir wahre Erkenntnis deiner Sünden und Seiner Barmherzigkeit.«

»Am…, wie?« Katarina sprang wie eine gelöste Feder von der Kniebank hoch, rannte nach vorn und riss die Tür des Beichtstuhls auf. »Bürgermeister von Landorp! Ihr maßt Euch an, diesen Platz einzunehmen?«

»Ich erlaube mir das.« Landorp verzog keine Mine, sondern kreuzte die Arme vor der Brust. »Die weltliche Herrschaft geht vor.«

»Ihr glaubt wohl, schon als Ratsherr oder gar als Bürgermeister liegt Euch die Welt zu Füßen? Von wegen, dazu müsstet Ihr wenigstens ein Landesherr sein!«

»Ein Fürst sollte ich also sein,«, Landorp sprach überdeutlich und dehnte jedes Wort, »um Euch die Welt zu Füßen legen zu können.«

»Mir?«

»Ihr wollt Euch weder vom Ratmann noch vom Bürgermeister das Wasser reichen lassen. Wäre ich jedoch Herzog, würdet Ihr mir Eure Gunst gewähren.«

»Herzog?« Katarina hob die Brauen, dann lächelte sie spöttisch. »Kein Landesherr bemüht sich um ein Fräulein niederen Adels.«

»Und ob!« Landorp sprang auf, sodass Katarina einen Schritt zurückwich, und verließ den Beichtstuhl.

»Bitte sehr, Fräulein.« Elegant reichte er ihr die rechte Hand. »Begleitet mich zum Hauptaltar.«

Sie war immer noch ungehalten, aber höflich genug, um das Angebot in Anspruch zu nehmen. »Zum Altar?« Katarinas Ton wurde wieder schnippisch. »Ihr wollt mich wohl auf der Stelle ehelichen? Ihr gebt dermaßen an, als könntet Ihr unseren Herrgott dazu zwingen, uns in einer leeren Kirche zu trauen.«

Landorp wandte den Kopf ab, atmete tief ein und verdrehte seine Pupillen. Seinen aufkeimenden Zorn bezwang er, um nicht unüberlegt zu handeln. Aber er schwor bei seinen Ahnen, sie dafür zu bestrafen. Dazu musste er sie aber erst einmal in seinen persönlichen Besitz bringen. Dies konnte ihm nur mit einem imponierenden Auftritt gelingen.

»Ihr habt recht, der Dom zu Schwerin sollte bis zum letzten Platz gefüllt sein, wenn ich Euch in jener Basilika eheliche! Als meine Herzogin werdet Ihr teilhaben an meiner Macht, welche letztendlich alle Reiche des Baltischen Meeres einschließen wird. Für Mecklenburg werde ich die Kurwürde erringen. Selbst die Kaiserkrone des Heiligen Römischen Reiches wird für mich greifbar nahe sein, wenn ich Deutscher König geworden bin, und ...«

»Geht's nicht ein wenig geringer?« Katarina schöpfte nach Atem, zog ihre Augenbrauen hoch und sah besorgt ihren Begleiter von der Seite an. »Graf von und zu wäre nicht schlecht und schon viel mehr als ein Bürgermeister von Wismar.«

»Ach was!« Landorp machte mit seinem rechten Arm eine wegwerfende Bewegung. »Graf – das ist ein Titel für den Kleingeisteradel. Bürgermeister bin ich nur aus strategischen Gründen, weil ich auf diese Weise zurzeit am besten den hehren Zielen meines Hauses Mecklenburg dienen kann.«

Sie standen inmitten der dreischiffigen Kirche an der Brüstung vor dem Hochaltar. Landorp zog Katarina ein wenig zu sich und zeigte mit seiner Linken auf ein großes Heiligenstandbild auf einem wuchtigen Kapitell, welches den linken Bogen der Apsis abschloss. Die Figur schien noch nicht lange auf ihrem Podest zu stehen, denn die Farben wirkten frisch und das Blattgold glänzte wie gerade erst poliert.

Landorp reckte sich und stemmte die Linke in die Seite. Er blickte hochmütig, achtete aber darauf, seiner Stimme einen beiläufigen Ton zu geben. »Ihr wisst sicherlich, wer diese wunderbare Statue des Heiligen Nikolaus gestiftet hat.«

»Natürlich! König Albrecht I. von Schweden.«

»Er ist mein Vetter.«

Katarina stutzte. Sie öffnete den Mund, schwieg aber. Landorp ersehnte ihre nächsten Worte, während er in die gütig blickenden Augen des Heiligen Nikolaus starrte.

»Meine Mutter hat mir vieles über den Hofstaat in Schwerin erzählt. Wenn unser König also Euer Vetter wäre, Herr von Landorp, dann wären eure Väter Brüder. Albrecht II. von Mecklenburg-Schwerin war der Vater von unserem König.« Katarina nahm ihre Hand von Landorps Arm und stellte sich vor ihn hin, ihre Fäuste stützte sie in die Seiten. »Wollt Ihr etwa behaupten, Johann I. von Mecklenburg-Stargard sei Euer Vater?«

»Jawohl! Ich bin Erik von Mecklenburg-Stargard, der erstgeborene Sohn von Herzog Johann I.«

Katarina öffnete tonlos den Mund.

Landorp fühlte sich am Ziel, jedoch nicht lange.

»Herzog Johann hat keinen Sohn namens Erik.«

»Doch, hat er – mich!«

»Seine vier Söhne heißen Johann, Ulrich, Albrecht und Rudolf.«

»Diese Herren sind lediglich Ergebnisse der Staatsraison.«

Katarina sah ihr Gegenüber groß an. »Ihr sprecht, als wäre Kinderzeugen für einen Herzog ein Staatsakt?«

Landorp lächelte überlegen, kreuzte die Arme vor der Brust und sah über sie hinweg in unergründliche Ferne. »Es handelt sich um eine politisch herbeigeführte Ehe, deren Vollzug bar jeglichen Gefühls erfolgte. Adel verpflichtet.«

Katarina zuckte mit den Schultern. »Nirgends wird nach Gefühlen gefragt. Meine Schwestern fügten sich in Ehen, obwohl sie ihre Gemahle zuvor nicht kannten – wie üblich.«

»Genau wie Ihr, Fräulein.« Landorp lächelte spöttisch, denn er wusste die Antwort. »Denn Ihr werdet es ihnen gleich tun.«

»Ich werde den Teufel tun, Erik!« Katarina ballte die Fäuste und fauchte wie ein Luchs. »Eher gehe ich ins Kloster, als dass ich mir einen Mann aufzwingen lasse!«

Landorp konnte sich an ihrem Anblick nicht sattsehen und begehrte sie mehr denn je. In seinen Ohren hallte sein Vorname wider – sie hatte ihn tatsächlich Erik genannt. Es wurde Zeit für seinen Trumpf. »*Ich* jedoch kam aus dem Herzen meines Vaters, denn ich bin der Sohn seiner einzigen großen Liebe.«

»Aber leider nicht sein Nachfolger! Falls ich Euch richtig verstanden habe, scheint ja die Politik Vorrang zu haben. Oder?«

Landorp holte tief Luft und schwor sich, seine Zukünftige nach der Hochzeitsnacht erst einmal einzukerkern.

»Von wegen Johann II., Ulrich I. oder Albrecht I. *Ich* werde sein Nachfolger, *ich* als Erik I.! Johann vor allem darf keinesfalls auf den Thron folgen, weil er ein Kuckuckskind ist! *Ich* bin sein ältester Sohn, daher von Rechts wegen auch sein Nach…«

»Ein Bastard, Ihr seid Johanns I. Bastard! Aber wenn er Euch anerkannt hat, geltet Ihr als legitimer Sohn!« Katarina war auf einmal Feuer und Flamme.

Landorp holte tief Luft und senkte die Lider. Er antwortete langsam, der Ton seiner Stimme wurde klagender. »Mein Vater wollte mich sofort anerkennen, aber er durfte nicht. Sein Bruder, Herzog Albrecht II. von Mecklenburg-Schwerin, verbot es ihm, weil er eine erneute Heirat meines Vaters besiegelte, schon vor meiner Geburt.«

»Adel verpflichtet«, bestätigte Katarina lakonisch, jedoch schwang ein wenig Mitgefühl in ihrer Stimme mit.

»Darum hielt das Haus Mecklenburg meine Existenz geheim. Aber mein Vater holte mich als Jüngling auf seine Burg Stargard. Seitdem erfreue ich mich seiner stets wachsenden Gunst, denn ich werde nach meiner erfolgreichen Rückkehr zum Admiral Mecklenburgs ernannt!«

»Admiral?« Katarina freute sich sichtlich mit Landorp. »Ihr scheint wirklich einen Platz in seinem Herzen zu haben. Vielleicht erkennt er Euch doch noch an?«

»Er *muss* es endlich tun, zum Teufel nochmal! Schließlich ist sein Bruder Albrecht schon über zehn Jahre tot. Es wird Zeit, dass er sich von seinem Eid löst.«

»Oh!« Katarina schaute bedenklich drein. »Er hat geschworen?«

»Na und?« Landorp machte wieder eine wegwerfende Bewegung. »Haltet Ihr etwa Euch stets an alle Regeln, Versprechungen oder Eide?«

Katarina schüttelte ihren hübschen Kopf und verzog den Mund zu einem schelmischen Lächeln.

»Na also!« Landorp hielt sich kerzengerade und hob drei Finger. »Ich gelobe Euch, Fräulein Oxenstierna, dass ich bald Herzog von Mecklenburg-Stargard sein und um Eure Hand anhalten werde!«

Etwas an Landorp reizte Katarina. War es eine körperliche oder eine charakterliche Ähnlichkeit oder beides? Jedenfalls verleitete seine Aufschneiderei sie dazu, wider den Stachel zu löcken und ebenfalls hochzustapeln. Hatte sie zuvor noch den Eindruck erweckt, mit einem waschechten Grafen zufrieden zu sein, hatte sie nun durchaus nichts gegen einen Herzog.

Katarina sprach feierlich: »Ich gelobe, Herzog Erik I. von Mecklenburg-Stargard als meinen Gemahl anzunehmen und ihm zu folgen!« Sie achtete darauf, dass kein ironischer Unterton mitschwang.

Landorp hätte ohnehin keinen herausgehört, dermaßen rauschten ihm die Ohren. Am liebsten hätte er sich in den Himmel geschwungen und wäre zur Burg Stargard geflogen, um sofort die Nachfolge als Herzog von seinem Vater einzufordern.

»Ich *werde* als Herzog zurückkehren! Ich werde für das Haus Mecklenburg den Thron Dänemarks in Anspruch nehmen, sowie die Kronen Schwedens und Norwegens. Außerdem werde ich die Kurwürde erwerben und womöglich Deutscher König, letztendlich Kaiser werden und …«

»Geht das schon wieder los?«

Landorp biss sich in die Unterlippe und beschloss, seine Zukünftige nach der Hochzeitsnacht nicht nur einzukerkern, sondern ihr auch ein Dutzend Peitschenhiebe zu verpassen – auf ihren nackten verlängerten Rücken.

Anmerken ließ er sich seinen Zorn nicht. »Das Schloss zu Schwerin wird Euer Domizil, der Hofstaat steht Euch zu Diensten, ein ganzes Volk liegt zu Euren Füßen und ...«

Ein Knacken hallte durch das Mittelschiff. Jemand hatte auf die Klinke des Hauptportals gedrückt und schob den rechten Türflügel halb nach innen.

Katarina schrak auf und wandte sich um. »Das sind bestimmt der Kapitän und der Hauptmann!« Sie berührte ihre Schläfe und sah verlegen Landorp an. »Ich wollte euch allen nach der Beichte die Kirche zeigen, vor allem die Krypta. Euch traf ich allerdings nicht an, um Euch einzuladen. Ihr eiltet zu sehr, Eure Sünden zu beichten.«

Drei Dutzend!, nahm sich Landorp vor, ohne eine Miene zu verziehen und verbeugte sich übertrieben höflich vor der widerborstigen Dame seines Herzens.

Katarina sah den Ankömmlingen erfreut entgegen und rief trotz sakraler Umgebung schon von Weitem: »Bürgermeister von Landorp ist soeben eingetroffen. Ich fand ihn noch rechtzeitig, um ihn auch einzuladen.«

Immerhin wahrt sie mein Gesicht! Landorp atmete erleichtert aus. Er verringerte das Soll seiner künftigen Herzogin. *Ein Dutzend weniger!*

6

Klaus Störtebeker sah unschlüssig das imposante Portal an, denn er hatte jahrelang keine Kirche betreten. Er war sicher, zu viele Schnitte auf seinem Kerbholz zu haben.

»Was hast du?« Nyenkerken drückte die Klinke und blickte über die Schulter. »Traust du dich etwa nicht rein ohne Beichte?«

»Ach was.« Störtebeker grinste verlegen, denn er fühlte sich ertappt. »Ich schau mir nur in aller Ruhe das schöne Portal an.«

Kaum zu glauben, dass so ein Haudrauf noch Skrupel hat!, dachte Nyenkerken. Aber in seinen Augen machte dies seinen neuen Freund nur noch einnehmender.

»Mach dir bloß nicht zu viele Gedanken!« Nyenkerken schob den rechten Türflügel gerade so weit auf, dass sie hineinschlüpfen konnten. »Komm einfach mit rein.«

Störtebeker schlüpfte hinter dem Kapitän herein und blieb stehen, um sich an das wenige Licht in der Ehrfurcht gebietenden Halle zu gewöhnen. Er starrte in den Raum und zwinkerte mehrmals. Dann schritt er zu dem Weihwasserbecken direkt neben der Tür, beugte sich langsam über den ausgehöhlten Stein und blickte auf die milchig trübe

Eisschicht. Er senkte den Kopf noch tiefer und roch einen Hauch von Weihrauch, welcher trotz der Kälte dem Gefäß entstieg.

Störtebeker hielt Zwiesprache mit sich selbst.

Schließlich hob er die Linke und drückte Zeige- und Mittelfinger behutsam durch die feine Eisschicht. Als er zwischen den Splittern das Wasser spürte, zog er sogleich die Hand zurück und führte sie langsam zur Stirn, die er mit beiden Fingern berührte. Zwei große Tropfen lösten sich und rannen durch die Stirnfalten auf den Nasenrücken zu. Störtebeker senkte seine Hand bis zur Herzgrube, wo er die Berührung nur andeutete, und beugte den Arm noch zur rechten sowie zur linken Schulter.

Nyenkerken schloss die Tür und beobachtete den Hauptmann. Ihm fiel auf, dass Störtebeker das Kreuzzeichen mit der falschen Hand, verkehrt herum und dazu nur mit zwei Fingern wie vor Jahrhunderten geschlagen hatte. Nyenkerken machte rasch ein Kreuz, ohne sich mit Weihwasser zu benetzen, denn sein Glaube wankte wegen seines persönlichen Leids.

Störtebeker blickte auf und ging schweigend den Hauptgang entlang. Er setzte die Füße so sacht auf, wie es ihm möglich war, und legte den Kopf in den Nacken. Er sah hoch zur Wölbung des mittleren Kirchenschiffes. Sein Blick streifte beim Gehen am Giebel entlang nach vorn, glitt am Apsisbogen nieder, sank über den Hochaltar und verharrte bei dem Paar, das vor der Brüstung des Altarraums stand.

Nyenkerken folgte dem Hauptmann durch das Mittelschiff bis zur Vierung unter der Katarina und Landorp sie erwarteten. Die beiden hatten sich gesammelt und blickten ihnen unbefangen entgegen.

»Wie schön, dass ich Euch endlich unseren erhabenen Dom zeigen kann«, empfing Katarina sie.

»Dom?« Nyenkerken ritt der Teufel. »Naja. Ihr solltet einmal in den Süden reisen. Schon in Hamburg werdet Ihr ...«

Katarina ließ sich nicht beirren. »Hier im Norden ist es viel schwerer, solche großen Kirchen zu errichten. Darum ist dieses Gotteshaus aller Ehren wert. Der Dom wurde erst vor einigen Jahren vollendet; dabei haben die größten Baumeister des Nordens ihr Bestes getan. Schaut euch nur den Stil an! Er ist schlanker und erhabener als diese rundlichen Bauten von früher ...«

»Spitzbogenstil[45] ist das. Das ist doch nichts Neues«, lästerte Nyenkerken. »Kirchen dieses Stils gibt es im Süden schon seit Jahrhunderten und ...«

45 Spitzbogenstil, der – erst später, seit der Renaissance-Zeit nennt man diesen Stil ›Gotik‹. Siehe Anhang, Seite XII (590).

»... hier eben erst etwas später.« Katarina sah den Kapitän streng an, um ihm ihren Ärger zu zeigen. »Im Norden kommt eben alles mit Verzögerung an.«

»Ja, das Eis hält hier alles auf«, versuchte Störtebeker einen Scherz. Ein strafender Blick von Katarina traf ihn, sodass er es für ratsam hielt, es bei dieser einen Blödelei zu belassen. Hastig fügte er an: »Die Bilder in den hohen Fenstern sind wunderschön. Was stellen sie dar?«

»Herrliche Farben, nicht wahr?« Katarina strahlte vor Stolz. »Die bunten Glasstücke stammen aus Straßburg und wurden von den Meistern dieser Stadt persönlich eingesetzt. Sie haben dafür viel Gold mit in ihre Heimat nehmen können.«

»Die Elsässer haben Großartiges geleistet!«, zollte Landorp Anerkennung, schon Katarinas wegen. Einen Vergleich mit dem Dom in Schwerin unterließ er deswegen lieber. Für ihn war dieser nämlich unübertrefflich, ein Glanzstück seiner künftigen Residenzstadt.

»Die Motive?«, kam Störtebeker auf den Punkt.

»Was? Ach so. Die Fensterbilder zur Linken stellen die sieben Todsünden dar und zur Rechten ...«

»Sieben Todsünden! So viele gibt's?«, höhnte Nyenkerken und blickte spöttisch. »Da kann man ihnen ja kaum entrinnen.«

Katarina blickte ihn verblüfft an. Von ihm erwartete sie solche Bemerkungen nicht, eher von Landorp oder Störtebeker. Sie ging nicht auf den Einwand des Kapitäns ein, sondern sah den scheinbar wissbegierigen Störtebeker an und zählte auf. »Hochmut, Geiz, Wollust, Zorn, Völlerei, Neid und Faulheit[46]!«

»Hmmm, hmmm«, brummte Störtebeker. Nyenkerken grinste. Störtebeker lächelte und zwinkerte dem Kapitän zu, dann sah er Katarina groß an. »Wertes Fräulein. Warum seht Ihr mir beim Aufsagen so tief in die Augen? Wollt Ihr in ihnen lesen, wie oft ich gegen diese Gebote verstoßen habe?«

Katarina bekam einen roten Kopf, drehte sich hastig zur Seite und zeigte auf eine eindrucksvolle Darstellung im ersten Fenster auf der rechten Seite des Kirchenschiffs. »Dieses Bild stellt die apokalyptischen Reiter dar. Sie verkörpern die Pest, den Krieg, die Hungersnot und den Tod. Im nächsten Fenster symbolisiert sind Ritter, Tod und Teufel. Dahinter ist ...«

»Ritter? Das ist unser braver Kapitän!«, spöttelte Landorp. »Tod? Das bin ich, denn ich habe sieben auf einen Streich erlegt. Teufel? Der passt zwar nicht zu unserem Hauptmann, aber wer weiß denn schon,

46 Die sieben Todsünden – auf Lateinisch: Superbia, Avaritia, Luxuria, Ira, Gula, Invidia und Acedia.

wie viele arme Teufel er schon über die Klinge springenlassen hat?«

Störtebeker fuhr zornig herum. »Ich bin der Ritter, wahr und wahrhaftig! Euch stehen Tod und Teufel viel besser, Herr von Landorp!«

Landorps rechte Hand schnellte zur linken Hüfte und seine Finger schlangen sich um den Griff seiner Waffe. Bevor er jedoch das Schwert ziehen konnte, packte Katarina seinen Handrücken und drückte fest. »Herrschaften, wir sind in einer Kirche!«

»Auf einmal so brav, mein Fräulein?« Landorp beruhigte sich sofort und lockerte seinen Griff, denn Katarinas kraftvolle Berührung verfehlte ihre Wirkung nicht. Den Spott in seinem Ton verkniff er sich aber nicht. »Ihr seid doch sonst nicht so zimperlich! Wenn ich mich nicht irre, haben wir bisher ein halbes Dutzend Mal – Ihr auch! – den Teufel erwähnt, Gott aber nicht ein einziges Mal.«

»Mag sein, aber dann waren wir unachtsam.« Katarina ließ vorsichtig von Landorps Hand. »Im Haus des Herrn gehört sich Ehrfurcht.«

»Es ist zurzeit gar nicht so leicht, die rechte Ehrfurcht vor der Kirche zu haben,« wandte Nyenkerken ein.

»Wie meint Ihr das?« Katarina sah ihn erstaunt an.

»Zwei Päpste nehmen für sich in Anspruch, das rechte Oberhaupt der Kirche zu sein.«

»Das stimmt leider.«

»Es gibt nur einen wahren Papst!«, warf Landorp ein. »Den Römischen, der rechtmäßig gewählt wurde und …«

»Die *gleichen* Kardinäle haben statt ihm einen anderen erwählt, welcher jetzt in Avignon residieren muss, weil ihm der Zugang nach Rom verwehrt wird.« Nyenkerken sagte dies bedächtig und ohne Eifer.

Landorp jedoch fuhr auf. »Das Heilige Römische Reich sowie sämtliche nordischen Länder erkennen mit Recht nur Bonifatius IX. in Rom an. Er ist der Papst!«

»Hört bloß auf damit! Das ist kein Schisma[47], sondern ein Schissma!«, polterte Störtebeker dazwischen. Ihm waren die Päpste egal, darum wollte er die Auseinandersetzung beenden.

»Die gleichen Kardinäle, die Urban VI. wählten, setzten ihn ab, als sie erkannten, dass sie einen Wahnsinnigen erkoren hatten, und wählten Clemens VII.« Nyenkerken blieb ruhig, aber sein Ton wurde bestimmter. »Die Päpste von Avignon sind daher rechtmäßig und …«

»Nein, nein, und nochmals nein!« Landorp schüttelte heftig den Kopf und verschränkte die Arme vor der Brust, um nicht seiner Regung nachzugeben, nach der Waffe zu greifen. »Nur Rom gilt! Nur der Bischof von Rom kann auch der Papst sein und ...«

47 Großes Abendländisches Schisma – siehe Anhang, Seite XIII (591).

»Ein solch grausamer und irrer Mensch, wie Urban es war, kann doch nicht im Ernst das Oberhaupt der Christenheit sein, Herr von Landorp!«

»Schluss jetzt!« Katarina stemmte die Hände in die Hüften. »Bitte, meine Herrschaften! Wir sind doch nicht in die Kirche gegangen, um zu streiten.«

»Das stimmt. Besinnen wir uns, gehen wir in uns, denn das Leben ist kurz. Bitten wir um Gnade und halten wir uns von den Todsünden fern«, sagte Störtebeker, mit dem Gesicht zum Altar gewandt, danach sprach er Katarina an. »Fräulein Oxenstierna, Ihr wolltet uns noch die Krypta zeigen.«

»Ja.« Katarina blickte Störtebeker erleichtert an und winkte den drei Herren, ihr zu folgen.

»Bitte sehr.« Sie stand vor dem offenen Einstieg in den Keller und wies ihren stürmischen Werbern mit dem rechten Arm den richtigen Weg in den Untergrund.

7

Es wurde Frühling und die Südwinde schmolzen den Eispanzer zwischen den Schären. Die Mecklenburger machten die Schiffe ihrer kleinen Flotte klar, um sich auf den Rückweg durchs Baltische Meer zu begeben.

Der Abschied von der Familie Oxenstierna fiel kurz und förmlich aus. Landorp jedoch schied mit der Gewissheit, seine Zukünftige bald an Bord des größten Schiffes, welches je dieses Meer befahren hatte, nach Schwerin zu überführen. Er versuchte, einen Blick des Einverständnisses in Katarinas Augen zu erhaschen. Sie jedoch war ungewöhnlich zurückhaltend, sehr niedergeschlagen und sah keinem der drei Männer in die Augen.

Nyenkerken schied mit Wehmut, obwohl er wenig Hoffnung hatte, dass Katarina einmal an seiner Seite leben würde. Allerdings hatte ihr Vater am Abend zuvor den Hamburger Kapitän beiseite genommen und ihn in seinem Werben bestärkt. Er solle möglichst bald wiederkehren und die gute Nachricht des Beitritts mitbringen, denn der Rat Stockholms sei nach wie vor für eine Mitgliedschaft in der Hanse. Dann könne er Katarina gleich mit in die Heimat nehmen, weil keiner der beiden anderen sein Werben stören und sie sich ganz bestimmt für ihn entscheiden würde, obwohl er nicht von Adel sei. Wegen des ›gutgemeinten Klapses‹, den Gösta Oxenstierna seinem erhofften Schwiegersohn danach versetzt hatte, schmerzte Nyenkerken die linke Schulterpartie noch am nächsten Tag.

Störtebeker fiel es leichter, denn er hatte sich längst seinem Schicksal ergeben. Nur mit Katarinas Mutter haderte er im Stillen, denn Birgitta Oxenstierna hatte nach seinem ersten Auftritt als Troubadour ihr Bett hochtragen lassen in Katarinas Kammer. Jede Nacht hatte sie es ächzend – ihre Tochter half ihr nicht – quer vor die Tür geschoben und darin mehr gewacht als geschlafen.

Für Katarina stand fest: Einer von den dreien musste es sein oder sie ging ins Kloster, um Äbtissin zu werden! Aber welchen sollte sie auserwählen? Ihr Leib verlangte nach dem starken Störtebeker, ihr Gefühle gehörten dem gutmütigen Nyenkerken und ihr Kopf listete die Vorzüge eines fürstlichen Lebens an der Seite Landorps auf. Außerdem hatte sie ihm leichtsinnig die Hand versprochen, falls er tatsächlich als Herzog um sie werben würde. Darum konnte sie sich nicht zu einer Entscheidung durchringen.

Hennig Wichmann freute sich wie alle anderen Männer an Bord, dem langen Winter endlich entrinnen zu können. Er genoss die Ausfahrt aus dem Hafen.

In Höhe der Fjädarholmarna stießen sie auf Hunderte aufgedunsener Leichen, die zwischen den Eisschollen umhertrieben. Die toten Dänen wurden von den Bordwänden der Schiffe beiseitegeschoben, während der Rote Teufel zuerst vor der Insel beidrehte, damit die Bombarden wieder an Deck gehievt werden konnten.

»Holt die Leichen aus dem Wasser und bestattet sie auf der Insel!«

Die Männer glaubten, sich verhört zu haben, aber Störtebeker meinte es ernst und packte als Erster zu. Sie zerschlugen die Schanze, trugen das Holz auf eine freie Fläche und entfachten ein riesiges Feuer. Nach mehreren Stunden räumten sie die Asche über der aufgetauten Erde beiseite und hoben eine tiefe Grube aus, die über ein Dutzend Ellen im Geviert maß. Mehr als zweihundertfünfzig Tote wurden zur letzten Ruhe gebettet.

Etwas abseits hackte der Hässliche Piet ein Grab für den Schönen Jan. Er hatte seinen Zwillingsbruder selbst entdeckt und ein eigenes kleines Feuer brennen lassen, um den Boden tiefer aufzuweichen.

Erst gegen Mittag des nächsten Tages verließ die kleine Flotte den Schärengarten und nahm Kurs Südsüdost Richtung Heimat. Die Rückreise verlief zügig und ohne Zwischenfälle.

Katarinas Eltern fürchteten, ihre Tochter nun niemals mehr unter die Haube zu bringen. Sie gaben sich gegenseitig die Schuld und gerieten sich ein ums andere Mal in die Hörner.

Gösta Oxenstierna sprach seinem heiß geliebten Schwedentrunk – hauptsächlich Branntwein – noch mehr zu als üblich. Wenn er die

Nase richtig voll hatte – also jeden Abend –, schimpfte er los: «Dieser Dickkopf. Verdammt noch mal! Dann soll sie doch, jawohl, soll sie doch alle drei Kerle auf einmal heiraten.«

Es folgte eine brüllende Aufzählung der entsetzlichsten und gotteslästerlichen Flüche, währenddessen er mit krachenden Faustschlägen die Tischkanten krumm hieb, bis Katarina es nicht mehr ertrug, ihr Geheimnis für sich zu behalten.

»Papa, Mama. Ich *habe* mich doch entschieden und muss nur noch abwarten, bis Erik von Landorp Herzog geworden ist. Er hat mir geschworen, danach um meine Hand anzuhalten. Er ist nämlich der Bastard des Herzogs Johann I. von Mecklenburg-Stargard und …«

»Na aaalsooo!«, grölte Oxenstierna und wollte seiner Frau begeistert auf den Rücken klopfen. Der Schwung ging jedoch ins Leere, denn Birgitta rutschte ohnmächtig vom Stuhl.

Katarina rannte herum wie ein fliehendes Huhn. Ihr Vater jedoch ließ sich behände zu Boden sinken und gab seiner Frau ein paar herzhafte Klapse auf ihre blassen sonst pfirsichfarbenen Wangen. Birgitta kam wieder zu sich, lächelte Gösta dankbar an und ließ sich von ihm wieder auf den Stuhl helfen.

Nachdem sie sich gefasst hatte, nahm sie ihre Tochter an die Hand und blickte ihr innig in die Augen. »Katarina, sei so lieb und gehe in deine Kammer. Ich muss deinem Vater etwas Wichtiges sagen. Bitte tu mir einmal den Gefallen und lausche nicht.«

»Ja, Mama.« Katarina war noch so erschrocken, dass sie wirklich sofort gehorchte und eilig nach oben ging.

Gösta Oxenstierna schaute höchst verwundert seiner Tochter hinterher und wünschte sich sehnlichst, dass sie wenigstens einmal so auf ihn hören würde. Er faltete die großen Hände über dem festen Bauch und lächelte seine bildhübsche Frau an, so verliebt wie am ersten Tag. »Was gibt es denn, mein schönes Ren?«

»Gösta. Du musst jetzt ganz tapfer sein.«

Oxenstiernas Mund und Augen rundeten sich vor Verwunderung. »Warum denn das?«

»Als mich heiratetest, wusstest du, dass ich keine Jungfrau mehr bin und …«

»Ja, ja, mein schönes Ren.« Oxenstiernas Gesicht verzog sich zu einem nachsichtigen Lächeln. »Das wusste ich, bevor ich dich heiratete. Aber ich liebe dich aus ganzem Herzen, vom ersten Anblick an bis heute.«

»Außerdem wurdest du dafür zum Edelmann erhoben, zum Ratsherrn gewählt und schließlich vom König sogar zum Bürgermeister berufen.« Birgitta schaute ihrem Mann etwas schalkhaft in die Augen, dann jedoch lächelte sie dankbar. »Ich habe dich auch sehr lieb, aber trotzdem muss ich dir nun eine unliebsame Überraschung bereiten.«

Oxenstierna blickte sie verständnislos an, aber in seinem Magen spürte er schon, dass ihm flau wurde.

»Ich war die Geliebte des Herzogs Johann I. von Mecklenburg-Stargard. Das weißt du, aber nicht, dass ich ihm einen Sohn gebar, den er Erik nannte. Herzog Johann durfte sich nicht zu ihm bekennen, denn sein älterer Bruder Albrecht verbot es ihm. Das Kind wurde in Obhut gegeben. Wer es aufzog, habe ich nie erfahren. Doch nun weiß ich es: Erik von Landorp ist mein Sohn! Er ist Katarinas Halbbruder.«

Gösta Oxenstierna sperrte den Mund auf und starrte seine Frau an. Ihm wurde schwindelig, sodass er heftig nach Luft schnappte. Seine Hände griffen ins Leere, sein Körper rutschte vom Stuhl und fiel der Länge nach auf den Dielenboden. Dort blieb er liegen und streckte alle viere von sich.

Vierter Teil

Pflichten

Frühjahr 1391

1

Die Höhenburg Stargard thronte in tiefster Dunkelheit über der gleichnamigen Stadt. Nicht einmal ihre Silhouette zeichnete sich gegen den Nachthimmel ab, denn es war Neumond.

Drei Stunden nach Mitternacht hatte Prinz Johann noch kein Auge zugetan. Er lauschte auf den Atem seiner Frau Willeida – sie schlief tief und fest. Trotzdem bewegte sie ihre rechte Hand und schob sie unter die Decke, in welche ihr gemeinsamer einundeinhalbjähriger Sohn Johann eingewickelt war und selig schlummerte.

Prinz Johann wartete noch einige Atemzüge, dann wälzte er sich vorsichtig aus seinem warmen Bett und kleidete sich langsam an. Er öffnete behutsam seine Truhe und holte das Gepäck hervor: eine lederne Tasche, die er sich auf den Rücken band sowie einen leinenen Sack, den er am Gürtel befestigte. Zuletzt entnahm er einen schwarzen Umhang, legte ihn um die Schultern und zog dessen Kapuze bis tief ins Gesicht. So leise wie möglich verließ er das Schlafgemach und tastete sich entlang der Backsteinwände durch die Gänge im ersten Stock des in Form eines leichten Bogens gebauten Haupthauses. Der Thronfolger stieg auf einer steinernen Nebentreppe einen Stock höher, um zu den Gemächern seines Vaters, des Herzogs, zu schleichen.

Herzog Johann I. von Mecklenburg-Stargard war häufig abwesend, denn er residierte häufig in Schwerin. Dort erledigte er die Regierungsgeschäfte für seinen Neffen, den gefangenen König Albrecht I. von Schweden, welcher zugleich Herzog Albrecht III. von Mecklenburg-Schwerin war.

Die Regentschaft hatte eigentlich Herzog Johann IV. inne, der Enkel von Albrecht II. dem Großen, Johanns verstorbenem Bruder. Herzog Johann I. jedoch war der Überzeugung, dass er seinem jungen und unerfahrenen Großneffen im Schweriner Schloss beim Regieren zur Seite stehen sollte.

Prinz Johann blieb währenddessen stets auf Burg Stargard, um das Herzogtum an seines Vaters statt zu verwalten. Herzog Johann benutzte dies aber nur als Vorwand, denn er wollte nicht, dass der Thronfolger ihn nach Schwerin begleitete. Aber dessen jüngere Brüder Ulrich oder Albrecht duften gelegentlich ins benachbarte Herzogtum mitkommen.

Herzog Johann hielt seinen offiziellen Nachfolger keineswegs für fähig, einst das Herzogtum Mecklenburg-Stargard zu regieren. Er machte auch keinen Hehl daraus, dass er seinen ältesten legitimen Sohn, Prinz Johann, nicht im Geringsten mochte.

Selbst zu seinen anderen Kindern hatte er ein unterkühltes Verhältnis, weil sie nicht die Früchte der Liebe, sondern Erzeugnisse einer Pflichtheirat waren. Er kümmerte sich nicht um sie, sondern ließ sie von ihrer Mutter sowie ihren Bediensteten großziehen. Seine Kinder waren für ihn lediglich die Pfänder seiner Bündnispolitik, die er beim Aushandeln der strategischen Ehepakte einsetzte.

Johann I. hatte für seinen nachgeborenen Sohn Rudolf die Laufbahn des hohen Klerus vorgesehen und dafür gesorgt, dass dieser 1386 als Bischof von Skara in Schweden eingesetzt wurde. Jene Söhne des hohen Adels, welche mit geistlichen Ämtern versorgt wurden, nannte man die ›Junker Gottes‹ und ihre Pfründe die ›Spitäler des Adels‹. Dieses Amt in Schweden jedoch war für Rudolf nur der Anfang gewesen. Nun war er als Achtundzwanzigjähriger zum Bischof Rudolf III. von Schwerin geweiht worden.

Aus diesem Grund weilte die gesamte Familie in Schwerin, außer Prinz Johann, denn das Herzogtum sollte nicht ohne Aufsicht bleiben. Das war der übliche Vorwand, denn der Herzog wollte seinen ältesten Sohn wie üblich nicht an seiner Seite haben. Der Thronfolger hatte diese Begründung schon häufig vernommen und sich stets im Stillen darüber erzürnt. Dieses Mal jedoch kam es ihm gelegen, um ungestört im Fürstenzimmer seines Vaters nachzuforschen.

Er suchte Klarheit über seine Herkunft, denn der Vater ging mit ihm abweisender um als mit den jüngeren Geschwistern. Seine Mutter jedoch ließ ihn ihre Herzenswärme verspüren, mehr als ihren jüngeren Söhnen und der Tochter gegenüber. Wenn Prinz Johann bohrende Fragen nach den Gründen gestellt hatte, war die Herzogin jedoch stets zusammengezuckt und hatte ihn händeringend angeschwiegen. Aber er hatte nicht locker gelassen bei seinen Versuchen, endlich Antworten auf seine Fragen zu bekommen, bis sie unter seinem Drängen zusammengebrochen war. Seitdem hatte er davon abgelassen, denn seine Mutter war der einzige Mensch, gegenüber dem er Gefühle hegte.

Seinen Vater hatte er nur ein einziges Mal auf seine Zweifel an der Herkunft angesprochen. Der Herzog jedoch hatte schroff abgewinkt, ihm mit dem Finger gedroht und mit vom Zorn fast erstickter Stimme gesprochen: »Nie wieder, Prinz Johann! Niemals wieder, sonst habt *Ihr* die Folgen zu tragen!«

Prinz Johann war sicher, dass im Haus Stargard etwas faul war.

Gestärkt wurde sein Verdacht durch das herzliche Verhältnis seines Vaters zu dem Höfling Erik von Landorp aus Wismar. Ihn hatte der Herzog vor Jahren auf die Burg berufen und kurze Zeit darauf als Gesandten nach Dänemark geschickt, später zum Bürgermeister von Wismar ernannt. Demnächst wollte er ihn zum Admiral der Flotte Mecklenburgs ernennen.

Diesem Ehrgeizling vertraute der Herzog blindlings, ihm, dem Thronfolger, jedoch überhaupt nicht. Folglich musste der Mann mehr sein als lediglich ein Günstling. Deswegen vermutete der Prinz, die Gerüchte könnten wahr sein, dass Erik ein Bastard des Herzogs sei.

Er musste endlich handeln.

Als Prinz Johann den Treppenabsatz des zweiten Stocks erreichte, verharrte er angespannt, denn neben ihm saß ein Wachmann. Aber er schnarchte in seinem Kabäuschen, statt pflichtbewusst ins Dunkle zu horchen. Aus der Nische wehte nach jedem Atemstoß ein unsichtbares Wölkchen, aus dem Johann den Branntwein herausroch. Er lächelte zufrieden, denn er hatte vorgesorgt und die Bischofsweihe seines Bruders als Grund vorgeschoben, um ein Burgfest zu veranstalten. Nebenbei hatte er veranlasst, sämtliche Posten mit Hochprozentigem zu versorgen, damit sie ihr Inneres aufwärmen könnten. Trotzdem achtete der Prinz darauf, weiterhin kein Geräusch zu verursachen.

Johann bog in den Gang ein. Die rechte Wand fasste die Fenster zum Hof ein, gegenüber befanden sich die Türen. Er tastete sich entlang der linken Wand, um das Studierzimmer des Herzogs zu erreichen. Er berührte mit der rechten Handspitze den hölzernen Rahmen der ersten Tür, dann schlich er weiter und passierte die zweite und dritte Tür. Als die Fingerspitzen an die Einfassung der vierten Tür stießen, begann sein Herz, rascher zu schlagen.

Hinter diesem Portal befand sich der Lebensmittelpunkt seines Vaters. Dort empfing er Berater und Gesandte, traf seine Entscheidungen, schrieb Briefe und besiegelte Dokumente. Vor allem schloss der Herzog seine Urkunden in diesem Zimmer ein: zahlreiche Schriftrollen oder Briefe mit Verträgen, geheimen Absprachen sowie vertraulicher Post mit anderen souveränen Herrschaften.

Johanns Finger glitten eine Handspanne weit über den mit Schnitzereien verzierten Balken. Sie bogen um die Kante, rutschten eine Spanne tiefer und stießen auf die schwere Bohlentür. Auf dem Blatt tastete er sich mit beiden Handflächen bis zum Türgriff, befühlte ihn und suchte das Schlüsselloch. Er drückte den linken Zeigefinger in die Auskerbung, hob die Rechte zum Hals und erfasste ein ledernes

Band. An ihm hing ein langer schmiedeeiserner Schlüssel mit einem ungewöhnlich geformten Bart. Johann sandte ein Stoßgebet, das er ins massive Schloss passte.

2

Herzog Johann hatte nur zwei Schlüssel zu dieser Tür anfertigen lassen: Einen trug er ständig bei sich und der zweite lag im Geheimfach seines Arbeitstisches im Schloss zu Schwerin. Prinz Johann war darauf angewiesen, mit einem passenden Schlüssel aufzuschließen, da sein Eindringen nicht bemerkt werden durfte. Ein Dietrich kam nicht infrage wegen der Geräusche und Kratzer beim Ausprobieren. Außerdem versprach dessen Einsatz keinen Erfolg, weil das Schloss einzigartig konstruiert worden war.

Prinz Johann hatte sich auf die mühsame Suche nach jenem Schlosser gemacht, welcher Jahrzehnte zuvor diesen besonders sicheren Verschluss hergestellt hatte. In einer heruntergekommenen Schmiede war er fündig geworden. Der Meister lebte längst nicht mehr, und die bettlägerige Witwe, die dem Tod nahe war, wusste von nichts. Aber sie schickte ihn nach hinten in die Werkstatt zu einem alten Gesellen, welcher mehr schlecht als recht vor sich herumwerkelte, um sich und die Alte zu versorgen. Der einfache Mann sank auf die Knie, als er sich zu erkennen gab, und versuchte, den Saum des schwarzen Mantels zu küssen. Prinz Johann jedoch war einen Schritt zurückgewichen, denn der Alte war verdreckt wie auch die ganze Werkstatt, in welcher seit dem Tod des Meisters keine ordnende Hand mehr waltete.

Ja! An dieses besondere Schloss und die zwei ungewöhnlichen Schlüssel für die dickste Tür in der ganzen Burg könne er sich, obwohl schon so lange her, noch sehr gut erinnern. Er wäre damals im dritten Lehrjahr gewesen und hätte mit anpacken dürfen beim Schmieden der Beschläge und später beim Einbau im bogenförmigen Haupthaus der Burg.

Ob er für ihn einen dritten Schlüssel anfertigen könne?

Nein! Herzog Johann habe nur zwei Stück anfertigen lassen und ihm und seinem Meister einen heiligen Eid von abverlangt, niemals und für niemanden einen weiteren Schlüssel anzufertigen. Sogar mit qualvollem Tod und ewiger Verdammnis in der tiefsten Hölle habe er ihnen gedroht. Folglich könne er auch ihm, so hochwohlgeboren er auch sei – er möge dem armen alten, ihm doch so ergebenen Manne untertänigst verzeihen! –, keinen weiteren Schlüssel anfertigen.

Er sei der Thronfolger, der künftige Herzog Johann der Zweite! Ihm müsse er auf der Stelle einen dritten Schlüssel anfertigen, schließlich erbe er das Fürstentum mit allem! Er brauche unverzüglich einen Schlüssel, falls der Herzog auf einer Reise oder im Krieg tödlich verunglücke und eines der Originale verliere. Es solle doch ausgeschlossen sein, dass er als Nachfolger das Fürstenzimmer nicht betreten könne.

Nein, das ginge leider nicht! Auch das wäre ihnen damals vom hohen Herrn Johann ausdrücklich verboten worden. Nicht nur, solange der hohe Herr lebe, sondern auch nach seinem Tode solle niemals für niemanden ein weiterer Schlüssel angefertigt werden.

Hier! Ob ihm dieser Batzen Gold nicht auf die Sprünge helfen würde? Er könne sich damit im Süden des Deutschen Reiches niederlassen und ein unbesorgtes Leben bis ins höchste Alter führen.

Nein, er wolle nicht in die Hölle, selbst wenn der hohe Herr ihm sein spitzes Messer nun ganz ins Herz stoßen täte. Lieber stürbe er sofort, denn nur so käme er dann ins Himmelreich.

Teufel noch einmal! Ob er denn nicht verstehen wolle, dass das Wohl des ganzen Landes davon abhinge? Ob er denn immer noch keinen Weg fände, zum Beispiel wenn *er* ihm nun einen zweiten Batzen Gold hinlege?

Oh, solch einen Reichtum könne er sich gar nicht vorstellen – nicht mal einen Sack. Aber der Meister sei sehr klug gewesen und habe stets vorsorglich gehandelt. Er bitte den hohen Herrn untertänigst um einen Augenblick Geduld, er komme gleich wieder.

Der alte Schmiedegeselle trottete zur verstaubtesten Ecke der Werkstatt. Dort kramte er eine Weile in einem Haufen Eisenteilen und Werkstücken, bis er das von ihm Gesuchte fand. Er nahm ein eisernes Türschloss in seine Hände, grinste es spitzbübisch an und kam wieder nach vorn. Der Geselle blickte wieder ehrerbietig, als er das rostige Teil dem Prinzen überreichte. Johann fasste es mit spitzen Fingern an, um es hochzuheben, jedoch war es zu schwer. Er nahm schweren Herzens sein seidenes Halstuch ab, wickelte es um seine Hand, damit kein Krümelchen Rost mehr an seine schlanken Finger kam. Er sah auf das Schloss in seiner Hand und blickte den Gesellen ratlos an.

Das Ding da würde dem hochwohlgeborenen Herrn weiterhelfen, beschied ihm der Alte und wagte einen Blick ins Gesicht des Prinzen. Dabei saß ihm der Schalk in den Augenwinkeln.

Wieso denn? Das sei doch ein Schloss und kein Schlüssel.

Freilich sei das ein Schloss, denn ein weiterer Schlüssel sei doch aufs Strengste verboten. Der Meister – Gott habe ihn selig – jedoch habe einen Einfall gehabt, mit dem er weder ihre Eide brach noch die Verbote missachtete. Er baute zwei Türschlösser und versteckte eines davon bei sich – schließlich war ihm dies weder verboten worden noch hatten sie darauf geschworen. Er habe sichergehen wollen, dass im Falle eines Falles mithilfe des gedoppelten Schlosses ein Schlüssel nachgefertigt werden könne.

Ein Hoch in den Himmel, direkt zum Meister! Dann mache er sich unverzüglich ans Werk, Geselle!

Nein, das ginge doch nicht, wegen der Verbote und den Eiden! Der hohe Herr möge so gnädig sein, ihn nicht zu drängen, dann gäbe er sich mit einem Säckchen zufrieden. Er kenne im nächsten Dorf einen tüchtigen Meister, welcher dem allergnädigsten Herren den neuen Schlüssel zurecht schmieden könne. Er selbst sei ja nach wie vor an das Verbot gebunden, einen weiteren Schlüssel anzufertigen. Er bitte flehentlich darum, dass der hochedle Herr ihm die tiefste aller Höllen erspare.

Irgendeine Hölle verdiene er in der Tat nicht, falls dieses Schloss es ermögliche, einen dritten Schlüssel anzufertigen. Gelinge es, damit die Tür zu öffnen, werde er den zweiten Batzen Gold bekommen! Sage er nun endlich, wo dieser Meister denn seine Werkstatt habe.

3

Über diesen Umweg war Prinz Johann zu dem Nachschlüssel gekommen, der an dem Band hing, welches er gerade über seinen Kopf streifte.

Von wegen stupide, meine Untertanen!, bedachte er zum wiederholten Mal und zog im Dunkeln ein sarkastisches Gesicht. *Wie sagen wir's am Hofe? Bauernschlau! Richtig, ich sollte die kleinen Leute auf keinen Fall unterschätzen, denn selbst mein gewitzter Vater hat nicht an ein Verbot für ein zweites Schloss gedacht. Jedenfalls habe ich dem anderen Meister die ganze Zeit über die Schulter geschaut, ihm einen umfassenden Eid abgenommen und das Schloss wieder mitgenommen.*

Prinz Johann legte den Schlüssel auf den Handrücken seiner Linken und schob ihn über den Zeigefinger bis zum Schlüsselloch.

Sein Herz schlug schneller.

Er senkte die Fingerkuppe, steckte den Bart in die Öffnung und schob ihn bis zum Anschlag hinein. Es kratzte etwas und klackte kurz, aber kaum vernehmbar.

Johann hielt den Atem an.

Er griff den Schlüssel und drehte ihn sacht nach links. Der Bart traf auf Widerstand, nach verstärktem Druck jedoch zog er fast geräuschlos den Riegel zur Seite.

Er atmete erlöst aus. Eine Handumdrehung nur – aber womöglich hing an ihr das Schicksal eines ganzen Herzogtums.

Johann drückte sacht die Klinke und schob das schwere Türblatt nach innen. Es knarrte kaum; das wusste er, denn er hatte das Zimmer schon oft betreten. Jedoch stets nach dem gleichen Ritual: eintreten, höflich verbeugen, drei Schritte zum Besucherstuhl gehen, sich hinsetzen, zuhören, antworten, Ja sagen, aufstehen, sich verbeugen, zur Tür gehen, sich nochmals verbeugen und die Tür sorgfältig schließen. Danach stand er regelmäßig noch einige Augenblicke vor dem eichenen Blatt der geschlossenen Tür, zog ein verbissenes Gesicht und mühte sich, das Gefühl der erneuten Demütigung zu überwinden.

Prinz Johann zog den Schlüssel ab, schob das Türblatt sacht in die Fassung und ließ die Klinke einrasten. Die Tür ließ sich reibungslos von innen abschließen. Er wandte sich um, lehnte den Rücken ans Türblatt und starrte in die Finsternis. Dann setzte er einen Fuß vor den anderen, schob sie mehr, als dass er sie hob, um jegliches Hindernis frühzeitig mit den Spitzen ertasten zu können. Die Arme ließ er in Bauchhöhe nach rechts und links pendeln, bis seine Linke an die Rückenlehne des Besucherstuhls stieß. Er tastete sich zur Seitenlehne herum, beugte sich nach vorn und streckte die Rechte vor sich ins Leere. Er ließ sie sinken, bis die Finger eine hölzerne Fläche berührten. An der Kante entlang tastete er sich um den Tisch auf die Gegenseite, bis er mit der rechten Fußspitze an ein Bein des Lehnsessels seines Vaters stieß. Beidhändig fasste er die Lehnen, hob das Möbel und stellte es behutsam eine Handspanne beiseite.

Johann streifte die lederne Tasche von seinem Rücken, stellte sie behutsam zwischen die Beine, öffnete sie und entnahm das oberste Stoffbündel. Er entfaltete es, hüllte mit dem Laken den gesamten Sessel ein und holte ein noch größeres Tuch heraus, das er mit einer weit ausholenden Bewegung über den stets blanken Tisch warf, denn er wollte keinerlei Spuren hinterlassen.

Er löste das Band des Leinenbeutels und weitete mit den Daumen dessen Öffnung. Der erste Griff in den Sack galt einer zusammengerollten Filzmatte, die er am Sitzplatz seines Vaters auf dem Tisch ausbreitete. Dann folgten drei Wachskerzen, welche er neben die dicke Unterlage auf das Tuch stellte. Zuletzt holte Johann einen Lederbeutel heraus, in dem ein Schlageisen, zwei Feuersteine, Zunderschwamm und Stroh steckten.

Mit dem dritten Schlag des Eisens auf den Stein erzeugte er einen Funken, der in den Zunder flog. Den glimmenden Pilz bettete er in das Strohbündel und blies sacht in die Glut. An das Flämmchen im Heu hielt er den Docht der ersten Kerze und zündete mit ihr die anderen Wachslichter an. Die drei Feuerzungen reichten aus, den Schreibtisch zu beleuchteten und die dunkelblaue Farbe des darübergeworfenen Tuchs zu erkennen.

Weder vom Burghof aus noch von den umstehenden Türmen und Gebäuden konnte dieses Licht wahrgenommen werden. Denn bevor der Herzog sein Fürstenzimmer verließ, zog er stets die schweren Fensterläden aus massivem Eichenholz zu, verriegelte sie und sicherte die Riegel mit klobigen Vorhangschlössern. Abschließend zog er mit einem schweren, von der Decke hängenden schwarzen Ledervorhang die gesamte Fensterwand zu. Gelegentlich ließ er sogar tagsüber die Vorhänge zu und verweilte bei Kerzenlicht.

Johann packte die Utensilien fürs Feuermachen ein, rollte die Matte zusammen und fegte jedes Stäubchen vom Tuch in den Beutel.

Er zog am Band und schnürte die Öffnung des Sacks zu, als er vor Schreck zusammenzuckte und sich hastig umblickte. Hatte sich etwa eine Gestalt aus dem Dunkel ringsum gelöst und sich hinter ihn gestellt? *Prinz Johann!* Die Worte des Herzogs hallten in seinem Kopf. *Was habt* Ihr *hier zu schaffen?*

Aber es war totenstill um ihn herum und die Schattenkreise bewegten sich kaum noch, denn die drei Flammen brannten wieder lotrecht – er hatte lediglich einen Luftzug verursacht. Trotzdem pochte sein Herz dermaßen, dass er sich erst einmal hinsetzen musste. Rücklings tastete er nach den Lehnen und ließ sich in den Sessel sinken.

Nachdem er sich beruhigt hatte, holte er tief Luft und stand wieder auf. Er zog das Tuch auf der Tischplatte zurecht, bis es plan über alle Kanten herabhing, und stellte sich die Kerzen in einem großen Dreieck zurecht.

Johann bückte sich nach seiner Tasche und entnahm ihr ein kastenförmiges Etui mit zwei Schreibfedern und ein verkorktes Glas mit Tinte. Zwei kleine blankgeschabte Pergamentrollen schnürte er auf und legte sie leicht geöffnet beiseite. Als Letztes holte er ein mit einem Lederlappen umwickeltes Bündel hervor und löste dessen Fäden. Ein Dutzend länglicher Gegenstände lag verteilt auf dem offenen Lappen: mehrere schmale Hölzer, die an ihren Spitzen mit verschiedenartigen Haken versehen waren, sowie einige eiserne Kneif- und Hebelwerkzeuge. Johann stellte die Tasche ans linke Stuhlbein und setzte sich wieder hin.

Endlich konnte er sich dem Gegenstand seiner Erkundung zuwenden: dem Geheimfach des Herzogs. Es war die oberste rechte Schublade, direkt unter der über einen Zoll dicken Tischplatte.

Das Fach aus Eichenholz war groß, mehr als eine Elle breit, gut zwei Ellen tief und über eine Handspanne hoch. Trotzdem deutete wenig auf die Wichtigkeit dieser Lade hin, denn sie war nicht einmal abgeschlossen. Der vergoldete Schlüssel steckte noch und an den beiden abgenutzten Griffen ließ sich das Schubfach mühelos über eine Elle weit herausziehen.

Johann erblickte in der Lade die vorderen Hälften von mindestens zwanzig Pergamentrollen, angeordnet in zwei Lagen übereinander. Sämtliche Dokumente waren fest verschnürt, bei den Urkunden hingen ein oder mehrere Siegelbänder heraus. Es schien ein Leichtes, hineinzugreifen und eine Rolle herauszuholen.

Diese ›Einladung‹ war jedoch Bestandteil einer tückischen Falle, denn die Schublade barg einen ausgeklügelten Schutzmechanismus. Dessen Wirkung kannte Prinz Johann nicht, weil sein Vater ihn weder eingeweiht noch verraten hatte, was einem Dieb denn widerfahren würde. Einmal jedoch hatte er beobachten können, wie der Herzog eine Rolle entnommen hatte. Zuerst hatte sein Vater unter dem Tisch und dann innerhalb der Lade an der Vorderseite hantiert, bevor er das Dokument herausholte. Prinz Johann war aufgefallen, dass er die Rolle von einem daumendicken hölzernen Stab gezogen hatte, der im hinteren Teil der Schublade in einer Halterung stecken musste.

Bei einer anderen Gelegenheit hatte er zugesehen, wie der Herzog vor der Abreise die Schublade zuschob und den Mechanismus der Falle scharfstellte. Wieder war er unter den Tisch gekrochen und hatte stöhnend – immerhin war er fast schon neunundsechzig – mit dem Unterarm rotierende Bewegungen gemacht. Als er wieder aufgestanden war, hatte er einen hochroten Kopf gehabt. Er musste in Höhe des Fachs etwas gespannt haben, denn der Prinz hatte etwas Metallisches einrasten gehört.

Prinz Johann stellte die drei Kerzen auf die Tischkante oberhalb der Schublade, starrte auf die Rollen und runzelte die Stirn.

Er sah genauer hin und bemerkte, dass die Dokumente nicht einfach auf dem Boden der Lade lagen, sondern die Rollen auf hindurchgeschoben Rundstäben hingen. Die Enden der Stangen steckten in hölzernen Gerüsten, die vorn und hinten in der Schublade befestigt waren. Johann zählte elf Stäbe nebeneinander, eine Handbreit darunter befand sich, etwas versetzt, eine zweite Reihe von zehn Hölzern.

Diese Anordnung hatte mit der Falle zu tun, denn eine Daumendicke unterhalb der rechten und linken Schubladeninnenseite führte eine metallene Schiene bis zur Vorderkante. Dort befand sich auf gleicher Höhe quer über die Vorderseite eine tiefe Rille im Holz, als habe jemand mit einer über eine Elle breiten Axtschneide stets in die gleiche Kerbe gehauen.

Prinz Johann schloss die Lider und wiederholte vor seinem inneren Auge die Reihenfolge der Bewegungen des Herzogs beim Abstellen der Falle. Den ersten Griff hatte er unter dem Tisch ausgeführt. Johann nahm eine Kerze und hielt sie tief unterhalb des Tischs, damit die Flamme die Platte nicht von unten anschwärzte. Etwa eine Elle von der vorderen Kante entfernt entdeckte er an der Seite des Schubladenkastens zwei münzgroße Löcher. Sie befanden sich nebeneinader auf der Höhe der ersten Schublade. Das vordere schien leer, aber aus dem hinteren ragte ein eiserner Hebel mit einem Knauf, er sah aus wie ein Schwertgriff.

Nochmal sann er nach: Der Herzog hatte nicht gezogen, sondern gedrückt! Wiederum ein raffinierter Einfall, denn ein Ahnungsloser zöge höchstwahrscheinlich den Hebel.

Johann drückte den Griff von sich hinweg in Richtung Besucherstuhl, bis der Hebel einrastete und sich nicht mehr bewegen ließ. Das Knacken beim Einrasten war das gleiche Geräusch, welches er damals gehört hatte. Selbstanerkennend schlug er die Faust auf den linken Brustmuskel und spürte dessen Zucken. Er stellte die Kerze wieder auf dem Tisch ab und überlegte erneut. Danach hatte sein Vater beidhändig in die Lade gegriffen und das vordere Ende des Stabs ausgehebelt.

Das wollte Johann auf keinen Fall nachtun, sondern vorsichtig bleiben. Er nahm eine Zange mit langen Griffen und einen dünnen, metallenen Stab und hielt beides in die Lade. Mit der Zange ergriff er einen der hölzernen Stäbe, und gleichzeitig drückte er mit dem langen Spitzbohrer auf den Mechanismus, um den Anfang des Stabs aus der Arretierung zu lösen. Vorsichtig zog er die Spitze aus der Halterung.

Nichts geschah – keine Falle schnappte zu. Er atmete erleichtert durch.

Johann hob den Anfang des Stabs, bis er über die Lade ragte, zog mit einer weiten Armbewegung die Rolle ab und ließ das Rundholz zurück sinken, bis es am Gestell hängenblieb. Er streifte das Band von der Urkunde ab, rollte das Dokument aus und beschwerte drei Ecken mit den Kerzen. Die rechte Ecke hielt er selbst und begann mit weit geöffneten Augen zu lesen, auf seinen Pupillen glänzte dreifach der Kerzenschein.

Er musste sich anstrengen, um die lateinischen Buchstaben zu entziffern: Vor ihm lag der Heiratsvertrag seines Vaters mit Agnes von Lindow-Ruppin, seiner Mutter, mit einer Auflistung aller sich daraus ergebenden gegenseitigen Erbschafts- und Herrschaftsansprüchen.

Flüchtig las Johann das Dokument, weil es nicht jenes war, das er suchte, aber am Ende stutzte er doch, denn Albrecht II. von Mecklenburg-Schwerin, sein Onkel, hatte diese Urkunde beglaubigt. Prinz Johann hatte davon gehört, dass sein Vater sich geweigert hatte, diese dritte Ehe einzugehen. Deshalb sei das Dokument von dessen älterem Bruder verfasst worden, denn der habe Johann I. dann zu dieser Heirat gezwungen. Prinz Johann holte tief Luft, weil er in den letzten beiden Zeilen den Grund erkannte. Diese schienen nachträglich angefügt worden zu sein, denn Albrecht II. hatte ein zweites Mal unterschrieben. Die Tinte bestand aus einer anderen Farbe und es war eine dickere Federspitze benutzt worden.

Der Vertrag gilt nur für die männlichen Nachkommen, die aus zuvor besiegeltem Ehebündnis gebürtig sind. Der von Herzog Johann I. von Mecklenburg-Stargard gezeugte Bastard Erik ist auf immer und ewig ausgeschlossen. Herzog Albrecht II. von Mecklenburg-Schwerin.

Prinz Johann schnaubte durch die Nase und lächelte sarkastisch. Seinem Onkel also verdankte er dieses triste Leben hier auf dieser Burg. Immerhin verfügte er durch dessen Vermerk über eine gute Stellung gegenüber seinem Rivalen Erik. Dieser Höfling aus Wismar war also wahrhaftig ein Bastard von Herzog Johann I.!

Er rollte das Dokument sorgfältig auf, schob vorsichtig das Band darauf und verstaute die Rolle wieder in der Lade. Als er auf die niederbrennenden Kerzen sah, wurde er nervös, denn mit dem Wachs verflüchtigte sich auch die vorhandene Zeit. Aber die gewonnenen Erkenntnisse reichten noch nicht.

Bei der sechsten Rolle wurde er endlich fündig.

Es war keine Urkunde, sondern ein großformatiger Brief, von Erik von Landorp auf Papier geschrieben, zusammengefaltet und versiegelt. Aufgerollt hatte wohl erst der Empfänger.

Prinz Johann beschwerte das Original, legte sich das erste der kleinen Pergamente zurecht und entkorkte das Tintenglas. Er wählte die breiteste Feder, tunkte deren Spitze ins Schwarz des Fässchens und holte tief Luft. Beim Abschreiben mühte er sich, den Duktus der Vorlage zu treffen, um eine authentische Kopie zu erhalten.

An den hochwohlgeborenen Herzog von Mecklenburg-Stargard, Johann I.

Dieses Schreiben ist nur für Eure Augen bestimmt, hoch verehrter Vater, verfasst anlässlich eines Ereignisses, das für unser Land von äußerster Bedeutung ist: Olaf ist tot!

Wie Ihr bereits erfahren habt, hält sich diesen Sommer der dänische Hof im Schloss Falsterbo auf. Gestern Abend nun wurde der Usurpator des dänischen Throns stundenlang von heftigen Krämpfen geschüttelt, bis er gegen Mitternacht verstarb! In der Neige seines Nachttrunks schmeckte Admiral Tuve Christiansen eine Spur von Gift heraus. Der Tat bezichtigt wurde der Günstling der ehemaligen Regentin Margarete. Olafs Mutter befahl, ihren Liebhaber sofort im Baltischen Meer zu versenken, auf dessen Grund der vermeintliche Täter bis in alle Ewigkeit ruhen wird.

Margarete regiert wieder und ließ soeben durch Boten verlautbaren, dass Olaf einem Fieber erlegen sei. Jeder wusste, wie auch Ihr, dass er häufig kränkelte.

Nun bleibt dem Kronrat Dänemarks nichts anderes übrig, als endlich den rechtmäßigen Nachfolger von Waldemar IV. Atterdag auf den dänischen Thron zu berufen. Der Weg ist frei für Herzog Albrecht IV. von Mecklenburg-Schwerin[48]*, dem wahren König von Dänemark.*

Mein Vater! Ihr wisst, dass ich eine schwere Zeit am dänischen Hof verlebe, denn in meinen Adern fließt das Blut des Hauses Mecklenburg – im Gegensatz zu Eurem Zweitgeborenen, dessen Rechte hier mit den Füßen getreten werden. Vor einem Jahr nahm ich inkognito an der Krönung von Margaretes Sohn teil, der sich als König Olaf III. huldigen ließ. Nach dieser Begebenheit schwor ich im Namen des Hauses Mecklenburg, diesen Frevel zu bestrafen.

Zunächst sicherte ich mir die Unterstützung des Höflings Tuve Christiansen, des abgesetzten Admirals. Mit ihm im Bunde konnte ich zur Tat schreiten, ohne dass ein Verdacht auf uns fiel. Diesen lenkte ich auf den Gesandten der sogenannten Söldner zur See – sie sind und bleiben Seeräuber! –, den Ritter Hans von Halsmühlen ob Verden an der Aller.

Mein Vater! Mein Herz schlägt nur für das Wohl des Hauses Mecklenburg; außerdem um Euch stolz zu machen. Verdiene ich nicht, von Euch endlich als Sohn anerkannt zu werden?

Euer ergebenster Erik von Landorp, Gesandter der Herzöge von Mecklenburg am Hof des Königreichs Dänemark.

A.D. MCCCLXXXVII-VIII-III[49]

Der letzte Satz passte gerade noch auf das zweite Pergament und war zum Ende hin immer schlechter lesbar. Prinz Johanns Hand konnte die Feder beim Abschreiben kaum noch halten, denn sein Zorn ließ sie zittern, seit er die Stelle erreicht hatte, an welcher er die Wahrheit über sich erfuhr. Zunächst hatte er minutenlang regungslos vor sich hingestarrt, bevor er weiterschreiben konnte. Denn mit dem ›Zweitgeborenen‹, der nicht vom Blut Herzog Johanns stammen sollte, war eindeutig er selbst gemeint!

48 Herzog Albrecht IV. von Mecklenburg-Schwerin – siehe Anhang, Seiten XXXI (609) und XXXIV (612).

49 A.D. MCCCLXXXVII-VIII-III – *Anno Domini 1387-8-3*

Die Tinte der letzten Zeilen sollte noch trocknen, bevor er die Kopien zusammenrollte. Daher schob er die Beschwerungen von dem Original und nahm nochmals den Brief in die Hände, um ihn sozusagen zwischen den Zeilen zu lesen.

Zwischen den Zeilen gelesen, ist es eindeutig: Der Verfasser führte einen Mord aus, den er für legitim hält, weil er sich als Bastard des Herzogs das Recht nimmt. Und meine Mutter hat wohl …

»Kikerikiii!«

Johann fuhr vor Schreck zusammen und riss an dem Originalbrief eine Falte auf, sodass er entsetzt das Dokument auf den Tisch fallen ließ.

Mistvieh! Johann schwor sich, seinen Diener sofort auf die Suche nach jenem vorlauten Gockel zu schicken, damit diesem auf der Stelle der Hals umgedreht wurde.

Die Zeit wurde knapp, denn der Hahn hatte das Morgengrauen angekündigt. Trotzdem untersuchte er noch den Mechanismus der Falle. Nachdem er die letzte Rolle auf ihren Holzstab geschoben und dessen Ende wieder eingelegt hatte, nahm er einen länglichen Spiegel aus der Tasche und hielt ihn schräg in die Lade. Auf diese Weise entdeckte er unter der Tischplatte eine Vorrichtung, die einer Armbrust ähnelte. Statt eines Pfeils war eine Klinge eingespannt, die so breit war wie die Schublade. Stählern glitzernd im Kerzenlicht lauerte sie dort, um mit aller Schärfe zuschlagen zu können und abzutrennen, was in die Lade hineingehalten wurde.

Der raffinierteste Mechanismus der Falle jedoch betraf das Herausnehmen der Stäbe. Jeder Stab ließ sich nur lösen, wenn man mit einer Hand eine metallene Feder ins Gestell hineindrückte und gleichzeitig mit der anderen Hand das Ende des Stabs heraushob. Ein Ahnungsloser würde durch diesen Geniestreich *beide* Hände verlieren!

Der Einfallsreichtum unsereiner kennt keine Grenzen, dachte Prinz Johann lakonisch und zuckte mit den Schultern, *wenn es um Krieg, Erkundung des Gegners sowie dessen Abwehr geht.*

Die letzte Schwierigkeit mit der Falle musste er lösen, als er die Lade zuschob, denn er hörte ein Knacken und gleichzeitig den Sperrhebel unter dem Tisch nach vorn rucken. Der Klingenmechanismus musste seine Spannung verloren haben, denn die Klinge rutschte langsam nach vorn. Während er die Schublade ganz schloss, glitt sie bis in den Spalt der Ladenkante. Folglich musste ins vordere Loch unterm Tisch eine Kurbel eingesetzt werden, um die Falle wieder zu spannen.

Diese Kurbel wird doch wohl hier in einer Schublade sein, dachte er atemlos, *und nicht am Hals des Herzogs baumeln?*

Dieser Gedanke brachte ihn auf den richtigen Weg, denn in der letzten Schublade links unten fand er das Gesuchte. Danach steckte er die Kurbel ein und drehte, bis es kaum noch ging. Er hörte ein Ratschen und spürte, dass die Klinge gespannt und eingerastet war. Mit einem Seufzer der Erleichterung zog er die Kurbel aus dem Steckloch und legte sie wieder an ihren Platz zurück.

Endlich konnte er den geordneten Rückzug antreten und erreichte sein Zimmer ohne Zwischenfall. Er stieg behutsam in sein kaltes Bett, kauerte sich unter seiner Decke zusammen und zitterte noch lange am ganzen Leib. Trotz der Erschöpfung schlief er nicht ein, sondern wälzte sich unruhig hin und her bis zum Aufstehen.

4

Eine Woche später kehrte Herzog Johann I. mit dem gesamten Gefolge von seiner Reise nach Schwerin zurück. Er ging sogleich in sein Zimmer und machte sich wieder ans Regieren. Erst am übernächsten Morgen ließ er seinen ältesten Sohn zu sich rufen.

Einserseits wartete Prinz Johann voller Ungeduld auf die Audienz, andererseits schlug das Herz rascher, wenn er daran dachte, sein Vater könne etwas bemerkt haben. Er zwang sich, nicht eilig hinzugehen, sondern der Aufforderung ›sofort‹ nur mit betont langsamen Schritten nachzukommen. Während er den gleichen Weg nahm, wie eine Woche zuvor in der Nacht, sah er aus dem Fenster und beobachtete im Gesindehof weitab eine Schar pickender Hennen. Jedoch war der Hahn nicht zu sehen, der sonst stolz auf dem Misthaufen thronte. Prinz Johann lächelte boshaft.

Er erreichte die Tür zum Fürstenzimmer und hatte das Gefühl, wegen der Anspannung kaum noch atmen zu können. Hatte er doch einen Fehler gemacht? Hatte der Herzog irgendetwas bemerkt? Er nahm auf dem Besucherstuhl Platz, neigte wie üblich den Kopf und wich dem Blick seines Vaters aus.

Herzog Johann strich langsam mit sämtlichen Fingern durch seine weißen Haare, sah seinen Sohn streng an und runzelte dabei voller Unwillen die Stirn. »Was habt Ihr Euch eigentlich dabei gedacht, ein Fest zu geben?«

Dem Thronfolger war zunächst fast schwindlig geworden, aber diese Frage vernahm er mit Erleichterung – diesen Rüffel steckte er gern ein, derlei war er schließlich gewohnt.

Er sah auf einen winzigen dunklen Fleck kurz vor seinen Füßen. »Mein Bruder soll zum Bischof ernannt werden, ohne diesen Anlass am Hof gebührend zu begehen?«

»Der Hof war in Schwerin. Das hier auf der Burg war Verschwendung. Ihr habt meinen ausdrücklichen Tadel, Johann!«

»Ich bitte um Nachsicht, Hoheit.« Prinz Johann senkte den Kopf noch tiefer und verharrte.

Herzog Johann I. seufzte resigniert und schüttelte noch einmal unwillig den Kopf, dann tat er die Angelegenheit mit einer weiten Geste seines rechten Arms ab.

Der Rüffel für seinen ältesten Sohn war der einzige Grund für diese Audienz, anstatt sie aber zu beenden, entschied er sich, Prinz Johann eine seiner letzten politischen Entscheidungen mitzuteilen.

»Ich habe gute Nachrichten aus dem Norden erhalten. Die Fahrt von Bürgermeister Erik von Landorp nach Stockholm war erfolgreich, die Stadt ist in unserer Hand geblieben! Darum werden wir sie weiterhin mit dem Nötigen versorgen; unsere nächste Flotte ist bereits auf dem Weg.

Das verdanken wir dem Wagemut von Erik! Aus diesem Grund habe ich beschlossen, ihn für seine Verdienste zum Admiral beider Herzogtümer zu ernennen. Er ist bereits auf dem Weg hierher und kann jeden Augenblick in der Burg eintreffen. Nun wird er sich häufiger hier aufhalten.«

Prinz Johann horchte auf, vermied aber jegliche Regung. Der Bastard seines Vaters war wieder in seiner Nähe – das gefiel ihm ganz und gar nicht, denn nun wusste er, mit wem er es zu tun hatte.

Vor einigen Jahren hatte es ihn erleichtert, dass Erik von Landorp als Gesandter nach Dänemark geschickt worden war. Seinetwegen hätte er ewig dort bleiben können und wäre nie abberufen worden. Seit der Nacht im Fürstenzimmer wusste Johann, dass Landorp wegen seiner ruchlosen Tat in Ungnade gefallen war und seitdem in Wismar bleiben musste.

Nun also hatte dieser Erik es geschafft, wieder in Amt und Würden gehoben zu werden. Es wurde gefährlich für ihn, den Thronfolger, denn er musste erst einmal länger als sein Vater leben. Das würde Landorp, dieser Bastard, gar zu gern verhindern wollen.

Prinz Johann sehnte sich nach dem Tag, an dem er als Johann II. den Thron des Herzogtums Mecklenburg-Stargard besteigen würde. Dafür würde er kämpfen, obwohl er womöglich nicht der leibliche Sohn Johanns I. war.

Heute war es so weit! Prinz Johann holte tief Luft und zwang sich, Herzog Johann in die Augen zu sehen. »Admiral?«, hakte er mit Skepsis in der Stimme nach und beugte sich leicht vor. »Eure Hoheit überlegt, dem Ratsherrn Erik von Landorp den Befehl über Mecklenburgs

Fredekoggen[50] zu überlassen? Wäre es nicht besser, den trefflichen Rostocker Kriegshauptmann Burckhardt von Wernsee einzusetzen und Herr von Landorp bliebe, seinen Möglichkeiten entsprechend, Bürgermeister von Wismar?«

Herzog Johann straffte den Oberkörper und sah sein Gegenüber verwundert an – es war tatsächlich Prinz Johann, der ihm widersprochen hatte und nun seinem Blick sogar standhielt.

»Ich überlege nicht, sondern ich habe entschieden!« Herzog Johann wies wortlos und mit strengem Blick seinem Sohn die Tür.

Aber Prinz Johann gehorchte nicht wie üblich, sondern ballte die Fäuste. Tief atmete er ein und blieb sitzen. »Ich stelle die Entscheidung Eurer Hoheit nicht infrage«, sagte er in verbindlichem Ton, aber seine Stimme wurde fester, als er weitersprach. »Ich nehme jedoch wahr, dass Ihr den Herrn von Landorp außerordentlich begünstigt! Stattdessen steht Euer Wohlwollen mir zu, Eurem ältesten Sohn, dem künftigen Herzog!«

Herzog Johann fasste die Stierköpfe an der Vorderseite der Lehnen und ließ den Oberkörper langsam zurücksinken. Seine politische Erfahrung und die erworbene Lebensklugheit bewahrten ihn davor, unbeherrscht zu reagieren. Es war an der Zeit, die Karten offen auf den Tisch zu legen. Der Herzog schloss kurz die Augen und antwortete so ruhig er konnte. »Ihr seid nicht mein ältester Sohn, Prinz Johann. Das ist Erik, denn ich habe ihn früher gezeugt.«

»Oh!« Prinz Johann bemühte sich, ein überraschtes Gesicht zu ziehen und eine unwillkürliche Geste mit den Armen zu machen.

Johann I. blickte träumerisch und lächelte wehmütig, dabei sah er den Prinzen nicht an.

Prinz Johann entging diese Gefühlsregung nicht, daher heuchelte er Anteilnahme, als er fragte. »Dann erfreut Ihr Euch eines Bastards?«

Der Herzog machte ein tadelndes Gesicht, weil ihm die Betonung des letzten Wortes missfiel. Trotzdem nickte er wieder.

Prinz Johann ermahnte sich, nicht über das Ziel hinauszuschießen. »Kein Adliger lässt sich seine Gelegenheiten entgehen. Es ist Usus und desgleichen die Anerkennung. Warum also habt Ihr ihn nicht anerkannt?«

Herzog Johann verkniff die Augen vor Trauer – seine Erinnerungen wühlten ihn auf. »Ich durfte nicht.«

»Warum nicht?« Johann wich dem starren Blick aus, mit welchem der Herzog ihn visierte. »Verzeiht, ich wollte nicht in Euch dringen, denn Eurem Wohlwollen gilt mein ganzes Streben.« Er betete darum,

50 Fredekogge, die – die Bezeichnung für ein Kriegsschiff.

dass er noch dazu kam, viel Wichtigeres zu erfahren.

»Genügt Euch etwa nicht, dass ich Euch als meinen Erben betrachte?« Herzog Johann runzelte die Stirn. Er widerstand der Regung, den Prinzen brüsk in seine Schranken zu verweisen oder ihn wie üblich hinauszuschicken.

»Zu meinen jüngeren Brüdern seid Ihr freundlicher.«

»Na und? Der Älteste muss keineswegs der Liebling sein.«

»Da muss ein anderer Grund dahinterstecken!« Prinz Johann sah seinem Vater wieder in die Augen. Es fiel ihm leichter als zuvor.

Herzog Johann senkte kurz die Lider, um sich zu sammeln. Dann sah er zur Decke und stellte seinem Gegenüber eine rhetorische Frage. »Prinz Johann, Ihr kennt Euer Geburtsdatum?«

Johann lächelte ungläubig. »Was fragt Ihr?«

»Glaubt Ihr, dass der Storch die Kinder bringt?«

Der Prinz lachte zurückhaltend. »Ihr scherzt! Nicht einmal das gemeine Volk ist so dumm.«

Selbst der Herzog lächelte jetzt. »Ihr meint, diese Dummköpfe wissen, was sie tun? Aber Ihr könntet es mir mal erklären.«

»Wollt Ihr mich auf den Arm nehmen?« Prinz Johann verstand nicht, worauf sein Vater hinaus wollte. »Oh, entschuldigt, Hoheit, ich vergesse mich.« Er ermahnte sich, brav seine Rolle zu spielen. »Nach dem Zeugungsakt geht die Frau neun Monate lang schwanger, dann wird das Kind geboren!«

»Bei Eurem kleinen Sohn stimmte es. Sagt mir endlich Euren Geburtstag!«

»Ich wurde am sechsten September dreizehnhundertneunundfünfzig geboren, als Sohn ...«

»Schon gut, schon gut, das reicht mir vollkommen, Prinz Johann. Das bedeutet also, dass Ihr wann, hmmm, also hmmm ...?«

»... gezeugt wurdet? Das meint Ihr doch?«

»Aha, so, so. Und das wäre wann gewesen, hmmm?«

Prinz Johann verdrehte die Augen, er wusste nicht, was er von dieser merkwürdigen Fragerei halten sollte. »Ich gehe dann also davon aus, Eure Hoheit, dass ich, hmmm, so um die Zeit des siebten Dezembers dreizehnhundertachtundfünfzig, hmmm, gezeugt wurde. Nun gut, von mir aus, aber was soll das ...«

»Wo war *ich* um diese Zeit?«

»Was weiß ich?«

»Mit der Politik unseres Landes solltet Ihr Euch mehr befassen.«

»Und ob ich mich damit befasse! Aber man kann doch nicht alles wissen und ...«

»Aber *das* müsst Ihr wissen, denn es war ein sehr wichtiges Jahr für unsere Herzogtümer!«

»Dreizehnhundertachtundfünfzig? Ach so, Ihr habt im November dieses Jahres meine Mutter geheiratet.«

»Wie?« Herzog Johann I. schaute verblüfft. »Ach so, stimmt ja, das war ja auch Politik.« Er lachte geringschätzig und schüttelte den Kopf. »Nicht schlecht, aber längst nicht so wichtig wie …«

»Ich hab's! Mein Onkel hat die Grafschaft Schwerin gekauft.«

»Eben an jenem siebten Dezember. Dank meiner Vermittlung war der Kaufvertrag ausgehandelt worden und wurde in meiner Gegenwart unterzeichnet. Ich besitze eine Abschrift.« Herzog Johann sah zur Schublade und fasste deren Griff – Prinz Johann hatte das Gefühl, sein Herz würde aussetzen. Dann jedoch ließ der Herzog wieder los. »Zu dieser Zeit war ich also in Schwerin und …«

»Ich ahne es schon – die frisch angetraute Gattin wurde auf Burg Stargard zurückgelassen und ...«

»Stimmt! Ich war Ende November und den ganzen Dezembermonat in Schwerin. Und so lang ist meiner nun auch wieder nicht, dass er von dort aus den Prinzen Johann zeugen konn...«

»Natürlich nicht.«

»Obwohl, meiner ist wirklich ...«

Prinz Johann lächelte spöttisch. »Trotzdem könnt Ihr der noch längeren Entfernung wegen nicht mein leiblicher Vater sein.«

»In der Tat«, der Herzog blies die Backen auf, denn er hörte den Spott heraus, »das bin ich nicht.«

»Wer ist es denn?«

»Das weiß ich nicht!«, knurrte der Herzog und hob verärgert seine Schultern.

»Wirklich nicht?«

»Auf keinem Fall ist er von Adel, sondern nur ein kleiner Hansekaufmann. Mehr habe ich damals nicht in Erfahrung bringen können, denn deine Mutter schweigt und sie zum Reden zwingen will ich nicht.«

»Auch in den Hansestädten leben und handeln hohe Herren und sind durchaus von Adel.« Der Prinz blickte trotzig.

»Ach, was! Er ist ein fettwülstiger, feistgesichtiger Pfeffersack!«

»Woher wisst Ihr das denn so genau? Ihr kennt ihn also doch und ich kenne meine Mutter. Sie beachtet nur schlanke hochgewachsene und selbstsichere Herren. Ein Stadtadliger dürfte der Wahrheit wohl näher kommen. Aus welcher Stadt ist er wohl – Rostock oder Wismar? Ich denke, nein. *Diesen* Mann würdet Ihr nicht auf Eurem Territorium dulden. Also kommt eher Lübeck, Bremen, Hamburg oder Stralsund infrage?«

Bei der Aufzählung der Hansestädte hatte der Thronfolger die Lider gesenkt, um sein Gegenüber unauffälliger beobachten zu können. Befriedigt konnte er eine unwillkürliche Geste beim Erklingen des Namens einer dieser Städte feststellen: Hamburg!

Der Herzog breite die Arme zu einer hilflosen Geste aus und wirkte mit einem Mal müde. »Aber was nicht sein darf, kann auch nicht sein. Deswegen geltet Ihr als mein Sohn und werdet mir auf dem Thron folgen.«

»Außerdem verliert Ihr sonst den Anspruch auf die Herrschaft Lindow-Ruppin, das Land meines Großvaters! Des Weiteren hat Mecklenburg-Stargard durch meine Frau Wileida womöglich einen Zugriff auf Litauen.«

»*So* ist es, und das wird auch *so* bleiben.« Der Herzog ließ den Oberkörper an die Rücklehne sinken und nickte ergeben, aber er winkte gleichzeitig dem Prinzen, sich zurückzuziehen. Johann erkannte, dass er niemals wieder etwas zu diesen Begebenheiten erfahren würde. Er entfernte sich nach einer tiefen Verbeugung.

5

Nachdem Prinz Johann die Tür zum Arbeitszimmer des Herzogs hinter sich ins Schloss gezogen hatte, stützte er sich mit durchgestreckten Armen an beiden Türpfosten ab, ließ seinen Kopf sinken und schloss die Augen. Immerhin wusste er nun, dass er vom Herzog nichts zu befürchten hatte, was sein Erbe betraf. Aber durch Erik von Landorp bestand eine stete Gefahr für sein Leben!

Er presste die Lider zusammen und unterdrückte ein Aufschluchzen. Obwohl er sein Schicksal verfluchte, war er entschlossen, seinen Anspruch auf den Herzogsthron von Mecklenburg-Stargard gegen den Rivalen zu verteidigen. Auf jeden Fall würden sämtliche Glocken in diesem Land irgendwann nur wegen ihm läuten: entweder bei seiner Thronbesteigung oder seinem vorzeitigen Tod!

Prinz Johann stieß sich ab und ging den Gang entlang zur Haupttreppe. Er hörte lauter werdende Schritte, denn jemand stieg zu diesem Stockwerk hoch. Im nächsten Augenblick bog ein edel gekleideter hochgewachsener Mann vom Treppenaustritt in den langen Gang ein. Ein dort postierter Wachsoldat nahm Haltung an und ließ ihn passieren.

Während Erik von Landorp kaltblütig blickend weiterging, suchte Prinz Johann verzweifelt eine Tür oder einen abbiegenden Gang oder wenigstens ein Mauseloch, damit er der Begegnung mit seinem Feind entgehen konnte. Jedoch sah er nur geschlossene Türen und ein Fenstersturz kam nicht in Frage. Ehe er sich jedoch mit vergeblichem Türklinkenreißen lächerlich machte, stellte er sich lieber dem Unvermeidlichen: Auge in Auge mit dem Herausforderer.

Obwohl er weiche Knie bekommen hatte und das Blut aus seinem Gesicht gewichen war, riss er sich zusammen und ging mit durchgedrücktem Kreuz dem Ankömmling entgegen, bis sie zwei Schritte voreinander stehen blieben. Sie zogen ihre kostbaren Baretts und beide verbeugten sich nicht tiefer, als es sich gehörte.

Sich unablässig musternd räumten sie ihre Standorte, indem sie sich mit seitlichen Schritten in einem Halbkreis umgingen, und verabschiedeten sich mit einem knappen Nicken. Einen letzten kämpferischen Blick sandten sie sich, setzten ihre Kopfbedeckungen wieder auf und stolzierten beide ihres Weges. Stolz auf sich war Prinz Johann in der Tat, denn innerhalb kurzer Zeit hatte er zwei Mal standgehalten.

6

Landorp klopfte an die Tür des Fürstenzimmers und erwartete, die Stimme seines Vaters zu hören.

»Wer ist da?« Sie klang barsch und abweisend.

»Ich bin es, Erik.«

»Erik!« Landorp vernahm ein erfreutes Ächzen und das Rücken eines Möbels. »Komm rein!«

Er trat rasch ein, sah den Schlüssel stecken und schloss ab, ohne zu fragen.

Herzog Johann stand hinter dem Schreibtisch und wartete mit ausgebreiteten Armen auf ihn. Seine Augen leuchteten, während Landorp mit schnellen Schritten um den Tisch eilte und an seine Brust drängte. Sie umarmten sich herzlich, verharrten eine Weile und spürten ihre Herzen rascher schlagen.

»Mein lieber Sohn!« Mit beiden Armen schob Herzog Johann seinen Sohn sacht von sich, um ihn von oben bis unten zu betrachten. »Es ist mir immer wieder eine Freude, dich wohlbehalten in meine starken Arme schließen zu können.«

»Ganz meinerseits, mein hoher Vater! Ich kann es kaum ertragen, ständig so lange Zeit von dir getrennt zu sein.«

»Gut siehst du aus.«

»Du auch!«

»Ach was. Ich werde immer älter – ich mache es nicht mehr lange.« Herzog Johann seufzte ergeben.

»Wie kannst du so reden? Gerade jetzt.« Landorp wippte mit den Zehen.

»Schon gut, mein Sohn. Täusche ich mich oder glänzen deine Augen in einem fort?«

»Siehst du mir es etwa an?«

»Aha, wusste ich's doch! Vier Dinge gibt's auf Erden, welche die Augen eines Mannes zum Glänzen bringen.« Herzog Johann reckte der Reihe nach die Finger. »Ein edles Pferd, eine starke Waffe, ein schneller Segler oder eine schöne Frau!«

»Vergiss das Gold nicht!«

»Stimmt.« Herzog Johann nickte, hob den kleinen Finger und zog seine Augenbrauen hoch. »Also?«

»Eine Frau, ein ganz ungewöhnliches Fräulein!«

»Dacht ich's mir doch!« Herzog Johann lachte herzlich und tätschelte seinem Sohn beide Backen. Während er sprach, wurde seine Stimme wehmütiger. »Solch einen Blick hatte ich einst in Nürnberg! Wochenlang. Ich konnte an nichts anderes mehr als an deine Mutter denken. Jetzt setz dich aber erstmal hin.«

Landorp eilte zum Besucherstuhl und trug ihn zur Seite des Tischs, damit er näher bei seinem Vater saß.

So schön die Liebe ist – sie zählt nicht in der Politik! Herzog Johann blickte resigniert, als er sich setzte, und sah seinen Sohn fragend an.

»Sie heißt Katarina und ist die Tochter von Gösta Oxenstierna, dem Bürgermeister von Stock…«

»Waaas?«

»Was ist? Was hast du denn auf einmal?«

Landorp sprang erschrocken auf, denn Herzog Johann hatte seine Finger in die Brust gekrallt und japste, als würde er keine Luft mehr bekommen. Bevor er vom Sessel rutschte, umfasste sein Sohn den Oberkörper und bettete ihn behutsam wieder an die Lehne.

Sein Vater stöhnte und rang noch eine Weile um Atem, bis er flüsterte: »Die Tochter von Gösta, dem Stockholmer Bürgermeister?«

Landorp nickte heftig und sah seinem Vater freudestrahlend in die Augen.

»Heißt ihre Mutter etwa Birgitta? Ist ihre Mutter eine geborene Magnusdotter? Blond, schlank, wunderschön?«

»Ja, ja, das ist sie!«

Herzog Johann kniff die Augenlider zu und flüsterte: »Auch das noch! Heute werde ich wahrhaftig nicht geschont.«

Er öffnete die Augen wieder, sah sein von ihm gezeugtes Fleisch und Blut mit tiefstem Mitleid an und deutete auf den Stuhl. Landorp setzte sich wieder. »Mein lieber Sohn, jetzt musst du sehr tapfer sein. Genau wie ich damals, als ich von Nürnberg trunken vor Glück nach Hause nach Wismar[51] kam und sogleich gezwungen wurde, mich von deiner Mutter zu trennen.«

»Vater, ich verstehe dich nicht! Was hat das mit *mir* zu tun?«

»Viel! Leider sogar des Argen zu viel. Sie ist …« Herzog Johann schloss die Augen. »… deine Halbschwester!«

»Waaas?« Landorp stierte seinen Vater an.

»Ihre Mutter Birgitta ist auch deine Mutter, die in Nürnberg die Herrin meines Herzens wurde. Sie war die einzige Frau, die ich je geliebt habe!«

»Neeein!« Landorp sprang auf, sodass der Stuhl umfiel, und hämmerte mit den Fäusten auf den Tisch. »Sage mir, dass das nicht wahr ist! Sag' es mir, oder, oder …«

»Oder was?« Herzog Johann runzelte die Stirn und sah seinen Sohn ermahnend an.

»Oder …« Landorps Beine gaben nach, er sank in sich zusammen und fiel der Länge nach auf den Rücken. Er presste seine Hände auf die Augen und redete in einem fort. »Nein, nein. Nicht auch das noch! Nein, nein. Bin ich nicht bestraft genug, ein Bastard zu sein? Nein, nein. Verdammt! Verflucht nochmal! Ver…«

»*Erik, schweig!* Reiß dich zusammen und setz dich wieder hin!« Herzog Johann starrte mit kalten Augen auf die Tischplatte, aber seine Stimme wurde milder. »Vergiss nicht, dass du von hohem Adel bist – das verpflichtet.«

Landorp erwiderte nichts, sondern stöhnte leise und blieb noch einige Augenblicke liegen. Dann wälzte er sich herum, packte ein Stuhlbein, stellte den Stuhl hin und zog sich daran hoch. Er setzte sich wieder und starrte mit versteinertem Gesicht seinen Vater an.

Herzog Johann schielte einen Moment zu seinem Sohn, dann richtete er seinen Blick auf die Tür, während er redete.

»Im Frühjahr 1356, nachdem in Nürnberg die Goldene Bulle[52] unterzeichnet worden war, trafen wir wieder in Wismar ein. Dort erreichte mich die Nachricht, dass meine zweite Ehefrau eine Woche zuvor auf Burg Stargard verstorben war. Es machte mir gar nichts aus, denn ich mochte Anna von Holstein nicht; im Gegenteil sah ich nun den Weg frei für eine Ehe mit deiner Mutter.

Aber in meinem Überschwang weihte ich Albrecht in den Hoch-

51 Wismar – zu jener Zeit (1356) residierten die Herzöge von Mecklenburg noch in Wismar. Siehe Anhang, Seite XXX (608).

52 Goldene Bulle – siehe Anhang, Seite XIV (592).

zeitsplan ein, welchen er sofort vereitelte, denn Birgitta besaß keinerlei Mitgift. Der Form halber war ich mein eigener Herr auf Burg Stargard, aber wenn es darauf ankam, hatte mein Bruder in Wismar als der Ältere das letzte Wort. Ich musste mich seinem Willen beugen. Nach Ablauf der Trauerzeit heiratete ich die verwitwete Agnes von Lindow-Ruppin, um den Besitz unseres Hauses Mecklenburg nochmals zu mehren.

Immerhin konnte ich meinen Bruder dazu erweichen, dass Birgitta bis zu deiner Geburt im Schloss bleiben durfte, ehe ich sie persönlich nach Schweden zurückgeleitete.«

Herzog Johann seufzte und senkte den Kopf. Er fasste ein goldenes Halskettchen und zog unter seiner Oberkleidung ein daran hängendes Medaillon hervor. Dann klappte er es auf, entnahm eine weißblonde Haarlocke und hielt sie dicht vor seinen wehmütig verzogenen Mund. »Das ist alles, was mir von ihr geblieben ist.« Sein Gesicht hellte sich auf. »Wenigstens bist du noch bei mir – unser gemeinsames Kind!«

Landorp starrte immer noch vor sich hin. »Mein Onkel hat dir auch verboten, mich anzuerkennen und …«

»Ich wollte es! Wirklich! Aber ich durfte nicht. Nicht einmal in meiner Nähe duldete er dich. Ich suchte in Wismar einen Vater für dich aus, Ulrich Landorp. Dafür, dass er dich als Sohn annahm, erhob ich ihn in den Adelsstand und verhalf ihm zu einem Sitz im Rat der Stadt Wismar. Wie es weiterging, weißt du.«

»Ja. Erst als mein Onkel Albrecht starb, trautest du dich, mich hierher zu holen. Aber warum erkennst du mich immer noch nicht an?« Anklagend sah Landorp seinen Vater an.

»Verträge!« Herzog Johann pochte mit den Knöcheln des rechten Zeige- und Mittelfingers an die obere Lade des Tischs.

»Pah! Verträge können gebrochen werden und …«

»Adel verpflichtet!«, unterbrach ihn sein Vater streng und bedeutete ihm mit einer Geste, zu dieser Angelegenheit zu schweigen. Er zog die entsicherte Schublade auf und entnahm eine neue Rolle mit einem nach frischem Wachs riechenden Siegel. »Wir müssen endlich die Regentin zu Fall bringen. Der Kaperkrieg wird Margarete in die Knie zwingen, denn wir werden auf diese Weise die Dänen von allen Seiten zwicken und zwacken. Aber wir müssen diese wilden Haufen eisern im Griff behalten und deswegen habe ich dich wieder an den Hof berufen.« Herzog Johann erhob sich und wandte sich zu seinem Sohn um.

Landorp stand auf und ging um die Tischkante bis einen Schritt vor seinen Vater. Dieser überreichte ihm mit einer feierlichen Geste die Urkunde. »Hiermit ernenne ich dich zum Admiral von Mecklenburg. Du erhältst den Oberbefehl über sämtliche Schiffe und Häfen beider Herzogtümer!«

Mit unbewegter Miene nahm Landorp die Rolle an sich und verbeugte sich tief, während seine Pupillen funkelten vor Rachsucht und Zorn. Bevor er sich aufrichtete, veränderte er jedoch seinen Gesichtsausdruck, sodass sein Vater nur noch blanken Dank in seinen Augen erkennen konnte.

Herzog Johann sah im Gesicht vor ihm etliche Züge seiner großen Liebe. Er legte den rechten Arm auf die linke Schulter seines Sohns und führte ihn ans Fenster. Sie sahen hinaus in die Ferne, Landorp jedoch mit leerem Blick. Sein Vater bemühte sich, ihn auf seine Weise zu trösten. »Mein Sohn. Die Politik fordert ihren Preis. Das bedeutet, wir müssen ihr unser Privatleben unterordnen. Die Herrschaften ringsum lauern nur auf eine Schwäche von uns, damit sie unsere Ländereien kassieren können.«

»Sie hoffen vor allem auf das Ausbleiben männlicher Erben.«

»Richtig! Das ist wie ein Wettspiel zwischen uns Fürsten. Zeugst du keinen Nachfolger, geht das Land an jenen, welcher deine älteste Tochter geheiratet hat.«

»Lindow-Ruppin jedoch hat einen Erben.«

»Ich weiß. Im Grunde ist Anna für mich wertlos. Ich könnte meine Frau glatt zum Teufel jagen.«

»Und?«

»Adel verpflichtet!« Herzog Johann mahnte mit dem Zeigefinger.

»Ich kann's nicht mehr hören.«

»Dann putz dir deine Ohren.«

»Schon gut. Ich versuche auch mein Bestes in diesem Sinne, egal wohin du mich auch stellst.« Landorp straffte seinen Körper, um Haltung zu zeigen.

»Ja, ich weiß, mein Sohn. Du tust sogar zu viel des Guten dafür.«

Landorp wusste, worauf sein Vater anspielte und wechselte lieber das Thema. »Ich muss dich etwas fragen. Ich traf Prinz Johann auf dem Gang. Er blickte mich stechend und feindselig an und wich nicht, wie üblich, meinem Blick aus. Weiß er nun, wer ich bin? Hast du ihm das verraten?«

»Verraten?« Herzog Johann runzelte die Augenbrauen. »Gesagt!«

»Warum hast du das getan?« Landorp sah seinen Vater vorwurfsvoll an.

»Darum! Es wurde Zeit. Außerdem ließ er sich dieses Mal nicht einschüchtern. Ich frage mich immer noch, was in ihn gefahren ist.«

»Wenn er alles weiß, dann kannst du mich doch in aller Form als deinen Bastard anerkennen und ich habe Anspruch auf dein Erbe! Es ist dir doch ganz bestimmt viel lieber, *ich* folge dir auf den Thron von Mecklen...«

»*Schweig, Erik!* Schweig auf ewig! Du weißt ganz genau, warum das nicht geht. Es bleibt, wie es ist. Die Politik geht vor. Unsere persönlichen Wünsche müssen wir ihr unterordnen, wie ich gerade erst sagte. Und damit … Basta, Sohn!«

»Ja, Vater. Ich sehe es ein.« Erik von Landorp beugte den Kopf zur Seite, um Demut vorzutäuschen. In Wirklichkeit verbarg er seinen Groll.

»Außerdem habe ich erfahren, dass du dir *Johann* als ersten Vornamen zugelegt hast.« Herzog Johann rüttelte energisch an der Schulter seines Sohns. »Nichts da! Du heißt Erik. Den Johann führst du nie wieder im Schild! Herzog wird Prinz Johann. Du wirst ein gutes Auskommen als hoher Würdenträger unseres Landes haben. Deinen Einsatz werde ich dir reich entlohnen. Er wird auch Zeit, dir eine gute Partie zu verschaffen und …«

Herzog Johann spürte, wie sein Sohn zusammenzuckte und erbleichte. »Entschuldige, mein Sohn. Das war unachtsam von mir. Halte mich bitte jetzt nicht für einen Unmenschen. Aber das Leben geht weiter, mein Sohn.«

Landorp nickte mehrmals und starrte aus dem Fenster, ohne die weite Landschaft dahinter wahrzunehmen. Er sprach fast tonlos, leiernd. »Das Leben geht weiter. Erik von Landorp wird seinen Weg gehen.«

Herzog von Mecklenburg werde ich*!* Landorps Pupillen weiteten sich. *Dann werde ich Katarina heiraten, selbst wenn das Erdenrund dagegen ist. Aber für dieses Ziel werde ich weiterhin über Leichen gehen müssen!*

»Geh jetzt, mein Sohn und …«

Landorp jedoch drehte sich um, faltete die Hände und blickte seinen Vater demütig an. »Hoher Vater, ich habe noch eine Bitte.«

»Ich hoffe sehr, diese bringt mich nicht noch tiefer in die Zwickmühle. Ich fühle mich schon wie durch ein Mahlwerk gedreht.«

»Nein, gewiss nicht. Ich möchte, dass du Katarina auf die Burg Stargard berufst, damit sie hier als Hoffräulein leben kann. In ihrer Heimat ist sie wegen ihrer roten Haare als Hexe verschrien. Ich fürchte, meiner Halbschwester wird ein Leid angetan, wenn sie noch lange Jungfrau bleibt. Früher oder später wird man sie bezichtigen, mit dem Teufel verheiratet zu sein. Sie könnte auf dem Scheiterhaufen enden!«

»Das darf auf gar keinen Fall geschehen, das würde meiner Birgitta das Herz brechen!« Der Herzog stützte die Hände in die Seiten, bog den Rücken durch und lächelte versonnen. »Die hübsche Tochter meiner geliebten Birgitta ganz in meiner Nähe? *Das* ist mir mal ein vorzüglicher Gedanke.«

»Außerdem ist sie hier vor dem Seeräuber Störtebeker geschützt, denn der ist im Stande und entführt sie noch.«

»So? Hat etwa dieser Bursche *auch* ein Auge auf sie geworfen?« Johann I. sah seinen Sohn neugierig an. »Das Mädchen muss ja wirklich außergewöhnlich sein. Ich werde mit Argusaugen über sie wachen!«

»Ja! Und …« Landorp biss sich kurz auf die Lippe – Nyenkerken ließ er lieber aus dem Spiel. Sein Vater war im Stande, die Hochzeit mit einem künftigen Hamburger Ratsherrn zu billigen. »… sie hat einen Dickschädel wie ihr Vater, der …«

Herzog Johann lachte schallend. »Der gute alte Gösta Oxenstierna! Gib ruhig zu, mein Sohn, dass deine Mutter einen prachtvollen Ehemann hat. Nicht wahr?«

Landorp zog ein säuerliches Gesicht. »Er ist und bleibt ein sturer Schwede und denkt gar nicht daran, im Interesse Mecklenburgs zu handeln. Ich an deiner Stelle würde mir wünschen, ich hätte einen treueren Stiefvater.«

»Als ich Gösta aussuchte, habe ich sofort gespürt, dass unter der rauen Schale dieses Dickschädels ein gutes Herz schlägt und er meine wunderschöne Birgitta zeit seines Lebens auf Händen tragen wird.«

»*Du* hast …?«

»Aber ja doch! Glaubst du, ich habe bis zuletzt alles willfährig über mich ergehen lassen? Ich brachte sie persönlich nach Hause und suchte dort für sie einen stattlichen Mann aus, der ihr *auch* gefiel. Denn sie ist eine wahrhaftige Schönheit und sollte auf keinen Fall einem hässlichen Kerl zufallen. Als Gegenleistung förderte ich die Karriere von Gösta, sodass er Ratsherr von Stockholm werden konnte. Aus diesem Grund vertrat er natürlich die deutsche Sache und mit seiner Hilfe gelang es uns Mecklenburgern, dass mein Neffe Albrecht III. zum König von Schweden gewählt wurde.«

Herzog Johann blickte selbstzufrieden und brach in ein kurzes kollerndes Lachen aus. »Auf diese Weise bin ich schon immer vorgegangen. Auch wenn das Herz wehtut, kühlen Kopf zu bewahren und selbst aus Unannehmlichkeiten das Beste herauszuholen.«

Landorp lächelte sardonisch. »Ich bin wahrhaft dein Sohn.«

»Aber oho«, wandte sein Vater ein und wedelte mit dem Zeigefinger. »Das stimmt nur zur Hälfte, denn du hast das Temperament deines Onkels Albrecht in dir. Aber mein hitziger Bruder hätte längst nicht so viel erreicht, wenn er nicht hin und wieder auf meinen guten Rat gehört hätte.«

»Aber nicht du, sondern *er* bekam einen Beinamen: der Große!«

»Von mir aus. Ich gönn's ihm.«

»Schwerin dünkt sich was Besseres als Stargard.«

»Mein Bruder war nun mal der Erstgeborene.«

»*Ein* Haus Mecklenburg ist stärker als ...« Landorp hob seinen Arm und ballte die Faust.

»Hör mir bloß damit auf. Es liegt ohnehin ein Fluch über dem Schweriner Haus: Erst starb mein ältester Neffe Heinrich, dann Magnus, dann mein Großneffe Heinrich, der König von Dänemark werden sollte. Mein Bruder selbst war noch voller Körpersaft und Tatkraft, als ihn von heute auf morgen eine tückische Krankheit hinwegraffte. Ich war in seinen letzten Stunden bei ihm und habe mitgelitten, als er sich wie ein Wahnsinniger brüllend unter schwersten Krämpfen wand.«

Landorp drehte den Kopf wieder zur Seite, um seinen tückischen Blick und den höhnischen Zug um den Mund zu verbergen.

»Mein Großneffe[53] und seine Brüder speisen nur noch mit einem Vorkoster.« Herzog Johann schüttelte sacht den Kopf, um seine düsteren Gedanken loszuwerden. »Ich habe vernommen, dass dieser Störtebeker unserer Sache erfolgreich gedient hat. Ist er wirklich so ein riesiger Kerl?«

»Er ist ein Riese und nützt uns, aber er kann gefährlich werden.«

»Wir werden sehen, wie lange wir ihn noch gebrauchen können. Wenn nicht mehr, dann ...«

Landorp straffte seinen Hals, hob die rechte Hand an seine Gurgel und strich mit Kante des Zeigefingers langsam über seinen Adamsapfel, während er seine Pupillen verdrehte bis unter die Oberlider.

»Kümmere dich darum, wenn es so weit ist!« Ohne Regung blickte Herzog Johann seinen Sohn an und nickte.

»Keine Sorge, Vater.« Landorp lächelte zynisch. »Störtebekers Kopf hole ich herunter, und wenn er ihn noch so hoch zwischen seinen Schultern trägt!«

Herzog Johann reichte seinem Sohn die Hand, um die Audienz zu beenden. »Ich wünsche dir viel Erfolg im Kaperkrieg gegen Dänemark.«

»Danke!« Landorp nahm die dargebotene Hand. Er verstand, sein

---

53 Großneffe – gemeint ist Herzog Johann IV. von Mecklenburg-Schwerin – siehe Anhang, Seite XXXI (609).

Vater wollte keine Umarmung zum Abschied. »Ich werde dich nicht enttäuschen. Ich bürge dafür!«

Landorp verbeugte sich tief, ging zur Tür, schloss sie wieder auf und verließ den Raum.

Herzog Johann ließ sich in seinen Sessel sinken und lehnte sich erschöpft zurück. *Du bist der Sohn, den ich liebe! Aber die Politik geht vor. Du wirst du niemals Fürst von Mecklenburg sein, sondern stets mein Werkzeug fürs Grobe bleiben.* Dann zuckte er zusammen, denn durch die Tür drang gedämpftes Getrappel. *Bestimmt mein zorniger Sohn!* Mit der Hand wischte er übers Gesicht und beugte sich über seine Papiere, denn er wollte heute noch etwas schaffen, das dem Wohl Mecklenburg-Stargards diente.

Erik von Landorp starrte auf das zugezogene Türblatt und versuchte sich vorzustellen, was sein Vater gerade tat. Er drehte sich langsam um.

»Zum Teufel mit der verdammten Politik, zur Hölle damit!« Landorp presste die Worte zwischen den Zähnen hervor, denn sein Vater sollte sie nicht hören. Dann schmiss er die Rolle mit Wucht an die gegenüberliegende Wand und stampfte zornerfüllt auf dem Parkett herum. Nach diesem Veitstanz holte er tief Luft und schloss für einen Moment die Lider. Langsam bückte er sich nach der Urkunde sowie dem abgebrochenen Wachsiegel und hob reumütig beides wieder auf. *Was jedoch bin ich ohne die Politik? Ein Nichts!*

Landorp straffte seinen Körper und winkte unwirsch der Wache, wieder auf ihren Posten zu gehen. Denn der Soldat hatte die Lanze eingelegt und sich ihm genähert, um notfalls den Herzog vor dem womöglich verrückt gewordenen Edelmann schützen zu können.

Über den Hof schritt er zu seinen Gemächern in einem Nebengebäude. Aus einem Fenster seines Zimmers blickte er hinüber zu dem Haupteingang, über dem das Wappen der Mecklenburger Herzöge aus der Wand ragte. Er schwor sich feierlich: *Es kann nur einen geben!*

Fünfter Teil

Beute

Frühjahr 1393

1

Der Seekrieg gegen das Reich Dänemark ging ins vierte Jahr, entfacht durch die Herzöge von Mecklenburg. Sie hatten eine große Anzahl von Kaperbriefen ausgestellt an jene Kommandanten, die sich mit ihren für den Krieg umgerüsteten Schiffe anboten.

Seitdem kreuzten die Kaperfahrer mit Scharen von angeworbenen Söldnern, Abenteurern, Gesetzeslosen oder heruntergekommenen Adligen an Bord übers Baltische Meer, stets auf der Suche nach reich beladenen Schiffen, um sie zu entern.

Im Frühjahr 1390 liefen die Kaperfahrer zum ersten Mal aus und überfielen jedes Schiff, welches unter dänischer, norwegischer oder schwedischer Flagge fuhr.

Das Reich Dänemark hatte keine wehrhaften Schiffe, um sie davon abzuhalten. Die Hansestädte hatten mehr als ein Jahrzehnt zuvor König Waldemar IV. Atterdag geschlagen und seine Kriegsflotte zerstört. Daher kehrten die Kaperfahrer reich beladen in die Winterquartiere an der Mecklenburger Küste zurück.

Im folgenden Jahr wagte kein Fischer, auch nur eine einzige Tonne Heringe von Schonen nach Lübeck zu bringen – die dänischen Schiffe liefen nicht mehr aus.

Die Beute fehlte! Aber die Kommandanten segelten jeder auf eigene Faust und scherten sich nicht mehr darum, ob sie nun Freund oder Feind vorm Bug hatten. Selbst die Koggen der neutralen Hanse wurden jetzt aufgebracht.

Im nächsten Jahr fuhren die Kauffahrer nur noch im Schutz aufgebotener Geleitzüge. Jedoch verbündeten sich auch die Kaperfahrer und bildeten Flotten, sodass im Jahr darauf die Seefahrt auf dem Baltischen Meer vollends zum Erliegen kam.

Im Jahr 1393 ließen die Kapitäne ihre Kaperschiffe noch näher an der dänischen Küste entlang segeln und suchten sogar in den Häfen nach beladenen Schiffen. Da die meisten Kaperer nun wieder auf eigene Faust handelten, landete keiner von ihnen an, denn dafür fehlte ihnen die Schlagkraft.

Die kühnsten Kommandanten wagten sich immer häufiger mit ihren Schiffen durch den Großen Belt oder segelten an den wehrhaften Sund-Schlössern vorbei bis nach Göteborg oder Oslo.

2

Ende März stieß auch Störtebeker an Bord des Roten Teufels bis zur Nordspitze Jütlands vor, aber er kehrte um, weil es dort kaum etwas zu holen gab. Anfang April ließ er die Holk im Großen Belt kreuzen oder die Küste Fünens entlangsegeln. Die Laune seiner Männer verschlechterte sich zusehends, aber noch muckten sie nicht gegen ihren Hauptmann auf. Störtebeker und Wichmann hielten darum ihre Mannschaft ständig in Bewegung, während sie angestrengt überlegten, wie sie endlich an Beute gelangen konnten.

Daher verkleidete sich Störtebeker als Bettler und band sich einen runden Fellbuckel auf den breiten Rücken. Vor dem Morgengrauen noch ließ er sich zur Südküste Fünens rudern und machte sich auf den Weg bis in die Nähe des nächsten Hafenorts. Um nicht aufzufallen, krümmte er sich, bis der Buckel höher als sein Haupt ragte. Er stützte seine rechte Schulter in die Astgabel eines drei Ellen langen Stabs und hinkte mit seinem linken Bein durchs Stadttor.

Störtebeker humpelte weiter zum Hafen und suchte das Gespräch mit den anwesenden Fischern. Er erblickte einen alten Mann, der auf seinem Boot hin- und herwanderte, und einen Fluch nach dem anderen ausstieß. Störtebeker ging an Bord und horchte den Fischer aus. Dieser hatte den Fang seines Lebens gemacht, aber ein reicher Händler nutzte die missliche Lage des Mannes aus und bot nur einen Spottpreis für mehrere Hundert Fässer voller Heringe. In Schleswig könnte er ein Mehrfaches bekommen, aber die Überfahrt war wegen der vielen Seeräuber einfach zu gefährlich. Sogar ein richtiger Teufel solle dabei sein.

Störtebeker grinste und gab sich zu erkennen. Er bot sicheres Geleit nach Schleswig an, wenn der Fischer ihm dafür einen Hinweis auf eine gute Beute geben würde. Der alte Mann stutzte, dann lachte er bis über beide Ohren. Er verriet dem Hauptmann, dass jener schäbige Händler aus Odense stamme und er ihm einen ordentlichen Schaden von Herzen gönne. Am übernächsten Tag nämlich sende der Händler eine reich beladene Kogge durch den Kleinen Belt nach Flensburg. Allerdings würden zahlreiche wehrhafte Männer an Bord sein und es gäbe hier viele Häfen, in welche das Schiff flüchten könne.

Am nächsten Morgen wartete Störtebeker an der verabredeten Stelle auf seine Männer, die ihn zum Schiff zurückbrachten. Er stieg an Bord, versammelte sofort die Mannschaft und versprach für den nächsten Tag eine lohnende Fahrt.

Als Wichmann dies hörte, war er erleichtert, denn die Männer ließen sich kaum noch bändigen.

3

Der Holk glitt zügig durch die See, denn ein steter Wind aus Nordost blies in das große Segel des Roten Teufels. Die Wellenberge rollten schneller, sodass deren Kämme den Rumpf rechts und links passierten und vor dem Bug wieder eine zusammenhängende Linie bildeten.

Fietje hielt den Roten Teufel auf Kurs Westnordwest und schaute aus nach dem versprochenen dicken Fang. Er war nicht der Einzige, denn fast die gesamte Besatzung lehnte an den Bordwänden und lugte in Fahrtrichtung. Selbst im Krähennest tummelten sich drei statt wie üblich ein Späher; durch die erfolglosen Raubzüge gierten die Söldner nach Beute.

Weit voraus am Horizont zeichnete sich der Umriss eines kleinen Seglers ab, der Kurs Südwest hielt. Das Schiff entfernte sich von der Küste Fünens und hielt Kurs auf die Schleswiger Bucht.

Mit seinem scharfen Blick entdeckte Fietje das Boot zuerst, obwohl drei Mann ausguckten. Als diese zu rufen anfingen, steuerte er längst darauf zu.

Wichmann stand im Heck, als er die Richtungsänderung spürte. Er ging nach Steuerbord zu Fietje und sah ihn fragend an. Der Steuermann wies mit einem Kopfheben in Richtung des Boots und blickte zufrieden vor sich hin. Wichmann hielt sich die flache Hand über die Augen und kniff die Lider zu schmalen Schlitzen zusammen.

»Fietje, lass ab!«, sagte er und schüttelte den Kopf. »Das ist unser alter Heringsschiffer auf dem Weg nach Schleswig. Geh wieder auf Kurs Westnordwest, damit wir die Kogge aus Odense erwischen.«

»Wir alle hier an Bord sind dafür, erst einmal den Kahn vor uns in Augenschein zu nehmen.« Fietje sprach langsam, laut und mit Bedacht, sodass alle mithören konnten. Die Männer murmelten zustimmend und nickten heftig.

Ungehalten winkte Wichmann mit beiden Armen ab und schüttelte den Kopf. »Selbst wenn ihr nur an den Heringen riechen wollt, verlieren wir dadurch zu viel Zeit, um auf der Kogge noch die edleren Gerüche genießen zu können.«

»Das mit dem anderen Schiff glaub' ich dem Klaus nicht mehr!«, rief Fietje und hielt stur Kurs auf das kleine Schiff. Die Umstehenden pflichteten ihm lauthals bei.

Wichmann wagte nicht, sich weiter mit Fietje anzulegen, sondern ging Störtebeker holen. Der Hauptmann stellte sich breitbeinig neben Fietje, kreuzte die muskulösen Arme und wölbte die Brustmuskeln. Ohne aufzufallen, neigte er den Hals seitwärts und wandte den Kopf.

»Lass von dieser Nuss-Schale ab!«, flüsterte Störtebeker. »Das sind bitterarme Heringsfischer aus Faaborg, die mit Freuden einen reichen Handelsherrn aus Odense verrieten. Daher habe ich mich verbürgt, dass ich sie nach Schleswig passieren lasse. Eine Hand wäscht die andere, also …«

»Und das soll ich glauben? Ich sehe nämlich weit und breit kein anderes Schiff.« Fietje blickte stur geradeaus.

»Wir segeln der Beute direkt entgegen und …«

»Nee, lieber den Spatz in der Hand als die Taube auf dem Dach.« Fietje sprach lauter und schielte zu Störtebeker. »Den brotlosen Seevogel vor uns schauen wir uns erst einmal an, dann sehen wir weiter.«

»Nichts dann.« Störtebeker wedelte mit dem linken Arm und redete auf Fietje ein. »Wenn wir uns mit den armen Fischern aufhalten, gerät unsere reiche Beute außer Reichweite. Mensch, Fietje! Eine fette Kogge aus Odense auf dem Weg durch den Kleinen Belt an der Küste entlang nach Flensburg. Voll beladen!«

»Eins nach dem anderen, Klaus. Merkst du denn nicht mehr, was die Männer wollen?«

Störtebeker sah sich um. Die Söldner sahen ihn finster an, denn sie hatten genug von der Unterhaltung verstanden. Sie murrten vernehmlich.

Als der Hässliche Piet im Ausguck rief, dass Fietje mehr Kurs auf das Schiff vor ihn halten sollte, nickten sie stumm. Reihum sahen sie ihren Hauptmann mit entschlossenen Blicken an. Störtebeker holte tief Luft und fasste an den Knauf seines Schwerts. Bevor er ziehen konnte, trat Wichmann neben ihn und legte seine Hand auf Störtebekers Linke. Der Hauptmann und der Kapitän blickten sich kurz an, dann drehte sich Störtebeker brüsk um. Er drängte sich schweigend durch die Umstehenden und verschwand mit düsterem Blick wieder in seiner Kabine.

Fietje änderte mehrfach den Kurs, weil der Wind drehte und nachließ. Der Rote Teufel holte schnell auf und näherte sich in einem spitzer werdenden Winkel, denn das Boot segelte langsamer und dümpelte schließlich auf der Stelle, als die Fischer das einzige Segel einholten. Das dänische Schiff hatte trotz seiner Ladung wenig Tiefgang und maß etwa dreißig Ellen in der Länge. Es lief vorn und hinten spitz zu und war in der Mitte zwölf Ellen breit.

Fietje drängte den Roten Teufel backbords neben das Boot, sodass dessen Steuerruder zerbrochen wurde. Seine Kameraden warfen Enterhaken, zogen das Boot heran und befestigten es an dem Holk. Die Bordwand des Roten Teufels überragte die Reling des Schiffs um mehr als drei Ellen.

Die vierundzwanzigköpfige Entermannschaft zog ihre Waffen, johlte aus vollem Hals und sprang auf das gegnerische Deck herab. Fietje führte sie an. Ein einziger Blick zeigte ihm, das sie keinen Feind zu fürchten hatten – sechs armselige Gestalten drängten sich ängstlich um den schlanken Mast in der Schiffsmitte. Mit einem Kommando und einer herrischen Handbewegung beendete Fietje den Angriff seiner Kumpane und spazierte mit den anderen Söldnern auf dem Deck herum. Sie hatten kaum Platz, sich zu bewegen, denn überall standen hölzerne Fässer herum. Fietje und seine Kumpane schnupperten über den Deckeln – dem Geruch nach waren sämtliche Tonnen mit Heringen gefüllt.

Fietje wurde wütend und wandte sich zum Mast um. Er brüllte zu den Dänen hinüber: »Unter Deck ist wohl auch nur dieses Zeug? He?«

Die Fischer lächelten unsicher und nickten zögerlich. Der Älteste von ihnen zeigte nach Südwest und sprach mit krächzender Stimme auf Dänisch. »Hering! Gut eingelegte Fische, die wir unbehelligt nach Schleswig bringen dürfen. Das hat euer Hauptmann uns versprochen.«

Störtebeker trat aus seiner Kajüte und hörte die Erklärungen des alten Fischers. Am liebsten hätte er sich wieder in seinem Winkel verkrochen und sich die Ohren mit Wachs zugestopft. Wichmann stieg gerade über die Bordwand und winkte ihm unauffällig. Widerwillig folgte ihm Störtebeker und sprang auf das Deck des Schiffs hinunter.

»Störtebeker!« Der Alte erkannte ihn sofort, obwohl er nicht mehr verkleidet war, und seine Augen leuchteten auf. »Er hat uns freies Geleit versprochen.«

Mit fahrigen Gesten wies der alte Fischer nach Nordwest und sah die Söldner reihum mit großen Augen an. »Gleich kommt die große Kogge des Pfeffersacks, der mich bescheißen wollte! Die ist unser Dankeschön an euch.«

»Was brabbelt der Alte da in seinen Bart?« Fietje blickte Störtebeker misstrauisch an.

Der Hauptmann übersetzte die Worte für seine Männer.

»So?« Fietje verzog sein Gesicht zu einer skeptischen Grimasse. »*Das* hast du mit ihm abgemacht? Und *das* sollen wir einfach so glauben? Wer weiß, was ihr da wirklich miteinander beredet.«

»Fietje!« Wichmann trat zum Steuermann und legte seine Hand auf dessen Schulter. »Was ist los mit dir? Seit wann traust du uns nicht mehr?«

Fietje entzog mit einer heftigen Bewegung seinen Oberkörper der Hand Wichmanns. »Wir haben wenig zu fressen, kaum was zum Saufen, nichts zu vögeln und Ebbe in der Schatzkiste! Ihr seid unfähige

Hauptmänner und wir haben die Schnauze voll von euch beiden.«

»Wir haben den Sold Mecklenburgs und …«, sagte Wichmann hastig, dann fiel ihm nichts mehr ein.

»Ha!« Fietje lachte höhnisch und die Umstehenden taten es ihm nach. »Das ist viel zu wenig ohne Beute. Mit den Kaperbriefen sind wir geködert worden, nicht wegen der paar jämmerlichen Geldstücke aus den vollen Truhen der Mecklenburger.«

»Fietje! Ich schwöre dir, dass die wir gleich eine fette Kogge entern werden!« Störtebeker sah seinen Steuermann ernst an und hob sogar drei Finger seiner Linken.

»Vielleicht …«, flüsterte Fietje und sprach dann lauter. »Vielleicht ist ja unter den Heringen ein Haufen Gold versteckt? Warum denn sonst sollten diese Kerle das Wagnis der Überfahrt eingehen? Und du machst mit ihnen halbe-halbe.«

Die Männer rückten enger zusammen und ließen den beiden Hauptleuten kaum noch Raum für eine Bewegung.

»Schaut doch nach, ihr Idioten!«, rief Wichmann. »Und dann lasst uns endlich die Beute einholen.«

»Wir gucken nach«, beschied Fietje. »Aber was wir dann machen, entscheidet die Mannschaft.« Er hob die Arme und zeigte auf beide Schiffsenden. »Zehn Mann gehen unter Deck, der Rest verteilt sich übers Deck. Schlagt überall ein paar Fässer ein und kippt die Heringe ins Wasser. Dann seht nach, was darunter …«

»Neiiin!«

Sämtliche Köpfe ruckten zum Roten Teufel herum. Im Bug stand Wim, wedelte mit den dicken Armen und schüttelte heftig den Kopf. Er war merklich dünner geworden, denn die Sorge ums tägliche Essen für seine Kameraden hatte ihm den Appetit verdorben.

»Mensch, Fietje!« Wim beugte sich eifrig vor und breitete die Arme aus. »Gib *mir* die Fische! Ich koche gleich eine kräftige Heringssuppe für alle.«

»Bääääh.« Fietje verzog sein Gesicht.

»Heringssalat!«

»Salat? Pfui Deibel.«

»Heringsfilets!«

»Schon besser.«

»Räucherhering!«

»Das dauert doch viel zu lange.«

Wim überlegte angestrengt, dann breitete sich ein strahlendes Lächeln über sein Gesicht aus. »Brathering!«

»Na also, warum nicht gleich.« Fietje wandte sich um. »Jungs, hebt dem guten Wim ein Dutzend Fässer hoch, damit er den Inhalt für uns verbraten kann.«

Fietje hielt inne und drehte sich noch einmal zu Wim um. »Wim. Wenn du goldene Ringe in den Fässern findest, gehören die uns allen. Kapiert?«

Wim nickte eifrig. »Heringsringe mache ich euch auch!«

»Blödmann. Brathering machst du, sonst nichts.«

Wichmann versuchte, die gestiegene Laune der Männer auszunutzen. »Na gut, Fietje. Die Fässer nehmen wir sozusagen als Wegezoll und dann lassen wir die armen Kerle …«

Fietjes Gesicht verfinsterte sich auf der Stelle. »Geht das schon wieder los? Was habt ihr beide denn an diesen jämmerlichen Gestalten für einen Narren gefressen?«

»Ich habe dem Alten gebürgt«, sagte Störtebeker so ruhig er konnte, »dass wir ihn nach Schleswig …«

»Wir? Du!«

»Ich bin der Hauptmann und spreche für alle.«

»Und wir alle wählen unseren Hauptmann selber!« Fietje hob den Kopf und sah Störtebeker ins Gesicht. »Ich hab dich gewählt, damit du für uns das Beste herausholst, nicht damit du uns hier an der Nase herumführst.«

»Ich führe euch. Und nicht an der Nase herum.«

»Doch, an der Nase. Und jetzt weg da, wir wollen an die Tonnen!«

Wichmann blickte Störtebeker warnend an, sodass der Hauptmann widerwillig beiseite ging. Er und sein Kapitän beobachteten, wie die Männer sich an allen Ecken und Enden, auf und unter Deck des Schiffs an der Ladung zu schaffen machten. Sie schlugen die Deckel etlicher Fässer ein und begannen den Inhalt einfach aufs Deck zu kippen. Über die Planken ergossen sich die silbrigen Leiber mit den stahlblauen Rücken, überkrustet vom Salz der Lake. Fietje schimpfte und ermahnte seine faulen Kumpane, die Heringe gleich über Bord zu kippen. Die Söldner gehorchten und legten zu zweit die Fassbäuche auf der Reling ab. Mit den freien Händen wühlten sie die Fische aus den Tonnen ins Meer und suchten vergebens nach edlerer Ware unter dem wertvollen Speisefisch.

Dem alten Dänen kamen die Tränen, als er den Fang seines Lebens auf diese Weise wieder ans Meer verlor. Vorwurfsvoll sah er Störtebeker an, der dem Blick nicht standhielt, sondern sich abwandte.

Fietje ging zu einer Tonne, deren Inhalt gerade von seinen Kameraden ins Meer geschüttet wurde. Die beiden hielten inne, drehten das schon fast leere Fass auf der Reling und schüttelten die Köpfe.

Fietje steckte trotzdem die Nase in die Tonne.

»Kein Gold?«, schrie er entgeistert; dumpf drangen seine Worte aus dem Fass. Er sprang zurück und wirbelte zur Gruppe der Fischer herum. Zornig schrie er die zitternden Männer am Mast an. »Heeering! Nichts als Hering und …«

Der erste der Männer, die unter Deck gestiegen waren, kletterte wieder nach oben, sah Fietje schweigend an und schüttelte den Kopf.

» … schon wieder nur dieser Scheißhering!«

Fietje reckte die Hände flehend gegen Himmel. »Wenn doch wenigstens Bier in den Fässern wäre!«

Er wandte sich wieder um zu den Fischern. »Habt ihr nicht wenigsten ein paar Fässer an Bord, in denen Bier ist?«

Der Alte und seine Sippe schauten ihn verständnislos an.

Fietje erinnerte sich eines der wenigen dänischen Wörter, die er kannte. »Øl!«

Der alte Fischer verstand, nickte und lächelte. Die Freude jedoch wich blankem Schrecken, denn nun begriff er, dass der kleine fuchsteufelwilde Mann gefragt hatte, ob er Bier an Bord habe. Der Alte senkte die Lider, ließ ergeben seinen Kopf hängen und schüttelte fast unmerklich sein Haupt.

»Ihr habt also wirklich nur diese Scheißschuppenviecher an Bord. Also …«

»Was heißt nur?«, wandte Wichmann ein. »Diese Heringe sind gekonnt eingelegt und werden noch lange halten. Wegen unsereiner sind sie so wertvoll geworden, dass diese wehrlosen Fischer es trotzdem wagen, noch auf See zu gehen! In Wismar oder Rostock bekommen wir dafür gut und gerne über einhundertzwanzig Gulden! Das macht für jeden von euch zwei! Ist das nichts?« Wichmann fürchtete um das Leben der Dänen und hoffte, es durch Preisgabe der Ladung retten zu können.

Doch Fietje und auch die anderen Männer ließen sich nicht mehr beruhigen.

»Nein. Das ist schon das dritte Schiff, das nur Hering geladen hat, und sonst war dieses Jahr noch nichts. Und das Blöde bei dieser Ladung ist, man muss sofort nach Wismar oder Rostock zurück, weil's sonst vergammelt. Richtige Beute kann man einsammeln und sofort weiter Jagd machen. Das machen die Dänen doch absichtlich, um uns zu ärgern und damit wir die Stehlbriefe leid sind.«

»Richtig!«, tobten die umgebenden Männer und ergingen sich in unflätigen Flüchen. Der Bann war gebrochen. Die Hauptleute spürten, dass sie nicht mehr Herr der Lage waren, und versuchten das Fünkchen noch auszublasen, aus dem ein Flächenbrand zu werden drohte.

»Männer! Ich verrate euch etwas!« Störtebeker brüllte, so laut er konnte. »Wir müssen ohnehin nächste Woche nach Wismar zurücksegeln, weil Mecklenburg es befohlen hat. Sämtliche Kaperschiffe werden sich einfinden und als große Flotte werden wir durch den Belt nach Norden segeln und eine reiche Stadt angreifen …«

Wichmann übertönte Störtebeker. »Also, nur dieses eine Mal noch. Ihr bringt die Fässer rüber und lasst die Leutchen heimsegeln.«

Die Hauptleute erreichten jedoch das Gegenteil – der Zorn der Söldner wuchs.

»Nein, nein, nein. Nix da!«, ereiferte sich Fietje. »Die müssen jetzt dran glauben, die machen doch ihre Scherze mit uns und lachen sich ins Fäustchen, dass wir dauernd Heringsfässer herumschleppen. Wir sind Söldner und keine Heringstonnenroller!«

Fietje reckte sich, riss den rechten Arm so hoch er konnte, ballte seine Hand und ließ die Faust auf den nächsten Fassdeckel herabsausen. »Diese Kerle dort sind Dänen! Also büßen sie jetzt für alle anderen Dänen. Die springen auf der Stelle über die Klinge!«

»Au ja!«

Fietje drehte sich überrascht um. Der Ausruf kindlicher Begeisterung klang vom Vorderdeck des Roten Teufels herüber. Wim stand dort und hievte immer noch eine Tonne nach der anderen über die Bordkante der Holk. Längst stapelten sich hinter ihm mehr Fässer, als Fietje ihm erlaubt hatte. Mit seinem treuen Hundeblick bettelte er den Hässlichen Piet und seine Kameraden stets aufs Neue an, sodass sie ihm jede Tonne hinaufreichten, derer sie habhaft werden konnten. Sie hatten zwar die Nase voll von Fisch, aber Wim war ein fabelhafter Koch. Er strahlte bei jedem Fass übers ganze Gesicht, denn diese Beute schätzte er aufs Höchste.

»Von diesem Spiel habe ich schon gehört.« Wim setzte wieder ein Fass hinter sich ab. »Ich mache bei diesem Spaß mit! Danach schicken wir die Burschen mit ihrem leeren Kahn zurück nachhause.«

«Spiiiel?« Fietje dehnte das Wort, schüttelte den Kopf und kreiselte die Pupillen. Dann grinste er höhnisch, hob das Kinn und streifte mit dem rechten Daumennagel über die Kehlhaut. »Nix Spiel. Spaß schon, aber die müssen dran glauben!«

Wim krabbelte voller Eifer auf das Deck des Boots herunter; daher achtete er nicht darauf, wie ernst Fietje es meinte. »Ach Fietje. Komm schon, lass mich die Klinge führen! Bitte! Ich hab' das noch nie gemacht. Das soll doch so lustig sein. Lass mich machen. Ja?« Er watete durch den leblosen Fischschwarm zu Fietje hinüber, der ihm sprachlos entgegen sah. Obwohl sein Kumpan unwirsch den Kopf schüttelte, zog Wim die Waffe aus der Scheide und fuchtelte ungelenk mit ihr herum, sodass alle Umstehenden hastig zwei Schritte zurückgingen, um nicht versehentlich getroffen zu werden. So geschickt Wim den Kochlöffel im Topf herum schwenken konnte, so plump schwang er das Schwert über seinem Kopf.

Störtebeker und Wichmann ließen ihre Männer gewähren. Sie hofften, dass durch den überraschenden Auftritt des Kochs der Zorn der Mannschaft sich verflüchtigte.

Wim strahlte die schartige aber glatt und scharf gewetzte Schwertschneide an. Er fühlte sich wie ein großer Junge und vergaß, dass er nichts zu befehlen hatte.

»Ihr zwei da! Ihr holt das schöne Fass dahinten und stellt es hier mitten aufs Deck!«, kommandierte Wim mit Donnerstimme. Die beiden angeschrienen Kameraden blickten verblüfft und legten ihre Köpfe schief. Dann grinsten sie und zwinkerten sich zu. Um Spaß zu haben, ordneten sie sich ihm unter und gingen Fassholen.

»Alle Mann anpacken! Wir brauchen Platz!«

In Windeseile flogen etliche Fässer ins Meer, zur Seite oder wurden hochgereicht in die Hände der vierzig an Bord des Roten Teufels gebliebenen Männer. Mit ihren Füßen fegte die Entermannschaft die Heringe auf dem Deck aus dem Umkreis der vollen Tonne, die nun hochkant vor Wim stand.

»So!« Wim zeigte mit der Klingenspitze auf den kleinsten der Fischer. »Du da. Du. Ja, du da. Du, mit den Schieloogen!« Der junge Bursche schielte noch mehr aus Angst.

Die umstehenden Männer lachten schallend, denn Wim schob die Pupillen in die vorderen Lidwinkel und versuchte seine Nasenspitze zu sehen. Mit der Schwertspitze zeigte er erneut auf den Jungen, dann zum Fass. Zögernd gehorchte der junge Fischer; dabei blickte er Hilfe suchend zu Klaus Störtebeker.

Der Hauptmann nickte kaum merklich und sprach dänisch in ruhigem Ton. »Kletter auf das Fass und stell dich gerade hin.«

Der Jüngling stand vor dem Fass, packte beidhändig die Daubenkanten und blickte fragend zu Wim.

»Rauf mit dir!«, sagte Wim laut und hob Kopf sowie Augenbrauen.

Der junge Däne verstand die Gesten und kletterte gehorsam auf das Fass; auf dem Deckel richtete er sich vorsichtig auf. Er sah verdutzt um sich, als er dafür den grölenden Beifall der Männer erhielt. Unsicher lächelte er zu Wim herunter.

»Herrgott! Guck mich doch nicht so Hilfe heischend an, du Schuppenkratzer!«, schrie Wim und mühte sich, ein finsteres Gesicht zu ziehen. Er hob sein Schwert und schwang es unbeholfen. »Also. Das hier ist ein Schuppenkratzer-Kratzer ...«

Wims weitere Worte waren nicht mehr zu hören, denn die Umstehenden prusteten los, klatschten sich vor Vergnügen auf die Schenkel oder brüllten begeistert.

Wim sah sich überrascht um. Dann begriff er, dass es ihm gelungen war, die Männer mit etwas anderem als seinen Kochkünsten zu begeistern. Er strahlte vor Entzücken und gönnte sich eine kleine Pause des Triumphs.

Er stellte sich wieder breitbeinig vor dem Fass auf. »Also. Das hier ist ein Schuppenkratzer-Kratzer ...«

Erneut wieherten die meisten Männer los, sodass Wim wieder eine kleine Pause einlegen musste, in der er vor Freude mit den Augen rollte.

»... den du in die Beine gehauen kriegst, wenn du bei meinen gewaltigen Schwüngen nicht rechtzeitig hochspringst! Ist das klar?«

Der Däne verstand nicht, aber mit unterwürfigem Eifer nickte er, um sein Gegenüber nicht zu reizen.

»Springen!«, rief ihm Störtebeker zu. »Über die Klinge!«

Jetzt begriff der Fischer, was von ihm erwartet wurde und ging leicht in die Hocke. Mit angstvollem Blick starrte er auf die scharfe Klinge.

Nun hielt Wim das Schwert mit beiden Händen und streckte die Arme in Brusthöhe von sich. Fietjes Waffe wog keine zwei Pfund und die Klinge maß lediglich eine Elle, aber Wim war sie nicht gewohnt.

Er holte nach rechts zum ersten Schwung aus und schlug zu. Die Klinge zischte eine Handbreit oberhalb des Fassdeckels über die Stelle hinweg, an welcher vor einem Lidschlag noch zwei menschliche Unterschenkel gestanden hatten. Der Schwung der Waffe brachte Wim aus dem Gleichgewicht, sodass er einen Schritt zu Seite machte und innehielt. Die umstehenden Männer lachten ihren Koch aus und neckten ihn mit spöttischen Bemerkungen. Selbst der Fischer auf dem Fass lächelte erleichtert.

Wim blickte erbost um sich. Dann zog er die Augenbrauen zusammen, packte den Griff des Schwerts fester und holte nach links aus. Wieder sauste die Klinge über das Fass hinweg, ohne in die Beine zu schneiden. Aber Wim bekam den Bogen besser heraus und schwang die Waffe sogleich zurück. Trotzdem gelang es dem Fischer mühelos, über die zurückkehrende Klinge zu springen.

Wim senkte das Schwert und holte Luft; das Lachen und Reden der

Kameraden überhörte er. Um schneller schlagen zu können, nahm er die linke Hand vom Griff. Ansatzlos reckte er die Waffe zur Seite und hieb nach den Unterschenkeln des Dänen. Ein halbes Dutzend Mal schwang er das Schwert hin und her, bis er verschnaufen musste.

Der Fischer war schlank und wich leichtfüßig jedem Schlag aus. Er hüpfte bis zum Schluss eine Elle hoch vom Fassdeckel.

Wim sah ihn finster an, denn der Bursche blamierte ihn. Er nahm sich zusammen und schaffte noch zwölf Schwünge.

»Aus!« Wim war rot im Gesicht, hechelte wie ein Hund nach vergeblicher Jagd und ließ enttäuscht das Schwert sinken. »Ich kann nicht mehr!«, stieß er ächzend hervor, bohrte die Schwertspitze in die Planken und stützte sich auf den Knauf.

Sechzig Männer grölten oder lachten ihn aus.

»So springt doch kein Mensch! Der hat ja richtige Froschbeine.« Wim sah ungläubig auf den immer noch unversehrt auf dem Fass stehenden Fischer, der sich trotz seiner misslichen Lage ein verlegenes Grinsen nicht verkneifen konnte.

»Frösche kommen in den Topf oder springen in die Freiheit. Ich hab ihn nicht erwischt, also können die Kröten da jetzt in ihren heimischen Tümpel zurückkehr...«

»Nein!«

Fietje wurde wütend, sprang zu Wim und riss sein Schwert aus der Hand des Freundes.

»Nein!« Er stieß Wim heftig zur Seite und stellte sich selbst in Positur. »Das gilt nicht. Wir wollten dir bloß den Spaß gönnen. Aber jetzt erst wird's ernst!«

»Fietje!« Klaus Störtebeker hatte sich zurückgehalten und gehofft, dass die gute Laune der Männer anhalten würde. Aber jetzt musste er doch eingreifen. »Lass es gelten. Das reicht für heute!«

Fietje spannte seinen Leib. Er hob langsam das Schwert und legte die Klinge auf seine rechte Schulter, sodass die Spitze auf den hinter ihm stehenden Hauptmann zeigte. Er hob den Kopf leicht, neigte ihn zur Seite, sah auf einen imaginären Punkt im Himmel und dehnte seine Worte beim Sprechen. »Sooo? Das reicht für heute? Uns nicht!«

Das zustimmende erzürnte Gejohle bestätigte ihn, fortzufahren und seine Stimme wurde drohender. »*Das* sagt uns der Hauptmann, den wir uns ausgesucht haben. Das können wir ja auch an Ort und Stelle ändern. Nicht wahr Jungs?«

Das zustimmende Gebrüll der Söldner war eine Warnung für Störtebeker, dennoch glitt seine Linke wieder zum Schwertgriff, um blankzuziehen.

Erneut gelang es ihm nicht, denn eine Hand umklammerte die Parierstange. Störtebeker sah nach hinten, um das Hemmnis zu erkennen und blickte in die vergrößerten Pupillen von Wichmanns Augen, die ihn starr mahnten.

Die Zornfunken in Störtebekers Augen verglommen und er nahm seine Hand langsam von Griff. Die umstehenden Männer lauerten nicht mehr auf einen Angriff ihres Hauptmanns, sondern entspannten sich.

Fietje grinste sarkastisch, denn jetzt hatte er freie Hand. Er stellte sich wieder in Positur, aber gleichzeitig lockerte er seine Muskeln. Der klein geratene Steuermann bleckte die Lippen, sodass der Fischer die Reste seiner bräunlichen Zähne anstarrte. Fietje verzog das Gesicht zu einer hinterlistigen Fratze und zwinkerte mit den Augen seinen Kumpanen rechts und links zu.

Ansatzlos schnellte sein erster Hieb in die Richtung der Unterschenkel des Fischers. Mit einem affenartigen Satz rettete sich der Däne vor der sirrenden Schneide, landete wieder auf dem Fassdeckel und stieß einen gellenden Schmerzensschrei aus.

Fietje ließ nicht wie Wim das Schwert ausschwingen, sondern hieb sofort zurück in die linke Kniekehle. Der Schlag war nicht fest, aber Fietje schnitt mit der scharfen Klinge die Kniesehne durch.

Nun nahm er den Griff beidhändig und hielt die Schneide überkopf. Der Fischer stöhnte und presste seine Hand auf die Wunde; entsetzt sah er auf die im Licht der hochstehenden Sonne blitzende Waffe. Er versuchte, mit seinem gesunden Bein zu springen, aber er kam nicht hoch genug. Die seitlich mit voller Wucht geführte Klinge schnitt durch das Fleisch des Oberschenkels und drang tief in den Knochen. Fietje zog wieder die Schneide durch, damit sie möglichst viele Muskeln trennte.

Der Däne kniete sich mit seinem nicht getroffenen Bein auf dem Deckel der Tonne und schrie zum Erbarmen. Fietje jedoch kannte keine Gnade und holte von der anderen Seite aus. Das Schwert zerteilte das leinene Hemd des Dänen und drang tief in die Leber. Der Fischer bäumte sich auf, fiel vom Fass und schlug dabei heftig mit dem Kopf aufs Deck. Er krümmte seinen Leib vor Schmerzen, indessen das ausströmende Blut die Risse seines Gewands rotbraun sprenkelte. Aus seinem Geschrei wurde ein Brüllen, das zu einem heiseren Wehklagen wechselte, unterbrochen von Wimmern und Stöhnen.

»Aus«, sagte Fietje in lakonischem Ton und wies mit seinem linken Zeigefinger aufs offene Meer. »Ab zu den Fischen mit dir!« Er drehte sich um. »He Jungs, holt mir ein paar geleerte Fässer, damit wir die

Kerle reinstopfen können.« Dann ging er zu dem gerefften großen Segel des Boots, stach mit der der Schwertspitze hinein und zog die Klinge zweimal schräg nach unten. Mit dem herunterhängenden Lappendreieck wischte er sein Schwert sauber. »Noch was, Jungs. Schlagt ein paar ordentliche Löcher in die Fässer, damit sie todsicher ins Jenseits gelangen.«

Sechs Gruppen beeilten sich, mit Beilen oder anderen Waffen zahlreiche Löcher in die Dauben zu schlagen. Das erste ›fertige‹ Fass rollten sie zu dem vom Schmerz ohnmächtig gewordenen Fischer und drehten die Öffnung zu ihm hin. Sie stießen ihn kopfüber hinein, stellten das Fass auf, setzten den Deckel wieder ein und verkeilten ihn. Zu viert warfen sie das Fass möglichst weit über Bord. Ihr Grölen übertönte das Geschrei des wieder erwachten Opfers und auch das Stöhnen der noch übrig gebliebenen Dänen. Ungerührt sahen die Seeräuber zu, wie die Tonne in den Wellen rollte und Wasser zu lecken begann. Sie wetteten miteinander, wie lange das Fass noch schwimmen würde.

4

Während die Söldner den jungen Fischer in das Fass stopften, blickte Wichmann aus den Augenwinkeln zu Störtebeker und forderte ihn mit einer knappen Kopfbewegung zum Rückzug auf den Roten Teufel auf. Der Kapitän drehte sich schweigend um und kletterte hoch. Der Hauptmann folgte ihm und packte mit seinen großen Händen die Bordkante des Roten Teufels. Störtebeker zog sich hoch, schwang seinen Unterkörper nach rechts und flankte links über die Reling auf das Deck seines Schiffs. Er starrte auf die Decksplanken und ging rasch zur Kajütentür, um die fünf um den Mast gescharten, noch unversehrten Dänen nicht mehr sehen zu müssen.

»Du elendiglicher Verräter! Dich soll der röteste aller roten Teufel holen und in der tiefsten aller tiefen Höllen gar braten bis zum Jüngsten Gericht!« Der Alte schrie gellend, dann begann er, zu jammern. »Oh Gott! Wie kannst du nur so etwas Schändliches zulassen? Oh, Gott, warum nur? Warum nur, mein Herr im Himmel?«

In der Stimme hörte Störtebeker die Verzweiflung, aber auch den Hass auf ihn heraus; die hohen Töne drangen in seine Ohren und schienen seinen Kopf zum Schwindeln zu bringen. Er hielt sich mit seiner rechten Hand am Türrahmen fest, hob die Linke über die Brust und die Finger wanden sich um den Knauf seines Schwerts. Die Waffe jedoch zog er nicht aus der Scheide, um sich mit ihr auf seine eigenen Männer zu stürzen, sondern er ließ los und packte stattdessen die

Klinke. Er brach sie fast ab, trat das Türblatt auf und knallte die Tür hinter sich zu.

In der Kajüte angekommen riss Störtebeker den Schwertgurt auf und ließ ihn samt der Waffe achtlos fallen. Tiefer bückte er sich über seine Schlafstatt, öffnete ungeduldig fluchend die Schlösser der Truhe, hob die Klappe und nahm ein Fässchen heraus. Er stellte es auf den Tisch, tastete nach der richtigen Stelle und mit einem mächtigen Faust hieb trieb er einen Teil des Deckels ins Fass. Dabei hörte er Knochen brechen und fühlte stechende Schmerzen in seiner Hand. Jedoch biss er auf die Zähne, nur ein zischender Laut entfuhr ihm.

Störtebeker setzte sich, packte das Fässchen und hob es schräg über sich, bis ein kräftiger Strahl der Flüssigkeit in seinen Rachen schoss. Er trank lange, brauchte nur wenige Schluckbewegungen und stellte das Fass zurück. Dann ließ er seinen Rücken gegen die Wand sinken, legte die schmerzende Hand auf den Bauch und starrte ins Dunkel.

5

Die Söldner beachteten nicht den Rückzug ihrer Hauptmänner, denn sie ergötzten sich an der sinkenden Tonne. Sie stritten sich bereits darum, wer als Nächster einen der Fischer über die Klinge springenlassen durfte. Selbst als der Alte gellend hinter Störtebeker her schrie, blickten sie nur kurz auf, da sie den Dänen nicht verstanden.

Die Fischer verloren jede Hoffnung und jammerten noch lauter. Der alte Däne jedoch, der bereits schlohweiße Haare hatte, fasste sich und sank auf die Knie. Seine Gesellen knieten sich um ihn und legten die offenen Handflächen zusammen. Der Alte sprach mit zittriger Stimme vor; seine Leute beteten fast in fast unverständlichem Gemurmel nach.

»Pater noster, qui es in caelis:
sanctificetur nomen tuum.
Adveniat regnum tuum.
Fiat voluntas tua,
sicut in caelo, et in terra.
Panem nostrum cotidianum
da nobis hodie.
Et dimitte nobis debita nostra,
sicut et nos dimittimus debitoribus nostris.
Et ne nos inducas in tentationem,
sed libera nos a malo.
Amen.«

6

Wim stand noch, wohin ihn Fietje gestupst hatte, und sah mit Entsetzen die Untat seines besten Kumpans. Unwillkürlich legte er auch die Hände zusammen und sah flehentlich um sich. Fietje und seine Kumpane jedoch hatten Blut geleckt und dürsteten nach mehr. Sie ließen die Fischer beten, denn dies war ihnen fremd und machte sie neugierig. Die Söldner schüttelten verwundert die Köpfe, manch einer lachte tonlos und stieß einem Nachbarn den Ellbogen in die Seite.

Fietje kehrte Wim den Rücken zu. Trotzdem hatte er das Gefühl, Wims flehender Blick bohre sich in seinen Rücken und dessen betende Hände schienen immer noch vor seinen Augen zu schweben. Fietje fühlte sich zunehmend unwohler, darum scheuchte er seinen Freund davon.

»Wim, ich kriege Hunger vom Tagewerk hier. Mach, das wir etwas zu Essen fassen bekommen, wenn wir zurück sind. Brat den Hering ja ordentlich! Verstanden? Los, los jetzt, verschwinde!« Fietje drehte sich um und winkte heftig mit dem Arm.

Wichmann nahm die Gelegenheit wahr, beugte sich über die Reling des Roten Teufels und fasste Wim am Oberarm. Wim war so erschüttert, dass er nicht nach den um ihn herum schluppernden Heringen griff; im Gegenteil kickte er erbost drei Fischleiber fort, als er versehentlich auf sie trat. Wichmann half ihm hoch aufs Deck und zog ihn fort zur Kombüse.

»Wim!« Wichmann rüttelte den bedrückten Koch an beiden Schultern. »Kopf hoch. Stopf dir was in die Ohren und brutzele den Männern leckere Bratfische. Wenn du dich jetzt hängen lässt und schlecht kochst, dann knüpfen dich deine Kumpane an der Rahe auf.«

Wim nickte erschrocken und suchte mit betrübtem Gesicht nach einem Klumpen Wachs. Wichmann klopfte ihm auf die Schulter und ging übers Deck zu den Kajüten.

7

Fietje erkannte, dass er Herr der Lage war, drehte sich rundum und grinste seine Kumpane der Reihe nach an. Sie bestürmten ihn, fünf Leute auszuwählen, denn jeder wollte an die Reihe kommen. Fietje reckte sich und zeigte auf jene Kameraden, die sich noch nicht bewährt hatten. »Jan, du bist der Nächste. Jetzt zeig uns mal, was du kannst! Danach kommt Klaas dran; dann ist Piet an der Reihe und zuletzt die Brüder Hansen.«

Als Herr über Leben und Tod zeigte er mit der Schwertspitze auf den alten Mann. »Und jetzt … her mit dir, du alter Schuppenkratzer.«

Der Alte hob den Kopf, sah zu Fietje herüber und stand auf. Zwei seiner Gesellen hielten sich die Augen zu, die beiden anderen umklammerten den Mast und pressten die Stirnen gegen das Rundholz. Der alte Däne erklomm mit ergebenem Gesichtsausdruck das Fass, vor dem der Lange Jan sich bereits in Positur gestellt hatte. Mordlust lag in seinen Augen, trotzdem wollte er es langsam angehen lassen und schlug nur mit halber Kraft zu. Der Alte jedoch sprang gar nicht hoch.

8

Bereits im Gang zur Hauptmannskabine roch Wichmann den Rum. Er trat schweigend ein und tastete sich zu seiner Bank. Mit geübten Griffen schlug er einen Funken und zündete mit dem Span sechs Kerzen an. Er sah Störtebeker. Dessen Kopf lag auf der Brust, die Augen waren geschlossen und seine rechte Hand stützte die linke Faust auf dem Bauch. Vor ihm stand das Rumfässchen, dessen Deckel eingeschlagen war. Schnapslachen und Blutspuren besudelten Tisch, Bank und Wände. Zwischen Störtebekers Händen quoll Blut hervor; die Spur rann über seinen Unterbauch und entlang der Hose auf die Planken. Die linke Faust war blau angelaufen und vom Armgelenk hing ein Fetzen Haut herab.

Störtebeker öffnete die Augen und stierte Wichmann an. Der Hauptmann beugte sich vor, mit der rechten Hand schob er dem Kapitän das Fässchen zu. Wichmann nickte, setzte sich auf seine Bank und trank. Allerdings setzte er nach einigen Schlucken wieder ab, denn er hielt sich meistens zurück. Er spürte das Gebrannte wie flüssigen Pfeffer durch die Speiseröhre hinunterrinnen und den Magen zu einem Sudbehälter erwärmen. Dann schob er das Fass wieder zu Störtebeker, der trotz der verletzten Hand zupackte und einen guten Teil des verbliebenen Inhalts trank.

Ein Schmerzensschrei ertönte, die Hauptleute jedoch zuckten mit keiner Wimper. Auch nicht, als die Schreie in immer kürzeren Abständen erfolgten und in ein lang anhaltendes Brüllen übergingen.

»Drei«, sagte Störtebeker lakonisch.

Wichmann nickte und bekreuzigte sich rasch. »Alles umsonst.« Er seufzte und schüttelte betrübt den Kopf. »Diese Toren! Sie haben alles versaut. Wenn wir noch eine Weile nach Westen gesegelt wären, hätten wir deine prallgefüllte dänische Kogge eingefangen.«

Störtebeker schob das Fässchen wieder über den Tisch. »Für diese Hornochsen habe ich mein Leben riskiert, indem ich in Feindesland gegangen bin.« Er sprach schleppend und lallte immer stärker, sodass Wichmann ihn kaum noch verstand. »Es war mein eigenes Geld, das ich springenließ, damit der arme Alte mir diese fette Prise verriet.«

Wichmann trank nicht, deshalb beugte sich Störtebeker vor, packte das Fässchen und soff schon, bevor er wieder auf seinem Hintern saß. Der Kapitän sorgte sich um das Wohlergehen seines Kumpans. Rasch griff er beidhändig zu und riss dem Hauptmann das Rumfass aus den Fingern; eine breite Spur des Gesöffs platschte über den Tisch hinweg. Wichmann schob das Fässchen hinter sich. Störtebeker sprang erzürnt auf, dabei stützte er sich auf die verletzte Hand. Vor Schmerz jaulte er auf, krümmte sich und sank auf seine Bank zurück.

»An Geld liegt dir doch nicht viel, denn du holst es dir immer wieder aufs Neue.« Wichmann versuchte, Störtebeker vom Schnaps abzulenken. »Nicht wahr?«

»Das stimmt. Das Schlimme an der Sache ist, das ich mich verbürgt habe, dass sie unbeschadet nach Schleswig segeln können.«

»Du konntest nicht ahnen, was heute passiert.« Wichmann nahm einen dicken Lappen und wischte den Tisch ab.

»Natürlich nicht. Aber wir hätten die Kerle im Griff behalten müssen.«

»Falls es hart auf hart geht, sind wir zwei gegen sechzig! Selbst wenn du alleine zwei Dutzend erschlägst und ich ein paar dazu, nützt es nichts, der Rest ist uns über.«

»Aber der gute Wim ist auf unserer Seite«, murmelte Störtebeker und grinste schwach.

»Wim?« Wichmann lächelte belustigt und seine Äuglein glänzten. »Gut? Unser Bester kann mit seinem Kochgeschirr nur ein paar Beulen schlagen, außerdem würde er sich raushalten, denn ist er Fietjes Freund.«

»Fietje ist der Rädelsführer. Wenn ich diesen Giftzwerg einen Kopf kürzer mache, dann …«

»… fallen sie erst recht über uns her. Sie sind allesamt höchst unzufrieden.«

»Die armen Fischer tun mir ja nicht allzu leid.« Störtebeker blickte abgestumpft und hob die Schultern. »Wir haben Krieg und ich bin mittendrin. Mir geht es vor allem um mein Wort, das will ich immer halten. Auf mich soll Verlass sein. Wenn sich herumspricht, was wir hier getan haben, bekommen wir von den kleinen Leuten keine Hinweise mehr.«

»Ob in Wismarer oder Rostocker Wirtshäusern, überall werden sie damit prahlen.« Wichmann suchte ein großes Stück Leinen aus seinem Deckenbündel heraus und breitete es über den Tisch.

»Das müssen wir verhindern. Wenn wir wieder in Wismar sind,

müssen sie an Bord bleiben, denn wir laufen bald wieder aus, um mit der Flotte den Riesenhappen abzuholen. Wenn wir den haben, werden sie von nichts anderem mehr reden.«

Wichmann schnitt mit seinem Messer das Tuch an und riss den Stoff in lange Streifen. »Das wird ein harter Strauß, denn diese Stadt ist nicht wehrlos.«

»Darum segelt ja die ganze Vitalier-Flotte hin. Auch auf den anderen Schiffen haben die Hauptleute Mühe, die Männer noch ...«

Der Kopf von Störtebeker sank nach vorn, dann hob er ihn ruckartig. »Gib mir den Rum!«

»Nein!«

»Her damit, oder ...«

»Oder was?«

»Hennig, ich ...«, lallte Störtebeker. Ihm fielen die Lider zu und sein Haupt neigte sich zur linken Schulter.

Wichmann stand auf und setzte sich neben seinen bewusstlosen Gefährten. Ein gellender Schrei ertönte, aber der Hauptmann wachte nicht auf. *Fünf!*, dachte der Kapitän. Wieder schlug er das Kreuz.

Behutsam fasste er Störtebekers linken Arm und legte ihn quer über seinen Schoß. Dann schob er den Hautfetzen zurecht, um die Wunde abzudecken, und wickelte Armgelenk und Unterarm ein. Es war höchste Zeit, denn unter dem Tisch schwamm das Blut und bildete mit dem verschütteten Schnaps stinkende Pfützen. Wichmann streckte die Finger der Hand Störtebekers, sodass dieser trotz seiner Bewusstlosigkeit aufstöhnte.

Womöglich hast du dir die Hand gebrochen – ausgerechnet jetzt! Wichmann schüttelte betrübt den Kopf.

Dann legte er je vier hölzerne Stäbe auf den Handrücken sowie in die Handfläche und band sie mit mehreren leinenen Streifen so fest um die Hand, dass sie einschließlich des Gelenks unbeweglich blieb. Zuletzt knüpfte er eine Schlinge, welche er um Störtebekers Hals und den Unterarm wand. Wichmann erhob sich. Ächzend schob er den schweren Körper auf dem Bett zurecht und achtete darauf, dass die verbundene Hand nicht von Störtebekers Bauch rutschen konnte.

»Alter Kamerad«, flüsterte der Kapitän dem Hauptmann ins Ohr, richtete sich halb auf und verschnaufte. »Deine Schicksalsgöttin meint es wirklich nicht gut mir dir.«

Durch das Holz klang ein weiterer Todesschrei.

»Amen!«, flüsterte Wichmann und stand der letzten Dänenseele mit einem frommen Wunsch bei. *Der Himmel sei dir gnädig – euch allen!*

Noch ein Schrei ertönte, aber der Ruf kam von oben. »Schiff vorauuus!«

Wichmann hörte vielfüßiges Getrappel und spürte, wie der Rote Teufel sich leicht zur Seite neigte. *Jetzt stehen sie alle an der Reling und gaffen.*

»Eine große dicke fette Kogge!«, krähte der Mann im Nest. Mehrstimmiges Gebrüll und die Geräusche hastigen Hantierens an der Takelage folgten auf den Ruf. Der Holk nahm langsam Fahrt auf.

Nur zu, ihr Hornochsen. Der Kapitän lächelte ironisch. *Aber es ist zu spät, denn ihr holt dieses Schiff nicht mehr vor Flensburg ein.*

Er hob den Kopf und nickte bedächtig. *Aber wir beide haben was davon. Wenn die Kerle es endlich begriffen haben, werden sie mächtig auf Fietje schimpfen, dass er Klaus nicht traute. Dann folgen sie uns wieder, hoffentlich.*

Wichmann ging zur Tür, schloss ab und legte den Balken ein. Dann setzte er sich auf den Bettkasten, nippte am Rumfass und stellte es unterm Tisch in seiner Ecke ab. Seine beiden Schwerter schob er auf dem Tisch zurecht und zog das Messer. Als Letztes erstickte er sorgfältig die Kerzenlichter mit dem Löschhütchen. Er bettete sich auf der Truhe so bequem wie möglich, legte die Hand mit der blanken Waffe auf die Brust und hielt Wacht.

9

Am 15. April 1393 segelte die Flotte des Herzogtums Mecklenburg aus dem Hafen von Wismar. Sie wurde begleitet von der Hälfte aller Kaperschiffe, unter anderem vom Roten Teufel. Als die Schiffe die Mecklenburger Bucht durchquerten, näherte sich eine kleinere Flotte aus Ostnordost mit den restlichen Vitalienbrüdern, die von Rostock ausgelaufen waren.

Admiral Erik von Landorp befand sich an Bord seiner Fredekogge, der *Stier von Mecklenburg*, welche vorneweg durch den Großen Belt segelte. Er stand im Bug und beobachtete die Küsten von Fünen und Seeland. Nichts regte sich an Land und nicht ein Schiff legte ab, um ihn am Verlassen des Baltischen Meers zu hindern. Landorp lächelte, denn er hatte nichts anderes erwartet. Sein Gesicht wurde wieder ernst, als er an seine Rückkehr dachte – auf sie würde der Däne sicherlich vorbereitet sein.

Landorp stützte sich auf der Reling ab und ließ seine Gedanken vorauseilen. In einer Woche etwa würden sie ihren Zielort erreicht haben, dessen Eroberung ihn sein Leben kosten könnte. Der Admiral verzog das Gesicht zu einem sarkastischen Lächeln, denn eine Person wünschte sich nichts sehnlicher als seinen Tod: Herzog Johann II. von Mecklenburg-Stargard.

Landorp ließ den Kopf sinken, denn dies erinnerte ihn an den Tod seines Vaters vor einem Jahr.

Im Frühjahr 1392 hatte Johann I. ihn eiligst rufen lassen. Als Landorp das Studierzimmer betreten hatte, hatte er seinen Vater das letzte Mal gesehen, fast leblos im Sessel sitzend und von zwei Ärzten versorgt. Der Herzog war noch einmal zu sich gekommen und hatte übers ganze Gesicht gestrahlt, als er ihn erkannte.

Johann I. hatte Ärzte und Diener hinausgeschickt und ihm gewinkt, das Ohr nahe an seinen Mund zu halten. Kaum noch verständlich sprechend hatte er ihn eindringlich vor dem Thronfolger gewarnt. Aus diesem Grund hatte der Herzog ihm befohlen, nach der Beerdigung auf der Stelle nach Schwerin zu reiten und niemals wieder nach Stargard zurückzukommen.

Zuletzt hatte sein Vater ihn gebeten, die Schublade zu öffnen und ihm zuvor den Mechanismus erklärt. Landorp hatte einige Rollen herausgenommen, die ihm sein Vater mit letzter Kraft gezeigt hatte, und sie ins Feuer des Kamins geworfen. Er hatte in die Flammen gestarrt, bis die Dokumente zu Asche verbrannt waren, auch sein kompromittierender Brief aus Kopenhagen. Ergriffen wie selten war Landorp gewesen, weil sein Vater selbst im Angesicht des Todes um ihn besorgt gewesen war.

Als er sich umgewandt hatte, hatte er in die todesstarren Augen Herzog Johann I. von Mecklenburg-Stargard geblickt. Dessen rechte Hand hatte jenes Medaillon umklammert, in dem die weißblonde Haarlocke seiner Mutter steckte. Er hatte es an sich genommen.

Landorp verließ den Bug des Stiers von Mecklenburg und stieg auf das Hinterdeck über seiner Kajüte. Er versuchte, die düsteren Erinnerungen zu verscheuchen, aber sie überkamen ihn aufs Neue.

Damals hatte er die Warnung seines Vaters vor dem Erben beherzigt. Nach Verlassen der Gruft, in welcher der Leichnam Herzog Johann I. eingeschlossen worden war, war Landorp sofort auf sein Pferd gestiegen und hatte es zu größter Anstrengung angespornt. Nach einem Gewaltritt hatte er Schwerin erreicht und sich in die Obhut seines Neffen begeben: Johann IV. von Mecklenburg-Schwerin.

Auch seine Halbschwester Katarina hatte die Burg Stargard verlassen müssen, denn nach seiner Thronbesteigung hatte Johann II. sie im Herbst 1392 zurück nach Stockholm geschickt. Ihr Vater Gösta hatte sich nicht getraut, sie wieder aufzunehmen, sondern ins Kloster Mälarholmen gebracht, auf eine Insel mitten im Mälarsee. Landorp schauderte, als er sich Katarina innerhalb der kahlen Gemäuer vorstellte, wie sie dort den eisigen Winter durchgezittert haben musste. Wenigstens wusste Nyenkerken nicht, wo sie steckte, und Störtebeker konnte sie nicht erreichen. Als Landorp erfahren hatte, dass Katarina wieder im Norden weilte, hatte er nämlich den Befehl erteilt, dass der Rote Teufel von den Versorgungsfahrten nach Stockholm ausgenommen wurde.

Störtebeker!

Landorp drehte sich um und hielt sich an einem Tau fest. Er beugte sich nach vorn, legte seine Hand flach über die Augen und spähte nach Süden. Der Rote Teufel war so nah, dass er dessen Bugfigur erkennen konnte und auch die Gestalt, die dort stand: Es war Störtebeker, der zu ihm herübersah. Der Admiral fühlte sich beobachtet, wandte sich um und suchte seine Kajüte auf.

Er setzte sich, strich mit den Fingern übers Kinn. *Noch brauche ich dich. Aber immerhin bin ich schon so weit, dass ich mich nie wieder aufs Deck eines Seeräuberschiffs zu begeben brauche. Wenn ich meine Flotte zur endgültigen Größe ausgebaut habe, wird dein Kopf rollen.* Landorp verzog das Gesicht zu einer tückischen Fratze.

10

Die sechzig Koggen und zehn Holke umfassende Flotte unter der Flagge der Mecklenburger segelte durch das Kattegat und passierte Skagen an der nördlichsten Spitze Jütlands. Die Schiffe nahmen Kurs Westnordwest und fuhren durch das Skagerrak. Der Wind blies günstig aus Ost, sodass die gefürchtete See an einem Tag überquert wurde und abends die Südküste Norwegens in Sicht kam. Die Flotte teilte sich auf und die Schiffe ankerten in den zahlreichen Buchten. Am nächsten Morgen segelten sie in kleinen Verbänden die zerklüftete Küste entlang nach Norden. Auf der Höhe von Stavanger setzte Nieselregen ein, der tagelang anhielt. Vor dem ›Byfjord‹ bildeten die Schiffe wieder eine Flotte und die Besatzungen machten sich kampfbereit.

Der Stier von Mecklenburg segelte unter günstigem Westwind zuerst in den Byfjord hinein, gefolgt vom Roten Teufel. An der Einfahrt zur Bucht ›Vågen‹ stand die Festungsanlage ›Bergenhus‹. Vor ihr, fast am Ufer, ragte die ›Håkonshalle‹ empor, auf deren Giebelspitzen die Fahnen Norwegens wehten. Die Könige dieses Reichs hatten bis vor einhundert Jahren hier residiert.

Aus einem mächtigen Horn auf dem Bergfried dröhnte ein Warnsignal entlang der Bucht bis zu den Häusern der Stadt Bergen. Hinter den Mauern von Bergenhus waren aufgeregte Krieger zu erkennen, aber die Flotte passierte diese Stelle unbehelligt, denn Kanonen kannte man hier noch nicht.

Die Schiffe erreichten die Kais der Stadt, deren größte Anlage die ›Tyskebryggen‹[54] war mit den Kontoren der Hanse, welche die gesamte Ostseite der Bucht Vågen entlang dicht nebeneinanderstanden. Sämtliche Schiffe gingen der Reihe nach vor Anker, mehr als eine Armbrustschussweite entfernt von den Kais.

11

Störtebeker und Wichmann standen backbords an der Reling des Roten Teufels und betrachteten seelenruhig das Gewühl der immer größer werdenden Menschenmenge an den Hafenbecken.

»Guck dir das an!« Mit seiner gesunden Hand hieb Störtebeker Wichmann auf die Schulter. »So ein Gerenne und es werden immer mehr; selbst die Bewaffneten von Bergenhus sind schon eingetroffen und machen sich bereit.« Er lachte abfällig. »Wären wir Vitalier allein hier, hätten wir diese Stadt längst genommen.«

»Natürlich, denn wir hätten im Morgengrauen angegriffen und nicht erst noch verhandelt.« Wichmann schüttelte den Kopf und lächelte ironisch. »Unser großartiger Admiral Erik von Landorp glaubt wirklich, Bergen nimmt ihn mit offenen Armen auf. Er rechnet damit, dass die Norweger mit fliegenden Fahnen zu uns übergehen, um die dänische Vorherrschaft loszuwerden.«

»Dänen gegen Deutsche.« Störtebeker winkte ab. »Für einen Norweger ist das ein schlechter Tausch. Ich weiß das, denn ich habe in Kopenhagen bei Hof zahlreiche norwegische Adlige kennengelernt. Außerdem ist Dänemarks Regentin Margarete die Witwe und Mutter ihrer beiden letzten Könige.«

»Das müsste Landorp eigentlich wissen.« Wichmann zuckte mit den Schultern. »Aber er ist dermaßen von sich eingenommen, dass er nicht darauf kommt.«

Sie sahen, wie sich vom Stier von Mecklenburg ein Beiboot löste und von dessen Mannschaft zum Hauptkai gerudert wurde. Von ihm führten zwei Gassen zum Rathaus- und Marktplatz. Auf der Mole oberhalb der Anlegestelle warteten die Honoratioren der Stadt, zu erkennen an ihren edlen Gewändern. Außerdem standen rings um sie herum Wachen und hielten das beunruhigte Volk auf Abstand.

Störtebeker sah genauer hin. »Oho, die Männer im Boot schwenken ein Tuch. Aber wenn das weiß ist, bin ich ein Heiliger.«

---

54 Tyskebryggen – norwegisch, ›Deutscher Kai‹. Dort befanden sich die Kontore der (deutschen) Hansestädte.

»Hauptsache, die Herrschaften an Land verstehen, dass Landorp verhandeln will.«

»Verhandeln? So ein Angebot ist hinterhältig, denn wir wollen die Stadt erobern, egal wie.« Störtebeker legte unwillkürlich die rechte Hand auf den Knauf seines Schwerts.

Wichmann bemerkte, dass die Schiffe der Mecklenburger bewegt wurden, und klopfte Störtebeker auf die Schulter. »Guck mal.«

Der Hauptmann drehte sich um. »Landorp lässt seine Schiffe schon backbords beidrehen. So ein Blödsinn. Das ist doch viel zu weit für die Schützen, denn kein Bolzen wird die Brücke erreichen.«

Der Kapitän stimmte in sein Lachen ein.

Im Boot saßen acht Soldaten und ihr Anführer. Als sie die Anlegestelle erreichten, halfen ihnen einige Kaufmannsknechte an Land. Als Erster stieg ein Stellvertreter Landorps – der Admiral zog es vor, seine Haut nicht zu riskieren – die Stufen empor und wandte sich direkt an die Ratsherren der Stadt Bergen.

Die Skepsis von Störtebeker und Wichmann war berechtigt, denn sie hörten und sahen, dass die Bergener Stadträte nicht auf die Forderungen der Parlamentäre eingingen. Die Einheimischen schrien vor Empörung und ihre Gesten wirkten drohend. Schließlich packten einige Wachen die Parlamentäre, führten sie die Treppe der Mole herab und drängten sie unsanft in das Boot. Die Soldaten ruderten zurück, so schnell sie konnten, denn die Einwohner der Stadt deckten sie mit einem Hagel von Wurfgeschossen ein. Sogar ein alter verbeulter Helm wurde geworfen und klatschte dicht neben ihnen ins Wasser. Das Boot hatte das Flaggschiff noch nicht erreicht, als ein schriller Pfiff ertönte und dann ein Kommando: »Feuer!«

Admiral Landorp befehligte über ein Dutzend Fredekoggen, die erst im letzten Herbst auf Kiel gelegt worden waren und nun ihrer Bewährungsprobe unterzogen wurden. Der Befehl war kaum verhallt, als sich in den Relings wie von Geisterhand je zwei Lücken pro Schiff auftaten: Einige Soldaten hatten Teile der Verschanzungen herausgehoben, dahinter waren nun die Mündungen von Bombarden zu sehen. Andere Bewaffnete hatten in den Kombüsen Fackeln angezündet, die sie nun an die Lunten in den Eisenmänteln der Rohre hielten.

Die Kanonen spuckten ihren steinernen Inhalt aus, eine Salve von schweren Kugeln rauschte übers Wasser und prasselte auf Bergen hernieder. Deren Bürger hatten schon von dieser neuartigen Waffe vernommen, sich aber kaum etwas darunter vorstellen können. Nun erfuhren sie leibhaftig, welche Wirkung sie hatte: Es dröhnte in ihren Ohren vom Donner, ihre Augen sahen die Kugeln auf sie herniedersausen, sie fühlten ihre zerschmetterten Glieder und Blitze des Schmerzens zerrissen ihre Gedanken. Selbst die Kanonenschützen waren ihre Waffen kaum gewohnt – sie rochen Schwefel und Holzkohle; der beißende Pulverdampf reizte sie zum Niesen, und der Krach ließ ihre Ohren schmerzen. Es dauerte eine Weile, bis die Bombarden bereit waren für den nächsten Schuss, aber der Hall dieser Salve kündigte bereits eine neue Zeit an.

»Alle Wetter!« Störtebeker wölbte die Augen zu Ovalen. »Der hat nagelneue Kanonen!«

Wichmann fächerte beide Hände mit gespreizten Fingern zweimal. »Mindestens so viele.«

»Die Parlamentäre waren nur eine Finte von Landorp, damit er in aller Ruhe die Bombarden ausrichten konnte.«

»Und wir ahnungslosen Hornochsen haben uns schon über ›unseren ahnungslosen Admiral‹ lustig gemacht.«

»Wir sollten ihn nicht noch einmal unterschätzen.«

»*Deswegen* durften wir uns nie seinen Schiffen nähern, geschweige denn, sie betreten!«

»Wir müssen wieder mehr auf der Hut sein vor ihm. Es könnte bald so weit sein, dass er uns nicht mehr braucht, und dann …«

»Dann …!« Wichmann fuhr sich mit der Handkante über die Kehle. Störtebeker brummelte zustimmend und wischte einige Regentropfen von der Stirn.

12

Die Kugeln der zweiten Salve trafen genauer, denn die Kanonen waren neu ausgerichtet worden. Sie zermalmten einige von den tapfer stehengebliebenen Bürgern und Wachen, mehrere der runden Steine schlugen ein in die Wände der ersten Häuserzeilen. Jetzt wendeten sich auch die tapfersten Bergener zur Flucht und rannten in die Gassen der Stadt. Die meisten Wachen jedoch liefen nicht davon – schließlich sollten sie die Bevölkerung schützen –, sondern sie suchten die nächstbeste Deckung auf. Aus den Gassenöffnungen war das Geschrei jener Einwohner zu hören, die bereits umkehrten, um Straßensperren zu errichten.

Die Schiffe der Kaperfahrer legten als Erste an. Sie waren schneller als die Mecklenburger, denn diese mussten ihre Fredekoggen nach dem Beschuss beidrehen, um sie zum Anlegen in Bewegung zu setzen.

Die Norweger jedoch zeigten nun, aus welchem Holz sie geschnitzt waren. Zahlreiche Bürger besorgten sich Waffen und gingen zum Angriff über, sodass den an Land gehenden Söldnern neben den Wachen auch ein stetig zahlreicher werdendes Aufgebot von gerüsteten Bergenern gegenüberstand. Denn die Norweger erkannten an den Manövern der kanonenbestückten Schiffe, dass der Beschuss eingestellt worden war.

Den Kaperfahrern gelang es lediglich, an einigen Stellen nahe der Tyskebryggen Fuß zu fassen und dort in Deckung zu gehen. Sie warteten auf den Angriff der Fredekoggen des Admirals. Diese wurden von langen Reihen norwegischer Armbrust- und Bogenschützen erwartet, welche schussbereit die Anlegestellen säumten.

Landorp stand in stählerner Rüstung auf dem obersten Deck; auf seinem Helmknauf wippten mehrere bunte Federn, die in einem faustgroßen vergoldeten Stierkopf steckten. Er schützte sich durch einen mit silbrigen Ornamenten verzierten Wappenschild und beobachtete schweigend das Anlegemanöver seines Flaggschiffs. Als der Stier von Mecklenburg mit seinem Rumpf backbords die Hölzer der Mole leicht schrammte, holte er Luft und befahl mit lauter Stimme: »Schießt!«

Auf seinen zwölf Schiffen kauerten achthundert Soldaten hinter den Brüstungen, die von den Verteidigern bisher nicht zu sehen gewesen waren. Sie erhoben sich nun wie ein Mann und mit den gespannten Arbalesten nahmen sie ihre Gegner ins Visier. Sie schossen schneller und trafen genauer als die überraschten Bergener, zudem schützte sie die Brüstung, wenn sie sich nach dem Schuss hinknieten, um ihre Waffen wieder zu spannen. Darum zogen sich die Verteidiger nach der ersten Salve in die Gassen zurück oder stiegen durch die Fenster in die Häuser hinter ihnen.

Die Kaperfahrer stürmten vorwärts und die Soldaten des Admirals gingen an Land. Die Kais waren in ihrer Hand, jedoch kamen sie nicht vorwärts, denn die Gassen und Häuser wurden erbittert verteidigt. Nun fehlte den Angreifern die Deckung und zum Eindringen in den engen Gässchen nützte ihnen ihre zahlenmäßige Überlegenheit nicht.

Die Mecklenburger Armbrustschützen gingen nacheinander von Bord und schossen auf alles, was sich in Bergen bewegte. Trotzdem gingen ihnen die Ziele aus, sodass sie zu ihren Schwertern oder anderen Waffen griffen und sich zum Kampf Mann gegen Mann bereit machten. Aber der Angriff blieb vor den Einmündungen der Gassen stecken, denn die Norweger verteidigten die Wege in ihre Stadt mit jener Kraft, die einem nur auf Heimaterde gegeben ist.

13

Der Rote Teufel war nicht zu den Kais gesegelt worden, sondern dümpelte weiterhin in der Bucht, wie auch fünf andere Kaperschiffe. Landorp hatte den Kommandanten dieser Segler befohlen, nicht in den Kampf einzugreifen. Sie sollten erst landen, wenn er sie anforderte.

Störtebeker hatte sich kaum von der Stelle bewegt, hielt die Arme verschränkt und beobachtete das Kampfgeschehen.

Wichmann stützte sich auf der Reling ab und schüttelte missbilligend den Kopf. »Das wird nichts mehr mit der Eroberung. Die Überraschungsböller waren doch nicht so durchschlagend wie gedacht.«

Der Hauptmann zog seine rechte Hand aus der linken Armbeuge, kratzte sich am Nacken und blickte verdrießlich. Es behagte ihm ganz und gar nicht, dass er tatenlos zusehen sollte. »Durchschlagen! Das ist es. Sie müssen durch die Lagerhäuser stürmen und hinten herum den Feind aus den Gassen werfen.«

Der Kapitän nickte und machte eine Kopfbewegung in jene Richtung, in welcher er Landorp vermutete. »Sag‘s ihm.«

»Der hört doch nicht auf uns. Was glaubst du, warum wir hier herumhängen?«

»Damit wir ihm nicht ins Handwerk pfuschen oder gar den Sieg streitig machen.«

»Ja. Er will die Lorbeeren für sich allein.«

»Ich fürchte, heute hängen sie für ihn zu hoch.« Wichmann stutzte und hielt rasch die flache Hand über seine Augen. »Das Zeichen! Auf dem Stier von Mecklenburg weht die grüne Fahne – wir sollen eingreifen.«

»Uns auch ins verlorene Gefecht zu werfen, nützt gar nichts!« Störtebeker hieb mit der gesunden Faust auf die Reling und blickte entschlossen. »Wir müssen für den Sieg handeln!«

»Du willst dich über den Befehl des Admirals hinwegsetzen?«

»Ach was. Ich handele ja in seinem Sinne: Er will den Sieg und ich sorge dafür.«

»Das läuft auf dasselbe hinaus: Du missachtest seinen Befehl.«

»Nein, nein. Nur einfache Befehlsempfänger müssen Kommandos stets befolgen. Ein Hauptmann darf und muss hinterfragen, ob ein Befehl der Lage noch gerecht wird.« Störtebeker zeigte auf die abseits liegenden Gebäude der Hanse. »Dort ist unser Eingang in diese Stadt.«

»Alea iacta est! Ich bin dabei.« Wichmann gab sich einen Ruck und rief die ersten Befehle.

Störtebeker lief zur anderen Seite und winkte dem Kommandanten auf dem Nachbarschiff. Er gestikulierte wild und rief so laut er konnte. Auf diese Weise navigierte er die fünf anderen Schiffe nacheinander in sein Kielwasser. Sie segelten eine Viertelmeile landeinwärts und legten am Ende der Tyskebryggen an. Die zahlreichen Lagerhäuser der

Hansestädte waren längs zu den Kais errichtet worden; ihre schmalen Vorderseiten bildeten zum Wasser hin eine lückenlose Front, die sich über sechshundert Ellen hinzog.

Fietje steuerte den Roten Teufel mit einem gekonnten Manöver backbords neben das letzte Stück Kaimauer. Störtebeker nahm seinen linken Arm aus der Schlinge, streifte sie ab und warf sie neben den Mast. Dann stieg er über die Reling und sprang an Land, als das Schiff noch drei Ellen davon entfernt war. Er zog seinen Anderthalbhänder mit links, schwang ihn aber mit rechts über seinem Kopf. Die Schmerzen in seiner linken Führhand ließ er sich nicht anmerken, nur Wichmann fiel ein leichtes Zucken der Wangen auf.

»Alle Mann an Land!«, brüllte Störtebeker und mit dem Schwert zeigte er auf drei Häuser, über deren Eingangstoren die Wappen von Köln, Lübeck und Stralsund prangten. »Brecht die Tore auf, nur bei diesen drei Kontoren!«

In Scharen sprangen die Söldner von Bord der sechs Schiffe und sammelten sich mit ihren Hauptleuten vor den drei Toren. Die breiten Türflügel waren von innen fest verrammelt, denn die Händler hatten sprichwörtlich ›schon Lunte gerochen‹, bevor die Bombarden feuerten. Die dreihundertsechszig Männer jedoch wussten sich zu helfen, denn sie ballten sich zu keilförmigen Gruppen und nahmen Anlauf. Mit der Kraft ihrer Masse rannten sie gegen die großen Tore, bis die Sperrbalken dahinter wie kleine Hölzer zerbrachen oder die eisernen Führungen aus den Wänden gerissen wurden.

»Wehe«, brüllte Störtebeker, »einer von euch nimmt nur ein Körnchen aus diesen Kontoren! Den erschlage ich auf der Stelle! Mir nach!«

Die Horden stürmten durch die schmalen aber sehr langen Hallen, vorbei an Tonnen, Bottichen, Krügen und Kisten aller Art. Sie rochen nicht die mannigfaltigen Düfte, die den zahlreichen Behältern entstiegen, und achteten nicht auf die zahllosen lecker anzuschauenden Gebinde, die von Decken und Balken hingen. Auch die Kaufleute, welche sich ängstlich hinter hohen Stapeln von Stoffen verbargen, noch ihre Gesellen würdigten sie eines Blickes. Sie stürmten hindurch, denn sie hungerten nach Kampf und dürsteten nach Blut.

Die hinteren Tore waren schnell geöffnet. Die Horden schwenkten nach links, rannte in die nächsten Seitengassen und fiel den Verteidigern in den Rücken oder in die Seite.

Störtebeker kämpfte in der ersten Reihe; er wütete wie ein Berserker. Seine wuchtigen beidhändig ausgeführten Schläge prasselten auf Helme, Rüstungen, Schilde und emporgehaltene Waffen nieder. Die Schneide seines Riesenschwerts spaltete Köpfe, trennte Arme von

Schultern, rasierte Beine vom Rumpf und ließ manches Haupt in die Gosse kollern. Meist jedoch hieb er rechts oder links tief in die Halsbeugen; blieb das Schwert stecken, stemmte er einen Fuß gegen den Körper und zog die von Scharten überzogene Schneide wieder heraus. Sein letztes Opfer war ein kleinwüchsiger Mann ohne Helm, den er von oben herab teilte bis zum Brustbein. Erst als sich eine junge Frau klagend über den Leichnam warf, erkannte Störtebeker, dass ein Knabe vor ihm lag, der sich schützend vor seine Mutter gestellt hatte. Er wich zurück an die nächste Hauswand und ließ die blutgetränkte Waffe sinken. Er hatte den Durchbruch geschafft. Aber sein letzter unbedachter Schlag tat ihm nun leid und er ertrug nicht mehr die Schmerzen in der linken Hand.

14

Landorp hatte sich zunächst vor Wut auf die Lippen gebissen, als die Nachhut scheinbar davonsegelte. Jedoch erkannte er bald die Absicht Störtebekers und biss sich erneut auf die Lippen – dieses Mal vor Ärger, dass er nicht selbst darauf gekommen war. Letztendlich zählte aber nur der Sieg seiner Sache; dies rechtfertigte den Ungehorsam Störtebekers. Darum schwand der Zorn des Admirals, während er auf das höchste Deck seines Schiffs stieg. Als er hörte und sah, dass in einigen hinteren Gassen nahe der Tyskebryggen gekämpft wurde, atmete er erleichtert aus und befahl einen erneuten Angriff. Die Norweger wurden in die Enge gedrängt und ergaben sich der Übermacht.

Die ersten Wege in die Stadt waren freigekämpft. Von überall flohen die Verteidiger oder suchten ihr Heil in der Festung Bergenhus. Die Soldaten Mecklenburgs blieben diszipliniert und drangen bis zum Marktplatz vor, dort warteten auf ihren Admiral. Landorp folgte mit seiner Leibgarde und gab seinen Offizieren neue Befehle. Daraufhin besetzten die Eroberer alle strategisch wichtigen Orte außer der Festung, die nicht erobert werden konnte. Um sie herum wurde ein Belagerungsring gezogen.

Die Kaperfahrer jedoch handelten nur noch auf eigene Faust, strömten auseinander und durchsuchten die reiche Stadt bis in ihren letzten Winkel. Sie waren stocktaub gegenüber dem Flehen der Einheimischen und wüteten innerhalb der Mauern der schmucken Häuser; sie waren Bestien bar jeder menschlichen Regung.

15

Am übernächsten Tag legte die Flotte der Kaperfahrer ab, um ins Baltische Meer zurückzukehren. Sie sollten ihre Beutezüge gegen das dänische Reich fortsetzen und den Gegner davon abhalten, die Abwesenheit der mecklenburgischen Flotte für Gegenangriffe zu nutzen. Landorp blieb nämlich mit elf seiner Schiffe in Bergen. Die Stadt war seine Beute, obwohl die Festung Bergenhus nicht erstürmt werden konnte. Sie sollte ihm als Pfand dienen, um seinen Onkel Albrecht endlich aus der Gefangenschaft auszulösen.

Der Stellvertreter des Admirals sollte der Regentin Margarete das Tauschangebot überbringen: Bergen für den König. Die Gesandtschaft befand sich auf dem zwölften Schiff von Landorps Flotte und wurde von sechs Kaperschiffen begleitet. Diese hatten Befehl, das Schiff durch den Sund bis in den Hafen von Kopenhagen zu begleiten, bevor sie heimkehrten. Nur widerwillig gehorchten die Hauptmänner, unter ihnen Störtebeker, denn der Admiral verlangte von ihm ein waghalsiges Manöver. Im Gegensatz zu den Mecklenburgern, die von den Dänen freies Geleit bekamen, galten die Kaperfahrer als vogelfrei.

Es dauerte fast eine Woche, bis die Rückkehrerflotte nach stetem Kreuzen die Gegend von Skagen erreichte, denn der Wind wehte zumeist aus Ost und es regnete schon wieder. Im Kattegat teilte sich die Flotte und die meisten Schiffe segelten durch den Großen Belt. Die restlichen sieben Schiffe nahmen Kurs auf den Sund und erreichten ohne Zwischenfall den Hafen von Kopenhagen. Kaum hatte die Kogge mit der Gesandtschaft am Kai angelegt, wendeten der Rote Teufel und die anderen Kapererschiffe.

Am übernächsten Tag legten sie im sichelförmigen Hafen der Stadt Wismar an, um möglichst viel Gewinn aus ihrer Beute zu ziehen. Allerdings mussten sie einen guten Teil davon an die herzogliche Kasse abgeben.

16

Auch die Vitalienbrüder des Roten Teufels konnten den Landgang kaum erwarten, um das geraffte Gut so ertragreich wie möglich umzumünzen.

»Endlich kein Regen mehr!« Fietje hob den Kopf und blickte in den blauen Maihimmel. Er legte die Handflächen zusammen und reckte dankbar die Arme empor. »So ein Scheißwetter wie in Bergen halte ich auf Dauer nicht aus. Da macht ja noch nicht einmal das Rauben richtig Spaß.«

»So?«, wandte der Hässliche Piet ein. »Du warst aber mit Feuereifer dabei. Ich hab genau gesehen, was du alles angestellt hast und …«

»Halts Maul!« Fietje wurde unwirsch, denn neben ihm stand Wim, der schon ganz traurig guckte.

»Wegen Wim? Ach was, du glaubst doch wohl nicht, dass ein Hilfskoch nichts mitbekommt. Im Gegenteil, der Gute weiß alles.«

Wim stand wie ein Häufchen Elend neben seinen vier Kumpanen und senkte den Kopf.

»Der soll sich mal nicht so anstellen!« Fietje grinste dämonisch. »Was hat er gemacht, Jungs? Hä? Er ist als Letzter vom Boot gestiegen und uns ins Lagerhaus der Lübecker gefolgt. Aber Wim ist nicht einfach durchgelaufen wie wir, sondern darin stecken geblieben.«

Die anderen lachten.

Piet grinste und zwinkerte dem Hilfskoch zu. »Kein Wunder, bei so vielen Versuchungen konnte er das ja auch nicht schaffen. Darum hat er sich den größten Wagen geschnappt, ihn zigmal vollgeladen und das ganze Zeug auf unser Schiff gekarrt.«

»Der Haken dabei ist, dass unser Klaus geschworen hat, jeden einen Kopf kürzer zu machen, der aus den Lagerhäusern der Hanse auch nur ein Staubkorn entwendet.«

Wim wurde blass. »Das habe ich doch gar nicht mitbekommen.«

Fietje schüttelte nachsichtig den Kopf. »Jemine, da hast du für uns Kopf und Kragen riskiert, ohne es zu ahnen.«

»Habt ihr gesehen, wie der Klaus gekuckt hat, als wir ablegten und er im Laderaum nach dem Rechten schaute?« Piet ahmte seinen Hauptmann nach, indem er so große Augen wie möglich machte.

»Kugelrunde Augen hatte er«, flüsterte der Lange Jan und lachte meckernd.

Piet wandte sich mit verschwörerischem Blick um zum Langen Jan und flüsterte hinter vorgehaltenem Handrücken. »Aber er hat nicht gefragt, woher der ganze Segen kam.« Er schwenkte den Daumen seiner rechten Hand verschwörerisch nach Wim.

»Das konnte der Klaus sich doch denken. Und er hat nicht nachgefragt, damit er Wim nicht einen Kopf kürzer machen muss.« Fietje wandte sich an seinen Kumpan, sah ihm in die Augen und hob den rechten Zeigefinger. »Er weiß, so wie wir alle, dass du für uns viel zu wichtig bist!«

Wim wuchs wieder zu voller Höhe und strahlte übers ganze Gesicht.

»Jawohl!« Piet blickte gütig und klopfte ihm auf die fettgepolsterte Schulter. »Du bist doch unsere gute Seele. Ohne dich würden wir doch alle draufgehen.«

»Dein Wort in Gottes Ohr.« Fietje lachte skeptisch und wandte sich zum Gehen. Er scheuchte die anderen vor sich her. »Los jetzt! Ich will endlich meine Beute versilbern.«

17

Das Grüppchen um Fietje Schuit passierte das Wassertor und suchte zielstrebig den Marktplatz auf. Sie hatten einen Teil ihrer Beute in den Taschen stecken oder sich umgehängt. Sie wussten genau, was sie wollten. Aber zunächst bummelten sie zwischen den Ständen herum, um sich einen Überblick zu verschaffen – sie wollten herausbekommen, welcher Händler ihnen das Meiste bieten würde.

Sie waren schon fast an allen Läden vorbeigegangen, als Wim seinem Freund auf die Schulter klopfte. Er zeigte Fietje das Schild eines Paternostermachers[55], welches einen gediegeneren Eindruck auf ihn machte als die anderen Stände dieser Zunft vor Ort.

Fietje trat vor das Fenster des Ladens, blickte hinein und nickte zufrieden. »Los, Jungs. Den fragen wir mal.«

Die fünf Kumpane traten geräuschvoll ein und grüßten so höflich sie vermochten. In dem geschmackvoll eingerichteten und vergleichsweise hellen Raum saß ein etwa fünfzig Jahre alter Mann, der einen edlen Pelzmantel eng um sich geschlungen hatte. Der Schmuckhändler hatte es sich hinter dem Verkaufstisch bequem gemacht auf einem gepolsterten Lehnstuhl. Er rief sofort nach seinen Gesellen. Daraufhin eilten zwei kräftige Kerle von hinten aus der Werkstatt herbei, denen zwei Laufjungen folgten. Sie stellten sich hinter ihren Meister und achteten auf die womöglich diebischen Hände der Söldner.

»Grüß Gott. Was ist Euer Begehr?«, fragte der Händler gleichmütig, aber nicht unfreundlich, während er sich mühsam erhob und sich ächzend auf dem Tisch abstützte.

Fietje kratzte sich an der Narbe auf seiner Backe, sah sich im Laden um und gab sich betont lässig. »Eigentlich treibt mich nur die Neugier herein, denn Ihr scheint mir der beste Bernsteindreher von Wismar zu sein.«

Der Paternostermacher lächelte freundlich, denn das Lob überraschte ihn nicht. Aus gutem Grund hatte er seinen Laden edler ausstaffiert als seine Zunftbrüder, die weniger verstanden, worauf es ankam. »Das seht Ihr von Weitem, nicht wahr? Meine Werkstatt ist in der Tat die beste weit und breit. Ich liefere meine Ware bis ans Ende der Welt sozusagen – nach Bergen zum Beispiel.«

Während seiner letzten Worte behielt der Händler die Eingetretenen im Auge und beobachtete, wie der große Dicke zusammenzuckte. Vor ihm standen also einige der Männer, die Bergen überfallen hatten und jetzt ihre Beute loszuwerden trachteten. Die Zeit der Tauschge-

55 Paternostermacher, der – die Bezeichnung für die Hersteller von Gebets-Rosenkränzen (aus Bernstein).

schäfte war längst vorbei, daher blieb ihnen nichts anderes übrig, als ihre Schätze in Bares umzumünzen. Dieser Umstand kam ihm zugute und er gedachte, seinen Vorteil weidlich auszunutzen.

»Bis nach Bergen?« Fietje hob die Brauen.

»Ganz gewiss!« Der Händler nickte und sah seinem Gegenüber in die Augen. »Solltet Ihr dort jemanden sehen, der solchen Schmuck trägt, könnt Ihr sicher sein, dass er von hier oder weiter aus dem Osten stammt. Denn Bernstein gibt es nur im Baltischen Meer!«

»Aha«, murmelte Fietje und vergaß, dass er sein Gegenüber nur ausfragen wollte. Er fasste in den Ausschnitt seines Hemds und zog eine Gebetsschnur mit honiggelben Kugeln hervor. Um den Hals baumelte ein Kranz von fünfundfünfzig fettglänzenden Bernsteinen, von dem eine kleine Kette mit vier weiteren Steinen und einem goldenen Kreuz herabhing.

Dem Paternostermacher gingen fast die Augen über, aber er war ein erfahrener Fuchs, der sich seine Kauflust nicht ansehen ließ. Diesen Rosenkranz nämlich erkannte er sofort. Er hatte dieses ungewöhnliche Stück eigenhändig angefertigt – für einen steinreichen Bürger der Stadt Bergen, der sich Bernsteine gewünscht hatte, die mindestens doppelt so dick sein sollten wie die üblichen.

»Solche Brocken habt Ihr bestimmt noch nicht an so einem Ding gesehen!« Fietje schob einen Daumen unter die Schnur und hielt den Kranz hoch.

»In der Tat«, antwortete der Händler mürrisch und blickte missbilligend auf den Rosenkranz. »Solch grobe Ware hat in meinem guten Haus nichts verloren.«

»Was?«, ereiferte sich Fietje. »Was redet Ihr da?«

Der Händler sah betrübt auf das Kreuz und wedelte mit seinem verknöcherten Zeigefinger. »Klein und fein ist edel und zeugt von Demut; groß und grob ist unwürdig und entlarvt den Prahlhans. Folglich wird kein Mensch von Welt ein solches Halsband tragen, geschweige denn es kaufen.«

»Was?«, brauste Fietje auf. »Was redet Ihr da? Das stimmt doch gar nicht. Der Kerl, den ich dafür abgemurkst habe – und seine Frau dazu –, war auf jeden Fall ein reicher Sack, der bestimmt einen Haufen Gold dafür hingelegt hat.«

»Dann war's ein Prahlhans. Aber Ihr werdet kaum einen Zweiten finden. Folglich …«

»… kann ich das Ding auch gleich ins Meer schmeißen.« Fietje streifte sich den Rosenkranz über den Kopf ab und voller Ärger zerriss er dabei fast die Schnur. Der Händler erschrak, denn er wollte das gute

Stück ja unversehrt erwerben. Er war beim Drücken des Preises wohl etwas zu weit gegangen.

»Wenn Ihr es schon in der Hand habt, könnt Ihr mir es ja mal geben.« Der Händler streckte seine stets zitternde Hand aus und blickte so gleichgültig wie möglich auf das kostbare Kleinod. »Vielleicht entdecke ich beim näheren Betrachten doch einen Wert.«

Hastig reichte Fietje ihm das Schmuckstück über den Tisch. »Ihr müsst nur mal richtig hinsehen, mein Herr, denn das Ding ist gut und gerne seine achtundvierzig Gulden wert. Mindestens.«

»Ihr scherzt, guter Mann!« Der Händler hielt die Kette gegen das Licht sowie dicht vor seine Augen und tat, als prüfe er jeden einzelnen Bernstein. Jedoch war er sich ihrer Herkunft längst sicher; er suchte lediglich nach jenen Steinen, welche besondere Einschlüsse besaßen, an die er sich noch erinnern konnte. Gefunden! Einer von den sechs größeren Bernsteinen barg eine kleine Mücke, welche in dem kostbaren Harz zu schweben schien.

»Hm«, brummte er und zog eine Augenbraue empor. Dann kraulte er scheinbar nachdenklich seinen spärlichen Kinnbart. »Wusste ich's doch, dass dem groben Stück doch etwas abzugewinnen ist. Die Steine sind zwar fast undurchsichtig, aber gewissenhaft verarbeitet.«

Übermütig rammte Fietje den Ellbogen in Wims Bauch und grinste zu ihm hoch.

Der Händler legte die Kette auf den Tisch. »Sechs Gulden! Weil *Ihr* es seid. Vier wären angebrachter.«

Fietje glotzte und schnappte wie ein Fisch auf dem Trocknen. Dann raffte er den Rosenkranz zusammen, stopfte ihn sich unters Hemd und stapfte grußlos aus dem Laden. Seine Kumpane folgten ihm, vergaßen aber nicht, sich einigermaßen höflich von den Anwesenden zu verabschieden.

»Das war nix!« Fietje murmelte noch einige derbe Wörter, dann winkte er ab und wies mit dem Daumen über die Schulter. »Kommt, Jungs, wir probieren es woanders.«

Kaum waren die Söldner außer Hörweite, stellten sich die beiden jungen Burschen laufbereit vor den Tisch des Händlers.

»*Du* sagst dem Meister Hansen Bescheid und dann meinem Schwager Jan Steinhoff!« Der Händler wies auf den größeren der beiden Jungen, dann auf den schmächtigeren. »Und *du* rennst zum Balten in der Kirchgasse. Ihr sagt beide auf: Ein kleiner Kerl mit einem pechschwarzen Helm hat einen Bernsteinrosenkranz, doppelt dicke Perlen – nicht mehr als drei Gulden bieten!«

»Ein kleiner Kerl mit einem pechschwarzen Helm hat einen Bernsteinrosenkranz, doppelt dicke Perlen – nicht mehr als drei Gulden bieten!« Die beiden Jungen sprachen wie aus einem Mund. Der Händler nickte zufrieden und die beiden sausten durch den Hintereingang davon.

Der Paternostermacher scheuchte mit einer Handbewegung seine beiden Gesellen in die Werkstatt und setzte sich wieder hinter seinen Tisch. Er ließ den Rücken gemächlich gegen die Stuhllehne sinken, sah hinaus auf das bunte Treiben vor seinem Laden und rieb sich voller Vorfreude die klamm gewordenen Hände.

Eine halbe Stunde später traten die fünf Vitalienbrüder wieder ein. Fietje schaute den Händler finster an, bevor er zum Tisch ging. Mürrisch zog er die Gebetskette unter seinem Hemd hervor und ließ sie auf den Tisch fallen.

»Hier habt Ihr das gute Stück für zwölf Gulden, weil ich heute meinen großzügigen Tag habe.«

Der Paternostermacher schnippte mit Daumen und Mittelfinger; die beiden Gesellen traten wieder ein und postierten sich neben ihrem Meister. Der blickte Fietje betrübt an und schüttelte bedächtig den Kopf. »Großzügig? Das bin ich, denn ich wollte Euch sechs Gulden zahlen, statt vier!«

Seine beiden Gesellen nickten zustimmend und zogen ernste Gesichter.

»Wollte?« Fietje stutzte und dachte gar nicht mehr daran, dass er viel mehr gefordert hatte. »Soll das etwa heißen, dass Euer Angebot nicht mehr gilt?«

»Fünf!«, sagte der Händler in einem Ton, der keine Widerrede zulässt, und zeigte Fietje alle Finger der rechten Hand. »Ich vergaß, dass dieser Rosenkranz neu eingesegnet werden muss, für einen Gulden. Denn diese Gebetsschnur wurde durch Euch entweiht!«

»Hä? Waaas habe ich?«

»Ihr habt jenen Mann erschlagen, der ihn trug.«

»Gar nicht wahr!«

»Doch! Ihr habt es vorhin selber gesagt.«

»Iiich?« Fietje glotzte, während er sich verblüfft mit dem rechten Daumen auf die Brust tippte.

»Ja! Und seine Frau habt Ihr auch noch auf dem Gewissen.«

»Ach du Scheiße, ich Esel! Da kostet mein loses Maul mich doch glatt einen Gulden.« Entsagungsvoll blickte Fietje gegen Himmel, hob beide Arme und stöhnte. »Oh Mann, womit habe ich das verdient! Da riskiere ich mein Leben, haue mir den Weg in diese Stadt frei, und was ist der Lohn? Fast umsonst habe ich mit Bergenern einen Berg angehäuft.«

»Hab dich doch nicht so!« Piet lachte spöttisch und zeigte seine guten Zähne. »Hast doch dein Vergnügen mit dem Weib gehabt. Hättest sie dabei aber nicht umbringen müssen, sondern mich noch ranlassen können.«

Fietje wurde wütend und zeigte dem Hässlichen Piet die blanke Faust. »Halt's Maul, du Verdammter! Du hast genug andere abgekriegt. Was ich in die Finger kriege, bring ich auch alleine zu Ende. Merk dir das!«

Brüsk wandte sich Fietje um und beugte sich vor zum Händler. Er streckte den Arm aus und hielt ihm die Finger der rechten Handfläche unter die Nase. »Los, Mann! Gib mir endlich die fünf Gulden oder ich haue hier alles zusammen!«

Der Händler ließ sich nicht einschüchtern, denn seine beiden Gesellen waren stark und knorrig wie Trolle; außerdem achtete die Stadtwache verstärkt auf seinen Laden. Er blickte ungerührt auf Fietjes gekrümmte Finger, während er in seiner rechten Manteltasche die zuvor abgezählten Gulden einsammelte. Er legte sie nicht in die vorgehaltene Hand, sondern nacheinander auf den Tisch. Bevor die letzte Münze auf dem Tisch lag, fasste er mit der Linken das Kreuz und zog es mit der Kette vom Tisch direkt in seine andere Tasche.

Fietje fegte die fünf Münzen vom Tisch, stopfte sie in seinen Beutel und stürmte wortlos nach draußen. Seine Kumpane grüßten den Händler zum Abschied und folgten ihm, bis sie ihn nach einer Weile endlich eingeholt hatten.

Fietje kochte vor Zorn. »Dieses Aas! Wenn der Wind sich irgendwann einmal dreht und wir Wismar heimsuchen, dann werde ich als Allererstes diesen Kerl aufsuchen und …« Aus seinem Geschimpfe wurde ein Krächzen, denn sein Hals wurde immer dicker.

»… den Rest können wir uns denken«, vollendete für ihn der Hässliche Piet und nickte verständnisvoll.

Der Kaufmann lächelte überlegen, nachdem seine Kunden den Laden verlassen hatten, und nickte seinen Gesellen anerkennend zu. Die beiden Kerle blickten dankbar und stellten ihre Prügel neben dem Türrahmen der Werkstatt ab, denn diese Werkzeuge taugten nicht für die Bearbeitung von Bernstein.

Der Händler saß wieder allein hinter seinem Tisch und zog den Rosenkranz aus der Manteltasche. Er hob ihn hoch ins Licht und betrachtete ihn mit glänzenden Augen, während er seinen Gewinn ausrechnete: *Sechsunddreißig sind mir gewiss beim Verkauf, weniger fünf für den Erwerb, weniger neun für meine drei Zunftgenossen, macht für mich zweiundzwanzig - mindestens!*

Einsegnen für einen Gulden! Er lächelte versonnen bei diesem Gedanken und dankte Gott für diese Dummköpfe, die darauf hereingefallen waren. *Ich werde einen Teufel tun!*

Ein Lehrbube stürzte herein durch den Hintereingang. Er rannte bis zum Tisch, riss seine Kappe vom Kopf und verbeugte sich ehrerbietig. Er keuchte heftig, während er seinen Spruch stoßweise aufsagte. »Meister Hansen schickt mich. Ein großer Mann mit einem Narbenkreuz auf der linken Backe hat ein Halsband mit zwanzig Edelsteinen! Nicht mehr als drei Gulden bieten!«

»So ist's recht, Bursche. Richte deinem Meister einen Gruß Gottes von mir aus.« Der Kaufmann blickte gnädig, scheuchte aber den Jungen hinaus durch eine ungeduldige Handbewegung. »Troll dich, heute wirst du viel laufen!«

Die drei Gulden an Hansen sind schon zurück. Fünfundzwanzig! Mehr als zufrieden rieb er sich die Hände, denn der Überfall auf Bergen lohnte sich.

18

Wim trottete mit hängendem Kopf hinter seinen vier Kumpanen her, denn er war entsetzt über seinen Freund. Er hatte es nicht wahrhaben wollen, aber nun wusste er, dass für dieses Beutestück mindestens zwei Menschen umgebracht worden waren.

»Tilgt Eure Sünden!«

Wim horchte auf, hob den Kopf und sah sich um.

»Befreit Euch aus den Klauen des Teufels!«

Wim blieb stehen; er befand sich vor dem Portal der Ratskirche Sankt Marien.

»Rettet Euch vor der Hölle!«

Auf der obersten Stufe zur Kirche erblickte er zwei lange Tische. Dahinter standen einige Dominikanermönche und boten lauthals Ablassbriefe an; auf einem Stuhl kauerte ein weiterer Mönch und schrieb mit Eifer auf einem großen Pergamentbogen. Etwas abseits saß ein wohlbeleibter Prälat auf einem gepolsterten Sessel, um den ein leinener Windschutz aufgestellt worden war. Er hatte die Hände über dem Bauch gefaltet und gähnte ungeniert.

»Kürzt die Qualen des Fegefeuers ab! Für jeden Gulden mehr kommt ihr ein Jahr früher ins Himmelreich!«

Wim beachtete die Kumpane nicht weiter, sondern stieg die Treppe empor.

»Vollkommener Ablass ist möglich!«

Freudestrahlend machte Wim vor dem Tisch halt, hinter dem der Mönch stand, der gerufen hatte. Der hagere Mann mit der Kutte schwenkte eine Rolle vor seiner Nase. Während Wims Pupillen den Bewegungen der Rolle nachfolgten, wurde er unschlüssig.

»Erwerbt diesen Brief und Ihr seid von Euren Sünden gereinigt!«

Wim seufzte vernehmlich, denn er befürchtete, dass die Missetaten zu arg waren.

»Was zögert Ihr, guter Mann?«

Wim wandte den Kopf, denn es war der Prälat, der ihn angesprochen hatte. Dem Kirchenmann war langweilig, darum winkte er dem fülligen Hünen, zu ihm zu kommen. »Kommt zu mir, guter Mann, denn ich werde Euch zu Eurem Heil verhelfen.«

Wims Gesicht hellte sich auf. Verlegen blickend tappte er hinüber. Der Prälat sah hoch zu dem Dicken und nickte ihm aufmunternd zu. »Ihr scheint ein rechtschaffener Mann zu sein, trotzdem sehe ich Euch an, dass eine schwere Sünde Euer Herz bedrückt.«

Wim senkte den Kopf, bis sein Kinn auf der Brust lag; fast kamen ihm die Tränen. Der Prälat sah ihn teilnahmsvoll an, dann glitt sein Blick zum prall gefüllten Geldbeutel am umfangreichen Gürtel und seine Anteilnahme wuchs um ein Vielfaches. Er lächelte wohlgefällig und breitete die Arme aus. »Ich sehe, dass Euch Erlösung bevorsteht!«

Wim hob hoffnungsvoll den dicken Kopf.

»Ich gewähre Euch mein Ohr, guter Mann!« Der Prälat winkte ihn an seine rechte Seite und neigte den Kopf zur Seite.

Mit Eifer kam Wim der Aufforderung nach und kniete sich umständlich neben den Kirchenmann nieder. Er faltete die Hände und hielt den Mund so nah wie möglich an das Ohr des Prälaten. Er flüsterte hastig, fast ohne Unterbrechung.

Zunächst sah der Kirchenmann gleichmütig in die Ferne. Je länger jedoch der Dicke sprach, desto mehr weiteten sich sein Mund und die Augen. Als Wim endlich schwieg, schlug der Prälat vor Entsetzen die rechte Hand vor den Mund. »Oh Gott!«, brachte er stöhnend hervor und mit links bekreuzigte er sich dreimal hastig.

Wim blickte erschrocken hoch. »Ist's *so* schlimm?«

»Oh Gott!«, wiederholte der Prälat mit geweiteten Augen, während er pustete und die rechte Hand schüttelte. »Und ob!« Jedoch besann er sich seiner Aufgabe, den kirchlichen Gnadenschatz in klingendes Gut zu verwandeln, und schüttelte hastig den Kopf. »Deswegen hilft nur noch ein vollständiger Ablass, denn die geringste Eurer Sünden noch würde ins ewige Fegefeuer führen, wenn sie nicht gesühnt wird.«

Wim atmete erleichtert aus und drehte seinen Kopf, denn der Kirchenmann wandte sich ihm zu, um ihm etwas ins Ohr zu flüstern. Der Prälat sagte nur einen Satz, aber Wims Augen wurden groß und der Mund stand ihm sperrangelweit offen.

»So viel?« Wim sah den Kirchenmann entsetzt an.

Der Prälat zuckte mit den Schultern. »Sämtliche Sünden haben ihren Preis und bei Euch kommt's zuhauf!«

Wims Schultern sackten herab. Aber er nickte ergeben, löste seinen Beutel vom Gürtel, band die Schnüre auf und weitete die Öffnung. Dann nahm er den Beutel in seine linke Pratze und ließ die Münzen in seine rechte Hand schlittern. Der Prälat beugte sich weit vor und betrachtete mit Wohlgefallen die golden und silbern glitzernden Geldstücke. Er nickte bei jeder Zahl, die der Dicke aufsagte, bis die Summe abgezählt war. Dann formte er beide Hände zu einer Kuhle und hielt sie vor seinen Bauch; Wim kippte den Haufen Münzen hinein.

»Benedikt!«

Der Gerufene nahm eine Schatulle und kam mit eiligen Schritten. Vor dem Prälaten kniete er nieder und schwer atmend öffnete er den Deckel der kleinen Truhe. Der Kirchenmann hob seine Hände darüber und ließ das Häufchen auf einen stattlichen Haufen niederprasseln. Der Mönch schloss sacht die Schatulle, dienstbereit sah er seinen Kirchenoberen an.

»Vollständiger Ablass!«, murmelte der Prälat und nickte ihm auffordernd zu. Dann winkte er dem Dicken, dem Mönch zu folgen, bevor er erschöpft seinen Rücken gegen die Stuhllehne sinken ließ.

Wim erhob sich mühsam und verabschiedete sich mit einer demütigen Verbeugung. Während er zu den Tischen schlurfte, wog er das schlaffe Säckchen in seiner Linken. Mit betrübtem Gesicht zog er es zu und band es wieder am Gürtel fest.

Vor dem Tisch wartete er auf seinen vorgefertigten Ablassbrief, in welchen der Mönch nur noch einige Buchstaben und Ziffern mit raschen Schreibbewegungen einsetzte. Er nahm beidhändig das Pergament, wedelte es mehrmals auf und ab und breitete es wieder aus. Dann schüttete der Mönch noch etwas Pulver über die frische Tinte und blies sie nach kurzer Zeit wieder herunter. Zuletzt wischte er mit seiner Handkante sacht über das Blatt, rollte es zusammen und schob ein Band mit einem Siegel darüber.

Wim nahm mit dankbarem Blick die Eintrittskarte in den Himmel entgegen und drehte sich erleichtert um. Drei Stufen tiefer standen seine vier Kumpane in einer Reihe und blickten mit offenen Mündern zu ihm auf.

Piet war der Erste, der die Sprache wiederfand. »Wer hätte das gedacht, dass …«

»… unser gutmütiger Wim so viel auf dem Kerbholz hat!«, vollendete der Lange Jan und schüttelte ungläubig den Kopf.

Fietje war immer noch sprachlos und faltete vor Staunen die Hände über seinem Helm.

»W-wim«, stotterte er. »Wim, das, das kann doch nicht …«

»Schändlich ist das!«

Überrascht wandte Fietje den Kopf und guckte ebenso verdutzt wie seine Kumpane. Auf der Treppe, einige Schritte entfernt, sah er einen Burschen im Gewand eines Knappen stehen, der auf dem Rücken eine Laute trug.

Der junge Mann schrie den Prälaten erneut an: »Ein schändliches Geschäft ist das! Nur der demütige Weg in die Armut ist ein gottgefälliges Leben, welches von den Sünden erlöst! Euer Bußgeld ist die Ausgeburt des Teufels!«

Der kirchliche Würdenträger schreckte auf und zwinkerte heftig mit den Augen. »Was zum Teufel …?«

Er sah sich um, erblickte den Knappen und zog ein finsteres Gesicht. »*Du* schon wieder?«

Der Bursche lachte keck und breitete frohgemut seine Arme aus. Er war erst sechszehn, aber so groß wie ein Mann und kräftig von Gestalt wie ein Krieger. Die braunen Locken wallten unter der Kappe hervor und hüllten die Schultern ein bis zu den Gelenkkugeln. Die Lider seines rechten Auges waren fast geschlossen, denn es war verkümmert.

Der Prälat hatte sich gefangen; er schien mit solchen Anfeindungen vertraut. »Ihr frevelt der heiligen katholischen Kirche und dem Stellvertreter Christi auf Erden – dem Papst!«

Er sprang auf, reckte den Zeigefinger auf den Burschen und schrie: »Ihr seid ein Ketzer! Aber wir haben dich gleich! Waaache! Ein Häretiker lästert Gott! Waaache! Hierher! Ergreift den Waldenser[56]!«

Der Knappe lachte den wild gestikulierenden Prälaten aus und wandte sich ab. Die Mönche jedoch liefen um die Tische herum, um sich auf ihn zu stürzen. Fietje und seine Kumpane dagegen hielten zu dem fremden Burschen und stellten den Ordensbrüdern ein Bein oder rempelten sie, damit sie die Treppe hinunterpurzelten. Den letzten Mönch hielt sich der Bursche selbst vom Leib – eine Finte mit dem Oberkörper, je eine schallende Backpfeife rechts und links und der schmächtige Benedikt kollerte jammernd die restlichen Stufen hinab.

56 Waldenser – siehe Anhang, Seite XIV (Seite 592).

Fietje grinste, denn der Mut des Knappen gegenüber der Obrigkeit gefiel ihm. »Wer bist denn du?«

»Oswald heiße ich und bin aus Wolkenstein. Mein Herr ist Christoph Kevenhüll, der wilde Ritter von Beilngries. Außerdem spiele ich Laute und mache Lieder.«

Fietje erblickte die herbeistürzenden Wachen und zeigte mit dem Daumen über die Schulter. »Hau lieber ab! Such im Hafen nach dem Roten Teufel und geh an Bord. Der Klaus versteckt dich, wenn du ihm sagst, dass der Fietje dich geschickt hat.«

»Habt Dank, mein Herr!« Der Bursche flitzte davon und schlängelte sich geschickt durch die gaffende Menge hindurch dem Wassertor entgegen. Die Wachen verfolgten ihn nur halbherzig, bereits nach wenigen Schritten gaben sie auf. Ohne den erbosten Prälaten eines Blickes zu würdigen, gingen sie wieder auf ihre Posten.

19

»Jungs, wir machen uns um die Ecke!«, forderte Fietje seine Kumpane mit einer Kopfbewegung auf.

Sie gingen rasch um die Kirche herum in die nächste Gasse, blieben aber neben dem Seitenschiff stehen, denn Fietje musste sofort etwas wissen.

»Wim, was haste ausgefressen?«

»Iiich?«

»Mensch, du hast fast deinen ganzen Beutel geleert!«

»Wie heißt's doch immer? Stille Wasser sind tief«, redete der Hässliche Piet dazwischen und lachte meckernd.

»Du Blödmann!« Fietje knuffte ihn mit dem Ellbogen. »Ich kenne doch meinen Wim. Der kann doch keiner Fliege was zu Leide tun. Selbst die ganzen Viecher, die er so lecker kocht, müssen wir abmurksen, bevor er sie ausnimmt.«

Wim nickte und schaute betrübt.

»Siehste, du Lästermaul!« Fietje rammte die Faust in Piets Rippen.

»Au!«, wimmerte Piet und japste. »Wofür zum Kuckuck ist dann der Ablass?«

»Für Fietje!«, murmelte Wim und sah bedeutsam die anderen an.

»Waaas?« Die vier Kumpane riefen wie aus einem Mund.

»Weißt du eigentlich, wie bekloppt du bist?«, schrie Fietje seinen Kumpan an.

Wim schüttelte heftig den Kopf und lächelte scheu. Gütig blickend reichte er Fietje die Urkunde.

Ratlos glotzte der Steuermann die Rolle an. »Was soll ich'n damit?«

»Das schenke ich dir, weil du doch mein Freund bist.« Wim strahlte.

Fietje hob die Augenbrauen und atmete tief durch. »Meinetwegen.« Er nahm die Rolle und klatschte das andere Ende mehrmals in die linke Handfläche. »Wozu soll'n das Ding nun gut sein?«

»Damit kommst du direkt in den Himmel, ohne Fegefeuer!«

»Hiiimmelll?« Fietje weitete die Augen, als sähe er voller Furcht in eine bodenlose Schlucht.

»Den musst du mit ins Grab nehmen, damit du dem Petrus den Brief zeigen kannst. Der lässt dich dann sofort rein.«

»Miiich?« Mit ungläubigem Blick zeigte Fietje auf sich.

Rundum schwabbelte der Leib von Wim, so heftig nickte er.

Fietje winkte ab. »Mein Kerbholz ist breiter als die Himmelspforte.«

»Das ist ein vollständiger Ablass!« Wim zeigte eifrig auf die Rolle. »Deine sämtlichen Sünden sind getilgt worden.«

»Sämtliche?«

»Ja!« Wim strahlte.

»Wirklich?«

»Ganz bestimmt!«

Fietje sah sich um und rieb verwundert die Augen. »Merkwürdig.« Er hob langsam den Kopf und blickte zum Himmel. »Auf einmal fühle ich mich leicht wie ein Vogel.«

Wim wischte sich zwei Freudentränen von den Backen.

Selig lächelte Fietje; einige Augenblicke später jedoch zog er seine Stirn kraus.

»Wie viel hast du denn dafür überhaupt bezahlt?« Er stupste die runde Oberkante der Rolle an Wims Nasenlöcher.

»Fünfundfünfzig Gulden!«

»Üärrrgh!« Fietje verzog sein Gesicht und erzeugte ein Geräusch, als kotze er.

Die anderen Kumpane stöhnten um die Wette. »Was, so viel!«

Fietje begann zu toben. »Du bist ja wahnsinnig geworden! Wie kannst du diesen Gierschlündern so viel Gold in den Rachen schmeißen?«

»Aber du hast doch …«, begann Wim, sich zu verteidigen, und blickte Unterstützung heischend von einem zum anderen.

»*Mo*ment!« Fietje hob den Zeigefinger und sprach laut und deutlich. »Ich bin Söldner. Also bin ich dazu berufen, Feinden das Lebenslicht auszublasen! Ich übe ein Handwerk aus und dafür werde ich auch bezahlt. Folglich gibt's auch nichts zu bereuen. Begreif das doch endlich.«

»Fietje!« Piet rüttelte seinen Kumpan an der Schulter. »Mir fällt grad ein: So ein Ablass lässt sich noch verkaufen, der ist nämlich übertragbar!«

»So?« Fietje besah skeptisch die Rolle und hob sie hoch. »Na schön. Mal sehen, an welchen Deppen ich diesen blöden Wisch verkloppen kann.«

Er grinste, zwinkerte Piet zu und hielt ihm den Brief unter die Nase. »Willst'n kaufen? Der kostet dich bloß fünfzig Gulden! Also so gut wie geschenkt, denn du bekommst dafür das ewige Paradies.«

»*Ich* bin doch nicht bekloppt!« Piet tippte sich an die Stirn. »Ich kauf doch keine Katze im Sack.«

»Hey!« Fietje spähte über Piets Schulter. »Seht mal, was dahinten sehnsüchtig auf uns wartet!«

Seine Kumpane wandten sich um und sahen am Ende der Gasse vor einem stattlichen Haus auf einer Bank einige Frauen sitzen. Daneben in der Tür stand ein Mädchen und lehnte an einem der Pfosten.

»Oho!«, krähte der Lange Jan und machte eine ungehörige Geste. »*Die* kommen mir gerade recht.«

»Und ob!«, bestätigte Fietje und seine Augen glänzten voller Vorfreude. »Mir nach!«

Er hatte es so eilig, dass die anderen ihm kaum folgen konnten und ihn erst vor dem Haus einholten, und steuerte sofort auf jene Frau zu, die am linken Türrahmen lehnte, denn sie war die Jüngste und Hübscheste. Das Mädchen lächelte ihn freundlich an, schob ihre Hüfte zur Seite und beugte ihren Oberkörper nach vorn.

Achtlos legte Fietje den Ablassbrief auf ein Fensterbrett, während er ihren Körper beglotzte. »Na, meine Süße! Was kannst'e mir denn bieten?« Er trat näher, fasste die linke Brust und hob sie an. »Die fühlt sich gut an!« Zufrieden nickend zog er am Ausschnitt und äugte zwischen den blanken Brüsten hinunter bis zum Bauchnabel. »Seeehr schön. Haste auch sonst nirgendwo schwarze Beulerchen? Hab nämlich keinen Bock, mir bei dir die Pest[57] oder sonst was zu holen! Nicht wahr, Mädel?« Er drängte sich an das Mädchen, das ihm seinen Leib entgegen wölbte. »Die ist sauber!« Fietje atmete schwer. »Und scharf! Die schnapp ich mir!« Er packte ihr linkes Handgelenk und zog sie in den Hausflur.

Seine Kumpane, außer Wim, waren noch unschlüssig über die Verteilung der Frauen, als Fietje wieder in der Tür erschien.

»Jungs! Ich habe heute meinen spendablen Tag und werde einen ganzen Gulden verfeuern.« Er blickte verwegen, dann verdrehte er die Pupillen. »Das wäre jedoch mehr als ich in einer Woche aus mir raus-

57 Pest, die – siehe Anhang, Seite XV (Seite 593).

kriege. Deswegen dürft ihr mir ausnahmsweise helfen, mein Geld zu verballern.«

Das ließen sich seine Kumpane nicht zweimal sagen. Jeder holte sich eine Frau und eilte mit ihr ins Haus, sodass es zwischen den Türrahmen eng wurde, denn jeder versuchte, sich vorzudrängeln.

Wim folgte ihnen nicht, sondern nahm behutsam die Rolle vom Fensterbrett und setzte sich auf die Bank. Er blickte auf das Seitenschiff der Kirche und sah auf einem Sims hoch über ihm eine Statue des Heiligen Nikolaus von Myra stehen. Ehrfürchtig betrachtete er die steinernen Gesichtszüge des gütigen Bischofs, drehte selig lächelnd den Ablassbrief in den Händen und wartete geduldig auf seinen von aller Sünde befreiten Freund.

Sechster Teil

Verluste

5.-7. September 1395

1

Der von den Herzögen von Mecklenburg geführte Kaperkrieg zermürbte das Reich Dänemark. Nach einem erneuten Überfall auf Bergen, der Zerstörung von Malmö und der Eroberung der Stadt Wisby auf Gotland gab die Regentin Margarete nach.

Die verfeindeten Parteien begannen mit den Verhandlungen; die Hanse vermittelte zwischen ihnen. Nach einem Jahr einigte man sich im Juni 1395 auf Schloss Falsterbo auf einen dreijährigen Waffenstillstand: Mecklenburg beendet den Kaperkrieg und Dänemark entlässt gegen eine hohe Geldzahlung Herzog Albrecht III. und seinen Sohn, Herzog Erich, für drei Jahre aus der Gefangenschaft. Die Hansestädte Lübeck, Stralsund, Greifswald, Danzig, Elbing, Thorn und Reval leihen den Herzögen das Lösegeld. Dafür erhalten sie von den Mecklenburgern die Städte Stockholm und Kalmar als Pfand.

Zu Michaelis 1398, dem 29. September, wird Albrecht III. das geliehene Geld an die Hansestädte zahlen und erhält das Pfand zurück – die beiden schwedischen Städte. Zahlt der Herzog nicht, übergibt die Hanse die verpfändeten Städte Stockholm und Kalmar an Dänemark und erhält im Gegenzug das Lösegeld zurück. Zudem sollen der Herzog und sein Sohn Erich wieder in Gefangenschaft gehen.

2

Gegen Mittag näherte sich der Stier von Mecklenburg dem Hafen von Wismar; Albrecht von Pecatel holte darum den Admiral an Deck. Landorp dankte seinem Stellvertreter mit einem Nicken und stieg auf das Kastell. Von dort beobachtete er, wie die eiserne Kette, welche die Einfahrt in die sichelförmige Bucht versperrte, ins Wasser abgesenkt wurde. Die hölzerne Winde maß im Durchmesser über sechs Ellen und wurde von vier im Kreis schreitenden Pferden angetrieben. Diese Vorrichtung war nötig, denn jedes Glied der Kette war so dick wie ein Oberschenkel.

Sein Flaggschiff segelte in den Hafen und der Kapitän gab die letzten Befehle zum Anlegen. Zufrieden nickte Landorp ihm zu, denn dieser Seemann hatte für eine tadellose Überfahrt gesorgt. Dann blickte er hinüber zu den anderen Schiffen seiner Flotte, die gerade einliefen; auch der Rote Teufel war darunter und legte soeben an. Kalt im Herzen und die Kiefer zusammengepresst verfolgte Landorp das emsige

Treiben der Söldner auf der Holk, dann schloss er für einige Augenblicke die Lider. Im Geist ging er seinen Plan durch, den er diese Nacht noch ausführen wollte.

Der Admiral wandte sich um, winkte kurz seinem Stellvertreter und vor ihm ging er als Erster von Bord. Er nahm ihn mit zu seinem steinernen Anwesen neben dem Rathaus. Sie schritten inmitten einer Kompanie Wachen, die sich nach der Ankunft neben dem Tor postierte. Landorp schloss das Portal auf, trat vor Pecatel ein und sah sich rasch um.

Er wohnte immer noch allein in dem Stadtschloss der Mecklenburger Herzöge, auch weil er einiges zu verbergen hatte. Seine Bediensteten hausten im Hinterhof oder bei den Ställen und durften nur die Wirtschaftsräume betreten. Landorp geleitete Pecatel ins größte Gemach, bot ihm einen Lehnstuhl an und ging in den Keller, um einen guten Trank zu holen. Unterwegs passierte er auch die Tür zu dem geheimen Raum, in welchem er seine teuflischen Mixturen aufbewahrte. Er drückte die Klinke und rüttelte mehrmals; die Tür war verschlossen, wie immer. Er konnte es kaum abwarten, einzutreten und die benötigte Flüssigkeit umzufüllen.

Mit einer Flasche altem Wein in der Armbeuge kehrte Landorp ins große Zimmer zurück und schenkte ein: für den Gast in einen silbernen Pokal und in sein vergoldetes Horn.

»Trinkt einen ordentlichen Schluck!«, sagte er und reichte Pecatel den Pokal. »Ihr habt heute noch eine weite Reise vor Euch.«

»Habt Dank, Herr Admiral.« Das Gesicht des Stellvertreters leuchtete, während er seinen silbernen Becher hob. »Ich kann ihn brauchen, denn ich werde nach Schwerin reiten, ohne abzusitzen.«

»Ihr gefallt mir!« Landorp nickte und hob sein Trinkhorn. »Denn Herzog Johann IV. soll so bald wie möglich erfahren, dass ich am letzen Tag im August Stockholm und Kalmar den sieben Hansestädten übergeben habe. Endlich kommt der König frei!«

Eine halbe Stunde später führten die Knechte des Admirals die Pferde für Landorps Stellvertreter sowie die Kompanie durch das Hoftor auf den Marktplatz. Pecatel und die Wachen stiegen auf; nach einem kurzen Gruß wandten die Reiter ihre Pferde und ritten zum Mecklenburger Tor.

Landorp blieb stehen und wartete auf seine Gäste, die sich bereits mit Gepäck näherten, Hermann Nyenkerken mit leichtem und Katarina Oxenstierna mit schwerem. Sie waren mitgereist an Bord seines Flaggschiffs, denn er hatte nicht geduldet, dass sie auf dem Roten Teufel hierher segelten.

Höflich verbeugte sich Landorp vor den Verlobten und bot ihnen sein Haus als Herberge an. Er trat vor ihnen ein und geleitete sie in das große Gemach.

»Liebe Schwester.« Tief verbeugte sich Landorp vor Katarina. »Hocherfreut bin ich, dich in meinem Anwesen zu beherbergen und werde alles tun, um deinen kurzen Aufenthalt so angenehm wie möglich zu machen.« Während er Verbeugung ausführte, erstarrte für einen Augenblick sein Gesicht zu einer Maske mit glühenden Pupillen. Er konnte es kaum abwarten, sich seiner Halbschwester zu bemächtigen, sie in seinem Kellerverlies anzuketten und zu züchtigen. Niemals wieder sollte sie das Tageslicht sehen, es sei denn, sie würde sich seinem Willen unterwerfen als folgsame Ehefrau. Nachdem er sich wieder aufgerichtet hatte, lächelte Katarina ihn dankbar an und machte einen Knicks.

Landorp blickte wieder so herzlich wie zuvor und wandte sich an Nyenkerken. »Ich heiße Euch herzlich willkommen, werter Ratsherr Nyenkerken! Ich freue mich, dass ich den künftigen Ehemann meiner Schwester hier begrüßen kann und für einige Tage in meinem Haus beherbergen werde.«

»Ich danke Euch, Herr Admiral.« Nyenkerken verbeugte sich höflich, lächelte leicht verlegen und seine Bäckchen röteten sich noch ein wenig mehr.

»Mein lieber Bruder.« Katarina blickte schelmisch. »Ich freue mich auch, nämlich endlich einmal deine Residenz zu sehen, von wo aus du die Welt beherrschen wirst.«

Landorp riss sich zusammen, aber er nahm sich vor, sie dafür im Verlies noch mehr zu bestrafen. In Gedanken schnitzte er eine weitere Marke in ihr Kerbholz: ein Dutzend Schläge. Tatsächlich hatte sie seine wunde Stelle getroffen: Er kam im Streben nach der ihm zustehenden Macht nicht voran.

»Ihr seid noch nicht einmal verlobt«, lenkte er ab. »Darum werde ich dir ein Gemach im zweiten Stock zuweisen. Ratsherr Nyenkerken übernachtet in einem Raum neben meinem Schlafzimmer.«

»Wie schön, einen Bruder zu haben, der um meine Jungfräulichkeit bis zur Hochzeit besorgt ist!« Aus Katarinas Stimme war ihr Missfallen herauszuhören, aber im Gesicht ließ sie sich kaum etwas anmerken. Kurz blickte sie zu Nyenkerken, hob bedauernd die Schultern und ließ sie langsam wieder sinken.

»Heute Nacht wirst du ohnehin allein sein im Haus. Doch keine Sorge, denn ich stelle rundherum Wachen auf.« Landorp hob beschwichtigend beide Hände, weil auch Nyenkerken ihn überrascht ansah. »Ich werde nämlich mit Ratsherr Nyenkerken zusammen den Abschied von Hauptmann Klaus Störtebeker und seiner Mannschaft gebührend feiern. Da wir zum Zechen in den Gasthof zum Goldenen Stier gehen, wirst du …«

»... mitkommen.«

»... nicht mitgehen.« Gebieterisch reckte Landorp den Zeigefinger gegen seine Halbschwester. »Auf gar keinen Fall nehme dich mit, denn du bleibst in deinem Gemach. Das ist ein Befehl!«

Verärgert sah Katarina ihren Halbbruder an, dann ihren Zukünftigen. Nyenkerken fühlte sich wie in eine arge Zwickmühle gesteckt. Einerseits wollte er sich gar zu gerne noch einmal mit seinem alten Freund Störtebeker treffen, andererseits gehörte es sich für ihn, seine Zukünftige nicht allein zu lassen, selbst wenn sie durch ein Stockwerk getrennt sein würden.

Katarina erkannte seinen Zwiespalt; er blickte und schnaufte wie ein Fischer, dem sein Fang zu schwer wurde. Sie liebte ihn nicht, aber sie mochte ihn zusehends. Daher nahm sie ihm die Entscheidung ab, indem sie ihm zulächelte und zwinkernd ihr Trinkhorn hob. »Meinetwegen. Dann gehe ich in mein Gemach, proste mir selbst zu und lege mich zeitig schlafen.« Schelmisch drohte sie den beiden mit dem Finger. »Aber macht mir nicht so viel Lärm, wenn ihr heimkommt und weder das Schlüsselloch noch die richtigen Betten findet.«

Nyenkerken fiel ein Stein vom Herzen.

»Ruht Euch aus, Ratsherr Nyenkerken, bevor Ihr Eure besten Kleider heraussucht und Euren Schmuck anlegt.« Landorp jubelte innerlich, denn nun konnte alles wie geplant ablaufen. »Ich muss jetzt ins Rathaus, um einige Anordnungen zu erteilen und nach Sonnenuntergang erwarte ich Euch dort auf der Treppe.«

3

Landorp zog sich um. Er stieg wieder in den Keller, öffnete die schwere eiserne Tür am Ende des kurzen Gangs und trat in seine geheime Kammer. Vor ihm befand sich der riesige Wandschrank; links stand ein hohes Regal, vollgestopft mit Waffen und Rüstungsteilen. Rechts reichte ein dickes Holzbrett, eine Elle tief, von Wand zu Wand, auf dem Schalen, Kolben und andere alchemische Gerätschaften standen. Darüber auf einem langen Hängeregal standen zahlreiche Behälter mit Salpeter, Holzkohle, Schwefel sowie Schalen und Werkzeuge zum Mischen von Schießpulver.

Landorp öffnete den Wandschrank und blickte über die Einlegebretter hinweg auf denen Flaschen, Töpfe und Kästen standen. Es roch muffig, und ein stechender Duft stieg in seine Nase, sodass er die Nasenflügel zusammenpresste. Jedoch gewöhnte er sich an den Geruch, bückte sich und suchte im untersten Ablagefach. Von der hinteren Schrankwand zog er eine kürbisförmige Flasche mit langem Hals nach vorn, hob sie ächzend auf und stellte sie auf dem eichenen Tisch in der Mitte des Raums ab.

Er nahm eine leere Phiole vom Brett, entkorkte sie und stellte den birnenförmigen gläsernen Behälter auf den Tisch. In die schmale Öffnung der eine Handspanne hohen Phiole steckte er einen metallenen Trichter. Danach ging er leicht in die Knie, umfasste die kürbisförmige Flasche an ihrer dicksten Stelle und spannte seinen Körper. Mit Mühe goss er etwas von dem Inhalt durch den Trichter in den gläsernen Behälter.

Nachdem er den Korken wieder in den Hals der Phiole gezwängt hatte, wickelte er den Glasbehälter in eine Bahn Stoff ein und steckte das Päckchen in seine Umhängetasche. Schließlich verstaute er die große Flasche zuunterst im Schrank und hängte das riesige Vorhängeschloss wieder ein.

Landorp sperrte die Tür des Raums ab sowie den Eingang zum Keller und verließ sein Schloss. Er eilte zum Wassertor, um die Hafengegend zu erreichen. Eine frische Brise wehte den Geruch des Meeres ins Landesinnere. Landorp blickte in die Höhe und sah auf der Spitze des Kirchturms von Sankt Marien die Fahne des Herzogtums Mecklenburg-Schwerin sich aufbauschen.

Diese Fahne erinnerte ihn an eine andere. Vor zwei Wochen, während seiner Ankunft in Stockholm, hatte er mit Wehmut emporgeblickt und beobachtet, wie jene Fahne auf dem Turm von Sankt Nikolai flattert hatte. Denn er hatte gewusst, dass er sie in wenigen Tagen einholen lassen musste. Nach der Vereinbarung von Falsterbo hatte er nämlich die Schweriner Herzöge gebeten, es ihm zu überlassen, in deren Namen diese Stadt an die sieben Hansestädte zu übergeben. Aber zu dieser Bitte bewogen hatten ihn lediglich seine Hintergedanken bezüglich Katarina sowie ihrer Eltern.

Als Landorp das Haus der Oxenstiernas am Stortorget unangemeldet betreten hatte, war ihm eine Überraschung widerfahren: Er hatte seine Halbschwester bei ihren Eltern angetroffen, anstatt erst im Kloster Mälarholmen sie wiederzusehen. Der Grund hatte ihn aufs Äußerste erschreckt: Hermann Nyenkerken weilte in Stockholm und hatte um die Hand von Katarina Oxenstierna angehalten. Ihr Vater hatte mit großer Freude eingewilligt und seine Tochter sogleich von der Insel im Mälarsee holen lassen. Die Mitgift sowie die Reiseutensilien waren bereits im Erdgeschoss des Bürgermeisterhauses aufgestapelt worden.

Die Verlobung war für die folgende Woche vorgesehen gewesen. Einige Tage danach wäre das gesamte Gepäck auf den Roten Teufel verladen worden und Klaus Störtebeker hätte das Paar nach Wismar gebracht. Von dort wären die Verlobten auf dem Landweg über Lübeck nach Hamburg gereist und hätten dort geheiratet.

Landorp hatte auf Knien seiner Schicksalsgöttin gedankt, dass er bei den Herzögen um diese Mission geradezu gebettelt hatte. Denn seine rechtzeitige Ankunft hatte es ihm ermöglicht, sämtliche Pläne zu vereiteln. Mit äußerstem Nachdruck hatte er hatte darauf bestanden, dass man die Verlobung verschob. Sie solle erst auf Schloss Schwerin stattfinden, hatte er begründet, denn er sei der ein Spross eines Herzogs und Katarina seine Halbschwester. Nachdem er sich durchgesetzt hatte, befahl er, das künftige Paar dürfe nur an Bord seines Flaggschiffs die Reise antreten.

Er hatte die Einladung der Oxenstiernas, bei ihnen Gast zu sein, höflichst dankend abgelehnt und sich im Stockholmer Schloss einquartiert. Dort hatte er auf die Flotte der Hanse gewartet. Sie war drei Tage später eingetroffen und der Admiral hatte die sieben Abgesandten der Städte im Saal des Rathauses empfangen. Die Urkunden zur Übergabe waren unterzeichnet und besiegelt sowie der Schlüssel der Stadt ausgehändigt worden.

Anschließend hatte Landorp drei Hanseherren beiseitegenommen und mit ihnen einige persönliche Angelegenheiten verhandelt. Er hatte ihnen beträchtliche Gegenleistungen geboten, wenn sie nach seiner Abreise etwas für ihn erledigen würden.

Kurz vor Wismar hatte er zutiefst befriedigende Nachrichten erhalten durch den Kapitän eines schnellen Seglers, der Stockholm erst einen Tag nach der Flotte verlassen und sie eingeholt hatte: Kaum das die Flotte der Mecklenburger sowie sämtliche Schiffe der Vitalienbrüder den Hafen der Stadt verlassen hatten, waren die Soldaten der Hanse ausgeschwärmt und hatten sämtliche Mitglieder des Stadtrats verhaftet und in die Kerker des Stadtschlosses geworfen. Auch der Bürgermeister hätte unter ihnen sein sollen. Gösta Oxenstierna jedoch und seine Frau Birgitta waren zur gleichen Zeit von drei Hanseherren und ihren Helfern in ihrem Haus überfallen und zu einem unbekannten Ort fortgebracht worden.

Landorp hatte diabolisch gelächelt, während der Kapitän dies berichtete. Nun war er sicher, dass Katarinas Eltern bereits im dicksten Turm des Klosters Mälarholmen eingemauert worden waren.

Die Verlobung hatte Landorp bereits vereitelt; deren Verschiebung nach Schwerin war für ihn lediglich ein Vorwand gewesen. Jetzt galt es, Katarina endgültig in seinen Besitz zu bringen – um *jeden* Preis. Darauf hatte er sich festgelegt. Deshalb wischte er seine Bedenken fort, immerhin einen Ratsherrn zu beseitigen. Nicht die geringsten Skrupel hatte er bei Störtebeker und seinen Kumpanen.

Der Hauptmann jedoch wollte mit seinen Leuten bereits morgen wieder in See stechen. Also musste Landorp sein Glück heute Nacht noch erzwingen.

4

Bevor Landorp durchs Wassertor ging, drückte er die Krempe seines alten Jagdhuts tiefer, um das Gesicht zu verbergen und zog seinen schäbigen Mantel enger. Er hastete über die Zugbrücke, wandte sich, wie schon so oft, nach Westen und erreichte nach einigen Minuten die Schänke Goldener Stier. Das Gebäude zwischen den beiden Lagerhäusern stand schiefer denn je, aber die Lettern über dem Türsturz waren kürzlich mit goldgelber Farbe nachgezogen worden.

Landorp sah sich um; in seiner Nähe befand sich niemand und vom Kai oder den Schiffen sah kein Mensch zu ihm herüber. Er drückte langsam den teilweise abgebrochenen Klinkenstumpf herunter, schob behutsam mit seiner Schulter die Tür auf und spähte hinein. Obwohl der große Schankraum menschenleer war, nahm er die andere Hand nicht vom Griff des Messers, während er an der linken Wand entlang bis zur Theke ging. Landorp stützte seine linke Hand auf das Holz des Tresens und lauschte. Er hörte tiefe Atemzüge und roch die Ausdünstungen verschwitzter Körper. Er zog sein Messer aus der Scheide und hieb dessen Knauf mehrmals auf das Holz der Theke.

»Bier gibt‘s später. Verschwinde, du Saufkopf!«

Landorp blickte nach oben. Quer über einige Dachbalken hinweg lagen mehrere Bohlenbretter. Es knisterte und knackte, als sich ein schwerer Körper in dem ausgestreuten Heu herumwälzte. Ein unwirsches Gebrummel ertönte, bevor ein fast kugelrunder Kopf sichtbar wurde, umrahmt von schütterem Haupthaar, übergehend in einen ungepflegten Vollbart, aus dem einige Grannen herabrieselten.

»Oh!«

Um kein Stroh abzubekommen, ging Landorp zur Seite, sein Messer steckte er wieder ein.

Gert Acker ließ sich eilfertig von seiner luftigen Schlafstatt herab und zog seine Kleidung zurecht. »Entschuldigt vielmals, Herr Admiral. Ich konnte ja nicht wissen, dass …«

»Schon gut«, fiel Landorp ins Wort, jedoch drückte seine gehobene rechte Augenbraue einen Tadel aus. Dann beugte er sich leicht vor und senkte die Stimme. »Sind deine Kumpane in der Nähe?«

Der Wirt klopfte sich einige Halme vom Wams, um sich Zeit zum Nachdenken zu verschaffen. Vom unmittelbar bevorstehenden Waffenstillstand zwischen Mecklenburg und Dänemark hatte er bereits gehört; nun musste er noch vorsichtiger sein, denn ein Ende dieses Krieges würde nicht nur seinem Geschäft schaden, sondern vor allem seiner Bande.

Gert Acker hoffte, sein unerwarteter Gast achtete nicht zu sehr auf die Unordnung im Schankraum, denn er hatte seine Schar zusammengerufen. Sonst lebten sie in der Umgebung weit verstreut. Zur Zeit waren sie gerade in der Stadt unterwegs, um für ihn ›Besorgungen‹ zu erledigen. »Sie sind nicht weit. Ich könnte sie morgen oder übermorgen herbei…«

»Sofort! Ich brauche sie noch heute Nacht, Wirt.«

»Was? Wie soll ich …«

Landorp nahm ein Säckchen aus seiner Umhängetasche und ließ es auf den Tresen fallen. Aus dem satten Klang hörte der kundige Wirt eine erkleckliche Anzahl gediegener Goldstücke heraus und blickte mit vergrößerten Pupillen auf den prallen Beutel.

»Ruf auf der Stelle deine Leute zusammen, denn sie sollen über sechzig Männer bis auf die Haut ausrauben und …!«

Gert Acker weitete die Augen und hielt beide Hände auf Abwehr. »Was? Über sechzig? Selbst wenn die ganzen Kerle stockbesoffen wären, würde das in meinem gastfreundlichen Haus zu einem Gemetzel ausarten! Aber Herr Admiral, das könnt Ihr mir doch nicht im Ernst zumuten.«

Während Landorp spöttisch lächelte, steckte er erneut die Hand in seinen Umhängebeutel. Er sah sich um, bevor er das dicke Stoffbündel herauszog und die Phiole auswickelte. Den bis zum Korken gefüllten Glasbehälter stellte er behutsam auf dem Tresen ab.

»Gift?« Der Wirt fragte, obwohl er sicher war, was sich in dem Gefäß befand. Denn er besorgte für Erik von Landorp schon seit über einem Jahrzehnt zahlreiche schädliche Mixturen; außerdem übertrug ihm der Bastard des Herzogs stets jene Aufgaben, welche nur im Geheimen erledigt werden konnten.

»Richtig. Ein Mittelchen, welches in größerer Menge verabreicht, einen Schlummer in einen ewigen Schlaf verlängert. Ich habe dir etwas aus meinem Vorrat mitgebracht, denn du wirst es kaum auf Lager haben.«

»Dieses Teufelszeug?« Gert Acker zog ein über die Maßen entsetztes Gesicht und presste die Hände an seine Schläfen. »Gewiss nicht.«

»Hab dich nicht so.« Landorp lachte höhnisch und schüttelte nachsichtig den Kopf. »Du hast nicht die geringsten Skrupel. Das weiß ich seit langem.«

»Schon gut.« Der Wirt rollte mit den Augen, nahm die Hände vom Kopf und zeigte umher, wie ein Feldherr über ein künftiges Schlachtfeld. »Aber muss das ausgerechnet hier drinnen stattfinden?«

»Der Trunk muss bei allen gleichzeitig wirken, damit keiner Argwohn schöpft und womöglich noch sich wehrt. Dies kann uns nur mit einem Zechgelage in deinem Gasthof gelingen.«

»Über sechzig Tote wegschaffen, Herr Admiral! Wisst Ihr, wie viel Mühe das kostet?« Gert Acker legte die Handflächen zusammen, hob seine Arme und flehte mit einem langen Blick den Firstbalken an.

»Du wirst keine Mühe mit den Leichen von Störtebeker und seinen Seeräubern haben.«

»Waaas?« Der Wirt senkte überrascht die Arme und legte acht Fingerkuppen auf seine vorgewölbten Brustmuskeln. »Ich soll meine besten Gäste …?«

Landorp senkte einmal sein Haupt.

»Dann kann ich den Laden ja gleich zumachen.«

»Genau das wirst du!« Landorp nickte nochmals und wies mit der Hand auf den Dielenboden. »Denn die Toten bleiben hier liegen.«

Gert Acker sah den Admiral fassungslos an.

»Denn du wirst mit deinen Leuten von hier verschwinden, denn es soll aussehen wie ein Raubmord.«

»Was?« Der Wirt schlug sich entsetzt mit den flachen Händen auf die Backen. »Das hier alles, was ich mühsam aufgebaut habe, soll ich zurücklassen?«

»Das wirst du. Aber zuvor schneiden deine Leute allen Kerlen noch die Kehlen durch.«

»Den Toten noch die Hälse aufschlitzen?«

»Jawohl. Erstens, damit sie auf jeden Fall hinüber sind, und zweitens, um den Raubmord vorzutäuschen.«

»Ich soll für Euch zum Raubmörder und Landflüchtigen werden?« Gert Acker legte die Hände flach zusammen und sah Landorp flehentlich an. »Wisst Ihr, Herr Admiral, was Ihr mir da zumutet?«

Wieder lächelte Landorp spöttisch und sah Gert Acker mit überlegenem Gesichtsausdruck an. Er wusste, warum der Wirt so ein Gehabe machte: Die Eltern waren umherfahrende Schausteller gewesen und der Junge hatte sich die übertriebene Gestik abgeschaut. Stets mit

Absicht setzte er sie bei ihren Verhandlungen ein, um die eine oder andere Münze herauszuschlagen.

Erneut steckte Landorp die Hand in seinen Umhängebeutel, um den zweiten noch volleren Geldsack herauszubefördern. Er warf ihn mit einer eleganten Bewegung hoch, wodurch beim heftigen Aufprall auf dem Tresen der Leinenbeutel aufplatzte und zahlreiche Goldstücke auf das Brett prasselten.

Augenblicklich ruckte der Kopf von Gert Acker herum und die Pupillen zickzackten über das Weiß seiner Augen hinweg, um die Münzenzahl zu schätzen. »Verzeiht mir, Herr Admiral, ich unterschätzte Euch. Ihr wisst sehr wohl, wie Ihr meinen riesigen Verlust ausgleichen könnt. Ich werde meine Männer bis Mitternacht zusammenbekommen, damit sie ihrem Handwerk nachgehen können.«

Landorp breitete die Hände aus und sah sich um. Dann wies er auf ein Fässchen und blickte fragend den Wirt an.

»Branntwein! Vom Besten!« Gert Acker hob den Daumen.

»Voll?«

»Voll! Zwölf Maß!«

»Bestens!« Landorps Augen blitzten. »Genau die richtige Menge. Hol mir das Fass her und öffne es.«

Der Wirt trabte diensteifrig um den Admiral und die Theke herum und nahm das Fässchen in beide Arme. Er stellte es gegenüber dem Admiral hochkant auf den Tresen und würgte den Pfropf aus dem hölzernen Deckel.

»Trichter!«

Gert Acker nickte, bückte sich unter die Theke und wühlte grunzend in einer Ablage. Als er sich wieder erhob, machte er ein zufriedenes Gesicht, denn er hielt einen metallenen Trichter in der rechten Hand, dessen Spitze er sofort in das Spundloch steckte.

»Halt fest und wackele ja nicht!« Landorp sah den Wirt aufmerksam an, denn jetzt ging es ihm um jeden Tropfen. Er nahm die Phiole, entkorkte sie und goss deren Inhalt sorgfältig in den Trichter. »Schütteln, bis der letzte Tropfen drin ist!«

Gert Acker nickte kurz und befolgte die Anweisungen mit gleichmütigem Gesicht. Dann stopfte er den Korken wieder fest, warf den Trichter zurück in die Ablage und schob das Fässchen in die hinterste Ecke der Theke.

»Achte auf dieses Fass wie auf deine Augäpfel, Acker! Gib jedem Gast in diesem Raum einen ganzen Becher; wer nicht will, dem kipp's heimlich ins Bier. Deine Bedienung muss peinlichst darauf achten, dass jeder seinen Teil bekommt. Wenn ihr einen überseht, merkt der, was um ihn herum passiert. Dann macht der euch Schwierigkeiten oder weckt womöglich alle wieder auf, bevor sie hinüber sind.«

»Geht klar, Herr Admiral. Schließlich will ich hier meine Ruhe haben und keinen Krawall.«

»Noch etwas. Ich muss natürlich mit diesen Kerlen anstoßen, um nicht aufzufallen. Darum füllst du für mich Branntwein aus einem anderen Fass ein.« Landorp nahm aus seinem Beutel einen einfachen Becher, der aber das Wappen der Mecklenburger trug. »Diesen Becher füllst du und gibst ihn mir in die Hand.«

»Wird gemacht, Herr Admiral.« Gert Acker nahm behutsam den Becher und verbeugte sich dienstbeflissen. »Ihr könnt Euch auf mich verlassen, wie immer.«

»Diesen besonderen Trunk gebe ich erst nach Mitternacht aus. Wenn die Kerle leblos sind, lässt du sie vollständig ausplündern. Ich sehe zu, bis ihr auch dem Letzten den Hals durchgeschnitten habt. Dann verlasse ich den Gasthof und verstecke mich auf dem Roten Teufel. Dort warte ich bis zum Morgengrauen, zerreiße meine Kleidung und verletze mich selbst. Ich wanke zum Wassertor, schlage Alarm und schicke die Wachen nach Westen.«

»Wisst Ihr, wie viel zusätzliche Arbeit das ist?« Gert Acker legte wieder die Hände zusammen und sandte erneut einen flehenden Blick gegen den Firstbalken.

Lachend winkte Landorp ab, der Schaustellersohn amüsierte ihn. »Dein Handwerk wird sich diese Nacht lohnen! Denn die Männer werden edel gekleidet sein und ihrem gesamten Schmuck umhängen haben. Du wirst genügend Beute machen, dafür sorge ich.«

»Verzeiht, Herr Admiral, ich unterschätze Euch stets. Ihr wisst sehr wohl um den Aufwand.« Der Wirt breitete die Arme aus und suchte mit einem tiefen Blick das Einverständnis seines Gegenübers.

Mit einer Kopfbewegung wich Landorp dem Blick aus. »Du fährst auf dem Landweg an der Küste entlang gegen Osten bis nach Pommern. In Stralsund wirst du dich niederlassen und auf meine weiteren Befehle warten.« Er verzog den Mund zu einem hintergründigen Lächeln.

Zum Abschied bedachte er Acker mit einem eindringlichen Blick, drehte sich um und verließ schweigend den Raum.

5

Gert Acker atmete tief ein und stieß die Luft mit einem lauten Stöhnen wieder aus.

»Machst du das Ding, Gerdchen?«

Der Wirt zuckte zusammen und sah hastig nach oben. Das kantige Gesicht einer Frau schwebte schräg über ihm. Ein abstehender Kranz verzottelter Haare säumte den kleinen Kopf auf einem dünnen Hals. Wie ein Geier blickte sie auf ihren Mann herab.

»Fronicka! Erschreck mich nicht so!«

Die knochendürre Frau des Wirts stellte sich unbeholfener an als ihr wesentlich stämmigerer Mann. Als sie sich vom Balken herabließ, fielen mehrere Fuder Stroh herunter. Vom Tisch hüpfte sie auf den Boden und erhob sich zu ihrer vollen Größe von drei Ellen und eineinhalb Fuß, sie überragte ihren Mann um Kopfeslänge. Dann dehnte sie sich und lachte kehlig. »Aber Gerdchen, mein Guter. Ich steh dir doch dein ganzes Leben lang bei, wie ich's dem Herrgott versprochen habe.«

»Das weiß ich doch. Ich verlass mich ja stets auf dich.«

»Kannst auch!«

»Haste alles mitgekriegt?«

»Na klar. Das ist doch ein tolles Abschlussgeschäft für uns, da wir sowieso mit Mann und Maus abhauen wollen, um uns im Süden endlich zur Ruhe zu setzen.«

Gert Acker grinste. »Der Herr Admiral denkt wohl, ich bin zu blöde, um zu kapieren, dass die guten Zeiten für mich hier vorbei sind. Glaubt er, ich weiß nicht, dass die Einstellung der Kaperfahrten ein Teil des Waffenstillstands ist?« Verächtlich lachte er und wies mit dem rechten Daumen über die Schulter. »Gib den Weibern Bescheid, dass sie ihre Männer holen. Die sollen ihr Tagewerk sausen lassen, sofort herkommen und alle Planwagen mitbringen! Gert macht sich vom Acker, heute Nacht noch.«

»Mach ich sofort!« Zunächst jedoch raffte Fronicka ihre Schürze, und mit gierigem Blick fegte sie mit ihrer freien Hand die Münzen aus dem geplatzten Beutel hinein. »Solch ein gutes Geschäft lasse ich mir doch nicht entgehen!«

»Erzähl den anderen von nur einem Beutel!«, flüsterte Gert Acker seiner Frau ins Ohr.

»Aber Gerdchen, warum hast gerade mich als Frau?« Voller Stolz lachte sie, dann dachte sie nach. »Über sechzig Gurgeln durchschneiden? Dann lass mich mitmachen, Gerdchen. Wozu bin ich Halsabschneiderin?«

Gert Acker wiegte den Kopf und machte ein bedenkliches Gesicht. »Froni, das lassen wir lieber. Ich bin sicher, das Umbringen ist dieses Mal ein ganz schlechtes Geschäft für uns.«

»Wieso denn?« Fronicka blickte enttäuscht.

»Lass mich mal machen, denn ich weiß immer, was für uns beide das Beste ist. Glaubst du wirklich, der Admiral wartet so lange, bis wir über alle Berge sind, und schickt zudem seine Wachen in die falsche Himmelsrichtung?«

»Warum denn nicht? Wir sind doch seit eh und je seine Helfer.«

»Weil wir unsere Schuldigkeit getan haben, sollen wir gehen. Das bedeutet: Er braucht uns nicht mehr.« Gert Acker drehte sich um zur Wand, packte den Stiel eines Reisigbesens und hielt das Ende der Stange seiner Frau unter die Nase. »Ich fresse diesen Besen, wenn der Admiral bis zum Morgengrauen wartet! Der jagt uns die Stadtwache viel früher hinterher, damit wir erwischt werden. Er wird uns sofort aufhängen lassen, denn ich weiß viel zu viel über diesen Bastard. Dieses Mal jedoch hat unser feiner Möchtegernherzog die Rechnung ohne seinen Wirt gemacht.«

6

Landorp drückte die abgewetzte Klinke, zog das Türblatt nach innen und spähte hinaus. In seiner Nähe befand sich kein Mensch und vom Kai oder den Schiffen sah niemand zu ihm herüber. Er schlüpfte durch die Tür, wandte sich zur rechten Seite und schritt gebückt an der Wand des nebenstehenden Lagerhauses entlang nach Osten. Nachdem ihn über einhundert Schritte vom Goldenen Stier trennten, zog er Jagdhut und Mantel aus und versteckte beides in einer Lücke zwischen zwei Schuppen. Dann holte er ein edles Barett aus der Innentasche seines Pelzmantels, setzte es behutsam auf und drückte den Rücken durch. Er schritt energisch voran, bis die Wachen seines Flaggschiffs auf ihn aufmerksam wurden. Bevor er den Stier von Mecklenburg erreicht hatte, stand sein Dienst habender Hauptmann bereits an der Reling und legte die rechte Hand ans hochgeschobene Visier.

Landorp deutete einen Gruß an und blieb auf dem Kai stehen. »Hauptmann, ruft zwölf Soldaten! Ihr begleitet mich zum Roten Teufel.« Langsam ging er entlang des Schiffs weiter, während der Befehlshaber die Wachen herbeikommandierte. Diensteifrig trappelten zwölf Bewaffnete über die Planken vom Schiff zum Ufer und folgten ihrem Hauptmann, der im Laufschritt den Admiral einholte. Kalt lächelte Landorp, während er an seinen alten Schwur dachte, sich niemals wieder in die Gewalt eines Kaperfahrers zu begeben.

Der Holk Störtebekers war an der gleichen Stelle vertäut worden wie vor ihrer ersten Fahrt nach Stockholm.

Der Kreis schließt sich, dachte Landorp. *Auch der Krieg ist zu Ende.*

Er ließ den Hauptmann und sechs Wachen vor sich an Bord gehen und sah sich um.

Morgen schon werde ich *Kapitän des Roten Teufels sein!* Lebhaft stellte er sich vor, wie er seine Leute herumkommandierte, um sein neues Schiff auf Vordermann zu bringen. *Ich werde den Holk umbenennen in ›Herzog Erik‹! Die Galionsfigur wird wie Kat…*

»Die Hauptmänner sind unter Deck in ihrer Kajüte.« Fietje fettete mit einem Lappen die Querstange des Steuerruders ein und sprach, ohne aufzusehen. Er zeigte nicht die geringste Achtung vor dem Admiral, sondern setzte seine Arbeit gleichmütig fort.

Landorp tröstete sich mit der Vorstellung, dass dieser Kerl sehr bald dafür büßen würde, und wandte sich wortlos ab. Er winkte seinem Offizier, ihm zu folgen und betrat den Gang zu der Kajüte.

»Schach!«

Landorp schüttelte den Kopf und lächelte spöttisch. Ohne anzuklopfen, schob er die Tür auf und betrat das Kabäuschen, in dem die beiden Hauptmänner des Roten Teufels hausten. Draußen strahlte die Sonne auf die Planken und eine frische Brise wehte, die beiden Seeleute jedoch saßen bei Kerzenschein am Tisch, spielten Schach und tranken Bier. Sie blickten die beiden Eintretenden gelassen an. Dann erhoben sich langsam, zogen dabei ihre Köpfe ein und verbeugten sich höflich vor Landorp.

»Wir haben mit Euch gerechnet, Herr Admiral«, sagte Wichmann, wandte sich zum Schachbrett, hob den schwarzen König mit einer übertriebenen Geste und stellte ihn ein Feld weiter rechts wieder ab. Er zwinkerte Störtebeker zu. »Aber nicht matt!«

Auf den ersten Blick erkannte Landorp, dass Störtebeker eher dem Bier und Wichmann vielmehr dem Spiel zugetan war. Neugierig sah er auf die Figuren hinab; er erkannte eine starke Angriffsstellung des Hauptmanns. Der Kapitän jedoch schien nicht beeindruckt zu sein.

»Nehmt Platz, Herr Admiral.« Störtebeker setzte sich und rutschte zur Seite; Wichmann tat es ihm nach und schob das Schachbrett beiseite bis vor die brennenden Kerzen. Landorp nahm nur widerwillig neben dem Hauptmann Platz, aber wenn er in gebückter Haltung stehenblieb, sah das lächerlich aus. Nachdem sein Offizier umständlich und mit viel Geklirr sich neben Wichmann niedergelassen hatte, kam er ohne Umschweife zu seinem Anliegen.

»Heute endet euer gerechter Kampf unter dem Banner des Herzogtums Mecklenburg! Denn wir haben einen Waffenstillstand mit Dänemark abgeschlossen und besiegelt, keine Kaperschiffe mehr auszusenden.«

Bedächtig hörte Störtebeker zu, dann nickte er und nahm einen tiefen Schluck aus seinem Krug.

Wichmann antwortete für seinen Hauptmann. »Das haben wir uns schon gedacht, denn wir haben guten und erfolgreichen Dienst geleistet. Ihr kamt nach Stockholm und habt die Stadt an die Hansestädte übergeben. Warum wohl? Sicherlich als Pfand für die Freiheit von Herzog Albrecht III. von Mecklen…«

»König Albrecht I. von Schweden!«, rief Landorp, während er mit dem Oberkörper nach vorn schnellte und mit der Faust auf den Tisch hieb. »Auf die Krone haben wir nicht verzichtet.«

»Das werden wir ja sehen. Wir glauben, dass diese riesige Summe nicht zurückgezahlt wird«, murmelte Störtebeker und verkniff sich im letzten Moment einen vertraulichen Rempler mit dem Ellbogen.

Landorp mühte sich um ein unverfängliches Gesicht, aber in ihm wuchs der Grimm, weil sein Sitznachbar den Nagel auf den Kopf getroffen hatte: Das Haus Mecklenburg hatte – zu seinem Leidwesen – die dänisch-schwedische Sache längst aufgegeben. »Das wird *meine* Sorge sein, denn Ihr habt nichts mehr damit zu schaffen.«

Wichmann blickte Störtebeker mit hochgezogenen Brauen an. Störtebeker nickte leicht und stand halb auf. Er zog eine zerknitterte Rolle aus dem schmalen Fach über Wichmanns Koje und reichte sie dem Admiral, ohne ihn anzusehen. »Hier ist Euer Kaperbrief.«

Landorp nahm wortlos die Urkunde, reichte sie seinem Offizier und hielt die Handfläche halb offen nochmals zur Seite. »Das ist noch nicht alles.«

Störtebeker hob die Brauen und holte eine kleinere Rolle aus dem Fach. Er setzte sich und sein Gesicht zeigte einen Ausdruck des Bedauerns, während er auf die Urkunde blickte. »Ihr wollt mein Hauptmannspatent?«

Ironisch lächelte Landorp. »Oder wollt Ihr den Stier von Mecklenburg befehligen? Unter *meinem* Kommando?«

Störtebeker verdrehte die Pupillen und legte hastig die Rolle in Landorps Hand. Dessen Finger schlossen sich rasch um die Urkunde, während er mit spöttischer Miene unter halb gesenkten Lidern den Befehlshaber seines Flaggschiffs beobachtete, der bei der Frage bleich geworden war.

»Messer auch?«, brummelte Störtebeker und blickte mürrisch.

Landorp runzelte missbilligend die Stirn. »Ihr redet von dem Geschenk, welches Ihr von Herzog Johann I. von Mecklenburg-Stargard erhalten habt?«

»Von was denn sonst.«

»Geschenkt ist geschenkt, daher solltet Ihr davon mit mehr Respekt reden.«

Störtebeker nickte zufrieden. »Schön. Das mache ich gerne, denn es ist eine vorzügliche Waffe.«

Landorp lächelte geschmeichelt. »Und ob!« Er hob den Zeigefinger und sah Wichmann an. »Da wir gerade beim Schenken sind – ich lade Euch und die gesamte Mannschaft zu einem Umtrunk in den Goldenen Stier ein.«

Endlich einmal war es Landorp gelungen, die Hauptleute zu überrumpeln, verblüfft sahen die beiden sich an. Er nutzte ihr Schweigen aus und schuf vollendete Tatsachen. »Ich erwarte euch vollzählig bis auf den letzten Mann Schlag zehn Uhr abends im Gasthof. Dort erwartet euch ein festliches Mahl auf Kosten des Hauses Mecklenburg, denn wir haben erst durch euren Einsatz die Dänen zu einem Waffenstillstand zu unseren Gunsten nötigen können.«

Das war die Wahrheit, die Wichmann bereits ausgesprochen hatte, Störtebeker und der Kapitän nickten. Landorp erhob sich rasch, damit die beiden keine Bedenken äußern konnten. Die Hauptmänner waren so überrascht, dass sie sitzenblieben. So hastig schob Landorps Untergebener sich von der Bank, dass die Rüstung in ihren Scharnieren knarzte, und folgte gebückt dem Admiral.

Störtebeker erhob sich ein wenig, stützte die Fäuste auf den Tisch und rief hinterher: »Kommt Hermann auch?«

Landorp erschien wieder in der Tür. »Ratsherr Nyenkerken?« Er lächelte, blickte dann aber zu Boden, um seinen tückischen Blick zu verbergen. »Natürlich wird der große Held unseres ersten gemeinsamen Abenteuers dabei sein.«

Störtebeker und Wichmann erinnerten sich an dessen Missgeschicke bei der Eisfalle, sahen sich an und schmunzelten. Landorp nutzte diese Ablenkung, um grußlos zu gehen.

7

Wichmann fasste das Schachbrett und stupste damit an Störtebekers Knöchel. Der Hauptmann ließ sich langsam zurücksinken und nahm die Hände vom Tisch. Der Kapitän rückte das Spielfeld in der Mitte des Tischs zurecht. Während Störtebeker einen tiefen Schluck nahm aus seinem Krug, behielt er die Figuren im Blick. Mit der freien Hand zog er.

»Noch einmal Schach!«

Wichmann kratzte sich in seinem Bart und machte ein bedenkliches Gesicht. »Ich habe kein gutes Gefühl. Ich bin sicher, Landorp will uns mattsetzen. Wir sollten nicht hingehen, sondern sofort die Segel setzen. Klaus, lass uns abhauen!«

Störtebeker lachte. »Du bist eine alte Unke.«

»Ja und?« Wichmann zog und deckte seinen König mit einem Läufer. »Sieh dich vor!«

Störtebeker setzte seinen Angriff fort. »Was soll uns mitten in Wismar schon geschehen? Komm her, du alter Schwarzseher. Wir gönnen uns noch einmal einen tüchtigen Umtrunk auf Kosten des Hauses Mecklenburg, bevor wir uns anderswo verdingen.«

»Meinetwegen.« Wichmann zog und lächelte siegesgewiss. »Aber wir sollten Wachen zurücklassen.«

»Wir ersuchen die Soldaten, die den Stier von Mecklenburg bewachen, dass sie auch auf unser Schiff aufpassen.«

»Aus gutem Grund lassen wir niemals das Schiff aus den Augen.«

»Dieses eine Mal können wir es riskieren. Es ist doch so gut wie Frieden.«

»Dein Wort in Gottes Ohr.«

Störtebeker hob den Kopf und brüllte: »Hörst du mich? Ja? Gut. Wir gehen alle Mann zu einem Gelage. Pass ausnahmsweise auf unser Schiff auf!«

»Schach!«

»Hä?« Überrascht senkte Störtebeker den Kopf und blickte ratlos auf seine Figuren. »Was? Der Springer war ungedeckt? Das habe ich glatt übersehen.«

»Darfst du aber nicht, und darum bist du gleich matt.« Wichmann tippte auf seinen Turm und zeigte den nächsten Zug. »Siehste?«

Verblüfft glotzte Störtebeker auf das Brett und seine flirrenden Pupillen suchten vergebens einen Ausweg. Darum hieb er mit der linken Faust so heftig auf den Tisch, dass alle Figuren auf dem Brett umfielen. Er packte wütend seinen König und schmiss ihn mit voller Wucht in die nächste Ecke.

»Das ist dem Landorp seine Schuld!« Störtebeker ließ sich mit dem Rücken an die Lehne zurückfallen. »Der hat mich abgelenkt.« Er nahm einen tiefen Schluck. »Als er kam, hatte ich deinen König im Griff.« Dann knallte er den Krug auf den Tisch. »Also gilt das nicht und ich fordere ein Wiederholungsspiel!«

»Von mir aus können wir sofort weitermachen.« Wichmann nickte mit unbeeindrucktem Gesicht, stand auf und bückte sich nach dem weißen König. »Gib aber erst einmal den anderen Bescheid wegen heute Abend.«

»Mach ich auf der Stelle.« Störtebeker seufzte über die Mühe, sich aus der Enge herauszuzwängen. »Fang schon mal an.«

Wichmann nickte und drehte das Brett. Er schmunzelte, als er

Störtebeker auf dem Deck herumbrüllen hörte, und stellte stillvergnügt sämtliche Figuren auf ihre Felder, die weißen auf seiner Seite.

8

Als es dunkelte, verabschiedete sich Nyenkerken von Katarina und ging vors Rathaus nebenan. Landorp ließ nicht lange auf sich warten, trappelte die Stufen herunter und eilte mit seinem Gast in langen Schritten zum Wassertor. Das Tor war längst geschlossen, sodass die beiden Herren über den Steg balancierten, den sie vor Jahren schon gegangen waren.

Sie kamen als Erste am Goldenen Stier an und traten in die Gaststube. Nyenkerken stieß einen Ruf der Überraschung aus, denn der Raum war kaum wiederzuerkennen.

Weiße Leinentücher überdeckten die groben Tische und auf den Bänken lag ein weiches Polster neben dem anderen. Schalen mit aufgehäuftem Obst und randvoll gefüllte Schüsseln standen zwischen den Gedecken. Überall auf den Tischen waren zahlreiche Armleuchter platziert, sodass mehr als zweihundert Kerzen den Raum erhellten; selbst der Dachfirst war noch zu sehen.

Die hintere Tür stand offen, Nyenkerken konnte auf dem Hof eine gemauerte Feuerstelle erblicken. Aus dem Holzstoß schossen Lohen empor und züngelten an den aufgespießten Braten, die von einigen Männern stetig gedreht wurden. Auf einem kleinen Stamm steckte ein halber Ochse, um ihn herum wurde zahlreiches Geflügel gewendet.

Mehr als zwei Dutzend Erwachsene und Kinder wuselten herum. Gert Acker klatschte laut in die Hände, seine Bediensteten nahmen Aufstellung in zwei Reihen vor der Theke und verbeugten sich vor der eingeladenen Schar. Nyenkerken war baff erstaunt, über wie viele fleißige Helfer der Wirt verfügte.

Landorp wunderte das nicht, sondern er freute sich, dass der Wirt seine ganze Bande so rasch zusammenbekommen hatte. Obwohl diese Leute sich eifrig um die Gäste bemühten, war für ihn zu erkennen, dass sie einen ruppigeren Umgang mit Menschen gewohnt waren.

Eine Gruppe von Menschen schien sich dem Gebäude zu nähern, denn deren Stimmen wurden vernehmlicher. Jemand pochte an die Tür, bevor sie geöffnet wurde. Klaus Störtebeker trat gebückt ein und machte sich wieder lang, ihm folgten Hennig Wichmann und die gesamte Söldnerhorde. Sie waren fein herausgeputzt und trugen das Edelste aus ihrer Beutesammlung am Hals, an den Armen und um die Finger. Störtebeker steckte in einem Lederwams, welches ein Vermögen gekostet haben musste, denn es war es Maßarbeit.

Aus den Augenwinkeln beobachtete Landorp die Bandenmitglieder. Für einen Wimpernschlag starrten sie gierig auf die Ankömmlinge, dann blickten sie wieder unverfänglich, um sich nicht zu verraten. Landorp lächelte zufrieden, denn sein Köder verfing.

Höflich begrüßte er seine Gäste. »Ich heiße euch willkommen, Hauptmann Störtebeker, Kapitän Wichmann und die Mannschaft. Ich sehe mit Freude, dass ihr im Dienste Mecklenburgs zu Wohlstand gekommen seid.«

»In der Tat!« Störtebeker nickte, fasste an seinen Kragen und stülpte ihn mit den Daumen vor. »Ein Grund mehr zum Feiern.«

»Lasst euch nieder und trinkt auf das Wohl des Hauses!« Landorp klatschte dreimal in die Hände, um die Tafel zu eröffnen.

Wie aus einem Hals grölte Störtebekers Mannschaft; die Söldner waren begeistert über das festliche Essen und drängelten sich zu ihren Lieblingsplätzen durch. Ihre Freude steigerte sich noch, weil etliche Weiber ihnen die Braten und das Bier auftischten. Gewöhnlich bedienten hier nur die Frau und die Tochter von Gert Acker sowie dessen Söhne.

9

Eine Stunde nach Mitternacht war Landorp sicher, dass sein Mordplan aufging. Um ihn zu Ende zu führen, erhob er sich, aber er musste sich anstrengen, auf die Beine zu kommen.

»Prost!«, schrie er und hieb mit der Faust mehrmals heftig auf Störtebekers Schulterkugel. »Trinken wir ein letztes Mal auf das Wohl des Landes!«

Der Hauptmann jedoch rührte sich nicht; sein Atmen war als Bewegung kaum wahrnehmbar. Der Oberkörper lag vornüber auf dem Tisch und die Stirn auf den flach übereinandergelegten Handrücken.

»Hauptmann!« Landorp packte ein Büschel Haupthaare und zog mit Mühe den Kopf Störtebekers nach hinten. Er sah ins aschfahle Gesicht mit den halb geschlossenen Augenlidern und den darunter erkennbaren Segmenten bewegungsloser Pupillen. »Ihr könnt noch nicht schlappmachen. Jetzt geht die Feier doch erst richtig los!«

Der Admiral erhielt keine Antwort.

»Oder habt Ihr etwa schon genug gehabt?« Er lächelte tückisch und ließ die Haare los, sodass der Kopf auf die Hände zurückfiel. »Genug von einem Trank, der Euch in ewigen Schlaf wiegt?«

Landorp wähnte sich am Ziel, jedoch er fühlte sich zu unwohl, um seinen Triumph genießen zu können. Er holte tief Luft, rieb sich den Bauch und gähnte lange.

Doch zu viel getrunken! Ärgerlich schüttelte Landorp den Kopf. *Ich muss noch handeln können!*

Er riss sich zusammen und stieß heftig die Oberkörper von Nyenkerken und Wichmann an, welche ihm gegenüber auf dem Tisch lagen. »Die sind ja auch noch nicht tot!«, rief er enttäuscht. Er hob schwerfällig den Kopf und sah sich nach dem Wirt um. »Acker! Hast du den Kerlen nicht genug gegeben?«

»Aber Herr Admiral! Was denkt Ihr?« Gert Acker schlug die Hände über dem Kopf zusammen und gab sich empört. »Ihr habt selbst gesehen, wie jeder seinen Teil bekommen hat. Dem Dicken, der keinen Schnaps trinkt, hab ich's ins Bier gekippt. Alle Mann haben restlos ausgetrunken.«

»Trotzdem atmen sie noch.« Landorp winkte verärgert ab, schwankend wandte er sich wieder dem Tisch zu. »Fangt endlich an, die wachen nicht mehr auf.«

»Bestimmt nicht! Nie wieder!« Der Wirt beobachtete den Admiral, während er seinem ältesten Sohn ein Zeichen gab und leiser hinzufügte: »Womöglich.«

Landorp überhörte das letzte Wort und bemerkte nicht, wie Gert Ackers Augen dabei glitzerten. Denn er sah zu, wie dessen Söhne die ersten Seeräuber entkleideten und mit größtem Geschick alle Schmuckstücke von den Gliedern zogen. Sämtliche Mitglieder der Bande fielen nun her über die Besatzung des Roten Teufels.

Landorp lachte höhnisch, zog sein Barett und verbeugte sich mit übertriebener Geste vor dem Wirt. »Du hast meinen allergrößten Respekt, Räuberhauptmann Acker! Deine Leute sind samt und sonders Meister ihres Handwerks.«

Als er sich wieder aufrichtete, wurde ihm schwindelig, sodass er wankte. Aber er fing sich noch einmal und sah tückisch grinsend zu, wie die Söhne des Wirts die Kleider von Nyenkerken, Wichmann und Störtebeker gewandt herunterzogen. Die Schmuckstücke nahmen sie so rasch ab, dass Landorp kaum hinterherschauen konnte, wie sie in den Taschen der Diebe verschwanden, obwohl er direkt danebenstand.

Ganze Berge wertvoller Kleidung türmten sich hinter der Theke und reihenweise lagen die Nackten verkrümmt auf den Tischen, zusammengefallen in den Stühlen oder der Länge nach auf dem Boden.

Die Augen von Landorp blitzten, er packte den Griff seines Dolchs. »Jetzt gebt ihnen den Rest. Ich sehe zu bis zum letzten Mann. Erst danach werde ich zum Roten Teufel gehen.«

»Ja, gewiss doch!« Gert Acker neigte ergeben den Kopf, wies auf einen der Nackten und sah mit einem verschlagenen Blick zu seinen beiden ältesten Söhnen. Diese nickten unmerklich, packten den bezeichneten Seeräuber unter den Achseln und zogen dessen Leib bis zur Theke. Dort lehnten sie den Oberkörper aufrecht ans Holz. Der Jüngere fasste in die Haare des Bewusstlosen, zog den Kopf nach oben, sodass der Hals gereckt wurde und der Adamsapfel deutlich zu erkennen war. Der Ältere zog einen kurzen Dolch, stach dessen Spitze tief in die linke Halsseite bis in den Wirbelknochen, zog die Klinge nach rechts und durchtrennte auf diese Weise die Kehle. Das Blut quoll in breiter Bahn aus der Wunde, troff auf den Oberkörper und strömte über Bauch und Unterleib des Sterbenden. Der Jüngere ließ los, sodass der Kopf nach vorn kippte.

»Gute Arbeit, weiter so!«, rief Landorp und lachte höhnisch. »Ihr seid in der Tat geborene Halsabschneider.«

Er sah auf den Leib von Nyenkerken, der rücklings auf dem Tisch abgelegt worden war; dann glitt sein Blick über den nackten Rücken von Störtebeker. Landorp zog den Dolch, denn diese beiden wollte er höchstpersönlich erledigen. Er schwankte stärker als zuvor.

Gert Acker ahnte die Absicht des Admirals und hatte längst seine Hand in den Henkel eines Krugs gesteckt, um maßgenau zuschlagen zu können. Seine Sorge war nur von kurzer Dauer.

Als der Admiral weit ausholte, um seinen Dolch tief bis zum Heft in Nyenkerkens Brust zu rammen, drehte sich alles um ihn. Er verlor das Gleichgewicht und fiel der Länge nach zu Boden; sein Kopf schlug so hart auf den Brettern auf, dass er bewusstlos wurde. Keiner der Umstehenden dachte daran, ihn aufzufangen – im Gegenteil, sie lachten lauthals los und machten höhnische oder recht obszöne Gebärden.

»Da!« Gert Acker holte mit seinem Krug aus und ließ dessen Boden auf Landorps Mund herab sausen. Blut rann über Kinn und Wangen des Ohnmächtigen, aber der Räuberhauptmann hatte noch lange nicht genug.

»Da, du hochmütiger Fiesling!« Er trat Landorp am ganzen Körper. »Jetzt zahle ich dir heim, was ich alles erduldet habe, du hinterlistiger Lump. Du hältst dich für was Besseres als mich, dabei bist du keinen Pfifferling wert.«

Gert Acker schob mit dem rechten Fuß Landorps Beine auseinander und rammte ihm die Spitze seines Stiefels mit solcher Wucht ins Schambein, dass der Bewusstlose aufstöhnte. Die Mitglieder seiner Bande grölten begeistert und hieben sich auf die Schenkel.

Der Räuberhauptmann lächelte befriedigt, nahm mit übertriebenem Schwung seine Kappe ab und verbeugte sich so tief er konnte. »Ich sage Euch jetzt Lebewohl, Herr Admiral. Leider könnt Ihr Euch nicht von mir verabschieden, allerhöchstwohlgeborener Herr Vonundzuwasnochalles, denn ich erlaubte mir, Euch auch ein wenig von Eurem eigenen Trank ins Bier zu mischen.«

Erlöst atmete Acker aus und nickte tief befriedigt. Dann wandte sich zu seinen Leuten um und scheuchte sie mit ausgebreiteten Armen. »Steht nicht rum, macht euch ans Aufladen und grabt den Beuteschatz aus! Nachher gehen die Weiber los und kümmern sich um die Wachen am Wassertor. Die Männer erledigen hier den Rest und folgen nach. Packt an, Leute! Bringen wir's hinter uns!«

10

Landorp schmeckte etwas salziges Eisenhaltiges, während er die Zunge über die Lippen gleiten ließ. Er taste mit seinen Fingern nach seinem Mund. Die Lippen waren geschwollen und fühlten sich taub an. Sie mussten geplatzt sein, denn als er die Fingerspitzen dicht vor die Augen hielt, sah er im fahlen Licht, welches durch einige Ritzen der Wände schien, dass dunkelbraune Flecken an den Kuppen hafteten – sein eigenes Blut.

Landorp richtete sich auf und stöhnte. Jede Bewegung ließ eine andere Stelle seines Körpers wehtun und er hatte das Gefühl, dass ein eiserner Reif um seinen Kopf immer fester gezogen würde. Er setzte sich auf eine Bank und sprang mit einem Wehlaut wieder auf. Das Schambein schmerzte höllisch, im Gegensatz dazu spürte er kaum noch sein angeschwollenes Gemächt; es schien nur noch ein lebloses Anhängsel zu sein.

Trotzdem wurde ihm im nächsten Augenblick bewusst, wie viel für ihn auf dem Spiel stand. Sich langsam drehend blickte er umher. Der Raum war menschenleer. Vor der Theke lag eine nackte Leiche inmitten einer Blutlache – der Tote war jener Mann gewesen, dem die jugendlichen Halsabschneider die Kehle aufgeschlitzt hatte.

Die Landräuber hatten die Seeräuber mitgenommen! Aber wozu hatten sie sich diese Mühe gemacht? Landorp presste die Handballen an die schmerzenden Schläfen und fand keinen Sinn.

Der Rote Teufel!, dachte er und stolperte zum Ausgang. Als er hinaustrat, schloss er schützend die Augen, denn es war taghell. Trotz seiner Qualen eilte er hinüber zur Holk Störtebekers.

Bereits von Weitem erkannte er, dass niemand an Bord sein konnte, denn das Deck war unbewacht. Er stieg über die Planke aufs Schiff, sah sich um, und stellte sich an die Reling. Von dort konnte er die beiden Turmspitzen des Wassertors ausmachen, während er nachdachte. Die Finger der rechten Hand glitten am Unterkinn entlang. Als sie sich am Kinn berührten, nahm Landorp sein Messer heraus und mit entschlossener Miene stach er sich in den linken Oberarm. Mit der Klinge zerschlitzte seine Kleidung und kratzte sich mit der Schneide eine Wunde in den rechten Oberschenkel. Derart zerzaust ging er wieder von Bord, näherte sich dem Wassertor und rief bereits von Weitem um Hilfe.

11

Nach Sonnenaufgang hatten die Wachen wie üblich die Zugbrücke herabgelassen und das Wassertor geöffnet. Eine Stunde später traten sie vor ihren Hauptmann und warteten auf die Ablösekompanie. Alle Soldaten drückte das Gewicht, das sie zusätzlich zur Rüstung zu tragen hatten, denn versteckt unter ihren weiten Mänteln hingen gefüllte Taschen und pralle Säcke. Ein verführerischer Duft waberte um die Wachmannschaft und die Männer fühlten sich vollauf befriedigt. Noch nie hatte ihnen der lange Nachtdienst so wenig ausgemacht.

»Wachen!«

Der Hauptmann schrak auf, denn der Ruf schallte von außen durch das Tor. Er trat einige Schritte vor und sah hinaus. Er erkannte den Admiral sofort, obwohl er arg zerfetzt aussah.

Landorp torkelte den Wachleuten entgegen. Er sah zum Erschrecken aus mit den geplatzen Lippen und dem klaffenden Hautriss auf dem blutigen Kinn. Seine Gewänder waren zerrissen und auf mehreren Schnittwunden bildete sich Schorf. An seinem Schwert klebte gerinnendes Blut.

Das Gesicht des Hauptmanns wurde aschfahl, denn er fürchtete sich vor dem Ankömmling. Wenn der hohe Herr herausbekam, was sich heute Nacht hier zugetragen hatte – nicht zum ersten Mal –, dann kostete ihn es Kopf und Kragen.

»Helft mir … Überfall!«

Der Hauptmann riss sich zusammen, eilte dem Admiral entgegen und heuchelte Anteilnahme. Landorp sank seinem Untergebenen in die Arme, der ihn durch das Tor geleitete und bis zu einer Bank gehen half. Die Soldaten jedoch rührten sich nicht, denn sie bekamen keine Befehle.

Landorp ließ den Rücken gegen die Lehne sinken, dankte mit einem Kopfnicken und sprach stoßweise. »Der Wirt, es war der Kerl vom Goldenen Stier! Seine Leute fielen über uns her. Wir kämpften wie die Löwen, aber sie waren uns über. Ich schlug mich durch zur Tür. Nyenkerken war direkt hinter mir. Sie verfolgten uns. Ich konnte mich verstecken, jedoch schwanden mir die Sinne.«

Der Hauptmann winkte einer Wache und zeigte auf einen Krug, der auf dem Rand eines Brunnens stand. Der Mann hastete dorthin und brachte das halb volle Gefäß und einen Becher. Der Hauptmann ließ sich von dem Brackwasser einschenken und hielt den Becher an die Lippen des Admirals. Landorp beherrschte sich und stieß den angebotenen Becher nicht von sich. Er zwang sich, seine Rolle durchzuhalten und nippte einige Schlucke.

Er setzte sich aufrecht, um das Heft des Handelns wieder zu übernehmen. »Hauptmann, Ihr macht Euch auf der Stelle an die Verfolgung dieser Räuber!«

»Aber Herr Admiral! Wir haben die ganze Nacht hier …«

Landorp beseitigte den Einwand mit einer herrischen Handbewegung und wies heftig auf den Stall neben dem Wachturm. »Ihr lasst aufsatteln und reitet mit Eurer Kompanie sofort nach Osten an der Küste entlang. Noch vor dem Ende dieses Tages müsst Ihr sie erwischt haben!«

»Zu Befehl!« Der Hauptmann beeilte sich, weil er begriff, dass ihm nichts Besseres geschehen konnte, als zur Verfolgung abkommandiert zu werden.

»Kennt Ihr den Kerl?«

Der Hauptmann blieb stehen und wandte sich um. »Diesen Wirt von der Kaschemme am Hafen dort hinten?« Er wurde bleich, denn er kannte ihn nur zu gut. »Wohl nur vom Sehen.«

»Er heißt Gert Acker.«

»Ich werde mich sicherlich an den Kerl erinnern, wenn ich ihn vor mir habe.«

Der Hauptmann salutierte vor dem Admiral und trieb seine Wachen zur Eile. Als die Ablösekompanie durch die Fischergasse heranmarschierte, ging er bereits durchs Wassertor sowie über die Zugbrücke und zog sein Pferd hinter sich her. Er ließ aufsitzen und ritt mit seinen Leuten an der Südseite der Hafenbucht entlang, bis er den Landweg nach Rostock erreichte. Er ließ sein Pferd traben, bis eine Stunde herum war.

Als der Hauptmann in eine Gegend kam, die er gut kannte, lenkte er sein Pferd abseits, denn er wollte zu einem versteckten Platz, um sich auszuruhen. Vor einem dichten Gestrüpp ließ er absitzen und führte seine Kompanie abseits aller Wege bis zu einer Steilküste auf einen Felsvorsprung. Dort befand sich ein kleines, von der Sonne beschienenes Plateau, das von einem Wäldchen umschlossen war. Von Norden vom Meer wehte eine sanfte Brise und die Wellen plätscherten vernehmlich gegen den Felssockel.

»Soldaten! Wir richten uns hier ein bis morgen früh, dann reiten wir zurück.« Der Hauptmann zwinkerte seinen Leuten zu und machte es sich bequem, während die Männer die Pferde versorgten. Einer von ihnen, der Vertraute des Hauptmanns, setzte sich neben ihn und legte ein graues Tuch aus. Beide packten ihre Beutel aus und verteilten einen stattlichen Rest des nächtlichen Gelages im Goldenen Stier auf dem Leinen.

Der Hauptmann rieb sich die Hände. »Wann hast du zum letzten Mal ein solches Frühstück gehabt?«

»Hauptmann. Sagt mir endlich, was Ihr vorhabt! Ihr wollt doch nicht etwa den Befehl verweigern?«

»Keineswegs. Da wäre doch dumm, bei unserem guten Auskommen in Wismar.« Der Hauptmann hieb die Spitze seines Messers in eine immer noch saftige Hähnchenkeule, hielt sich den knusprigen Braten vor die Nase und schnupperte genüsslich daran.

»Was machen wir dann hier?«

»Wir verfolgen die Räuber einen Tag lang und …«

»Aber die sind doch gar nicht nach Osten geflohen! Die haben wir doch nach Wismar reingelassen, damit sie zum Mecklenburger Tor rauskönnen.«

»… und dann kehren wir unverrichteter Dinge zurück!« Der Hauptmann drohte seinem Vertrauten mit dem Zeigefinger. »Dass du dich nicht irgendwo verplapperst. Mecklenburgs Herren haben allerorts Zuträger mit spitzen Ohren.«

»Ganz bestimmt nicht, ich bezeuge es!« Der Vertraute machte sich kleiner und hob drei Finger; seine Neugier jedoch wuchs. »Ich befürchte, mit unseren zusätzlichen Einkünften ist es jetzt wohl vorbei?«

»Gert Acker wird das Weite suchen. Er wird seinen Schmugglerpfad durch Wismar hindurch nie wieder benutzen – also keine Wegezölle mehr in unsere eigenen Taschen, weder delikate Nachtmähler noch freie Gunst seiner geilen Weiber.« Der Hauptmann verlagerte das Gewicht, um seinem Gemächt Luft zu verschaffen, denn er hatte das Gefühl, die Vorhaut hinge ihm in Fransen herab. Denn die dralle Tochter des Wirts hatte sich an ihm – wie jedes Mal – ausgetobt wie eine Furie.

»So ein Schiet! Nie wieder was mit der Fronicka. So eine …«

»Reg dich nicht auf. Sieh lieber ein, dass es besser auf diese Weise vorbei ist, als dass wir neben ihnen baumeln und mit diesen Galgenvögeln gemeinsam ins Jenseits fliegen.« Der Hauptmann sah seinem Vertrauten tief in die Augen und zeigte auf die anderen Männer.

Sein Vertrauter nickte beruhigend und senkte die Lider. »Keine

Sorge, Hauptmann. Alle Mann werden ihr Maul eisern halten. Dafür sorge ich!«

Der Hauptmann lächelte zufrieden, hieb die Zähne in die Hähnchenkeule und biss einen ordentlichen Happen ab. Er kaute ausgiebig und gleichzeitig brabbelte er den Männern zu: »Fresst, sauft und schlaft! Morgen ist auch noch ein Tag.«

»Atterdag!«, rief sein Vertrauter das Fremdwort mit Stolz, denn er spürte, dass es passte.

12

Landorp stand schwerfällig auf und sah der fortreitenden Kompanie lange nach. Er zweifelte, ob er sie in die richtige Richtung geschickt hatte. Aber das spurlose Verschwinden von Nyenkerken und der gesamten Schiffsbesatzung stellte ihn vor ein noch größeres Rätsel.

»Hauptmann!« Landorp wandte sich an den Anführer der herankommenden Wache. »Holt Verstärkung herbei. Eine Kompanie geht an Bord des Roten Teufels und vier Männer bewachen die Eingänge zum Gasthof. Der Goldene Stier darf auch von den Wachen nicht betreten werden!

Der Hauptmann salutierte und bot Landorp seine Hilfe beim Gehen an. Landorp lehnte sie mit einer unwirschen Geste ab und humpelte allein zu seinem Haus am Marktplatz. Er schloss das schwere Portal auf, ging in den Vorraum und lauschte. »Katarina?«

»Erik!« Seine Halbschwester lief ihm entgegen und zeigte grenzenlose Erleichterung. »Ich habe mir solche Sorgen gemacht.«

Sie erschrak über sein Aussehen, dann schaute sie zur Tür. »Wo ist Hermann?«

»Verschwunden. Wir wurden vom Wirt überfallen. Wir schlugen uns durch, aber dann verlor ich ihn aus den Augen. Sie werden ihn gefangen genommen haben.«

»Oh Gott!« Katarina hielt ihre Hände an die Wangen.

Landorp legte ihr die Hand auf die Schulter. »Sorge dich nicht. Die Räuber werden Lösegeld fordern. Ich werde es selbstverständlich entrichten. Dann hast du deinen zukünftigen Ehemann wieder.«

Trotz ihres Entsetzens nahm sie nun den Zustand ihres Halbbruders wahr. Mit schwesterlicher Fürsorge begann sie, seine Wunden zu verschließen und seinen geschundenen Leib zu pflegen. Landorp hatte seit seiner Kindheit nicht mehr erlebt, dass ein Mensch sich um ihn kümmerte – die stets gespannten Muskeln lockerten sich, und er gab sich dem wohligen Gefühl des Umhegtseins hin.

13

Räuberhauptmann Gert Acker streifte mit der Peitschenschnur die Rücken der beiden Pferde. Sie setzten sich in Bewegung, zogen den Tonnenwagen vom Hinterhof der Gaststätte und zuckelten in eine enge Seitengasse hinein. Er schaute nicht zurück; gleichgültig ließ er seine Behausung der letzten Jahre hinter sich. Das Gasthaus war nur eine Station des unsteten Lebens, es hatte als Fassade seiner dunklen Geschäfte ausgedient.

Neben ihm auf dem Bock saß sein jüngster Sohn und schaute immer wieder in das Innere des Wagens. Der Vierzehnjährige freute sich über die Abwechslung in seinem bisher doch recht langweiligen Leben und sah erwartungsvoll den kommenden Abenteuern entgegen.

Sie saßen auf dem letzten der sechs Tonnenwagen. Vor ihnen fuhren die beiden älteren Söhne den zweiten Wagen des Räuberhauptmanns; davor rollten die Karren der vier Familien, die ebenfalls zur Bande gehörten.

Sie näherten sich dem Wassertor, dessen Zugbrücke unmittelbar vor ihnen abgesenkt wurde. Sie fuhren unter dem Fallgitter hindurch, welches man hinter ihnen sofort wieder herabließ. Vor dem Wachhaus standen die Frauen der Räuber und zogen sich ihre Kleidung wieder zurecht. Als letzte erschienen Fronicka und ihre Tochter, die arg mitgenommen aussahen. Die anderen Frauen stiegen zu ihren Männern auf die Wagen; Fronicka setzte sich neben ihren Mann und die Tochter stieg auf den Wagen ihrer beiden Brüder.

Der Hauptmann der Wache trat zu dem letzten Wagen und nahm einen kleinen Beutel in Empfang, in dem es leise klirrte.

»Ich habe noch jede Menge Essen für euch dabei. Er wäre schade, wenn es verdürbe.« Gert Acker grinste den Hauptmann so freundlich an, wie er konnte, und zog unter einer Decke einen prallen Sack hervor. Sein Sohn nahm ein kleines Fässchen von seinem Schoß und reichte es einem Wachsoldaten, der von der anderen Seite herbeieilte.

»Lasst es euch munden! Nehmt, so viel ihr tragen könnt. Auf jedem Wagen ist etwas für euch.« Gert Acker grüßte zum Abschied und trieb seine Pferde an die Spitze der kleinen Karawane. So leise wie möglich zockelten sie durch die Gassen entlang der Stadtmauer, bis sie das Mecklenburger Tor erreichten. Die Wachen dort waren nicht überrascht, sondern verschwanden wortlos im Wachhaus. Die Frauen stiegen ab und gingen hinterher; Gert Acker wartete mit den anderen Räubern.

Nachdem die Weiber wieder auf den Wagen saßen, ließen die Soldaten die Zugbrücke herab, zogen das Fallgitter empor und öffneten das Mecklenburger Tor. Ihr Hauptmann nahm von Gert Acker einen kleinen Beutel voll Münzen in Empfang und prüfte sofort dessen Inhalt. Er nickte zufrieden und erlaubte mit einem Wink den sechs Tonnenwagen die Durchfahrt.

Es wurde hell, als die Karawane die Stadt verließ und nach Süden davonfuhr, so schnell die Pferde ziehen konnten. Der Räuberhauptmann mahnte zur Eile, denn er wollte seine Last von über sechzig nackten Männern so schnell wie möglich loswerden.

Als die Sonne halbhoch am Morgenhimmel stand, erreichte die Bande einen großen Wald, in welchem die Männer nach einer Lichtung suchten. Dort angekommen zogen sie hastig die Körper von den Wagen herunter und verstreuten diese über die gesamte Waldwiese. Danach fuhren sie weiter durch den Forst und ließen die Wismarer Gegend auf Nimmerwiedersehen hinter sich.

»Jetzt sag mir doch endlich, warum wir die Kerle nicht umgebracht haben!« Fronicka fragte ihren Mann zum wiederholten Mal.

Gert Acker sah zurück, aber er erblickte niemanden auf dem Weg, der von Norden kam. Er lachte befreit, dann nickte er zufrieden. »Jetzt darfst mir fragen. Jetzt ist's gelaufen. Wir haben die Kerle nicht umgebracht, weil sie uns den rachsüchtigen Admiral vom Halse halten sollen!«

»Wie denn?«

»Die Söldner werden nach Wismar zurückkehren. Dort kämpfen sie gegen den Admiral. Der kann uns darum dann nicht verfolgen«, sagte der junge Acker, bevor der alte antworten konnte.

»He!«, rief der Räuberhauptmann erfreut. »Der Junge hat's begriffen. Der Apfel fällt nicht weit vom Stamm!«

»Zurück nach Wismar? Nackt? Wehrlos?« Fronicka schüttelte den Kopf. »Die werden sich in alle Winde verstreuen.«

Gert Acker lachte auf. »Da kennst du Störtebeker und seine Kumpane aber schlecht. Die würden auch in die Hölle steigen, um den Roten Teufel zurückzubekommen. Der Holk ist doch die einzige Heimat von diesen Wasserratten.«

Fronicka runzelte die Stirn. »Du hast sie geschont, weil sie auch Räuber sind.«

»Ach was. Rede keinen Unsinn! Wäre ich eine Krähe, würde ich einer anderen jederzeit das Auge aushacken. Es ging mir einzig und allein darum, unsere Hälse aus den Schlingen zu retten, in denen uns dieser hinterhältige Admiral an die Bäume hängen will. Darum habe ich aus dem vergifteten Schnapsfass die Hälfte weggeschüttet und reinen Branntwein nachgefüllt.«

»Unsere Hälse retten? Wieso denn das? Wir sind doch diejenigen, die anderen die Hälse durchschn…!«

»Von wegen! Seid froh, dass ich euer Hauptmann bin, denn alle anderen haben ja nur Stroh im Kopf.« Gert Acker tippte sich an die Stirn und blickte bedeutsam.

»Ich hab auch mehr drin!«, protestierte sein Sohn.

»Und ich auch!«, widersprach Fronicka ebenfalls.

»So?« Belustigt drehte Gert Acker den dicken Kopf und schielte zu seiner Frau. »Warum sollten wir den Vergifteten noch die Kehlen durchschneiden?«

»Damit's wie Raubmord aussieht?«

»Eben drum. Er hätte uns noch am selben Tag als Raubmörder festnehmen und aufknüpfen lassen!«

»Ach, so ist das. Jetzt geht mir ein Flämmchen auf.«

»Wirklich? Dann pass aber gut auf, dass es deinen Strohhaufen da oben drinnen nicht ankokelt.« Gert Acker schmunzelte, während er stoisch auf die Vergeltung wartete.

Fronicka zog eine Schnute und rammte ihren knochigen Ellbogen in den Fettwulst über den Rippen ihres Mannes.

Ihr Sohn grinste, als der Vater nach Luft japste, dann fiel ihm etwas ein. »Warum wolltest du, dass meine Brüder einen von den Kerlen abmurksen?«

»Dieser Bursche hat seine verdiente Strafe erhalten!« Gert Acker runzelte verärgert die Stirn. »Aus einem triftigen Grund.«

»Wofür hat er seine Strafe bekommen?«, hakte der Sohn nach.

»Dieser Halunke blieb mir vor drei Monaten seine Zeche schuldig. Er schlich heimlich davon und war am Morgen verschwunden – denn er befand sich an Bord des Roten Teufels, mit Störtebeker auf dem Weg nach Stockholm.«

»Dieser Mistkerl!« Entrüstet ballte Gert Ackers jüngster Sohn die Fäuste und hieb rechts und links die Backen eines Luftgeistes. »Aber du hast dir sein Gesicht gemerkt.«

»Und ob ich mir diese Sabberfresse gemerkt habe!« Gert Acker zog mit einem Finger sein rechtes Augenlid herab. »Säumige Gäste vergesse ich mein Lebtag nicht.«

»Auch ich werde meine Schuldner nie vergessen. Ich merke sie mir bis zum Tod. Versprochen!«

»Wirst mein Nachfolger!« Gert Acker grinste erfreut. »Fällst nicht weit vom Stamm.«

»Besser werde ich!«

»Pass auf, was du sagst, du rotzfrecher Lümmel!« Der Räuberhauptmann lächelte und zwinkerte fröhlich dem Lieblingssohn zu. »Hast aber recht. Meinen Segen jedenfalls bekommst.«

Fronicka schwieg, aber sie war stolz auf ihren wohl geratenen Sohn. Sie zog an seinem Arm, damit er aufstand und sich zwischen die Eltern setzte. Dann legte sie den rechten Arm um seine Schultern, drückte den Oberkörper an ihre Seite und streichelte mit ihrer Wange seine Schläfe.

14

Wim erwachte, aber er hielt die Lider noch krampfhaft geschlossen. Der Kopf schmerzte stärker als beim bisher einzigen Kater seines Lebens. Er legte die Hände an die Schläfen und presste die Handballen auf die pochenden Adern.

Er lag auf dem Rücken. Als er die Augen öffnete, sah er blauen Himmel, eingerahmt von fächelndem Blattgrün. Mühsam hob er sein Haupt, bis sein Doppelkinn auf der Brust lag, und erblickte vor sich seinen Bauch – einen von blasser Haut eingehüllten Fettberg mit einer kleinen Delle in der wabbelnden Kuppe. Seinen Unterleib konnte er nicht sehen aber spüren, denn etwas kitzelte an Beinen, Gesäß und Geschlechtsteil. Es waren Halme, die seine schlaffe Haut piksten, denn er war nackt und lag in hohem Gras.

Stöhnend ließ Wim den Kopf zurücksinken, schloss die Augen und versuchte, das Gesehene zu erfassen. Dann gab er sich einen Ruck, und ächzend richtete er den Oberkörper auf. Die rechte Hand lag auf einer muskulösen Hinterbacke, die er als Stütze genutzt hatte. Im Kopf quälte ihn eine Schmerzwelle, die ihn in Rage versetzte – als Sündenbock kam ihm dieser Po recht.

»He!«, rief Wim ihm zu.

Er krallte die linke Hand in ein dickes Büschel Gras und holte mit dem rechten Arm weit aus.

»Du Arsch!«, brüllte er, als er die mächtige Pratze spreizte und mit voller Wucht auf den Muskelberg niedersausen ließ. »Sag mir, was hier los ist!«

»Au!« Störtebeker warf sich herum und setzte sich auf seinen Hintern. »Au!«

Mit schmerzverzerrtem Gesicht ging er in die Knie und rieb stöhnend seine Pobacke; dann drückte er die Handflächen auf die Wangen und massierte mit den Fingerspitzen seine Schläfen. »Oh, mein Kopf!« Plötzlich weitete Störtebeker die Augen und taste sich hastig ab. »Wie seh ich denn aus?«

»Gut!«, konnte Wim nach einem kurzen bewundernden Blick sich nicht verkneifen. Rasch drehte er den Kopf zur Seite und bepustete wieder seine stechend schmerzenden Finger. Inbrünstig hoffte er, dass der Hauptmann den Abdruck seiner Hand nicht spürte, welcher auf der Pobacke noch deutlich zu erkennen war.

»Das meine ich doch nicht. Wieso bin ich denn nackt?« Er sah sich um. »Alle Kameraden haben nichts mehr am Leib!«

»Du auch nicht.« Störtebeker stand auf und schaute betrübt zu Wim herunter. Dann begann er, zu grinsen. »Wenigstens besitzt du noch deinen Speckmantel.«

Obwohl sein Hauptmann nur scherzte, schämte sich Wim. Daher zwinkerte Störtebeker ihm aufmunternd zu und tröstete ihn. »Den hast du nur vom vielen Abschmecken bekommen; aber das musstest du tun, sonst wärst du nicht der beste Koch weit und breit geworden.«

Der Trost half und Wim lächelte wieder zaghaft; jedoch fasste er sich erneut mit schmerzverzogenem Gesicht an den Kopf. Auch Störtebeker spürte das Pochen stärker und verkniff das Gesicht.

Er gab sich einen Ruck und stieg über die nächstgelegenen Schläfer hinweg, ohne diese aufzuwecken. Mit scharfen Augen blickte er um sich und erkundete die Lichtung sowie den umstehenden Wald. Als Störtebeker keine Gefahr erkannte, stellte er sich in die Mitte der Wiese, rempelte mit den Füßen die Umliegenden an und brüllte herum. »Aufwachen, ihr Schlafmützen! Bewegt euch, ihr Schlappschwänze! Nehmt eure Ärsche hoch! Raus aus euren Grasbetten! Weckt die anderen; schüttelt sie wach!« Dem lautstarken Appell folgte ein allgemeines Bewegungsdurcheinander von Leibern und deren Gliedern, weitergegeben durch Knuffe, Schüttler und leichte Tritte an die Langsamsten.

Nach einigen Minuten hockten oder standen sechzig nackte Männer auf der Lichtung und fassten sich an ihre Köpfe. Zwei Körper lagen starr im Gras, während einige Umstehende vergebens versuchten, diese Männer aufzuwecken. Sie blickten zu ihren Hauptleuten hinüber, schüttelten die Köpfe und hoben bedauernd die Hände – diese beiden Kameraden waren tot.

Fietje war einer der Letzten, die sich aufrappelten. Er stöhnte laut und massierte den blanken Schädel. »Mein Helm!«, brüllte er auf und rannte wie ein Irrwisch die Lichtung rauf und runter.

»Hab dich doch nicht so!«, rief ihm Wim zu über die ganze Wiese hinweg. »Sei froh, dass du den alten Rostputz los bist.«

»Rost?«, schrie Fietje wütend und rannte zornentbrannt geradewegs auf seinen dicken Kumpan zu. »Du hast ja gar keine Ahnung! Das Ding kann gar nicht rosten, weil …«

»Hier!« Der Ruf kam vom Waldrand. Der Hässliche Piet bückte sich und hob Fietjes mit schwarzem Pech überschmierte Kopfwehr aus dem Gras. »Die Diebe haben Fietjes Rostputz weggeschmissen! Kein Wunder. Das sieht doch jeder, das das Ding nichts wert ist.«

Fietje rannte mit großen Sprüngen zu Piet hinüber, riss ihm den Helm aus den Händen und drückte ihn auf dem Schädel fest.

Piet hatte sofort losgelassen, nun schüttelte er den Kopf. »Mann, das Ding hat Gewicht!« Er tippte sich an die Stirn. »Warum hast du dauernd diesen plumpen schweren Helm auf?«

»Das geht dich gar nichts an!«, brüllte Fietje, warnte Piet mit dem Zeigefinger und drehte sich um. »Und alle anderen hier auch nichts!«

»Schon gut, Fietje. Du hast ihn ja wieder«, versuchte Wim, seinen Kameraden zu beruhigen. »Jetzt bist du nicht mehr oben ohne.«

Fietje grinste erleichtert. »Stimmt. So nackt hatte ich mich mein Lebtag noch nicht gefühlt.«

Nyenkerken und Wichmann hatten mit Störtebeker einen kleinen Kreis gebildet.

Wichmann sah Störtebeker in die Augen. »Das kommt davon«, brummelte er und verschränkte die Arme vor der Brust, »wenn man nicht aufpasst.«

Störtebeker wich dem Blick aus und sah nach unten, unwillkürlich starrte er auf Wichmanns Unterleib. Verlegen hob er den Kopf und besah sich die Wipfel der umstehenden Bäume. »Leider hast du recht behalten. Aber ich konnte doch nicht ahnen, wie wenig Skrupel der Admiral hat.«

»Landorp?«, sagte Nyenkerken, zog ein skeptisches Gesicht und schüttelte den Kopf. »Ihr glaubt doch nicht im Ernst, dass mein angehender Schwager dahinter steckt?«

»Wo steckt der denn überhaupt?« Störtebeker sah sich um und hob seine offenen Hände. »Wenn dein zukünftiger Verwandter auch ein Opfer wäre, dann wäre er hier bei uns.«

»Vielleicht haben sie ihn mitgenommen, um ein Lösegeld zu erpressen.«

»Wer sind *sie*?« Wichmann zog die Brauen hoch.

»Die Leute, die uns ausgeraubt haben.«

»Und das waren …«, fragte Wichmann.

»Bestimmt die Wirtsleute!«

»Warum sollten die uns in den Wald schleppen?«

»Was weiß ich.« Nyenkerken hob die Schultern.

»Gar nichts wissen wir!«

»Wo sind wir überhaupt?«, fragte Nyenkerken, als er bemerkte, dass Störtebeker nichts mehr gesagt hatte, sondern mit linker Hand hinterm Ohr angespannt lauschte.

»Im Landesinneren, aber nicht allzu weit von Wismar entfernt.« Störtebeker blickte selbstsicher.

»Woher willst du das wissen.«

»Ich rieche keine Meeresluft und höre den Beginn des Glockengeläuts von Sankt Marien.«

Wichmann und Nyenkerken hielten die Luft an und lauschten. Als sie die hauchzarten Schläge vernahmen, nickten sie anerkennend.

»Wagenspuren!« Wieder war es der Hässliche Piet, der die Entdeckung machte und lautstark meldete.

Sämtliche Vitalienbrüder eilten zu ihm. Am östlichen Rand der Lichtung sahen sie im Unterholz zahlreiche Bodenfurchen.

»Hier haben sie uns abgeladen, durchs Gras geschleift und einfach liegen gelassen.« Piet zeigte mit Entdeckerstolz auf die Fußspuren sowie das niedergedrückte Gras. Dann wies er nach Norden. »Aus dieser Richtung sind sie gekommen, weil die Furchen tiefer sind, denn wir lagen in den Wagen.«

Dann drehte Piet sich um und zeigte in die entgegengesetzte Richtung. »Außerdem weisen die Hufspuren der Pferde dorthin.«

»Vortrefflich gesehen! Deswegen bist du ja auch mein Mann im Mastkorb.« Wichmann hieb seinem Ausguck auf die Schulter. Dann wandte er sich um, hielt die rechte Hand waagerecht vor die Stirn und drückte den Rücken durch. Er prüfte den Stand der Sonne. »Wir hörten das Mittagsgeläut, also steht die Sonne genau im Süden.«

Mit ausgestreckten Armen stand er wie ein Wegweiser. »Hier geht es nach Westen und Osten! Die Wagenspuren unter mir führen also von Norden nach Süden.«

»Also pilgern wir auf den Spuren zurück nach Norden und gehen wieder aufs Schiff.« Fietje verstand am schnellsten; schließlich war er Steuermann.

»Meinst du, du kannst wieder an Bord gehen? Einfach so?« Wichmann lächelt sanft.

»Wieso denn nicht? Es ist doch unser Schiff.«

»*So* willst du wieder an Bord gehen?« Wichmann sah Fietje tadelnd an. »Sieh dich doch mal an.«

Fietje sah erstaunt an sich herunter. »Klar, wieso denn nicht. Ich seh immer so dreckig aus.«

»Mit einem Kleid aus Schmutz wirst du sofort in den Turm geworfen. Außerdem werden Wachen an Bord sein, die dich sogleich über die Reling werfen.«

»So? Warum sollten Wachen an Bord sein?«

»Wenn Landorp der Täter ist, dann hat er sich den Roten Teufel unter den Nagel gerissen.«

»Mit meinen bloßen Händen erobere ich unser Schiff zurück!« Fietje formte die Hände zu Krallen. »Im Laderaum befinden sich vierzehn Fässer Bier, die ich eigenhändig verstaut habe.«

Seine Kameraden stöhnten auf wie ein Mann, denn sie fühlten zutiefst mit Fietje. Insgesamt lagerten unter Deck mehr als zehn Dutzend Fässer, doppelt so viele, wie Männer auf dem Schiff fuhren.

»Los!«, schrie Fietje und winkte seinen Kumpanen.

»Halt!«, brüllte Störtebeker und hob die gespreizten Hände. »Nicht kopflos losrennen. Solange wir unsere Köpfe noch haben, sollten wir sie auch nutzen.«

»Ach was. Jetzt machen wir es mit der blanken Faust.« Fietje bog den rechten Arm mit geballter Hand nach oben, zeigte seinen Bizeps und packte ihn gleichzeitig mit der anderen Hand.

»Fietje, ich verspreche dir so viel Bier, dass du darin schwimmen kannst!« Störtebeker kreiste dreimal mit den Armen.

»So?« Fietje hielt überrascht inne und legte den Kopf schief. »Wie viel wäre das denn?«

»Ein ganzer Teich voll.« Störtebeker nickte und sah Fietje tief in die Augen, denn er meinte es ernst.

Fietje schnippte mit den Fingern. »Das hört sich gut an.« Dann kniff er ein Auge zu. »Dafür willst du doch sicher was von mir.«

»Ja.«

»Was denn?«

»Dass du auf mich hörst und mich machen lässt. Und die anderen auch.« Störtebeker hob drei Finger seiner linken Hand. »Ich verspreche euch, dass ich den Roten Teufel samt Bier und allem Drumunddran zurückhole! Und ich werde dafür sorgen, dass wir noch mehr Bier an Bord bekommen.«

»Und ob wir noch mehr Bier brauchen, sonst reichts ja nicht für meine Schwimmrunde.«

»Du bekommst es.«

»Bezeuge!«, sagte Fietje und stemmte die geballten Hände in die Seiten. »Und zwar richtig rum.«

Störtebeker schüttelte den Kopf. »Ich bin Linkshänder und bleibe es mein Leben lang. Es gilt, ich habe es immer so gemacht.«

»Meinetwegen«, gab sich Fietje gönnerhaft und forderte seinen Hauptmann mit einer Geste auf.

Störtebeker legte die Rechte über sein Geschlechtsteil und hob die linke Hand zum Schwur, aber er kam nicht dazu, ihn auszusprechen.

»He, das gilt nicht!« Wim drängte sich neben Fietje, beugte sich vor und zeigte neben Störtebekers Handrücken. »Da guckt doch noch was raus!«

»Was denn?« Fietje beugte sich auch vor.

»Da!« Die Zeigefingerkuppe von Wim näherte sich bis auf Fingerdicke dem linken Hodensack von Störtebeker. »Von seinem Sack sehe ich noch ein bisschen.«

Fietje kniff seine linkes Auge zu und beugte sich noch weiter vor. »Richtig! Jetzt sehe ich es auch.« Er schüttelte bedächtig den Kopf.

Störtebeker blickte hoch zu den Baumwipfeln und verdrehte die Pupillen. Er schob sein Geschlechtsteil zurecht, bis die Hand es vollständig barg.

Wim und Fietje richteten sich auf und sahen ihren Hauptmann erwartungsvoll an.

»Ich, Klaus Störtebeker, bezeuge, dass ich den Roten Teufel samt dem ganzen Bier intus zurückhole und …«

Fietje hob die Brauen.

» … und so viel Bier dazu, dass Steuermann Fietje Schuit darin schwimmen kann!«

Fietje strahlte und auch seine Kumpane nickten zufrieden, denn alle waren sicher, dass ihr Hauptmann seinen Schwur einlösen würde.

»So wie der Klaus könnte ich gar nicht schwören«, flüsterte Fietje Wim ins Ohr und machte dabei ein bedeutsames Gesicht.

»Wieso denn nicht?« Wim sah seinen Freund ratlos an.

»Weil ich zum Bedecken da unten schon beide Hände brauche!«

»Duuu Angeber! Nur deine Klappe ist groß. Um die zu stopfen, brauchst du tatsächlich beide Hände, du kleiner Gernegroß.«

»Gernegroß? Sag das nochmal!«

»Du bist einer!«

Fietje rammte die Faust so tief in Wims nackten Bauch, dass von ihr nichts mehr zu sehen war. Wim jedoch kniff nicht wie üblich, sondern stürzte sich wutentbrannt auf Fietje. Er schlang seine wulstigen Arme um ihn und riss ihn um, sodass sie zusammen ins Gras fielen. Mit seinem gesamten Gewicht wälzte Wim sich auf Fietje und begrub ihn unter sich.

Ihre Kumpane bildeten einen weiten Kreis um sie und feuerten Wim an. Insgeheim hoffte jeder, dass ihr dicker Koch dem Steuermann eine ordentliche Abreibung verpasste. Sich selbst mit Fietje anzulegen, traute sich keiner.

Fietje nämlich kannte keine Skrupel, auch Wim gegenüber nicht.

Schon im Fallen hatte er nach Wims Hodensack gegriffen und nicht losgelassen, obwohl ihm beim Aufprall die Luft ausging. Nun zerrte er, bis Wim jämmerlich aufheulte und sich von Fietje fortwälzte. Der nutzte die Lage sofort aus, sprang auf Wims Bauch und verpasste ihm ein paar Ohrfeigen.

»Hör auf, Fietje!«, jammerte Wim und versuchte die feisten Backen vor den Schlägen zu schützen. »Bitte! Ich tue es auch nie wieder. Du bist doch mein Freund und großer Beschützer!«

Fietje hielt inne. »*Großer* Beschützer?«

Wim nickte eifrig.

»So?« Fietje grinste. »Siehste es endlich ein? Klein aber oho!«

Wim blickte treu wie ein Bernhardiner und flüsterte: »Ohne deinen Schutz wäre ich doch längst hin und über.«

»Richtig.« Fietje stand auf und half Wim hoch. »Daher werde ich dich beschützen, solange du …«

Wim blickte Fietje entsetzt an.

»… solange du anständig für uns kochst!«

Wim atmete erleichtert aus und sah selig umher. »Nichts ist für mich leichter als das.«

Seine Kameraden grinsten zufrieden und nickten, aber insgeheim bedauerten sie die übliche Niederlage von Wim.

»Auf!«, rief Störtebeker und mit entschlossenem Gesicht blickte er seine Mannschaft an. »Brecht unterwegs Äste ab, damit wir wenigstens mit Stöcken um uns hauen können. Die Toten nehmen wir mit und bestatten sie so gut es geht. Wir gehen abseits der Wege und schleichen uns bis vor die Mauern von Wismar.« Er wandte sich um, ging mit weiten Schritten gegen Norden und drang ins Dickicht des Waldes ein.

Wim zeigte den größten Eifer und folgte ihm als Erster. Daher sah er, wie sein Hauptmann sich an der rechten Pobacke heftig kratzte, und hörte ihn ein übles Kraftwort murmeln. Wim sah verlegen zu den Baumwipfeln empor und pustete auf seine Fingerkuppen. Er hoffte inbrünstig, dass Störtebeker sich nicht unversehens umdrehte und ihm an die Gurgel ging.

15

Spät abends desselben Tages lagerte die Mannschaft des Roten Teufels bereits nahe der Südmauer der Hansestadt in einem bewaldeten Sumpf, um welchen die einheimische Bevölkerung stets einen großen Bogen machte. Störtebeker hatte sie über kaum erkennbare Pfade bis auf eine Lichtung geführt, welche wie eine verborgene Insel im Moor lag. Er beruhigte die besorgten Männer mit der Behauptung, er kenne sich seit Langem hier aus.

Inzwischen waren sie nicht mehr nackt und fühlten sich auch körperlich wohler. Einige Männer hatten sich unterwegs Kleidung angeeignet oder von Vogelscheuchen Stoff-Fetzen ausgeborgt; die Mehrheit jedoch trug nur geflochtene Grasschürzen oder Bündel aus dicht belaubten Ästen.

Störtebeker wies seine Leute an, nichts zu unternehmen, sondern auf ihn zu warten, denn er wollte unerkannt in die Stadt eindringen. Er brach gegen Mitternacht auf und nahm nur Nyenkerken mit auf seinen Erkundungsweg. Die beiden trugen die besterhaltenen Fetzen, sodass sie gerade noch als Bettler durchgingen. Trotzdem setzten sie sich nicht der Gefahr aus, die Stadt durch eines der Tore zu betreten, denn sie gingen davon aus, dass die Wachen noch genauer hinsehen würden als gewöhnlich.

Störtebeker nahm sich ohnehin etwas anderes vor. Er watete mit seinem Freund durch den Morast, bis sie die Südmauer erreichten. Vor ihr hatte man keinen Wassergraben ausgehoben, denn der Sumpf reichte fast bis an die Befestigungen; dazwischen befand sich nur ein schmaler grasbewachsener Saum.

»Was willst du denn hier?«, flüsterte Nyenkerken. Ratlos betrachtete er die Zinnen und das Dach des Wehrgangs hoch über ihm. »Diese Mauer ragt mindestens zwölf Ellen empor und die Fugen scheinen fest zu sein! Da kommen wir ohne Leiter nicht hoch.«

»Aber auf meiner Treppe!« Störtebeker grinste und blickte seinen Freund verschwörerisch an.

Nyenkerken zeigte ihm den Vogel. »Mir scheint, die letzte Nacht hat deinem Kopf geschadet.«

»Denkste!« Störtebeker tippte sich an die linke Schläfe. »Ich bin hellwach wie immer.«

Er drehte sich um, verengte seine Augen zu schmalen Schlitzen und spähte über die Sumpflandschaft hinweg. Im Schein des Halbmonds erkannte er eine alte Eiche wieder, die vierzig Schritte von ihm entfernt stand.

»Warte hier!«, flüsterte er und zeigte mit Nachdruck auf den Boden. Vorsichtig setzte er seine Füße, prüfte vor jedem Tritt die Festigkeit des Bodens und näherte sich langsam dem knorrigen Baum. Dort sprang er eine Elle hoch, hielt sich an einem kräftigen Ast fest und schwang sich auf ihn. Am Stamm entlang kletterte er bis auf zehn Ellen Höhe und suchte in der Krone nach einer Baumhöhle. Er steckte seinen Arm hinein und tastete umher, bis er einen alten Rucksack fand. Er zog ihn heraus, hängte ihn sich um und kehrte zu Nyenkerken zurück.

»Alles noch da!«, flüsterte Störtebeker. Er atmete erleichtert durch und grinste Nyenkerken mit diebischem Vergnügen an, als er den Sack öffnete. »Auf meine alten Kameraden ist immer noch Verlass.«

Störtebeker entnahm ein unterarmdickes Holzstück, welches etwa eine Elle maß und an einem Ende etwas zugespitzt worden war. Er hielt Nyenkerken das stumpfe Ende hin, sodass dieser im Mondschein eine Kerbe erkennen konnte.

»Das ist die erste Stufe meiner Treppe, du Ungläubiger!«, wisperte Störtebeker und drückte seinem Freund den Stock in die Hand. Abrupt wandte er sich ab, bückte sich und tastete die Mauer in Kniehöhe ab. Mit spitzen Fingern zog er einen handspannlangen Stein heraus, dessen Form dem Ende des Holzstücks entsprach. Auch den Stein hielt er Nyenkerken unter die Nase; auf dessen Vorderseite war das gleiche Zeichen wie auf dem Holz eingeritzt, nur kleiner.

Nyenkerken verstand, nickte anerkennend und reichte den Stock. Störtebeker steckte das spitze Ende in das entstandene Loch, es passte haargenau. Er schlug auf das stumpfe Ende, prüfte den Halt und nickte zufrieden.

»Alte Kameraden?« Nyenkerken stützte sich mit durchgestreckten Armen auf den Stock und verlagerte sein Gewicht vorsichtig nach vorn, sodass er seine Füße vom Boden abheben konnte. Die Stufe gab nicht nach. »Doch nicht deine Leute vom Roten Teufel?«

Störtebeker schüttelte heftig den Kopf und grinste etwas verlegen. »Ich war noch ein ganz junger Bursche, als ich mir diese Treppe ausgedacht habe. Auf diese Weise konnte ich oder ein Freund aus der Hafengegend selbst nachts in die Stadt gelangen oder sie verlassen. Dieses Geheimnis scheint bis heute nicht verraten worden zu sein, obwohl seitdem mehr als fünfzehn Jahre vergangen sind.«

»Na endlich. Nun weiß ich, woher du kommst.« Nyenkerken zeigte mit dem Zeigefinger auf Störtebeker und hob die Augenbrauen. »Du bist aus Wismar.«

»Ja.«

»Hier geboren?«

»Ja.«

Nyenkerken schüttelte verwundert den Kopf. »Wieso sagst du mir das nicht? Warum gehst du nie in deine Heimatstadt hinein, obwohl der Rote Teufel so oft hier im Hafen liegt?«

Störtebeker blickte finster und legte den linken Zeigefinger vor seine Lippen. »Ich rede niemals über meine Vergangenheit; mit ihr habe ich ein für alle Mal abgeschlossen. Was du jetzt siehst, was du jetzt hörst, …« Er tippte sich an die linke Schläfe und blickte eindringlich. »… lass es hier drin, wenn wir gehen!«

Nyenkerken legte die Hand aufs Herz, blickte ernst und langsam nickte er mehrmals.

Störtebeker lächelte, er war zufriedengestellt. »Nur Hennig kennt meine Herkunft, aber der muss ein wachsames Auge auf die anderen haben. Deswegen habe ich dich mitgenommen.«

»Ich verstehe. Du kannst dich auf mich verlassen.«

»Tue ich ja! Niemanden anders würde ich jemals zu meinem Elternhaus mitnehmen.«

»*Da* wollen wir hin? Ich denke, du gehst nie …«

»In der Not frisst der Teufel Fliegen!« Störtebeker atmete tief aus und hängte sich den Rucksack um. »Obwohl ich auf mein Erbe verzichtete und mich nie wieder blickenlassen darf, muss ich jetzt hin, um Kleidung, Geld und Auskünfte zu erlangen.«

Er suchte in der Mauer auf Bauchhöhe nach dem zweiten Verschluss-Stein. Er fand ihn, holte ihn heraus und ließ ihn in den Sack gleiten. Aus diesem zog er den zweiten Stock und zeigte mit ihm auf den Sumpf.

»Wenn du abrutschst, stoß dich weit ab! Du siehst dann aus wie ein Schwein, aber deine Knochen bleiben wenigstens heil.«

Nyenkerken verzog das Gesicht, aber er nickte folgsam. Darüber machte er sich nämlich keine Sorgen, denn selbst die höchsten Masten erklomm er mit Leichtigkeit.

Störtebeker schob sich Stück für Stück an der Mauer entlang nach oben und steckte eine Stufe nach der anderen in ihr fest. Nachdem er sich auf den vierzehnten Stock gestellt hatte, konnte er den Oberkörper durch den Zwischenraum zweier Zinnen schieben. Er blickte und horchte nach beiden Seiten. Dann betrat er den Wehrgang, wandte sich um und half seinem Freund herauf. Zuletzt bückte er sich tief über die Mauer und zog den letzten Stock heraus.

»Den nehmen wir für alle Fälle mit.« Er grinste. »Das ist der Schlüssel. Außerdem könnte ihn ein Wehrmann noch sehen. Komm!«

Die beiden schlichen zum nächsten Abgang und Störtebeker versteckte in der Nähe den schwerer gewordenen Rucksack. Sie gingen durch die im Dunkel liegenden Gassen der Südstadt und erreichten die Böttchergasse, in welcher das Geburtshaus des riesigen Hauptmanns stand.

Nyenkerken merkte, dass Störtebeker langsamer ging; er fühlte, wie schwer seinem Freund der Gang zum Elternhaus wurde. Er legte ihm die Hand auf die Schulter, um ihm Halt zu geben, denn er hörte, dass Störtebeker schwerer atmete.

»Schon gut, wir sind da.« Mit einer Schulterbewegung entzog sich Störtebeker der Hand Nyenkerkens, dabei zwinkerte er ihm aber freundlich zu.

Sie standen vor einem stattlichen dreistöckigen Gebäude aus Backstein, dessen Eingangstür mit prachtvollen Schnitzereien verziert war. Über dem Portal hing in einem eisernen Rahmen ein großes zinnernes Gildewappen, welches stilisiert einen Krug mit einem halbhoch geklappten Deckel darstellte, der filigrane Verzierungen aufwies.

Störtebeker wisperte, als er Nyenkerken auf den Schild aufmerksam machte. »Den Deckel auf dem Trinkbecher nennt man Sturz. Davon leitet sich mein Name ab und …«

Nyenkerken blickte ironisch und unterbrach seinen Freund. »Da wäre ich nicht drauf gekommen, denn im Schild steht Torstad und nicht Sturzbecher! Ich vermute ohnehin, dass man dir den Namen gegeben hat, wegen …«

Störtebeker lächelte sardonisch, während er sich an die Stirn tippte. »… hab ihn nicht vom Saufen! Hör bloß nicht auf das Gestänker missgünstiger Lästermäuler.« Er knuffte Nyenkerken in die Seite, sodass dieser nach Luft schnappte. »Klopf endlich an und rede, was ich dir gesagt habe!«

Nyenkerken hielt ein Ohr ans Türblatt, fasste den Türklopfer und pochte sacht. Er wartete einige Atemzüge, dann klopfte er etwas fester. Beim siebten Versuch schlug Nyenkerken so fest, dass Störtebeker besorgt zu den Fenstern der umstehenden Häuser aufblickte. Alles blieb dunkel, aber die beiden vernahmen Geräusche durch die Ritzen im Türrahmen, denn jemand näherte sich von der anderen Seite.

»Wer ist da?«

»Hermann Nyenkerken, ein Ratsherr der Hansestadt Hamburg! Ich …«

»Was? Haben die Räuber Euch schon freigelassen?«

Nyenkerken wandte sich überrascht zu Störtebeker um, der hastig nickte.

»Ja!«

»Was für ein Glück! Da wird das zauberhafte Fräulein aus dem hohen Norden sich aber freuen. Wartet!«

Die beiden Freunde sahen sich überrascht an. Dann hörten sie ein kurzes Scharren und das Kratzen eines Feuersteins.

»Ich zünde erstmal ein Licht an.«

Die Tür wurde von innen entriegelt und geöffnet. Im Schein von drei Kerzen, die auf einem Leuchter steckten, erkannten sie einen stattlichen Mann, der jünger war als sie. Obwohl er ein weißes Nachthemd, eine Zipfelmütze und Pantoffeln trug, drückte seine Haltung Selbstsicherheit aus. Die nächtliche Kleidung war an den Säumen mit Goldfäden bestickt und über seine Schultern hatte er einen edlen Pelzmantel gelegt. Vor ihnen stand rechtschaffener Mann, der es zu Wohlstand gebracht hatte.

»Gott zum Gruß! Ich bin Jensen Torstad, Meister im Handwerk des Sturzbechermachens. Ich bin sogar Vorsteher meiner Zunft in Wismar.« Er hielt den Leuchter höher, um Nyenkerkens Gesicht näher zu betrachten.

»Gott zum Gruß! Ich danke Euch von Herzen, Meister Torstad, dass ihr um diese Zeit einem Fremden die Tür öffnet.«

Torstad machte mit dem zinnernen Leuchter eine Kreisbewegung nah vor Nyenkerkens Gesicht. »Ihr seht nicht gerade aus wie ein Ratsherr.«

»Wie soll er denn sonst aussehen, wenn er unter die Räuber gefallen ist?«, antwortete Störtebeker und blickte selbstironisch.

Torstad erschrak und wich einen Schritt zurück. »Wer seid Ihr?«

»Es ist Klaus Störtebeker«, kam Nyenkerken seinem Freund zuvor und legte als Geste des Vertrauens seine Hand auf die Schulter des Riesen.

Störtebeker bückte sich ein wenig, damit das Kerzenlicht sein Gesicht beleuchtete. »Ich bin Nikolaus Sturzbecher.«

»Mein verstoßener Schwager?«, murmelte Torstad und blickte ungläubig, dann schüttelte er verständnislos den Kopf. »Was sollte der denn noch von mir wollen?«

»Ich komme als Bittsteller.« Störtebeker flüsterte kaum verständlich, demütig sah er zu Boden.

Torstad trat näher und hob erneut den Leuchter. »Du bist ein Riese, ihm gleich! Aber er ist ein Hänfling.«

»Nicht mehr!«, wandte Nyenkerken ein. »Sein Lehrmeister hat ihm zu großer Kraft verholfen und …«

»Hätte er von seinem Vater die Hälfte nur gelernt«, Torstad lachte spöttisch, »dann wäre ich lediglich sein Geselle und er mein Meister.« Torstad hielt inne, nahm den Leuchter zur Seite, und spähte ins Dunkel der Gasse. »Seid ihr allein?«

Nyenkerken nickte. »Ja!«

Torstad sah den beiden Männern nacheinander tief in die Augen; dann winkte er ihnen, ihm ins Haus zu folgen. Er verschloss die Tür, nahm den Kerzenhalter wieder vom Anrichtetisch und stieg vor ihnen die hölzerne Treppe zum ersten Stock empor. Dort passierten sie einen kleinen Vorraum und traten ins Wohnzimmer.

Torstad wandte sich Nyenkerken zu. »Ihr seid also wirklich Ratsherr Nyenkerken?«

»Ja. Ich bin wirklich Hermann Nyenkerken, Ratsherr der Hansestadt Hamburg.« Er legte die Hand auf die von einem Lumpen nur halb bedeckte Brust. Neugierig beugte er sich vor. »Woher wisst Ihr so gut Bescheid über mich? Ich traf doch gestern erst hier ein.«

Torstad lächelte verschwörerisch und kniff ein Auge zu.

»Mein Bruder ist Haushofmeister des Admirals. Er besuchte mich am Abend und erzählte mir alles haarklein.«

»Beziehungen schaden nur dem, der keine hat«, sagte Störtebeker lakonisch.

Torstad nickte beiläufig, stellte den Leuchter auf dem gediegenen Esstisch ab und breitete die Arme aus. »Genauso ist es.«

Torstad nahm einen Span, hielt ihn in eine der Flammen und zündete sechs Kerzen auf einem größeren Leuchter an. »Ratsherr Nyenkerken, ich hörte von meinem Bruder, dass Ihr mit dem Admiral in eine üble Hafenkaschemme eingeladen wurdet zu einer wüsten Feier. Dort überfiel man euch, aber der Admiral schlug sich durch und floh zurück in die Stadt. Er erzählte den Wachen sowie seiner Halbschwester Katarina, dass er mit Euch Seite an Seite kämpfte. Ihr jedoch wäret in Gefangenschaft der Räuber geraten, obwohl er versucht habe, Euch zu retten. Der Admiral ließ verlautbaren, er hoffe, dass Ihr noch am Leben seid, und vertraue darauf, dass die Banditen Lösegeld fordern werden.«

Störtebeker und Nyenkerken sahen sich an. Nyenkerken schüttelte betroffen das Haupt; entweder trog seine Erinnerung oder Landorp hatte glatt gelogen.

»Euer Bruder kennt sich aus in Erik von Landorps Wohnsitz?«, hakte Störtebeker nach.

»Wie ich schon sagte, ist er Haushofmeister im Stadtschloss von Wismar.« Torstad sah Nyenkerken stolz an, dann blickte er nachsichtig Störtebeker an. »Unsereiner hat es zu etwas gebracht.«

Störtebeker jedoch ließ sich nicht herabwürdigen, sondern legte seinem Schwager die Hand leicht auf die Schulter. »Ich gönn's Euch von Herzen, Meister Torstad, denn Stürze für Becher hämmern tät ich mein Lebtag nicht wollen. Daher hat jeder von uns seine Berufung gefunden.«

»Seht Euch dieses Trinkhorn an!« Torstad nahm den größeren Leuchter und hielt ihn gegen die hintere Wand, sodass die Flammen der Kerzen ein reich verziertes halb gebogenes Gefäß auf einem Beistelltisch erhellten.

»Was für ein prachtvolles Horn!« Nyenkerken staunte, denn nicht einmal in Hamburg oder London hatte er ein solches Kleinod gesehen. »Das ist bestimmt für den Herzog, so edel ist es.«

Torstad lächelte geschmeichelt. »Das würde ihm durchaus zur Ehre gereichen. Indes, es ist für den Grafen von Oldenburg, der mir ein Vermögen dafür zahlt.«

»Schscht!«, fauchte Mette, hielt wütend ihren Finger vor den Mund und sah ihren Gatten aus blauen Augen stechend an. Sie hatte sich herangeschlichen und war beim letzten Satz ihres Mannes hinzugesprungen. Sie war so groß wie Torstad und trug einen Mantel über ihrem Nachtgewand. Hellblonde Strähnen lugten unter ihrer Nachtmütze hervor und rahmten ihr hageres Gesicht ein, in welches Eigensinn, Habgier und Geiz scharfe Falten gekerbt hatten.

»Nyenkerken ist ein Ehrenmann, Mette!«, wies Torstad sein Weib zurecht und hielt ihr den Zeigefinger vor die spitze Nase. »Auch deinem Bruder traue ich!«

»Pah! Ich habe längst keinen Bruder mehr!«

»Und ob! Hör auf, hier herumzuschleichen, Weib, sondern begib dich in die Küche und tische unseren Gästen Speise und Trank auf.« Mit einer herrischen Geste verwies Torstad seine Frau in die Küche. Auf halbem Weg blieb sie stehen, drehte sich um und blickte ihren Gatten störrisch an. Torstad blickte so starr zurück, dass seine Pupillen funkelten, und sog derart Luft ein, dass die Flügel seiner Nase sich blähten.

Mette Torstad blickte widerwillig und schnaubte empört, aber dann neigte sie leicht den Kopf und senkte die Lider. Mit einem Ruck wandte sie sich um und war nach drei Schritten im Dunkeln nicht mehr zu sehen.

Störtebeker sah hinterher und verzog wehmütig den Mund, denn seine Schwester hatte sich kaum verändert.

»Setzt Euch!«, forderte Torstad die beiden Bittsteller auf. Er wies mit beiden Armen auf zwei hölzerne Stühle mit hohen Rücklehnen; die geschwungenen Armlehnen waren gänzlich mit Schnitzereien verziert.

Torstad setzte sich Störtebeker gegenüber, beugte sich über den Tisch und sah ihn prüfend an. Sein Gesicht zeigte keine Herablassung, obwohl sein Schwager wie ein Vagabund aussah. »Bist du wirklich der Nikolaus?«

»Weißt du noch, wie ich dem Bäcker in der Müllergasse weiße

Mäuse in die Mehlsäcke steckte und Meister Brandt wutschnaubend meinen Vater zur Rede stellte?«

»He, he. Du bist wirklich der Nikolaus!« Torstad grinste so breit, dass seine Augen nur noch schmale Schlitze waren. »Das war während meines ersten Lehrjahrs.«

Störtebeker beugte sich ebenfalls vor und hob anerkennend die Augenbrauen. »Mir scheint, jetzt bist *du* der Herr im Haus.«

»Ja.« Torstad lehnte sich zurück und legte die Arme auf die Lehnen des Stuhls. »Dein Vater gab mir deine Schwester zur Frau; ihre Mitgift war sein gesamtes Vermögen, einschließlich Haus und Werkstatt.« Er schwieg beklommen und die Hände krampften sich um die Bärenköpfe an den Enden beider Lehnen.

Störtebeker räusperte sich. »Keine Sorge. Ich bin nicht deswegen hier. Mein Vater hat mich enterbt und verstoßen. Heute verstehe ich sein Handeln – ich war ein Nichtsnutz – und hege keinen Groll mehr gegen ihn. Ich gönne dir Vaters Erbe von Herzen, sogar meiner Schwester.«

Aufatmend breitete Torstad die Arme aus und verbeugte sich.

Mette kam herein, trug ein großes Holzbrett zum Tisch und stellte es zwischen den beiden Gästen ab. Auf der Baumscheibe lagen eine halbe Wurst, zwei fingerdick geschnittene Brotscheiben sowie ein Paar scharfer Messer.

Torstad blickte missbilligend auf das halb volle Brett und sah seine Frau streng an. »Das reicht gerade einmal für den Ratsherrn. Du gehst sofort zurück und bringst dem Nikolaus das Doppelte, damit er nicht vom Fleisch fällt!«

»Der soll gefälligst …«, keifte seine Frau los.

»Mette!« Ein Wort von Torstad genügte und ein scharfer Blick, um die Frau zum Schweigen zu bringen. Sie zog ein mürrisches Gesicht, aber sie ging und brachte das Geforderte. Das zweite Brett setzte sie so heftig ab, dass es knallte. Störtebeker grinste seinen Schwager dankbar an, packte die dicke Wurst und ergriff das zweite Messer.

Mette setzte sich auf den vierten Stuhl und sah verdrießlich zu, wie ihre nächtlichen Gäste mit Heißhunger das Mahl vertilgten.

»Die Eltern?« Störtebeker kaute und war kaum zu verstehen, als er seine Schwester ansprach. »Sind sie aufs Altenteil?«

»Vater ist tot!«, legte Mette los. »Du bist schuld, denn du brachst ihm das Herz!«

»Schweig!« Torstad drohte ihr mit dem Finger. Er beugte sich vor und sah Störtebeker ernsthaft an. »Mette hat Unrecht, Nikolaus! Meister Sturzbecher lebte noch einige Jahre, dann wurde er schwer krank.

Von Tag zu Tag schwand seine Kraft und vor fünf Jahren starb er. Aber bis zu seinem Tod sprach er niemals von dir.

Von Nikolaus Sturzbecher haben wir nie wieder etwas gehört und wir wähnten dich längst unter den Toten. Dass *du* der berühmt-berüchtigte Klaus Störtebeker sein könntest, war für uns unvorstellbar. Nun jedoch sitzt du uns in Fleisch und Blut gegenüber und bist tatsächlich dieser Mann.«

Torstad hob die Augenbrauen und schüttelte verwundert den Kopf. »Überall erzählt man sich …« Er schwieg abrupt und stand mit einem Ruck auf. Torstad ging zu dem Beistelltisch mit dem prachtvollen Trinkhorn und holte drei kleine Tonbecher sowie einen dickbauchigen Krug. Er verteilte die Becher, entkorkte den Krug und schenkte ein. »Branntwein aus Schweden! Der beste, den ich habe. Gott zum Wohle!«

Nyenkerken und Störtebeker standen auf und prosteten ihrem großzügigen Gastgeber zu. »Gott zum Wohle!« Gleichzeitig ließen die drei Männer den scharfen Trank die Kehlen hinabrinnen.

»Ah, das tut gut!« Störtebeker wandte sich unvermittelt an Mette. »Wo ist unsere Mutter?«

Mette sah ihn abweisend an und schüttelte den Kopf.

»Mette!« Störtebeker beugte sich vor und stützte sich mit den Fäusten auf dem Tisch ab. »Bitte sag es mir.«

»Die Witwe Sturzbecher lebt im dritten Stock, aufm Altenteil«, sagte Torstad, zeigte auf die Tür zum Vorraum und nickte ermunternd. »Du kannst hinaufgehen zu ihr. Sie ist bestimmt wachgeworden, denn sie hört die Flöhe an der Wand husten.«

»Immer noch?« Störtebeker sah zur holzvertäfelten Decke empor. »Egal wann ich heimkam, sie hat's mitgekriegt.«

»Geh rauf und lass dir Zeit.« Torstad lächelte Störtebeker vertraulich zu. »Indessen kann mir Ratsherr Nyenkerken Euer Anliegen vorbringen.«

Dankbar nickte Störtebeker und verließ hastig das Wohnzimmer.

16

Er nahm kein Licht mit, denn er erinnerte sich an jeden Winkel seines Vaterhauses. Blindlings ertastete er das Geländer der Treppe zum zweiten Stock; ebenso fand er die Stufen, auf denen er zum Altenteil gelangte. Er zog den Kopf tief ein und stieg empor; jedes Knarren der steilen und schmalen Treppe erinnerte ihn an seine Jugend, denn dort oben hatte er gewohnt. Jede Delle in den Stufen erkannte er wieder, jeder Griff ans Geländer fand auch im Dunklen sein Ziel.

Langsam wie ein alter Mann schob sich Störtebeker die letzten Stufen hoch, verschnaufte kurz und tastete sich vor bis zur Tür des Schlafzimmers. Behutsam drückte er die eiserne Klinke runter und schob die Tür nach innen auf. Dabei hielt er die Klinke fest und hob das Blatt, damit die Scharniere weniger knirschten. Schweigend stand er im Türrahmen und blinzelte einige Male. Durch das offene Fenster schien das Licht des Halbmondes, denn der Raum lag zur Gasse und das gegenüberstehende Haus war niedriger. Teile des Mobiliars ragten als farblose Schemen aus der Dunkelheit; das Bett jedoch stand im Dunkeln. Aber seitlich war ein Streifen der Bettdecke zu erkennen, auf dem die magere Hand einer alten Frau ruhte.

Der Arm wurde zurückgezogen, das Bett knarrte durch die Bewegung eines Körpers. Ein leises Ächzen war zu hören und das Knistern von Bettfedern. Störtebekers Augen gewöhnten sich an die Lichtverhältnisse im Zimmer. Er erkannte den Schemen eines Oberkörpers, der sich an der Stirnwand ein Kopfkissen zurechtschob und den Rücken daran lehnte.

»Nikolaus?« Das Wort war kaum zu vernehmen, aber sein Hauch entfachte in Störtebekers Seele einen Sturm.

»Ja.« Nur ein Laut quoll aus seiner Kehle, die sich anfühlte wie ein die Luft abdrückender Klumpen.

»Herrgott im Himmel! Ich danke dir, …«, flüsterte Martha Sturzbecher und schlug ehrfürchtig das große Kreuz, »… dass du mein Flehen erhörst, und mir den verlorenen Sohn zurückbringst!«

Sie breitete die Arme aus: »Nikolaus!«

Störtebeker eilte durchs Zimmer und sank vor dem Bett auf die Knie. Er beugte sich vor und legte den Kopf behutsam in ihren Schoß; ihre kühlen Hände legten sich sanft um seine pulsierenden Schläfen und die heiße Stirn. Ein Gefühl von Wärme und Geborgenheit durchströmte ihn; seit vielen Jahren hatte er es nicht mehr erlebt. Dicke Tränentropfen kullerten aus seinen Augen und flossen in den Stoff ihres abgewetzten Nachthemds. Störtebeker schluchzte wie ein kleiner Junge, der bei seiner Mama Trost sucht.

Martha strich sacht mit ihrem Arm über seine Schultern und den Rücken. »Wie breit dein Kreuz geworden ist! Als Junge warst du dünn wie eine Bohnenstange.«

Störtebeker nickte stumm.

»Nikolaus, sieh mich an!«

Störtebeker hob schwerfällig den Kopf. Wehmütig sahen sich die beiden mehrere Herzschläge lang in die Augen.

Martha schniefte, dann rieb sie sich die Nase. »Rieche ich richtig?

Stinkst du? Sogar eine Fahne hast du. Um diese Zeit! Was für Sachen trägst du? Das sind doch keine Kleider. Steh sofort auf und stell dich ins Licht!«

Gehorsam erhob sich Störtebeker, stellte ans Fenster und wandte sich zu ihr um. Das Mondlicht ließ sein zerfurchtes Gesicht wie eine zerklüftete Landschaft erscheinen, gesäumt von einem verfilzten Urwald. Schmutzige Lumpen deckten spärlich seinen muskulösen Körper, eine graubraune Schlammkruste auf der Haut verbarg den Rest.

»Jesus, Maria und Josef! Wie siehst *du* denn aus?« Martha schlug die Hände über dem Kopf zusammen. »Was für ein Gewerk treibst du, dass du wie ein Lump aussiehst?«

»Ich bin Klaus Störtebeker!«

Martha weitete die Augen, denn diese Verkündigung verschlug ihr die Sprache. Während sie für einige Augenblicke ihre Lider zusammenpresste, bemerkte sie lakonisch: »Dann siehste nicht nur aus wie ein Lump.«

»Mutter!« Störtebeker breitete die Arme aus. »Ich nehm‘s doch nur von den Reichen.«

»Bist du *darum* hier?«

»Nein, nicht doch.« Störtebeker war der Verzweiflung nahe. »Ich brauche Hilfe von meinem Schwager. Ich vergelt‘s ihm auf Heller und Pfennig.«

»Hilfe? Du, der Haudrauf, welcher in aller Munde ist?«

»Ja. Ausgeraubt bis aufs Hemd hat man mich.«

»So?« Marthas Stimme gluckste beim Sprechen. »Dann hat jemand wohl den Spieß umgedreht.« Sie schloss wieder die Augen und lehnte sich in ihr Kissen. »Nikolaus!«

»Ja?«

»Komm her.«

Störtebeker kniete sich wieder ans Bett und beugte sich über seine Mutter. Martha nahm ihn zärtlich in die Arme.

»Du bist kein schlechter Mensch. Das fühle ich. Gott in seiner unergründlichen Güte hat dir ein unstetes Leben voller Prüfungen zugewiesen. Ich weiß, dass du sie bestehen und mit erhobenem Haupt vor das Jüngste Gericht treten wirst.«

»Ich fürchte, dass ich bei dieser Verhandlung meinen Kopf im Arm halten werde«, flüsterte Störtebeker und hoffte noch im gleichen Augenblick, dass seine Mutter ihn nicht hörte.

»Wie?«

»Sorg dich nicht!«, Störtebeker hob den Kopf. »Ich habe Mut.«

»Und Kraft!« Martha lächelte und strich liebevoll mit ihrer knochigen Hand über seine Schulterkugel, die größer als ein Kinderkopf war.

»So oft warst du im Heimathafen, und doch hast du dich nicht blicken lassen.« Martha seufzte wehmütig. »Aber es ging nicht, denn dein Vater oder Mette hätte dich hochkant hinausgeworfen.«

»Ich weiß. Aber jetzt brauche ich seine Kleider. Bitte, gib sie mir!«

»Warum?«

»So komme ich nicht durch eines der Tore.« Störtebeker zupfte an seinem zerfetzten Hemd. »Aber wir müssen in die Stadt, um Katarina zu befreien.«

»Katarina?«

»Die Braut von meinem Freund Hermann.«

»Hermann?«

»Er ist Ratsherr der Stadt Hamburg und braucht auch Kleidung.« Störtebeker legte die Handflächen zusammen.

»Dein Freund ist Ratsherr?«

»… und Kapitän der Hanse.«

Martha lächelte erleichtert. »Was habe ich vorhin gesagt? Du wirst bestehen!«

»Trotz Kopf im Arm!« Störtebeker bereute seine Worte bereits und winkte hastig ab.

»Wie?«

»Schon gut, Mutter. Wo sind …«

»In der Truhe hinter dir, neben der Tür.«

Störtebeker erhob sich rasch, ging zu einer großen eichenen Truhe und öffnete sie. Er lehnte den schweren Deckel gegen die Wand, entnahm ein Bündel nach dem anderen und legte es auf den mondbeschienen Dielen ab.

»Nimm so viel du tragen kannst. Dein Vater war ein stattlicher und gut betuchter Mann.«

»Trotzdem wird kaum etwas passen, aber sein Pelzmantel könnte groß genug für mich sein.«

»Nur zu!« Martha nickte und lächelte selig, während sie ihn beim Auspacken beobachtete.

Störtebeker stapelte die Packen übereinander, schnaufte kurz und erhob sich. »Danke, Mutter. Ich … jetzt muss ich gehen!«

»Nikolaus! Kannst nicht bleiben und zusammen mit dem Jensen die Werkstatt …?«

»Nein. Ich habe Meister Torstad versprochen, dass ich nichts von ihm haben will. Ich halte mein Wort!« Störtebeker blickte starr aus dem Fenster, dann sah er seine Mutter an. »Mutter, ich geh jetzt. Ich danke dir von Herzen. Leb wohl!«

In Marthas Gesicht wich die stille Freude dem Abschiedsschmerz und der Muttersorge. »Auf See ist's windig! Denk immer daran, deine Kappe über die Ohren zu ziehen und feste Kleidung zu tragen, sonst erkältest du dich. Und nimm dich in den Häfen vor den liederlichen Weibern in Acht! Und denk dran, stets zum Herrn zu beten! Und ...«

»Ja, ja, ja, Mutter! Mach ich, mach ich alles!« Störtebeker verdrehte die Pupillen und beneidete den halb vollen Mond darum, dass er keine Mutter hatte. »Hör auf, dir Sorgen wegen mir zu machen.«

Hoch bepackt flüchtete er aus der Kammer und zog die Tür so hastig zu, dass der Schlag durchs Haus hallte. »Au!« Störtebeker prallte mit der Stirn an den Querbalken über der Treppe.

»Hast du dir wehgetan? Pass gut auf dich auf, mein Junge!«

»Ja, ja. Mach ich«, flüsterte Störtebeker ergeben, zog den Kopf ein und trappelte blindlings die Treppe hinunter ins zweite Stockwerk. Jedoch verfehlte er die letzte Stufe und polterte der Länge nach hin.

»Ein Dutzend Fredekoggen entern ist ungefährlicher als zu Muttern hochsteigen«, brummelte er verdrießlich und rieb sich die schmerzenden Körperteile sowie die anschwellende Beule auf der Stirn. Er raffte die Bündel auf, stieg vorsichtig die nächste Treppe hinab und betrat Torstads gute Stube.

Mette erwartete ihn mit finsterem Blick, aber die beiden Männer sahen ihm mit Anteilnahme und Wohlwollen entgegen. Auf dem Tisch lagen ein langes Fleischmesser mit breiter Klinge, ein prallvoll gefüllter Geldsack sowie das Feuerzeug für eine Laterne mit eisernem Gehäuse, die neben Nyenkerken auf dem Boden stand.

»Das sind Vaters Sachen!« Mette sprang auf und wollte auf Störtebeker losgehen. »Die bleiben hier!«

Torstad packte seine Frau am Handgelenk und verdrehte den Arm, bis sie zu wimmern begann und mit schmerzverzerrtem Gesicht auf ihren Stuhl zurücksank.

Torstad wandte sich an Störtebeker, als sei nichts geschehen. »Ein langes Seil und zwei Äxte hole ich aus der Werkstatt unten, bevor ihr geht.«

Nyenkerken zeigte auf den Beutel. »Ich habe dafür gebürgt und einen anständigen Zins geboten, welchen ich persönlich begleichen werde.«

Torstad nickte zufrieden, während er über ein kleines Blatt Pergament pustete und es zur Seite legte.

Störtebeker blickte Torstad in die Augen. »Ich zahle alles auf Heller und Pfennig zurück! Die Bürgschaft ist unnötig.«

Torstad lächelte milde. »Du hältst dein Wort, das habe ich oft gehört. Als Handwerker traue ich deinem Handschlag, als Kaufmann jedoch finde ich eine Bürgschaft besser.«

»Pah!« Mette fauchte wie eine Wildkatze, der man ihre Beute fortnimmt. »Nichts wirst du wiedersehen, Jensen, keinen Groschen! Du verschleuderst das Erbe unserer Kinder. Denn den Nikolaus wird bald der Teufel holen und …«

»Kinder?« Störtebeker sah seinen Schwager erfreut an. »Bin ich etwa Onkel?«

»Fünffach sogar!«, antwortete Torstad und lächelte stolz.

Ausgelassen lachte Störtebeker und zwinkerte seinem Schwager anerkennend zu.

»Untersteh dich, sie sehen zu wollen!«, keifte Mette. Sie drohte ihrem Bruder mit der Faust. »Oder zurückzukommen, um ihnen etwas zu schenken von deinem Blutgold, oder …«

»Gehen wir!« Störtebeker sah Nyenkerken an und wies mit einer Kopfbewegung zur Tür, denn er konnte die Herzlosigkeit von Mette nicht mehr ertragen.

Auch Torstad stand auf, nahm den Leuchter und ging vor ihnen die Treppe hinunter. Im Vorraum warteten die beiden Freunde auf ihren Gastgeber, der aus der Werkstatt zwei Äxte und ein langes dickes Seil holte.

»Gott behüte Euch!« Torstad presste Nyenkerken fest die Hand zum Abschied. Störtebeker schüttelte er lange die Hand und sah ihm teilnahmsvoll in die Augen. »Gott behüte dich, Nikolaus!«

»Hab Dank, Jensen. Vergelt's dir Gott!« Störtebeker verbeugte sich tiefer wie gewohnt.

»Ich helfe euch gern. Mein Bruder wird es noch lieber tun, denn er hasst den Admiral, obwohl er ihm dient.« Torstad ballte beide Fäuste und starrte ingrimmig auf die hervorstehenden Knöchel. »Es wird Zeit, dass wir die Adligen aus der Stadt jagen und innerhalb unserer Mauern freie Bürger werden. Morgen in aller Frühe gehe ich zu ihm.«

Störtebeker nickte, dann grinste er und neigte seinen Kopf auf die Höhe von Torstads Ohr. »Ich merke, dass du Herr im Haus bist. Das freut mich sehr, denn meiner Schwester gönne ich von Herzen deine straffen Zügel.«

Torstad lächelte geschmeichelt, aber er verzog sogleich das Gesicht zu einer sardonischen Grimasse. »Jedoch muss ich mich jeden Tag aufs Neue behaupten.«

»Umso größer ist meine Anerkennung.« Mit großem Respekt verbeugte sich Störtebeker.

Torstad öffnete die Tür und spähte nach allen Seiten, dann winkte er seinen Gästen. Schweigend gingen sie an ihm vorbei und durch die Böttchergasse zurück.

Nyenkerken folgte Störtebeker bis zu jener Stelle, wo der Sack versteckt lag. Sie warteten, denn über ihnen schlenderte ein Wehrmann auf der Mauer zum nächsten Wachturm. Als er nicht mehr zu vernehmen war, stiegen sie empor und schlichen zu Störtebekers Treppe. Zunächst stieg Nyenkerken hinunter, gesichert durch das Seil aus Torstads Werkstatt. Danach seilte Störtebeker ihre Erwerbungen ab und stieg selbst hinab. Dabei zog er die Stöcke über sich wieder heraus und verschloss die Löcher mit dem entsprechenden Stein.

Nyenkerken packte seine Bündel und wandte sich zum Gehen.

»Warte!«, flüsterte Störtebeker.

»Warum?«

»Der Sack!«

»Wirf ihn ins Moor. Wir brauchen ihn nicht mehr.«

»Aber vielleicht meine früheren Kameraden.« Störtebeker blickte ernst und mahnte Nyenkerken mit dem linken Zeigefinger. »Ich habe, seitdem ich mein Elternhaus verließ, nur ein einziges Mal ein Versprechen nicht gehalten und dafür büße ich bis zum heutigen Tag. Aus diesem Grund schwor ich mir, bis zu meinem Lebensende jedes Versprechen zu halten. Dieses Versteck zu bewahren, habe ich vor vielen Jahren bezeugt, und darum bringe ich den Sack zurück.«

Noch vor dem Morgengrauen erreichten die beiden das Lager. Die meisten Söldner waren wach und versuchten, sich warmzuhalten; einige schliefen mehr schlecht als recht, denn sie froren. Störtebeker breitete die Mitbringsel vor seinen Leuten aus und erklärte ihnen, wofür diese benötigt wurden. Die Männer nickten zufrieden und warteten voller Ungeduld auf den Sonnenaufgang. Störtebeker fand keinen Schlaf und ging umher, aber er bestand darauf, dass Nyenkerken sich in einen Pelzmantel wickelte, um aus der Ruhe Kraft zu schöpfen.

17

Nach Sonnenaufgang führte Störtebeker seine Gefährten aus dem Sumpfgelände heraus ein gutes Stück nach Süden in die Nähe einer Landstraße, die nach Wismar führte. An einem Weiher abseits des Weges wuschen sich die Männer, so gut es ging. Um nicht erkannt zu werden, rasierte sich Störtebeker umständlich mit dem großen Fleischmesser von Torstad; anschließend stieg er mit Nyenkerken sogar ins Wasser, denn in ihrer Kleidung als wohlhabende Bürger mussten sie wie Saubermänner wirken.

Einzelne Bäuerinnen mit großen Kötzen auf dem Rücken wanderten an dem Versteck der Söldner vorbei; das erste Fuhrwerk rumpelte heran, beladen mit Körben voller Gemüse. Heute war Markttag in Wismar.

Störtebeker wies jeden der Söldner in seine Aufgabe ein und gab ihm das nötige Geld. Sie schwärmten entlang der Landstraße aus und hielten Fußgänger oder Gespanne an. Mit klingender Münze überzeugten sie die Passanten, ihnen Kleidung, Warenkörbe oder die ganzen Fuhrwerke zu überlassen. Denn sie zahlten ein Mehrfaches des Wertes, sodass die Empfänger bereitwillig und teils halb nackt den Heimweg antraten. Inmitten des Landvolks, welches durch das Mecklenburger Tor in die Stadt strömte, passierten die Söldner unentdeckt die Wachen. Die Kompanie achtete eher darauf, von dem in die Stadt herbeigebrachten Reichtum etwas unter der Hand abzubekommen.

Fietje wollte es mit einer besondereren Verkleidung versuchen. Er nahm einige seiner Kumpane beiseite und erklärte ihnen sein Vorhaben. Sie besorgten sich einige Kleider und gingen die Landstraße entlang, bis sie in Sichtweite des Tores kamen. Einige von ihnen verbanden sich die Augen mit Stoffstreifen, bevor sie sich in einer Reihe hintereinander aufstellten. Jeder legte seinem Vordermann die rechte Hand auf die Schulter bis auf Fietje, der sie führte, indem er mit einem langen Stock den Weg vor sich abtastete. Schweren Herzens hatte er sich von seinem Helm getrennt und ihn in seinem Umhängebeutel versteckt, um nicht aufzufallen. Stattdessen hatte er sich sofort mit dem bunten Tuch einer Bäuerin bedeckt.

Während Fietje den Kopf erhoben hielt und scheinbar blicklos in die Luft starrte, schielte er aber vor seine Füße, um doch nicht blindlings den nächsten Schritt zu setzen. Es dauerte lange, bis die kleine Karawane sich dem Mecklenburger Tor genähert hatte, indessen zahlreiche Marktbesucher sie überholten.

»Da kommen schon wieder welche!«, knurrte einer der Soldaten der Tagwache.

Sein Hauptmann blickte geringschätzig. »Bettler haben wir genug reingelassen. Die bleiben außen vor!«

Fietje erschrak, aber er starrte weiter ins Leere und stocherte mit seinem Stab im Staub vor den Füßen.

»Habt Erbarmen!« Der Hässliche Piet am Ende der armseligen siebenköpfigen Menschenschlange wandte seinen Kopf mit den verbundenen Augen zu den Wachen. »Nur wenn ihr uns einlasst, können Wismars Bürger etwas für ihr Seelenheil tun, indem sie uns Almosen geben! Ihr vollbringt ein gottwohlgefälliges Werk, welches eure Strafen im Jenseits lindern wird.«

»Fürs Seelenheil haben wir genügend Zerlumpte in der Stadt und mein Kerbholz im Jenseits kümmert mich nicht.« Der Hauptmann winkte ab, während seine Wachen höhnisch lachten.

Jedoch war der Hässliche Piet nicht auf den Kopf gefallen. Er fingerte in seinem Beutel nach einem Groschen und hob ihn wie eine Hostie über den Kopf. »Ein Mirakel geschah, als ich mich dieser Stadt näherte! Ich trat auf diese Münze, las sie auf und dankte dem Herrgott. Nun erkenne ich, warum er mir den Groschen vor meinen Fuß legte: Er hat in seiner unendlichen Güte bestimmt, dass ich und meine Gefährten durch dieses Tor eingelassen werden sollen.«

»Selbst ein blindes Huhn trifft mal ein Korn«, höhnte der Hauptmann. Einen Augenblick später jedoch blickte er habgierig. »Ein Groschen?« Er ging auf den Hässlichen Piet zu, nahm ihm das Geldstück aus den Fingern und prüfte es mit den Zähnen. »Tatsächlich!« Während er die Münze einsteckte, trat er zurück und wies mit dem Daumen aufs Tor. »Du kannst rein, aber die anderen nicht.«

»Noch ein Wunder!« Der Kamerad vor Piet hielt geistesgegenwärtig auch einen Groschen hoch.

»Oooh!« Der Hauptmann staunte mit übertriebenem Gesichtsausdruck das Geldstück an und grabschte danach. Dann schmunzelte er und blickte verschmitzt. »Noch fünf Blindehuhnkörner und ihr könnt alle reinkommen.« Innerhalb weniger Augenblicke kam der Hauptmann bei Fietje an und nahm den letzten Obolus in Empfang. »Los, jetzt rein mit euch!«

Fietje setzte sich langsam in Bewegung und die anderen folgten ihm dichtauf. Der Wachsoldat, der ihnen am nächsten stand, senkte seinen Spieß und hielt ihn zwischen die Beine von Fietje. Der fiel darüber, sodass seine Kameraden ebenfalls stolperten und übereinander purzelten. Die Kompanie brüllte vor Lachen und hielt sich die Bäuche, während die Söldner sich aufrappelten, mühsam wieder in einer Reihe hintereinander aufstellten und davonwankten.

»Merkt ihr, was diese Lumpen mit ihrer Bettelei eintreiben? Mehr wie unsereiner«, murmelte der Hauptmann mit sarkastischem Blick. »Kein Wunder, dass die wussten, worauf es ankommt.« Grinsend legte er jeder der vier Wachen eine Münze in die ausgestreckte Hand, die übrigen steckte er ein.

»So ein blöder Einfall!«, schimpfte der Hässliche Piet, nachdem die sieben Blindgänger außer Hör- und Sichtweite waren. »Der ist uns viel teurer zu stehen gekommen, als wenn wir auch als Bauern gegangen wären.«

»Halts Maul!«, brummte Fietje ungehalten und entzog sich der

Hand seines Nachfolgers. »Sind wir nun reingekommen oder nicht?«

Er rieb sich die schmerzenden Knie. »Diese Mistkerle! Die schicke ich bei nächstbester Gelegenheit vors Jüngste Gericht! Da kannst du sie ja verteidigen, Piet, so wie du reden tust. Du bist wohl aus einer Klosterschule ausgerissen, bevor du zu uns kamst.«

»Stimmt! Und dort waren sie noch mehr hinter mir her als ihr.«

»Aber wir *zahlen*! Dort hast du höchstens sofort danach eine Absolution bekommen. Mit uns hast du also einen guten Tausch gemacht.«

18

Störtebeker und Nyenkerken erwarben mit Mühe und viel Geld zwei ansehnliche Pferde und passierten das Tor erst eine Stunde vor Mittag. Sie lenkten ihre Tiere zum Marktplatz und näherten sich dem Stadtschloss der Mecklenburger.

»Warte!« Störtebeker hob die Hand. Er stieg ab und trat zu einem Stand, an dem ein Fleischer mit einem langen Messer einen Schinken zurechtschnitt. Er bot Geld für das Messer, aber der Fleischer weigerte sich, sein größtes Schneidwerkzeug zu verkaufen. Erst als Störtebeker das Dreifache bot, wischte der Mann die Klinge sauber und gab ihm das Messer.

Störtebeker stieg wieder auf sein Pferd und zwinkerte Nyenkerken zu. »Na also. Mit einer scharfen Waffe in Griffweite fühle ich mich schon wohler.«

Nyenkerken nickte, denn er spürte an seiner Hüfte das Messer aus Torstads Küche, das ihm tatsächlich ein beruhigendes Gefühl gab.

Sie lenkten ihre Pferde in die Nähe des Rathauses vor einen Stall und stiegen ab. Störtebeker kaufte noch ein Pferd und gab die drei Tiere in die Obhut eines Knechts. Die beiden Freunde warteten, bis die größte Glocke im Turm von Sankt Marien zwölf Uhr verkündete. Sie setzten sich in Bewegung, passierten das Portal des Stadtschlosses und gingen zu dem großen Tor, das zum Innenhof und den Nebengebäuden führte. Störtebeker rüttelte unauffällig an der ins Tor eingelassenen Tür. Sie ließ sich öffnen; auf die Brüder Torstad war Verlass. Die beiden Freunde schlüpften hindurch und sahen sich um. Rechts ragte das Schloss empor, links stand der Marstall und den Hinterhof grenzten die Gebäude fürs Gesinde und die Bedienten ein.

Störtebeker und Nyenkerken gingen an der Mauer des Schlosses entlang zum rechts gelegenen Hinterhaus und schlüpften durch den offenen Eingang. Der karg eingerichtete Vorraum hatte in jeder Wand eine Türöffnung; durch die linke ging es ins Schloss. Diese Tür war mit Eisen beschlagen und mit einem großen Riegel versehen. Aber sie war nur angelehnt, sodass sie Schritte von nebenan hörten – es waren wohl Bedienstete im Hauptgebäude. Nachdem diese Geräusche leiser wurden, gingen die beiden Freunde hindurch ins Schloss und versteckten sich im nächsten Raum.

Ein Lakai sowie ein ranghoher Würdenträger – vom Aussehen her wohl der Bruder von Meister Torstad – traten wieder ein und verließen das Schloss, ohne die Tür zu verriegeln. Nyenkerken kannte sich ein wenig aus, daher schlich er voran durch nächste Gemach und lauerte an der Tür gegenüber. Durch ihre Ritzen vernahm er Geräusche und die besorgt klingende Stimme von seiner künftigen Braut Katarina. Sie sprach mit ihrem Halbbruder Erik von Landorp.

Nyenkerken sah seinen Freund an. Störtebeker nahm ein großes Holzscheit von einem Stapel neben dem Kamin und nickte. Nyenkerken zog sein Messer und stieß die Tür auf.

Landorp saß in einem Sessel; sein Kopf war verbunden und der linke Arm hing in einer Schlinge. Katarina hockte auf einem Stuhl und schnitt einen Apfel zurecht. Zwischen ihnen stand ein Tisch, darauf eine irdene Schale, randvoll gefüllt mit Obststücken.

Nyenkerken rannte zu Katarina. Sie stieß einen Freudenschrei aus, ließ Apfel sowie Obstmesser fallen und sprang auf.

Nur für einen Wimpernschlag erstarrte Landorp und weitete die Augen vor Entsetzen, dann erhob er sich ruckartig aus dem Sessel und zog den Dolch. Sein Gesicht war schmerz- und hassverzerrt zugleich, als er zustach.

Jedoch parierte Nyenkerken und verpasste ihm dabei einen tiefen Schnitt im Unterarm. Im nächsten Augenblick sank Landorp bewusstlos zu Boden, denn Störtebeker hatte ihm das Holzscheit gegen die Schläfe gehauen.

»Was tut ihr da?« Katarinas Wiedersehensfreude wich dem Schrecken.

»Hast du nicht gesehen, wie er auf mich losgegangen ist?«, rechtfertigte sich Nyenkerken. »Landorp wollte mich erstechen!«

»Weil er mich schützen wollte! Mir ist auch der Schreck bis in die Glieder gefahren, als du mit blankem Messer auf mich zugestürmt kamst.«

»Aber ich habe es nicht gegen dich erhoben, sondern ich schützte mich damit gegen Landorp!«

»Ihr habt uns angegriffen!« Katarina runzelte ihre Stirn und blickte Nyenkerken missbilligend an.

»Katarina! Bitte glaube mir! Ich habe schon lange das Gefühl, das er gegen unsere Heirat ist. Auf jeden Fall lügt er, denn wir feierten mit ihm und wachten ohne ihn in einem Wald auf. Von einem Kampf mit Räubern kann keine Rede sein.«

»Ich bin sicher, dass er uns beiseiteschaffen und sich den Roten Teufel unter den Nagel reißen wollte.« Störtebeker bückte sich, streifte dem Admiral die Schlinge über den Kopf und band dessen Handgelenke hinter dem Rücken zusammen. »Wir sperren ihn ein.« Er zog die Fesseln stramm.

»Wo hat er seine Schlüssel?« Nyenkerken sah Katarina um Vertrauen flehend an.

»Sag ich nicht!«, antwortete Katarina schnippisch. Sie war nicht überzeugt von der Schuld ihres Halbbruders, der sich in den letzten Stunden so dankbar für ihre Pflege und trostreich in ihrer Trauer um Nyenkerken gezeigt hatte.

Nyenkerken bückte sich ebenfalls und suchte den Gürtel von Landorp nach Schlüsseln ab. Er fand einen Ring mit den Hausschlüsseln und in einer im Gürtel versteckten Tasche einen weiteren mit zwei Schlüsseln.

»Katarina, helf mir!« Landorp stöhnte und wand sich unter seiner Fessel. »Ruf die …«

»Halts Maul!« Rasch umgriff Störtebeker den Hals des Admirals und drückte so fest zu, dass dieser nach Luft schnappte. Mit der anderen Hand stopfte der Hauptmann ihm einen Apfel in den Mund. »Sonst bekommt der Teufel einen Braten mit Apfelgeschmack.« Diabolisch grinsend blickte er ihn an.

Störtebeker fasste unter den Leib des Admirals, wuchtete ihn auf die linke Schulter und hielt ihm mit der Rechten den Mund zu. Nyenkerken ging voraus zur Kellertür und probierte die beiden Schlüssel aus dem Versteck aus. Der zweite passte und im Zwielicht tastete Nyenkerken sich die Treppe hinab. Er steckte die Schlüssel reihum in die Schlösser der Türen im Gang, bis sich eine öffnen ließ. Störtebeker drängte sich an ihm vorbei, legte Landorps Körper auf den Tisch in der Mitte und zog ihm den Apfel aus dem Mund.

»Den lass ich dir hier, damit du nicht verhungerst.« Störtebeker grinste ins Dunkel und legte ihm die Frucht auf den Bauch. Nyenkerken verschloss die Tür und folgte seinem Freund nach oben.

Katarina hatte sich nicht geregt und sah ihren Rettern unschlüssig entgegen.

»Was stehst du noch herum?«, grollte Störtebeker und forderte sie mit einer unwirschen Bewegung auf. »Hol deine Sachen; die wichtigsten nur, denn wir haben keinen Leiterwagen dabei. Nun mach schon!«

Nyenkerken nickte ihr energisch zu und ging zu Katarinas Gemächern vor. Wenige Minuten später verließ die Gruppe mit doch reichlichem Gepäck das Schloss durch den Haupteingang und ging zu den Pferden. Sie verließen die Stadt durch das Wassertor und gelangten zum Hafen; dort wandten sie sich nach rechts zum Roten Teufel. Entlang des Wegs tummelten sich zahlreiche Bauern, Handwerker und sonstiges Volk, die in Gruppen beisammenstanden, lagerten oder sich Essen über einem Feuer garten.

Bevor sie den Roten Teufel erreichten, passierten sie sechs Schiffe der Mecklenburger Flotte, darunter auch Landorps Flaggschiff, den Stier von Mecklenburg. Die Wachen an Bord der Schiffe langweilten sich sichtlich und achteten kaum auf die zahlreicher als üblich versammelten Menschen an Land. Sie achteten auch nicht auf jenen Mann, welcher eine große Laterne trug, zu verschiedenen Gruppen trat und Feuer anbot von der darin brennenden Kerze.

Drei Reiter hielten nahe der Holk Störtebekers, banden ihre Tiere fest an kleinen Bäumen und luden Gepäck ab. Sie stritten sich lauthals, vor allem die Dame verhielt sich nicht edel, sondern keifte und traktierte ihre stattlichen Herren mit derben Püffen. Dies weckte die Neugier der sieben Wachen an Bord des Roten Teufels, sie gingen nach Backbord und schauten schadenfroh grinsend zu. Daraufhin wurde von der gegenüberliegenden Uferseite der schmalen Hafenbucht ein Boot mit acht Männern sacht abgestoßen und zwei von ihnen ruderten es so leise wie möglich hinüber zum Roten Teufel.

»Aber nicht doch, werte Herrschaften, denn Ihr habt gewiss Euer Schiff verfehlt!«, rief der Befehlshaber der Wache nach einer Weile und schüttelte verwundert den Kopf. »Denn dieser Holk bleibt liegen.«

»Keineswegs, Hauptmann«, gab Nyenkerken zurück und ging allein zur Planke, die an Bord führte, damit die Wachen nicht auf Störtebeker oder die Ruderer achteten. »Euer Admiral hat uns hierher geschickt, damit wir den Wert dieses Schiffes prüfen können, denn er will es mir verkaufen.«

»Davon weiß ich nichts«, brummte der Hauptmann und winkte mit einer unwirschen Geste ab.

Hell lachte Nyenkerken und belustigt sah er zum Hauptmann hinüber. »Ihr denkt wohl, Euer Admiral lässt seine Soldaten an seinen Geschäften teilhaben?« Er ging mit drei großen Schritten auf die Bohle, sie knarrte und gab dem Schiff einen winzigen Ruck.

»Halt!« Der Hauptmann hob die Hand und seine Wachen hinter ihm rückten zusammen. »Keinen Schritt weiter!«

Nyenkerken drehte den Oberkörper und zeigte auf Katarina. Dabei bewegte er sich lebhaft, um das Brett zum Federn zu bringen und somit den Holk zum Ruckeln. »Wollt Ihr wirklich die Schwester des Admirals und ihren Verlobten, nämlich mich, den Ratsherren Nyenkerken, nicht an Bord lassen?«

»Ratsherr Nyenkerken?« Der Hauptmann stutzte. »Ich denke, der ist von Räubern entführt worden.«

»Ich wurde freigelassen. Ich will nun dieses Schiff kaufen und damit nach Lübeck segeln.« Nyenkerken ging mit federnden Schritten auf den Hauptmann zu und zeigte mit eindringlichem Blick auf sich. »Erkennt Ihr mich denn nicht? Ich war auch an Bord des Flaggschiffs, als wir von Stockholm zurücksegelten.«

Unsicher blickte ihn der Befehlshaber der Wache an.

Ein Gong ertönte.

Dutzende von Männern zündeten Strohballen an, liefen auf die Schiffe der Mecklenburger Flotte zu und warfen die brennenden Garben aufs Deck oder die Aufbauten. Andere Männer warfen Krüge mit Branntwein hinterher, die auf den Schiffen zerschellten. Der auslaufende Schnaps entzündete sich und ließ die Flammen höher lohen.

Die überraschten Wächter rannten umher, um die Brandherde zu löschen. Aber ein Hagel von Pfeilen, Steinen und andern Wurfgeschossen deckte sie ein, um sie daran zu hindern.

Die Wachen an Bord des Roten Teufels starrten erschrocken zu den anderen Schiffen hinüber. Störtebeker hob einen schweren Stein auf und zückte sein Fleischermesser. Er brüllte auf wie ein wild gewordener Stier und rannte los, direkt auf sein Schiff zu. Die Wachen senkten hastig ihre Spieße, um den tobenden Riesen aufzuhalten; indessen versuchte der Hauptmann, mit seiner Waffe Nyenkerken von der Bohle zu stoßen, der jedoch auswich.

Nun wurden die Wachen auch von hinten angegriffen durch die acht an Bord gekletterten Ruderer, rasch niedergeworfen und entwaffnet. Deren Befehlshaber sah sich erschrocken um und achtete nicht auf Nyenkerken, der den Spieß an der Spitze packte und daran zog. Der Hauptmann kam aus dem Gleichgewicht und im gleichen Augenblick prallte ihm ein so schwerer Stein an die Schläfe, dass er Sterne sah, auf die Böschung des Ufers fiel und ins Wasser kollerte. Die Soldaten seiner Kompanie wurden ausgeplündert und an Backbord herab in die Bucht gestoßen.

Sämtliche Söldner Störtebekers kamen nun herbeigerannt. Darunter waren auch die Männer, welche die Wachen an der Winde überfallen und die Sperrkette herabgelassen hatten. Sie alle liefen über die Planken an Bord, machten das Schiff klar oder halfen, es abzustoßen. Sofort übernahm Fietje wieder das Steuer und lenkte den Holk in die

Fahrrinne, daraufhin trieb Wichmann jene Männer zur Eile, die das große Segel setzten.

Mit verschränkten Armen stand Störtebeker an der Reling und blickte zu den brennenden Schiffen hinüber. Er stutzte, als er sah, wie ein Reiter auf einem Rappen den Weg vom Wassertor zum Hafen herab galoppierte.

19

Landorp wand sich vor Zorn, fiel vom Tisch und schlug heftig auf dem Steinboden auf. Seine Wut ließ ihn dies jedoch kaum spüren; ebenso wenig achtete er darauf, dass die Wunden sich wieder öffneten und Blut seine Kleidung durchtränkte. Der Knoten seiner Fessel lockerte sich allmählich, sodass er das rechte Handgelenk herausziehen konnte. Mit einem Ruck befreite er sich gänzlich und tastete sich zu dem Tisch mit seinen Laborgerätschaften.

Landorp entfachte eine Flamme und mit dem Span zündete er die Kerze in einer Laterne an. Er ging zu dem großen Schrank mit seiner Giftsammlung, riss die Türen auf und schob die zahlreichen Behälter auf die linke Seite. Auf der rechten Seite nahm er die Bretter sowie die Rückwand heraus, warf alles achtlos beiseite und tastete nach einem verborgenen Mechanismus. Dann betätigte er einen Hebel und drückte auf die Wand hinter dem Schrank. Es knirschte, ein rechteckiges Stück der Mauer ließ sich bewegen und schwang nach außen.

Landorp gürtete ein Schwert und steckte einen langen Dolch ein; außerdem nahm er eine Armbrust mit und hängte sich einen Köcher voller Bolzen um. In der linken Hand hielt er die Laterne vor sich und leuchtete den Gang aus, den er ohne zu zögern betrat. Der Tunnel verlief unterhalb der Toreinfahrt bis zum Marstall; am Ende ragte eine steinerne Wendeltreppe empor, die vor einer Wand endete.

Wieder betätigte Landorp einen Mechanismus, aber dieses Mauerstück musste er nach innen ziehen und beiseiteschieben. Die Außenseite war schwarz vom Ruß, denn die Öffnung befand sich im Kamin der Hufschmiede. Er blies die Lampe aus, ließ sie auf der letzten Treppenstufe stehen und hängte die Armbrust an einen Haken im Kamin. Nachdem er die Geheimtür zugezogen hatte, hangelte er sich im Rauchfang hinab, bis er auf die erkalteten Kohlen in der Esse trat. Er nahm die Armbrust vom Haken, sprang vom Becken und eilte zu den Verschlägen.

In größter Hast spannte Landorp die Armbrust und sattelte sein Pferd. Dann nahm er es am Zügel und führte es durch die Tür, die im Tor eingelassen war. Auf dem Marktplatz stieg er in den Sattel. Dabei unterdrückte er einen Schmerzensschrei, denn das Leder der Zügel scheuerte in der frischen Schnittwunde, die ihm Nyenkerken zugefügt hatte.

Durch die Gassen Wismars ließ Landorp sein Pferd stark traben, während er sich den Kohlenstaub von den Handflächen klopfte. Nachdem er das Wassertor passiert hatte, erblickte er die dunklen Rauchwolken, die von den Schiffen seiner Flotte emporstiegen. Er rammte die Sporen in die Flanken des Pferds und erreichte im Galopp die Mole. Entlang der Bucht ritt er nach Norden und hörte zur Linken das Knistern des Feuers an Bord der Schiffe. Der Mast des Stiers von Mecklenburg und das gereffte riesige Segel brannten bereits lichterloh. Niemand mehr war an Bord, denn die Schiffe waren nicht zu retten. Die Wachen und Seeleute entfernten sich immer weiter vom Ufer, während sie fassungslos zusahen.

Der Admiral nahm wahr, dass seine hochfliegenden Pläne in Flammen aufgingen, und dürstete nach Rache an den ehemaligen Vitalienbrüdern. Die Seeräuber hatten vom Ufer abgelegt und das Hauptsegel gesetzt; der Rote Teufel nahm Fahrt auf. Als Landorp auf gleicher Höhe mit dem Schiff war, sprang er schon vom Pferd, bevor es stillstand. Erneut biss er auf die Zähne, als die Zügel durch seine Wunde schleiften.

Die Böschung entlang lief Landorp ein Stück weiter, kniete rechts und beugte das linke Bein. Hastig legte er einen stählernen Bolzen in seine Armbrust und legte an. Der Holk glitt vorbei in einem Abstand von nur zwanzig Ellen – auf diese Entfernung traf er das Schwarze in den Augen. Er zielte zwischen das Augenpaar der größten Gestalt an Bord des Schiffes. Störtebeker stand vor dem Mast, spannte den Körper und beobachtete jede seiner Bewegungen mit Argusaugen.

Landorp zog ab und fluchte, denn der Bolzen steckte im Mast, weil Störtebeker im letzten Augenblick ausgewichen war. Rasend vor Wut spannte er wieder und legte einen neuen Bolzen ein, aber sein großer Feind lachte nur und stellte sich in aller Ruhe hinter den Mast. Indessen bewaffneten sich die Söldner mit Armbrüsten, die aus den Luken hochgereicht wurden.

Daher lief Landorp zurück zu seinem Pferd und ging hinter ihm in Deckung. Trotzdem legte er noch einmal an. Über die Kuppe seines Pferdes hinweg zielte er auf Fietje, der am Steuer stand. Jedoch war das Tier unruhig und der Schuss ging daneben: Der Bolzen riss einen Seeräuber in der Nähe des Steuermanns von den Beinen.

Landorps schwarzes Ross wieherte schrill und knickte mit den Vorderbeinen ein, denn mehrere Bolzen ragten aus dem schweißglänzenden Fell. Es fiel um auf die Seite und stöhnte kläglich, während Blut aus den tiefen Wunden strömte.

Der Länge nach warf sich Landorp hinter den Pferdekörper, denn sein Leben war ihm nun doch wichtiger als die Rache. Er packte mit beiden Händen in die Mähne und biss in den Rist des verendenden Pferdes, um nicht vor Enttäuschung loszuheulen. In den Ohren rauschte das Knattern des Feuers, Rauch wehte in seine Nase und er starrte geistesabwesend in die Flammen, welche den Stolz der Herzöge, den kanonenbestückten Stier von Mecklenburg zu Asche niederbrannten.

Überfahrt

Siebter Teil

Exodus

10. September-Anfang Oktober 1395

1

Es wehte ein steter Wind von Westen und die Sonne am wolkenlosen Himmel wärmte die Deckplanken des Roten Teufels. Aber Fietje fühlte sich nicht wohl. Seit dem frühen Morgen stand er steuerbords an seinem gewohnten Platz und hielt mit dem Ruder den Holk auf Kurs Osten, der Insel Rügen entgegen.

Tags zuvor hatte er noch Kurs Nordost gehalten, denn die Söldner wollten nach Gotland segeln. Nach Sonnenaufgang jedoch war Kapitän Wichmann zu Fietje gegangen und hatte ihn angewiesen, die Insel Hiddensee anzusteuern. Fietje hatte stur den Kopf geschüttelt und den Kurs nicht geändert, denn er war sicher gewesen, dass die Mannschaft zu ihm hielt. Jedoch war er aus allen Wolken gefallen, als seine Kumpane dem Kapitän beigepflichtet hatten und einhellig dafür gewesen waren, diesen Abstecher zu unternehmen. Ihm war nicht anderes übrig geblieben, als den Kurs nach Osten einzuschlagen.

Seitdem grübelte Fietje, was seine Kumpane bewogen hatte, ihm in den Rücken zu fallen. Auch die Stimmung an Bord hatte sich verändert, überall wurde getuschelt und verstohlen zu ihm herübergeblickt. Irgendetwas sollte geschehen, worauf diese Kerle sich freuten. Daraus folgerte er, dass sie mit ihm etwas vorhatten: nichts Gutes. Etwas anderes konnte er sich nicht vorstellen.

Fietje befürchtete, dass sie Hiddensee anliefen wegen ihres Hilfskochs, welcher vor knapp fünf Jahren dort verschwunden war. Diesen kleinen dürren Kerl hatte er nicht leiden können und ihn getriezt, so oft er nur konnte. Als sie Ende November 1390 auf dem Weg nach Wismar gewesen waren, hatten sie vor Hiddensee geankert. Wieder einmal hatte er sich über das schlechte Essen aufgeregt und sein Mahl samt Teller ins Wasser geschleudert. Fuchsteufelwild hatte er dem verängstigten Hilfskoch gedroht, ihn klitzeklein zu hacken und als Fraß an die Fische zu verteilen.

Am nächsten Morgen hatte ihr Koch allein das Essen zubereitet, denn sein Gehilfe war spurlos verschwunden. Fietje war genauso überrascht gewesen, wie die anderen Männer, aber er hatte sich nichts anmerken lassen. Stattdessen hatte er die Kumpane in ihrem Glauben belassen, er habe seine fürchterliche Drohung wahrgemacht. Diese Begebenheit hatte seinen Ruf gefestigt, und jedermann hatte seitdem höllischen Respekt vor ihm.

Nach diesem Vorfall waren sie nach Wismar weitergesegelt, um in die Dienste des Herzogtums Mecklenburg zu treten. Kaum gelandet hatte Fietje einen Hilfskoch gesucht und am Markt in einer Garküche den dicken Wim entdeckt.

Allmählich kam er zur Überzeugung, dass sie Hiddensee anliefen, um endlich ihn für die Missetat zu bestrafen, die er vermeintlich begangen hatte. Zwar war der kleine Kerl nur ihr Hilfskoch gewesen, aber jedermann an Bord galt als Likedeeler[58]. Daher galt für sie, dass er mit dessen Beseitigung eine eherne Regel gebrochen hatte. Aber erst jetzt trauten sie sich, ihn büßen zu lassen, mutmaßte Fietje, nachdem sie ihn auf der Waldwiese klein und nackt gesehen hatten und er deswegen seinen Nimbus verloren hatte.

Am Nachmittag sichtete der Hässliche Piet die Insel und verkündete vom Ausguck: »Hiddenseeee!«

Fietje zuckte zusammen. Aber er presste sofort die Lider zu schmalen Schlitzen, um die Küstenlinie der Insel zu erspähen – auf deren Boden wohl sollte das Urteil über ihn gefällt werden. Nachdem er eine weite Bucht angesteuert hatte, die von einem flachen Sandstrand umgeben war, ließ er Anker werfen.

Endlich konnte Fietje das Steuerruder loslassen und Wim aufsuchen, denn er wollte seinen dicken Kumpel aushorchen. Der ging oft in die Kajüte der Hauptmänner, um das Essen zu bringen, und spitzte dabei die Ohren.

»Wim.« Fietje beugte sich mit prüfendem Blick über den randvollen Kochtopf und bemühte sich um einen beiläufigen Ton. »Was haben wir eigentlich auf diesem gottverlassenen Eiland verloren? Da gibt es doch nichts zu holen und einen Schatz zum Einbuddeln haben wir auch nicht dabei.«

»Sooo?« Wim dehnte dieses Wort, bis er Luft holen musste. Er beugte sich währenddessen über den gusseisernen Kessel und rührte den dampfenden Inhalt mit hingebungsvollem Blick ganz langsam um. Er musste sich gehörig zusammenreißen, um Fietje nicht ins Gesicht zu lachen oder sich die Vorfreude anmerken zu lassen. »Aber buddeln tun wir auf jeden Fall!«

»Was?«

»Ein Loch!« Wim schmeckte die Suppe ab und seufzte verzückt. Er stellte die Kuppen von Daumen und Zeigefinger aufeinander und spreizte die restlichen Finger.

»Wie?«

58 Likedeeler, die – ›Gleichteiler‹. Eigenbezeichnung von Söldnern des Baltischen Meeres. Jeder bekam den gleichen Teil von der Beute, sie wählten ihre Anführer.

Wim legte den Kochlöffel auf die Kante des Kessels und breitete seine Arme so weit aus, als wolle er die Welt umarmen. »Ein riesengroßes Loch!« Er strahlte über das ganze Gesicht und genoss den Anblick, der sich ihm bot.

Fietje ließ die Schultern hängen und schüttelte betrübt den Kopf. Dann faltete er seine Hände, als wolle er zu Kreuze kriechen und sah Wim flehend an. »So ein Aufwand ist doch gar nicht nötig, ich bin doch nur ein klitzekleines Kerlchen.«

Wim reckte sich zu voller Größe, hob den linken Arm so hoch er konnte und streckte den rechten so weit nach unten wie möglich. »Dieses Loch kann gar nicht groß genug sein. Und mindestens fünf Ellen tief soll es werden.«

»So weit soll es unter die Erde gehen?«

»Untergehen ist richtig.« Wim stieß die Wurstfinger tief in den eigenen Bauch und blickte triumphierend. »Denn nur Fett schwimmt oben!« Mit leuchtenden Augen tunkte er die Schöpfkelle in die braune Brühe und hielt deren duftenden Inhalt Fietje unter die Nase. »Daher solltest du noch einmal tüchtig zulangen und dir ein bisschen Fett auf die Rippen fressen, damit du rascher wieder nach oben kommst.«

Fietje zuckte zurück, denn dieses Essen roch verdächtig nach Henkersmahlzeit. Langsam wurde ihm übel und der schwarze Humor seines Schützlings, der ihm immer treuherzig ergeben gewesen war, gab ihm den Rest.

»Schmeck ruhig mal. Diese leckere Suppe habe ich so gekocht, wie du sie am allerliebsten magst.« Wim beugte sich vor und streckte den Arm, damit der Löffel mit der dampfenden Brühe wieder unter Fietjes Nase schwebte. »Das hier ist *kein* klitzeklein geschnippelter Fraß.«

Fietje wich noch einen Schritt zurück und stieß an die Reling, dabei fiel er fast hinüber. Er klammerte sich rücklings an die Brüstung und blickte seinen dicken Kumpan vorwurfsvoll an.

Wim jedoch kümmerte sich nicht mehr um ihn. Während er den Inhalt des Löffels wieder in den Topf plätschern ließ, verkündete er mit dem üblichen Trillern in seiner Stimme: »Männer, euer leckeres Abendmahl ist fertig! Kein Fraß wie letztes Mal vor Hiddensee.«

Fietje war restlos bedient, drehte sich brüsk um und verzog sich unter Deck in seine Hängematte. Zunächst grummelte er noch Flüche auf den Rest der Welt. Je länger er sich jedoch in seinem Netz hin und her warf, desto wehmütiger wurde ihm ums Herz. In seinem Geist ließ er die Bahn seines wüsten Lebens an sich vorüberziehen.

Wim hatte ihm selig hinterher gelächelt, rührte die Suppe zum zigsten Mal durch und gab noch eine Prise Salz hinzu, während die

Kameraden bereits Schlange standen und mit leeren Schüsseln hantierten. Er wusste, was in seinen kleinen Kumpan vor sich ging und ahnte, was ihn bedrückte. Jedoch dachte er gar nicht daran, ihn von seinen Gewissensbissen zu erlösen, sondern gönnte dem mickerigen Giftzahn die kommende Abreibung von Herzen. Er würde sie sogar höchstpersönlich vornehmen.

Wim wusste nämlich, was in jener Nacht auf Hiddensee wirklich geschehen war. Jahre zuvor hatte er wie üblich den beiden Hauptleuten das Essen in die Kajüte gebracht. Sie waren in ein bierseliges Gespräch vertieft gewesen und hatten ihn nicht kommen hören. Im Gang hatte er kurz verharrt und mit seinem scharfen Gehör gelauscht: In der Nacht nach Fietjes Drohung hatte Wichmann den Wachdienst übernommen. Kurz vor dem Morgengrauen war Störtebeker mit dem verängstigten Mann zur Insel gerudert, um dräuendes Unheil zu vermeiden. Dort hatte er ihm seinen Anteil sowie ein ordentliches Zubrot in die Hand gedrückt und auf Nimmerwiedersehen fortgeschickt.

Wim hatte sich sogleich vorgenommen, niemals zu erzählen, was dazu geführt hatte, dass er Hilfskoch auf dem Roten Teufel geworden war.

2

Nach dem reichhaltigen Mahl machte sich die gesamte Besatzung auf den Weg zur Küste. Mit ihren beiden Booten ruderten sie ein Dutzend Mal zwischen der Holk und dem flachen feinsandigen Strand hin und her, bis sie alles Nötige – unter anderem mehr als sechzig volle Bierfässer – hinübergebracht hatten. Kurz vor den ersten Büschen an einer festeren Stelle begann eine Gruppe Männer mit dem Ausheben einer Grube. Sie schaufelten wie die Berserker und mit weiten Schwüngen warfen sie den festen Sand hinaus, dann häuften sie ihn in der Nähe zu einem kleinen Berg auf. Bereits nach kurzer Zeit befanden sich die grabenden Söldner so tief in dem großen Loch, dass von den Beibooten aus nur noch ihre Köpfe zu sehen waren. Aber sie schippten mit unvermindertem Eifer weiter.

Auf der Hinterbank des kleineren Boots saß Fietje, stützte mit seinem rechten Handballen sein Kinn und beobachtete trübsinnig das rege Treiben seiner Kumpane. Als sie landeten, hatte er erneut aber vergeblich herauszubekommen versucht, was denn nun Sache sei. Als Fietje die Grube nun immer größer und tiefer werden sah, wurde er immer sicherer, dass er diese Stunde noch in jenem Loch enden sollte. Er überlegte eine Weile, ob er fliehen sollte. Aber er sah keinen Ausweg, seinen sechzig Scharfrichtern zu entkommen, außerdem wollte er sich doch nicht der Schande aussetzen, schmählich Reißaus zu nehmen. Letztendlich nahm er sich vor, seinem unvermeidlichen Ende offenen Auges entgegenzublicken.

Seine Kumpane waren mit dem Ausheben fertig und warfen die Spaten achtlos beiseite. Über dreißig Männer trugen zahlreiche lange Stoffbahnen an die Grube und drapierten mit den festen Segeltüchern Wände und Boden der Kuhle so aus, dass die Enden der Bahnen noch mehrere Ellen weit von der Grube hinweg lagen. Nachdem sie mehrere Lagen kreuz und quer übereinandergelegt hatten, rollten sie unzählige herbeigeschaffte Steine auf die Enden der Bahnen, sodass zwischen dem Geröll und dem Grubenrand fünf Ellen Stoffboden frei lagen. Bei ihrer Arbeit achteten sie peinlichst darauf, dass kein Schmutz in die Kuhle geriet; zwei zogen sogar ihre Schuhe aus, als sie an einem Seil hinabgelassen wurden. Ein länglicher Steinbrocken, der einem Grenzstein ähnelte, wurde ihnen hinuntergereicht und sie stellten ihn in der Mitte der Grube auf. Er ragte mit seiner abgeplatteten Spitze über eine Elle vom Boden empor.

Fietje hatte längst aufgehört, zu rätseln; sein Unverständnis wuchs sogar ins Unermessliche, als seine Kumpane sämtliche Fässer an den Rand der Grube rollten. Dort stellten sie diese hochkant, schlugen die Deckel ein und kippten die Fässer, die goldgelbe Flüssigkeit ergoss sich in die Grube. Nach zwei Dutzend entleerter Fässer trat das Schaumgebirge bereits über die Ränder der Kuhle. Die Männer legten eine Pause ein.

Fietje schüttelte immer verzweifelter den Kopf und trauerte zutiefst dem verschütteten Bier nach. Für ihn war der Aufwand unfassbar, den seine Kumpane tätigten – bloß um ihn zu ersäufen.

Fietje spürte zwei Hände auf seinen Schultern, mit denen kräftig zugepackt wurde, sodass er vor Schreck erstarrte. Er blickte rasch nach beiden Seiten und sah, dass der Lange Jan und Klaas ihn festhielten. Das hatten sie noch nie gewagt, trotz ihrer Stärke. Nun trauten sie sich, weil sein letztes Stündlein schlug. Mit ihren freien Händen ergriffen sie seine Arme, verdrehten sie und zwangen sie hinter seinen Rücken. Dann hoben sie ihn aus dem Boot wie einen Klotz Holz und nötigten ihn zum Mitgehen, fort vom Strand und dem Bierteich.

Sie führten ihn hinter ein Sanddorngebüsch und blieben vor einem großen Bottich voll Wasser stehen. Wim stand hinter der Wanne und in einem kleinen Kreis darum sechs von Fietjes besten Kumpanen. Sie wandten sich ihm zu um und grinsten ihn ungeniert an; Wims feistes Gesicht war vor Wonne so verklärt, dass seine roten Backen die Augen fast verdeckten. Seine Pratzen hielt er hinter seinem Rücken versteckt.

»Es ist so weit!« Wim sah Fietje von oben bis unten an und nickte bedächtig. »Jetzt wird eingelöst!«

Fietje dachte angestrengt nach, jedoch fiel ihm nichts ein. Vier Männer gingen dem Langen Jan und Klaas zur Hand, um dem Steuermann die Kleidung vom Leib zu ziehen. Aber Fietje wehrte sich mit solchen Kräften, dass Wim entgeistert den Kopf schüttelte.

Er blickte rasch die beiden Männer an, die neben ihm noch am Bottich standen, und wies mit seinem dicken Kopf auf Fietje. »Helft den Jungs! Der Täufling darf uns auf keinen Fall entwischen.«

Vier Männer zogen an Fietjes Gliedern, sodass er waagerecht in der Luft hing, während die anderen vier ihn auszogen. Fietje wehrte sich weiter, aber seine Kumpane zogen immer fester an Armen und Beinen, bis er fürchtete, gevierteilt zu werden. Ergeben schloss er seine Augen und gab auf. Sie stellten ihn hochkant in den Bottich; das Wasser kühlte die vom Strampeln warm gewordenen Waden und schwappte ihm bis zu den Knien.

»Hilfe!« Fietje japste und riss die Augen wieder auf. »Ich kann nicht schwimmen.«

»Was? Du kannst nicht schwimmen?« Wim beugte sich vor und sah Fietje besorgt in die Augen.

Fietje schüttelte heftig den Kopf.

»Das gibt's doch gar nicht. Dein halbes Leben verbringst du im Meer und ...«

»*Auf* See! Und *in* See steche ich nur. Ich bin bereits von Geburt an wasserscheu.« Fietje stemmte seine Füße gegen den Rand des Bottichs und versuchte, ihn umzustoßen. Seine Kumpane jedoch passten auf und Wim hielt mit einem Fuß dagegen.

»Wasserscheu, deswegen bist du so dreckig.« Wim sah seinen kleinen Beschützer tadelnd an, einen Augenblick später jedoch strahlte er wieder über beide Backen. Er nahm seinen linken Arm vom Rücken und hielt Fietje einen kindskopfgroßen Schwamm vors Gesicht.

»Darum musst du jetzt gewaschen werden.« Wim bückte sich, tunkte den hellen Badeschwamm tief hinein ins Wasser und hielt ihn hoch, sodass ihm die Flüssigkeit über den Unterarm lief.

»Waaas?« Fietje blickte den Schwamm an, als würde er dem Tod ins Auge sehen. »Das könnt ihr doch nicht machen.«

»Und ob! Aber das Schönste kommt noch.« Wim nahm seinen rechten Arm vom Rücken und hielt eine längliche hellgraue Tafel unter Fietjes Nase.

»Venezianische Seife«, flüsterte Wim und blickte, als biete er einen Barren Gold. »Schnupper mal dran, die riecht wunderbar.«

»Neiiin!« Fietje zappelte wie ein vom Pfeil einer Harpune durchbohrter Fisch. »Der Schmutz gehört zu mir; nur mit ihm fühle ich mich sauwohl. Lasst mich endlich los, ihr Drecksäue!«

»*Du* bist eine, darum bist du jetzt dran.«

»Bringt mich um, aber wascht mich nicht! Da könnt ihr mir auch gleich die Haut abschälen.«

»Umbringen?« Wim schüttelte nachsichtig den dicken Kopf. »Aber nicht doch. Wofür hältst du uns denn, Fietje? Wir wollen dich doch nur ein wenig untertauchen.«

»Ersäufen oder Erschlagen. Wo ist da ein Unterschied?«

»Fietje, wir …«, flüsterte der Hässliche Piet. Er bekam tatsächlich etwas Mitleid.

»Halts Maul!« Hastig drückte Wim den Schwamm auf das Gesicht des Ausgucks. Piet zog ein angewidertes Gesicht, während er die Wassertropfen abschüttelte. Wim erschrak über seine Heftigkeit und versuchte sofort zu besänftigen. »Es tut mir ja so leid, mein lieber guter Piet. Aber ich musste dir den Mund stopfen, sonst haut es nicht hin.«

»Haut es nicht hin? Also doch Kopf ab!« Fietje blickte wild um sich.

»Jemine, was gehst du mir auf'n Geist«, murmelte Wim kopfschüttelnd und seufzte tief.

»Deswegen willst du mich doch loswerden, oder?«

»Schluss jetzt! Halt endlich's Maul. Sonst putze ich dir auch noch deine Zahnstummel.«

Fietje presste die Lippen aufeinander und schwieg verbissen – das hatte ihm noch gefehlt.

»Jetzt wirst du mit Wasser und Seife so lange blank gewienert, bis du aussiehst wie ein rosa Ferkel.« Wim scheuerte mit dem Schwamm auf der Tafeloberfläche, bis sich ein Häufchen filigraner Blasen bildete. Er lächelte entzückt, hob die Hand mit der Seife und blies den Schaum in Fietjes Gesicht.

Fietje schrie: »Davon bekomme ich Aussatz[59]!« Er tobte wie ein Irrer, bis seine Kräfte schwanden, denn seine Kumpane hielten ihn eisern fest.

Auch Wim kannte keine Gnade und schrubbelte hingebungsvoll den Schmutz von Jahrzehnten aus Fietjes Poren. Diese Folter währte für ihn schier unendlich und gipfelte darin, dass ihm der Bart geschoren und auch das Gesicht gewaschen wurde. Bei der Rasur seines Bartes hielt er nur deswegen still, weil ihm die Klinge gefährlich nahe am Hals lag. Als Wim damit fertig war, strahlte er gönnerhaft und wies

59 Aussatz – Lepra.

Fietje auf einen bedeutenden Umstand hin. »Guck dich mal an. Jetzt weißt du wieder, welche Gesichtsfarbe du hast.«

In diesem Moment stutzte Wim und starrte verblüfft auf Fietjes pechschwarze Kopfwehr. Jetzt erst fiel ihm auf, dass er den Helm gar nicht abgenommen hatte. So sehr war er ein Teil von Fietje geworden, dass Wim gar nicht auf die Idee gekommen war, ihn abzuziehen. »Wir sind ja noch gar nicht fertig; denn wir haben ja den Helm vergessen. Der muss noch runter und …«

»Neiiin!«, brüllte Fietje wie am Spieß und wand sich wie ein Salamander, sodass die acht Männer einige Mal hin und hergeschleudert wurden, bevor sie ihn wieder fest im Griff hatten. »Nicht den Helm! Alles, nur nicht den Helm. Wim, versprich mir, ihn zu behalten, wenn ich nicht mehr bin.«

Wim blickte geringschätzig, schüttelte den Kopf und packte mit beiden Händen den plumpen halbkugeligen Helm. Er zog ihn von Fietjes Kopf, wobei ein lauter ›Plopp‹ ertönte. Ein Schwall abgestandener Luft entwich dem blanken Haupt des Steuermanns und reizte dermaßen die Nase des Hilfskochs, dass Wim einen heftigen Nieser tat.

»Bäh!« Mit einer Grimasse besah er Fietjes Kopfwehr und rümpfte seine Nase. »Du stinkst da oben wie ein faules Ei. Kein Wunder, wenn du Tag und Nacht diesen Eierbecher trägst.«

»Hey Jungs, guckt mal! Er sieht auch aus wie ein Ei«, rief der Hässliche Piet, während die Umstehenden schallend lachten. »Kein Wunder, dass er immer diesen hässlichen Pott auf seiner Glatze trägt.«

Wim schüttelte erneut den Kopf und sah den Helm verächtlich an. »Das ist vielleicht ein schweres Ding! Das trägst du schon dein halbes Leben lang? Kein Wunder, dass du nicht größer geworden bist.«

Beidarmig hob er den Helm über seinen Kopf und warf ihn mit Schwung ins nächste Sanddorngebüsch. »Und potthässlich ist er tatsächlich.«

Fietje antworte auf Wims Tat mit einem wilden Geheul. »Du Riesenidiot, du Großesel! Pass auf, was du sagst und tust! Hol sofort den Helm wieder her!«

»Reg dich ab.« Wim tunkte den Schwamm wieder tief in den Bottich und hob den Arm hoch über Fietjes Haupt. »Es wird höchste Zeit, dass du da oben geputzt wirst.« Er quetschte sacht den Schwamm, sodass ein feiner Wasserstrahl auf die Glatze plätscherte. Übers ganze Gesicht strahlend blickte Wim hoch in den Himmel – er fühlte sich wie ein Priester mit seinem Täufling.

Fietje versuchte ein letztes Mal, sich zu wehren; allein der Geruch der Seife jedoch lies ihn fast bewusstlos werden, sodass er die Pflege seines Hauptes ergeben über sich ergehen ließ. Zum Abschluss polierte Wim sogar die Glatze blank. Danach trugen die Männer den rundum gereinigten Fietje zur Grube. Diese war nun bis eine Handspanne unterm Rand mit Bier gefüllt. Nur einige Schaumreste kräuselten sich noch auf der Oberfläche der gelblichen sacht wogenden Flüssigkeit.

Mit Seife gewaschen und geschoren werden, seines Helms beraubt und splitternackt in Bier ersäuft – so fürchterlich hatte sich Fietje sein Ende nie und nimmer vorstellen können.

3

Sogar eine Strafpredigt schien ihm bevorzustehen, denn sein Hauptmann stellte sich breitbeinig mit dem Rücken zur Grube. Er verschränkte die Arme vor der Brust und blickte ihn mit finsterem Gesicht an.

»Fietje Schuit«, sagte Klaus Störtebeker leise, aber in Unheil verkündendem Ton. Der Steuermann ließ sogleich den Kopf hängen und wartete ergeben auf sein Urteil. Daher nahm er nicht wahr, dass seine Kumpane sich kaum noch beherrschen konnten. Auch Störtebeker musste sich zusammenreißen. »Fietje Schuit!«, wiederholte er lauter und hieb beide Hände dem Steuermann auf die knochigen Schultern, sodass Fietjes Knie nachgaben. »Du weißt doch, was ich dir vor einigen Tagen erst versprochen habe?«

»Versprochen, mir?« Fietje hob mühsam sein Haupt.

»Sogar beeidet habe ich und Wim passte auf, dass der Schwur gilt.« Störtebeker sah ihn besorgt an. »Weißt du's denn nicht mehr?«

Fietje jedoch war fertig mit sich und der Welt, schüttelte den Kopf und begriff nichts.

»Nicht weiter schlimm.« Störtebeker ging rasch zur Seite, während er den Steuermann tröstete »Mit einem ganz besonderen Bad helfen wir deinem Gedächtnis auf die Sprünge.«

Die Männer drehten Fietje in die Waagerechte und holten aus nach hinten. Die Umstehenden fingen zu zählen an, als dessen Körper nach vorn geschwungen wurde.

»Eiiins!«

Fietje machte sich steif wie ein Stock während er spürte, wie er wieder nach hinten schwebte und nochmals nach vorn.

»Zweiii!«

Auf dem Höhepunkt des dritten Schwungs ließen die Männer los.

»Dreiii!«

Während Fietje in hohem Bogen flog, spreizte er Arme und Beine und mit einem mächtigen Klatsch schlug er im Bierteich ein. Er strampelte so hastig, dass er den Gerstensaft mehrere Ellen weit verspritzte und die Umstehenden eilig zurücksprangen.

Während Fietje nach Luft schnappte, strömte Bier in seinen Mund. Gurgelnd ging er unter, aber nach einem Moment hielt er die Luft an und schluckte das Bier. Er haderte mit sich, dass er nicht einmal in Bier schwimmen konnte – nun fiel bei ihm der Groschen. Er sank herab zum Boden, kauerte sich zusammen und stieß sich mit aller Kraft wieder ab. Sein Kopf schnellte aus der Schaumkrone des Bierteichs und Fietje brüllte: »Schwimmen in Bier!«

Dann ließ er sich im Gebräu wieder zu Boden sinken, schnellte erneut empor und rief hastig: »Aber ich kann nicht schwimm …!« Erneut versank er.

»In der Mitte ist ein langer Stein!« Durchs Bier vernahm Fietje die Stimme von Wim. »Stell dich da drauf.«

Er tastete nach dem Felsbrocken. Er war nur zwei Handspannen neben ihm. Er kletterte darauf und reckte seinen kurzen Körper. Als er schon er zu ersticken glaubte, geriet sein Gesicht über den Bierspiegel und er konnte endlich einen langen Atemzug machen.

Mühsam hielt Fietje das Gleichgewicht, prustete in den Schaum und wischte sich das beißende Gesöff aus den Augen. Er schimpfte los. »Dass ich hier drin fast ersaufe, war aber nicht abgemacht.«

»Aussaufen sollst!«, vernahm er jenseits der Schaumberge erneut die Stimme vom Wim. »Dann stehst du bald wieder im Trocknen. Los Jungs, wir helfen ihm dabei. Er ist zwar der größte Säufer, den ich kenne, aber *das* hier schafft er nicht alleine.«

Nun sah Fietje über die sackenden Schaumkronen hinweg, wie seine Kumpane große Bierkrüge hinter ihren Rücken hervorholten, ans Ufer des künstlichen Teichs traten und zu schöpfen begannen. Die sechzig Männer legten sich dermaßen ins Zeug, den Inhalt ihrer Krüge in ihr Inneres zu entleeren, und erneut zu schöpfen, dass der Bierpegel innerhalb von Minuten so tief sank, dass Fietes nackte Schultern bereits sichtbar wurden.

»He, Finger weg!«, protestierte Fietje energisch. »Das ist mein Bier, das sauf nur ich.«

»Hab' dich nicht so. Hier ist dein Krug«, beruhigte ihn Wim und warf seinem Kumpan einen großen Humpen zu. Flugs fing dieser ihn auf und schöpfte voll. Dann setzte er an und trank mit drei Zügen leer.

»Also«, sprach er schon besänftigt. »Das wäre nicht nötig gewesen, mich zu waschen, wenn es doch sowieso mein Bier ist. Ich sauf das so mit mir drin, wie ich immer bin.«

»Das geht nicht, Fietje.« Wichmann bemühte sich, einigermaßen ernst zu schauen, und schüttelte bedächtig seinen Kopf.

»Wieso denn nicht?«, wollte der Mann im Bier wissen.

»Es gebietet sich, das Bier rein zu halten.«

»Hä?«

»Nur Hopfen und Malz, dann erhältst Gott!« Wichmann deutete mit dem Zeigefinger nach oben und blickte gelehrig. »Das Bier muss sauber sein. Weil du eine Zutat bist, musstest du gewaschen werden.«

»Was für ein Blödsinn! Wer besteht denn darauf?«

»Kaiser Karl der …, ach, der Werweißwievielte.«

»Der kann mich werweißwievielmal!«, schimpfte Fietje.

»Im Gegenteil, den lassen wir jetzt werweißwievielmal hochleben.«

Alle riefen einhellig: »Ein Hoch auf Kaiser Karl den Werweißwievielten! Hoch, hoch, hoch, hoch!«

»Und auf Fietje, den Einunddenselbsten!«, verkündete Wim hastig.

Alle brüllten: »Ein Hoch auf Fietje, den Einunddenselbsten! Hoch!«

»Auf mich.« Selig lächelnd sah sich Fietje um und blickte wie ein Lamm, das gepriesen wird. Er schöpfte den Krug mehrmals voll und goss das flüssige Lab auf sein kahles Haupt. Plötzlich zuckte er zusammen und brüllte. »Mein Helm! Gebt mir meinen Helm, aber sofort!«

»*Das* ist meine Aufgabe.« Der Hässliche Piet lachte und begab sich auf die Suche. Im Nu kam er mit dem pechschwarzen Ding zurück.

»Her damit!« Strahlend sah ihm der Biertäufling entgegen. Piet warf den Helm und Fietje fing ihn. Er drehte ihn in seinen Händen und setzte ihn sich auf wie eine Krone. »Gottseidank, jetzt bin ich wieder vollständig!«

4

Wichmann und Nyenkerken hatten nur einmal nachgeschöpft und warteten auf Störtebeker, bis dieser das vierte Mal seinen Krug füllte. Sie schlenderten zum Strand, kletterten ins größere Boot und setzten sich auf die Ruderbänke. Nachdem sie sich zugeprostet hatten, stellte Nyenkerken seinen Krug ab und sah betrübt zum Schiff hinüber.

»Keine Sorge.« Störtebeker winkte lässig ab. »Das mit Katarina wird schon wieder. Lass sie in ihrer Kajüte schmollen, bis sie begreift, dass wir richtig handelten.«

»Längst könnten wir Lübeck erreicht haben und auf dem Landweg nach Hamburg sein.«

»Du kennst doch Katarina.« Störtebeker grinste und blickte versonnen. »Sie hat es sich nun mal in den Kopf gesetzt, nach Hause zu wollen. Außerdem hätten meine Männer sich ohnehin geweigert, euch auch nur in die Nähe der wehrhaftesten Stadt der Hanse zu bringen.«

Nyenkerken blickte ergeben und zuckte mit den Schultern. Dann ergriff er seinen Krug und nahm einen kräftigen Schluck.

»Wie schmeckt dir eigentlich dieses Bier?«, fragte Störtebeker und blickte verschmitzt.

»Gut.« Nyenkerken verkostete einen Schluck, dabei hob er die Augenbrauen und blickte selig. »Sehr gut sogar. Dem Geschmack nach müsste es mir bekannt sein.«

»Und ob«, warf Wichmann ein. »Es ist ja auch Hamburger Bier.«

»Was?« Nyenkerken begehrte auf. »Habt Ihr ...«

Hastig winkte Störtebeker mit der rechten Hand ab. »Die Fässer waren an Bord einer Kogge des Deutschen Ordens, nicht auf einem Hamburger Schiff.«

Nyenkerken beruhigte sich und wurde sogar neugierig. »Für wen war denn die Ladung bestimmt?«

»Für Johannes V. von Wallenrode«, antwortete Wichmann.

»Aha, für den Erzbischof von Riga also«, stellte Nyenkerken fest und begann zu grinsen. »Das Bier war für geistigen Genuss gedacht.«

»Nun muss der hohe Herr in der Bibel lesen, wenn er sich vergeistigen will«, sagte Störtebeker und prustete los. Dann seufzte er und mimte tiefstes Mitleid. »Das ist ein groooßer Verlust für den Armen.«

»Na, denn Prost!«, rief Wichmann, reckte seinen Humpen hoch und hielt ihn in Richtung Osten. »Auf den armen Bruder Johannes und seine nachdurstigen Deutschordensritter.«

In prächtiger Laune stießen sie an.

»Klaus!«

Der Hässliche Piet hatte ihn angesprochen. Störtebeker drehte sich um und sah neben dem Ausguck einen unbekannten Jungen stehen.

»Der Bursche hier möchte bei uns mitmachen.«

Der Junge nickte eifrig.

»Wie alt bist du?«

»Achtzehn.« Der Junge versuchte, aufrichtig zu blicken.

»Glaub ich nicht.« Störtebeker schüttelte den Kopf und grinste.

»Aber ich werde bald achtzehn!«

»Wann?«

»Nächsten Sommer.«

»Aha.« Störtebeker lachte gutmütig. »Du bist erst siebzehn.« Nachsichtig blickend reichte er ihm den leeren Krug.

Der Junge nahm ihn, sah hinein und blickte verdutzt. Aber im nächsten Augenblick verstand er, flitzte los und kam im Nu mit dem gefüllten Krug zurück.

»Austrinken!«, befahl Störtebeker. »In einem Zug.«

Der Junge riss seine Augen auf, dann lächelte er etwas unsicher. Aber er nahm mit beiden Händen den Humpen, setzte ihn an und trank mit vielen Schlucken, ohne abzusetzen. Ein guter Teil des Biers jedoch rann aus den Mundwinkeln über die Backen sowie das Kinn und tropfte in seine Oberkleidung oder auf den Sand.

Störtebeker steckte die Daumen in den Gürtel, drückte den Rücken durch und musterte den Jungen. Sein Blick war skeptisch. »Eigentlich dürfte ich dich nicht nehmen, denn du hast zu viel daneben geschüttet. Aber du siehst kräftig aus, du wirst es schon lernen von uns.«

Er kniff sein linkes Auge zu und grinste. »Wie heißt du?«

»Felix!«

»Bist du von hier?« Störtebeker wies mit dem rechten Daumen auf die Insel.

»Von dahinter, von Rügen.«

»Kannst du segeln?«

»Ja!« Felix nickte heftig.

»Hast du schon mal etwas ausgefressen?«

»Ich bin davongelaufen!«

»Das zählt nicht.« Bedauernd schüttelte Störtebeker den Kopf.

»Ich bin Waise, ich wurde von klein auf schon ständig gepiesackt und verprügelt.«

»Du bist dabei.« Störtebeker richtete den anderen Daumen gegen den Roten Teufel.

Felix strahlte über beide Backen.

Todernst blickte Störtebeker ihn an und stieß den linken Zeigefinger gegen das Brustbein von Felix. »Als Likedeeler bekommst du von der Beute den gleichen Anteil wie alle anderen, aber du teilst auch unser Los! Wenn wir gefangen und gerichtet werden, fällt auch dein Kopf, selbst wenn du niemandem zuvor ein Haar gekrümmt hast. Du kannst es dir also noch einmal überlegen.«

Felix schüttelte heftig den Kopf. »Ich habe mich für euch entschieden, denn es wird höchste Zeit, dass ich meinen Namen zu recht trage. Ich heiße nämlich Felix, also der Glückliche.«

Er sah, dass Störtebeker den leeren Krug anschielte und holte Bier.

Die Männer im Boot stießen erneut an, sie fühlten sich noch wohler. An der Grube wurde es währenddessen laut, weil gestritten wurde.

»Mach bloß keinen Blödsinn!« Wim drohte mit dem Finger.

Fietje blickte störrisch. »Es ist mein Bier und ich trinke es ganz alleine. Wenn ihr nicht sofort mit dem Schöpfen aufhört, pisse ich rein.«

»Wir trinken weiter davon, denn unser Hauptmann hat dir nur

das Bad darin versprochen. Geschenkt hat er dir das Bier nicht.« Wim beugte sich noch weiter vor und zeigte wütend auf Fietje. »Wehe, du pinkelst!«

»Ah!« Fietje verdrehte die Augen und blickte verklärt in den Himmel. »Was für eine Erleichterung.«

Ungläubig glotzte Wim und öffnete den Mund, um sich zu empören. Er kam jedoch nicht dazu, denn Fietje stieß sich von dem Stein ab und erhaschte die Hand von Wim, sodass dieser sein Gleichgewicht verlor. Wim plumpste ins Bier und ging mitsamt Fietje unter. Heftig strampelnd kamen beide wieder an die Oberfläche, bespritzten und beprusteten sich gegenseitig. Wim jedoch ließ sich so schnell wie möglich heraushelfen, verschwand sofort hinter den Sanddornbüschen und wusch sich und seine Sachen mehrmals im Bottich. Die Kameraden sahen ihn erst am nächsten Morgen wieder, aber in aller Frische.

Die Söldner achten ohnehin nicht auf ihn und scherten sich auch nicht um irgendein Reinheitsgebot. An Seilen, die sie an die Henkel gebunden hatten, ließen sie die Krüge ins Bier platschen und holten ein. Sie soffen, bis die menschliche Gewürz-Zugabe auf dem Stein sitzen konnte, um sich herum nur noch eine knietiefe trübe Brühe. Irgendwann hatte auch Fietje genug: Er kippte vom Stein, klatschte in die Pfütze und begann zu schnarchen. Die Lache um ihn herum versiegte, indem die Reste des Biers durchs Gewebe der Segeltücher rannen und im Boden versickerten. Am nächsten Morgen lag Fietje wie ein Fisch auf dem Trockenen.

5

Wie üblich stand Fietje am Steuerruder des Roten Teufels, seit Tagen schon hielt er das Schiff auf Kurs Nordost. Zwar fröstelte er im Morgenwind wegen der reinen, nur von einem eingetrockneten Bierfilm überzogenen Haut. Trotzdem fühlte er sich wie neugeboren.

Leicht zog er am Holm des Steuers, damit das Ruderblatt den Holk in einem langen Bogen nach Norden drehte. Fietje spähte aus nach dem von ihm und der Mannschaft ersehnten Ziel.

»Hey, Piet! Wach auf, du Schlafmütze!«, rief er und blickte zum Ausguck hoch. Er wollte den Hässlichen Piet auf die Beine zwingen, denn der hockte meistens dick eingemummt auf dem Boden des Ausguckkorbs, um hinter der Flechtwand der steten steifen Brise zu entgehen. Fietje beobachtete, wie der Aufgeforderte in Bewegung kam, sich reckte und ausgiebig spähte. Als Piet sich mit der Rechten am Mast abstützte und den Fuß auf den Korbrand stellte, um noch mehr

Höhe zu gewinnen, ahnte der Steuermann bereits, was folgen würde.

»Gotlaaand in Sicht! Ich sehe sogar schon die Türme von Wisby!«, gellte es von oben herab und Fietje grinste zufrieden vor sich hin, denn er hatte das Schiff auf den Punkt genau vor die Hauptstadt von Gotland navigiert.

Die Männer an Bord freuten sich und lehnten an der Reling, um ihrem Ziel entgegenzusehen. Die beiden Hauptmänner traten aus ihrer Kajüte und stiegen aufs Achterdeck. Im Gegensatz zur Mannschaft blickten sie angespannt nach Nordost, denn sie kannten den neuen Herren von Wisby besser. Sie wussten, dass er sie nicht mit offenen Armen empfangen würde, denn sowohl Störtebeker als auch Wichmann hatten ihm einst die Gefolgschaft aufgekündigt.

Zwar waren seitdem Jahre vergangen, aber der Admiral war bekannt für seine Unversöhnlichkeit. Für die Zeit des Kaperkriegs jedoch hatten die Mecklenburger Herzöge darauf bestanden, dass sämtliche Likedeeler ihre Streitigkeiten untereinander ruhen ließen. Störtebeker und Wichmann hatten sogar Seite an Seite mit ihm die Stadt Bergen angegriffen. Wegen des nun erfolgten Waffenstillstands waren sich die beiden Hauptleute jedoch gewiss, gleich nach ihrer Landung bestraft zu werden. Jedoch nicht nur sie, sondern die gesamte Mannschaft.

Die Likedeeler an Bord des Roten Teufels jedenfalls wollten dem Herrn von Wisby ihre Dienste anbieten, denn sie waren sicher, dass er sechzig gute Leute nehmen würde, statt Revanche für eine alte Geschichte. Sie teilten nicht die Bedenken ihrer Hauptleute und hatten sie überstimmt. Störtebeker und Wichmann beugten sich diesem Beschluss, denn sie waren die letzten Söldnerführer im Baltischen Meer, die noch nach dem Prinzip des Gleichteilens handelten.

Vor Mittag noch steuerte Fietje den Roten Teufel in die hufeisenförmige Hafenbucht von Wisby, der schmucken Hauptstadt von Gotland. Die Stadt hatte wegen ihrer wirtschaftlichen Bedeutung den Beinamen ›Regina Maris‹, Königin des Meeres bekommen.

Im Hafen lagen etliche Holke und Koggen vor Anker, deren Beflaggung und Namen den meisten Likedeelern an Bord des Roten Teufels geläufig waren. Denn auf diesen Schiffen segelten ihre Kumpane und Mitstreiter aus jenen glorreichen Tagen, als sie noch unter einem Banner fuhren und eine bedeutendere Seemacht als heutzutage gewesen waren. Gemeinsam waren sie zweimal nach Bergen gesegelt und hatten sich häufig verbündet für Angriffe auf dänische Besitzungen. Die Mannschaft des Roten Teufels wollte sich der Söldner-Flotte wieder anschließen, um an der Herrschaft über Gotland teilhaben zu können.

6

Schweren Herzens betraten Störtebeker und Wichmann sowie Nyenkerken den Boden der ehemals schwedischen Insel, um im Auftrag ihrer Männer bei dem Beherrscher der Stadt vorstellig zu werden. Nyenkerken fühlte sich, als würde sein letztes Stündlein schlagen, denn er hatte von den beiden Hauptleuten erfahren, wie unbeugsam der alte Admiral war. Ein wenig Hoffnung machten sie ihm, als sie auf den einflussreichen Magister Wigbold verwiesen, der sicherlich ein gutes Wort für sie einlegen würde.

Die Bittsteller passierten das Hafentor und drängten sich durch ein Getümmel von Waren anpreisenden Händlern, feilschenden Kaufleuten, geschäftigen Bürgerinnen, promenierenden Vitalienbrüdern und aufdringlichen Bettlern. Nyenkerken staunte über den um ihn herum ausgebreiteten Reichtum, obwohl er als Hamburger gediegenen Wohlstand kannte. Sie überquerten den mit Ständen und Menschen überfüllten Markt und schlugen den Weg zur Schlossburg ein, die von einem mächtigen viereckigen Turm überragt wurde.

Die Zugbrücke war herabgelassen und das Fallgitter emporgezogen, aber sechs Wachen versperrten den Weg, indem sie die Spitzen ihrer Piken senkten. Die Soldaten riefen ihren Kompanieführer. Er kam aus dem Wachtturm heraus, schritt durch das Burgtor und blieb hinter seinen sechs Männern stehen: ein hochgewachsener grobschlächtiger Kerl, mit überkreuzenden Narben auf beiden Backen und einer schwarzen Klappe über der linken Augenhöhle.

»Was wollt ihr hier?«, raunzte der Kompanieführer die Ankömmlinge an und musterte mit zusammengekniffenem Auge deren Waffen.

»Brod Kryspin!« Wichmann kannte den Mann, der ein richtiger Schlagetot war und stets raubauzig auftrat. »Du kannst uns nicht vergessen haben, den Hennig und den Klaus.«

Brod Kryspin reckte den Kopf und blickte dem Sprecher in die Augen, dann sah er den riesigen Mann von oben bis unten an. Der Kompanieführer verzog sein Gesicht zu einem hässlichen Grinsen und lachte kollernd. Als seine Wachen dessen gutturale Töne hinter sich hörten, erhellten sich deren Mienen, denn unter den Vitalienbrüdern hatten die Männer des Roten Teufels einen glänzenden Ruf. »Wichmann und Störtebeker!«, grölte Brod Kryspin. »Ja, jetzt erkenne ich euch! Ich sah euch von Weitem bei der Erstürmung Bergens. Was für ein Streich! Ho, ho. Das freut mich wirklich, euch zu sehen, und ich hätte nichts dagegen, wenn ihr wieder in unseren Reihen kämpft.«

Obwohl die Wachen ihre Spieße wieder hoben und zur Seite traten, blieben die drei Ankömmlinge stehen. Sie sahen nachdenklich zu den

Zinnen des höchsten Turms der Burg hinauf. Brod Kryspin wandte sich um und schaute ebenfalls. Dann drehte er sich langsam wieder um, nun blickte er betrübt und schüttelte den Kopf. »Aber unser Admiral droben im Turm hat ganz sicher etwas dagegen, denn er lässt die alten Geschichten niemals auf sich beruhen.«

Störtebeker und Wichmann nickten.

»Wir treu gebliebenen Recken hörten sein Gebrüll, als er schwor, euch für eure Missetaten auf ewig büßen zu lassen. Darum gebe ich euch einen wohlgemeinten Rat: Trollt euch, segelt hurtig von dannen und keine Wache hat euch gesehen – schließlich sind wir alte Kameraden. Nicht wahr?«

»Das ist anständig von dir, wackerer Brod«, sagte Wichmann und dankte mit einem Heben der Brauen. »Doch wir müssen zu ihm, denn die Mannschaft hat's beschlossen.«

»Waaas?« Brod Kryspin weitete das Auge. »Die Mannschaft? Haltet ihr euch etwa noch den alten Likedeeler-Brauch? Der ist doch nutzloser Schnee von gestern. Pfeift endlich darauf und …«

»Nichts da!«, fuhr Störtebeker dazwischen. »Lass uns in die Burg und bringe uns zum Admiral.«

»… dem uneingeschränkten Herrn von Gotland!«, sagte Brod Kryspin überdeutlich. Die Stimme klang unheilverkündend und sein Blick wirkte düster. »Wie ihr wollt.« Abrupt wandte er sich um, indessen die anderen Wachen die drei Ankömmlinge in die Mitte nahmen und mit langen Schritten ihrem Kompanieführer folgten.

Am zweiten Tor mussten Störtebeker, Wichmann sowie Nyenkerken ihre Waffen abgeben, dann betraten sie mit ihrem Geleit den Innenhof der Schlossburg. Im Eingangsbereich klopfte Brod Kryspin an eine Tür, öffnete sie und winkte, ihm zu folgen. In einem Raum mit niedriger Decke saß der Befehlshaber aller Wachen hinter einem großen Tisch. Er wollte sich erheben, sank aber ungläubig blickend auf seinen Stuhl zurück, als er die Eintretenden erkannte. Auch Hauptmann Klaus Scheld war ein alter Bekannter.

»Ihr traut euch hierher?« Der Befehlshaber legte seinen Kopf zur Seite. »In die Höhle des Löwen?«

»Führe uns zum Magister!«, sagte Störtebeker rasch und zwinkerte seinem Gegenüber zu.

»Das ist ein guter Gedanke.« Klaus Scheld lächelte kurz und nickte. »Nur Wigbold hat ein offenes Ohr beim Admiral.«

Er stand auf, ging um den Tisch herum und tastete sorgfältig jeden der drei Ankömmlinge auf versteckte Waffen ab. Danach schickte er Brod Kryspin mit seinen Wachen zum Tor zurück.

7

Klaus Scheld ging durch den Burghof zu dem wuchtigen viereckigen Turm, vor dessen Eingang sechs Wachen standen. Er stieg die steinernen Stufen bis zum dritten Stock empor und klopfte mit der Faust an eine eichene Tür.

»Herein!« Die Stimme klang kräftig und selbstsicher.

Als erster trat Klaus Scheld ein und forderte barsch seine Begleiter auf, sich vor dem Tisch aufzustellen. Sie befanden sich in einem geräumigen fünf Ellen hohen Gemach, welches den gesamten Grundriss bis zum Treppenteil des gewaltigen Gemäuers einnahm und je zwanzig Ellen in Breite und Länge maß. Der Kamin war in die Wand links neben der Tür eingemauert worden; einige Stapel Holzscheite lagen bereit für die ersten kalten Herbsttage. In der Stirnwand sowie den beiden Seitenwänden befanden sich jeweils zwei Fenster aus Straßburger Glas. Auf sechs baumlangen Kanthölzern lagen quer Dutzende von armdicken Bohlen und bildeten die Decke, welche gleichzeitig der Boden des nächsthöheren Raums war. In der Mitte des Gemachs stand ein wuchtiger Schreibtisch mit zahlreichen Schubladen an seinen Seiten; auf der Platte lagen mehrere Haufen von Büchern, die zum Teil aufgeschlagen waren, ein Stapel von Pergamentrollen sowie drei Tuschebehälter und ein Stoß Gänsefedern. Vor den steinernen Wänden des Turms standen rundherum deckenhohe Regale aus massivem Holz, die bis in den letzten Winkel mit Folianten zugestellt waren. An der Wand hinter dem Schreibtisch hing eine Holztafel mit einem Porträt von John Wyclif[60].

Inmitten dieses Refugiums von Gelehrsamkeit saß ein Mann am Tisch, bekleidet mit einem dunklen Samtwams, und schrieb emsig auf einem Bogen Pergament. Erst als Klaus Scheld noch die Tür geschlossen hatte und auch vor dem Tisch stehen blieb, hob er langsam seinen Kopf.

Er schien nur ein wenig älter zu sein als Störtebeker, ein Mann in den besten Jahren. Seine Augen blickten weise, die Nase war schmal, der Mund dünnlippig und seine Wangen eingefallen – er hatte das Gesicht eines Asketen. Sein schwarzes Haupthaar war noch voll, lediglich an seinen Schläfen hatte er einzelne weiße Haare. Die Locken wallten bis auf die schmalen Schultern herab; auf den Wangen war sein Bart kurzgeschnitten, am Kinn jedoch eine Handspanne lang.

Er hielt seinen Oberkörper kerzengerade, als er Klaus Scheld lange anblickte; ein leichtes Kopfschütteln der Ungläubigkeit folgte. Mit ei-

60 John Wyclif – englischer Philosoph, Theologe und Kirchenreformer. Siehe Anhang, Seite XV (593).

nem Tuch wischte er sacht die Spitze der Feder ab, schraubte den Deckel auf das Tintenfass und schob das Pergament beiseite. Nun hatte er Platz für seine Hände, die er flach vor sich auf den Tisch legte, und nahm eine überlegen wirkende Haltung an.

Jetzt erst sprach Klaus Scheld ihn an: »Magister Wigbold, diese …«

»Kanzler Wigbold! Wachhauptmann Scheld, trichtert dies endlich in euren tumben Kopf ein!«, unterbrach ihn der Magister energisch, schwieg aber sogleich wieder.

Klaus Scheld blickte ungehalten, aber er nahm Haltung an und wiederholte seine Ansprache: »Ähm, Kanzler Wigbold, diese Männer hier wollen zu unserem Anführer und …«

»Zum Admiral!«, sagte der Magister mit Nachdruck und lächelte spöttisch. »Die Zeiten und Umstände haben sich geändert, Wachhauptmann Scheld. Auch ihr seid nicht mehr lediglich der Kapitän eines Schiffs, sondern Befehlshaber der Wache eines Landesherren.«

Klaus Scheld grinste. »Ich hätte nie gedacht, dass ich alter Seebär noch eine Landratte werden könnte. Wenn es dabei bleibt, schlage ich sogar noch Wurzeln.«

»Jetzt schlagt erst einmal einen Haken und lasst mich mit meinen Gästen allein.«

»Gäste?« Klaus Scheld blickte abweisend und schob die Daumen hinter seinen Gürtel. »Sie sind Gefangene, obwohl aus freien Stücken gekommen.«

»Für mich sind sie Gäste! Welcher Ansicht der Admiral ist, werden wir bald wissen. Nun geht und lasst uns allein.«

»Euer Wort in meinem Ohr, aber ich habe euch gewarnt!« Klaus Scheld machte auf dem Absatz kehrt, verließ den Raum und warf die Tür hinter sich ins Schloss.

»Klaus!« Bertram Wigbold stand auf und ging um den Tisch herum. »Ich wusste vom Hörensagen, dass mein Schützling überlebt hat. Endlich sehe ich dich mit eigenen Augen.«

Störtebekers Augen glänzten feucht, als er den grazilen über einen Kopf kleineren Magister behutsam in die Arme nahm und zur Begrüßung sacht auf beide Wangen küsste.

Obwohl Wigbold seinen Wissensdurst wegen Störtebekers Schicksal sofort stillen wollte, hieß er zunächst Nyenkerken willkommen, der ihm vorgestellt wurde. Jedoch beachtete er ihn nicht weiter, sondern wandte sich zum Kapitän.

»Hennig Wichmann!« Wigbold breitete die Arme aus wie ein Vater, der seinen verloren Sohn empfängt. »Auch Ihr seid mir willkommen!«

Wichmann blickte den Magister erleichtert an und ging auf ihn zu, um mit ihm den Bruderkuss zu tauschen.

»Ihr seid kein Verräter,« sagte Wigbold leise in sein Ohr. »Im Gegenteil. Der Michel hat das Ideal der Gleichheit verraten, indem er die Macht an sich riss. Du hast seine Flotte verlassen, weil du ein Likedeeler bleiben wolltest.«

»Ihr habt recht, Magister Wigbold«, flüsterte Wichmann. »Genau so ist es gewesen. Aber das Gerücht hat die Wahrheit überwuchert.«

Wigbold wandte sich wieder an Störtebeker. »Vom Meer verschlungen, dennoch nicht ertrunken. Klaus, wie hast du das geschafft?«

Störtebeker blickte finster. »Ich habe damit abgeschlossen und möchte nicht drüber reden. Auch mit dir nicht!«

Wigbold blickte enttäuscht. »Vielleicht überlegst du es dir noch einmal.«

»Magister, ähm, Kanzler!« Wichmann legte die Hände flach aneinander. »Wir sind hier, um Euch zu bitten, beim Admiral ein gutes Wort für uns einzulegen.«

Wigbold nickte. »Das wird auch nötig sein. Aber ich werde euch helfen, so gut ich kann.«

»Unsere Männer haben uns diese Sache eingebrockt, denn sie wollten unbedingt hierher. Sie wollen nicht glauben, dass sie doch noch bestraft werden.«

Wigbold schüttelte entschieden den Kopf. »Da irren sie sich, denn es wird Gericht gehalten. Jedoch ist mir eine Lösung eingefallen: Euch beiden wird nichts geschehen und den meisten Männern auch nicht.«

Er ging zu dem Schreibtisch zurück, hob den Pergamentbogen auf, welchen er zuletzt beschrieben hatte, und rollte ihn zusammen.

Mit dem Dokument unterm Arm ging er schweigend zur Tür und winkte den drei Ankömmlingen, ihm zu folgen.

8

Sie stiegen empor zum vierten Stock des Turms. Rechts und links neben dem oberen Absatz befanden sich zwei Nischen in den Mauern, in denen zwei Wachen auf ihren bequemen Schemeln saßen. Es waren lang gediente Kämpen, die auf ihre alten Tage zu diesem geruhsamen Dienst abkommandiert worden waren. Sie erhoben sich nur widerwillig, während sie ihre Spieße langsam senkten.

Wigbold ließ sich nicht beirren und hielt die Rolle hoch. Die Wachen zogen die Spieße zurück und lehnten sie an die Wand. Jedoch zogen sie ihre Schwerter blank, bevor der Ältere von ihnen mit eisenbewehrter Hand an die Tür pochte. Er trat mit seinem Kameraden zuerst ein, Wigbold folgte den Wachen und wies die drei Bittsteller an, nahe der Tür stehen zu bleiben.

Der Raum glich dem darunter befindlichen, jedoch war er anders eingerichtet. Auf dem Boden lagen bis zu den Wänden wertvolle Teppiche kreuz und quer übereinander. Rundum hingen verschiedenfarbig gewebte Läufer von der Decke bis zum Boden herab. Sie waren befestigt worden an Holzgerüsten, die knapp vor den steinernen Wänden standen. Links neben dem Eingang stand ein wuchtiges Himmelbett, dessen verdrehte Säulen an den Spitzen mit Fahnen und Federbüschen drapiert worden waren. Über das sechs Ellen breite Bett verstreut lagen voluminöse weiße Decken sowie bergeweise Kissen.

Auf einem hölzernen kreuzförmigen Gestell rechts der Tür hing ein vergoldeter Prunkharnisch, der einem König zur Ehre gereichte. Überall im Raum befanden sich Waffen sowie Jagdtrophäen, die aufgeständert oder aufgehängt worden waren.

Im hinteren linken Winkel des Raums stand ein wuchtiger Schreibtisch, auf dem eine Karte des Baltischen Meers ausgebreitet war, beschwert mit blanken Scheibendolchen auf den Ecken. An der rechten Kante der Tischplatte stand ein kleines Tintenfass, neben dem eine kurze Feder lag.

»Magister, was wollt Ihr schon wieder von mir?« Die Stimme klang gedämpft. »Ihr kommt heute schon zum dritten Mal.«

»Kanzler!«, sagte Wigbold und lächelte nachsichtig, aber gleichzeitig hob er missbilligend eine Braue.

»Ja, ja, schon gut.« Eine der Decken wurde hoch angehoben, sodass einige Kissen herunterpurzelten. Dann drehte sich eine massige Gestalt zur Seite, setzte sich auf die Bettkante und zupfte seine edle Kleidung zurecht. Dabei wandte der Mann seinen dicken Kopf zur Tür. »Was soll ich denn dieses Mal unterschreiben?«

»Wir erheben eine neue Steuer!« Wigbold lächelte selbstzufrieden und hob mit bedeutsamer Geste die Rolle.

»Haben wir nicht schon genug?«

»Nein, weil wir unseren Männern noch mehr Sold geben müssen. Sonst werden sie so unzufrieden, dass sie sich an den reichen Bürgern der Stadt vergreifen.«

»Wie soll diese neue Steuer denn heißen?«, brummelte der breitschultrige Mann auf der Bettkante.

»Reichensteuer, denn sie wird unserer Gesellschaft den Frieden erhalten.«

»Wie einfach das Regieren doch ist.« Der Mann gähnte ungeniert, reckte seine dicken Arme und grinste selig. »Früher musste ich stets

Kopf und Kragen riskieren, um die Pfeffersäcke von ihrem Überfluss zu befreien.«

Wigbold breitete kurz seine Arme aus. »Habe ich Euch zu viel versprochen?«

»Keineswegs. Ihr habt mir vor zwölf Jahren schon mit den Vorteilen des Besitzes von Gotland in den Ohren gelegen und …« Der Mann riss überrascht die Augen auf und trotz seines massigen Körpers lief er behände zur Gruppe hinüber. Goedecke Michel stellte sich breitbeinig vor Störtebeker, stemmte die Fäuste in die Seiten und legte seinen Kopf in den Nacken. »Ritter von Halsmühlen ob Verden an der Aller, du hast mich verraten!«

»Ja«, antwortete Störtebeker und senkte demütig sein Haupt.

»Was? Das gibst du zu?«

»Ja.«

»Na so was. Bist du etwa hier, um Vergebung zu erbitten.«

»Ich war jung und leichtsinnig«, murmelte Störtebeker, stockend sprach er weiter. »Ich wurde in Kopenhagen hoffärtig. Deswegen fiel ich auf Tuve Christiansens Einflüsterungen herein und tappte in die Falle.«

Goedecke Michel lachte höhnisch. »Wegen dir haben wir Gotland nicht bekommen, obwohl du nur deswegen am dänischen Hof warst.«

»Ja. Nach meiner Rettung habe ich mir deswegen geschworen, niemals wieder Wortbruch zu begehen.«

Michel winkte ab, er war bereits besänftigt. »Schnee von gestern. Stattdessen habe ich auf eigene Faust Wisby erobert und bin nun endlich Herr auf Gotland. Trotzdem kann ich dir keine Gnade gewähren, denn damals habe ich vor versammelter Mannschaft geschworen, dich zu bestrafen. Ich will auf gar keinen Fall mein Gesicht verlieren!«

»Das verstehe ich«, flüsterte Störtebeker und blickte auf seine Füße.

Nun wandte Michel sich an Wichmann. »Für dich gilt das Gleiche, Hennig. Nachdem du und deine Mannschaft mir eure Gefolgschaft verweigert habt und mit dem Roten Teufel abgehauen seid, drohte ich euch so laut die gerechte Strafe an, dass sämtliche Likedeeler es vernahmen.«

Wichmann schwieg und zog ein betretenes Gesicht.

Michel zeigte auf die beiden Wachen an der Tür. »Die beiden haben es damals auch gehört!« Störtebeker und Wichmann wandten ihre Köpfe. Sie sahen, wie die betagten Söldner mit grimmigen Gesichtern nickten und ihre Augen Unheil verkündend funkelten.

Als sie Michel wieder anblickten, hob dieser seine dunklen Brauen und breitete seine Arme aus. »Seht ihr?«

Der Admiral neigte leicht seinen Kopf und sandte seinen Wachen einen gnädigen Blick, gleichzeitig wies er sie mit einer Handbewegung an, den Raum zu verlassen. Die beiden nahmen kurz Haltung an, gingen wichtig blickend hinaus und zogen die Tür zu.

Michel winkte den Verbliebenen, ihm zum Schreibtisch zu folgen. Er ging um ihn herum und ließ sich ächzend auf einen massiven Stuhl mit breiten Lehnen niedersinken. Wigbold, Störtebeker, Wichmann und Nyenkerken reihten sich vor dem Tisch auf.

»Bereut ihr eure Taten?«, fuhr Michel die beiden Hauptleute an.

Störtebeker und Wichmann nickten schweigend.

»Seid ihr bereit, für mich euer Leben im Kampf zu opfern?«

Die beiden Hauptmänner sahen sich kurz aus den Augenwinkeln an, dann nickten sie erneut.

»Dann will ich mal nicht so sein.« Michel trommelte mit seinen Fingern auf den Armlehnen, während er nachzudenken schien. Dann gab er sich einen Ruck. »Klaus, ich begnadige dich. Hennig, ich begnadige dich.« Michel nickte gönnerhaft und hob leicht seine rechte Hand, wie um die beiden zu segnen. »Und ich nehme euch wieder unter meine Fittiche, denn ich brauche euch zur Verteidigung von Gotland.«

Die Ankömmlinge, auch Nyenkerken, atmeten tief durch.

»Wer ist denn euer Begleiter?«, brummelte Michel.

»Ein Kaufmann aus Wismar!«, sagte Wigbold hastig, bevor einer der Drei den Mund aufbekam. »Sein Name ist Nyenkerken und er will sich in Wisby niederlassen.«

Michel blickte erfreut und nickte dem verblüfften Nyenkerken anerkennend zu, dann wandte er sich wieder an Wigbold. »Magister, wie um Himmelswillen bewahre ich nun mein Gesicht?«

»Kanzler. Mit zwei Würfeln!«

»Hä?« Michel blickte Wigbold skeptisch an. Er öffnete seine Gürteltasche an der rechten Seite, tastete mit den Fingern und nahm zwei knöcherne Würfel heraus. »Damit?«

Wigbold nickte und lächelte hintersinnig.

Michel zuckte verständnislos mit den Schultern, schüttelte die Würfel kurz in seiner rechten Faust und warf sie mit Schwung auf den Tisch. Sie fielen auf die Seekarte und rollten quer über das Baltische Meer. Auf Schweden und Norwegen blieben sie liegen, vier und drei Augen oben.

»Sieben«, sagte er lakonisch. »Und?«

»Die Männer in der siebten Reihe müssen büßen!« Wigbold senkte langsam sein Haupt und sah Michel in die Augen. »Wir machen es wie im alten Rom. Auf diese Weise erhielt nur eine Reihe Legionäre die Strafe für die gesamte Kohorte. Das war eine Warnung für die anderen, in der nächsten Schlacht tapferer zu sein. Wir stellen also die Männer des Roten Teufels in zwölf Reihen auf und du würfelst. Auf diese Weise wahrst du dein Gesicht und es bleiben trotzdem genug gute Männer übrig.«

»Donnerwetter!« Michel hieb mit der Faust auf den Tisch. »Ihr seid wirklich ein Genius, Magister!«

»Kanzler.«

Dann hielt er inne und zeigte auf die beiden Hauptmänner. »Aber wir wollen doch nicht, dass es *sie* trifft. Wenn sie das Pech haben, ausgerechnet in der …«

»Keine Sorge.« Wigbold wandte sich zu den beiden Hauptmännern, zwinkerte ihnen kurz zu und lächelte überlegen. »Ich kümmere mich darum, dass es euch auf keinen Fall erwischen kann.«

»Wie wollt Ihr das machen?«

Wigbold lächelte und hob den Zeigefinger. »Denkt nach, Admiral, dann kommt ihr selbst darauf.«

»Denken?« Michel hob abwehrend die Hände. »Deswegen habe ich Euch, Magister.«

»Kanzler.«

Er sah die zwei Hauptmänner an und zeigte auf die Tür. »Ihr geht zurück zu eurem Schiff und begebt euch eine Stunde vor Sonnenuntergang auf das große Stoppelfeld zwischen Hafen und Stadtmauer. Unbewaffnet!«

Michel wandte sich an Nyenkerken. »Ihr bleibt an Bord, denn Ihr seid Kaufmann und habt damit nichts zu tun.«

Nyenkerken verbeugte sich tief, dabei legte er seine Rechte auf die Brust. Auch die beiden Hauptmänner verabschiedeten sich mit ehrerbietigen Gesten von dem Admiral und verließen erleichtert den Raum.

9

Michel wartete, bis er die drei Männer auf der Treppe nicht mehr hörte, dann blickte er zu Wigbold auf. »Eine Unterschrift?«

»Ja.« Der Kanzler ging um den Tisch herum und zog die Rolle auf. Er legte das Pergament auf die Seekarte und hielt es am oberen und unteren Ende fest.

Michel seufzte, öffnete das Tintenfass und tunkte die Feder ein. Er setzte sich gerade und musterte das letzte Wort: seinen Namen, welchem lediglich ein letztes Detail fehlte.

Mit mürrischem Gesicht überblickte Michel noch einmal das Gewirr von schwarzen Linien und Halbkreisen auf der Urkunde, mit dem er nichts anfangen konnte.

Er setzte zur Unterschrift an, dann stutzte er. »Steht auf dem Blatt wirklich geschrieben, dass ich den übermäßig Reichen eine Steuer für die Söldner auferlege?«

»Wahr und wahrhaftig! Ihr solltet mir mehr vertrauen, Admiral.«

»Tu ich ja, Magister. Aber es wäre möglich, dass ich meine Abdankung unterschreibe, ohne es zu ahnen, oder sogar mein eigenes Todesurteil.«

»Habt mehr Vertrauen, Goedecke Michel. Ihr habt mir das Leben gerettet, dafür werde ich Euch bis zum letzten Atemzug dankbar sein.« Wigbold blickte den Admiral ernst an.

Michel lachte kollernd. »Dabei wollte ich bloß den Pfaffen eins auswischen, die Euch auf dem Scheiterhaufen verbrennen wollten.«

»Sie wollten die Wahrheit vernichten, die ich verkündete.«

Michel winkte ungehalten ab.

»Die Erde dreht sich um die Sonne!« Wigbold betonte jedes Wort, seine Pupillen wurden groß und er starrte Michel ins Gesicht.

»Ist mir völlig egal.« Michel wandte träge den Kopf und blickte gelangweilt auf die Urkunde. »Wichtig ist nur, dass ich bald etwas zu beißen bekomme, sonst dreht sich mein Magen noch um sich selbst.«

Wigbold sah ergeben zur Decke empor und rollte die Pupillen. Jedoch riss er sich zusammen und beugte sich tief über den Tisch. »Eure Unterschrift, Admiral.«

»Schon gut, tu ich ja.« Michel atmete tief durch. Er tunkte frische Tinte und senkte mit höchster Aufmerksamkeit die Feder auf das Pergament. Dann setzte er die Spitze mit äußerster Vorsicht auf und zog eine kurze waagerechte Linie. Anschließend malte er eine winzige Senkrechte, sodass aus dem großen ›C‹ ein ›G‹ wurde.

Michel stieß befreit die Luft aus und legte die Feder behutsam neben das Tintenfass. »So anstrengend hatte ich mir das Regieren als Herrscher nicht vorgestellt. Ich vermisse mein einfaches Leben als Hauptmann auf meinem Schiff, dem guten alten ›Greif von Rügen‹. *Das* könnt Ihr mir glauben, Magister!«

»Kanzler!«

»Schon gut, ich merk's mir.«

10

Die Bittsteller gingen zum Roten Teufel zurück. An Bord verkündete Störtebeker der wartenden Besatzung, dass eine Stunde vor Sonnenuntergang auf dem Feld vorm Hafentor über ihre Aufnahme entschieden werde; bis dahin dürfe keiner den Holk verlassen. Er sagte nicht, dass fünf von ihnen für alle büßen würden.

Inzwischen hatte Fietje schon darauf geachtet, dass niemand von der Mannschaft das Schiff verließ, solange die Hauptleute bei Goedecke Michel vorsprachen. Trotzdem mangelte es ihnen nicht an frischem Proviant, Bier und Wasser, denn zahlreiche Händler waren mit ihren Karren zur Anlegestelle gefahren und hatten lauthals und gestenreich ihre Waren angepriesen.

Wim ging mit großem Eifer dem Schiffskoch zur Hand, um ein üppiges Mahl für die Besatzung zuzubereiten. Die Männer verspeisten solche Mengen, dass sie den ganzen Nachmittag über träge blieben; kein Verdruss breitete sich aus wegen des langen Verbleibs an Bord.

Niemand vermisste den Hässlichen Piet, der sich beim Verladen der gekauften Waren heimlich aus dem Staub gemacht hatte, indem er einen Händler bestach, ihn unter einer Plane versteckt fortzukarren.

11

In der Stadt Wisby verbreitete sich in Windeseile die Nachricht, dass am Abend Gericht gehalten werden sollte über die Likedeeler des Roten Teufels. Zur angekündigten Zeit standen mehr als eintausend gewappnete Männer auf dem großen Feld zwischen Stadtmauer und Hafen. Sie bildeten ein Quadrat, indem sie eine freie Fläche von je einhundert Ellen Länge und Breite in mehreren Reihen säumten.

Den mit leeren Händen kommenden Leuten Störtebekers schwante nicht Gutes, als sie auf das freie Feld gelassen wurden und hinter ihnen der Wall aus grimmig blickenden Söldnern sich wieder schloss, denn sie hatten eine herzlichere Wiederaufnahme in den Kreis ihrer alten Kameraden erwartet.

Kurze Zeit später wichen auch die gegenüberstehenden Männer zur Seite, um Goedecke Michel mit seinem Gefolge einzulassen. Der Admiral trug den Brustpanzer von seinem Prunkharnisch und hielt den Helm mit dem Busch aus exotischen Federn in der linken Armbeuge; seine Rechte ruhte auf dem Knauf eines reich verzierten Schwerts aus Damaszener Stahl. Er war umgeben von den Männern seiner Leibgarde, die von Klaus Scheld angeführt wurden. Unter ihnen befand sich auch Brod Kryspin, welcher den mehr als zwei Ellen langen Dreiecksschild des Admirals trug.

Ihnen folgten der Kanzler Wigbold, zwei Standartenträger, welche die Fahnen mit den Wappen von Wisby und Gotland emporhielten, sowie mehr als zwei Dutzend Söldnerführer.

Die sechzig Likedeeler des Roten Teufels standen eng beieinander, sodass sie einen vielköpfigen Punkt innerhalb des freien Feldes bildeten. Zehn Schritte von ihnen entfernt blieb Goedecke Michel stehen und stellte sich in Positur; sein Gefolge versammelte sich hinter ihm.

Fietje zupfte Wim am Ärmel und mit seinem rechten Zeigefinger winkte er seinem Kumpan, er solle sich zu ihm herabbücken. Er bog seine linke Hand zu einer Mulde, hielt sie an Wims Ohr und flüsterte mit heiserer Stimme. »Dicker, jetzt wird es ungemütlich, das sagt mir mein Bauch. Bleib dicht bei mir und mach sofort, was ich dir sage!«

Wim richtete sich erschrocken auf und sah sich hastig um. Nach wenigen Augenblicken jedoch blickte er herab zu Fietje wie kleiner Junge und nickte vertrauensvoll.

Goedecke Michel drehte sich zu seinem Kanzler um. »Magister Wigbold, Ihr habt mich gebeten, dass Ihr diesen Sauhaufen in zwölf Reihen aufstellen dürft, bevor ich meine Ansprache halte.« Er wies mit gönnerhaftem Blick auf die Männer des Roten Teufels. »Bitte schön.«

»Kanzler«, murmelte Wigbold, während er Michel beim Vorbeigehen fast streifte, und eilte auf die beiden Hauptleute der Likedeeler zu.

»Komm mit mir!«, sagte er zu Störtebeker und nahm ihn bei der rechten Hand. Er zog ihn aus der zusammengeballten Gruppe heraus und schob ihn sechs Schritte beiseite. Daraufhin winkte er Wichmann herbei und wies ihn an, sich hinter Störtebeker aufzustellen.

»Das hier ist Reihe eins!«, rief er und zeigte vor die Füße von Störtebeker. Dann ging er zwei Schritte nach links und blieb stehen. »Hier stellt sich die zweite Reihe auf!« Magister Wigbold zeigte immer weiter entfernt nach links. »Hier kommt die dritte Reihe hin, dort die vierte Reihe und so weiter, bis es zwölf Reihen sind!« Er wandte sich an Störtebeker. »Sag deinen Männern, dass sie sich jetzt in zwölf Reihen zu je fünft hintereinander aufstellen sollen.«

Störtebeker nickte und rief: »Stellt euch in zwölf Reihen auf und achtet darauf, dass nicht mehr als fünf hintereinander stehen!«

Fietje achtete auf jede Bewegung und jedes Wort des Kanzlers. Als dieser Störtebeker beiseite nahm, packte Fietje die fleischige Hand seines großen Kumpans. Er zerrte Wim hinter sich her in die Nähe der beiden Hauptleute und lauerte auf die nächsten Worte des Kanzlers. Noch bevor Störtebeker seine Weisung zu Ende gesprochen hatte, zog er heftig an Wims Arm. Die beiden liefen los und stellten sich hinter ihren beiden Hauptleuten auf.

Fietje wandte sich um, blickte grinsend zu Wim auf und hob den Daumen. »Hier sind wir goldrichtig, darauf setze ich meinen Helm!«

Das Getümmel währte nur kurz, dann standen die Männer des Roten Teufels in zwölf Fünferreihen nebeneinander. Währenddessen scheuchte der Kanzler mehrmals einige Männer fort nach links, die sich rechts von Störtebeker aufgestellen wollten, denn die Reihe der Hauptleute sollte die erste bleiben. Magister Wigbold zwinkerte Störtebeker aufmunternd zu und ging wieder zurück zu seinem Platz.

»Söldner zur See!« Goedecke Michel räusperte sich mehrmals und überblickte sein Heer im Geviert, dann brüllte er: »Ihr seid todesmutige Burschen! Selbst dem Teufel sehr ihr furchtlos ins Auge!«

Über eintausend Männer stimmten ihm zu, viele von ihnen schlugen mehrmals mit ihren Schwertklingen auf die Buckel ihrer Schilde.

Goedecke Michel reckte den rechten Arm in die Höhe. »Wie aber wehrt ihr euch gegen Heimtücke? Gegen Verrat? Gegen Untreue?«

Die Söldner brüllten und fuchtelten zornig mit ihren Waffen.

»Ihr habt recht.« Goedecke Michel nickte langsam und fasste mit seiner linken Hand wieder den Knauf seines Schwerts. »Darum müssen solche Untaten hart bestraft werden!«

Die Söldner schrien noch lauter, mehrere lösten sich einigen Schritten aus den Reihen und drohten mit ihren Waffen den Angeklagten.

Unter zusammengezogenen Brauen blickte Goedecke Michel die Männer des Roten Teufels an und zeigte auf sie. »Genau *das* haben diese Kerle hier getan! Sie sind mir untreu geworden und haben dadurch unsere gemeinsame Sache verraten.«

Im Geviert brüllten die Männer vor Wut. Ein Wink ihres Admirals würde genügen und sie zerrissen die sechzig Likedeeler in Stücke.

Jedoch hob Goedecke Michel den Arm und wartete, bis die Söldner sich beruhigten. »Andererseits standen wir Seite an Seite beim Sturm auf Bergen. Klaus Störtebeker gelang der Durchbruch, sodass wir reiche Beute machen konnten! Dort stehen sechzig kampferprobte Männer, die ich gut gebrauchen kann.«

Die Söldner murmelten und nickten zustimmend. Würde der Admiral sie nun auffordern, nähmen sie die Männer des Roten Teufels in ihre Mitte und feierten erneut Bruderschaft mit ihnen.

Goedecke Michel aber wies erneut mit dem Zeigefinger auf Störtebekers Männer. »Jedoch habe ich damals geschworen, sie zu bestrafen! Was nun? Daher werde ich an ihnen ein Äxämpl stattieren, ähm, …«

Er drehte sich Hilfe heischend zu Magister Wigbold um.

»Exempel statuieren.«

»Ich werde ein Exämpel staturieren, indem ich eine Reihe auswürfele, die bestraft wird. Die anderen Missetäter sollen sich das eine Warnung sein lassen, denn wir begnadigen sie und nehmen sie wieder auf. Seid ihr damit einverstanden, dass ich so verfahre?«

Die Männer grölten und schlugen begeistert auf ihre Schilde.

»Gut, so sei es!« Zufrieden nickte Goedecke Michel und tastete nach den beiden Würfeln in seiner Gürteltasche. Er blickte Brod Kryspin an, schaute dann auf seinen Dreieckschild und bewegte den Kopf einmal im Kreis.

Brod Kryspin zog seinen rechten Arm aus den Schlaufen, drehte die stählerne Wehr um und hielt sie auf beiden Armen waagerecht.

Goedecke Michel schüttelte die elfenbeinfarbenen Würfel in seiner hohlen Faust, dann ließ er sie in die Wölbung des Schildes kollern.

Brod Kryspin beugte sich vor, reckte seinen Kopf und glotzte auf den ersten Würfel. »Zwei!«, schrie er, dann starrte er auf den anderen Würfel. »Vier!« Brod Kryspin grabschte sich die Würfel und lehnte den Schild an Kanzler Wigbold.

»Das macht sechs!«, rief Goedecke Michel. Er zog seine Augenbrauen hoch und stierte den vordersten Mann der sechsten Reihe an.

»Reihe sechs!«, brüllte er. »Heraustreten!«

Der Angeschriene war der Schiffskoch des Roten Teufels. Er erschrak, starrte den Admiral an und blieb steif wie ein Stock stehen.

»Ja, du da! Deine Kumpane hinter dir auch!«

Der Koch zeigte ungläubig mit beiden Händen auf sich und sah Hilfe suchend nach links und rechts. Seine erleichterten Kameraden in den nebenstehenden Reihen jedoch blickten ihn mitleidlos an; im Gegenteil nötigten sie ihn mit Gesten, endlich zu gehen.

Doch der Koch schüttelte störrisch seinen Kopf und bewegte seinen Mund, aber er brachte nicht einen Ton heraus.

Indessen handelten die Männer von Goedecke Michels Leibwache und ein Dutzend von ihnen eilte hinüber. Brod Kryspin lief außen um die Reihen herum und stieß die Arme dem hintersten Mann der sechsten Reihe heftig in den Rücken. Felix stolperte, aber er hielt sich an seinem Vordermann fest. Brod Kryspin jedoch trat ihm in den Hintern und schubste ihn sowie die vor ihm stehenden vier Männer aufs freie Feld hinaus.

Je zwei Leibwachen hielten die Unglücklichen an den Armen fest. Sie zwangen sie, in einer Reihe nebeneinander niederzuknien. Brod Kryspin zog sein schartiges aber nadelspitzes Schwert aus der Scheide und stellte sich vor den Koch. Dieser sah entsetzt auf die Schneide und wand sich vergebens, denn die Wachen verdrehten ihm die Arme.

Brod Kryspin hielt sein Schwert waagerecht und umfasste mit seiner linken Hand die Fehlschärfe[61] der Klinge. Mit Wucht rammte er die Klinge in die Brust des Mannes. Dann stemmte er seinen rechten

61 Fehlschärfe, die – an einer Schwertklinge stumpf geschliffene Stelle unterhalb der Parierstange. Siehe Anhang, Seite XVI (594).

Fuß an den Hals des Kochs und zog sein Schwert heraus. Die beiden Wachen ließen die Arme los und den Oberkörper nach vorn auf die Stoppeln fallen.

Auf die gleiche Weise starben die nächsten drei Männer. Die Leibwachen, welche Felix festhielten, ließen in ihrer Acht nach, denn der Junge hing in ihren Armen wie ein schlaffer Sack. Sie sahen zu, wie Brod Kryspin das Schwert zum vierten Mal aus einem Sterbenden herauszog, als Felix sich todesmutig losriss und auf Goedecke Michel zurannte. Brod Kryspin brüllte einen derben Fluch und sprang mit hoch erhobenem Schwert hinterher.

Felix lief um sein Leben und kniete vor Goedecke Michel nieder. Er hob flehentlich seine Arme. »Habt Erbarmen, edler Herr!«

Brod Kryspin blieb tief einatmend mit schlagbereiter Waffe hinter Felix stehen und sah dem Admiral in die Augen. Dieser schüttelte kurz den Kopf und sah wieder auf den Jungen herab.

»Ich bin erst auf Hiddensee an Bord gegangen. Erst eine Woche bin ich dabei! Ich kann doch nichts für! Gnade, Hoheit!«, jammerte Felix und legte die Handflächen bittend aneinander.

Goedecke Michel lächelte geschmeichelt und reichte seinen Helm an Klaus Scheld. Der Admiral beugte sich vor und legte beide Hände behutsam auf die Schultern des Jungen. Goedecke Michel blickte mit väterlicher Milde auf Felix herab, der hoffnungsvoll zu ihm aufsah. »Endlich einmal werde ich wie ein Landesherr angeredet. Aber ich bin kein Adliger und edel schon gar nicht.«

Goedecke Michel neigte sich noch tiefer und flüsterte ins Ohr von Felix. »Das Leben ist ungerecht, mein Junge.« Bedauernd hob er die Brauen, versteifte seine Arme und presste seine Finger auf die Schultern des jungen Burschen. Hinter dessen Rücken senkte Brod Kryspin das Schwert und schloss seine linke Hand um die Fehlschärfe der bluttriefenden Klinge. Stoßbereit wartete er auf das Zeichen des Admirals.

Dessen Blick wurde kaltsinnig und die Lider schlossen sich. Michel spürte einen harten Schlag in seinen Armen und öffnete die Augen: Aus der Brust des Jungen barst eine stählerne Spitze hervor, Blut strömte aus der Wunde über das scharfe Eisen und rann die Brust herab. »Sehr ungerecht sogar!«, murmelte Goedecke Michel und sah ungerührt in das erstarrende Gesicht des Jungen.

Brod Kryspin stemmte das linke Bein gegen den Rücken des Jungen und zog sein Schwert heraus. Michel ging einen Schritt zu Seite und ließ los; der Oberkörper von Felix kippte vornüber.

»Lasst euch das eine Warnung sein, alle miteinander!«, brüllte Goedecke Michel und fuchtelte mit seinem rechten Zeigefinger. »Denn nächstes Mal brauche ich keine Würfel, weil es dann alle trifft!«

Goedecke Michel hörte das Raunen der Männer in den Reihen vor ihm sowie ringsum im Viereck und stellte fest, dass die allermeisten respektvoll zu ihm herüberblicken. Er nickte befriedigt und ließ sich von Klaus Scheld seinen Helm zurückreichen. Er wandte sich um und blickte Störtebekers Likedeeler nicht mehr an. Inmitten seines Gefolges ging er mit ausgreifenden Schritten zurück zu seinem Turm, denn er dürstete nach einem Humpen Bier und bekam Hunger.

Brod Kryspin bückte sich zum toten Felix und riss ein großes Stück vom Hemdrücken ab. Seelenruhig putzte er mit dem Stoff die Klinge und schob das Schwert in die Scheide. Den blutbesudelten Fetzen ließ er achtlos auf den Rücken der Leiche fallen und nahm Michels Schild wieder an sich, den Kanzler Wigbold immer noch für ihn festhielt. Er dankte mit einem kurzen Kopfnicken.

»Das war eine gute Übung für mich«, brummelte er und grinste den Kanzler frech an. »Durch diese langweilige Wacheschieberei roste ich immer mehr ein.« Inmitten der abziehenden Haufen ging Brod Kryspin mit gemächlichen Schritten in die Stadt zurück. Ihm fielen die Würfel ein und er suchte nach ihnen. In seiner rechten Hosentasche fand er sie, ließ sie um seine Finger kreisen und hoffte, dass der Admiral nicht nach ihnen fragte.

Zurück blieben Magister Wigbold und Störtebekers Likedeeler. Der Kanzler blickte seinen ehemaligen Schützling an, dann die fünf Leichname und hob bedauernd seine Arme. »Mehr konnte ich für euch nicht tun. Immerhin habt ihr überlebt und seid wieder aufgenommen.« Er hastete davon.

Nur einmal in seinem Leben hatte sich Störtebeker genauso hilflos gefühlt: als er gefesselt ins Meer geworfen worden war. Regungslos und schweigend hatte er alles über sich ergehen lassen.

Wichmann schubste ihn sacht von hinten und flüsterte: »Wir müssen unsere toten Kameraden beerdigen! Sag den Männern, dass sie die Grabwerkzeuge holen sollen.«

Störtebekers Gesicht war bleich und er fühlte seinen Magen wie einen Stein im Bauch. Er atmete mehrmals tief durch, erst danach gelang es ihm, von Felix' Leichnam wegzusehen. Er drehte sich langsam um und winkte seinen Männern, ihm zum Roten Teufel zu folgen.

Wim hastete zum Schiff zurück, so schnell er konnte, und versteckte sich hinter dem Herd. Aber Fietje entdeckte ihn sofort und zerrte ihn hervor.

Wim schnaufte immer noch, jedoch beruhigte ihn die Nähe seines

Kumpans. »Gottseidank, was haben wir für ein Glück gehabt. Ich bin fast gestorben vor Angst, denn ich sah schon dem Tod ins Auge.«

»Quatsch doch nicht immer so hirnlos, du Idiot!«, schimpfte Fietje. Er winkte abfällig und blickte überlegen zu Wim hoch. »Dir konnte doch gar nichts geschehen.«

»Wieso denn nicht?«

»Hast du schon mal mit zwei Würfeln eine Eins geworfen?«

Wim weitete die Augen und rundete seinen Mund. »Na so was, daran habe ich gar nicht gedacht.«

»Das ist ja nun auch wirklich kein Wunder. Womit willst du Riesenhohlkopf denn überhaupt denken?«

»Dann hast du mir das Leben gerettet!« Wim sah Fietje dankbar an. »Ich hätte mich natürlich hinter den Koch gestellt.«

»Siehste! Jetzt steigst *du* sogar zum Koch auf. Trotzdem werde ich zeit meines Lebens auf dich aufpassen müssen, du fette Dummsau.«

»Dafür werde ich dir danken bis an mein Lebensende.«

»Und ich werde dafür sorgen, dass Gevatter Tod noch sehr lange auf dich warten muss.« Fietje kniff ein Auge zu und pochte behutsam mit den Fingerknöcheln seiner rechten Hand an die pechschwarze Helmleiste. »Dafür opfere ich sogar meinen Helm!«

12

Fietje ging mit seinen Kumpanen zurück auf das Stoppelfeld. Sie legten ihre toten Kameraden auf alte Segeltücher und wickelten sie ein. Die fünf Bündel trugen sie abwechselnd und schleppten sie zum Friedhof von Wisby. Dort hoben sie eine breite Grube aus, legten die Toten nebeneinander hinein und schaufelten die Erde darüber zu einem Hügel.

Fünf Likedeeler hielten am Grab die Totenwache, indessen die anderen zum Schiff zurückkehrten, um sich zu betrinken, denn in der Stadt einkehren wollte keiner.

Nur Fietje ging nicht mit, sondern begab sich auf die Suche nach dem Hässlichen Piet, denn der Ausguck war nicht aufzufinden. Rund um den Markt erkundigte er sich nach ihm. Nachdem er einen Heller springenließ, erfuhr er von einem Wirt den Aufenthaltsort seines Kumpans: Der Mann wies auf eines der prächtigsten Patrizierhäuser am Markt.

Fietje ließ sich das nicht zweimal zeigen, eilte hinüber und trat ein. Er befand sich in dem Vorraum eines Badehauses inmitten eines emsigen Treibens von Badegästen und Bediensteten. Unter den Türen einiger Nebenräume wallten weiße Dampffähnchen hervor und verbreiteten den Duft von aromatischen Ölen und Seifen. Fietje verzog angewidert sein Gesicht und wäre am liebsten rückwärts zur Tür wieder rausgegangen.

Jedoch überwog seine Neugier, was der Hässliche Piet denn hier zu suchen hatte. Daher packte er das feingliedrige Handgelenk eines vorbeieilenden Bediensteten, zog ihn beiseite und beschrieb ihm den Gesuchten.

Der schlanke Jüngling mit schulterlangen blond gelockten Haaren nickte. »Ihr sucht sicherlich meinen Meister.« Missbilligend sah er auf Fietjes Hand, denn der Steuermann war fast schon wieder so dreckig wie eh und je. Fietje zuckte mit seinen Schultern, ließ aber abschätzig blickend los. Der junge Mann rubbelte seine Hand blank mit einem Tuch, welches er am Gürtel trug, und führte Fietje in den ersten Stock. Dort klopfte der Bedienstete sacht an eine eichene Tür.

»Herein!« Der Stimme nach, mutmaßte Fietje, konnte dies nur der Hässliche Piet gesagt haben. Der Jüngling trat ein und winkte ihm. Fietje folgte und riss sogleich den Mund sperrangelweit auf, so glotzte er den Hässlichen Piet an, der mitten im Zimmer stand und ihm hochnäsig entgegenblickte.

Der Ausguck, der vom Roten Teufel abgehauen war, hielt seinen Rücken kerzengerade. Er stemmte die linke Hand in die Seite und hielt in ihr ein Paar hellbraune Handschuhe aus feinstem Leder; mit der Rechten stützte er sich auf einen fast drei Ellen langen Spazierstab, dessen Griff golden blinkte. Herausgeputzt war Piet wie ein Edelmann und trug wertvollen Schmuck. Seine Haare waren gewaschen und frisiert worden, die Wangen sowie die Haut schimmerten noch rosig von einem soeben genommenen heißen Bad. Obendrein duftete er dermaßen nach exotischen Essenzen, dass Fietje flau im Magen wurde.

»Waaas? Du machst hier den Pfau und wir halten die Köpfe hin?«, schimpfte der Steuermann und drohte mit der Faust. Bevor er Piet jedoch zu nahe treten konnte, stellte sich der junge Mann dazwischen und hob abwehrend beide Hände.

»Lass ihn, Seyfrid«, sagte Piet leise und legte seine Hand sanft auf die Schulter des Bediensteten. Seyfrid sah sich überrascht um. Piet lächelte ihn mehr als freundlich an. »Ich danke dir. Bitte lass uns allein!«

»Wie ihr wünscht, Meister.« Seyfrid blickte besorgt zwischen den beiden Männern hin und her, bevor er langsam hinausging und die Tür hinter sich zu zog.

»Meister?« Fietje sprach das Wort gedehnt, indes er die Daumen hinter seinem Gürtel einhakte und abschätzig auf den Boden spuckte. »Du hast genug gebadet. Du ziehst jetzt deine alten Sachen an und trabst mit mir zum Schiff.«

»Nein!«

»Was, spinnst du?«

»Im Gegenteil, denn ich habe vorausgesehen und jahrelang vorgesorgt.« Mit dem rechten Zeigefinger schob Piet sein unteres Augenlid herunter. »Darum gehört mir dieses Haus schon lange und jetzt bleibe ich hier bis an mein Lebensende.«

»Du spinnst doch! So ein Haus kann dir doch gar nicht gehören.«

»Und ob!« Piet verzog sein Gesicht zu einem sardonischen Lächeln. »Mein Bruder und ich haben nicht umsonst unsere Hintern für euch hingehalten. Immerhin hat es sich gelohnt, wie du siehst.«

»Du Arschloch!«

»Gewesen! Jetzt fängt für mich ein neues Leben an.«

»Nichts da.« Fietje sprang auf Piet zu, fasste dessen Arm und drehte ihn hinter dessen Rücken. Gleichzeitig packte er ihn mit seiner rechten Hand am Genick. »Du bist und bleibst ein Likedeeler!«

Piet wand sich unter dem unbarmherzigen Griff von Fietje, aber es gelang ihm, mit seinem rechten Fuß mehrmals heftig aufzustampfen. Die Dielen knarzten und der Hall war deutlich zu hören. Nach wenigen Augenblicken öffnete sich die hintere Tür zu dem Zimmer und zwei halbnackte Kerle mit breiten Schultern kamen hereingehastet.

»Habt ihr für Herrn Schuit das heiße Bad vorbereitet?«, rief Piet ihnen zu, damit sie nicht auf Fietje stürzten und womöglich er selbst auch noch zu Schaden kam. Er wies mit dem Daumen der freien Hand hinter sich und zwinkerte dem rechten Mann zu, der etwas heller im Kopf zu sein schien.

Zunächst blickte dieser genauso dumm wie der andere, dann begriff er, was sein Herr von ihm wollte. Er nickte diensteifrig und verkündete: »Ja, Meister! Unser größter Zuber ist voll heißem Wasser und die Seife schäumt schon über.«

Piet lächelte dankbar seinen Diener an, weil er nicht mehr festgehalten wurde, denn Fietje war weg.

13

Die Männer an Bord hatten zu trinken begonnen und warteten auf Fietje. Sie beratschlagten sich mit ihm und sandten ihn mit einigen ihrer Kumpane zu den Hauptleuten. Die hockten in ihrer Kajüte und spielten Schach; Nyenkerken saß wie üblich bei ihnen und ließ sich nach den Zügen die Taktiken erklären. Er ging nur zum Schlafen hinüber in seine Kabine, denn Katarina fühlte sich nach wie vor aus der Obhut ihres Halbbruders Erik entführt.

Fietje klopfte an und trat mit den drei anderen Likedeelern ein.

Störtebeker blickte die vier Männer an und schwieg; Wichmann hob nicht einmal den Kopf, sondern überlegte seinen nächsten Zug.

Verlegen sah Fietje kurz zur Decke, bevor er zu sprechen anfing. »Alle Mann sind wieder an Bord, auch die Totenwachen sind zurück.«

Gleichgültig blickte Störtebeker auf seinen König, zuckte mit den Schultern und schwieg.

Fietje holte tief Luft. »Alle Männer sind der Meinung, dass wir hier nichts mehr zu verlieren haben, und so schnell wie möglich verschwinden sollten.«

»So.« Störtebeker grinste sarkastisch. »Ihr seid also zur Einsicht gekommen, dass ihr besser auf uns gehört hättet.«

»Ähm, ja.«

»Seid ihr auch zu der Einsicht gekommen, künftig *immer* auf uns zu hören?«

»Wie sollen wir das verstehen?«

»Ihr wollt abhauen, einfach so?« Störtebeker tippte sich mit seinem linken Zeigefinger an die Schläfe. »Habt ihr schon vergessen, dass ihr jetzt zu Goedecke Michels Leuten gehört und fünf Kameraden dafür sterben mussten?«

»Nee, das nicht.« Fietje sah auf das Schachbrett mit dem Durcheinander von Figuren und kratzte sich verlegen am Helmband. »Aber …«

»Aber nicht begriffen, dass nächstes Mal nicht mehr gewürfelt wird, sondern wir *alle* daran glauben müssen? Sogar für die Vogelfreien sind wir dann vogelfrei. Wir sitzen dann zwischen allen Stühlen.«

»Macht doch nichts, denn wir wissen, dass du uns aus jeder Sache raushaust.«

»Ich?« Höhnisch lachte Störtebeker und verschränkte seine Arme vor der Brust.

»Ja!« Fietje streckte seinen Zeigefinger aus, gleichzeitig nickten seine drei Kumpane heftig. »Du bist doch unser Hauptmann!«

»Den ihr jederzeit absetzen könnt, weil wir nach den Gesetzen der Likedeeler leben. Ich denke gar nicht daran, euretwegen noch einmal den Kopf hinzuhalten.«

»Aber das hast du doch immer gemacht.«

»Bis heute!« Störtebeker pochte seinen gestreckten Zeigefinger auf die Tischkante und sprach lauter, dabei betonte er jedes Wort. »Aber ab Morgen verantworte ich nur noch meine eigenen Entscheidungen.«

»Wie sollen wir das verstehen?« Fietje guckte ratlos.

»Schluss mit dem Likedeelen. Ich bestehe auf Gefolgschaft bis ans Ende der Welt! Wer mir widerspricht, den werfe ich sofort über Bord!«

»Wirklich?«

»Ja!« Störtebeker nickte kurz und starrte die vier Männer nacheinander an, bis alle auf ihre Füße blickten.

»Nun gut«, murmelte Fietje. »Aber wir müssen nochmal mit den anderen reden.«.

»Ich verlange noch etwas!«

»Was denn?«

»Ihr redet uns künftig als Hauptmann an beziehungsweise Hennig als Kapitän.« Störtebeker wischte mit beiden Händen überkreuz durch die Luft. »Mit dem Duzen ist ein für alle Mal Schluss!«

»Muss das sein, Klaus?«

»Hauptmann!« Störtebeker hieb mit der Faust dermaßen auf den Tisch, dass die Schachfiguren übers Brett hüpften oder davon kullerten. »Ja, das muss sein!«

Wichmann hob ruckartig seinen Kopf und blickte Störtebeker empört an, denn er war am Gewinnen. Nyenkerken lächelte hinter vorgehaltener Hand, denn er war sicher, dass dies der eigentliche Grund war, weshalb Störtebeker dermaßen auf den Tisch gehauen hatte.

Fietje zog eine Fresse. »Wofür soll das denn gut sein?«

»Damit bezeugt ihr euren Respekt gegenüber mir und Hennig.«

»Hä? Was zeugen wir?«

»Das bedeutet, wir sind eure Befehlshaber, die nicht anders angesprochen werden dürfen.« Störtebeker reckte seinen Zeigefinger gegen die vier Männer. »So gehört sich das für Untergebene.«

»Was? Untergebene? *Wir?* Soll das etwa heißen, wir sind nun keine Likedeeler mehr?«

»Richtig. In was für eine Scheißbrühe ihr uns hineinsegelt mit eurem Mitspracherecht, habt ihr gerade erst wieder bewiesen.«

Langsam drehte Fietje sich zu seinen Kumpanen um und sah sie fragend an. Ihnen schien es jedoch – im Gegensatz zu ihm – gleichgültig zu sein, wie sie die beiden Hauptleute künftig anreden mussten. Fietje ahnte, dass seine beste Zeit vorbei war. Ergeben nickend wandte er sich wieder um. »Wir reden nochmal mit den anderen, aber ich denke, sie werden damit einverstanden sein.«

Fietje und seine drei Kameraden verließen den Raum.

»Die fünf Männer sollen für nichts und wieder nichts gestorben sein?« Nyenkerken sah Störtebeker ungläubig an.

Störtebeker zuckte mit keiner Wimper, sondern blickte fatalistisch während er die Schultern hob.

Indessen hatte Wichmann die Figuren wieder aufgestellt, aber Störtebeker spielte nicht weiter, sondern erhob sich halb. Aus dem Fach über sich zog er eine Rolle heraus und öffnete sie. Mit beiden Händen rollte er die Karte aus und hielt sie seitlich vor Nyenkerken, sodass sein Freund im Schein der Kerzen die Konturen erkennen konnte.

»Westsee[62]?« Nyenkerken hob die Brauen.

»Hm«, brummte Störtebeker und grinste.

Nyenkerken tippte mit seinem Zeigefinger auf das Gebiet zwischen Dollart und Jadebusen. »Willst du zu den Ostfriesen?«

»Richtig!«

Nyenkerken schüttelte heftig den Kopf. »Falsch!«

»Wieso denn?« Störtebeker bemühte sich, wie ein Ahnungsloser zu blicken.

»Du weißt ganz genau, dass die Friesen samt und sonders Strandräuber sind.«

»So?« Störtebeker sah immer noch aus wie ein unschuldiges Kind.

Nyenkerken zog erzürnt seine Brauen zusammen. »Stell dich nicht dumm. Du hast es auf die Londonfahrer Hamburgs abgesehen.«

»Schon möglich.«

»Dann sind wir längste Zeit Freunde gewesen, denn ich segle auch nach London.«

»Dann lass dir doch eine Galionsfigur schnitzen, die wie Katarina aussieht, damit wir dein Schiff erkennen und in Ruhe lassen können.«

»Rede nicht so einen Humbug! Darüber kann ich überhaupt nicht lachen. Wenn du Hamburg angreifst, dann greifst du auch …«

Fietje klopfte, dann trat er mit den drei Männern wieder ein.

Der Steuermann grinste so verlegen wie zuvor und räusperte sich, bevor er redete. »Alle Mann an Bord sind einverstanden.«

»Aus Schaden wird man klug.« Störtebekers Stimme klang sarkastisch, während er den Plan zusammenrollte. »Dann wollen wir mal …«

»Ähm, wir haben da noch etwas auf dem Herzen«, murmelte Fietje und rieb sich die flachen Hände. Er blickte todernst, ebenso seine drei Begleiter.

»Was denn?«

»Nun ja. Das mit dem Ende der Welt meinst du doch nicht …«

»Ihr!«, sagte Störtebeker in barschem Ton.

»Hä?«

»Ihr! Hauptmann! Hast du alles schon wieder vergessen, Fietje?«

»Ach so, schon gut.« Fietje nickte ergeben. »Also Hauptmann, Ihr habt doch sicherlich nicht vor, bis ans Ende der Welt zu segeln?«

Störtebeker wedelte mit der Rolle und lächelte verschwörerisch. »Wir haben eine lange Fahrt vor uns, aber *so* weit noch nicht.«

»Es gibt kein Ende der Welt«, sagte Wichmann mit Nachdruck und

62 Westsee, die – der Name der Nordsee im Mittelalter.

verschränkte seine Arme vor der Brust. »Die Erde ist eine Kugel.«

»Selbst wenn dem so wäre, bleiben wir nur *oben* drauf«, antwortete Fietje und blickte unbeirrt, seine drei Kumpane nickten eifrig. »Unten fallen wir runter, also ist das Ende der Welt dort, wo es nach unten geht. Daher möchten die Jungs, falls wir wirklich dort hinsegeln sollten, dass die Hauptmänner im Beiboot ein Stück vorausrudern.«

»Warum denn das?«

»Naja, falls ihr beiden runterfallt, könnten wir anderen noch rechtzeitig kehrt machen und zurücksegeln.«

»So, abhauen wollt ihr Angsthasen?« Störtebeker drohte mit dem Finger, aber er grinste belustigt. »Aber ich bin einverstanden. Und jetzt raus mit euch, macht heute Nacht in aller Stille das Schiff klar.«

»Abhauen?« Fietje blickte entrüstet, ebenso seine drei Kameraden. »Wir sehen uns doch nur ein wenig vor. Aber von *hier* hauen wir ab! Wann genau?«

»Morgen früh, eine Stunde vor dem ersten Hahnenschrei.«

»Wohin?«

»Stockholm! Fräulein Oxenstierna abliefern.«

»Und dann?« Fietje und seine drei Kameraden reckten ihre Hälse vor und blickten neugierig.

»Das werdet ihr schon früh genug erfahren. Jetzt aber raus mit euch!«

14

Der Rote Teufel passierte die Fjäderholmarna.

»Beidrehen!«, rief Wichmann. Er lief an die Reling und strahlte übers ganze Gesicht. An jener Stelle, wo sie vor Jahren die hölzerne Schanze errichtet hatten, ragte nun ein langer Steg ins Wasser, der zu einer befestigten Kaimauer führte.

»Seht mal, was aus meinen Ratschlägen geworden ist.« Wichmann winkte Störtebeker sowie Nyenkerken und zeigte zum Wald der Südinsel. Zwischen den Bäumen erkannten die beiden Angesprochenen die Umrisse eines dicken Turms. Um den etwa zwanzig Ellen durchmessenden Rundbau stand ein Gerüst, auf welchem zahlreiche Männer sich bewegten. Sie rührten Mörtel an und setzten Steine auf die Mauerkrone, welche bereits die Höhe der umliegenden Baumwipfel erreicht hatte.

»Das wird der Hauptturm, auf den die Kanonen gestellt werden.« Wichmann lachte erneut und blickte selig. »Wenn sie präzise ausgerichtet werden, können sie den ganzen See bestreichen. Kein Schiff wird auf eigene Faust Stockholm anlaufen können.«

»Dann kommen wir gerade noch rechtzeitig vorbei, um als Letzte auf eigene Faust die Stadt heimzusuchen.« Störtebeker seufzte scheinbar erleichtert, grinste aber unbeeindruckt und zwinkerte Nyenkerken spöttisch zu. Sein Freund lächelte, denn er traute dem Hauptmann zu, es mit sämtlichen Feuerschlünden der Welt aufzunehmen.

Wichmann überhörte die Ironie, denn das Anlegemanöver ihres Schiffs war ihm wichtiger. Nachdem es festgezurrt war, sprang er als Erster von Bord und eilte zu der Befestigungsanlage. Er war schon zwischen den Bäumen verschwunden, ehe die Besatzung die Kaimauer erreichte. Auf einem festen Weg trabte Wichmann Hundert Ellen weit in den Wald und erreichte die Lichtung mit dem Turm.

»Wer hat hier das Kommando?«, rief er den Männern auf dem Gerüst zu. Obwohl er Deutsch gesprochen hatte, schien gut die Hälfte der Maurer ihn verstanden zu haben. Einige wiesen mit ihren Armen auf ein stattliches Gebäude gegenüber von dem Turm. Das zweistöckige Haus war bereits fertig und ebenfalls stark befestigt. Weitere bereits angelegte Fundamente ringsum zeigten den Grundriss der künftigen Festung.

Dankend nickte Wichmann und lief zu dem Gebäude. Er klopfte an und trat in den Vorraum ein. Eine Wache im Raum stand auf und stellte sich ihm in den Weg.

»Ich möchte den Kommandanten sprechen!«, sprach Wichmann den Bewaffneten an. »Wichmann ist mein Name. Ich bin Kapitän des Roten Teufels.«

Die Wache grinste und nickte, obwohl der Schwede nur die beiden Namen verstanden hatte. Er wandte sich um, öffnete die nächste Tür und winkte Wichmann, ihm zu folgen. Statt den nächsten Raum zu betreten, wandte sich der Mann nach links zu einer Treppe, die an der Wand entlang in den ersten Stock führte. Auf dem Absatz vor der mit dicken Holzbohlen bewehrten Etagentür blieb er stehen, klopfte heftig mit der Faust und rief: »Wichmann! Roter Teufel!«

Wichmann vernahm ein scharrendes Geräusch und eilige Schritte, dann wurde die Tür aufgerissen und im Rahmen stand Svend Sturre, welchen der Kapitän als Stadthauptmann von Stockholm kennengelernt hatte. Er strahlte vor Wiedersehensfreude übers ganze Gesicht. »Hennig, mein alter Freund! Komm rein.«

Kurz darauf stiegen auch Störtebeker und Nyenkerken in den ersten Stock und ließen sich am grob geschreinerten Tisch des Festungs-Kommandanten nieder. Sturre schenkte ihnen ein; seine Miene war ernst, die Freude über das Wiedersehen bereits vergangen.

»Der Wind hat sich auch im Norden gedreht, verehrte Vitalienbrüder. Ich heiße Euch noch willkommen, denn vor allem Hennig fühle ich mich zu immerwährendem Dank verpflichtet. Sein trefflicher Vorschlag zu dieser Festung ist für unsere wachsende Stadt Gold wert. Leider könnt ihr euch in Stockholm nicht mehr blickenlassen, denn ich bin sicher, unsere neuen Herren lassen Euch sofort einen Kopf kürzer machen.«

»Ich danke dir, Svend!« Wichmanns Augen strahlten ob des großen Lobs, blickten aber sogleich wieder ernst. »Sprich weiter, was ist denn geschehen?«

Anstatt fortzufahren nahm Sturre einen tiefen Schluck aus seinem Humpen, setzte hart ab und seufzte ergeben. Der Unwille über die neue Lage war ihm vom Gesicht abzusehen. »Ihr kennt die Bedingungen für den Waffenstillstand und wisst, dass nun die Hansestädte über das Pfand Stockholm wachen. Vor allem Lübeck hat jetzt das Sagen. Darum müsst ihr auf der Stelle kehrt machen, denn für die Hansen seid ihr Vogelfreie! Am wenigsten gefällt mir an der ganzen Sache, dass unsere Stadt an Dänemark fällt, wenn in drei Jahren das Lösegeld ausbleibt. Ich befürchte nämlich, nein, ich bin mir sicher, dass Herzog Albrecht III. nicht zahlen wird. Meine Stadt wird dem Mecklenburger keinen roten Heller mehr wert sein, denn bestimmt verzichtet er auf den Thron Schwedens.«

Die Ankömmlinge schwiegen betroffen und jeder machte sich seine eigenen Gedanken.

»Wie geht es der Familie meiner Braut?« Nyenkerken bekam sogleich rötere Backen, wie ein ertappter Bub. »Ich meinte, was macht Bürgermeister Oxenstierna?«

Belustigt grinste Störtebeker und zwinkerte dem Stadthauptmann ungeniert zu. »Ja, wie ist es den Eltern unserer eigensinnigen Katarina ergangen? Halten sie immer noch Dankgottesdienste ab, weil ihre rothaarige Tochter endlich unter der Haube ist. Dabei ist sie …«

Nyenkerken hätte ihm am liebsten voll vors Scheinbein getreten, aber er saß neben ihm. Daher stampfte er ihm mit seinem Fuß auf die kleinen Zehen. Störtebeker jedoch lachte lauthals auf, obwohl er sein Gesicht vor Schmerz verzerrte, denn er hatte den Tritt in Kauf genommen für seinen herben Schabernack.

Sturre ließ sich durch das Zwischenspiel nicht aufheitern, sondern sprach mit ernster Miene weiter. »Unser guter alter Gösta ist längst nicht mehr Bürgermeister, denn nach der Übergabe der Stadt wurde er in seinem Haus überfallen und entführt. Sämtliche Ratsherren wurden eingelocht, lediglich sein Stellvertreter Albrecht von Pecatel sowie einige der deutschen Herren wurden ausgelöst, sodass sie nach Mecklenburg zurückgekehren konnten. Am Stortorget im Haus der Oxenstiernas residieren jetzt Lübecks hohe Herren sowie die Abgesandten der anderen Hansestädte.«

Sturre beugte sich vor und sah seine Gäste wehmütig an. »Ich bin nicht mehr Stadthauptmann, sondern wurde degradiert zum Kommandanten der neuen Festung auf den Fjäderholmarna. Immerhin bin ich noch glimpflich davon gekommen, denn sie haben mir gestattet, hier weiter zu bauen, anstatt mich zum Teufel zu jagen.«

Sturre beugte sich noch ein Stück weiter vor, sah seine Gäste bedeutsam an und flüsterte. »Dorthin aber wird man irgendwann die Familie Oxenstierna schicken, denn diese wird der Hexerei bezichtigt. Ich brachte in Erfahrung, dass er und seine Frau in einem Turm des Klosters Mälarholmen eingemauert wurden. Wenn ihnen nicht bald der Prozess gemacht wird, verharren sie dort bis zum Jüngsten Tag. Ich weiß auch, wessen Schuld das ist. Dieser Admiral aus Mecklenburg hat nämlich …«

»Ist das wahr?« Katarina stand in der Tür und atmete hastig. »Erik von Landorp?« Sie presste ihre rechten Unterarm auf den Bauch und tastete mit der linken Hand nach dem Rahmen.

Die Männer am Tisch wandten ihr überrascht die Köpfe zu.

»Fräulein Oxenstierna!« Sturre erhob sich halb und deutete eine Verbeugung an. »Was für eine Überraschung!«

Ohne weitere Begrüßung setzte er sich wieder und bedauernd blickend breitete er die Arme aus. »Ja, das weiß ich ganz sicher! Es war Admiral Erik von Landorp, der einige Hanseherren dazu veranlasste. Was er ihnen dafür geboten hat, ist mir leider nicht bekannt.«

»Dieses Ungeheuer!« Katarina ballte ihre Fäuste. »Er hat mich schamlos getäuscht.« Sie senkte ihren Kopf und faltete ihre Hände. Dann sah sie Nyenkerken an und flüsterte kaum vernehmlich. »Ich tat dir unrecht, Hermann. Es tut mir leid.« Sie wandte sich an Störtebeker. »Auch dir habe ich nicht geglaubt. Ich bitte um Entschuldigung.«

Beide Männer nickten heftig und lächelten erfreut.

Katarina sah sie dankbar an, schon im nächsten Augenblick jedoch blickte sie sorgenvoll. Sie wandte sich mit einer heftigen Bewegung wieder an Sturre. »Mälarholmen! Seid Ihr sicher, dass meine Eltern in dem dicken Sünderturm stecken?«

»Ganz sicher!« Sturre nickte langsam und sprach bedächtig weiter. »So sicher, wie ich weiß, dass niemand sie dort herausholen kann. Ihr wisst selbst, Fräulein, dass dieses Kloster eher eine Burg ist. Die Mauern sind so hoch, dass nur ein Teufel sie überwinden könnte.«

Störtebeker lachte ungläubig.

Sturre blickte ihn todernst an. »Außerdem ist euch der Weg zum Mälarsee versperrt, denn quer im Nörrström liegt Stockholm. Die Stadt wurde gerade deshalb dort gegründet. Die Familie Oxenstierna ist selbst für euch unerreichbar, Herr Hauptmann.«

Störtebeker neigte sein Haupt leicht zur Seite, um mit einem langen Blick an Katarinas Körper empor bis zu ihren Augen sein Begehren zu bekunden.

Katarina verstand seine Augensprache – sie weitete für einen Wimpernschlag ihre Pupillen.

Störtebeker bog seinen Oberkörper nach hinten und hieb mit der linken Faust auf den Tisch, dass die Becher sprangen. »Ihr habt recht, Kommandant, nur einem Teufel kann dies gelingen – nämlich *mir* mit meinem Roten Teufel! Das waren die richtigen Worte, denn sie brachten mich auf einen großartigen Einfall!«

Die Runde sah ihn überrascht an.

»Herr Kommandant, ihr habt doch sicherlich Leim, Kreide und Bleiweiß auf Lager?«

»Ja, das habe ich alles vor Ort.«

»Wunderbar! Auch Braunkohle und Holzasche?«

»Das ist auch vorhanden.«

»Großartig!« Störtebeker patschte die Hände zusammen, rieb sie gegeneinander und freute sich wie ein kleiner Junge über den bevorstehenden Streich. »Dann kann es ja losgehen!«

Dann legte er seine Arme um die Schultern von Nyenkerken sowie Wichmann und sah Sturre strahlend an. »Ich melde Ihnen, Herr Kommandant, dass wir Katarinas Eltern aus ihrem schwarzen Loch heraushauen und dann auf Nimmerwiedersehen aus diesen ungastlichen Gefilden verschwinden werden!« Er sah abwechselnd seine beiden Mitstreiter an. »Nicht wahr?«

Nyenkerken blickte nach wie vor überrascht, aber er pflichtete bei in der Hoffnung, dadurch die Gunst Katarinas wieder zu gewinnen. Wichmann holte tief Luft und seufzte ergeben, denn er wusste, dass ihm nicht anderes übrig blieb, als durch dick und dünn mitzugehen.

Störtebeker trank seinen Becher mit einem Zug aus und stand abrupt auf. Im Vorbeigehen wechselte er mit Katarina einen tiefen Blick des Einverständnisses und winkte den anderen, ihm zu folgen. Im Hof der Festung rief er rief seine Mannschaft zusammen, breitete die Arme aus und befahl Ruhe.

»Männer!« Er hob den linken Zeigefinger. »Heute Nacht werden wir den Stockholmer Nachtwächtern und ein paar Mönchen im Kloster Mälarholmen einen solchen Schrecken einjagen, das er ihnen Albträume bereiten wird bis an ihr Lebensende. Wir graben die von uns erschlagenen Dänen wieder aus und …«

»Die Totenruhe stören?«, rief einer der Männer entsetzt.

»Komme was wolle, denn wir fürchten weder Fegefeuer noch Teufel!«, brüllte Störtebeker den Mann nieder. Er zeigte hoch zum Himmel. »Heute Nacht ist Vollmond! Sein Licht nützt unserem Vorhaben, denn auf die Gebeine und Schädel leimen wir Kreide sowie Bleiweiß, damit sie im Mondschein schimmern. Die Knochen binden wir an unsere Glieder und befestigen die Schädel auf unseren Köpfen. Wenn wir uns der Stadt nähern, stecken wir glühende Kohlestücke in deren Augenhöhlen. Unsere Haut sowie die Gesichter schwärzen wir mit der Holzasche. Die reiben wir auch in unser großes Segel ein, aber so, dass in der Mitte ein großer Totenkopf mit zwei gekreuzten Knochen darunter frei bleibt; auf diese Stellen streichen wir Bleiweiß.«

Störtebeker lachte überlegen, denn er sah zahlreiche Augenpaare, die noch ratlos blickten. »Versteht ihr denn nicht? Die Wachen werden den Roten Teufel für ein Geisterschiff halten, wenn wir an Stockholm vorbeisegeln. Sie werden sich zähneklappernd verkriechen, statt Alarm zu schlagen. Niemand wird uns am Einlaufen in den Mälarsee hindern.«

15

Ingvar Broderson gähnte ausgiebig und blinzelte unter schweren Lidern den vollen Mond an. Er stand seit vier Stunden Wache auf dem höchsten Turm der Stockholmer Burg. Er lehnte mit seinem Rücken an einem doppelt mannshohen Katapult. Der hölzerne Schleuderbalken war gespannt, aber durch einen eisernen Sperrhaken gesichert. Im Löffel lag eine Steinkugel mit einem Durchmesser von über einer Elle. Ingvar und seine Kameraden konnten in Windeseile das Gerät so genau ausrichten, dass sie damit noch eine Nussschale im Norrström getroffen hätten.

Obwohl erst Mitternacht war, konnte er kaum noch seine Augen aufhalten. Er sah zu seinem Kameraden hinüber und beobachtete ihn, wie er an der Mauer gelehnt im Stehen zu schlafen versuchte. Er grinste, als er sich vorstellte, ihm einen gehörigen Schrecken einzujagen. Jedoch ließ er von seiner Absicht ab, denn ein Schreckensschrei seines Kumpans war nicht auszuschließen. In dieser klaren Nacht wehte der lauwarme Ostwind jeden Laut hinab in die Burg und womöglich bis in die Ohren ihres Kommandanten.

Ingvar Broderson hielt seine Hand flach über seine zusammengekniffenen Augen und spähte nördlich über die Enge des Nörrströms.

Er wandte seinen Körper langsam nach Osten ... und erstarrte. Er hastete zu seinem Kameraden und hielt ihm vorsorglich die Hand vor den Mund. »Mikkel! Sieh nach Osten, da kommt was auf uns zu!«

Mikkel zuckte zusammen und gluckste einmal, dann nickte er schweigend. Ingvar nahm die Hand wieder vom Mund. Beide starrten hinunter auf einen riesigen weißen Totenkopf, der sich ihnen entgegen zu wölben schien. Die Augen der beiden Wachen weiteten sich, als sie die Konturen eines Schiffs erkannten, auf dem Gerippe hin und her tanzten. Die glühenden Augen in den bleichen Schädeln starrten zu ihnen hinauf. Ohne sich zu verständigen, gingen beide Wachen gleichzeitig hinter der Mauer in Deckung.

Mikkel klapperte mit den Zähnen. »Ha-ha-hast du auch den Teufel gesehen? Er ist glutrot und spuckt Feuer und Rauch!«

»Halts Maul!«, flüsterte Ingvar und presste seine Hand auf Mikkels Mund. »Sonst hören sie dich und nehmen uns mit in die Hölle.«

Mikkel zitterte am ganzen Körper, aber er schloss bejahend kurz die Augen.

Erst nach einer halben Stunde erhob sich Ingvar und traute sich, über die Mauer zu lugen. Er sah nichts als den dunklen Wasserspiegel des Nörrströms und im Blinken des Mondlichts erkennbares Wellengekräusel.

16

Gegen drei Uhr morgens steuerte Fietje den Roten Teufel an die Anlegestelle des Klosters Mälarholmen. Nachdem der Holk vertäut war, brachen Störtebeker und Nyenkerken mit fast der gesamten Mannschaft auf. Inmitten des gespenstischen Zugs ging Katarina, die nicht davon abzuhalten war, ihre Eltern selbst zu befreien.

Trotz der nächtlichen Stunde waren aus dem Kloster Stimmen zu vernehmen und Lichtschein hinter einigen Maueröffnungen zu erkennen, denn die Mönche lasen bereits die Exerzitien. Das eiserne Haupttor jedoch war versperrt, sodass der Zug sich teilte und die Männer in zwei Gruppen rechts und links um die Mauern schlichen.

Störtebeker hatte die wehrhafte Anlage bereits zu einem Drittel umrundet, als er einen Abschnitt erreichte, an dem die Außenmauer von dichtem Gebüsch verdeckt wurde. Weil er dahinter einen geheimen Eingang vermutete, ging er nicht um das Gestrüpp herum, sondern bahnte sich einen Pfad hinein. Als er auf einen schmalen Weg stieß, wandte er sich kurz um und hob den Daumen. Dann ging er weiter und erreichte eine winzige Pforte in der Außenmauer, deren Tür nur leicht angelehnt war.

Ein widerlicher Geruch stieg Störtebeker in die Nase, sodass er sie zuhielt. An der Kerze einer mitgeführten Laterne ließ er Fackeln anzünden und sah sich um. Nun erkannte er, wofür diese Öffnung gedacht war: Links und rechts an der Mauer entlang türmten sich die Exkremente, die aus dem dahinterliegenden Necessarium[63] herausgeschafft worden waren.

Er hörte Schritte: Auf der anderen Seite ging jemand auf die Tür zu. Daher gebot er seinen Leuten Schweigen, indem er den Zeigefinger senkrecht vor den Mund hielt. Tief gebückt wegen der niedrigen Pforte, aber auch wegen seiner Last, trat ein Mann heraus, der eine Mönchskutte trug. Kaum hatte er sich aufgerichtet, packte ihn Störtebeker an der Gurgel. Keuchend ließ der Mönch die Henkel der beiden Eimer los; sie fielen auf die Erde und ihr Inhalt schwappte heraus. Ein Teil der braunen Brühe ergoss sich auf die Füße Störtebekers bis zu den Knöcheln.

»So eine Scheiße!«, fluchte Störtebeker und sprang von einem Fuß auf den anderen, indessen er den hageren Mann durchschüttelte. Dem Mönch blieb die Luft weg; wie ein schlaffer Sack hing er in Störtebekers Griff und japste um sein Leben. Der Hauptmann stellte den Mönch etwas abseits der Haufen auf die Füße, gebot Schweigen durch einen Finger auf den Lippen und löste langsam seine Linke vom Hals des Mannes, der fast so groß war wie er selbst. Der Mönch schlotterte am ganzen Leib und stumm wie ein Fisch im Wasser öffnete und schloss er den Mund.

Störtebeker grinste diabolisch und ergötzte sich über die Wirkung, welche seine Verkleidung auslöste. Aus den verstrubbelten und rötlich gefärbten Haaren ragten zwei an den Spitzen blutrot angemalte Wisenthörner hervor. Mit der gleichen Farbe angestrichen waren Gesicht, Arme und Hände; die Zähne dagegen waren schwarz bepinselt worden. Vor seiner Brust baumelte ein bleicher Schädel, befestigt an einer eisernen Kette, die er sich umgehängt hatte.

Rechts neben ihm stand Katarina mit zerzausten vom Kopf abstehenden Haaren. Ihr schönes Gesicht wurde von Schmutz, mehreren schwarzen Warzen und einem auf der Nase befestigten Höcker verunziert. In den Händen – die Fingernägel waren zu spitzen Krallen zurechtgefeilt worden – hielt sie einen langstieligen Reisigbesen.

Und wie ein Heer aus der Hölle standen hinter ihnen Störtebekers Männer mit den Knochengerüsten und den vom Mond beschienen Schädeln auf den Häuptern.

»Wo sind meine Eltern!«, fauchte Katarina den Mönch an, stupste

63 Necessarium, das – der ›Bedürfnisraum‹ eines Klosters.

ihn, und machte Anstalten, ihm eins überzuziehen mit dem Besen.

»Du biestige Hexe!« Störtebeker hieb seine flache Hand derb auf Katarinas festen Hintern und hielt die linke Pobacke für einige Wimperschläge fest, denn sie verdarb seinen Plan, wenn sie so weiter machte. Am liebsten jedoch hätte er seine Belohnung für die Befreiung der Eltern sofort eingelöst und Katarina auf der Stelle genommen. »Ich werde dich Mores lehren, mir zuvor zukommen! Dafür spieße ich dich auf, Teufel nochmal!«

Katarina fauchte ihn an wie eine gereizte Katze und sandte ihm einen funkelnden Blick. Aber sie ließ von dem Mönch ab.

»O Gott!«, wisperte der Mönch und faltete seine Hände.

»Ruf ja nicht noch einmal meinen Widersacher da oben an, sonst jage ich dich zum Teufel! Ähm, ich meine, sonst nehme ich dich sofort mit in die tiefste aller Höllen«, raunzte Störtebeker.

»Ogottogott!«

»Verdammt noch mal! Schweig endlich, sonst schmettere ich dich sofort hinab ins größte aller Höllenfeuer.«

Der Klosterbruder hieb sich beide Hände flach vor den Mund und stand zitternd vor dem teuflischen Hauptmann. Störtebeker bleckte die Zähne und ließ seine Zungenspitze darübergleiten; es kostete ihn Mühe, nicht lauthals loszulachen.

Dann beugte er sich vor und flüsterte dem Mönch zu: »Drunten in der Hölle röstete ich gerade ein paar verkommene Klosterbrüder, solche wie dich, als ich vernahm, dass zwei meiner Anbeter hier festgehalten werden. Mein Zorn war unermesslich ob dieses Frevels. Zunächst jedoch musste ich Scharen neuer Sünder nach dem Fegefeuer in die verschiedenen Höllenkreise einsortieren. Langeweile werde ich wohl nie haben, denn solange es Menschen geben wird, werde ich vollbeschäftigt sein. Erst diese Nacht konnte ich emporfahren, um endlich den großen Hexenmeister und seine Hexenfurie zu befreien. Ich werde ihnen einen würdigen Platz in meinem Reich zuweisen.«

Der Mönch nickte eifrig, aber seine Augen blickten angstvoll.

»Du weißt bestimmt, wo sie sind. Jetzt führst du mich zu ihnen!«

Der Mönch nickte noch heftiger.

Störtebeker wandte sich um und flüsterte mit zwei von seinen Gefolgsleuten. »Holt die andere Gruppe mit Hermann Nyenkerken hierher. Sie sollen diese Tür und unseren ganzen Weg durch das Kloster bis zum Innenhof bewachen!«

Die beiden Männer nickten, eilten auf dem Pfad zurück und liefen weiter herum um das Kloster. Störtebeker machte kehrt und wies zwei andere Gefolgsleute an, zuerst durch die kleine Pforte gehen, dann schubste er den Mönch vor sich her bis ins Innere der Anlage. Sie passierten das Dormitorium sowie den Kreuzgang und erreichten den rechteckigen Innenhof. Zwanzig Schritte gegenüber ragte ein viereckiger Turm empor. Es gab einen Eingang in zehn Ellen Höhe, aber keinen Zugang mehr ins Untergeschoss, denn diese Öffnung war bis auf eine Lücke zugemauert worden. Diese befand sich in vier Ellen Höhe und war so schmal wie eine Schießscharte – selbst tagsüber musste es im Raum dahinter stockdunkel sein. Vor der Mauer lag im Gras eine Leiter, damit Brot und Wasser gereicht werden konnten.

Störtebeker stellte die Leiter an, stieg hoch und steckte den Kopf so tief in die schmale Scharte, bis die Hörner am Stein kratzten. Dann hielt er die Hände trichterförmig vor seinen Mund. »Bürgermeister Oxenstierna!«, sagte er mit gedämpfter Stimme. »Seid Ihr dort drinnen? Hier ist Klaus Störtebeker!«

Er hörte das Rascheln von Stroh, heftiges Atmen und zwei sich abwechselnde Stimmen, die aufgeregt klangen, aber leise verblieben.

»Klaus Störtebeker? Seid Ihr es wirklich, oder verfallen wir schon dem Wahnsinn?«, flüsterte Gösta Oxenstierna, seine Stimme klang hoffend und zweifelnd zugleich.

»Ja, ich bin es. Und kein Wahngebilde, sondern in Fleisch und Blut. Ist Eure Gemahlin auch da drinnen?«

»Ja! Meine geliebte Birgitta ist bei mir.« Gösta Oxenstierna sandte einen Stoßseufzer durch das schmale Loch: »Euch schickt der gütige Herr im Himmel!«

»Herr Bürgermeister, wir müssen sprengen, denn die Mauer ist zu dick zum Herausbrechen. Ihr geht an der Wand neben dem Loch bis in die fernste Ecke und kauert euch dort hin. Haltet euch die Ohren zu!«

Störtebeker wandte sich von der Lücke ab. Fietje reichte ihm ein mit Schießpulver gefülltes Fässchen. Er nahm es in die linke Armbeuge, stemmte es in die Scharte und presste, bis es feststeckte. Fietje hielt ihm die Lunte hoch. Die Schnur schob Störtebeker durch ein winziges Loch und klemmte sie fest. Eilig stieg er herab, nahm die Leiter an sich und ging mit seinen Männern in Deckung. Fietje hob seine Fackel und hielt die Flamme unter die Lunte.

Währenddessen knieten im Lesesaal die Zisterzienser-Mönche auf ihren Bänken und verharrten fast regungslos, indessen ihr Bruder Alboin aus der Offenbarung des heiligen Johannes vorlas.

»... Und als das Lamm das siebente Siegel auftat, entstand eine Stille im Himmel etwa eine halbe Stunde lang. Und ich sah die sieben Engel, die vor Gott stehen, und ihnen wurden sieben Posaunen gegeben. Und ein anderer Engel kam und trat an den Altar und hatte ein goldenes Räuchergefäß; und ihm wurde viel Räucherwerk gegeben, dass er es darbringe mit den Gebeten aller Heiligen auf dem goldenen Altar vor dem Thron. Und der Rauch des Räucherwerks stieg mit den Gebeten der Heiligen von der Hand des Engels hinauf vor Gott. Und der Engel nahm das Räuchergefäß und füllte es mit Feuer vom Altar und schüttete es auf die Erde. Und da geschahen Donner und …«

Die Mönche hörten einen krachenden Schlag und sahen einen grellen Blitz. Sie warfen sich bäuchlings auf die Erde, breiteten die Arme weit zur Seite und hielten den Atem an; Alboin riss im Fallen die geöffnete Bibel an sich und hielt sie schützend über seinen Kopf.

Im nächsten Augenblick musste der erste Engel erscheinen und seine Posaune blasen, sodass Hagel und Feuer, mit Blut vermengt, auf die Erde fielen, und der dritte Teil der Erde verbrannte.

Die Zisterzienser schnieften und husteten, denn der aus dem Hof emporsteigende Pulverdampf reizte ihre Atemwege. Währenddessen beteten sie inbrünstig, dass ihr Kloster nicht zu dem dritten Teil der Erde gehörte, der gerade verbrannte.

Das explodierende Pulver hatte lediglich einen Stein vollständig aus der Mauer gerissen, aber der Mörtel in den Fugen ringsum war zerbröselt. Störtebeker lehnte die Leiter wieder an und kletterte hoch. Er riss einige Steine aus der Mauer und stieß die Brocken dahinter nach innen, bis das Loch groß genug war. Zunächst zog er Birgitta heraus, dann hob er Gösta Oxenstierna hoch, legte ihn sich über die Schulter und stieg von der Leiter.

Katarina fiel ihrer Mutter um den Hals, die sie jedoch erschreckt von sich stieß. »Ich bin's doch, Mama. Ich habe mich als Hexe verkleidet, um die Mönche zu erschrecken.«

»Pscht!«, fauchte Störtebeker und hätte Katarina gar zu gern einen noch derberen Klaps als zuvor versetzt, denn neben ihnen stand der Mönch, der von zwei Männern bewacht wurde. Störtebeker sah dem Klosterbruder prüfend ins Gesicht und erkannte, dass ihm ein Licht aufzugehen schien. Jetzt erst setzte Störtebeker behutsam Katarinas Vater ab, fasste dafür den Mönch am Nacken und trieb ihn vor sich her. Er passierte mit ihm die Männer der anderen Gruppe, die den gesamten Weg aus dem Gemäuer bewachten, und nahm ihn auch mit nach draußen.

Nun fiel Störtebeker ein, dass er den Klosterbruder auf Deutsch angesprochen hatte. »Du verstehst Deutsch?«

»Ja, ich bin aus Friesland.«

»Oho, das trifft sich gut. Wie heißt du?«

»Almer.« Der Mönch seufzte.

»Warum eigentlich warst du nicht bei den anderen?«

»Ich musste zur Buße die Latrinen leeren«, flüsterte Almer. »Denn ich hatte Unkeusches getan.«

»Ich weiß!«

»Wie?« Almer zuckte zusammen.

»Ich wär doch kein Teufel, wenn ich es nicht wüsste.«

»So?«

Störtebeker hörte den beginnenden Zweifel in der Stimme Almers, daher stand sein Entschluss fest. »Ich nehme dich mit nach Hause.« Nun ließ er los und wies den Mönch an, ihm vorauszugehen.

»In die Hölle?«

»Nein, nicht doch, nach Friesland natürlich.«

»Dort ist aber nicht die Hölle, euer teuflisches Zuhause.« Almer trat aus dem Gebüsch und ohne nachzufragen, ging er den Weg an der Mauer entlang zur Anlegestelle.

»Ich bringe dich in deine Heimat, zum Teufel nochmal! Ich kann dich nicht zurücklassen, denn du weißt zu viel.«

»Ob ihr mich mitnehmt in die Hölle oder nicht, das ist letztendlich egal«, murmelte Almer, der Ton seiner Stimme klang lakonisch. »Der Abt hat nämlich jedem, der dem Hexenpaar hilft, mit dem Wurf ins tiefste aller Höllenfeuer gedroht.«

Im Morgengrauen erreichten die Befreier die Anlegestelle und eilten an Bord des Schiffes. Schon nach wenigen Augenblicken legte der Rote Teufel ab und Fietje steuerte ihn in die Mitte des Mälarsees, um eine entlegene Bucht als Versteck bis zur nächsten Nacht zu suchen.

Störtebeker führte Katarinas Eltern in seine Kajüte. Im Schein etlicher Kerzen sah er, dass die Gefangenschaft ihnen schon zugesetzt hatte, obwohl sie nur wenige Wochen gewährt hatte. Birgittas Gesicht war noch schmaler geworden und ihre Haut wirkte leichenblass. Aber ihre blauen, voller Dankbarkeit leuchtenden Augen sowie ihre aschblonde Haarmähne, die ihr zerzaust bis zum Po herabwallte, ließen sie immer noch schön erscheinen.

Ihr Gatte Gösta hatte sichtlich an Umfang eingebüßt, wirkte aber immer noch vital und ging kaum gebeugt. Er betrachtete seine Tochter, dann Störtebeker und sah wieder zu Katarina, dann brach er in ein schallendes Lachen aus. »Meine dickköpfige rothaarige Hexe hat uns gerettet, mit ihrem großen Teufel! Wäre ich der Beelzebub höchstpersönlich, würde ich euch sofort zum Hauptteufel und zur Oberhexe ernennen!«

»Dann macht aber erst einmal richtig sauber in eurer Hölle!« Wichmann blickte missbilligend auf Störtebekers Schuhe sowie Hosenbeine und rümpfte abfällig seine Nase. »Sie steht anscheinend knöcheltief unter Scheiße und stinkt auch eindeutig danach! Mach, dass du rauskommst, du frischgebackener Hauptteufel, und säubere dich mit dem Besen von deiner neuen Oberhexe!«

Almer stand unbeachtet am Bug des Höllenschiffs, während es in die Mitte des Sees hinausfuhr, und zitterte am ganzen Leib. Er blickte sehnsüchtig auf das Kloster zurück, jedoch besann er sich der Strafe, welche ihm dort auferlegt würde. Er zuckte fatalistisch mit den Schultern und zitierte auf Latein den von ihm heimlich verehrten Dichter der ›Göttlichen Komödie‹: »Lasst, die ihr eintretet, alle Hoffnung fahren!«

17

Ingvar Broderson stand auf dem Burgturm; von seiner Nachtwache waren erst fünf Stunden herum. Um diese Zeit konnte er gewöhnlich seine Lider kaum noch aufhalten. Dieses Mal jedoch war er auch weit nach Mitternacht noch hellwach, ebenso wie sein Kamerad Mikkel.

Sie sahen sich an.

»Mitternacht ist längst vorbei!«, flüsterte Mikkel.

Ingvar reckte zum wiederholten Mal seinen Hals, starrte nach Osten und dann auf den Nörrström hinunter. »Und kein Totenschiff mit Höllengeistern zu sehen.«

Er atmete erleichtert aus und war sicher, dass seine große Beichte vor Antritt des Wachdienstes geholfen hatte. Eine kleine Sünde jedoch hatte er verschwiegen, in der Hoffnung, dass der Rest ausreichte.

Mikkel zuckte zusammen und sein Gesicht wurde noch fahler. Er zeigte mit zitterndem Arm nach Westen. »Da!«

Ingvar drehte sich langsam um; er ahnte, was er zu sehen bekam. Neben dem Schiffsbug an der Reling stand wieder dieser große rote Teufel. Er winkte ihm sogar und schien ihm etwas zuzurufen.

Ohne sich zu verständigen, gingen beide Wachen gleichzeitig hinter der Mauer in Deckung.

Mikkel klapperte wieder mit den Zähnen. »Ha-ha-hat der Teufel etwa *uns* angesehen? Was hat er denn gerufen?«

»Halts Maul!«, flüsterte Ingvar und presste seine Hand auf Mikkels Mund. »Keinen Piepser, sonst flatterst du vom Turm.«

Mikkel zitterte am ganzen Körper, aber er senkte kurz die Lider. Erst nach einer halben Stunde erhob sich Ingvar und traute sich, über die Mauer zu lugen: Er sah nichts als den dunklen Wasserspiegel des Nörrströms und im Blinken des Mondlichts erkennbares Wellengekräusel.

Ingvar nahm sich felsenfest vor, in aller Frühe noch jene kleine Sünde zu beichten, die er dem Priester verschwiegen hatte. Danach würde er dessen riesengroßes Donnerwetter ergeben über sich ergehen lassen müssen. Er zog eine Fresse und zuckte bedauernd seine Schultern, denn aus war's nun auch mit der außerehelichen Liebschaft.

18

Im Morgengrauen lenkte Fietje den Roten Teufel zur Anlegestelle des Festungsneubaus auf den Fjäderholmarna.

Die Männer nahmen das Furcht einflößende schwarze Segel ab und zogen ein neues auf. Störtebeker regte an, eine schwarze Fahne mit weißem Totenkopf zu schneidern. Künftig könnten Ihresgleichen auf diese Weise ankündigen, dass sie frei seien und ihre Gegner als Beute nähmen.

Die Gebeine der Dänen wurden wieder bestattet und Almer herbeigeholt, damit er den Verblichenen jeglichen Segen erteilte. Die Söldner wollten sichergehen, dass die Seelen der gebrauchten Toten ihnen nicht nachstellten.

Einige Stunden machten sie sich auf und davon und navigierten durch die Schären zum Baltischen Meer. Sie segelten zunächst nach Südost, um die Insel Gotland weit östlich zu umfahren, wie bei ihrer ersten Fahrt nach Stockholm im Herbstwinter 1390. Auf der Höhe von Öland nahmen sie Kurs Südwest, passierten Bornholm sowie Kap Arkona auf Rügen und durchsegelten den Fehmarnbelt.

Störtebeker lauerte seit Tagen auf eine Gelegenheit, seinen Preis bei Katarina einzuholen, jedoch waren die Kabinen des Roten Teufels überfüllt sowie auf und unter Deck kein einziger Winkel zum Verstecken. Er zitterte vor Verlangen am ganzen Körper, denn er wusste sich seiner Sache sicher. Da sie nirgends anlegen konnten, war die nächste Landung erst nach Erreichen der Westsee möglich. Jeder weitere Tag auf dieser Reise schmälerte seine Chancen.

Auf dem Weg zum Großen Belt jedoch schlug das Wetter unerwartet um, denn der bisher stetige Ostwind flaute ab. Stunden später war es dermaßen windstill, dass der Wasserspiegel der Beltsee immer mehr abflachte, bis er so glatt wurde wie bei einem kleinen Teich mitten im Wald.

Niemand an Bord hatte jemals eine solche Flaute erlebt. Nyenkerken lehnte an der Reling und sah sich verwundert um. Störtebeker stellte sich neben ihn und konnte seine Vorfreude kaum verbergen.

»Wie lange wird diese Flaute halten?«, fragte Störtebeker und legte Nyenkerken seine Hand freundschaftlich auf die Schulter.

Nyenkerken zuckte mit seinen Schultern. »Ich lag einmal drei Tage vor Anker, weil kaum Wind wehte. Ich denke, wir werden bis Morgen nicht eine Elle vorankommen.«

»Hoffentlich.«

Nyenkerken stemmte sich von der Reling ab und wandte sich überrascht zu Störtebeker. »Wie bitte?«

»Ich hoffe, dass wir bis Morgen nicht vom Fleck kommen.«

»Ich verstehe dich nicht. Du willst doch weg von hier, möglichst schnell sogar.«

»Das stimmt, aber auf einen Tag oder mehrere kommt es nun auch nicht mehr an.« Störtebeker hob die Brauen und blickte verschwörerisch. »Mir passt diese Unterbrechung sehr gut, denn ich will unbedingt meinen Preis eintreiben.«

»Was für einen Preis?«

»Die Belohnung für die Rettung von Katarinas Eltern.«

Nyenkerken stutzte. »Was sollst du denn erhalten?«

»Katarina!«

»Wie bitte?«

»Sie hat mir ihren Leib geboten.« Störtebeker nickte nachdrücklich.

»Bestimmt nicht!«

»Und ob, denn heute Nacht werde ich sie nehmen! Ich weiß, dass ich unsere Freundschaft auf eine harte Probe stelle, aber ich bestehe darauf.«

Nyenkerken stieß mit beiden Händen Störtebeker gegen die Brust, um ihn über die Reling zu kippen. Jedoch erwischte Störtebeker eine Hand Nyenkerkens und riss ihn mit über Bord. Sie platschten ins Wasser, tauchten wieder auf und ruderten mit den Armen.

Nyenkerken trat Wasser auf der Stelle, prustete und holte tief Luft. »Bist du sicher, dass Katarina will?«

Störtebeker schwamm in einem kleinen Kreis um Nyenkerken herum. »Jawohl!«

»Nun, dann habe ich sie wohl an dich verloren.«

»Nicht doch. Weißt du noch, was wir abgemacht haben, als wir sie das erste Mal sahen?«

»Wir haben etwas abgemacht?«

»Natürlich! Ich sagte zu dir: Erst einmal habe ich meinen Spaß, dann kannst du sie heiraten.« Störtebeker grinste frech.

»Das war doch bloß ein Scherz damals.«

»Keineswegs!«

»Heißt das, du willst wirklich nur einmal?«, murmelte Nyenkerken hoffnungsvoll, aber er blickte skeptisch.

»Richtig, ich leihe sie mir nur für eine Nacht aus.« Störtebeker hob seine rechte Hand aus dem Wasser. »Einverstanden?«

»Nein, überhaupt nicht. Aber wenn Katarina dir das versprochen hat, werde ich euch nicht daran hindern.«

»Wir bleiben also Freunde?«

»Was bleibt mir anderes übrig?« Nyenkerken hechtete mit dem Oberkörper aus dem Wasser und tauchte Störtebeker tief unter.

Der Kopf Störtebekers durchbrach die Wasseroberfläche, er prustete mehrmals. »Was für eine freundschaftliche Geste! Aber jetzt habe ich genug gebadet.«

Störtebeker erlaubte den Männern, einige Fässer Rum zu öffnen. Er wollte sie trunken machen, damit sie diese Nacht tief und fest schliefen. Er selbst hielt sich mit dem Trinken merklich zurück und löste in Gedanken seinen Preis bereits ein. Daher achtete er nicht darauf, dass Fietje mit seinen Kumpanen flüsterte und sie dazu anhielt, maßvoller als üblich zu saufen.

Nyenkerken jedoch berauschte sich durch lange Schlucke, taumelte weit vor Mitternacht in seine Kabine und fiel auf sein Bett, ohne Katarina eines Blicks zu würdigen.

Eine Stunde nach Mitternacht schlich Störtebeker aus seiner Kabine und kratzte leise an der Tür zu Katarinas Raum. Es dauerte nur eine Minute, bis Katarina die Tür öffnete und herauskam. Störtebeker hörte Nyenkerken schnarchen und grinste mitleidig, aber er nahm Katarina an die Hand und zog sie durch den Gang an Deck. Niemand war zu sehen, selbst am Steuer und im Ausguck hatte keiner der Söldner Dienst, wie es sonst üblich war.

Störtebeker schlich sich nach Backbord, stieg über die Reling und kletterte ins Beiboot. Er winkte Katarina, ihm zu folgen, und half ihr herab. Sie nahm auf der hinteren Ruderbank Platz, dann setzte er sich in den Bug und legte die Ruder ein. Sacht stieß er das Boot von der Schiffswand des Roten Teufels ab und ließ die Ruderblätter behutsam ins Wasser gleiten. Er ruderte mit höchster Aufmerksamkeit und wendete die Blätter beim Ein- und Austauchen so geschickt, dass nur ein leises Gluckern zu hören war.

Er ruderte das Boot nach Osten, bis der Rote Teufel im Licht des abnehmenden Monds nur noch als Schemen am Horizont zu sehen war. Nun zog er die Ruder ein und verstaute sie längs unter den Sitzbänken. Katarina beobachtete ihn, dann blickte sie ihn keck an. »Und was machst du, wenn jetzt Westwind aufkommen würde?«

Störtebeker lächelte spöttisch und zwinkerte ihr zu. »Dann richte ich das Boot auf Westkurs, stelle meinen Mast auf und du bläst.«

Der Rote Teufel neigte sich nach Backbord, denn die gesamte Mannschaft kroch aus den Luken und schlich sich hinter die Reling. Neben- und hintereinander hockten die sechzig Mann an Deck, lugten vorsichtig über die Kante und versuchten, das Geschehen auf dem Boot in der Ferne zu beobachten. Es war jedoch so weit entfernt, dass es nicht einmal als Schemen inmitten der spiegelglatten See zu erkennen war.

Fietje zog eine Fresse. »Schade, dass wir keinen Vollmond mehr haben. Jetzt scheint er nicht mehr hell genug, um …« Jedoch stutzte er und blickte überrascht aufs Wasser.

»He, Wim!« Er schubste seinen rechten Ellbogen mehrmals in die weiche Hüftmasse seines Freundes. »Guck mal! Da kommen Wellen auf unser Schiff zu.«

Wim erhob sich leicht, kniff die Lider zu schmalen Schlitzen zusammen und schaute über Bord. Im Mondschein erkannte er eine Welle, der sich am Schiffsrumpf brach; vier Ellen dahinter näherte sich die nächste. Sie waren so flach, dass er sie kaum erkennen konnte.

»Siehste?«, fragte Fietje mit erregter Stimme und sah seinen Freund mit glänzenden Augen an.

»Ja und?«

»Mensch, Wim! Du hast schon wieder mal keine Ahnung von Tuten und Blasen.«

»Fietje, das sind doch bloß ein paar Wellen.«

Der Steuermann schüttelte den Kopf. »Das sind nicht irgendwelche Wellen, sondern Schiebewellen.«

»Was für Wellen?«

»Schiebewellen sind das, du Ahnungsloser!« Fietje zeigte Wim den Vogel. »Der große Klaus liegt jetzt auf diesem tollen Weib drauf und schiebt seinen kleinen Klaus in ihr hin und her.« Er leckte sich die Lippen und blickte lüstern. »Jedes Mal wenn er in sie hineinstößt, schubst er das Boot in unsere Richtung. Daher kommen die Wellen auf uns zu, Schiebewellen eben.«

»So?« Der Mund von Wim stand offen und er guckte mit großen Augen in die Ferne. »Glaubst du wirklich, dass er da draußen …«

»Na klar! Deswegen ist er doch mit ihr weggerudert. Stell dir doch mal vor, wie unter Deck des Roten Teufels alle Mann in den Hängematten hin und her schwanken würden, wenn er in seiner Kabine wie der ›Wilde Mann‹ über sie herfallen würde!«

Wim holte tief Luft, fasste sich unauffällig ans Gemächt, und begann stoßweise zu atmen.

Aber Fietje bemerkte es, krümmte sich vor Lachen und hielt Wim den zwischen Zeige- und Mittelfinger durchgesteckten Daumen unter die Nase. »He, he, endlich hast du's kapiert!« Jedoch wandte er sich ab, um seine Neugier zu befriedigen, beugte sich über die Reling und beobachtete eine Weile die Wellen. »Guck mal! Jetzt kommen die Wellen nicht mehr in langen Linien, sondern tanzen hin und her.«

Wim jedoch blieb hocken und stöhnte leise.

»Mensch, Wim, mach dich hoch und guck. Weißte auch, warum die jetzt tanzen? Weil das jetzt Tunkwellen sind! Die entstehen zum Beispiel, wenn du einen leeren Topf nimmst und mehrmals bis zur Kante ins Wasser hinein tunkst, ohne ihn volllaufen zu lassen. Und was bedeutet das bei unserem scharfen Pärchen da draußen auf ihrer Liebesbarke? Mit gespreizten Beinen hockt sie jetzt auf unserem Hauptmann und reitet seinen Riemen – auf und nieder, dadurch tunkt sie das Boot ins …«

Fietje zuckte zusammen. »He!« Er spürte einen klebrigen Tropfen auf dem rechten Handrücken und besah ihn sofort im Mondlicht. »Du Wichsfrosch!«, schimpfte Fietje und wurde fuchsteufelwild. Er riss seinen Scheibendolch aus dem Gehenk, holte aus und stach die schmale Spitze tief in Wims linke Hinterbacke. »Dann quak gefälligst dabei!«

Wim brüllte wie am Spieß.

Störtebeker fuhr hoch. Er zog seinen Dolch und sah sich ringsum.

»Was hast du?«, fragte Katarina.

»Hast du nicht gehört?«

»Was denn?«

»Weit entfernt hat jemand geschrien!« Störtebeker stand breitbeinig im Boot und legte seine rechte Hand über die Augen.

»Weit entfernt?«

»Der Schrei kam sicher vom Roten Teufel. Wir müssen zurück.«

»Warum denn?« Katarina schüttelte entschieden den Kopf.

»Irgendetwas ist dort geschehen.«

»Das Einzige, was uns zur vorzeitigen Rückfahrt bewegen könnte, wäre aufkommender Wind, oder nicht?

»Stimmt!« Störtebeker schmunzelte. »Dann müsstest du nochmal blasen.«

Katarina lächelte, während ihre Pupillen starr auf den ›Mast‹ gerichtet waren. »Wir fangen aber nicht von vorn an, sondern machen weiter.«

»Wo war ich stehen geblieben?«

»Schieb deine Stechwerkzeuge wieder in die Scheiden!«

»Hmmm«, brummte Störtebeker nur. Er sah sich noch einmal kurz um, steckte seinen Dolch ein und legte sich wieder auf Katarina.

20

Fietje steuerte den Roten Teufel durch den Großen Belt, lenkte ihn durch das Kattegat und passierte mit ihm Kap Skagen. Danach schlug er Kurs Süden ein, in für ihn unbekannte Gewässer. Deswegen stand nun Nyenkerken neben ihm und machte ihn mit den wesentlich stärkeren Gezeitenströmen der Westsee vertraut. Der Hansekapitän warnte den Steuermann vor den Untiefen während der Ebbe und zeigte ihm die Landmarken, die bei Flut noch zu sehen waren.

Vor einigen Stunden hatten sie aus einer Seemeile Entfernung das Rote Kliff gesehen, als sie die Insel Sylt passierten. Auf Höhe des Süderoogsands ließ Wichmann den Kurs überraschend nach Westnordwest ändern, sodass sie mit der einsetzenden Flut auf dem Heverstrom ins Wattenmeer hineinsegelten. Auf Höhe der Hallig Südfall ließ Wichmann nach Norden wenden, sodass sie in eine Bucht hineinsegelten, die von der Insel Strand[64] umschlossen wurde. Wichmann ließ mittendrin Anker werfen.

Nyenkerken fiel auf, das Wichmann und Störtebeker nach Backbord gingen und sich tief über die Reling beugten. Wichmann ließ den Kopf hängen, sodass Störtebeker tröstend seinen Arm um dessen Schultern legte. Neugierig trat Nyenkerken dazu.

Wichmann blickte auf, sein Gesicht war traurig. »Du willst sicher wissen, warum ich hierher wollte.«

Nyenkerken nickte schweigend.

»Unterm Kiel lag Rungholt, der Haupthafen der Edomsharde.«

»Hier?« Nyenkerken beugte sich über die Reling.

»Ja, genau hier! Bis die Grote Mandränke[65] kam und von Skagen bis Flandern sich übers Land wälzte.«

»Dies geschah im Januar 1362, als ich zwei Jahre alt war«, sagte Nyenkerken. »Meine Eltern erzählten mir, dass sämtliches Land südlich von Hamburg unter Wasser gestanden habe, so weit das Auge reichte. Die Norder- und die Süderelbe hätten sich zu einem einzigen großen Strom vereinigt. Es habe Wochen gedauert, bis das ganze Wasser wieder abgeflossen war.«

»Trotzdem seid ihr glimpflich davon gekommen, denn Hamburg selbst liegt hoch genug.« Wichmann seufzte. »Aber Rungholt befand sich in einer Senke von Strand.«

»Ich habe noch eine alte Karte, auf welcher die Insel noch in ihrer früheren Größe verzeichnet ist. Wollt ihr sie haben?«

»Gerne!« Wichmann lächelte dankbar und sah Nyenkerken weh-

---

64 Insel Strand – die Inseln Pellworm sowie Nordstrand sind Reste von Strand.

65 Grote Mandränke – eine übermächtige Sturmflut. Siehe Anhang, S. XVII (595).

mütig an. »Eine Erinnerung an meinen Geburtsort wäre schön.«

»Wie? Du wurdest in Rungholt geboren?«

»Ja. Denn mein Vater war Landvogt von Strand! Er residierte in der Stadt Rungholt.«

»Wie bist du entkommen?«

»Dank meinem Vater!« Wichmann sah nach Osten, dann schweifte sein Blick nördlich an der Küstenlinie entlang. Dann zeigte er auf eine Erhebung der Harde[66] Nordstrand. »Auf diesen höheren Teil von Strand retteten wir uns.«

»Nordstrand?«

»Ja, dorthin. Ich erzähle dir meine Geschichte: Mein Vater wohnte mit der Familie in der Vogtei in Rungholt. Er verwünschte deren Erbauer, denn sie hätten die Stadt nicht nur auf weichem Boden, sondern auch noch auf zu tief liegendem Land gegründet.

Er sorgte sich um die Landschaft und wurde niemals müde, tagein tagaus die Deiche der Insel Strand – vor allem rund um Rungholt – verstärken zu lassen, damit sie selbst einer Sturmflut standhalten könnten. Aber er hatte immer noch nicht genug, der er warnte stets vor einer neuen Sintflut. Er wollte noch höhere und festere Wälle, bis ihm die Einwohner die Gefolgschaft verweigerten. Sie nannten ihn einen Spökenkieker und Angsthasen. Selbst mir war mein eigener Vater nicht geheuer, denn er redete stets von dieser Flut, die diesen Teil der Insel fortspülen würde. Heute weiß ich, dass er einen besonderen Sinn dafür hatte und mehr wusste, als alle Menschen der Insel zusammen.

Als ich ein Junge war, musste ich jeden Tag zweimal auf den höchsten Punkt der Gegend steigen.«

Wichmann hielt inne und wies auf die Erhebung von Südfall. »Da oben war das, wo immer noch der Hof steht. Dort kletterte ich immer hoch bis zum Dachfirst.«

Er nickte andächtig und erzählte weiter: »Im Norden blickte ich über Strand hinweg bis nach Amrum und Föhr, im Westen konnte ich manchmal bis nach Helgoland sehen, Eiderstedt im Süden und das Festland im Osten beachtete ich kaum. Danach musste ich ihm stets schildern, wie die See ging. Er erkannte daraus stets die nächste stärkere Flut und warnte die Bewohner der Insel.

Der 16. Januar 1362 war mein zehnter Geburtstag, aber ich stieg wie jeden Morgen und jedem Wetter auf das Dach des Hofs auf Südfall.

---

66 Harde, die – früher ein unterer Verwaltungsbezirk in den nordischen Ländern. Abgeleitet von ›Hundertschaft‹, denn eine Harde umfasste ursprünglich ein Gebiet, das ein Schiff bemannen konnte.

Obwohl meine Mutter mich wieder so warm wie möglich eingekleidet hatte, zitterte ich in der Kälte, die ein eisiger Ostwind verursachte. Der Wind war schon außergewöhnlich, denn aus dieser Richtung war ich solche heftige Böen nicht gewohnt; die Ebbe jedoch war einzigartig, denn ich sah kein Wasser mehr, nicht mal am Horizont. Hastig kletterte ich wieder herunter und rannte nach Hause.

Ich rief meinem Vater schon von Weitem zu, dass das Wasser fort sei, und ich trockenen Fußes bis nach Helgoland laufen könne. Mein Vater sah keineswegs überrascht auf, blickte mich nur prüfend an und fragte mich, ob es weiter fort sei, als vor der Springflut im vorletzten Jahr. Ich bejahte und sagte, dass es ganz weg sei und man den Meeresboden bis Helgoland sehen könne.

Mein Vater blickte zum Himmel empor, dann sah er nach Osten. Er sagte, dass der Wind noch nie so stark aus Osten gekommen sei – dies sei ein untrügliches Zeichen für eine mörderische Flut. Er befahl mir, zur Kirche zu laufen und im Turm die Sturmglocke zu läuten.

Ich rannte los, läutete die Glocke so wild, dass die Leute vor der Kirche zusammenliefen. Als ich herauskam und sie im Auftrag meines Vaters warnte, lachten sie jedoch und winkten reihum ab. Sie nannten meinen Vater erneut einen Spökenkieker, denn es sei ja gar kein Wasser da, um eine Flut zu bilden.

Ich lief nach Hause, wo mein Vater bereits die Befehle zum Verlassen der Vogtei gegeben hatte. Meine Mutter, die Geschwister und das Gesinde wagten nicht, ihm zu widersprechen und luden unsere Habseligkeiten auf mehrere Leiterwagen. Der Knecht spannte vor jeden der vier Karren ein Pferd und nahm den Gaul des zweiten Wagens am Halfter. Mein Vater führte das vorderste Tier, ich lenkte das Pferd des dritten Wagens und meine Mutter das letzte. Die Mägde und meine jüngeren Brüder und Schwestern setzten sich auf die Karren.

Mein Vater führte die kleine Karawane durch die Stadt, während die Leute ihm hinterhersahen und die Köpfe schüttelten; manch einer von ihnen zeigte ihm hinterrücks den Vogel. Wir zogen nordostwärts, um die höchste Stelle von Strand zu erreichen.«

Wichmann hielt inne und zeigte auf einen sandigen Hohlweg, der vom Ufer der Harde Nordstrand direkt ins Wasser führte. »Das da war früher keine Bucht, sondern der Weg hinab nach Rungholt.« Er seufzte, dann erzählte er mit betrübtem Gesicht weiter.

»Seit einer Stunde waren wir auf diesem Weg unterwegs, aber der Wind hatte sich innerhalb dieser Zeit gedreht und wehte nun aus Westen. Er wurde immer stärker und wir hörten ein Brausen aus der Ferne. Ich stieg auf einen Baum und sah weit im Westen eine graue

Wand emporragen. Nachdem ich ein zweites Mal hingeschaut hatte, erkannte ich, dass sie aus Wasser war und sich auf unsere Insel zuwälzte. Ich schrie entsetzt auf und fiel fast vom Baum. Ich kletterte rasch herunter und warnte meine Familie.

Wir trieben die Pferde an und hasteten weiter. Ich blickte mich immer wieder um und sah, wie Rungholt unter der Wasserwalze verschwand oder die Häuser fortgerissen wurden. Die monströse Welle näherte sich uns rasch, aber wir hatten bereits den Kamm eines Hügels erreicht, auf dem ein einsamer Bauernhof stand. Wir spannten die Pferde aus und trieben sie in die Scheune, dann zogen wir die Wagen herein und schlossen das Tor.

Die Wogen wälzten sich bereits den Hügel empor und brachen sich erst am festen Tor der Scheune. Das Gebäude hielt dem Sturm stand, auch wenn die Balken knarrten und teilweise sogar knackten. Das Wasser strömte durch alle Ritzen, sodass wir nach wenigen Augenblicken bereits kniehoch im Wasser standen. Es stieg so hoch, das wir Kinder auf die Firstbalken klettern mussten und die Erwachsenen sowie die Tiere bis zum Hals im Wasser standen.

Erst nach einer Stunde fiel der Pegel und am nächsten Tag konnten wir wieder vor die Tür treten. Von der Landschaft, inmitten derer Rungholt gelegen hatte, war nichts mehr zu sehen: Eine weite Bucht tat sich auf, von den Harden Pellworm und Nordstrand eingefasst wie ein Hufeisen.«

Wichmann zeigte wieder auf Südfall. »Von der gesamten Edomsharde ist lediglich das Eiland Südfall übrig geblieben.« Dann drehte er sich wieder um und blickte nach Osten.

»Erst einige Tage danach setzten wir aufs Festland über und fuhren weiter bis nach Flensburg an den Hof von Herzog Waldemar V. von Schleswig. Mein Vater bat seinen Dienstherren, ihn künftig vom Anblick der Westsee zu verschonen, denn er hasse dieses Wasser. Der Herzog schickte ihn nach Burg auf Fehmarn. Dort erlernte ich das Handwerk der Seefahrt und schon in jungen Jahren wurde ich Kapitän. Welches Schicksal mich zu den Likedeelern trieb, ist eine andere Geschichte.«

»Auch ich hatte nicht die Absicht, ein Likedeeler zu werden«, murmelte Störtebeker melancholisch blickend und schüttelte den Kopf.

Gleichmütig zuckte Wichmann mit den Schultern. »Das Fräulein Fortuna ist eine launische Göttin, nicht jedem ist sie hold.«

»Mir schon gar nicht!«, brummte Störtebeker und zog ein finsteres Gesicht. »Aber nun besitze ich die Gelassenheit, mein Geschick hinzunehmen, denn ich weiß, dass ich es nicht mehr ändern kann.«

21

Bevor die Ebbe einsetzte, lenkte Fietje den Roten Teufel wieder in tieferes Fahrwasser, und steuerte die Insel Neuwerk an, um ihre Passagiere darauf abzusetzen. Gegen Abend erreichten sie den nördlichsten Besitz der Stadt Hamburg. Für Störtebeker und seine Männer war dies ein lebensgefährliches Manöver, daher warteten sie auf Morgennebel, bevor sie sich Neuwerk näherten. Wichmann ließ Anker werfen und das Beiboot klarmachen.

Nyenkerken und Störtebeker kletterten zuerst herunter und halfen der Familie Oxenstierna beim Einsteigen. Wichmann folgte, nahm ein Ruder und stieß es gegen den Rumpf des Roten Teufels, um mit dem Boot Abstand zu gewinnen.

Wie die meisten seiner Kumpane stand Fietje an der Reling und beobachtete, wie Störtebeker und Wichmann die Ruderblätter eintauchten und im Gleichtakt zu rudern begannen. Bereits nach mehreren Dutzend Schlägen war das Boot nicht mehr zu sehen, nur das Platschen der flachen Hölzer war noch eine Weile lang aus dem Nebel heraus zu hören.

»Jetzt bin ich aber mal gespannt«, murmelte Fietje und kratzte sich an der Helmleiste, »ob wir beide Hauptmänner wiedersehen. Ich setze meinen Helm, dass nur einer zurückkommt.«

Nyenkerken lotste die beiden Ruderer durch den Nebel, sodass sie nach einer halben Stunde das Ufer von Neuwerk erreichten. Er sprang als Erster heraus und zog gemeinsam mit Störtebeker und Wichmann den Kahn auf den Strand. Gemeinsam halfen sie Katarina und ihren Eltern beim Aussteigen und hoben deren Gepäck aus dem Boot.

Einerseits freute sich Nyenkerken über seine Heimkehr, andererseits spürte er eine Beklemmung in seinem Herzen, denn er ahnte das Ende seiner ungewöhnlichen Freundschaft mit Klaus Störtebeker. Nyenkerken war klar, dass er ihn kaum davon abbringen konnte, zu den Friesen zu segeln. Weil er jedoch Hamburger mit Leib und Seele war, würde Störtebeker künftig sein Feind sein.

»Klaus!«, redete er ihm ein letztes Mal zu. »Überlege es dir noch einmal. Bitte, komm mit nach Hamburg und fange ein neues Leben an. Hier kennt dich doch noch keiner. Wir verändern dein Äußeres ein wenig; außerdem wirst du als Hamburger Hansekapitän ohnehin meist auf Londonfahrt sein.«

»Ja!« Katarina sah Störtebeker mit geweiteten Augen an und legte die Hände übereinander auf ihren Busenansatz. »Klaus, komm mit!«

Nyenkerken nickte heftig. Selbst dieses Opfer war er bereit, zu geben. »Ich bitte dich von Herzen: Geh mit uns und fange ein neues Leben an! Mit einer Frau, die dich liebt und einem Freund, der dich von Herzen gern hat.«

Störtebeker senkte langsam seinen Kopf, blickte auf den Sand vor seinen Füßen und schwieg. Sein Oberkörper dehnte und hob sich vom heftigen Atmen. »Auf Hamburger Boden habe ich nichts verloren, schon gar nicht meinen Kopf!«, sagte er endlich. »Außerdem habe ich vor Jahren geschworen, nie wieder mein Wort zu brechen. Ich habe auf dem Roten Teufel bezeugt, niemals von Bord zu gehen.«

Er gab sich einen Ruck, drehte sich um und packte beidhändig die Bootswand. Er flankte mit einem Satz in den Kahn und setzte sich rechts auf die Ruderbank. »Hennig!«, rief er im Kommandoton und blickte verbissen auf den Boden des Boots. »Wo bleibst du?«

Wichmann jedoch nickte unbeeindruckt und stieg erst ein, nachdem er sich von der Familie Oxenstierna verabschiedet hatte. Nyenkerken trat ans Boot und streckte den Arm aus. Beide schüttelten sie lange ihre Hände zum Abschied.

Wichmann legte die rechte Hand auf Störtebekers Schulter. »Klaus, ich löse dich von diesem Schwur. Das kann ich, denn ich nahm ihn dir ab!« Mit einer einladenden Bewegung des linken Arms präsentierte er ihm Neuwerk. »Du kannst gehen.«

»Lass das einlullende Gerede.« Mit einer heftigen Schulterbewegung entzog sich Störtebeker der Hand von Wichmann. »Ein gegebenes Wort kann man nicht zurücknehmen.«

Währenddessen ging Nyenkerken um den Bug herum, trat neben Störtebeker und reichte ihm ebenfalls die Hand.

Störtebeker sah wieder hoch, richtete seinen Oberkörper auf und nahm die dargebotene Hand seines Freundes. Er blickte Nyenkerken dankbar an und beugte sich zu dessen Ohr.

»Lieber Hermann«, flüsterte Störtebeker, seine Stimme klang wehmütig und entschuldigend gleichzeitig. »Du weißt, dass ich mir einst geschworen habe, nie wieder mein Wort zu brechen. Die Männer an Bord haben mein Wort, dass ich sie führen werde, selbst bis ans Ende der Welt. Darum kann ich sie nicht verlassen!« Er grinste flüchtig und zwinkerte Nyenkerken unauffällig zu. »Wir beide haben auch eine Abmachung, an die ich mich halten will. Du weißt schon.«

Sie sahen kurz zu Katarina hinüber. Sie nahm in ihrer Verzweiflung nichts wahr und ihr Blick verlor sich in den Nebelschwaden. Die Hände hatte sie zusammengeballt und auf ihren Mund gepresst, damit sie nicht heulte.

Nyenkerken drückte ein letztes Mal die Hand Störtebekers. »Einverstanden«, murmelte er. »Ich werde mich auch daran halten.«

»Sorge gut für sie.«

»Das ist ja wohl die geringste Sorge. Nun lebe wohl!« Nyenkerken packte den Rand des Bootes und sammelte seine Kräfte.

»Habt nochmals Dank für Eure Heldentaten bei unserer Rettung, Hauptmann Störtebeker!« Gösta Oxenstierna trat hinzu, packte das Boot an der anderen Seite und schob es gemeinsam mit Nyenkerken ins Wasser. »Auch Euch werden wir niemals vergessen, Kapitän Wichmann. Eure stete Umsicht ist bewundernswert.«

Birgitta Oxenstierna nahm ihre Tochter in den Arm und ermahnte sie, den beiden Ruderern hinterherzuwinken. Katarina hob den Kopf, winkte apathisch mit ihrer rechten Hand und durch erstarrte Pupillen sah sie ihre Hoffnung entschwinden.

Störtebeker und Wichmann ruderten von Neuwerk fort in den Nebel hinein. Wichmann achtete stets darauf, nicht den Kurs zu verlieren, während Störtebeker unversehens zu brabbeln anfing.

»Bis ans Ende der Welt! Das habe ich den Jungs versprochen. Was wäre, wenn ich es wirklich tue?« Er wandte sich an Wichmann und sah ihn mit einem fast irren Blick an. »Hennig, du kennst doch die alten Geschichten von Erik dem Roten und Leif dem Guten?«

»Du meinst, diese alten nordischen Sagen.«

»Nein, keine Sagen! Das sind Geschichten, denn sie sind wahr. So wahr, wie es Grönland gibt und sogar Vinland! Du weißt doch, dass vor vierzig Jahren die Norweger eine Fahrt nach Grönland[67] unternommen haben, um ihren Verwandten zu helfen im Kampf gegen die Eingeborenen?«

»Eine waghalsige Reise, von der nur wenige Männer zurückkehrten.« Wichmann schüttelte mit abweisender Miene den Kopf.

»Ach was, die sind doch nach Nordost in den hohen Norden gesegelt. Wir hingegen fahren nach Island und segeln dann stracks nach Westen, so lange, bis wir auf Vinland stoßen!«

»Klaus, hör auf, zu spinnen! Wir segeln nur bis Friesland und machen es uns dort gemütlich.« Wichmann sah sich wieder um und stellte erschrocken fest, dass er im Kreis ruderte, denn Störtebeker hatte währenddessen sein Ruder losgelassen. Er saß zusammengesunken auf seiner Bank und sein Körper bebte unter einem heftigen lautlosen Weinkrampf.

»Klaus?« Wichmann legte seinen Arm um Störtebekers Schultern. »Was hast du denn?« Er zog ihn an sich. »Ich kann's mir denken – der Verzicht auf dein eigenes Glück tut dir schon leid.«

---

67 Grönlandfahrt – die Paul-Knudson-Expedition von 1355-1356, siehe Anhang, Seite XVII (595).

Störtebekers Körper jedoch wurde wieder und wieder von Weinanfällen durchgerüttelt. Sein Geist weilte nicht mehr in dieser Welt, sondern im dunklen Reich der Trauer.

Wichmann sah sich hilflos um, denn er hatte die Richtung verloren. Er zog seinen Kumpan enger an sich und strich behutsam die Haare aus dem vom Gram verzerrten Gesicht Störtebekers.

Der Kahn schwankte hin und her, dabei drehte er sich stetig im Kreis. Der Nebel verdichtete sich.

Westsee

Achter Teil
Aufrecht
Anfang März 1398

1

»Beeilt Euch!«, rief Hermann Nyenkerken den Seeleuten seiner Kogge zu, während er zur neuen Sonnenuhr am hohen Turm der Kirche Sankt Nikolai hinüberblickte. Heute hatte er es besonders eilig, nach Hause zu kommen, denn in wenigen Stunden fand eine bedeutungsvolle Sitzung des Hamburger Rats statt.

Seine Untergebenen gehorchten ohne Murren und setzten mit Eifer selbst das kleinste Stück Segel, damit die ›Agnes von Lindow-Ruppin‹ rascher elbaufwärts fuhr. Sie gaben sich stets größte Mühe, denn es lohnte sich im wahrsten Sinne des Wortes: Ihr Kaufherr ging anständig mit ihnen um und die Heuer war reichlicher als bei anderen.

Das Herz schlug stets etwas rascher, wenn Nyenkerken der Heimatstadt näher kam und er konnte es kaum abwarten, den Hafen zu erreichen. Sein Steuermann lenkte das Schiff in die Norderelbe, fuhr in den Elbe-Hafen ein und legte am ›Neuen Krahn‹ an. Die Mannschaft begann, die Waren in drei Schniggen umzuladen, die steuerbords festgezurrt wurden, denn die Kogge war zu groß, um unter der ›Hohen Brücke‹ hindurchzusegeln. Nyenkerken ließ es sich nicht nehmen, die wertvollsten Güter sowie das in London eingenommene Geld eigenhändig in ein Beiboot zu laden, eines der Ruder anzupacken und mit Hilfe von fünf Seeleuten unter einem der drei Bögen der Hohen Brücke hindurch in den Alsterhafen zu rudern.

Auf halber Höhe des Hafens lenkte Nyenkerken das Boot unter der ›Zollenbrücke‹ hindurch in den ›Zollenfleet‹ und ruderte bis zur Anlegestelle seines Kontors. Er nahm die Kassette mit dem Geld und sprang schon von Bord, bevor das Boot festgezurrt war. Durch das Kontor und den Innenhof ging er hinüber ins Vorderhaus, suchte die Arbeitsstube auf und verstaute die Kassette. Im Schlafraum machte er sich frisch und zog den edlen Mantel mit dem Pelzkragen an, welchen er nur bei den Ratsherrensitzungen trug. Er begrüßte seine auf ihn zustürzende Familie nur kurz aber überschwänglich wie stets, stieg auf seinen bereitgehaltenen Rappen und ritt durch das Tor des Haupthauses. Er ließ den Hengst nach Westen durch die ›Große Reichenstraße‹ traben und erreichte in kurzer Zeit den freien Platz vor dem Rathaus.

»Brrr!« Nyenkerken zog an den Zügeln seines Rappens. Das Ross blieb stehen vor dem Portal des Rathauses der Hansestadt Hamburg. Er beugte sich vor und tätschelte mit seiner rechten Hand den Hals des

Pferdes. Dann stieg er ab und übergab die Zügel einem herbeigeeilten Bediensteten.

Er trappelte die wenigen Treppenstufen des Haupteingangs hinauf und schaute dabei auf die beiden Fensterreihen, die Licht in den zweigeschossigen Ratsaal ließen. Rasch trat er ein und schlängelte sich vorbei an zahlreichen Hamburger Herren, die zumeist in Gruppen beieinanderstanden und lebhaft debattierten.

Nyenkerken entdeckte seinen Vater Joergen etwas abseits vor einer Fensternische, deren Spitzbögen über zwölf Ellen hinaufragten. Bei ihm befanden sich die Ratsherren Nikolas Schoke, Hermann Lange und Hein Brand. Sie waren jünger und gehörten wie die Nyenkerkens zu den reichsten Kaufleuten der Stadt. Die Frühlingssonne schien schräg durchs Fenster auf die Gruppe, sodass der Besatz der edlen Kleidung schillerte und der Schmuck bei jeder Bewegung blitzte.

Die drei Ratmänner redeten gleichzeitig auf Joergen Nyenkerken ein oder abwechselnd, dabei sich gegenseitig ins Wort fallend. Er hörte ihnen aufmerksam zu, nickte gelegentlich oder schüttelte den Kopf, ab und zu antwortete er mit wenigen Worten.

Hermanns Vater war ein Mann mit Ausstrahlung, denn jedermann spürte seine Aura, wenn er einen Raum betrat. Seit kurzem war er einundsechzig Jahre alt, befand sich aber immer noch in seinen allerbesten Jahren. Schlank und drahtig war sein Körper, den er stets kerzengerade durchdrückte, sodass er alle Ratsherren Hamburgs überragte. Obwohl er Naturlocken hatte, trug er die Haare kurz, sodass er mit dem länglichen Gesicht, dem Kinnbart und den eisblauen Augen einen starken Willen zu verkörpern schien. Er hörte geduldig zu, redete überlegt und gestikulierte mit Bedacht. Ob er stand, ging oder ritt, jede seiner Bewegungen vollführte er mit der Eleganz eines Weltmannes.

Sein Sohn bewunderte ihn und eiferte ihm nach, obwohl er vor allem im Gesicht ganz nach seiner Mutter geraten war: einer pausbäckigen, rundlichen Matrone, die zwei Köpfe kleiner war als ihr Mann. Die Mitgift allein hatte für Joergen Nyenkerken den Ausschlag gegeben, denn sie war die einzige Tochter eines steinreichen Lübecker Handelsherren. Seine große Liebe galt einer holden Dame, die jedoch unerreichbar war für ihn.

»Mein Sohn.« Hermanns Vater legte seine Hände auf die Schultern von Nyenkerken und sah ihm tief in die Augen. »So oft du auch nach London fährst, ist es für mich immer wieder eine große Freude, wenn du wohlbehalten zurück in unserer Heimat bist.«

»Auf der Rückfahrt habe ich alle Segel setzen lassen«, sagte Nyenkerken und wies mit einer Kopfbewegung zum Saal. »Ich möchte diese Sitzung nämlich auf gar keinen Fall verpassen.«

»Dann weißt du schon, dass wir ordentlich Wind machen werden.« Hein Brand lachte fröhlich und hieb die rechte Hand auf Nyenkerkens linke Schulterkugel, denn von Kindesbeinen an war Hermann sein bester Freund. »Gleich wird es turbulent werden im Ratssaal.«

Die beiden Ratsherren Schoke und Lange nickten, aber allzu unternehmungslustig blickten sie nicht. Im Gegenteil begannen sie, ihre Köpfe zu wiegen und skeptische Gesichter zu ziehen.

»Wozu eigentlich macht Ihr Euch Sorgen um Euren Sohn?« Hermann Lange breitete die Arme aus, hob die Schultern und blickte Joergen Nyenkerken mit großen Augen an. »Schließlich ist ihm noch nie etwas geschehen.«

»Euer Sohn scheint unter einem besonderen Schutz zu stehen«, warf Nikolas Schoke ein und zeigte mit seinem Daumen auf Hermann Nyenkerken. »Denn Klaus Störtebeker hat Eure Kogge noch kein einziges Mal aufgebracht, im Gegensatz zu den Schiffen aller anderen Londonfahrer.«

Hermann Lange stimmte heftig nickend zu. »In den Spelunken am Hafen prahlen Eure Seeleute seit Monaten damit, dass der Rote Teufel nur ein einziges Mal direkt auf Euer Schiff zugehalten habe. Schon in Sichtweite geraten sei jedoch nach einem Wink von Störtebeker scharf abgedreht worden. Die Besatzung der Holk habe sogar die restlichen Segel gesetzt, um noch schneller davonzukommen.«

Nikolaus Schoke beugte sich zu Nyenkerkens Ohr und flüsterte in vertraulichem Ton. »Mir ist an Eurer Kogge aufgefallen, dass die Galionsfigur Eurem beherzten Weib äußerst ähnlich sieht. Könnte es sein, dass diese hölzerne Dame es ist, welche die Seeräuber abschreckt?«

Nyenkerkens Bäckchen wurden noch röter und um davon abzulenken ergriff sein Vater das Wort. »Meine Herren! Was soll dieses Gerede? An Bord unserer Agnes von Lindow-Ruppin sind vier treffliche Kanonen. Deren Feuerschlünde sind es, die uns diesen Seeräuber vom Leibe halten und nichts anderes.«

Hermann Lange zog ein säuerliches Gesicht, indessen er Daumen und Zeigefinger aneinanderrieb, als zähle er Geld. »Eine einzige Kanone ist teurer als eine verlorene Ladung.«

»Dies ist bereits das dritte Jahr, in dem Störtebeker uns ausraubt! Zwei Kanonen haben sich für mich schon bezahlt gemacht, und wenn Hamburgs Kaufleute weiterhin knauserig bleiben, lohnen sich die beiden anderen auch noch.« Joergen Nyenkerken verschränkte die Arme vor der Brust und lachte spöttisch. »So sind die meisten: Neidisch zeigen sie mit einem Finger auf uns, die anderen jedoch krümmen sie zur Geizkralle.«

»Wir sind nun mal Kaufleute!«, rechtfertigte sich Nikolaus Schoke. »Wir wählen stets das kleinere Übel.«

»Das weiß anscheinend auch Klaus Störtebeker. Ihr seht, wie geschickt er vorgeht, denn zuschaden kommt niemand bei seinen Raubzügen. Er lässt sogar die Waren an Bord zurück, die er nicht gebrauchen kann.« Nun war es Joergen Nyenkerken, der die Arme ausbreitete, die Schultern hob und Lange sowie Schoke mit großen Augen anblickte. »Jährlich raubt er von jedem Hansekaufmann Hamburgs höchstens eine Schiffsladung, sodass dessen Geiz größer bleibt, als der Schmerz des Verlusts. Daher wird kein Geld in die Hand genommen, um Kanonen zu kaufen, geschweige denn, seinen Teil in die Hamburger Kriegskasse einzuzahlen.«

Missmutig sahen Lange und Schoke sich an, denn sie wussten, dass der altersweise Ratsherr vollkommen recht hatte.

»Seht ihr es endlich ein?« Joergen Nyenkerken richtete beide Zeigefinger auf sie. »Die einzige Lösung besteht darin, Störtebeker sofort das Handwerk zu legen. Denn auf lange Sicht wird der Schaden für unsere Gemeinschaft immer größer werden. Jetzt gilt es, mehrere Fredekoggen auszurüsten und ein Landheer aufzustellen, damit wir das Seeräubernest Marienhafe so bald wie möglich ausräuchern können.«

»Vergesst nicht, wir sind die Herren der Stadt, nicht nur Kaufleute aus Hamburg!«, mahnte Nyenkerken und winkte seine Gesprächspartner zu sich. Die fünf Ratsherren rückten zusammen und Nyenkerken beugte sich leicht vor. Er flüsterte, als er fortfuhr. »Wir müssen die Adligen in unserer Stadt endlich davon überzeugen, dass wir den Krieg gegen die Seeräuber selbst führen.«

»Ich fürchte nur«, warf Joergen Nyenkerken ein und blickte skeptisch, »diese hochwohlgeborenen Krähen werden sich gegenseitig kein Auge aushacken. Unser alteingesessener Stadtadel wird eisern zur Herrschaft der ›Edlen Herren von Schauenburg‹ halten.«

»Aber wir wollen endlich ein eigenständiges Hamburg sein!« Hein Brand dämpfte mit größter Mühe seine Stimme, denn er ärgerte sich tagein tagaus wegen der Unfreiheit seiner Heimatstadt. »Unabhängig von irgendeinem adligen Landesherrn.«

Hermann Lange wiegte bedächtig seinen Kopf. »Ich habe die berechtigte Sorge, dass wir für immer unter der Knute der Grafen von Holstein und Stormarn verbleiben.«

Nikolaus Schoke nickte mit betrübtem Gesicht. »Die Herrschaften werden niemals zulassen, dass wir eine freie Stadt im Reich werden.«

»Es wird Zeit, den Adel aus unserer Stadt zu jagen!« Wild entschlossen ballte Joergen Nyenkerken die Fäuste. »Und ihre Junker Gottes werden wir gleich hinterherschicken. Unsere Kirchen dürfen keine Spitäler der nachgeborenen Adligen mehr sein.«

»Zunächst jedoch sollten wir versuchen, ihnen Zugeständnisse abzuringen.« Nyenkerken wedelte besänftigend mit seinen gespreizten Händen, um die harschen Worte seines Vaters zu mildern. »Denn noch sind in der Stadtgarde zu viele Adlige. Wir müssen mehr von unseren Söhnen zu Hauptleuten ernennen, als sie stets zu Kaufleuten heranzuziehen.«

»Eben! Diese Herren sind es gewohnt, mit der Waffe umzugehen«, mahnte Hermann Lange und hielt den Zeigefinger vor die Lippen.

»Aber wir sind ihnen jetzt schon zahlenmäßig bei Weitem überlegen«, warf Hein Brand ein. Er war klein gewachsen und durch reichlichen Biergenuss rundlich geworden, aber stets in Bewegung und leicht entflammbar für das Wohl seiner Stadt.

»Nur beim zahlen der Abgaben sind wir weitaus besser, und wir wehren uns nicht dagegen. Den meisten Kaufleuten sitzt das Herz immer noch ganz tief im linken Hosenbein.« Nikolaus Schoke hob resignierend seine Schultern. »Uns Patriziern fehlen der Mut und der Zusammenhalt.«

»Ihr meint, wir sind dafür besser beim Geld zählen«, höhnte Joergen Nyenkerken. »Zahlen will doch keiner so recht, zum Beispiel für Kanonen.«

»Vater, die Bürgermeister gehen gerade in den Saal!« Nyenkerken zog seinen Vater am Ärmel, um das Wortgefecht zu beenden.

Joergen Nyenkerken nickte beruhigend. »Schon gut, mein Sohn. Gehen wir ihnen nach.« Er wandte sich noch einmal um zu den drei anderen Ratsherren und mahnte mit dem rechten Zeigefinger. »Ich erwarte Eure Unterstützung, wenn ich vorm Rat die Fredekoggen einfordere.«

Hermann Lange und Nikolas Schoke sahen sich kurz an, dann nickten sie bedächtig. Hein Brand zwinkerte ihm tatendurstig zu und hob seine geballte Faust.

Joergen Nyenkerken lächelte dem kleinen Ratsherrn dankbar zu, denn auf den Freund seines Sohns konnte er sich stets verlassen. Er legte die Hände zusammen, rieb sich unternehmungslustig die Handballen, und setzte sich in Bewegung. »Aber zuerst sehen wir uns das neue Gemälde im Ratssaal an, denn ich bin so neugierig darauf, wie ein Klatschweib vom Fischmarkt.«

2

Bertram von Minden[68] hob zum wiederholten Mal die Bahn aus feinem weißen Linnen an. Der Alte schielte auf eine gemalte Gestalt am Rand der wandgroßen Bildtafel dahinter.

»Ich befürchte, die Herrschaften bemerken, dass mir die Nase vom Bürgermeister arg lang geraten ist«, brummelte er in den grauen Vollbart, dessen Spitze ihm bis zum Bauchnabel reichte. Er redete mit sich selbst.

»Grämt Euch nicht, Meister«, flüsterte ihm sein Geselle Jan Francke[69] ins Ohr. »Er wird heilfroh sein, dass Ihr sie nur etwas länger gemalt habt und nicht nach der Natur. Schaut nur hin: Sein Riechkolben ist heute noch röter und geschwollener als sonst.«

»Wahrhaftig, in der Tat. Und ich hoffe, die anderen Herren werden so höflich sein, darüber keine Bemerkung zu verlieren.« Etwas beruhigt nickte Bertram von Minden, jedoch verringerte sich dadurch seine innere Anspannung nicht. Weiterhin spürte er sein Herz klopfen, denn in wenigen Augenblicken würde er vor den Augen des Rats der Hansestadt Hamburg sein großes Werk enthüllen.

Die sechzig Ratsherren versammelten sich fünfzehn Schritte entfernt zu einem Viertelbogen und sahen erwartungsvoll auf die Falten des roten Vorhangs.

Bertram Horborch und Kersten Miles, die beiden Bürgermeister der Hansestadt, stellten sich davor in den freien Raum und wandten sich an die Ratsherren.

»Hochverehrte Mitglieder des Rates unserer stolzen Stadt Hamburg«, begann der erste Bürgermeister die Ansprache. Bertram Horborch rieb sich unwillkürlich an der geschwollenen Nase, bevor er weitersprach. »Heute werden wir die Zeugen von der Enthüllung eines ganz besonderen Gemäldes. Sein Schöpfer ist der weithin berühmte Maler Bertram von Minden! Es erfüllt uns mit Stolz und Dankbarkeit, dass dieser große Meister unserem Ruf gefolgt ist.«

Die Ratsherren klatschten höflich Beifall, indessen sich Meister Bertram mit leicht gerötetem Kopf tief verbeugte, wobei er jedoch den Saum des Vorhangs nicht losließ.

Kersten Miles wies kurz auf die Wand hinter sich und setzte die Ansprache fort. »Auf dieser Wandtafel ist das Ereignis nun verewigt, bei dem Kaiser Friedrich I. Barbarossa unseren Vorfahren das Stadtrecht verleiht.«

»Meister Bertram!« Horborch wandte sich an den Mindener und

68 Bertram von Minden – Meister der Malkunst (*1340)

69 Jan Francke – Meister der Malkunst (*1380)

forderte ihn mit einer Geste auf, zu beginnen. »Zeigt uns Euer Werk.«

Der Meister trat einen Schritt zur Seite und blickte auffordernd den jungen Gesellen an, welcher an der anderen Kante den Rand des Vorhangs hielt. Beide zogen gleichzeitig am Stoff, das Ende des Leinens rutschte über die Oberkante des Bildes und die ganze Bahn fiel nach unten. Die beiden Maler ließen den Stoff achtlos liegen, denn sie beobachteten gespannt das Verhalten der Anwesenden.

Die Ratsherren weiteten nicht nur die Augen, sondern auch die Münder, denn das Wandbild war sechzehn Ellen breit und acht Ellen hoch. Alle Gestalten waren lebensgroß gemalt und im Hintergrund war die Hansestadt Hamburg dargesellt als stilisiertes Panorama in ihrer gegenwärtigen Form. Rechts im Bild saß der Staufer-Kaiser Friedrich I. Barbarossa auf seinem Thron und überreichte feierlich eine Urkunde. Entgegen nahm sie der damalige Bürgermeister Hamburgs, der jedoch dem amtierenden auf frappierende Weise glich. Hinter ihm füllten zwölf Ratsherren – einigen Anwesenden zum Verwechseln ähnlich – nebeneinander gereiht die linke Seite der Bildtafel aus. Das ausgerollte, mit einem Siegel versehene übergroß gemalte Pergament dokumentierte in Lateinisch die wichtigsten Punkte des Freibriefs für die Stadt Hamburg.

Die Ratsherren konnten sich an dem meisterhaften Gemälde kaum sattsehen und betrachteten es mit entzücktem Stöhnen oder lobten es in höchsten Tönen. Erleichtert atmete Meister Bertram aus und verbeugte sich vor seinen Auftraggebern mit dem erhabenen Gefühl, dass die Vollendung dieses großen Werks nur seinem großen Können zu verdanken war.

»Sehe ich richtig?«

Mitten in seiner Bewegung erstarrte Meister Bertram, denn er witterte Unheil. Er blinzelte zu den Anwesenden hinüber und sah, dass der größte der Ratsherren vorgetreten war. Dieser starrte auf den Bürgermeister im Bild, als traue er seinen Augen nicht, dann schüttelte er tadelnd den Kopf.

Meister Bertram befürchtete, gleich werde die zu lang geratene Nase beanstandet, jedoch folgte Schlimmeres.

»Der Bürgermeister *kniet* ja vor dem Kaiser!«, rief Joergen Nyenkerken und streckte anklagend beide Arme aus. »Meister Bertram, was habt Ihr Euch dabei gedacht?«

Der nahm an, sich verhört zu haben. »Denken? Was denn soll ich mir denn dabei denken? Es gehört nun einmal zum unabänderlichen Ritus, nur kniend eine Urkunde vom Kaiser in Empfang zu nehmen.«

»Weiß ich. Das weiß ich selbst.« Joergen Nyenkerken winkte unwirsch ab und zeigte heftig mit dem Finger auf den Bürgermeister. »Trotzdem dulden wir hier keinesfalls ein Gemälde, auf dem ein Hamburger Bürger vor irgendeinem anderen Menschen kniet!«

»Ja aber das ist doch der Kaiser!«

»Na und? Ist er etwa ein überirdisches Wesen? Hat er etwa kein A..., häm, eine Rosette zwischen den Pobacken, durch die er sich entleeren kann?«

Entsetzt klatschte Meister Bertram die Handflächen auf die Backen und sah den Ratsherrn entgeistert an.

Joergen Nyenkerken lächelte spöttisch. »Es gibt über Dir keinen Herren und unter Dir keinen Knecht – so heißt es bei uns.« Joergen Nyenkerken reckte den Zeigerfinger steil nach oben. »*Nur* vor Gott beugen wir unser Knie!« Beifälliges Gemurmel ertönte hinter ihm und die meisten Ratsherren nickten heftig mit entschlossenen Gesichtern.

»Ja aber der Kaiser ist doch von Gottes Gnaden ...«

»Kein ja aber, Meister. Ihr habt wohl Eure Ohren nicht offen gehalten, als wir Euch diesen Auftrag erteilten. Die Originalurkunde wurde 1189 von Kaiser Friedrich I. an den Grafen Adolf III. von Holstein und Stormarn ausgehändigt, welcher vor ihm kniete, selbstverständlich. Dieser edle Herr von Schauenburg hat besagte Urkunde jedoch während des Kreuzzuges von Barbarossa sicherlich verloren. Deswegen schrieben unsere wackeren Vorfahren als Stadtväter im Jahr 1265[70] einfach selbst einen neuen Freibrief.« Joergen Nyenkerken reckte seinen Finger erneut gegen die Nase des Bürgermeisters auf dem Gemälde. »Daher stellt dieses Gemälde nur ein Sinnbild dar und der Bürgermeister hat selbstverständlich zu stehen.« Joergen Nyenkerkens Gesicht bekam einen Zug von Milde. »Wir gestatten Euch jedoch, ihn mit einer ganz leichten, aber nur angedeuteten Verbeugung zu malen.«

Meister Bertram wusste nicht, wie ihm geschah. »Ich begreife Euch nicht, werter Ratsherr. Ich kann doch nicht ...«

»Meister Bertram, Ihr übermalt den Bürgermeister, er wird stehend dargestellt.«

»Aber das geht doch nicht, mein Herr. Dieses Gemälde ist ein großer Wurf, etwas Ganzheitliches, ein vollendetes Kunstwerk und somit unveränderlich!«

»So?« Joergen Nyenkerken holte sein Messer aus dem Gehenk und prüfte mit dem linken Daumen die Schärfe der Klinge. »Dann schabe ich ihn sofort vom Holz herunter.«

Mit nacktem Entsetzen blickte Meister Bertram auf den blanken

70 1265 – ein Jahr während des Interregnums. Siehe Anhang, Seite XVIII (596).

Stahl, aber schon im nächsten Augenblick sprang er behände zwischen den frevelhaften Ratsherren und sein einzigartiges Gemälde. Zum Schutz seines Werks breitete er beide Arme weit aus. »Rührt ja nicht dieses Bildnis an!«

Von der Heftigkeit des Malers überrascht, blieb Joergen Nyenkerken stehen. »Habt Euch doch nicht so.«

Meister Bertram reckte seinen Körper, bis er auf den Zehenspitzen stand, und wölbte seinen Brustkorb in einer theatralischen Geste dem Ratsherrn entgegen. »Durchbohrt meine Brust, aber lasst ab von meinem großen Wurf!«

»Euer großer Wurf?« Joergen Nyenkerken gluckste beim Lachen und murmelte spöttisch: »Bestimmt sind es mehrere Schichten. Wie viele Farben habt Ihr denn übereinander gepinselt?«

»Ein Wurf, ein großer!« Meister Bertrams Gesicht lief rot an vor Zorn. »Nichts ist‘s mit Schichten.«

Sanft aber unnachgiebig schob Joergen Nyenkerken den Meister beiseite und setzte die Klinge am tief geneigten Kopf des Bürgermeisters an. »Das werden wir ja gleich sehen ...«

Meister Bertram fiel dem Ratsherrn in den Arm, gleichzeitig packte Jan Francke an der anderen Seite zu. Joergen Nyenkerken blieb ruhig stehen, denn er wollte den Maler nur unter Druck setzen. Diesen Gefallen taten ihm jetzt die Ratsherren hinter ihm, denn sie unterstützten sein Vorhaben mit beifälligen Rufen und aufmunterndem Klatschen.

»Schabt, Meister Nyenkerken!«, rief Hermann Lange. »Nur zu.«

»Dieser Hinknie-Bürgermeister da muss sofort weg!«, unterstützte ihn Nikolas Schoke.

»Aber ein stehender Urkundenempfänger muss dafür gemalt werden, sonst zahlen wir gar nichts für das Gemälde!«, deklamierte der Ratmann Hein Brand.

»Übermalen oder kein Geld!«, rief Hermann Nyenkerken.

Joergen Nyenkerken beugte sich zum Ohr von Meister Bertram herab. »Hört ihr's, Meister Bertram? Ihr übermalt auf der Stelle das Bild oder ihr bekommt kein Geld.«

Käsebleich war der Mindener geworden und blickte mit offenem Mund auf die lauthals protestierenden Würdenträger. Er ließ langsam den Arm des Ratsherrn los und breitete ergeben die Arme aus. »Mir bleibt wohl keine Wahl. Ich opfere mein unvergleichliches Kunstwerk dem gemeinen Kommerz.«

Joergen Nyenkerken lächelte gut gelaunt und steckte seinen Dolch wieder in die Scheide. Dann tippte er mit seinen Fingern sacht auf die rechte Schulter des Malergesellen Jan Francke, der immer noch seinen anderen Arm festhielt, und sah ihn auffordernd an.

»Werte Amtskollegen!«, ließ sich Bertram Horborch vernehmen. »Wir beginnen mit der Sitzung!« Der Bürgermeister schritt zu einem Lehnstuhl an der Spitze der langen Tafel und forderte die Ratsherren auf, Platz zu nehmen.

Meister Bertram legte die rechte Hand vors Herz und geschwächt lehnte er sich rücklings an die Holztafel, hinter sich den knienden Bürgermeister. Jan Francke fasste die Oberarme seines Meisters und sah ihm besorgt ins Gesicht.

»Schon gut«, murmelte Bertram von Minden und lächelte seinen Gesellen dankbar an. »Fürchte nicht, dass ich an diesen Pfeffersäcken zu Grunde gehe, denn ich bin fast so unvergänglich wie meine Kunst, so wahr mir Lukas helfe.«

»Aber von der Kunst und seiner Hilfe allein könnt Ihr nicht leben.«

»Weiß ich selbst, mein Junge, besser als du sogar.« Meister Bertram lächelte sardonisch. »Darum feilsche ich mit hohen Herren, die von Kunst nichts verstehen, und mache mich zum Knecht ihrer Hoffahrt.«

Jan Francke stieß erleichtert die Luft aus den Lungen. »Ein Glück, das der Herr vom Rat nicht geschabt hat.«

»Meinst du wegen der vielen Schichten?«

»Das auch. Aber ich kam ins Schwitzen wegen der Schicht unter dem Bürgermeister.«

»Wieso das denn?« Meister Bertram sah seinen Schüler verständnislos an.

Jan Francke blickte verlegen, druckste ein wenig herum und flüsterte. »Ähm, ich habe mir vor einigen Wochen erlaubt, eine kleine Aktstudie an Stelle des unvollendeten Bürgermeisters zu fertigen.«

»Das hätte ich doch bemerkt.«

»Ich habe sie ein wenig gemalt, abends, als die Werkstatt geschlossen war.«

»Wer sie?«

Jan Franckes Gesichtshaut bekam Farbe. »Die Frau des Bürgermeisters. Sie ist eine Schönheit.«

»Wirklich? Frau Horborch, dieses prachtvolle Weib? Die eine solche Knollennase wie jenen hochverehrten, ersten Bürgermeister dieser so angesehenen sich selbstverherrlichenden Hansestadt Hamburg überhaupt nicht verdient hat?«

»Ja.«

Meister Bertrams Gesicht verklärte sich voller Wonne. »Jetzt verstehe ich, warum sie so oft erkundigt hat, ob das Gemälde vollendet sei.« Er blickte schelmisch seinen ranken Schüler an, betrachtete dessen lockige blonde Haare und sah ihm in die blau schimmernden Augen. »Hast du sie auch ordentlich gepinselt?«

»Ja, gewiss doch, Meister.« Jan Francke bekam rote Backen. »Ich habe den dicksten Pinsel genommen.«

»Und das kann nur deiner sein! Gut gemacht, mein Junge.« Gönnerhaft tätschelte Meister Bertram die immer noch roten Backen seines Gesellen, schielte mit boshaftem Blick auf den Bürgermeister und grinste verächtlich. »Lassen wir also diesen hochmütigen Krämern ihre vollen Säcke. Stattdessen rühren wir unsere Pinsel in deren Töpfen um ...«

»... und lassen danach abtropfen.«

»Werd nicht frech, meine Junge.« Meister Bertram gab Jan Francke noch einen gut gemeinten Klaps auf die Wange und stieß sich von der Holztafel ab, denn er fühlte wieder Tatkraft. Er wandte sich um und kratzte mit den Fingernägeln an der misslungenen Nasenkorrektur des knienden Bürgermeisters. »Lauf lieber los und bringe sofort Farben und Spachtel hierher. Wir werden uns auf der Stelle ans Werk machen. Immerhin bekomme ich nun die Gelegenheit, Horborchs üblen Riechkolben in eine edle Nase zu verwandeln.«

3

Bertram Horborch nahm eine kleine Tischglocke und bimmelte mit ihr so lange, bis alle Ratsherren schwiegen und ihn aufmerksam ansahen.

»Werte Herrschaften, ich fasse mich kurz und erteile hiermit dem Ratsherrn Hein Brand das Wort.«

Energisch schob Hein Brand den Stuhl zurück, stellte sich so nahe an die Tischkante, dass sein Bäuchlein eingedrückt wurde, und nickte dem Bürgermeister zu. »Ich bin seit einigen Tagen aus London zurück, wo ich wie üblich gute Geschäfte gemacht habe. Auf der Rückfahrt unserer Flotte sah ich auf Höhe der ostfriesischen Inseln einen Holk, der sich uns näherte. Ich konnte sogar die Galionsfigur erkennen: Es war eindeutig der Rote Teufel. Daher war der große Kerl, den ich im Bug stehen sah, wahrscheinlich dieser Klaus Störtebeker. Er ließ jedoch abdrehen, denn wir waren ein Dutzend Schiffe im Verbund und segelten dicht beieinander.«

Hein Brand beugte sich vor und stützte seine Hände auf den Tisch. »Einige Stunden später fegte ein Sturm über die Westsee hinweg und trieb unsere Schiffe auseinander. Leider kam meine Kogge so weit ab vom Kurs, dass mein Kapitän gezwungen war, die Wesermündung anzulaufen, um dort Anker zu werfen. Jedoch kam uns der Rote Teufel zuvor und die Seeräuber enterten meine Kogge. Der Kerl, den ich zuvor im Bug gesehen hatte, war tatsächlich dieser Klaus Störtebeker. Er nahm noch nicht einmal das Schwert oder das Messer aus der Scheide, sondern ließ seine Leute mein Schiff ausplündern. Mit gekreuzten Armen stand er seelenruhig vor mir. In vollem Ernst ermahnte er mich, auch auf den Rückfahrten von London stets mindestens ein Dutzend Fässer voll bestes Hamburger Weißbier[71] an Bord zu haben. Sollte ich stattdessen anderes Gesöff mitführen, würde er mich über die Klinge springenlassen und mein Schiff auf der Stelle versenken. Er bevorzuge unseren Gerstensaft, denn Hamburger Bier sei weltweit der beste Genuss. Hamburg dürfe sich zurecht das Brauhaus der Hanse nennen.«

Die Ratsherren lachten belustigt oder geschmeichelt und das feiste rotbäckige Gesicht des dicken Ludolf Lopow strahlte sogar vor Wonne. Erst als ihn der Bürgermeister Horborch vorwurfsvoll ansah, bemühte sich der Vorsteher der Hamburger Brauergilde, ein ob der Freveltat empörtes Gesicht zu ziehen.

Hein Brand wandte sich nach beiden Seiten und breitete die Arme aus. »Diese Kerle haben uns kein Haar gekrümmt und nur das mitgenommen, was für sie brauchbar war. Dabei machten sie sich sogar lustig über uns und letztendlich wünschten sie uns noch eine gute Heimfahrt. Störtebeker klopfte mir auf die Schulter und wünschte mir gute Geschäfte, er werde künftig um meine Schiffe einen weiten Bogen segeln. Sein Kapitän, dieser Wichmann, hatte sich indessen tatsächlich herausgenommen, meinem Schiffslenker für den nächsten Sturm ein paar gute Ratschläge zu geben.« Dass der Seeräuberhauptmann ihn nicht wie den anderen derb in den Hintern getreten hatte, verschwieg er, denn sein Freund Nyenkerken hatte ihn darum gebeten.

»Er tanzt uns allen seit Jahren auf der Nase herum«, warf Hermann Lange ein und zeigte auf sich, dann der Reihe nach rasch auf drei gegenübersitzende Ratsherren.

»Das muss sofort aufhören!«, rief Nikolas Schoke und hieb mit der Faust auf den Tisch.

»Krieg dem Störtebeker!«, schrie Hein Brand, der auf diese Unterstützung gewartet hatte. Er trat einen Schritt zurück und deutete einen Schuss mit unsichtbarer Armbrust an. »Wir rüsten uns!«

Das war das Stichwort für Joergen Nyenkerken und er stand langsam auf. Diese Bewegung reichte, um die Aufmerksamkeit aller Ratsherren auf sich zu ziehen, denn er besaß den Respekt der gesamten Bürgerschaft. »Vier Fredekoggen und vierhundert Mann zu Pferd sind

71 Hamburger Weißbier – siehe Anhang, Seite XVIII (596).

nötig! Das kostet uns vierzigtausend Lübische Mark[72], jedoch wird nach kurzer Zeit schon Störtebekers Kopf über den Grasbrook rollen.«

»Waaas? Vierzigtausend?«, stöhnte Ludolf Lopow und hob abwehrend beide Hände.

»Das Kriegführen ist Sache unseres Landesherrn!« Der einflussreiche Hans von Klaasen hob seinen rechten Zeigefinger. Sein Sohn war der Stadthauptmann Hindrick von Klaasen. Ihre Familie gehörte zum alteingesessenen Stadtadel.

»Herr Horborch!« Klaasens Sitznachbar, ebenfalls vom Stadtadel, wandte sich an den Bürgermeister. »Schickt einen Boten nach Prag, zum Kaiser! Der soll uns diese Seepest vom Halse schaffen.«

»Den Hansetag sollten wir einberufen«, rief Ludolf Lopow und winkte hierbei mit beiden Armen. »Denn das ist seine Aufgabe, eine Flotte zu rüsten. Wie früher gegen die Dänen beim glorreichen Sieg über König Waldemar.«

»Lübeck!« Kersten Miles stand auf. Der zweite Bürgermeister wies mit einer theatralischen Geste nach Osten. »Die führende Stadt der Hanse ist Lübeck. Außerdem wäre es ihre Pflicht gewesen, Störtebeker bereits im Baltischen Meer unschädlich zu machen.«

»Heiliger Sankt Florian!«, rief Joergen Nyenkerken, während er die Arme hochriss und die reich verzierte Decke des Saals anhimmelte. »Verschone unsere prallen Geldbeutel. Leere stattdessen sämtliche Säckel aller anderen Herrschaften.«

Verdutzt schwiegen die Ratherren und blickten ihn ratlos an.

»Holt doch gleich die Dänen her, damit sie für euch die Kastanien aus dem Feuer holen!« Verärgert stützte Joergen Nyenkerken sich mit beiden Fäusten auf der Tischplatte ab, beugte sich leicht vor und blickte rundum. »Ich gebe Euch einen guten Rat: Tut es selbst, erledigt es sofort und macht es richtig.«

»Tun wir ja.« Hans von Klaasen hielt den rechten Arm nach Süden. »Wir schicken sofort einen Boten zum Kaiser …«

»… und unsere Majestät macht es richtig!«, höhnte Joergen Nyenkerken. »Aber aus welchem Grund wohl nennt man ihn ›Wenzel den Faulen‹?«

»Wie redet Ihr vom Kaiser des Heiligen Römischen Reiches?«, rief der adlige Sitznachbar Klaasens, sprang erbost auf und drohte dem Hanseherren.

»Dieser hohe Herr weilt zumeist in Prag und ist zutiefst verstrickt in eigene Händel.« Joergen Nyenkerken winkte unbefangen ab. »Ein

72 Lübische Mark – die ›wendischen Hansestädte‹ (Lübeck (führend), Kiel, Wismar, Rostock, Stralsund, Greifswald, Hamburg und Lüneburg) prägten sie.

Seeräuber wie Klaus Störtebeker kümmert ihn weitaus weniger als ein Furz zur unrechten Zeit.« Er setzte sich langsam auf seinen Stuhl und lehnte den Oberkörper zurück. »Außerdem würden wir uns über die Maßen blamieren, wenn wir einen Boten zu ihm schicken.«

»Wieso denn das?«, warf Hans von Klaasen ein.

»Karl IV., der Luxemburger, hat uns vor knapp vierzig Jahren das Recht verliehen, selbst Seeräuber fangen und richten zu dürfen. Kaiser Wenzel würde uns sicherlich fragen, ob wir nicht mehr den Mut haben, dieses Recht selbst in die Hand zu nehmen.«

»Es wäre beschämend!«, rief Hein Brand.

»Stimmt das, Herr Horborch?«, wandte sich Hans von Klaasen an den Bürgermeister. »Haben wir wirklich einen Brief vom Kaiser, dass wir selbst richten dürfen?«

Horborchs Nase wurde röter und er wandte sich Hilfe suchend an Kersten Miles. Seine Amtskollege lächelte kurz und senkte zur Beruhigung die Lider. Miles stand auf und wandte sich an die Ratsherren.

»Vorheriges Jahr bereits erinnerte mich Ratsherr Joergen Nyenkerken an besagten Brief des Kaisers.« Etwas verlegen blickte er zu seinem Ratsgenossen, dann schaute er wieder ernst. »Er bat mich, nach der Urkunde zu sehen. Ich fand sie im Archiv, bedeckt von einer fingerdicken Staubschicht. Wir haben tatsächlich das Recht, selbst Seeräuber zu fangen und zu richten!«

»Na also!«, rief Hein Brand, klatschte mit Vergnügen in die Hände und rieb sie kräftig aneinander. »Ans Werk! Machen wir es selbst, sofort und richtig!«

»Langsam, meine Herren, langsam!« Ludolf Lopow wedelte wieder abwehrend mit seinen Händen. »Die Kosten stehen in gar keinem Verhältnis zu dem Schaden.«

»Wenn jeder seinen Teil dazu beiträgt, bleibt es erträglich«, sagte Joergen Nyenkerken und zog sein Messer.

Erschrocken zuckte Ludolf Lopow zurück.

Joergen Nyenkerken blickte verächtlich, während er mit der linken Hand nach seinem Geldbeutel tastete. Mit der Klinge trennte er den ledernen Sack vom Gürtel und warf ihn in hohem Bogen vor sich auf den Tisch. Beim Aufprall hörten die Ratsherren einen dumpfen metallenen Ton, denn der Beutel war gut gefüllt.

»Das hier ist mein Teil!«, rief er. »Achthundert lübische Mark!« Er breitete die Arme aus. »Wir sind sechzig Herren. Jeder von Euch gibt gleich viel, dann haben wir die Vierzigtausend beisammen. Und sogar achttausend mehr, für alle Fälle.«

»Achthundert Mark!« Ludolf Lopow stöhnte dermaßen, als würde er auf einer Streckbank in die Länge gezogen. »Lieber verliere ich jährlich eine Schiffsladung.«

»Was für ein jämmerliches Denken!« Erbost schnellte Hein Brand vor und schmiss seinen Beutel auf den Tisch. »Und *das* ist mein Anteil: achthundert Mark! Eine Menge Geld und doch ein kleiner Beitrag nur für ein Hamburg, das stolz und selbstbewusst ist.«

Nikolaus Schoke und Hermann Lange sowie Nyenkerken standen gleichzeitig auf und legten geräuschvoll ihre Beutel auf den Tisch. Fünf weitere Ratsherren folgten mehr oder weniger zögerlich ihrem Beispiel. Kersten Miles rührte sich als Letzter. Unter dem vorwurfsvollen Blick seines Amtsgenosssen Horborch warf er mit einem weiten Schwung seinen Anteil dazu.

Enttäuscht blickte Joergen Nyenkerken auf das knappe Dutzend Geldbeutel. »Achttausendachthundert.« Er breitete die Arme aus und sah sich langsam um. »Wollen wir denn kein stolzes selbstbewusstes Hamburg sein?«

Jedoch rührte sich kein weiterer Ratsherr.

»Haben wir nichts mehr für unsere Stadt übrig?« Joergen Nyenkerken sah Ludolf Lopow in die Augen, bis dieser sich verlegen abwandte. »Ist Hamburg doch ein kümmerlicher Hort für geizige Pfeffersäcke?«

Er stemmte wieder die Fäuste auf die Tischplatte, als er Hans von Klaasen in die Augen starrte. »Sind die Herren vom Adel so schwach geworden, dass sie kein Schwert mehr heben können?«

Hans von Klaasen lachte abschätzig. »Ihr könnt mich nicht reizen, Ratsherr Nyenkerken. Darauf falle ich nicht rein, denn es bleibt Sache der Landesherren. Vergesst nicht, dass diese Stadt den Schauenburger Grafen zu eigen ist!«

»Noch«, murmelte Hein Brand und ballte heimlich die Fäuste.

Joergen Nyenkerken wandte sich wieder an Ludolf Lopow. »Braumeister Lopow! Ihr seid Brauer aus Berufung sowie Hansekaufmann, aber Ihr seid auch ein Ratsherr der Stadt. Ihr murrt über die Vorrechte der adeligen Herren im Rat und ihre Untätigkeit, tut aber nichts dagegen. Jetzt können wir Hansekaufleute zeigen, wozu Patrizier fähig sind, wenn sie über ihre Krämerseelen obsiegen.«

»Achthundert Mark!«, flüsterte Ludolf Lopow mit einem Würgen in der Stimme und schüttelte den Kopf mit Leichenbittermine. »Ich werfe nichts fort.« Jene Kaufleute im Rat, die nichts gegeben hatten, verneinten ebenfalls.

Joergen Nyenkerken wurde rot vor Zorn. »Ihr fallt uns und damit euch selbst in den Rücken! Setzt euch doch auf eure Geldhaufen und betet zum heiligen Sankt Florian, dass er eure eigenen Schiffe schütze und nur die anderen entern lassen möge.« Wieder stützte er sich ab. »Ich wünsche dem Störtebeker aus vollem Herzen, dass er noch viel Erfolg hat und euch das Geld unter den Ärschen wegzieht. So lange, bis ihr begreift, was ihr als stolze selbstbewusste Hansestädter eigentlich zu tun habt.«

Nun wandte er sich an den Ratsvorsitzenden. »Nehmt dieses Geld und verwahrt es in der Stadtkasse, Bürgermeister Horborch. Elf stolze selbstbewusste Hamburger Ratsherren haben ihren Teil gezahlt und nehmen keinen Groschen davon zurück.« Joergen Nyenkerken schritt zur Tür. Im Rahmen blieb er stehen und drehte sich noch einmal um. »Jetzt begreife ich, warum auf Herrn Lopows Schiffen jeweils zwölf Fässer Weißbier mitgeführt, aber nicht in London verkauft werden.«

Er lachte höhnisch, während er zurück zum Gemälde ging, an dem Meister Bertram von Minden kratzte. Er hob seine Augenbrauen, richtete seine Pupillen starr auf den Maler und flüsterte in eindringlichem Ton. »Meister, malt seine Nase, so wie sie ist: rot und geschwollen.«

»Für zehn Lübische Mark tue ich Euch den Gefallen«, murmelte Meister Bertram und blinzelte verschmitzt.

»Sechs!« Joergen Nyenkerken spreizte seine rechte Hand und reckte den linken Daumen.

»Neun!«

»Sieben!«

»Acht!«, sagte Meister Bertram bestimmt, aber er lächelte zuvorkommend. »Weil Ihr es seid und mir wird's ein Vergnügen.«

»Einverstanden, aber so viel Geld habe ich nicht mehr dabei.« Joergen Nyenkerken legte dem Maler die Hand auf die Schulter. »Ich komme heute Abend in Eure Werkstatt und zahle.« Sein wegen der herben Enttäuschung in die Länge gezogenes Gesicht straffte sich wieder zu einem Lächeln der Genugtuung. Hoch erhobenen Hauptes ging er, gefolgt von seinem Sohn sowie Hein Brand.

4

Am nächsten Sonntagmorgen läuteten die Glocken des Hamburger Doms wie üblich zum Hochamt. Niemand in Amt und Würden blieb jemals der Messe fern; auch die beiden Nyenkerkens begaben sich mit ihren Familien zum ›Mariendom‹[73].

Dieses Mal jedoch waren ihre Mienen angespannt, denn sie hatten sich etwas Ungeheuerliches vorgenommen. Vor dem Portal der Hallenkirche trafen sie etliche Ratsherren sowie andere Würdenträger der Stadt an, welche sich dort versammelt hatten, statt wie gewohnt nach

73 Mariendom – der Hamburger Dom. Siehe Anhang, Seite XVIII (596).

kurzen Begrüßungen gleich einzutreten und ihre Plätze einzunehmen.

Die beiden Nyenkerkens gesellten sich zu einer kleinen Gruppe von Ratsherren, in der auch Hermann Lange und Nikolaus Schoke standen. Mit erwartungsvollen Gesichtern sahen diese den Ankömmlingen entgegen und erkannten an deren entschlossenem Auftreten, dass es heute wirklich so weit war. Joergen Nyenkerken blickte einem nach dem anderen in die Augen, um sich von jedem ein stillschweigendes Einverständnis einzuholen. Zufrieden nickte er und blickte zu einigen anderen Ratsherren hinüber.

»Die meisten sind dabei«, flüsterte Hermann Lange ins Ohr von Joergen Nyenkerken. Langes Pupillen waren geweitet und er wirkte leicht unsicher.

»Habt Mut!« Joergen Nyenkerken packte ihn fest am linken Oberarm und sah ihm geradewegs in die Augen. »Wir schaffen es!«

Wie auf ein unhörbares Kommando setzten sich die Menschen in Bewegung, traten ein in den Backsteinbau und wandelten durch das mittlere Kirchenschiff. Die Patrizier besaßen ganz vorn ihre eigenen Bankreihen links und rechts des Mittelgangs. Trotzdem stand der Hochaltar weit entfernt von ihnen, denn dazwischen befand sich rechts und links an den Wänden entlang das Gestühl für den Stadtadel. Diese Herrschaften hatten ihre eigenen Eingänge in den Seitenschiffen und zum Teil nahmen sie erst kurz nach Beginn der Messe ihre Plätze ein.

Die Nyenkerkens zwängten sich in die zweite Reihe rechts, sodass sie direkt hinter den Familien der Bürgermeister saßen. Beide Ratsvorsitzenden sahen sich um und blickten Joergen Nyenkerken fragend an. Als sie seine grimmige Entschlossenheit erkannten, seufzte Bertram Horborch fast unhörbar und ließ seine Schultern sinken, Kersten Miles jedoch lächelte erwartungsvoll, als er mit einem Augenzwinkern sein Einverständnis gab.

Die Eingangsglocke ertönte, die Gläubigen standen auf und der Chor stimmte den Eröffnungsgesang an. Der große Einzug begann vom Hauptportal durch den Mittelgang bis zum Hochaltar. Allen Zelebranten voran schritt der Propst des Hamburger Domkapitels, Adolf von Stormarn, gefolgt von seinen liturgischen Bediensteten.

Mit starrem, geradeaus gerichtetem Blick passierte er die Bänke der Patrizier. Als er jedoch an dem Gestühl des Adels vorbeischritt, nickte er huldvoll rechts und links einigen Herren zu. Diese erwiderten den Gruß von Ihresgleichen im stillen Einvernehmen.

Adolf von Stormarn zelebrierte die Heilige Messe mit jenem Gleichmut, mit welchem er seine Pflicht erfüllte, um sich danach wieder irdischeren Freuden widmen zu können. Zum Agnus Dei[74] wandte er sich vom Hochaltar ab und breitete die Arme weit aus.

»Beugt die Knie!«, forderte er seine Gemeinde auf.

Wie üblich wollte er sich wieder zum Hochaltar umdrehen, erstarrte aber während dieser Bewegung und schielte aus den Augenwinkeln hinüber zu den Bänken der Patrizier. Er besann sich jedoch rasch, drehte sich gänzlich um zum Hochaltar und hielt seine Arme preisend empor gegen den steinernen Himmel. Adolf von Stormarn mühte sich, den Text laut und ohne Beben in seiner Stimme zu rezitieren, indessen sein Geist das Ungeheuerliche zu begreifen versuchte: Fast alle Ratsherren, die nicht von Adel waren, sowie einige Würdenträger der Stadt hatten sich erhoben, statt niederzuknien. Im Stehen beteten sie das Agnus Dei, statt auf den Kniebänken zu knien.

»Ratsgenosse Horborch«, flüsterte Joergen Nyenkerken. Er stand vorgebeugt, stützte die Arme auf die Rücklehne der ersten Bank und blickte vorwurfsvoll auf den Rücken des Bürgermeisters. »Ihr kniet ja doch. Das ist gegen unsere Abmachung.«

»Ja, ja«, seufzte Horborch, hob langsam den Kopf und blickte flehentlich zum Gewölbe empor. »Ich wollte ja auch. Aber die Macht der Gewohnheit ...«

»Ach was«, mischte sich Hein Brand ein. »Euch ist das Herz in die Hose gerutscht, sodass sein Gewicht Euch in die Knie gezwungen hat.«

Horborchs Kopf sank wieder nach unten und er nickte müde, während er die Litanei murmelte.

»Aber nächstes Mal macht Ihr mit!« Joergen Nyenkerkens Stimme bekam einen drohenden Unterton. »Sonst seid Ihr längste Zeit Bürgermeister gewesen.«

5

Adolf von Stormarn fragte sich in einem fort, während er die Messe zelebrierte, ob er sich nicht geirrt hatte. In einigen Augenblicken jedoch würde er Gewissheit haben, dass seine Vorstellungskraft ihm einen Streich gespielt haben musste. Der Dompropst fasste mit seiner linken Hand den halb mit Messwein gefüllten Pokal und nahm mit der Rechten das eucharistische Brot. Er drehte sich bedächtig um und hob langsam die große weiße Hostie über den vergoldeten Kelch.

»Beugt die Knie!«, forderte er seine Gemeinde auf, lauter als gewohnt. Dabei kniff er die Augen ein wenig zusammen, um die Reihen der Gläubigen schärfer sehen zu können. Sein Blick glitt rasch ent-

74 Agnus Dei – in der christlichen Liturgie ist das ›Agnus Dei‹ ein an Jesus Christus gerichtetes litaneiartiges Gebet.

lang der Reihen der Patrizier auf den Bänken beiderseits des Mittelgangs. Dabei öffnete er den Mund zu einem stummen ›O‹, denn fast alle Männer von Rang standen auf, statt sich auf die Kniebänke niederzulassen, wie ihre Frauen und die Gemeinen in der Kirche es vollzogen. Seine Augen weiteten sich, er konnte diesen Frevel nicht fassen.

»Beugt die Knie!«, donnerte er vom Hochaltar herab und starrte mit bohrendem Blick auf das Gesicht Joergen Nyenkerkens – niemals zuvor hatte er diese Aufforderung wiederholt. Er kniff erneut die Augen zusammen und beobachtete das Weib neben dem widerspenstigen Ratsherrn. Je eine Strähne roten Haares wellte vor den Ohren über die Backen, statt züchtig unter der Haube zu stecken. Sie war die einzige Frau, die nicht kniete.

Joergen Nyenkerken lächelte spöttisch, als er den zürnenden Blick des Dompropstes auf sich und seine Nachbarin gerichtet sah. Im nächsten Augenblick jedoch verzog sich sein Gesicht zu einem Ausdruck tiefster Missbilligung, denn vor ihm kniete Bertram Horborch.

Erbost beugte er sich nach vorn und klopfte ihm auf den Rücken. »Erhebt Euch auf der Stelle, werter Herr Noch-Bürgermeister! Haltet Euch endlich an die Abmachung!«

Horborch seufzte fast unhörbar und hob ergeben die Schultern. »Ich habe leider wieder nicht daran gedacht. So ist das eben mit der Macht der Gewohnheit.«

»Ihr bekommt Euer Herz gar nicht mehr heraus aus Eurer Hose«, murmelte Hein Brand mit triefendem Hohn in der Stimme.

Joergen Nyenkerken schüttelte enttäuscht den Kopf, lächelte aber hintersinnig, während er scheinbar gönnerhaft die Hand auf Horborchs Schulter legte, dabei aber seinen Daumen mit aller Kraft in den Halsansatz presste. »Wir kennen Euren Wankelmut, werter Herr Noch-Bürgermeister. Daher haben wir vorgesorgt, um diese Macht zu brechen, die Euch dermaßen beherrscht.«

Rasch sah sich Joergen Nyenkerken nach allen Seiten um, dann winkte er schweigend seinen Bundesgenossen. Mehrere Dutzend Ratsherren sowie einige Würdenträger wandten sich zur Seite und strebten aus den Bankreihen zu den Gängen.

Nyenkerken packte das Bankende zum Seitengang in seiner Reihe und blickte kurz hinüber zu seinem Vater. Joergen Nyenkerken stand im Mittelgang, nickte dem Sohn auffordernd zu, und bückte sich. Gleichzeitig rissen sie die Kniebank mit einem Ruck aus ihren Halterungen – tags zuvor hatten die beiden Ratsherren die Kirche heimlich aufgesucht und sämtliche Verstrebungen gelockert. Mit aller Kraft kippten sie die Bank, damit die beiden noch Knienden herunterrutschten oder hastig aufstanden. Nun hoben sie vorsichtig die Kniebank so hoch über ihre und die Köpfe der Anwesenden, dass Nyenkerken vor der vordersten Bank entlang bis zum Mittelgang hinübergehen konnte.

Dabei schielte er aus den Augenwinkeln die zweite Bankreihe entlang, auf welcher seine Angehörigen sich gerade wieder hingesetzt hatten. Seine sonst so kregele Mutter war leichenblass und bekreuzigte sich in einem fort. Seine drei älteren Töchter machten runde Augen und sahen ihm ungläubig zu.

»Papa!«, krähte der zweijährige Nikolaus, patschte die Händchen zusammen und zappelte fröhlich mit den Beinchen. »Papa!«

Nyenkerkens Neugeborenes Birgitta lag mit geschlossenen Augen in den Armen ihrer Mutter und lutschte am Daumen. Katarina schob ihr Kind in die linke Armbeuge und hielt sich die rechte Hand flach vors Gesicht, um ihr schelmisches Lachen zu verbergen. Ihre Pupillen folgten ihm und er sah ihren Augen an, dass seine aufrührerische Tat sie beeindruckte, sie in ihrer Liebe zu ihm bestärkte.

Er war erfüllt von Glück und Stolz, denn seine Frau war als Einzige von den Weibern aufgestanden. Darum ging er dermaßen beschwingt und drückte solcherart mit der Kniebank, dass sein Vater am anderen Ende im Laufschritt vorauseilen musste. Sie erreichten als Erste das Portal, stießen es auf und gingen auf der Treppe vor der Kirche einige Stufen hinab. Dort erst hielten sie an, verschnauften und warteten auf ihre Ratskollegen.

6

Adolf von Stormarn stand wie vom Donner gerührt. Seine Finger wurden dermaßen kraftlos, dass ihnen die Hostie entglitt und in den Kelch fiel. Einige Tropfen Wein spritzen über den Rand auf den blütenweißen perlenbesetzten Handschuh des Dompropstes. Konsterniert blickte er auf die rötlichen Flecken – er bestand für die Weihe auf provencalischem Rotwein, sinnbildlich für das Blut Christi – und musste sich beherrschen, nicht den Kelch fallen zu lassen. Mit einem Ruck dreht er sich um, stellte den Kelch mit einem Knall ab auf den Hochaltar und reckte klagend die Arme gegen das Gewölbe des Doms über ihm.

»Gott im Himmel!«, flüsterte er. »Züchtige sie, diese unverschämten Kaufleute! Glauben die neureichen Patrizier tatsächlich, dass sie einem Adligen oder mir, einem hohen Kleriker, das Wasser reichen dürfen?« Zornig ballte er die Fäuste. »Jesus, der du sitzest zur Rechten deines Vaters, beschütze den Störtebeker und geleite ihn unbeschadet zu Hamburgs Schiffen! Möge er mit Hilfe des Heiliges Geistes sämtliche Koggen samt der Ware dieser dreisten Pfeffersäcke versenken!«

7

Rundum auf den Stufen vor dem Hauptportal des Mariendoms saßen oder lagen Bettler und warteten auf das Ende des Hochamtes, um sich von den herauskommenden Herrschaften eine milde Gabe zu erbitten. Sie sahen überrascht zu den herausstürmenden Ratsherren auf, spürten aber sogleich, dass ihnen Gutes widerfahren sollte.

»Es ist kalt, armes Volk!«, rief Joergen Nyenkerken und hob sein Bankende an. »Daher spenden wir euch Holz zum Feuermachen und Stoff zum Einwickeln!« Nun hob auch Nyenkerken sein Ende und gemeinsam warfen sie die massive Kniebank mit solcher Wucht auf die steinernen Stufen herab, dass das Holz der Bank an einigen Stellen knackte. Die anderen Ratsherren taten es ihnen nach, sodass mehr als zwei Dutzend Kniebänke die Treppe vor dem Kirchenportal herabpolterten und kreuz und quer übereinander liegen blieben.

Das zerlumpte Bettlervolk stürzte sich sogleich auf die Kniebänke und schleppte sie fast alle eilig davon. Einige Krüppel begannen schon an Ort und Stelle die Polsternägel herauszuziehen, um den abgenutzten jedoch immer noch feinen Samt abzunehmen.

Joergen Nyenkerken rieb sich die Hände und lächelte selig. Anerkennend nickte er den anderen Ratsherren zu, während diese nach und nach wieder in die Kirche hineingingen. Nur sein Sohn blieb mit ihm draußen.

»Willst du nicht wieder reingehen?«

»Lieber nicht, Vater.«

»Warum denn nicht?« Scheinheilig blickte Joergen Nyenkerken seinen Sohn an.

»Wenn ich einen von den Stadtadligen oder den Propst ansehe, platze ich bestimmt vor Lachen.«

»Ich befürchte, ich auch!«

Die beiden Nyenkerkens lachten dermaßen, dass sie am ganzen Körper bebten.

Joergen Nyenkerken stieß Luft aus den Lungen und legte die Hand auf die Schulter seines Sohns. »Ich weiß was Besseres!«

»Was denn?«, fragte Nyenkerken, aber er grinste breit, weil er sich die Antwort schon denken konnte.

»Wir gehen jetzt in den Ratskeller und lassen uns vom besten Hamburger Weißbier einschenken. Diesen Frühschoppen haben wir uns mehr als redlich verdient!«

8

Trotz des Friedensschlusses am 26. September 1395 in Falsterbö und Skanör schwelte der Konflikt zwischen Dänemark und Mecklenburg weiter, denn die mecklenburgische Seite fand sich mit dem Verlust der Herrschaft über Schweden nicht ab.

Im Sommer 1396 landete Erich, Herzog von Mecklenburg, der Sohn König Albrechts III., mit Truppen auf Gotland. Sein Heer besiegte im Frühjahr 1397 den schwedischen Statthalter Sven Sture, der sich unterwerfen musste, wie auch die Söldner zur See.

Jedoch herrschte Herzog Erich nur kurz auf Gotland, denn er verstarb bereits am 26. Juli 1397. Die Söldner zur See bemächtigten sich wieder der Stadt Wisby sowie aller anderen Befestigungen und machten sich die Insel erneut untertan.

Hochmeister Konrad von Jungingen[75] empfand die Anwesenheit der Söldner zu See – für ihn waren es Seeräuber – auf Gotland wie einen Dorn im Auge, denn der Reichtum der Stadt Wisby mehrte sich auch auf Kosten des Deutschen Ordens und seiner Hansestädte Reval, Elbing, Königsberg, Danzig und anderer.

Der aus dem schwäbischen Niederadel stammende Deutsche hatte genug und ließ eine Kriegsflotte rüsten. Er übertrug den Oberbefehl an den österreichischen Ritter Johann von Pfirt und sandte ihn nach Norden. Am 21. März 1398 landete der Admiral mit 84 Schiffen an der Westküste von Gotland und ging mit 4000 Bewaffneten an Land, unter ihnen 400 Ordensritter mit ihren Pferden. Zudem beteiligten sich zahlreiche, fahrende Ritter samt ihrer Trossknechte an diesem Feldzug und erwarteten bei Erfolg eine reiche Besoldung, aber vor allem Ehre. Einer von ihnen war Christoph Kevenhüll, begleitet von seinem treuen Knappen Oswald von Wolkenstein.

Johann von Pfirt setzte sich an die Spitze des Landheers und führte es vor die stark befestigte Burg Vivesholm. Die dortigen Herren aus Mecklenburg verschanzten sich hinter kürzlich höher gezogenen Mauern; das Sagen jedoch hatten sie nicht, die Macht übte eine Schar von über zweihundert Söldnern zur See aus. Diese hausten seit Jahren in der Burg und gingen von dort regelmäßig auf Raubfahrt aus.

Die Flotte des Deutschen Ordens segelte parallel auf gleicher Höhe mit dem Landheer nach Norden bis vor den Hafen von Vivesholm. Zwei Dutzend von den Kriegsschiffen drangen ein in die Bucht, damit deren Besatzung die dort vertäuten Koggen und Holks unter Feu-

75 Konrad von Jungingen – siehe Anhang, Seite XIX (597).

er nehmen konnte. Die hinübergeschleuderten Brandsätze steckten sämtliche Schiffe der Seeräuber in Brand. In Flammen gehüllt sanken diese hinab zum Grund der Hafenbucht. Kein Seeräuber sollte fliehen können, denn der Ordensmeister beabsichtigte, diese allesamt einen Kopf kürzer machen zu lassen. Die Mecklenburger hingegen sollten verschont werden, wenn sie sich ergaben.

Die Söldner zu See begriffen, was mit ihnen geschehen sollte und suchten ihr Heil in der erfolgreichen Verteidigung der Burg. Zudem zwangen sie die Mecklenburger Herren samt ihren etwa einhundert Soldaten zum Mitkämpfen, indem sie die Familienmitglieder der Vornehmen als Geiseln nahmen und ins Burgverlies sperrten.

Christoph Kevenhüll, welchen man nur den ›Wilden Ritter von Beilngries‹ nannte, war erpicht darauf, in der ersten Reihe zu kämpfen, wie in jeder Schlacht zuvor. Er begab sich zu Johann von Pfirt und forderte von ihm ein Kommando beim Sturm der Burg.

Dabei wurde er begleitet von seinem treuen Gefolgsmann Oswald von Wolkenstein, der sich längst an das unbedachte Vorpreschen seines Herrn gewöhnt hatte. Der umsichtige Knappe war dem tollkühnen Ritter unverdrossen und tapfer in jede Schlacht gefolgt, so auch zwei Jahre zuvor. Auf dem Kreuzzug von Sigismund I., dem König von Ungarn, überlebten sie 1396 die Schlacht von Nikopolis, die mit einer katastrophalen Niederlage gegen die Osmanen und dem Verlust von Bulgarien endete. Schuld gewesen waren hauptsächlich die Ritter, vor allem französische, aufgrund ihrer überholten Ehrbegriffe, denn sie hatten gegen die beabsichtigte Strategie des Königs aufbegehrt und eisern darauf beharrt, nur in vorderster Reihe zu kämpfen.

Oswald von Wolkenstein war nun ein kräftiger Bursche von dreiundzwanzig Jahren geworden, der seinem unsteten Ritter bereits seit über zwölf Jahren folgte. Geboren worden war der Knappe auf der Burg Schöneck im Pustertal und aufgewachsen im Grödnertal. Die dortige Burg Wolkenstein hatte er schon als Zehnjähriger verlassen und war auf Wanderschaft durch halb Europa gegangen.

Er dichtete und sang so gut, wie er ritt und kämpfte – sein schwärmerisch verehrtes Vorbild war Volker von Alzey, der Spielmann und Ritter König Gunthers; jener Burgunder aus der Nibelungensage, der nicht nur zart über die Saiten der Fidel streichen konnte, sondern auch heldenmütig das Schwert schwang, bis er in der ausgebrannten mit Leichenbergen gefüllten Halle der Etzelburg getötet wurde durch Hildebrand, den grauhaarigen Waffenmeister Dietrichs von Bern.

Das Lid des rechten Auges von Oswald von Wolkenstein hing stets herab, denn der Augapfel war verkümmert. Nur wenn er es mit seinem Daumen hochschob, sah er für kurze Zeit mit beiden Augen. Im Gefolge des Wilden Ritters hatte der junge Knappe gelernt, sich in der rauen Welt der freien Ritter zu behaupten durch Manneskraft, Tapferkeit und Fechtkunst. Zudem hatte er sich – im Gegensatz zu seinem stets schroffen Lehrmeister – Gewandtheit, Verhandlungsgeschick sowie höfische Manieren angeeignet. Seine während der Wanderschaft errungene Kunst des Liedermachens hatte ihm, und somit auch Christoph Kevenhüll, zahlreiche Pforten von adligen Höfen in ganz Europa geöffnet.

9

Das Heer des Deutschen Ordens marschierte von allen Seiten gegen die Burg, um die Verteidiger auf den Mauern auseinanderzuziehen. Rundum rückten die Angreifer hinter mannshohen Pavesen vor und gingen am Rand des über vierundzwanzig Ellen breiten Burggrabens in Stellung. Über eintausend Knechte und Trossbuben gruben in Windeseile einen Abflusskanal zum nahen Meer. Schon am nächsten Tag wurde das Ufer des ringförmigen Sees durchstochen und das Wasser aus dem Graben strömte ins Meer.

Gleichzeitig begannen ebenso viele Männer an vier Stellen, möglichst weit voneinander, Dämme durch den Graben zur Mauer anzulegen. In der Umgebung fällten sie dafür zahlreiche Bäume und rodeten das gesamte Gebüsch. Die Erde aus dem Abflussgraben sowie von kleineren Hügeln wurde zu den entstehenden Rampen geschleppt, zwischen das Geäst geschüttet und festgestampft. Es dauerte nur drei Tage, dann reichten die Aufschüttungen bis vier Ellen unterhalb der Mauerkrone. Die restliche Höhe sollte mithilfe von Sturmleitern bewältigt werden, denn das Baumaterial ging aus und die Verluste unter den Knechten häuften sich. Denn je näher sie der Mauer kamen, desto wirkungsvoller wurde der Beschuss durch die Verteidiger.

Der Wilde Ritter hatte sich in den Kopf gesetzt, Burg Vivesholm als Erster zu stürmen, um den Preis eines großen Siegers zu erlangen, nämlich unvergänglichen Ruhm. Als Ritter gierte er nicht nach Beute.

Vor dem ersten Angriff schob er das spitze Visier der Hundsgugel[76] nach oben und hielt seinem andächtig lauschenden Kommando eine kurze Rede: »Die meisten von Euch sind keine Ritter, aber ich erwarte von Euch, dass ihr heute wie Rittersleute kämpft! Seid unerbittlich und hart gegenüber den Seeräubern, kämpft in einer Weise, dass ihr mit vollem Recht in einem Atemzug mit den Rittern genannt werdet! Tragt Euren Schild als Panzer in der Schlacht und teilt Schläge aus,

76 Hundsgugel – siehe Anhang, Seite XIX (597).

das dem Gegner Hören und Sehen vergeht! Trachtet an diesem Tag danach, Taten zu vollbringen, die allezeit der Erinnerung wert sind!«

Dann klappte er den Gesichtsschutz herunter, zog das Schwert und marschierte voran. Beseelt von ritterlichem Geist rückten Christoph Kevenhülls Männer auf der westlichen Rampe todesmutig vor bis unter die Mauern von Vivesholm, umsirrt von einem ständigen Hagel von Bolzen. Hinter ihren Pavesen geschützt blieben die Angreifer jedoch keinen Treffer schuldig und sorgten dafür, dass keiner der Verteidiger sich unbehelligt hinter der Deckung der Zinnen hervorwagen konnte. Vier je eine Elle breite Leitern mit armdicken Sprossen wurden nebeneinander an die Mauer gelegt und mit eisernen Haken im Erdreich der Rampe befestigt, damit sie nicht weggestoßen werden konnten.

Christoph Kevenhüll ließ es sich nicht nehmen, als Erster auf eine der mittleren Leitern zu steigen und emporzuklettern. Trotz seiner Rüstung und des nach oben gereckten Schwerts in der rechten Hand brauchte er nur wenige Augenblicke, um die Krone der Mauer zu erreichen. In diesem Moment beugte sich ein Seeräuber durch die Lücke neben der Zinne und versuchte, mit einem langen Messer dem Ritter von hinten in die kaum geschützten Waden zu stechen.

Eine derartige Attacke hatte Oswald von Wolkenstein vorausgesehen und mit seiner Arbalest auf die Mauerlücke gezielt. Kaum war der Kopf des Seeräubers zu sehen, durchschlug der abgefeuerte Bolzen bereits dessen Unterkiefer. Durch die Wucht wurde der Kopf samt Oberkörper nach hinten geschleudert. Der Getroffene taumelte über den Wehrgang, fiel rücklings in den Innenhof und schlug tot auf.

Kevenhüll indessen nahm diese Gefahr sowie deren Beseitigung wie üblich nicht wahr, sondern hielt mit weit ausholenden waagerechten Schwerthieben die Mauerkrone von Gegnern frei. Ein Knappe unter ihm auf der Leiter reichte ihm seinen Schild hoch und hielt dessen Waden fest, während Kevenhüll die linke Hand durch die Tragriemen seiner Wehr steckte. Er stellte den Schild mit der Spitze auf die Mauerkrone, als er einen heftigen Schmerz in der linken Schulter verspürte – der Schaft eines Bolzens ragte aus einer Lücke im Geschiebe der Schulterkugel. Im Eifer des Gefechts achtete er kaum darauf, sondern stellte den Fuß in die Lücke neben der Zinne und deckte gleichzeitig mit dem Schild den Unterkörper.

Die Verteidiger versuchten, ihn mit Stichen und Stößen ihrer Speere und Piken am Sprung auf den Wehrgang zu hindern. Obwohl mancher Stich die Beine traf und einer der Gegner ihm seinen prächtigen Helmbusch glatt abhieb, sprang Kevenhüll herab. Indessen führte er unablässig gewaltige Streiche mit dem Schwert und wehrte mit dem Schild jeden Angriff der Seeräuber ab. Er trat einen Schritt zur Seite, sodass von der Leiter nebenan ein Soldat durch die nächste Lücke steigen konnte und neben ihm den Kampf aufnahm. Jedoch sprang ein Seeräuber vor und schlug mit einem Morgenstern nach diesem Mann. Die Spitzen der eisernen Kugel durchschlugen den Helm und der Soldat sank in sich zusammen. Die Verteidiger stupsten ihn mit ihren Piken vom Wehrgang, sodass er in den Hof auf die Leiber der bereits dort liegenden Toten fiel. Gleichzeitig jedoch hatten zwei weitere Angreifer Fuß hinter der Mauerkrone gefasst, sodass immer mehr Soldaten über die Zinnen steigen konnten.

Oswald von Wolkenstein hatte seine Arbalest außen an die Mauer gelehnt und war mit einem sechs Ellen langen Spieß emporgestiegen. Auf dem Wehrgang ging er in die Hocke, seitlich hinter Christoph Kevenhüll, und stieß ständig von unten mit seiner Waffe zu, wenn ein Gegner die Beine des Wilden Ritters attackieren wollte. Die Verteidiger wurden Schritt für Schritt in den Bergfried zurückgedrängt, bis die westliche Mauerkrone erobert war.

Die Mecklenburger Herren der Burg sahen währenddessen ihre Gelegenheit gekommen, denn die meisten Wachen hatten das Verlies verlassen, um ihre Kumpane im Kampf zu unterstützen. Sie stürmten den Keller mit den Kerkern und befreiten die Familien aus der Geiselhaft. Danach gingen die Mecklenburger zum Gegner über und berannten vom Burghof aus den Eingang zum Bergfried. Sie brachen die Tür auf, kämpften sich die Stockwerke empor bis zur Pforte, die auf den westlichen Wehrgang führte und öffneten sie für Kevenhülls ritterliche Streiter.

Die Seeräuber waren indessen im Bergfried zurückgewichen bis zum obersten Stockwerk. Einer von ihnen stieß eine zuvor gelockerte Zinne von der Turmspitze, in jenem Augenblick als Christoph Kevenhüll in den Bergfried eintreten wollte. Ein schwerer Brocken fiel auf die Hundsgugel, sodass der Wilde Ritter taumelte und vom Wehrgang hinab in den Hof stürzte.

Der Weg in die Burg jedoch war frei und die Ritter, Knappen und Knechte des Deutschen Ordens kämpften sich durch bis zu den letzten Winkeln des Gemäuers, in welchen die verbliebenen Seeräuber mit dem Rücken an den kahlen Wänden standen. Die meisten von ihnen wurden erschlagen, aber sechzig Seeräuber fing man ein und legte sie in Fesseln. Dies geschah auf Befehl des Johann von Pfirt. Die Herren aus Mecklenburg sowie deren Soldaten wurden verschont, denn sie hatten sich rechtzeitig von ihrem Joch befreit.

Oswald von Wolkenstein hatte für den Ausgang des Kampfes kein Auge übrig, denn er sorgte sich einzig um seinen Herrn. Nachdem er die Turmtreppe herab und in den Hof gelaufen war, suchte er nach dem Gefallenen. Christoph Kevenhüll lag verkrümmt in seiner verbeulten Rüstung auf den Steinplatten des Innenhofs und stöhnte. Der Knappe zog ihm den Schild vom Arm und hielt ihn schützend über sich, indessen er unter Aufbietung aller Kräfte das Visier der Gugel hochzog. Mit dem rechten Unterarm hob er den Kopf des sterbenden Ritters leicht an, damit dieser sehen konnte, wie der von ihm herbeigeführte Erfolg vollendet wurde.

»Ich … habe … gesiegt!«, keuchte Christoph Kevenhüll stoßweise und lächelte verklärt, obwohl der Bolzen in der Schulter wie irrsinnig schmerzte. »*Ich* habe diese Burg erobert!« Seine Lider zuckten, bevor er mühsam weitersprach. »Leider gönnt mit der Herr nur noch wenige Augenblicke, um meinen Triumph auszukosten. Mein lieber Oswald, schreibe eine epische Ballade über meinen großen Sieg, damit ich in ihr bis ans Ende der Tage weiterlebe.« Er spürte, wie ihm die Sinne schwanden, und hauchte seinen letzten Satz: »Heiliger Sankt Georg, lege Fürbitte ein, wenn ich vor den Allmächtigen trete!«

Oswald von Wolkenstein beugte sich vor und nickte schweigend. Eine Träne rann ihm über die Backe und tropfte durch das geöffnete Visier des tollkühnen Heldenritters auf dessen erblasste Stirn.

10

Die Burg wurde vollständig geplündert, ihre Grundmauern jedoch nicht geschleift, denn sie sollte brennen. Über einen Tag lang grub das halbe Heer die Hölzer und das Gebüsch aus den Rampen wieder aus und stapelte alles im Burghof. Jeder Raum bis unters Dach des Bergfrieds wurde mit Brennbarem vollgestopft, selbst im Burghof stapelte man die Bäume bis zum First des Haupthauses.

Nachdem die Sonne hinter dem Horizont verschwunden war, warfen die Ordensmeister sowie Johann von Pfirt höchstpersönlich mit Pech umwickelte Fackeln in hohem Bogen in die Burg. Nach einer Stunde brannte die gesamte Burg und in den Nachtstunden glühte das Gemäuer dermaßen heiß, dass die Männer weit vom verwüsteten Graben zurückwichen. Die hohe Lohe war noch in Wisby zu sehen, und kündigte deren Einwohnern ein flammendes Fanal an.

Drei Tage später erreichte das Heer des Deutschen Ordens die Südmauer der Stadt, indessen die Flotte deren Hafen versperrte. Einen Angriff auf die mehr als sechzig innerhalb der Bucht ankernden Schiffe wurde unterlassen, denn die Einfahrt war stark befestigt. Zudem wehte starker Wind stets aus Osten, sodass die Besatzungen sich mühen mussten, dass ihre Schiffe nicht zum schwedischen Festland abgetrieben wurden.

Johann von Pfirt befahl, die in Vivesholm gefangenen Seeräuber fast bis auf Schussweite vor die Mauern von Wisby zu führen. Dort ließ der Oberbefehlshaber allen sechzig Männern den Kopf abschlagen und den Wisbyern verkünden, dass es sämtlichen Männern hinter ihren Mauern genauso ergehen würde, ohne Unterschied ob Einwohner oder Seeräuber. Es sei denn, sie würden ihn sofort in die Stadt einlassen. Dann träfe es nur die Seeräuber.

Den sicheren Tod vor Augen, beschlossen die Söldner zur See, sich nicht zu ergeben, sondern bis zum letzten Mann zu kämpfen. Deswegen taten sich die Bürger in ihrer Todesangst zusammen und sandten heimlich einen Boten an Johann von Pfirt. Obwohl über eintausend Seeräuber in der Stadt hausten, gab es noch genügend Plätze, an denen sich bewaffnete Bürger zusammenrotten konnten und mit dem Mut der Verzweiflung stürzten sie sich zu Hunderten auf zwei Dutzend Söldner, die das Nordtor der Stadt bewachten.

Währenddessen hatte Johann von Pfirt seine 400 Ordensritter zurück bis außer Sicht der Stadt reiten lassen. In einem weiten Bogen galoppierten sie um die Stadt herum nach Norden. Sie kamen rechtzeitig vor dem Tor an, denn die Bürger der Stadt ließen gerade die Zugbrücke herab, indessen sie die Handvoll Seeräuber zurückdrängten.

Obwohl Goedecke Michel, welcher noch über die Stadt herrschte, rasch handelte und zweihundert Männer zum Nordtor schickte, kamen die Ritter ihnen zuvor. Sie donnerten auf ihren schwer gepanzerten Rossen durchs geöffnete Tor und hinein in die Gassen der Stadt. Das in glänzenden Stahl gehüllte Reiterheer walzte den heranstürmenden Haufen der Seeräuber einfach nieder. Obwohl die Söldner zur See hartgesottene Kerle waren, wirkten die Ordensritter geradezu unheimlich auf sie, denn selbst im ärgsten Gefecht sangen sie inbrünstig lateinische Choräle.

Als Admiral Michel in seinem Turmzimmer den Waffenlärm stetig lauter und deutlicher vernehmen konnte, fürchtete er, sein letztes Stündlein sei gekommen. Er blickte hinaus, um ein letztes Mal sein Land zu sehen, über das ein Sturm aus Osten hinwegzufegen begann, wie auch der Sauseschritt der Zeit ihn aus dem Lebenskreis zu tilgen schien. Dieses Wetter jedoch bot Goedecke Michel die Gelegenheit, seinen Kopf zwischen den Schultern zu behalten. Er raffte an sich, was er tragen konnte, polterte die Treppen hinunter und gab Magister Wigbold sowie seinen Männern den Befehl, sich sofort zum Hafen zu begeben. Seine Haufen jedoch kannten keinen geordneten Rückzug, sodass jedermann Hals über Kopf losrannte, um die eigene Haut zu retten. Knapp sechshundert Männer erreichten den Hafen, gingen überstürzt an Bord und setzten hastig sämtliche Segel. Sogleich trieb der Sturm die Schiffe aus der Bucht, hinaus in die schwere See.

Die Flotte des Ordens konnte und wollte sie nicht angreifen, denn der Wind blies deren eigene Schiffe so weit auseinander, dass die Söldner zur See mit ihren Koggen ungehindert an ihnen vorbeisegeln konnten. Außerdem wollte Johann von Pfirt eine Seeschlacht vermeiden, denn auf dem Wasser waren die Seeräuber immer noch eine ernstzunehmende Macht.

Nur wenige Wochen später beugten sich die Herzöge Albrecht III. von Mecklenburg-Schwerin und Johann II. von Mecklenburg-Stargard den vollendeten Tatsachen und traten das erst ein Jahr zuvor eroberte Gotland an den Deutschen Orden ab. Konrad von Jungingen wiederum reichte die Insel an Schweden weiter. Dadurch war der junge Herzog Erich I. von Pommern-Stolp, der bereits König von Dänemark, Norwegen und Schweden war, auch Herrscher über Gotland. Abgesehen von seinem Herzogtum jedoch nur formell, denn die Insel wie auch die gesamte Kalmarer Union regierte Margarethe, obwohl ihr Großneffe bereits volljährig war.

Mai 1398

11

Klaus Störtebeker war am Flusskanal entlang so lange spazieren gegangen, bis er den Turm der Marienkirche scheinbar so groß wie eine Kerze sah. An der Böschung des Wasserlaufs setzte er sich auf eine Bank, die ein friesischer Zimmermann für ihn aus einem Baumstamm geschlagen hatte, stellte seinen Rucksack ab und lehnte sich zurück. Mit einem behaglichen Gefühl schlug er seine Laute an, denn es war ein sonnenheller Morgen im Mai. Lediglich einige Schäfchenwolken schwebten im tiefen Blau des Himmels und spendeten ab und zu etwas Schatten. Für diese Jahreszeit war es schon ungewöhnlich warm. Das satte Grün der Wiesen, die bunten Blüten der Sträucher und das sachte Wiegen der bereits drei Ellen langen Halme des Winterroggens in den Kornfeldern kündeten von einem frühen Sommer.

Es wehte nur ein laues Lüftchen aus Westen, sodass jener Fischer sein Boot rudern musste, welcher gerade die Bank passierte, um in den Hafen von Marienhafe einzulaufen. Trotzdem brauchte sich der alte Friese kaum anzustrengen, denn der Flutstrom schob sein Boot im Kanal landeinwärts. Als er den Mann auf der Bank erkannte, grinste er so breit, dass sein grauer Rauschebart sich um die Backen wölbte, und nickte dem Sänger freundlich zu. Störtebeker winkte vergnügt zurück und stimmte eine fröhliche Willkommensweise an. Der Fischer ruderte weiter im Takt der Musik, erst als er außer Hörweite war, fiel er in seinen gewohnten Rhythmus zurück.

Störtebeker schlug ein feuriges Liebeslied an, denn diese Nacht hatte er das Bett mit Tetta tom Brok geteilt und sich mehrmals mit ihr vereinigt. Das liebeshungrige erst fünfzehnjährige Fräulein war im Morgengrauen schon wieder zur Burg Upgant aufgebrochen, denn sie konnte ihn nur heimlich besuchen. Sie bekam Rückendeckung von ihrer Anstandsdame Fritta Jancken, mit welcher sie eine Kammer in der Burg teilte. Dafür besuchte die scheinbar so tugendhafte Fritta als Nächste den standhaften Recken und Tetta passte auf, dass ihr Bruder Keno nicht Wind davon bekam. Auch ihr ältester Bruder, der Bastard Widzelt, durfte auf keinen Fall davon erfahren, denn er war ihr Vormund und regierte das Brokmerland für den minderjährigen Keno.

Störtebeker legte die Laute beiseite und packte seine Brotzeit aus: einen ganzen Laib, eine Wurst, lang und dick wie ein Unterarm sowie ein Fässchen Bier zum Runterspülen. Genüsslich vertilgte er seine Mahlzeit. Als er den größten Hunger und Durst gestillt hatte, sah er von Weitem zwei Gestalten sich nähern. Er beobachtete die zwei Männer: Einer war groß und kräftig gewachsen, der andere von graziler Statur und eine Handbreit kleiner. Sie kamen mit schnellen Schritten den gleichen Weg von Marienhafe wie er selbst. Störtebeker schielte auf die Scheide mit dem Schwert darinnen, welche er an die Bank gelehnt hatte, und tastete beiläufig nach dem Griff des Dolchs. Es waren nicht seine langen und schärferen Waffen – jene, mit denen er kämpfte – aber ganz ohne ging er auch in friedlichsten Zeiten nicht vor die Tür.

Als die beiden Männer in Hörweite gekommen waren, stellte Störtebeker seinen Becher ab. »Wollt ihr zu mir?«, fragte er laut und so herrisch, dass die beiden Männer unvermittelt stehen blieben.

»Ja«, antworte der Große schlicht.

»Aber Klaus, erkennst du mich denn nicht?«, rief der schlanke Mann und kam mit ausgebreiteten Armen näher. »So viele von meiner auserlesenen Sorte gibt es doch nun wirklich nicht.«

Störtebeker beugte sich vor und verengte mit den Lidern die Augen zu Schlitzen. »Magister Wigbold!«, rief er und sprang vor Freude auf. »Ist das möglich? Ich wähne Euch in Wisby.«

»Aus ist's mit unserer Herrschaft über Gotland!« Magister Wigbold zuckte resigniert mit den Schultern.

Schon war Störtebeker auf ihn zugeeilt und reichte ihm die rechte Hand, er verbeugte sich dabei so tief, wie vor keinem anderen Menschen. Magister Wigbold lächelte voller Huld und neigte den Lockenkopf mit dem asketischen Gesicht, während er die linke Hand auf die breite Schulter des gebeugten Riesen legte.

Magister Wigbold zog die Finger der Rechten unversehrt aus der Pranke Störtebekers und zeigte mit einer achtungsvollen Gebärde auf seinen größeren Begleiter. »Darf ich dir vorstellen: Oswald von Wolkenstein!«

Oswald von Wolkenstein verbeugte sich elegant und holte mit dem rechten Arm weit aus. »Der bin ich. Ein Knappe auf Wanderschaft von Ost nach West, von Süd nach Nord, wohin der Wind des Abenteuers mich weht.« Er klopfte mit seinen Fingerknöcheln seitlich auf den hölzernen Bauch der Laute, die er auf dem Rücken trug. »Und darüber schreibe ich meine Lieder und trage sie jedem vor, der sie mag.«

Störtebeker lachte erfreut. »Da seid Ihr bei mir richtig. Ich brauche neues Liedgut, denn ich spiele seit etlichen Jahren schon immer die gleichen Melodien.« Er wandte sich um, ging zur Bank zurück und setzte sich. Er patschte die flache Hand auf das glatt gehobelte Holz. »Setzt euch, esst und trinkt mit mir.«

Magister Wigbold setzte sich neben Störtebeker und Oswald von Wolkenstein nahm Platz am anderen Ende der Bank, nachdem er sich mit einer leichten Verbeugung bedankt hatte.

»Für mich nur einen Kanten Brot«, murmelte Magister Wigbold und klopfte sich auf den mageren Bauch. »Mehr vertrage ich morgens nicht.«

Oswald von Wolkenstein lächelte schalkhaft. »Für mich darf es ruhig etwas vom Flüssig-Brot sein.«

Störtebeker grinste belustigt, füllte seinen Becher bis zum Rand und reichte ihn dem Liedermacher. Dann brach er ein großes Stück vom Laib ab und gab es dem Meister. Herzhaft biss er in seine halbe Wurst.

»Welcher Wind hat Euch hierher getrieben?«, fragte Störtebeker und spülte einen Bissen mit Bier herunter, direkt aus dem fast schon geleerten Fässchen.

»Konrad von Jungingen!« Magister Wigbold seufzte. »Er hat uns von Gotland vertrieben. Letztendlich können wir glücklich sein, dass wir unser Leben retten konnten.«

»Wir?«

»Mehr als die Hälfte von uns konnte entkommen.«

»Michel auch?«, murmelte Störtebeker teilnahmsvoll.

»Ja, er hat rechtzeitig den Befehl zum Durchbruch gegeben.« Magister Wigbold seufzte erleichtert.

»Das kann ich mir durchaus vorstellen, denn er ist ein vortrefflicher Stratege.«

»Aber leider kein Staatsmann.«

Störtebeker lachte, dann sah er seinem Meister mit Anteilnahme in die Augen. »Dann ist es also aus mit Eurem Traum vom idealen Staat.«

Magister Wigbold nickte betrübt.

»Seid Ihr mit dem Michel gesegelt?«

»Ja, jetzt ist er zu Gast in Oldenburg.«

»Waaas? Etwa beim Grafen Konrad II.?« Störtebeker beugte sich vor und blickte den Magister ungläubig an.

»Sie haben sogar zusammen gesoffen und dabei Brüderschaft miteinander geschlossen.«

»Das dürfte dem Grafen noch einmal leidtun, denn dieser feine ›Bruder‹ wird nicht nur ihm viel Ärger einbringen. Jetzt ist es auch für mich aus mit der Ruhe in hier im Friesischen, leider, leider.«

»Warum denn?«

»Michel wird bald auf Raubfahrt gehen und die anderen werden es ihm nachtun. So dumm, wie sie alle miteinander sind, werden sie sich auf jedes Schiff stürzen. Die Verluste werden für die Hansekaufleute so hoch werden, dass sie in den Kampf ziehen, egal was es kostet.« Störtebeker blickte Magister Wigbold listig an. »Bisher habe ich stets darauf geachtet, kein Schiff noch einmal zu entern und bei den Kontoren und Städten immer abgewechselt. Außerdem hole ich mir nur, was nützt und lasse die Mannschaft laufen. Auf diese Weise habe ich sie zwar gepiesackt, aber sie zogen nicht aus gegen mich.«

Magister Wigbold nickte anerkennend. »Daran denken diese groben Kerle nicht. Da hast du recht.« Er winkte verächtlich blickend ab. »Auch darum hat's mir beim Michel nicht mehr gefallen, und als ich hörte, dass du in Mariehafe haust, habe ...«

»Ich hause hier nicht, ich *bin* zu Hause!«

Magister Wigbold lächelte gönnerhaft. »Sehr schön, denn ich wünsche dir von Herzen ein wenig Frieden, trotz Michels Gegenwart.« Sein Gesicht wurde wieder ernst. »Jedenfalls habe ich mein Zelt in Oldenburg abgebaut und bin mit Oswald von Wolkenstein hierhergewandert.«

»Um mich zu besuchen?«

»Ich sagte doch: Ich habe mein Zelt abgebaut. Ich will mit Michel nichts mehr zu tun haben und mich dir anschließen, wenn du nichts dagegen hast.«

»Ich? Ganz bestimmt nicht.« Störtebeker strahlte übers ganze Gesicht. »Ihr könnt den dritten Stock sogar ganz für Euch alleine haben.« Er wies mit seinem rechten Arm nach Osten auf die Spitze des Turms der Marienkirche und wandte sich an Oswald von Wolkenstein. »Was ist mit Euch, Herr von Wolkenstein?«

»Ich bin nur auf der Durchreise, wie stets in meinem Leben. Aber einige Tage lang würde ich schon gerne bleiben, denn Ihr wollt ja einige neue Lieder von mir erlernen. Den letzten Winter über war ich in Russland, dann segelte ich mit den Ordensrittern hinüber nach Gotland, verlor dort meinen Herrn, den kühnen Ritter Christoph Kevenhüll. Einige Wochen verweilte ich noch in Wisby und kam auf einem Schiff nach Lübeck. Über Hamburg und Bremen reiste ich nach Oldenburg. Dort lernte ich den Magister Wigbold kennen und folgte ihm hierher. Den Sommer will ich in Holland und England verbringen und ...«

»Im Winter könntet Ihr wieder hierher...«

»Gerne! Und danach gehe ich in meine Heimat zurück, ins Pustertal und sehe nach, ob ich endlich mein Erbe antreten kann.« Oswald von Wolkenstein lächelte in Erinnerungen schwelgend. »Übrigens haben wir uns schon einmal gesehen, nämlich in Wismar, als ich auf der Flucht vor den Häschern des Ablasshändlers an Bord des Roten Teufels kam. Fietje, Euer Steuermann schickte mich.«

Störtebeker hob seine Schultern und grinste verlegen. »Daran kann ich mich nicht erinnern.« Mit einer lässigen Handbewegung hakte er seine Vergesslichkeit ab und stand auf. Mit dem linken Daumen zeigte er über die Schulter auf den Turm. »Ihr könnt jetzt und im nächsten Winter so lange hier bleiben, wie Ihr wollt.« Störtebeker ging los, denn er war wieder voll Tatendrang. »Kommt mit, ich zeige euch den Turm! Mein Zuhause ist im fünften Stock.«

»Ganz schön hoch«, murmelte Oswald von Wolkenstein anerkennend. »Bestimmt ein famoser Ausblick.«

»Und ob. Deswegen sind stets Wachen im Dachgeschoss über mir und lugen nach allen Himmelsrichtungen in die Ferne.«

»Dann sieht jetzt einer von deinen Männern auf uns herab?« Wigbold stellte die Frage nur rhetorisch.

»Und ob. Wehe, da oben passt einer nicht auf. Denjenigen trage ich die Leiter hoch bis in die Turmspitze, stopfe ihn durch die höchste Dachluke und mache ihn zum Flattermann.«

Magister Wigbold lächelte verschmitzt, denn er wusste, dass Störtebeker liebend gern übertrieb, sobald er sich berauschte. Dem Unachtsamen drohte höchstens ein eisenharter Tritt in den Hintern, sodass dieser tagelang nicht mehr schmerzfrei sitzen konnte. »Wie hoch ist der Turm?«

»Ein Gros[77] Ellen!« Störtebeker hob seinen linken Zeigefinger. »Aber erst, seitdem wir mit Hand angelegt haben. Die Kirche und der Turm nämlich waren vor elf Jahren fast abgebrannt. Bei dieser Gelegenheit schlug ich, ähm, also Hennig vor, den Turm gleich zwei Stockwerke höher zu bauen und auch eine längere Spitze zu errichten.«

»Ich verstehe, wegen der wunderschönen Aussicht über diese grandiose Landschaft hier.« Oswald von Wolkenstein lachte und zwinkerte belustigt Magister Wigbold zu. »Eigentlich würde es schon reichen, sich auf die Zehenspitzen zu stellen oder hochzuspringen. Aber wozu eine längere Spitze?«

»Damit die Fläche des Dachs größer ist und wir es in der Bucht schon von Weitem sehen können.«

»Ich verstehe, damit ihr die Einfahrt nach Marienhafe findet.«

»Richtig, denn es gibt nur eine Fahrtrinne in der Bucht. Wer sie nicht findet, läuft auf. Darum ist das Dach auch verschieden gedeckt. Rundum mit Schiefer und nur die Nordseite mit Kupfer. Je nachdem wie es blinkt, können wir erkennen, ob wir uns in richtigem Fahrwasser befinden.«

»Schlau gedacht!«

»Fast alle Einfälle sind von Hennig.« Störtebeker grinste verlegen. »Ich sage meistens nur, worauf es ankommt.«

»Immerhin weißt du, worauf es ankommt.«

Selbstzufrieden nickte Störtebeker, wies nach Osten auf den Turm, wandte sich um, mit dem Finger auf den Kanal zeigend, und hielt den Arm in Gegenrichtung auf die Bucht. »Der Hafen war schon verlandet und kaum befestigt. Ich habe die Fahrtrinne bis zur Leybucht tiefer ausheben und die ganze Hafenanlage befestigen lassen.«

»Hier kommt niemand gegen Euren Willen herein.« Oswald von Wolkenstein wagte es, dem Hauptmann anerkennend auf die Schulter zu klopfen. Störtebeker zwinkerte dem Barden einvernehmlich zu. Die beiden mochten sich auf Anhieb.

»Aber gegen ein Landheer kannst du nichts ausrichten«, wandte Magister Wigbold ein. »Einer Belagerung kannst du auf Dauer nicht standhalten.«

»Macht nichts, ich erkenne rechtzeitig, ob ein Stärkerer anrückt, und haue ab.« Er winkte seinen beiden Gästen. »Kommt mit, wir gehen zurück und steigen zu mir hoch.«

---

77 Gros, das – ein Gros ist ein Dutzend multipliziert mit einem Dutzend. 12 x 12 = 144.

12

In seiner hohen rechteckigen Kammer im fünften Stock angekommen, ging Störtebeker zu den nach Westen ausgerichteten Fenstern. Er beugte sich vor und zeigte auf die einige Meilen entfernte Leybucht, in welcher das Wasser den Schein der Mittagssonne in schillernden Farben widerspiegelte.

»Seit drei Jahren wohne ich hier oben. Der Rest von diesem Turm war kaum zu sehen, als ich in der Leybucht zum ersten Mal vor Anker ging. Damals war es noch nicht möglich, mit einem größeren Schiff nach Marienhafe zu gelangen. Ich ging an Land und suchte Widzelt tom Brok in seiner Burg Upgant auf. Ich bot ihm meine Dienste an und wurde sofort einig mit ihm, denn ich kam ihm gerade recht. Ich bekam Marienhafe als dauerhaften Stützpunkt zugewiesen und durfte diesen Ort nach meinen Vorstellungen befestigen. Natürlich waren die Pläne von Hennig, denn er kann das er wirklich viel besser wie ich.«

»Ein Doppelbett, breit genug für drei oder vier!« Oswald von Wolkenstein grinste anzüglich. Er schubste mit dem Fuß den Bettkasten, um seine Standfestigkeit zu prüfen. »Es scheint sehr stabil zu sein.«

»Wegen meines Gewichts.« Störtebeker drehte sich um und zuckte mit den Schultern. »Ich schlafe alleine hier oben, Hennig einen Stock tiefer und weiter unten ein Teil der Mannschaft. Ganz unten ist die Wachstube.«

»An denen kommt bestimmt keine Dame vorbei, um dir ab und zu dein Bett zu wärmen.« Magister Wigbold zog bedauernd die Schultern hoch, aber im Gesicht saß der Schalk und verriet, dass er nur zu gut den Schwerenöter kannte.

»Macht Euch bloß keine Sorgen um mein Liebesleben, Meister. Ich sehe mich beizeiten um.« Störtebeker grinste schwach und zwinkerte Magister Wigbold zu. Er wandte sich wieder um und blickte versonnen aus dem Fenster hinüber zu den Zinnen der Burg Upgant.

Sein Gesicht jedoch verdüsterte sich zusehends, denn vor seinem inneren Auge erschien Ocka tom Brok, Tettas ältere Schwester. Selbst nach ihrer Heirat hatte er nicht von dem jungen Weib und sie nicht von ihm lassen können. In flagranti erwischt hatte er mit Müh und Not aus der Burg von Lütet Attena von Dornum entkommen können. Ocka jedoch hatte für ihre Leidenschaft mit dem Leben bezahlt, denn ihr Ehemann hatte sie erdrosseln lassen wegen Ehebruchs und anschließend wurde die Leiche gesteinigt.

Oswald von Wolkenstein sah Magister Wigbold an. Beide schwiegen wohlweislich, denn in der Zeit ihres Aufenthalts in der Grafschaft

Oldenburg war ihnen einiges über Störtebekers Umtriebe zu Ohren gekommen. Sie warteten.

»Aber das geht Euch alle beide nichts an!«, flüsterte Störtebeker mit verfinstertem Gesicht und trat wütend gegen die Mauer unter dem Fenster. Er drehte sich langsam um und atmete tief durch.

Eilig wechselte Magister Wigbold das Thema. »Auf jeden Fall will ich nicht zurück zum Michel. Ich bitte dich, mich hier zu behalten, Klaus.«

Störtebeker nickte und lächelte wieder. »Ihr könntet Euch als heimatloser Ordensbruder ausgeben, dessen Kloster von Seeräubern zerstört wurde. Dann würde ich nebenan in die Kirche zu Pater Almer gehen und ihm zu verstehen geben, das er Euch aufzunehmen hat. Er jammert ohnehin tagein tagaus, dass es für ihn allein viel zu schwierig sei, den sturen Friesen und uns rauen Söldnern das Christentum einzuhämmern.«

Mit dem linken Zeigefinger drückte er auf den linken Tränensack und zog sein Augenlid herab. »Auf diese Weise könntet Ihr auch ein wenig auf den guten Pater aufpassen, denn ich traue ihm nicht. Immerhin steht in der Sakristei der Marienkirche mein ›Goldener Mast‹. Er stellt eine große Versuchung dar.«

»Durchaus, denn für manch einen Kleriker sind nicht Sankt Peter und Sankt Paul die Hauptheiligen, sondern Sankt Rufinus und Sankt Albinus[78]!« Magister Wigbold zog bedeutsam seine Brauen hoch und rieb beide Daumen und Zeigefinger aneinander wie zum Geldzählen. »Denn mit Hilfe von deren Gebeinen ergeht es den Pfaffen sichtbar besser in irdischen Gefilden, als wenn sie bei brackem Wasser und hartem Brot tagein tagaus Peter und Paul lobpreisen würden.«

Störtebeker nickte und blickte ernst. »Also was haltet Ihr von diesem Ansinnen, mein werter Meister?«

»Das gefällt mir!« Magister Wigbold klatschte in die Hände und rieb deren Flächen gegeneinander. »Außerordentlich sogar.«

78 ›Die Gebeine von Sankt Rufinus und Sankt Albinus‹ – Rufinus ist der ›Rote Heilige‹ (Gold); Albinus ist der ›Weiße Heilige‹ (Silber); deren »Gebeine« sind goldene sowie silberne Münzen.

Neunter Teil

Schicksal

6. Dezember 1399

1

Die Regentropfen fielen seit dem frühen Morgen und lösten die Reste der Schneedecke auf. Aus den Wiesen wurden Moraste, die Äcker verwandelten sich in graue mit Luftblasen übersäte Seenplatten und die Wegfurchen bildeten Wasserrinnen tief bis zum Knie. Die Friesländer blieben zu Hause.

Ein Reiter jedoch setzte sich dem ungemütlichen Wetter aus und ließ sein Pferd entlang des Kanals traben, der von der Leybucht bis nach Marienhafe reichte. Der junge Mann hatte die Burg Upgant verlassen, um Störtebeker im Turm der Marienkirche aufzusuchen. Während des gesamten Ritts hielt er den Ring eines verdeckten Käfigs und balancierte dessen Boden auf dem Sattelhorn. Gelegentlich hörte er Zischlaute, ausgestoßen von dem Tierchen im Käfig, sein Kratzen oder Nagen an den metallenen Stäben. Ab und zu rumpelte es im Käfig, wenn wegen einer ruckartigen Bewegung von Pferd oder Reiter der kleine Körper darinnen von einer Ecke in eine andere purzelte.

Den kleinen Hafen erreichte der Reiter um die Mittagszeit, aber es war dermaßen dunkel, als dämmere noch der Morgen oder der Abend nahe bereits. Der junge Mann sah hinüber zum Roten Teufel, welcher für den Winter festgemacht am Kai lag, und erst nächstes Frühjahr ab Petri Stuhlfeier wieder auslaufen würde. Zufrieden lächelte er, denn wie die Jahre zuvor war die Besatzung dieser Holk von ihren wöchentlichen Raubfahrten jedes Mal mit reicher Beute in sein Land zurückgekehrt. Er blickte empor zu dem hohen Turm der Marienkirche und sah Kerzenlicht hinter den Ritzen der geschlossenen Fensterläden des obersten Stocks – auch Klaus Störtebeker war daheim geblieben.

Der junge Mann lenkte sein Pferd vor den Eingang zu dem Turm, beugte sich zur Seite und stellte den Käfig auf das Sims eines zugemauerten Fensters neben der Tür. Dann stieg er ab, hielt die Zügel mit der linken Hand, indessen er mit der rechten Faust an die eisenbeschlagene Tür klopfte. Drinnen polterte es, als wäre ein Stuhl umgekippt und ein derber Fluch war zu hören, obwohl das Holz des Türblatts dicker als eine Handbreit war. Schlurfende Geräusche wie von Filzsandalen und ein unwirsches Gegrummel wurden lauter, denn jemand näherte sich der Tür von innen.

»Wer da?«, rief Fietje.

»Keno tom Brok!«, rief der junge Mann zurück.

»Unser edler Gastgeber? Das gibt's doch gar nicht.« So umständlich wie möglich werkelte Fietje am Türschloss herum und zog das Türblatt lediglich einen Spaltbreit auf. Er schlüpfte hindurch und blieb breitbeinig auf der Schwelle stehen. Auf diese Weise den Weg versperrend blickte er auf die Füße des Friesenhäuptlings, um seine Verlegenheit zu verbergen. »Was führt Euch denn zu uns, Herr tom Brok, bei so einem Scheißwetter?«

Keno tom Brok antwortete nicht, sondern beugte seinen Oberkörper vor und wandte den Kopf zum Türspalt. Mit seinem besseren Ohr lauschte er: Aus dem Schacht der Turmtreppe war zu hören, dass jemand eilig nach oben stieg.

»Ach, das ist nur der Lange Jan, er sagt dem Hauptmann Bescheid.« Fietje wandte den Kopf und blickte über seine Schulter zurück. Dann sah er flüchtig zu Keno tom Brok empor und sprach hastig: »Gebt mir Euer Pferd, ich stelle es unter.«

»Da war überhaupt nicht nötig, dass einer von euch gleich hochrennt«, murrte Keno tom Brok, auf der Stirn oberhalb der Nasenwurzel bildeten sich zwei steile Falten. »Eigentlich wollte ich euren Hauptmann überraschen.«

»Und ob das eine Überraschung geworden wäre«, murmelte Fietje und verdrehte die Augen.

»Wie meint Ihr das?«

»Schon gut.« Hastig winkte Fietje ab. »Ich meinte ja nur.« Er kam heraus, trat einen Schritt zur Seite und wies auf die Tür. »Kommt herein, Herr tom Brok.«

»Augenblick noch.« Keno tom Brok übergab Fietje die Zügel. »Ich hole etwas.« Dann ging er zum Fenstersims, fasste den Ring und hielt den Käfig mit angewinkeltem Arm halbhoch, während er eintrat.

In der Wachstube saßen drei Männer, sie hatten sich in Wolldecken gehüllt und die Nähe des Kamins gesucht. Nun standen sie ungelenk auf und blickten dem Gast ehrerbietig entgegen. In einer Nische neben der Tür stand eine Laterne, in der eine Votivkerze herunterbrannte; mitten im Raum befand sich ein marmorner Tisch, eigentlich ein Altar, auf dem die Waffen der Wachen verstreut herumlagen. Die Männer hatten gedöst, denn weit hinten im friesischen Land brauchte niemand einen Feind zu fürchten. Keno tom Brok betrachtete nachsichtig lächelnd die anschwellende Beule an der Schläfe eines der Männer – sie verriet ihm den Flucher, der mit dem Stuhl umgekippt war.

»Kann ich Euch den Mantel abnehmen?«, fragte einer der anderen. »Ich hänge ihn in die Nähe des Kamins zum Trocknen.«

»Nein danke.« Keno tom Brok schüttelte sacht den Kopf, aber er lächelte freundlich. »Ich lege erst oben ab.«

Der Wachmann zuckte mit den Schultern und blickte gleichmütig. Der dritte der Männer jedoch wies mit einer fahrigen Armbewegung auf das mannshohe Rechteck in der Wand, wo die Treppe begann und deren höhere Stufen im Dunkeln nur zu erahnen waren. Dieser Durchgang war der einzige im Raum außer dem Turmportal, denn die Öffnung zum Kirchenschiff gegenüber war zugemauert worden, wie auch sämtliche Fenster.

Der dritte Wächter schlurfte mehr als er ging zu der Nische neben der Tür, nahm die Laterne und leuchtete dem jungen Häuptling beim Aufstieg bis ins sechste Stockwerk. Gemächlich stieg er eine Stufe nach der anderen empor.

In Höhe der ersten beiden Stockwerke waren die Fenster des Turms ebenfalls mit quaderförmigen Steinen ausgefüllt worden, weiter oben hatte man die Lichtdurchlässe an der Außenwand mit Brettern verrammelt. Die Hohlräume davor hatte man mit Strohballen und Heugarben ausgestopft, sodass es finster aber wenigstens nicht eiskalt war, denn warme Luft strömte stetig vom Kamin empor in den Treppenschacht.

Das Licht der Kerze reichte, um vage die nächsten Stufen zu erkennen. Keno tom Brok lauschte, denn er vernahm Musik. Sie wurde vernehmlicher, je höher er stieg und immer deutlicher unterscheiden konnte er den Gesang von zwei Männern sowie deren Spiel auf ihren Lauten. Während er die Stufen zählte, passierte er die geschlossenen Türen von Magister Wigbold im vierten Stockwerk sowie von Hennig Wichmann im nächsten. Erwartungsfroh lächelte Keno tom Brok, denn er spürte die gute Laune oben beim Störtebeker. Kurz blickte er auf den verdeckten Käfig: Dessen Inhalt würde dem Hauptmann zusätzliche Freude bereiten, da war er sicher.

2

Der Laternenträger bummerte mit der Faust an die Bohlentür, welche so dick war wie die Wand, und öffnete sie mit einem Stoß, ohne eine Antwort abzuwarten. Die Musik schallte ins Treppenhaus, denn Störtebeker und ein junger Musikant sangen mehrstimmig aus vollem Hals, indessen sie die Saiten ihrer Lauten heftig schlugen. Keno tom Brok waren sowohl der Text als auch die Melodie dieser Fuga[79] unbekannt, aber das Musikstück faszinierte ihn dermaßen, dass er am liebsten sogleich ein Tänzchen dazu gewagt hätte. Weil er nur auf die

79 Fuga – siehe Anhang, Seite XIX (597).

Musik achtete, fiel ihm nicht auf, dass der Lange Jan sich ins Treppenhaus verdrückte, jener Mann, der sofort hinaufgerannt war.

»Oho, der junge Häuptling!« Störtebeker spielte den Überraschten, lehnte seine Laute behutsam an die Tischkante und stand schwerfällig auf. Seine Augen blickten etwas glasig und er lallte ein wenig. Vor ihm auf dem Tisch standen zwei große Humpen und neben dem fremden Sänger stand ein hölzerner Bock, auf dem ein großes Fass steckte. Aus dem Hahn tropfte es hin und wieder in eine kleine Pfütze auf dem Boden.

Keno tom Brok roch das Bier, dessen Dunst den ganzen Raum ausfüllte. Er bekam den Eindruck, als hätten mehr als zwei Männer gezecht. Die Bettwäsche, die sich auf dem mehr als fünf Ellen im Geviert messenden Bett auftürmte, war zerwühlt und hing teilweise herab auf den hölzernen Boden. Aus zwei großen Truhen lugten die Zipfel von einigen Kissen hervor, sodass die Deckel etwas offen standen.

Störtebeker sah seinem Besucher den Zweifel an, daher versuchte er sofort, ihn abzulenken. Er ging auf ihn zu, jetzt kerzengerade und breitete die Arme weit aus. »Willkommen in meinem bescheidenen Zuhause, welches ich ja nur Eurer Gunst verdanke.«

»Keine Ursache.« Lässig winkte Keno tom Brok ab und bog dabei Schultern und Kopf ein wenig zur Seite, um dem Bierdunst aus Störtebekers Rachen zu entgehen. »Ihr wohnt ja nicht umsonst hier, sondern entrichtet regelmäßig Euren Obolus.«

»Dann müsste ich mich eigentlich bei den Hansekaufleuten für dieses gemütliche Obdach bedanken, denn von diesen freigiebigen Herren bekomme ich dermaßen viel, dass ich immer noch mehr als genug für mich übrig habe, nachdem Ihr Euren Teil erhalten habt.«

Die beiden Männer lachten, dass sich ihre Oberkörper bogen.

»Darf ich vorstellen«, sagte Störtebeker, als er wieder zu Atem gekommen war, und wies mit je einer Hand auf seine beiden Gäste. »Oswald von Wolkenstein, ein fahrender Liedermacher, leider wieder nur auf Durchreise. Keno II. tom Brok, Herr auf Burg Upgant sowie von Marienhafe, Häuptling des Brokmerlands und des Auricher Lands.«

Oswald von Wolkenstein stand auf und verbeugte sich mit einem eleganten Diener. »Gott zum Gruß!« Sein Kopf war übergroß, das Gesicht breit und der Mund wulstig. Aber er lächelte fast ununterbrochen, daher wirkte er trotz seines grobschlächtigen Aussehens und des verkümmerten Auges stets freundlich.

Keno tom Brok erwiderte den Gruß mit der gleichen vollendeten Höflichkeit. »Gott zum Gruß, großer Meister, herabgestiegen vom Wolkenstein.«

»Großer Meister? Herabgestiegen, ich junger Bursche?«

»Gewiss. Ihr spielt die Laute meisterlich und Euer Gesang ist unvergleichlich. Stammt Ihr aus dem Grödnertal?«

Erfreut hob Oswald von Wolkenstein die Brauen und weitete das gesunde Auge. »Ihr wisst, woher ich komme?«

»Ja, denn mein Vater Ocko zog auf seiner Reise nach Italien über den Brennerpass und weiter bis Neapel. Er rastete einige Wochen auf Burg Wolkenstein.«

»Ich zog auch über diesen Pass, aber in der entgegengesetzten Richtung, und habe seitdem meine Heimat nicht mehr wiedergesehen.« Oswald von Wolkenstein blickte einen Augenblick lang traurig, dann strahlte er wieder. »Aber die Welt ist zu groß und vielfältig, als dass ich in diesem abgelegenen Tal nochmals leben könnte.«

»Vielleicht kehrt Ihr auf Eure alten Tage dorthin zurück?«

»Wohl schon nächstes Frühjahr, denn ich bin der Erbe der Burg. Dort könnte ich vielleicht meinen Altersruhesitz beziehen. So wie Herr Störtebeker es hier bei Euch getan hat.« Oswald von Wolkenstein zwinkerte Keno tom Brok zu und zog den Kopf zwischen den Schultern ein, denn er ahnte das Kommende.

»Waaas?«, rief Störtebeker. »Mein Altersruhesitz? Von wegen!« Während er den rechten Brustmuskel anspannte, pochte er mit der linken Faust auf die Wölbung. »Ich bin in den allerbesten Jahren und das hier ist mein Raubvogelnest, hoch oben über allen anderen Menschen, auf die ich nach Lust und Laune herabstoße.«

Nachsichtig nickte Keno tom Brok und stellte behutsam den Käfig auf den Tisch, während Störtebeker verwundert die Augenbrauen hob. Der Hauptmann beugte sich vor und hob das graue Tuch an, jedoch hörte er ein leises Fauchen und ließ sofort das Stoffende fallen.

»Was für ein Vieh ist denn da drinnen?« Störtebeker blickte skeptisch und wedelte mit der offenen Hand. »Gefährlich?«

»Keine Sorge, Hauptmann. Es ist kein giftiges Tier.« Keno tom Brok klinkte die Spange seines weiten Umhangs aus und zog ihn mit elegantem Schwung von seinen Schultern. Die noch haftenden Tropfen vom Regen spritzen umher, als er den Umhang auf ein Gestell in der Nähe des Kamins warf. »Das kleine Kerlchen tut Euch nichts, im Gegenteil, Ihr sollt Euch an ihm erfreuen.«

»Hä?«

»Er ist ein Geschenk für Euch.«

»Wie kommt Ihr darauf, mir etwas zu schenken?« Störtebeker breitete ratlos seine Arme aus.

»Ihr werdet doch wissen, wie wichtig für Euch der heutige Tag ist?«

»Und ob, freitags mache ich immer ein frisches Fass auf.« Störtebeker strahlte übers ganze Gesicht und patschte seine flachen Hände zusammen. Rasch rieb er die Finger aneinander in Vorfreude auf zahlreiche kommende freitägliche Feiertage.

»Nein, nicht doch.« Keno tom Brok rollte mit den Pupillen. »Welcher Kalendertag ist heute?«

»Sechster Dezember. Na und? Soll ich deswegen noch ein Fass aufmachen?«

»Nicht doch, Euer Namenstag ist heute!«

»Wie, heute?« Störtebeker stutzte und blickte ungläubig.

»Ja.« Als preise er den Herren im Himmel, so hielt Keno tom Brok die Handflächen nach oben. »Heute ist Sankt Nikolaustag.«

»Nikolaus?«

»Ihr heißt Klaus, abgeleitet von Nikolaus.«

»Stimmt ja. Und heute ist …«

»… der sechste Dezember. Der Namenstag des Heiligen Nikolaus von Myra.«

»Darauf wäre ich nie gekommen.« Störtebeker hieb sich mit der flachen Hand vor die Stirn. »Genau so wenig wie irgendein Mensch dieser Welt auf den Gedanken, mir etwas zu schenken. Sehr aufmerksam von Euch. Eure Mutter hat Euch guten Umgang beigebracht.« Er verbeugte sich so tief, dass er ins Torkeln kam und sich am Tisch festhalten musste.

»Meine Mutter?« Keno tom Brok lächelte abschätzig. »Man nennt sie nicht umsonst Quade Foelke[80]! Nein, mein trefflicher Vater brachte mir Benimm bei. Diese Manieren erlernte er am Hof der Königin Johanna von Neapel.«

»Ein brummiger Friese im sonnigen Süden, wirklich? Das kann ich mir gar nicht vorstellen.«

»Das ist aber wahr!«, rief Keno tom Brok und zeigte eifrig mit beiden Händen auf sich. »Diese Kleidung trug mein Vater schon am Hof der Königin Johanna von Neapel! Und er war gar nicht brummig.«

»So?« Störtebeker sah den knapp zwanzigjährigen Mann langsam von oben bis unten an. Keno tom Brok reichte ihm immerhin bis zur Nasenspitze und schien trotz seiner schlanken Gestalt kräftig zu sein. Das Gesicht war sorgfältig rasiert und duftete nach Rosenwasser. Die hellbraunen Haare wallten bis zu den Schultern herab und lagen in Locken auf dem breiten spitzenbedeckten Kragen. Kanariengelb und dunkelblau gescheckt war das samtene Wams; mitten auf der Brust prangte, größer als eine gespreizte Hand, das Wappen der Königin Jo-

80 Quade Foelke – s. Anhang ›Stammtafel des Hauses tom Brok‹, Seite XLI (619).

hanna von Neapel: Die linke Hälfte mit roten Balken und zahlreichen goldenen Lilien auf blauem Grund repräsentierte das Königshaus Anjou von Neapel; das Königreich Jerusalem[81] wurde dargestellt auf der rechten Hälfte durch ein großes Balkenkreuz sowie vier kleine gelbe Kreuze auf grauem Grund. Die linke Hälfte der Hose sowie das rechte Bein waren hellgelb, die entgegengesetzten Seiten hellblau. Weil diese Kleidung zu dünn war für das raue Klima im Norden, trug der junge Häuptling noch dichte wollene Unterwäsche darunter, welche ihn etwas rundlicher aussehen ließ. In den kurzen Stiefeln aus feinem Wildleder trug er mehrere Paar Socken, um der Kälte zu trotzen.

»Jawohl!« Selbstbewusst blickte Keno tom Brok den Hauptmann an, während er seine Handschuhe von den Fingern abzog.

»Dann eben nicht brummig.« Mit einer abschätzigen Handbewegung wandte sich Störtebeker ab. »Ihr jedenfalls seht darin aus wie ein Pfau!«

»Wie bitte?«

»Da fehlen nur noch ein paar lange Federn von dem Vieh. Die könnt ihr Euch in den ...«

Keno tom Brok schmiss seine Handschuhe vor Störtebeker auf den Fußboden. »Da komme ich her, will Euch etwas schenken und Ihr ...«

Oswald von Wolkenstein sprang herbei, bückte sich rasch und hob das lederne Paar auf. »Nehmt Eure Handschuhe wieder an Euch. Ihr wollt doch keine Fehde anzetteln.«

»Wie bitte?«

»Wisst Ihr nicht das Klaus Störtebeker ein Ritter ist? Wenn Ihr ihm einen Handschuh vor die Füße werft und er ihn aufhebt, ist die Fehde erklärt.«

»Ritter?« Keno tom Brok blickte Störtebeker mit großen Augen an. »Dieser Mann soll ein richtiger Ritter sein? Wie mein Vater Ocko?«

»Irgendein Friese, brummig oder auch nicht, wäre genauso unwahrscheinlich ein Ritter wie ich«, grummelte Störtebeker und zog missmutig die Brauen zusammen.

»Setzt Euch doch erst einmal hin!« Oswald von Wolkenstein schnappte sich die Lehne seines Stuhls, trug ihn um den Tisch herum, stellte ihn neben Keno tom Brok ab und zeigte einladend auf die Sitzfläche.

3

Während sich die beiden anderen umständlich hinsetzten, holte er sich einen freien Stuhl, welcher schräg an der Wand neben dem Ka-

81 Königreich Jerusalem – siehe Anhang, Seite XX (598).

min lehnte. Er hockte sich auf die Kante und bückte sich nach einem Krug, der unter dem Fass zwischen den Beinen des Bocks lag.

»Ein Bier?« Oswald von Wolkenstein zeigte Keno tom Brok den leeren Krug.

»Ja, gerne.«

Rasch steckte der Barde ihn in einen Bottich, der mit kaltem Wasser gefüllt war, und spülte ihn mit einigen hastigen Handbewegungen. Dann füllte er den Krug randvoll, indessen die beiden anderen ihm schweigend zusahen.

»So.« Er stand auf und stellte den Krug mit dem überschäumenden Bier vor dem jungen Friesen auf dem Tisch ab. »Zum Wohle, mein Herr.«

Keno tom Brok lächelte erfreut und griff mit funkelnden Augen nach dem Krug. Die drei Männer prosteten sich einander zu und tranken in tiefen Schlucken.

»Ah, das schmeckt!«

»Kein Wunder, das ist ja auch Hamburger Weißbier.«

»Da lohnt sich der Einsatz.« Anerkennend nickte Keno tom Brok und leckte sich den Schaum von den Lippen.

»In der Tat. Für dieses Bier setzen meine Männer ihr Leben aufs Spiel«, sagte Störtebeker und meinte es todernst.

»Hoffentlich reicht es bis Martini, sonst sitzt Ihr auf dem Trocknen.«

»Naja, dann müssten wir uns wohl oder übel die Zeit anderweitig vertreiben.«

»Zeitvertreib!« Keno tom Brok lächelte geheimnisvoll, als er das Tuch vom Käfig zog. »Damit könnt Ihr Euch ein wenig die Zeit vertreiben.«

Der Käfig war zwei Handspannen lang und eine breit und hoch. Der Boden bestand aus Holz und die eng stehenden dünnen Stangen an den Seiten aus Metall. Der Deckel hatte die Form eines Dachs und über der Mitte des Firsts festgeschmiedet ragte ein eiserner Ring.

Den Boden des Käfigs bedeckte eine Schicht schwärzliche Humuserde, aufgelockert durch einige Häufchen Torf und Stroh. An einer Wand befand sich ein kleines Holzhäuschen mit einem kreisrunden Eingangsloch. Daraus ragte ein hellbraunes Schnäuzchen mit einigen goldgelben Haarborsten an beiden Seiten. Die kleine Nase schnupperte noch ein Weilchen, dann schob sich der schmale Kopf heraus und die dunklen Knopfaugen musterten neugierig die Umgebung außerhalb der Gitterstäbe.

»Ein Hamster?«, rief Störtebeker und machte ihn nach, indem die

Augen weitete und genauso lebhaft umherguckte wie dieses Tierchen.

»Ein Goldhamster! Mein Vater brachte aus dem Süden zwei Pärchen mit nach Hause. Dieser muntere Bursche gehört zu den wohlgeratenen Nachkommen.«

»Donnerwetter. Das Kerlchen guckt mir ja direkt in die Augen. Das hat ja gar keine Angst vor mir.«

»Er ist ganz zahm und tut Euch nichts. Ihr könnt ihn ruhig aus dem Käfig holen.«

»He, he.« Störtebeker erhob sich halb, lupfte den Deckel und steckte den linken Arm in den Käfig.

»Au!« Hastig zog er seine Hand zurück, ließ den Deckel fallen und plumpste auf seinen Stuhl zurück. Anklagend hielt er den Zeigefinger unter Keno tom Broks Nase. Zwei kleine Blutstropfen traten nebeneinander aus der Haut über der Kuppe. »Das Mistvieh hat mich gebissen!«

»Er kennt Euch noch nicht. Aber er wird sich bald an Euch gewöhnen. Meine Schwestern und ich hatten immer viel Freude mit den munteren Nagern. Aber jetzt sind wir dafür zu alt.«

Den Spott im letzten Satz hörte Störtebeker nicht heraus, denn er lutschte am Finger und zog einen Schmollmund. Dann wedelte er mit der rechten Hand und warnte sein neues Haustier: »Dass du dich ja nicht an den Geschmack von Fingerkuppen gewöhnst, Bürschchen.«

Er wandte sich an Keno tom Brok. »Wie seid Ihr bloß auf die Idee gekommen, mir ausgerechnet einen Hamster zu schenken?«

»Ich dachte mir, er passt gut zu Euch.«

»Pass gut zu mir? Wieso das denn?«

»Nun ja. Er geht auf Beutesuche, stopft sich die Backen voll und versteckt das Ganze in seinem Bau, genau wie Ihr.« Keno tom Brok musste an sich halten, um nicht loszuprusten.

»Was mache ich?« Störtebeker grinste ungläubig. »Dasselbe wie dieser Hamster da?«

»Durchaus.«

»Mich mit einem Hamster zu vergleichen, also so was.«

Die drei Männer lachten dröhnend und stießen erneut mit ihren Krügen an.

»Apropos Namenstag. Hat der Kleine schon einen Namen?«, fragte Störtebeker und grinste verschwörerisch.

»Nein.«

»Dann nenne ich ihn Hermann.«

»Wieso Hermann?«

Störtebeker legte die Stirn in Falten und blickte melancholisch zur

Decke. »So heißt ein guter Freund von mir. Leider ist's aus damit.« Er versuchte, abzulenken. »Wie jung ist der kleine Hermann denn?«

»Höchstens drei Monate alt.« Mit neugierigem Blick wandte sich Keno tom Brok an Störtebeker. »Und Ihr? Wie alt seid …«

»Jung, denn ich bin erst neununddreißig!«, unterbrach Störtebeker in unwirschem Ton und übertrieben finster blickend sah er die jüngeren Männer nacheinander an. Die beiden zwinkerten sich zu und grinsten breit, dann leerten sie ihre Krüge bis zur Neige.

Während der Barde begann, alle Krüge aufzufüllen, unternahm Keno tom Brok einen neuen Anlauf. »Hauptmann Störtebeker«, sagte er zögerlich. »Verzeiht mir, dass ich weiterhin neugierig bin. Jedoch ich kann mir beim besten Willen nicht vorstellen, dass Ihr ein Ritter seid, mit Ritterschlag, einem Titel, und so weiter.«

»Doch, doch«, unterbrach ihn Oswald von Wolkenstein, der einen erneuten Streit vermeiden wollte. »Es ist so. Er ist ein dänisch…«

»Sei still!«, schrie Störtebeker und hieb mit der Faust auf den Tisch. »Ich hab's abgeschlossen und möchte nicht darüber reden.«

»Ich glaub's einfach nicht.« Keno tom Brok schüttelte entschieden den Kopf.

»Und ich glaube nicht, dass Euer Vater ein Ritter ist.«

»Und ob!«

»Erzählt beide, dann gleicht es sich aus«, sprach Oswald von Wolkenstein und mehrmals blickte er beide aufmunternd an.

»Einverstanden«, brummte Störtebeker schließlich und zeigte auf Keno tom Brok »Aber Ihr fangt an, Herr Häuptling!«

»Es ist keine lange Geschichte, aber auf Eure bin ich schon sehr gespannt.« Der junge Friese lächelte erwartungsvoll, bevor er wieder ein ernstes Gesicht zog. »Mein Großvater Keno I. hatte zwei Söhne: Ihmel, den Erben und Ocko, den Zweitgeborenen. Jedoch war mein Vater tüchtiger in allen Belangen und zudem sehr ehrgeizig, sodass mein Großvater befürchtete, dass nach seinem Tod ein Bruderzwist ausbrechen würde. Daher wurde Ocko nach Italien geschickt, um sich bei einer Compagnia[82] zu verdingen. Mein Vater kam mittels seines Kriegshandwerks bis nach Neapel an den Hof der Königin Johanna, wo er ihr bald schon auffiel.«

»Bestimmt, weil er aussah, wie ein Krabbenfischer und Schuppen hatte, wie ein Friese eben, brummig oder nicht.«

»Was denkt Ihr!« Empört blähte Keno tom Brok die Backen.

»Was denn sonst?«

---

82 Compagnia – italienische Bezeichnung für Söldnertruppe. Sie wurde angeführt von einem Condottiere (Söldnerführer, Kriegsherr).

Der Hals von Keno tom Brok lief rot an. »Er ..., ähm, war von stattlicher Statur und gefiel der Königin. Daher nahm sie ihn in Sold, später beförderte sie ihn zum Condottiere. Diese ganze Zeit lang lebte er an ihrem Hof.«

»Und Ritter wurde er auch?«

»Sie schlug ihn für seine besonderen Verdienste zum Ritter.«

»Was für besondere Dienste denn?«

»Ähm.« Nun röteten sich auch die Wangen von Keno tom Brok. »Er war ihr besonders zugetan.«

»Aha, also ist er ihr Liebhaber gewesen!« Störtebeker grinste und hielt die Fingerspitzen hinters linke Ohrläppchen. »Davon hatte sie eine ganze Menge, das habe ich erst vor kurzem vernommen.«

»Ähm, ja.«

»Dann hat er sich also seinen Rittertitel im Bett erkämpft.«

»Nicht doch. Er konnte auch mit dem Schwert gut umgehen.«

»Vor allem konnte er es in die Scheide stecken.«

Keno tom Brok nahm seine Handschuhe und würgte sie.

Störtebeker löckte weiter gegen den Stachel. »Kein Wunder, dass seine Kleider aussehen, als sei er ein putzig ausstaffierter Pfau, dem nur noch die Federn fehlen.«

Nun sprang Keno tom Brok auf, ließ seinen Stuhl nach hinten kippen und schmiss die Handschuhe vor Störtebeker auf den Tisch. »Redet nicht so von meinem vortrefflichen Vater!«

»Und Ihr vergleicht mich gefälligst nicht mehr mit einem gewöhnlichen Hamster.«

»Goldhamster!«

Oswald von Wolkenstein beugte sich vor, raffte die Handschuhe vom Tisch und reichte sie Keno tom Brok. »Ich gebe Euch besser die Handschuhe wieder, ehe Ritter Störtebeker sie aufhebt. Sonst kommen wir beide nicht in den Genuss seiner Geschichte.«

Der Barde setzte sich langsam wieder auf seinen Stuhl. »Ich bedauere zutiefst, dass ich Euren trefflichen Vater nicht mehr kennen lernen kann.«

Betrübt senkte Keno tom Brok den Kopf, bückte sich nach der Lehne und kippte den Stuhl wieder nach vorn. »Er starb wie ein Ritter, als ich noch klein war und ...«

»Also im Bett!«, warf Störtebeker ein.

»Wie kommt Ihr denn darauf?« Keno tom Brok hob den Kopf und runzelte warnend die Stirn.

»Er hat sich den Ritterschlag doch im Bett erkämpft.« Störtebeker grinste anzüglich. »Folglich ist er auch im ...«

Keno tom Brok sprang auf, kaum dass er sich gesetzt hatte, und schmiss seine Handschuhe wieder einmal auf den Tisch. »Er wurde hinterrücks ermordet von Folkmar Allena von Osterhusen!«

Jetzt griff Störtebeker nach den Handschuhen, jedoch ins Leere, denn abermals war der Barde schneller gewesen.

Oswald von Wolkenstein lächelte listig. »Verzeiht, werte Herrn, dass ich mich schon wieder einmische.« Er zwinkerte Störtebeker zu. »Aber ich bin gar zu begierig auf Eure Geschichte, Hauptmann Störtebeker. Abgesehen davon, dass Ihr einst tatsächlich zum Ritter geschlagen worden seid, weiß ich doch recht wenig von Euch.«

Unter dem Tisch trat Störtebeker dem Barden vors Schienbein. Missmutig blickte er ihn an, denn in der Tat hatte er seine Zusage bereits bereut und versucht, sich durch diese Provokationen um seine Lebensbeichte zu drücken.

4

Keno tom Brok hob den erneut umgefallenen Stuhl auf und setzte sich wieder. »Ocko tom Brok kehrte nach dem frühen Tod seines älteren Bruders zurück, heiratete meine Mutter und kämpfte erfolgreich um sein Erbe gegen die Osterhusener. Deren Häuptling Folkmar Allena jedoch legte etliche Jahre später einen Hinterhalt und erschlug meinen Vater trotz heftiger Gegenwehr.« Er seufzte kurz, nahm die Handschuhe wieder in Empfang und steckte sie hinter den Gürtel. »Ich bin fertig. Ihr seid dran, der Hauptmann, welcher ein Ritter sein will.«

»Ritter Ocko ist im Kampf gefallen?« Störtebeker zog anerkennend die Brauen hoch. »Dabei dachte ich, ihr könnt eure Schwerter nur zum Torfausstechen gebrauchen.«

Wie von einer Feder geschnellt stand Keno tom Brok, während der Stuhl nach hinten kippte, und ballte wütend die Fäuste.

»Setzt Euch lieber gleich wieder hin!«, rief Oswald von Wolkenstein. »Sonst entgeht uns doch noch die Geschichte von Klaus Störtebeker, dem Becherstürzer.«

»Mein Name kommt aber nicht vom Saufen.« Störtebeker griff nach seinem frisch gefüllten Krug und leerte ihn mit einem einzigen lang anhaltenden Zug. Er setzte mit einem lauten Knall ab.

»Es sieht aber danach aus!«, rief Keno tom Brok und beugte sich vor. Er blickte in den geleerten Krug hinein und schaute mit geweiteten Augen auf Störtebeker. »Das waren zwei Maß in einem Zug. Ganz bestimmt nicht das erste Mal heute.«

»Ach was, alles halb so wild.« Mit dem Handrücken wischte Störtebeker sich den Mund und winkte lässig ab.

»Mir würde kotzübel, wenn ich das nachmachen täte.« Keno tom Brok bückte sich nach dem Stuhl.

Störtebeker grinste überlegen, dann erzählte er weiter. »Mein Vater besaß in Wismar eine Werkstatt für Trinkkrüge, insbesondere für deren kunstvoll gearbeiteten Deckel war er weit über Mecklenburg hinweg bekannt.«

»Sturz nennt man diese Dinger!«, warf Oswald von Wolkenstein ein.

»Richtig.« Störtebeker nickte. »Daher hieß mein Vater Stürzbecher, wie schon seine Ahnen.«

»Ihr aber auch!« Mit dem Finger zeigte Keno tom Brok auf Störtebeker, nachdem er sich wieder gesetzt hatte. »Oder etwa nicht?«

»Gewiss, die Männer an Bord jedoch sprechen mit anderer Zunge.« Störtebeker winkte unwirsch ab. »Unwichtig. Jedenfalls war ich von klein auf für die Arbeit in der Werkstatt nicht zu gebrauchen und schlich mich davon so oft ich konnte. Mich reizte das Leben am Hafen und meine Sehnsucht galt der See. Für meinen Vater war ich die größte Enttäuschung seines Lebens und er schalt mich fast täglich einen Tagedieb. Stets lobte er im nächsten Atemzug seinen fleißigen Gesellen Jensen Torstad, drohte mir an, diesen mit meiner jüngeren Schwester Mette zu verheiraten und mich zu enterben. Mir war es egal, ich wollte ohnehin zur See, was mein Vater mir aber immer wieder verbot. Ich war achtzehn, als ich im Jahr 1380 in einer Hafenschänke von zwei Männern in eine Rauferei verwickelt wurde. Schon damals war ich ein ellenlanger Kerl, aber von schmaler Statur, daher zog ich meist den Kürzeren. Ich bekam ein blaues Auge verpasst und wurde von den Wachen über Nacht verfestigt, ebenso wurden meine beiden Widersacher eingelocht, nämlich Goedecke Michel und Hennig Wichmann.«

»Wichmann?« Keno tom Brok machte große Augen und stellte den Zeigefinger senkrecht auf die Tischplatte. »Ihr habt Euren eigenen Kapitän verprügelt?«

»Keineswegs. Er hielt mich fest wie in einem Schraubstock, als Michel mit der Faust auf mein Auge zielte.« Störtebeker lächelte melancholisch. »Heute allerdings würde ihnen das nicht mehr gelingen, im Gegenteil.«

»Erzählt weiter!«, ermunterte Oswald von Wolkenstein den Hauptmann. »Ich bin begierig auf euren Ritterschlag.«

»Nun mal langsam.« Störtebeker trat unter dem Tisch nach Oswald von Wolkenstein, aber ins Leere, denn der Barde hatte seine Beine eingezogen. »Der dauert noch ein wenig. Vielleicht hat unser edler Gast gar nicht so viel Zeit, um …«

»Doch, doch!« Heftig nickte Keno tom Brok. »Ich bleibe so lange, bis ich weiß, wie Ihr ein Ritter geworden seid, und wenn es Mitternacht wird.«

»Schon gut.« Störtebeker dehnte die beiden Worte und sprach sie laut und überdeutlich aus, um ein leises Seufzen zu übertönen, welches aus einer der beiden Truhen zu dringen schien.

5

»Mein Vater löste mich aus und nahm mich mit nach Hause. Er stellte mich vor die Wahl, nie wieder die Werkstatt zu verlassen oder enterbt und verstoßen zu werden. Ich ging nach oben und packte meine Habseligkeiten zusammen. Als ich grußlos mein Elternhaus verließ, griff sich mein Vater ans Herz und die Mutter fiel in Ohmacht. Mette zeigte mir ihren Stinkefinger, indessen der Geselle grinste wie toll. Ich blickte kein einziges Mal zurück, obwohl mir doch weh ums Herz wurde, und schritt durchs Wassertor direkt zum Hafen.

Ab jetzt nehme ich mein Schicksal in die eigene Hand!, dachte ich und ahnte noch nicht, dass es umgekehrt kam und es bereits eine Stunde später mich im Griff hatte, dabei ist es bis heute geblieben.«

»Bis heute?«, murmelte Oswald von Wolkenstein und blickte nachdenklich. »Hast du denn deinem Leben keine Wende mehr geben können?«

»Nein.« Störtebeker starrte auf die Tischplatte. »Jedes Mal, wenn ich meinem Schicksal entkommen wollte, holte es mich wieder ein, und zwang mich umso härter in die mir vorgegebene Bahn.«

»Wirklich?«

»Ja.« Störtebeker nickte bedächtig. »Aber ich habe mich längst damit abgefunden und bin nur noch bestrebt, das Beste daraus zu machen.« Er atmete durch und redete weiter. »Ich wollte in See stechen, aber in jugendlichem Überschwang nicht auf irgendeinem Schiff, sondern mit der größten und schönsten Kogge, die im Hafen lag. Daher fiel meine schicksalhafte Wahl auf den ›Greif von Rügen‹.«

»Das ist doch das Schiff vom Goedecke Michel!«, warf Oswald von Wolkenstein ein.

»Richtig. Aber damals wusste ich das noch nicht, sonst wäre ich bestimmt nicht an Bord gegangen. Ahnungslos erkundigte ich mich bei der Besatzung nach dem Kapitän. Sie zeigten mir die Tür zur Kajüte des Hauptmanns. Ich trat gebückt in den kurzen Gang, klopfte an die Tür der Kapitänskajüte und öffnete sie, ohne eine Aufforderung abzuwarten. Ich erblickte im Kerzenlicht die beiden Männer, mit denen ich mich abends zuvor geprügelt hatte, und nahm sofort Reißaus.

›Das ist er!‹, brüllte Michel und auf der Stelle sprang er mir nach wie ein Raubtier. Er erwischte meinen linken Arm, packte ihn mit beiden Händen und drehte ihn mir auf den Rücken. Der Schmerz war so groß, dass ich ohne Widerstreben in die Kajüte zurückwich. Michel schubste mich herum, bis Hennig mir ins Gesicht blicken konnte. ›Das ist der Kerl, dem wir die letzte Nacht im Kerker verdanken!‹

›In der Tat‹, brummte Hennig und sah mich finster an. ›Vier Groschen mussten wir den Wachen geben, damit diese uns heute Morgen wieder laufen ließen. Dieses Geld wirst du uns erstatten!‹

›Dreifach!‹, brüllte Michel, ließ meinen Arm los, um mit beiden Händen meine Gurgel zu packen. Er schüttelte mich so heftig durch, dass ich nach Luft würgte und mich fühlte, als habe mein letztes Stündlein geschlagen. ›Und das andere Auge haue ich ihm auch noch blau!‹

›Nun mal langsam‹, sagte Hennig, denn er hatte sich bereits wieder beruhigt. ›Der Bursche sieht brauchbar aus. Lass mich ihn mal in Ruhe ansehen.‹

›Hinterher!‹ Michel hob seine geballte Faust. ›Jetzt bekommt er erst einmal seine Abreibung.‹

›Michel!‹, rief Hennig. ›Wenn du zuhaust, wird er womöglich unbrauchbar und wir bekommen unser Geld nicht wieder.‹

›Hm, du hast recht.‹ Michel öffnete seine rechte Hand und tippte mehrfach mit seinem linken Zeigefinger ins narbige Geflecht seiner Handlinien. ›Du tust hier bald drauflegen einen Haufen Münzen, sonst ich dein reizendes Gesicht beschädigen. Sehr bald! Hast du verstanden, du frecher Kerl?‹

Ich riss Augen und Mund auf und nickte heftig.

›Reizend?‹ Ein dritter Mann stand auf und trat hinzu. Er war mir gar nicht aufgefallen, denn Magister Wigbold war regungslos sitzengeblieben und hatte geschwiegen. Mit gespreiztem Daumen und Zeigefinger nahm er nun meine Kinnlade in die Zange und bog mein Haupt dreimal nach rechts und links. Er musste zu mir aufblicken, denn er ist über einen Kopf kleiner wie ich. Er betrachtete und betatschte mich von oben bis unten wie einen Gaul, der zum Verkauf ansteht, und zog sogar meine Kiefer auseinander, um meine Zähne zu prüfen. Letztendlich nickte er befriedigt und wandte sich an die beiden Anführer. Obwohl sie älter und kräftiger als er waren, hatten sie einen Heidenrespekt vor ihm.

›Dieser lange Bursche hier sieht wirklich sehr gut aus.‹ Wigbold klopfte mit dem rechten Handrücken anerkennend auf meine Brust. ›Mit ihm könnte ich meinen Plan verwirklichen.‹

›Waaas?‹, brüllte Michel, beugte sich vor und sah Wigbold ungläubig an. ›Seid Ihr von allen guten Geistern verlassen?‹ Er zeigte dem Magister sogar den Vogel. ›Mit einem solchen Hänfling könnt Ihr die Regentin niemals beeindrucken.‹

›Doch, und ob!‹

Michel brüllte wieder los, aber vor Lachen, Hennig stimmte darin ein. Sie hielten sich japsend die Bäuche, indessen der Magister davon unbeeindruckt mich lächelnd ansah und mir zuzwinkerte.

›*Du* wirst uns Gotland erobern! Auf deine Art und Weise‹, flüsterte er und tätschelte mir mit väterlicher Geste den linken Oberarm.

Ich sah ihn mit großen Augen an und verstand gar nichts.«

»Ich ahne schon etwas«, murmelte Oswald von Wolkenstein und fächelte vage mit der rechten Hand. »Hast du dir deinen Ritter etwa auch im Bett …«

»Was heißt hier *auch*?«, protestierte Keno tom Brok und wedelte abweisend mit dem rechten Zeigefinger.

»Halts Maul, Oswald, oder ich erzähle nicht weiter!«, schimpfte Störtebeker. Er reichte dem Barden den leeren Krug zum Nachfüllen. »Auf diese Weise geriet ich unter die Fittiche von Magister Wigbold, der in den folgenden Jahren mich zum Ritter ausbildete.

Zunächst sorgte er dafür, dass ich an Körperkraft gewann, indem er mir zahlreiche Übungen auferlegte. Ich war jeden Abend so erschöpft, dass ich in meine Koje fiel und sofort einschlief. Neidvoll beobachtete ich die Kameraden bei ihrem harten Borddienst, der mir jedoch im Gegensatz zu meiner täglichen Schinderei, wie Erholung vorkam. Rebellierte ich gelegentlich, bekam ich es mit Michel oder Hennig zu tun, die mir jedesmal drohten, mich als doch unnütz auf hoher See über Bord werfen zu lassen. Daher lernte ich mehr notgedrungen denn aus freien Stücken die sieben Künste der Ritterschaft, nämlich Schwimmen, Fechten, Schachspielen, Dichten sowie Reiten, Bogenschießen und Jagen. Deswegen verließ der Magister das Schiff auch so oft wie möglich, um an Land jene Lektionen mit mir zu üben, welche an Bord nicht möglich waren.

Nach einiger Zeit versuchte er, mir auch noch die sieben freien Künste[83] beizubringen, aber diese waren für mich wie ein Buch mit sieben Siegeln, vor allem das Lesen und Schreiben. Lediglich die Musik lag mir, sehr sogar, sodass ich das Spiel auf der Laute lernte und meine ritterliche Kunst des Reimens selbst vertonen konnte.«

»Deswegen könnt Ihr Laute spielen«, unterbrach Keno tom Brok,

83 ›Die sieben freien Künste‹ – Grammatik, Dialektik, Rhetorik, Arithmetik, Geometrie, Astronomie und Musik.

blickte den Hauptmann anerkennend an und klatschte fast unhörbar mit den flachen Händen. »Wunderbar sogar.«

Oswald von Wolkenstein nickte heftig, sodass Störtebeker geschmeichelt lächelte. Er reckte den Arm nach dem wieder gefüllten Krug und nahm einen tiefen Schluck.

»Später waren es die Kameraden, die mir meinen Status neideten und versuchten, sich mit mir anzulegen. Aber durch diese Übungen, welche bereits die alten Griechen zu wahren Athleten geformt hatten, war ich ihnen überlegen. Etliche Blessuren später gaben sie es auf, sich mit mir anzulegen, denn ich konnte es mit einem halben Dutzend von ihnen gleichzeitig aufnehmen.

Erst nach drei Jahren offenbarte mir Magister Wigbold den Grund für die Ausbildung zum Ritter – ich sollte die Rolle eines gefallenen Kameraden übernehmen. Er nahm mich mit in den hintersten Laderaum, ging zu einer großen Kiste und öffnete das Schloss. Dann ließ er mich den schweren Deckel anheben und an die Bordwand lehnen. In der Kiste befanden sich die Hinterlassenschaften des Ritters Hans von Halsmühlen ob Verden an der Aller: Eine vollständige gegen Rostbefall dunkelrot bemalte Rüstung, seine sorgfältig eingefetteten Waffen, ein rotseidenes Wams mit seinem Wappen und ein Paar Hirschlederhandschuhe sowie ein wunderschöner dunkelroter Mantel, der mich aussehen ließ wie der heilige Nikolaus.

Die Männer an Bord hatten ihn ›Rostiger Riese‹ genannt, dies aber nur hinter seinem Rücken, denn der Respekt vor diesem kraftvollen Raubritter war enorm gewesen, wie mir der Magister erzählte.

Das konnte ich mit gut vorstellen, denn er musste etwa meine Statur gehabt haben, weil mir die Rüstung nicht zu eng war, als ich sie anlegte. Als ich in voller Montur an Bord erschein, klappten allen Männern, sogar Hennig und Michel die Unterkiefer herunter. Einige bekreuzigten sich bei offenem Maul, denn sie wähnten den lange Verblichenen von den Toten wiederauferstanden. Ich jedoch fühlte mich wie ein neugeborener Mensch und fühlte den Geist jenes Ritters in mich fahren. Ich nahm seinen Platz ein und begann die Rolle zu spielen, die ihm zugedacht gewesen war – nämlich den Likedeelern zu festem Boden zu verhelfen.

Der Michel sowie einige andere Anführer verfügten zwar über die größte Flotte im Baltischen Meer, aber sie besaßen nicht eine Handbreit Land. Deshalb wollten sie sich derjenigen Partei verdingen, von welcher sie Grund und Boden erhalten konnten. Magister Wigbold sowie Michel hatten ein Auge auf Gotland geworfen und verhandelten sowohl mit den Mecklenburgern als auch den Dänen über den Besitz dieser heftig umstrittenen Insel. Letztendlich kam es zu Verhandlungen mit der Regentin Margarethe, sodass wir mit einigen Schiffen nach Kopenhagen fuhren.

Zu diesem Zeitpunkt war die Regentin bereits seit fünf Jahren Witwe und Magister Wigbold beabsichtigte, ihre Trauerzeit durch meine Anwesenheit zu beenden. Michel glaubte nach wie vor nicht an einen Erfolg, aber er ließ einen Versuch zu. Daher wurde ich der Regentin als Botschafter der Likedeeler vorgestellt und erhielt ein Gemach im Vorhof des Schlosses.

Die Königin gefiel mir vom ersten Augenblick an, obwohl sie nicht gerade eine Schönheit war, aber ihre hoheitliche Erscheinung beeindruckte mich sehr. Auch ihr Sohn hatte es mir angetan, denn als ich ihm übermütig zuzwinkerte, grinste er belustigt. Sie schien unbeeindruckt von meiner Größe zu sein, aber ich beobachte, wie ihre Pupillen sich für einen Augenblick weiteten.

Bald ergab sich die Gelegenheit, ihr näher zu kommen, denn es wurde ein großes Ritterturnier veranstaltet. Ich war zwar nicht geschickt und fintenreich, jedoch der stärkste beim Lanzenstoß, daher gewann ich überraschend diesen Wettkampf. Als ich zur Tribüne ritt, das Visier hob und die Regentin freudestrahlend ansah, spürte ich sofort, dass ich mehr als nur ein Turnier gewonnen hatte.«

»Das Herz der Regentin!«, warf Keno tom Brok ein und lachte. »Genau wie mein Vater Ocko, ups.« Erschrocken hielt er sich den Mund zu und blickte verlegen von einem zum anderen.

Oswald von Wolkenstein grinste hinter vorgehaltener Hand.

»Das Herz nicht«, brummelte Störtebeker, ohne auf den Versprecher von Keno tom Brok zu achten, und schüttelte verdrießlich sein Haupt. »Ich Tor dachte natürlich, ich hätte es gewonnen, jedoch erhielt ich lediglich ihre Gunst. Das ist ein großer Unterschied, den ich damals aber noch nicht begriff. Diese falsche Einschätzung führte dann auch zu meinem Untergang – im wahrsten Sinn des Wortes.«

Mit dem linken Handrücken schob Störtebeker den leeren Krug zu Oswald von Wolkenstein hinüber. Der Barde angelte mit dem rechten Mittelfinger den Henkel, schob alle Finger hinein und presste den Daumen auf den Rand des Krugs. Mit geübtem Griff hielt er den Krug solange unter den Hahn, bis das Bier bis über den Rand schäumte. Er stellte den bereits überlaufenden Behälter hastig auf dem Tisch ab.

Störtebeker griff sofort zu, trank den Krug halbleer und setzte ab. Nach einem leichten Rülpser erzählte er weiter. »Am nächsten Abend klopfte jemand an meine Tür und ich öffnete: Es war Tuve Christiansen, der mir grimmig ins Gesicht blickte. Er war gekommen, um mich zur Regentin und ihrem Sohn zu bringen. Ich erkannte die Gelegenheit und nahm meine Laute mit. Auf diese Weise errang ich in der folgenden Stunde die Gunst der Regentin, was ich aber dummerweise für Liebe hielt, weil ich einige Wochen später regelmäßig das Bett mit ihr teilte und ...«

»Teilte?«, höhnte Keno tom Brok. »Ich dachte eher, es handelte sich um die Gunst einer Ineinanderfügung.«

»Soll ich mich etwa derber ausdrücken, nur weil ich für Euch ein grober Klotz bin?«, fauchte Störtebeker und hieb mit der Faust dermaßen auf den Tisch, dass der Goldhamster sich vor Schreck in einer Ecke seines Käfigs verkroch.

Mit mühsam gedämpfter Stimme fuhr er fort: »Ich staunte stets auf Neue, welch ein Wunder mit mir geschah, dass ich eine Dame von so hoher Abkunft lieben durfte.«

»Ich werde kaum dazu kommen, aber ich hätte zumindest die Gelegenheit, solche hohen Damen in meinen Liedern zu besingen«, seufzte Oswald von Wolkenstein. »Aber solche Lieder wollen die Menschen gar nicht mehr hören, denn für sie ist die Zeit der ritterlichen Minne längst vorbei. Unsereiner muss heutzutage schon auf einen Berg steigen, um sich einen Namen zu machen.«

»Bergsteigen?«

»Petrarca stieg hinauf zum Gipfel des Mont Ventoux[84]!«

»Ich verstehe.« Störtebeker nickte. »Er hat dort oben nach Feinden Ausschau gehalten.«

»Nein, einfach so.« Oswald von Wolkenstein breitete die Arme aus. »Weil er da ist, der Berg.«

»Wie, einfach so, nicht nach Feinden Ausschau halten? Was für ein Unsinn, denn auf einem Berg hat unsereiner nichts verloren.«

»Er wollte einfach mal die Welt von dort oben sehen.«

»Einfach so einen Berg besteigen, das ist doch verrückt.« Störtebeker grinste abfällig. »Im Gegensatz zu einer Frau besteigen.«

Oswald von Wolkenstein zuckte mit den Schultern. »Wo ich herkomme, klingt das gar nicht so verrückt. Allerdings bleibt unsereiner stets in den Tälern, so hoch sie auch liegen mögen.«

»Siehst du! Jetzt erzähle ich aber weiter. Minnelieder habe ich damals auch gesungen, aber im Gegensatz zum ritterlichen Ideal fand ich meine Erfüllung.« Störtebeker grinste verwegen. »Mit ihrem Sohn

84 Mont Ventoux – Der italienische Dichter Petrarca stieg angeblich am 26. April 1336 auf den Mont Ventoux in der französischen Provence. *»Den höchsten Berg dieser Gegend, den man nicht unverdient Ventosus, den Windumbrausten, nennt, habe ich am heutigen Tage bestiegen, einzig von der Begierde getrieben, diese ungewöhnliche Höhenregion mit eigenen Augen zu sehen.«*

Olaf verbrachte ich viel Zeit, denn für ihn war ich der große starke Held, dem er gerne nachgeeifert hätte. Er selbst war körperlich sehr schwach. Oft war er krank und lag wochenlang im Bett, dann leistete ich ihm Gesellschaft, brachte ihm das Lautenspiel bei oder fabulierte aus meinem Leben als fahrender Ritter. Natürlich verschwieg ich meine wahre Herkunft.

Olaf bat seine Mutter, mich zu einem Ritter der dänischen Krone ernennen zu dürfen. Auf diese Weise wurde ich von dem Thronfolger tatsächlich zum Ritter geschlagen. Dessen noch nicht genug: Margarethe ernannte mich zum Admiral Dänemarks, denn Tuve Christiansen war bei ihr in Ungnade gefallen. Die Regentin sah mich nach der Ernennung weiterhin lächelnd an und bedeutete mir, dass ich noch einen Wunsch frei habe.«

»Aha, jetzt kommt's!«, rief Keno tom Brok. »Ihr habt Euch Gotland gewünscht.«

»Macht mal langsam, Junghäuptling.« Abwehrend hob Störtebeker beide Hände und zog missbilligend die Augenbrauen hoch.

6

»So dumm war ich nun auch wieder nicht, gleich mit der Tür ins Haus zu fallen. Ich bat sie lediglich darum, nicht nur auf dem Papier ihr Admiral zu sein, sondern sie solle mich dorthin senden, wo dem dänischen Reich die größte Gefahr drohe. An diesem Ort würde ich mein Leben einsetzen für das Land der Regentin und ihren Sohn, den künftigen König!«

»Donnerwetter!«, Oskar von Wolkenstein hob anerkennend die Brauen. »Du bist ja ein vollendeter Diplomat.«

»Gewesen. Ich höre nicht mehr auf meinen Lehrmeister von einst.« Störtebeker grinste wehmütig und winkte geringschätzig ab. »Heute haue ich nur noch drauf, wenn's gar nicht mehr anders geht.

Jedenfalls hatte mich der Magister gut auf meine Rolle vorbereitet, denn die Regentin fragte mich tatsächlich, wo ich denn die größte Gefahr für ihr Reich sähe. Nun antwortete ich natürlich, dass ich Gotland am meisten bedroht wahrnahm. Sie blickte mich überrascht an, aber dann nickte sie anerkennend und bestimmte nach Rückfrage mit ihrem Sohn, dass ich im darauf folgenden Jahr Herr von Gotland werden sollte.« Störtebeker lächelte versonnen. »Mich jedoch gleich von hinnen ziehen lassen wollte sie aus gewissen Gründen nicht.«

Seine beiden Zuhörer grinsten bis über beide Backen und warfen sich anzügliche Blicke zu.

»Olaf wurde im gleichen Jahr 1386 zum König gekrönt, aber seine Mutter regierte insgeheim weiter, denn er war der Bürde des Amts nicht gewachsen. Weiterhin genoss ich die Gunst der königlichen Familie und aufgrund meines anschwellenden Hochmuts dachte ich: *Mit Recht!* Ich trug meinen stählernen Prunkharnisch und den rotsamtenen pelzverbrämten Umhang mit einem Kragen aus edelstem Zobelfell nicht nur zu besonderen Anlässen; als Ritter des Königs führte ich mein eigenes Wappen im Schild und meinen versilberten Kommandostab nahm ich immer mit, damit stets jederman im Lande sah, dass ich der Befehlshaber der dänischen Flotte war.

Obendrein bat die Regentin den deutschen Meister der Malkunst, Bertram von Minden, nach Kopenhagen zu kommen. Sie beauftragte ihn, mich lebensgroß in meinem ganzen Prunk zu malen, stehend auf einem Felsen an der Küste vor sturmumtoster See. Das riesige Portrait ließ sie in ihrem Schlafzimmer gegenüber ihrem Bett aufhängen.

Ich sonnte mich auf meiner Laufbahn und wähnte mich auf dem Weg zu einem ungeahnten Höhepunkt. Zu dieser Zeit verwarf ich den eigentlichen Grund meines Aufenthalts am dänischen Hof, denn ich begehrte die Insel für mich und war nicht mehr gewillt, Gotland an Michel und seine Kumpane abzutreten.

Erst im Frühling des Jahres 1387 wurde ich an meine Mission erinnert, als ich unerwarteten Besuch erhielt: Goedecke Michel und Hennig Wichmann warteten vor meinen Räumen auf mich. Sie weilten am Hof, um der Regentin erneut ihre Dienste in einem Kaperkrieg gegen die Hanse anzubieten. Sie hatten schon am ersten Tag erfuhren, dass ich im Herbst nach Gotland segeln würde, um die Insel zu regieren. Diese Nachricht erfreute sie ungemein, denn Magister Wigbolds jahrelang gehegter Plan schien tatsächlich in Erfüllung zu gehen.

Umso überraschter waren sie, als ich ihnen zu verstehen gab, dass ich über die Insel im Namen der Regentin zu herrschen gedachte. Hochmütig versprach ich ihnen, jeden Likedeeler einen Kopf kürzer zu machen, der es wagen würde, einen Fuß auf Gotland zu setzen.

Michel wollte zornentbrannt auf mich losgehen, aber ich war schwer bewaffnet, im Gegensatz zu meinen beiden Gästen. Hennig hielt ihn zurück und schüttelte betrübt den Kopf, denn er merkte, dass sie nichts mehr ausrichten konnten. Michel jedoch drohte mir lauthals brüllend ewige Rache an und war bis zu seiner Abfahrt aus Kopenhagen kaum zu beruhigen. Selbst die Verhandlungen über den Kaperkrieg ließ er platzen. Ich lächelte hämisch und fühlte mich ihnen weit überlegen, als ich auf einem Turm des Schlosses stand, und die Ausfahrt des Greifs von Rügen beobachtete. In meinem Wahn dünkte mir, dass nichts in der Welt mich mehr aufhalten könnte.

Mein selbstverschuldeter Untergang – im wahrsten Sinne des Wortes, wie ich vorhin schon sagte – erfolgte einige Monate später. Der gesamte Hof war von Kopenhagen umgezogen in die Sommerresidenz Falsterbo an der Südspitze Schonens. Der König wollte mich stets in seiner Nähe haben, sodass ich einige Räume unweit seiner Zimmerflucht zugewiesen bekam. Von dort hatte ich einen wunderbaren Ausblick über den Öresund und genoss das frohe Leben am Hof in vollen Zügen.

Eines Abends, kurz vor Mitternacht, suchte mich der zum Mundschenk degradierte Tuve Christiansen auf und bat um ein vertrauliches Gespräch unter vier Augen. Es sei sehr wichtig und es gehe um nicht weniger als das Wohl Dänemarks. Ich Tor war so geblendet von mir selbst, dass ich mich sogleich angesprochen fühlte, und höchst neugierig war auf sein Ansinnen.

Mein Vorgänger als Admiral benahm sich, als gönne er mir seinen ehemaligen Posten von Herzen und er erklärte mir auch den scheinbaren Grund: Ich sei dafür ausersehen, Dänemark zu neuer Größe zu führen. Er beugte sich vor, packte mit der rechten Hand meinen gewölbten Bizeps und flüsterte mir ins Ohr: ›Dänemark braucht endlich wieder einen starken Arm!‹

›Meinen etwa? Wie soll denn das gehen?‹, fragte ich lauernd.

›Als Königsgemahl selbstverständlich!‹

›Wie denn das? Die Regentin hat niemals etwas Derartiges angedeutet.‹ Ich schüttelte zutiefst bedauernd den Kopf.

›Aber werter Herr Admiral, wie denn auch. Sie wartet darauf, dass Ihr selbst darauf kommt, schließlich seid Ihr der Mann und macht daher den Anfang.‹

›Ach so.‹ Ich nickte bedächtig. In meiner Selbstverliebtheit leuchtete mir das durchaus ein. ›Sie wartet darauf. Da wäre ich gar nicht darauf gekommen.‹

Tuve Christiansen lächelte und blickte nachsichtig. ›Darum bin ich hier. Sie bat mich, Euch etwas auf die Gedankensprünge zu helfen.‹

›So?‹, staunte ich. ›Hat sie das wirklich …‹

Christiansen bekam glänzende Augen, und nickte heftig, gleichzeitig hielt er den rechten Zeigefinger vor seine Lippen. ›Aber bitte benehmt Euch so, als wäre es Euer eigener Gedanke.‹

Ich lächelte verständnisvoll, nahm gnädig dankend seine vorweggenommene Huldigung entgegen und erlaubte ihm, zu gehen.«

Störtebeker hob seinen Krug, trank ihn zur Neige und donnerte ihn dermaßen auf den Tisch, dass sein Hamster erneut vor Schreck einen Riesensatz machte. Erschrocken blickte Störtebeker auf den Käfig. »Schon gut, Hermann, ich mach's nicht wieder.« Er wandte sich an Keno tom Brok und lächelte selbstironisch. »Ich stolzierte im Zimmer herum wie ein eitler Pfau, aber in Wirklichkeit war ich bloß ein törichter Tölpel.«

Keno tom Brok hob mahnend die rechte Augenbraue, denn er fühlte sich angesprochen. Oswald von Wolkenstein grabschte nach dem Henkel und hielt den geleerten Krug unter den Zapfhahn.

7

Schweigend stand Störtebeker auf und wankte ein wenig. Aber er ging geradewegs zur Tür und tappte einige Stufen des Turms hinab bis zur nächsten Schießscharte. Auch sie war zugestopft mit einem Strohballen, aber unter dem Heu ragte das verrostete Ende eines armdicken eisernen Rohrs. Störtebeker zog ein feuchtes Lumpenknäuel aus der Öffnung und legte es in eine Nische, indessen er seinen Hosensack aufnestelte. Er griff mit der Rechten nach einem Balken, stellte den linken Fuß auf einen steinernen Vorsprung und zog sich hoch, sodass er seine Kammerlauge durch das Rohr ablassen konnte. Es kam ihm dermaßen endlos vor, dass er die Augen verdrehte und anfing, Strohhalme zu zählen.

Als er sich wieder hinsetzte, stand sein Krug gefüllt vor ihm, die Schaumkrone sackte bereits in sich zusammen. Er nahm einem tiefen Schluck, wischte sich den Mund ab und lachte hämisch. »Ja, ich Dummkopf bin tatsächlich darauf reingefallen. Bei der nächsten Gelegenheit, bei der wir eines Nachmittags allein waren, spielte ich ein romantisches Liebeslied, sank vor ihr auf ein Knie und machte ihr einen vollendeten Heiratsantrag. Ihre Augen wurden kugelrund. Sie lehnte sich in ihrem Sessel zurück und begann unbändig zu lachen. Als sie wieder zu Atem gekommen war, beugte sie sich vor, griff mir mit allen Fingern in die Haare und zog meinen Kopf nach hinten.

›Dummkopf!‹, schalt sie mich mit scharfer Stimme und sah mir geringschätzig in die Augen. ›Was fällt dir ein?‹

›Aber ...‹, begann ich fassungslos zu stammeln und wollte ihr alles erklären. Aber sie ließ mich nicht zu Wort kommen, sondern zerrte noch heftiger an meinen Haaren.

›Steh sofort auf und verschwinde!‹, sagte sie gebieterisch und blickte mich zornig an. ›Steck deinen hitzigen Kopf so lange in einen Bottich voller Wasser, bis du diesen frevelhaften Gedanken ersäuft hast. Dann erst darfst du dich wieder blickenlassen.‹

Ich floh aus dem Raum, schleuderte meine Laute durchs nächste Fenster hinaus auf den Fels und rannte aus dem Schloss. Ich suchte nach einem Ort des Vergessens und strandete in einer Kaschemme am Hafen. Dort kann ich ihrem Rat nach und ließ einen Bottich bringen. Allerdings ließ ich ihn mit Bier füllen und steckte meinen Kopf so oft hinein, bis ich ihn geleert hatte. Ich verbrachte den ganzen Abend an diesem Ort, bis der Wirt seine Kneipe schloss. Ich nahm einen Krug Rum mit und torkelte nach Hause. Dort soff ich Schnaps, bis ich ins Bett fiel und nichts mehr wahrnahm.

Als ich im Morgengrauen erwachte, schmerzten sowohl der Kopf als auch mein Körper; die Welt um mich herum schwankte und ich konnte mich kaum bewegen. Mir wurde kotzübel, ich drehte meinen Kopf zur Seite und erbrach mich auf die Planken des Schiffs, welches mich so unruhig hin und her schaukelte. Danach blickte ich auf und sah Tuve Christiansen. Er stand breitbeinig vor mir, stützte die Hände in die Seiten und lachte höhnisch. Dann hob er das rechte Bein und trat mir mit dem Stiefelabsatz wuchtig in den Unterleib. Ich schrie vor Schmerz, wollte meine Beine anziehen und mich gekrümmt zur Seite rollen. Aber dies war mir nicht möglich, denn meine Arme waren seitlich am Körper festgebunden. Die Fußgelenke sowie eine mehr als kopfgroße Steinkugel zwischen ihnen waren umwickelt von einer vielfach verschlungenen eisernen Kette.

›Schrei nur, du aufgeblasenes Ritterchen‹, höhnte Christiansen und trat mich erneut. Ich biss auf die Zähne, dass es knirschte.

›Ha, stolz bist du immer noch?‹ Christiansen lachte schallend. ›Damit ist es vorbei. Ein für alle Mal.‹ Er zeigte zur Bordwand. ›Bald gehst du über Bord und sagst den Fischen ›Gute Nacht‹.‹

›Beeilt Euch!‹, hörte ich eine männliche Stimme, die mir bekannt vorkam, aber ich kam nicht darauf, wer der Sprecher sein könnte. ›Werft ihn endlich ins Wasser.‹

Christiansen wandte sich an den Sprecher, der abseitsstand, sodass ich ihn nicht erblicken konnte. ›Nur mit der Ruhe, das Meer hier ist mir noch nicht tief genug.‹

Er wandte sich ab und gab seinen Seeleuten einige Befehle. Es dauerte aber nicht lange, bis er mit sechs Männern wiederkam. Er wollte mich erneut in den Unterleib treten, ließ es jedoch bleiben wegen der Männer um ihn herum. ›Werft den Mörder ins Meer!‹, befahl er.

›Nein!‹ Ich schüttelte entsetzt den Kopf, denn das konnte nicht einfach wahr sein. Ich musste wieder würgen und bevor ich weitersprechen konnte, stellte sich Tuve Christansen neben meinen Kopf und trat so fest zu, dass ich vier Backenzähne verlor.

Zu sechst packten sie mich und hoben mich kopfüber in die Höhe. Sie liefen auf die Reling zu und warfen mich mit Wucht über Bord. In einem weiten Bogen mit den Beinen voraus plumpste ich ins Wasser und sofort zog der schwere Stein zwischen den Füßen mich zum Meeresgrund hinab.«

»Das kannst du doch gar nicht überlebt haben«, murmelte Oswald von Wolkenstein und schüttelte heftig seinen Kopf. »Das ist vollkommen unmöglich.«

»Ihr spinnt Seemannsgarn, werter Herr Hauptmann.« Keno tom Brok lächelte ungläubig und zwinkerte Störtebeker vertraulich zu. »Ihr habt heute bestimmt schon ein halbes Dutzend Mal auf den leeren Boden Eures Krugs geblickt.«

Störtebeker wollte mit der Faust auf den Tisch hauen, ließ es aber sein, weil er seinen Hamster nicht mehr erschrecken wollte. »Ich bin immer noch klar im Kopf und weiß stets, was ich rede, Herr tom Brok! Hört mir zu oder geht.«

»Schon gut.« Mit beiden Händen wiegelte Keno tom Brok ab. »Keine zehn Pferde bekommen mich hier weg, bevor ich Eure Geschichte zu Ende gehört habe.«

»Wehe, du machst ein Lied daraus!«, drohte Störtebeker dem Barden und hielt ihm seine kindskopfgroße Faust dicht unter die Nase.

»Schon gut. Die Minnezeit ist doch längst vorbei.« Um den Hauptmann zu beschwichtigen, hob Oswald von Wolkenstein seine flachen Hände, wie um sich zu ergeben. »So einen Schmacht wollen die Leute doch gar nicht mehr hören.«

Störtebeker griff beruhigt nach seinem Krug, spürte am Gewicht, dass er leer war, und stellte ihn sacht wieder ab, währenddessen er zum Käfig hinüberblickte. Zunächst langsam erzählte er weiter bis er mit einem Wortschwall endete. »Aufgrund meiner Ausbildung zum Ritter konnte ich nicht nur schwimmen, sondern hatte mich auch im tiefen und langen Tauchen geübt. Schon als ich aufgehoben wurde, atmete ich in raschen Zügen tief ein und aus, denn dieser Kniff hilft, länger ohne Luftholenmüssen auszuhalten. Als ich über Bord flog, atmete ich ganz tief ein. Kaum war ich im Wasser, riss ich bereits an den Riemen, die meine Arme hielten, und zerrte an meiner Kleidung. Als ich den Meeresboden erreichte – wir maßen im Baltischen Meer selten eine Tiefe von mehr als dreißig Faden[85] – hatte ich schon alles bis auf meine Hose abgestreift. Ich stellte meine Füße auf den Stein, ging in die Knie und wand die Ketten um meine Handgelenke. Die Todesangst steigerte meine Kraft, sodass ich einige Kettenglieder aufreißen konnte. Sofort stieß ich mich vom abgelösten Stein ab und tauchte nach oben. Ich hatte das Gefühl, meine Lungen würden bersten, aber

85 Faden, der – ein Faden entsprach etwa 6 Fuß, ca. 182 Zentimetern.

ich schoss im letzten Moment aus dem Wasser empor und schnappte nach Luft. Trotzdem ließ ich mich wieder unter Wasser sinken, um nicht entdeckt zu werden. Nur in den Wellentälern hob ich meinen Kopf zum Atmen und versuchte, einen Blick von meiner Umgebung zu erhaschen. Am Horizont entdeckte ich das Segel von Christiansens Schiff, achtete jedoch weiter darauf, nur in den Wellentälern meinen Kopf zu heben.«

»Tatsächlich!« Oswald von Wolkenstein lachte wie befreit auf.

»Ihr seid doch sicherlich zurückgeschwommen und habt es dem Kerl sofort heimgezahlt«, rief Keno tom Brok. »Oder?«

Störtebeker blickte finster. »Nein, diese Rechnung ist noch offen. Einmal hätte ich den Admiral nahe Stockholm fast erwischt, aber der Preis wäre zu hoch gewesen.« Er sah den jungen Friesenhäuptling an und lächelte spöttisch. »Gleich zurückschwimmen. Ihr seid gut, junger Mann. Nackt war ich, denn die Hose streifte ich auch noch ab, und schwamm um mein Leben. Die Kettenreste und die stählernen Bänder um meine Fußgelenke lasteten an meinen Beinen, sodass ich mich anstrengen musste, um nicht unterzugehen. Zum Glück trieb nach einiger Zeit eine hölzerne Planke auf mich zu, sodass ich mich an ihr festhalten konnte. Ich steuerte nach Süden, denn ich wollte auf keinen Fall in Schonen an Land gehen. Es wurde schon dämmerig, als ich am Horizont ein Segel erblickte. Als der Holk näher kam, sah ich, dass die Figur am Bug ein roter Teufel war.«

»Der Rote Teufel hat Euch aufgelesen?« Keno tom Brok sah Störtebeker fragend an.

»Ja.« Störtebeker nickte langsam und grinste so breit, dass seine Zahnlücken zu sehen waren. »Auf diese Weise bin ich auf dieses Schiff gekommen, nicht etwa hoch erhobenen Hauptes über einen Steg.«

»Aber jetzt seid Ihr der Hauptmann auf dem Roten Teufel«, sagte Oswald von Wolkenstein und nickte anerkennend.

»Ja.« Störtebeker lachte kollernd. »Damals jedoch wollten die Männer mich sogleich zurück ins Meer werfen. «

»Warum denn?«, sagte Oswald von Wolkenstein und blickte verdutzt.

»Wie ich euch schon erzählte, hatte ich einige Zeit zuvor den Goedecke Michel brüsk abgewiesen, was sich unter sämtlichen Likedeelern natürlich wie ein Lauffeuer verbreitet hatte. Zunächst fischten sie mich aus dem Wasser und hievten mich an Bord. Als die Mannschaft jedoch erkannte, dass *ich* der Fang war, wollte sie mich bestrafen, indem ich wieder über Bord gehen sollte.

Ihr Hauptmann, Hennig Wichmann – der jetzt einen Stock unter mir wohnt –, hielt sie jedoch davon ab. Sie sollten ausnahmsweise mal nachdenken, rief er, und erkennen, welchen großen Nutzen sie von mir hätten. Da sie alle dem Goedecke Michel vor Kurzem den Rücken gekehrt hätten, argumentierte er, und nun auf eigene Faust segelten, brauchten sie jeden starken Arm.

Seine Fürsprache reichte jedoch nicht, um mich zu retten, dies tat ausgerechnet Fietje Schuit – das ist der giftige Kleine da unten in der Wachstube –, indem er die ganze Drecksarbeit aufzählte, die ich für sie tun könnte: Karotten schaben, Kohl schneiden, Deck schrubben, Muscheln vom Kiel schälen, Pisse aufwischen, und so weiter. Auf diese Weise überredete er sie nacheinander bis auf den einarmigen Klaas, der stur blieb. Ihn konnte er erst dadurch überzeugen, dass er ihm gelobte, dass ich bei Sturm seine Hinterbacken abwischen würde, währenddessen er sich mit seiner Hand an der Reling festhalten könne.«

»Und? Habt Ihr wirklich …?« Keno tom Brok stützte sich mit den Unterarmen ab auf der Tischplatte und blickte Störtebeker belustigt an.

»Ja.« Störtebeker nickte bedächtig und blieb ernst. »Nach kurzer Zeit machte es mir nichts mehr aus, denn ich war heilfroh, dass ich an Bord bleiben durfte, weil ich sonst doch noch abgesoffen wäre. Außerdem begriff ich bald, dass diese Geschehnisse mir eine Lehre sein sollten wegen meiner Hoffahrt. Deswegen habe ich mir damals auch geschworen, künftig stets mein Wort zu halten!

Es dauerte aber nicht allzu lange, bis ich mich an Bord durchsetzte. Daraufhin schlug Wichmann der Mannschaft des Roten Teufels vor, mich zum Hauptmann zu wählen und ihn selbst als Kapitän einzusetzen. Dabei blieb es bis zu dieser Geschichte in Wisby, seitdem dürfen diese tumben Kerle nicht mehr über uns beide bestimmen. Sie haben längst gemerkt, dass es viel besser ist für uns alle.«

Störtebeker tippte sich an die linke Schläfe und blickte abfällig. »Abgesehen von Fietje tragen meine Männer ihren Kopf nur, damit es ihnen nicht in den Hals regnet.«

Oswald von Wolkenstein beugte sich vor und sah Störtebeker fragend an. »Warum wurdest du im Meer versenkt? Es muss doch einen Grund gegeben haben.«

»Ja.« Störtebeker nickte mehrmals und blickte melancholisch auf den in der hintersten Ecke des Käfigs eingeschlafenen Hamster. »In jener Nacht war König Olaf von Dänemark gestorben.«

»O weh!«, flüsterte Oswald von Wolkenstein teilnahmsvoll und lugte in seinen leeren Krug. »Aber was hatte das mit dir zu tun? Du hast dich berauscht und bist ins Bett gefallen. Oder bist du etwa ein Schlafwandler?«

»Nein, nein, ich wandele nicht im Schlaf.« Störtebeker hob abwehrend beide Hände. »Was in jener Nacht geschehen ist, erfuhr ich erst viel später. König Olaf war leider von klein auf kränklich gewesen und erlitt in jener Nacht einen heftigen Anfall, welcher zu seinem raschen Tod führte. Der dänische Hof verbreitete zwar die Nachricht, dass der König an einer Krankheit gestorben sei, gleichzeitig jedoch verbreitete sich unterm Volk das Gerücht, er sei ermordet worden.«

»Von Euch!« Keno tom Brok zeigte mit dem Finger auf Störtebeker und nickte. »Mir geht bereits ein Licht auf.«

»Stimmt. Ich war derjenige, der sein Mörder gewesen sein sollte. Jedenfalls muss Tuve Christiansen zur Regentin Margarethe geeilt sein und ihr zugeflüstert haben, dass ich dabei beobachtet worden sein soll, wie ich einige Tropfen aus einer Phiole heimlich in den Nachttrunk des Königs geschüttet habe.«

»Dabei war es Tuve Christiansen selbst!« Empört hieb Keno tom Brok auf den Tisch und schreckte den Hamster aus seinem Schlaf.

»Pscht!«, zischte Störtebeker und wedelte vorwurfsvoll mit seinem Zeigefinger. Erschrocken blickte Keno tom Brok zum Käfig hinüber und zog schuldbewusst seinen Kopf zwischen die Schultern. Als er sah, dass der Hamster sich wieder zusammenrollte, atmete er erleichtert aus und lächelte selig.

Störtebeker lehnte sich zurück und verschränkte seine Arme vor der Brust. »Er muss es gewesen sein oder jener andere Mann, dessen mir irgendwie bekannte Stimme ich an Bord hörte. Margarethe soll zunächst unter dem Leid zusammengebrochen sein, dann jedoch soll sie wie eine Furie getobt und in kopflosem Zorn meinen sofortigen Tod befohlen haben. Auf der Stelle wurde ich abgesetzt und Tuve Christiansen wieder zum Admiral der dänischen Flotte ernannt.«

»Könnten die Mecklenburger Herzöge dahinter gesteckt haben?« Keno tom Brok beugte sich neugierig vor. »Schließlich beanspruchten sie den Thron für Albrecht IV. von Mecklenburg, den Enkel von König Waldemar Atterdag und Sohn von dessen älterer Tochter Ingeborg.«

»Durchaus möglich. Es kann auch sein, dass die Regentin sich gerächt hat, denn ein Jahr später schon verstarb Albrecht IV.«

8

Nachdenklich blickten die drei Männer vor sich hin. Keno tom Brok räusperte sich und stand auf. »Ich danke Euch für die Bewirtung, Herr Hauptmann und Euer Vertrauen, mir den ungeheuerlichen Verrat zu schildern, der Euch widerfahren ist. Ich wünsche Euch von Herzen, dass Euch doch noch Gerechtigkeit widerfährt.«

Störtebeker blickte verdrießlich, denn ihm tat es schon leid, so viel von sich preisgegeben zu haben. Er hob den linken Zeigefinger vor den Mund und blickte den jungen Friesenhäuptling eindringlich an.

Keno tom Brok nickte zustimmend, senkte kurz die Augenlider und hielt sich die leicht gekrümmte Hand flach vor den Mund. Er wandte sich um, nahm seinen abgetrockneten Umhang und warf ihn um die Schultern. »Bei diesem Sauwetter würde ich am liebsten bleiben und mit Euch feiern, aber meine Pflicht als Häuptling ruft mich. Grüß Gott, Herr von Wolkenstein.«

»Gott zum Gruß, Herr tom Brok«, sagte Oswald von Wolkenstein, stand von seinem Stuhl auf und verbeugte sich artig.

Auch Störtebeker erhob sich und begleitete seinen Gast zur Turmtreppe. »Herzlichen Dank auch für das Geschenk zu meinem Namenstag. Ich werde bestimmt viel Freude mit Hermann haben.«

»Genau deswegen schenkte ich ihn Euch, damit Ihr etwas Kurzweil habt.« Keno tom Brok stieg die ersten Stufen hinab, blieb aber stehen, als Störtebeker nach ihm rief.

»Wartet, Herr tom Brok. Ich habe noch etwas für Euch!« Störtebeker lief zu einer Truhe, hob den Deckel und nahm ein oben zugebundenes Säckchen heraus. Mit dem Geschenk eilte er die Stufen zu Keno tom Brok hinab. »Hier, das ist für Euch.«

»Oh. Was ist denn da drin?«

»Pfefferkuchen!« Dreimal in rascher Folge hob Störtebeker seine Brauen.

»Was?«

»Pfefferkuchen, auch Lebkuchen genannt. Sie sind aus Nürnberg[86] und das Rezept wird dort wie ein Goldschatz gehütet. Obwohl sie erst seit einigen Jahren auf diese Weise gebacken werden, sind sie in London bereits heiß begehrt.« Störtebeker zog den Beutel auf und hielt die Öffnung unter die Nase von Keno tom Brok. »Riecht einmal.«

»Wie würzig das duftet!« Der junge Häuptling griff hinein, brach ein Stück von einer Tafel ab und kaute es mit Genuss. »Hmm, das schmeckt aber. Kein Wunder, dass die Herrschaften in England so versessen darauf sind.«

»Und ob.« Störtebeker grinste und zog den Sack wieder zu. »Das halbe Schiff war mit dem Zeug beladen.«

Strahlend vor Freude nahm Keno tom Brok das Geschenk an sich. »Diese leckeren Küchlein waren ganz bestimmt sehr teuer.«

»Keine Ahnung.« Gleichgültig blickte Störtebeker und zuckte mit den Schultern. »Ich habe wie üblich nicht nach dem Preis gefragt.«

86 Nürnberger Lebkuchen – siehe Anhang, Seite XX (598).

Keno tom Brok schmunzelte. »Das hätte mich auch gewundert.« Er verbeugte sich und stieg lächelnd weiter hinab.

Störtebeker wartete einige Augenblicke, bis er seine drückend volle Blase erleichterte. Dann kehrte er in die Turmkammer zurück und verschloss die Tür hinter sich.

»Na endlich!« Tetta tom Brok seufzte erleichtert und schauderte am ganzen Leib. »Ich konnte kaum noch stillhalten in dieser Kiste, so arschkalt war mir schon.«

»Ist dein Bruder wirklich weg?«, fragte Fritta Jancken, ihre Anstandsdame, und zog sich die Decke bis ans Kinn. »Was habe ich für einen Schrecken bekommen, als er sagte, dass er am liebsten hierbleiben würde.«

Störtebeker grinste die beiden Frauen an, die statt in den beiden Truhen zu stecken, wieder nebeneinander auf seinem breiten Bett lagen, bedeckt nur von einer daumendicken Wolldecke. Die weiblichen Rundungen waren deutlich zu erkennen, daher schwoll dem Störtebeker sein Gemächt und wölbte ihm die Hose.

Oswald von Wolkenstein zog sich seelenruhig den Rest seiner Kleidung vom Leib und stieg ins Bett.

»Mir ist so kalt, Klaus. Komm endlich her und wärme mich!«, jammerte Tetta.

»Das kommt gar nicht infrage, du eigensüchtiges Fräulein!«, protestierte Fritta und stupste unsanft die ihr Anvertraute. »Wir teilen, wie immer. Da du ihn bereits gehabt hast, bin *ich* jetzt dran. Der Barde hat auch einen großen Bogen, mit dem er genauso gut fiedelt.«

Fritta riss sich die Decke vom Leib und bog ihren drallen Körper. »Komm schon her, Klaus!«

Betont langsam streifte Störtebeker seine Kleidung ab, währenddessen es aber in seinen Augen glomm. Er nahm zwei Schritte Anlauf, um sich kopfüber aufs Bett zu stürzen.

»Holla!« Er hielt inne. »Das hätte ich doch fast vergessen.« Störtebeker hob die beiseite geworfene Decke vom Boden auf und warf sie in hohem Bogen über den Hamsterkäfig, damit dieser vollständig abgedeckt wurde. »Tut mir wirklich leid, mein lieber Hermann, aber du darfst nicht zugucken, denn du bist zu jung dafür. Am besten stopfst du dir noch ein Paar Weizenkörner in die Ohren.«

Zehnter Teil

Übermacht

Mai 1400

1

Hermann und Joergen Nyenkerken sowie deren sechzigköpfige Eskorte auf ihren Pferden galoppierten der ›Burg Upgant‹ entgegen, welche von einem breiten Graben umschlossen wurde. Aus ihm lief überschüssiges Wasser über und verteilte sich in den umliegenden Feldern, so häufig hatte es in diesem Frühjahr geregnet. Der Weg bis zur Zugbrücke führte über einen niedrigen Damm, dadurch hatten die Pferde der Hamburger Stadtwache immerhin angetrockneten Boden unter ihren Hufen.

Stadthauptmann Hindrick von Klaasen hob seine schuppengepanzerte rechte Hand und befahl seiner schwer bewaffneten Kompanie, die Pferde in Trab fallen zu lassen. Mit himmelwärts gerecktem Zeigefinger veranlasste er die vier Hornträger, die Olifanten[87] zu blasen, um von Hamburgs Stärke ein Zeichen zu geben. Es galt den sechzehn friesischen Häuptlingen, die in der Hauptburg von Keno tom Brok auf sie warteten.

Joergen Nyenkerken, Hamburgs Verhandlungsführer, hatte mit Absicht den vereinbarten Termin um einige Stunden verstreichen lassen, damit er auf jeden Fall als Letzter erschien.

»Wir sind diejenigen, welche die Bedingungen stellen! Diese eigensinnigen Häuptlinge haben gefälligst zu warten und dürfen ruhig etwas zappeln«, hatte er seinem Sohn sowie dem Hauptmann erklärt und war seelenruhig eine Meile die Leybucht entlang geschlendert. In ihr ankerten sechs nagelneue Fredekoggen, auf deren wehenden Fahnen das Wappen Hamburgs prangte.

Ein Horn ertönte im Wachturm neben der herabgelassenen Zugbrücke und kündigte die Ankunft der Hamburger an. Eine Kompanie Soldaten schwärmte aus den beiden Wachstuben und stellte sich im Hof auf, mit ihren Piken bildeten sie ein Spalier.

Die Nyenkerkens stiegen ab und übergaben die Zügel an einen Bediensteten des Hausherrn. Sie sahen sich im Burghof um, in dem ein großes Gedränge herrschte, denn sie waren nicht die einzigen Gäste Keno tom Broks.

Hindrick von Klaasen hatte es sich nicht nehmen lassen, in seine Prunkrüstung zu steigen, um besonderen Eindruck zu schinden. Die haarfein ineinander steckenden Geschiebe über Armen und Beinen

87 Olifant, der – ein aus einem Elefantenstoßzahn gefertigtes Horn.

ratschten kaum vernehmbar, während er vom Pferd stieg. Der Stadthauptmann war von klein auf das Tragen von meisterlichen Rüstungen gewohnt, daher bewegte er sich in ihnen, als habe er nur eines der viel beweglicheren Kettenhemden übergezogen.

In der Tat sahen die zahlreichen Bediensteten der Friesenhäuptlinge, welche den Burghof bevölkerten, mit großem Respekt zu Klaasen hinüber. Ihre Herren besaßen weder einen den ganzen Körper umhüllenden Stahlpanzer noch ein dermaßen prächtiges Pferd wie der Hamburger Adlige.

Auch die kleine Streitmacht und die vielen Fahnen hinterließen einen starken Eindruck. Joergen Nyenkerken blickte mit Genugtuung um sich und wirkte eher wie ein Feldherr, der in eine eroberte gegnerische Burg einzieht, als ein Gast.

»Willkommen auf Burg Upgant!« Keno tom Brok trat aus dem Haupteingang der Burg und ging mit ausgebreiteten Armen auf die Ankömmlinge zu. »Es ist für mich eine Ehre, die Abgesandten der Hansestadt Hamburg in meinem bescheidenen Gemäuer als Gäste begrüßen zu dürfen.«

Höflich neigte Joergen Nyenkerken den Kopf, lächelte freundlich und gab sich Mühe, nicht spöttisch zu blicken. Denn die Hamburger hatten sich selbst eingeladen und die Zusammenkunft aller Herren Frieslands mit einem Ultimatum erzwungen: Wer heute nicht kommen würde, sei ab sofort ihr Feind und dessen Land würde auf der Stelle mit Krieg überzogen.

2

Die beiden Nyenkerken sowie zwölf Soldaten mit ihrem Hauptmann Klaasen folgten dem Gastgeber. Durch mehrere Gänge und über zahlreiche Treppenstufen erreichten sie den größten Raum der Burg, der von hohen Fenstern an beiden Längsseiten gesäumt wurde. Das Tageslicht reichte aus, um den Saal so zu erhellen, dass die Gesichter der sechzehn am Tisch sitzenden oder in Gruppen herumstehenden Friesenherren deutlich zu erkennen waren. Sie blickten missmutig, unwirsch oder misstrauisch um sich, denn alle waren mehr oder weniger gegeneinander verfeindet. Nur der zunehmende Druck durch die Stadt Hamburg sowie des verbündeten Bremens hatte sie heute an diesen Tisch gezwungen.

Auf einen Wink von Hauptmann Klaasen stellten sich die zehn Soldaten seiner Garde jeweils zu zweit neben allen Eingängen auf, der Rest entlang der Fensterseiten. Keno tom Brok führte die Hamburger zur Stirnseite des ovalen Tischs, der über zwanzig Ellen lang und mehr als vier Ellen breit war; vierundzwanzig Stühle mit hohen Lehnen standen um ihn herum.

Indessen hatten sich jene Herren rasch gesetzt, welche im Raum gestanden hatten oder umhergegangen waren. Dabei versuchten sie, sich möglichst weit weg von ihren derzeitigen Gegnern zu platzieren, sodass die sechzehn Männer keineswegs einträchtig nebeneinandersaßen.

Die Nyenkerkens blieben an der Kopfseite des Tischs hinter ihren Stühlen stehen. Die beiden verbliebenen Wachen sowie Hauptmann Klaasen dazwischen postierten sich vor der Wand hinter ihnen.

Keno tom Brok setzte sich auf den ersten Stuhl an der rechten Längsseite des Tischs und blickte auffordernd zu den beiden Ratsherren aus Hamburg auf. Er lächelte unsicher, weil die beiden Ankömmlinge keinerlei Anstalten machten, sich zu setzen.

Joergen Nyenkerken beugte sich zum Ohr des jungen Häuptlings. »Wollt Ihr nicht die Herrschaften auffordern, sich kurz zu erheben, um uns angemessen zu begrüßen?«, flüsterte er und hob spöttisch blickend eine Braue.

Hastig sprang Keno tom Brok auf, während er einen roten Kopf bekam. »Bitte entschuldigt mich, werte Herren, ich vergaß die guten Sitten, die Lehren meines Vaters.«

Er wandte sich zu den Friesenhäuptlingen und blickte sie der Reihe nach flehentlich an. »Werte Herrn, steht bitte auf und begrüßt meine Gäste, wie es sich gehört.«

»Wir sind auch Eure Gäste!«, polterte Edo Wiemken los. Der Herr der Edenburg und des Landes Rüstringen verschränkte trotzig die Arme vor seiner Brust.

»Aber ich habe Euch willkommen geheißen und alle Häuptlinge, die vor Euch da waren, haben Euch auch begrüßt.« Keno tom Brok beugte sich vor und breitete die Arme aus. »Oder etwa nicht?«

Edo Wiemken blickte finster, aber er nickte langsam. Unwillig erhob er sich, so schwerfällig wie möglich, dabei hielt er die Arme weiterhin vor der Brust verschränkt. Die anderen Häuptlinge grummelten, aber sie machten es ihm einer nach dem anderen nach.

Höflich sah das nicht aus, aber Joergen Nyenkerken war mehr als zufrieden. Er blickte den verlegenen Gastgeber freundlich an, dankte den Häuptlingen mit einem kurzen Nicken und mit Schwung setzte er sich auf den Stuhl. Sein Sohn legte die mitgebrachten Dokumente vor ihn auf den Tisch und nahm neben ihm Platz.

Joergen Nyenkerken räusperte sich. »Werter Herr tom Brok, wir danken Euch für den freundlichen Empfang auf Burg Upgant. Wir rechnen Euch hoch an, dass wir vor Ort Frieslands hohe Herren zur Rede stellen können.«

»Zur Rede stellen?«, rief Folkmar Allena empört, schüttelte den Kopf und lachte höhnisch. »Ich bin lediglich aus Neugier hergekommen. Ich höre mir nur an, was der Hamburger Rat mir zu sagen hat, und dann gehe ich wieder.«

Die anderen Häuptlinge murmelten zustimmende Worte, ein Teil von ihnen nickte heftig.

Joergen Nyenkerken sah den Häuptling von Osterhusen kurz an und lächelte sarkastisch. »Wenn Ihr es nicht anders sehen wollt, kommen wir am besten gleich zur Sache.« Er wandte langsam den Kopf, blickte mit scharfen Augen die vor ihm sitzenden Männer einen nach dem anderen an. Dann pochte er mit dem rechten Zeigefinger hart auf den Tisch, während er im bestimmten Ton sprach. »Hamburg duldet keine Seeräuberei, ebenso wenig wie die anderen Hansestädte! Darum sind wir hier.«

»Dann können wir ja gehen und wünschen Euch auch eine angenehme Heimreise.« Folkmar Allena erhob sich rasch.

»Schon?« Für einen Augenblick geriet Joergen Nyenkerken aus der Fassung. »Warum?«

»Hier gibt es keine Seeräuber.« Folkmar Allena lächelte hämisch und schob den Stuhl weit zurück. »Ihr seid also umsonst gekommen.«

Von den anderen Häuptlingen war zustimmendes Gemurmel zu hören und fast alle machten Anstalten aufzustehen.

»Augenblick!« Joergen Nyenkerken klopfte hart mit den Knöcheln auf den Tisch, vernehmlich bis zum anderen Ende. Sein Sohn zog rasch ein Blatt aus dem Stapel und reichte es ihm.

Er hob das Blatt vor die Augen und las laut vor: »Folkmar Allena, Herr von Osterhusen sowie Hinte. Sechzig Seeräuber unter Führung von Wiglaff Hortsbrügg sind seit April bei ihm einquartiert. Sie haben drei Schiffe aus Hamburg sowie je eines aus Bremen und Lübeck aufgebracht.«

»Ihr irrt Euch, wenn Ihr glaubt, ich hätte damit zu schaffen, was auf See geschieht.« Langsam ließ Folkmar Allena sich auf seinen Stuhl sinken und hob die Arme, als wäre er hilflos. »Diese Männer sind lediglich meine Leibwache. Ich habe sie in Sold genommen, damit sie mich beschützen vor den hier anwesenden Herrschaften und ...«

»Dich vor uns schützen?«, brüllte Edo Wiemken, sprang auf und hieb mit der Faust auf den Tisch. »Angreifen willst du! Mir willst du an den Hals und die Edenburg erobern!« Er wandte sich an Joergen Nyenkerken und zeigte anklagend auf den schräg gegenübersitzenden

Folkmar Allena. »Nehmt diesen Unruhestifter mit und es herrscht wieder Ruhe im Land, denn ...«

Folkmar Allena sprang ebenfalls auf und schrie Edo Wiemken an. »Das musst *du* gerade sagen. Ich bin mir ganz sicher, dass du mindestens achtzig Seeräuber aufgenommen hast, dein Sohn Sibet hat genauso viele und Evenard hat auch eine ganze Menge auf seiner Burg. Ich weiß, dass ihr gemeinsam über mich herfallen wollt.«

Empört erhoben sich Evenard Idzinga und Sibet Papinga und schrien mit den anderen beiden durcheinander, abwechselnd zeigten sie anklagend auch noch auf andere Häuptlinge, die noch saßen. Im Nu standen auch diese auf, fuchtelten wild mit den Armen und jeder brüllte aus Leibeskräften.

Lächelnd zwinkerte Joergen Nyenkerken seinem Sohn zu. Keno tom Brok war sitzengeblieben und starrte verlegen auf die Tischplatte vor ihm. Obwohl er von einigen friesischen Herren lauthals bezichtigt wurde, Klaus Störtebeker in Marienhafe zu beherbergen, besann er sich im letzten Augenblick darauf, dass er der Gastgeber war.

Folkmar Allena war der erste der Häuptlinge, welcher erkannte, dass sie sich allesamt bloßstellten. Er sprach leiser und forderte mit Handbewegungen die anderen Herren auf, sich zu beruhigen. Es dauerte einige Zeit, bis sie wieder saßen, lediglich Folkmar Allena blieb stehen und wandte sich an Joergen Nyenkerken.

»Werter Ratsherr aus Hamburg. Wir Herren Frieslands sind frei, selbst dem Kaiser beugen wir uns nicht. Leider können wir nicht in Frieden untereinander leben, weil einige unter uns nach den Ländereien ihrer Nachbarn gieren und ...«

»Du vor allem!«, polterte Edo Wiemken wieder los und reckte anklagend seinen Zeigefinger. Die meisten Friesenhäuptlinge blickten Folkmar Allena finster an und grummelten zustimmend.

Mühsam beherrschte sich Folkmar Allena und wiegelte mit den Händen ab. »Nicht mehr als jeder andere unter euch. Oder befindet sich jemand unter uns, welcher ohne Schuld ist? Dann soll er sofort aufstehen!« Er sah sich ironisch lächelnd um, denn keiner der anderen Häuptlinge würde es wagen, sich zu erheben – jeder von ihnen wusste, dass die anderen ihn niederbrüllen würden.

Sacht rieb er die Kuppen seiner schlanken Finger aneinander und wandte sich wieder an Joergen Nyenkerken. »Ihr seht selbst, werte Ratsherren, dass wir uns untereinander vorsehen müssen. Der gemeine Mann jedoch taugt nichts zur Wehr, sondern nur zum Broterwerb. Daher muss *jeder* von uns einen Haufen Söldner zu seinem Schutz verdingen.«

Die Friesenhäuptlinge stimmten zu, indem sie schweigend nickten, denn sie begriffen nun, dass er sie gegen die Anklage der Hamburger verteidigte.

»Bei ihnen handelt es sich um Männer aus dem Baltischen Meer, die vom Deutschen Orden vertrieben wurden. Alle miteinander sind sie ehrbare Kämpfer, welche wir bezahlen, damit sie für uns streiten. Sie sind keine Gesetzeslosen, wie etwa Klaus Störtebeker, der üble Seeräuber, welcher mit seinem frevelhaften Pack schon jahrelang gleich nebenan haust: nämlich in Marienhafe.«

3

Ein Krachen von berstendem Holz war zu vernehmen und das Schloss einer Tür zu einem Nebenraum brach heraus, sodass das Türblatt hereinschwang und mit einem heftigen Knall gegen die Wand des Saals schmetterte.

»Räuberpack?«, brüllte Störtebeker und stürmte herein. Ihm folgten Wichmann, sowie Fietje und ein Dutzend anderer Männer vom Roten Teufel. Die beiden Wachen, die vor der Tür gestanden hatten, schubste der wilde Haufen mit einer Leichtigkeit beiseite, als wären sie nicht schwerer wie zwei dicke Bündel Heu.

Sämtliche Hamburger Wachen machten einen Ausfallschritt und fällten ihre Piken; ihr Hauptmann Hindrick von Klaasen riss sein Schwert aus der Scheide. Gleichzeitig sprangen die Friesenhäuptlinge auf, um ihre Schwerter zu ziehen; Folkmar Allena zog zuerst blank, da er bereits stand.

»Halt!«, brüllte Keno tom Brok und schnellte von seinem Stuhl. Er stellte sich auf seine Zehenspitzen, reckte seine Arme seitlich, als wolle er zwei Gegner voneinander abhalten, und schrie, so laut er konnte. »Ich dulde kein Besudeln des Gastrechts in meiner Burg!«

Sämtliche Männer im Saal hielten inne, belauerten sich aber weiterhin. Joergen Nyenkerken hob sofort seine Arme und senkte seine gespreizten Hände mehrmals seitlich abwärts. Stadthauptmann Hindrick von Klaasen, der neben ihm in Kampfstellung gegangen war, verstand sofort diese Geste. Er ging einen Schritt rückwärts, und mit einem leichten Rucken seines Kopfs nach rechts sowie links erteilte er den Hamburger Wachen seinen wortlosen Befehl. Sie gehorchten ihm, nahmen langsam ebenfalls ihre Positionen wieder ein, und stellten ihre Piken wieder aufrecht.

Störtebeker, Wichmann, sowie ihre Männer hatten indessen lediglich die Hände auf die Knäufe ihrer Schwerter gelegt. Nun ließen sie ihre Arme langsam sinken oder verschränkten sie in selbstsicherer Haltung vor ihren Oberkörpern. Die Friesenhäuptlinge waren die Letzten, die ihre Finger von den Waffen lösten.

»Räuberpack«, wiederholte Störtebeker und starrte Folkmar Allena finster in die Augen. »Wer hat das eben gesagt? Ihr etwa?«

Folkmar Allena legte wieder die Fingerkuppen aneinander, blickte sich vorsichtig um und setzte sich langsam. »Im Grunde ist es einerlei, wer dies gesagt hat, denn die Herren Frieslands sind in diesem Punkt ausnahmsweise alle der gleichen Meinung.«

»Das stimmt nicht!«, rief Keno tom Brok. »Ich habe Klaus Störtebeker als Ehrenmann schätzen gelernt.«

»Schätzen kommt von Schatz«, warf Joergen Nyenkerken ein und lächelte den Gastgeber mit milder Ironie an. »Schließlich füllt dieser ehrenwerter Herr Eure Truhen mit allerlei Edlem seit Jahren dermaßen voll, dass sie Euch sicherlich längst überquellen.«

Keno tom Brok bekam einen roten Kopf und blickte verlegen auf die Tischplatte. Rundum brachen die friesischen Herren in hämisches Gelächter aus.

»Es ist die Schuld vom Herrn tom Brok!«, sagte Folkmar Allena laut und wies mit seiner Rechten anklagend auf Keno tom Brok. »Wegen ihm mussten wir hier erscheinen.«

»Herr tom Brok!« Edo Wiemken wandte sich an den Gastgeber und blickte ihn vorwurfsvoll an. »Bringt das in Ordnung, damit wir nicht mehr von den Hamburgern belästigt werden.«

»Wie denn?«, rief Störtebeker. Er trat an die gegenüberliegende Schmalseite des Tischs und hob Edzard Cirksena aus Greetsiel samt dessen Stuhl empor, sodass dieser erschrocken heruntersprang und sich rasch einen anderen Platz am Tisch suchte. Störtebeker setzte sich behäbig, machte die Beine unter dem Tisch breit und verschränkte die Arme vor der Brust. Wichmann setzte sich neben ihn auf einen freien Stuhl und ihre Männer bildeten hinter ihnen einen Halbkreis.

»Soll er etwa meinen Kopf nach Hamburg schicken?«, fragte Störtebeker in hämischem Ton.

Joergen Nyenkerken sah dem Seeräuber in die Augen – dieser Mann war und blieb sein Feind, dennoch musterte er ihn ohne Hass, im Gegenteil sogar respektierte er ihn vom Hörensagen. Sein Sohn nämlich hatte ihm unter vier Augen schon vor Langem von seiner früheren Freundschaft mit Störtebeker erzählt. Nun konnte er sich selbst ein Bild von ihm machen und blickte vorurteilsfrei in dessen offenes Gesicht. Nach einem einzigen Augenblick schon konnte er seinen Sohn verstehen, an der Lage änderte dies nichts.

»Wir holen ihn uns!«, sagte Joergen Nyenkerken und pochte mit seiner Fingerspitze hart auf die Tischplatte. »Falls Keno tom Brok es nicht selbst tut.«

»Für mich ist er ein Ehrenmann.« Keno tom Brok blickte starr auf die Tischplatte. »Ihr bekommt ihn nicht.«

»Das werden wir ja sehen,« murmelte Joergen Nyenkerken und stand auf. Mit beiden Händen nahm er einen zweiten größeren Pergamentbogen, den sein Sohn ihm reichte, und blickte über die Blattkante hinweg auf die versammelten Herren. »Hier steht, wie viele Seeräuber jeder von Euch aufgenommen hat: Haro Aildesna von Groß-Faldern … dreißig; Focko Ukena von Leer … vierzig; Edo Wiemken von Rüstringen … achtzig; sein Sohn Sibet beherbergt auf seiner Burg sechzig von ihnen – zusammen schon eine richtige Streitmacht; Hero und Lütet Attena von Dornum und Nesse … dreißig, Enno Haytetsna von Larrelt … dreißig, Evenard Idzinga von Norden … neunzig; Sibrand von Loquard … vierzig; Hisko Abdena, der Probst von Emden beherbergt über einhundert Gottlose in unmittelbarer Nähe zu seinem Gotteshaus. Kaum zu glauben!« Vorwurfsvoll sah er zu dem weltlichen und geistlichen Herrscher der Stadt Emden hinüber, der sich sichtlich bemühte, ein gleichgültiges Gesicht zu zeigen.

Joergen Nyenkerken blickte wieder auf sein Dokument. »Ah, nun haben wir Folkmar Allena, der für sich und die Osterhusener Gegend angeblich nur Wachen benötigt. Der Anführer der sechzig angeblichen Leibwächter jedoch ist Wiglaff Hortsbrügg, eindeutig ein Seeräuberhauptmann. Vor allem Graf Konrad von Oldenburg hat sich mächtig ins Zeug gelegt und den berüchtigten Anführer Goedecke Michel mitsamt seinen einhundertundfünfzig Kumpanen angeworben. Es wurde mir zuverlässig berichtet, dass der Graf mit ihm höchstpersönlich seinen letzten Namenstag gefeiert und im Suff sogar Brüderschaft mit ihm geschlossen habe. Deshalb soll der Michel Euren Bastard Kurt zu einem seiner Hauptmänner ernannt haben.«

Sämtliche friesischen Häuptlinge rund um den Tisch grinsten hämisch oder unterdrückten mühsam ein Lachen, indessen der Oldenburger Graf sich verlegen wand und am liebsten sich unter den Tisch verkrochen hätte.

»Tss, tss!«, tadelte ihn Joergen Nyenkerken durch mehrmaliges Zungenschnalzen und schüttelte missbilligend sein nur leicht ergrautes Haupt. »Ich dachte, Ihr seid ein Mann von Adel.«

»Der Wein, Michels Wein!«, jammerte Graf Konrad II. von Oldenburg und hielt sich theatralisch die Schläfen. »Sonst trinke ich nur das herbe Bier von hier, von dem man nicht so viel herunterbekommt.«

Joergen Nyenkerken pochte mit den Fingern auf die Tischplatte.

»Es geht jetzt nicht um Eure Kopfschmerzen, Graf Konrad, sondern um Eure Seeräuber. Ihr habt sie angeworben, wie diese hier auch.« Mit einer Armbewegung zeigte er auf alle Häuptlinge. »Nun überfallen sie unsere Schiffe und füllen Euch die Truhen, werte Herren. Ich sagte bereits, dass wir keine Seeräuber in der Westsee mehr dulden. Wir jagen sie bereits mit unseren Fredekoggen, aber sie flüchten in jene Häfen, welche ihr ihnen als Unterschlupf bietet. Darum müssen wir das Übel an der Wurzel ausreißen und euch zwingen, werte Herren, die Seeräuber des Landes zu verweisen.«

»Wie denn?«, höhnte Störtebeker, indessen seine Leute sich krümelig lachten.

Überlegen lächelte Joergen Nyenkerken und blickte Störtebeker gelassen an. »Auch diesen Herren ist das Hemd näher wie die Schecke. Wir lassen sie jetzt schwören und geben ihnen vier Wochen Zeit, euresgleichen zu verjagen. Ansonsten legen wir ihre Burgen in Schutt und Asche und vergeben ihr Land an jene Nachbarn, welche unserem Ansinnen folgen.«

Störtebeker schwieg beeindruckt und mit einer unwirschen Handbewegung bedeutete er seinen Männern, mit dem Lästern aufzuhören. Er strich mit der linken Hand mehrmals über beide Wangen und blickte Keno tom Brok nachdenklich an.

»Habt Ihr nicht jemanden vergessen, Ratsherr Nyenkerken?«, hakte Folkmar Allena indessen nach.

Ergeben schloss Keno tom Brok die Augen, während Joergen Nyenkerken für ihn antwortete. »Klaus Störtebeker haust mit über sechzig Männern in Marienhafe als Gast von Häuptling Keno tom Brok. War es das, was Ihr hören wolltet?«

»Ja, das war es!« Folkmar Allena lächelte verschlagen. »Wie wäre es, wenn Herr tom Brok mit gutem Beispiel vorangeht, damit wir ihm folgen können?«

Alle Friesenhäuptlinge nickten heftig, einige murmelten beifällige Worte.

»Nun?« Joergen Nyenkerken wandte sich erwartungsvoll an seinen Gastgeber und beugte sich zu ihm herab.

Keno tom Brok erblasste und flüsterte. »Ich kann nicht.«

»Wieso denn nicht?«

Ergeben hob Keno tom Brok den Kopf und blickte um Einsicht bittend zu Joergen Nyenkerken empor. »Seht sie Euch doch an. Zwar verfüge ich über doppelt so viele wehrhafte Männer wie Klaus Störtebeker, aber von dessen Söldnern kann jeder kämpfen, wie vier von meinen.«

Joergen Nyenkerken nickte verständnisvoll, blickte aber hart. »Vertreibt ihn oder Ihr werdet selbst von Eurem Besitz vertrieben!«

Erneut war von den Friesenhäuptlingen beifälliges Gemurmel zu hören und vielfältiges Kopfnicken zu sehen.

»Ich lasse mich auch von einem Keno tom Brok nicht vertreiben«, sagte Störtebeker. »Trotzdem kann er weiterhin seine Strohköpfe mit ihren stumpfen Schwertern Torf stechen lassen, denn ich verlasse Marienhafe aus freien Stücken.«

Er nahm einem Bediensteten, der zuvor nach einem Wink herbeigeeilt war, einen randvollen Bierkrug ab, dann sprach er weiter. »Wenn Herr tom Brok auf den Versammlungen in Emden und in Lübeck schwören und unterschreiben wird, bin ich nicht mehr im Brokmerland und auch keiner meiner Männer. Das verspreche ich Euch, Ratsherr Nyenkerken!«

Joergen Nyenkerken schielte unmerklich zu seinem Sohn und sah ihn kurz die Oberlider senken, dieses Zeichen genügte ihm. »Klaus Störtebeker, ich nehme Euch beim Wort!«

»Darauf könnt Ihr Euch verlassen!« Störtebeker grinste und blickte die Friesenhäuptlinge einen nach dem anderen an. Zuletzt starrte er Folkmar Allena so lange an, bis dieser seinen Blick senkte. »Auf, werter Herr Allena, Keno tom Brok ist mit gutem Beispiel vorangegangen. Ihr seid dran!«

Folkmar Allena sah düster auf die Tischplatte. »Ich werde schwören«, murmelte er und fuhr nach einem tiefen Seufzer fort, »und unterschreiben, dass ich meine Leibwache fortschicken werde.«

»Das höre ich gern!«, sagte Joergen Nyenkerken laut und blickte den nächsten Häuptling eindringlich an. Mittels dieser Vorgehensweise erhielt er von jedem eine ausgesprochene oder zumindest einigermaßen verständlich gemurmelte Zusage.

»Wir treffen uns noch einmal in Emden und daraufhin in Lübeck zur Vertragsunterzeichnung.« Joergen Nyenkerken stand auf. »Vergesst nicht meine Herren, dass wir unser Pulver so lange trocken halten und stetig neues anreiben.«

4

Keno tom Brok bot seinen Gästen ein warmes Mahl an, jedoch waren die Häuptlinge restlos bedient und hatten es eilig, nach Hause zu kommen. Auch die Hamburger Wachen räumten den Saal und geleiteten ihre Unterhändler zurück auf den Hof. Einige Knechte führten die Pferde der Nyenkerkens und von Klaasen herbei, die Wachen bekamen die Reittiere von ihren im Hof wartenden Kameraden übergeben.

»Halt!«, rief Hermann Nyenkerken beim Aufsteigen und setzte wieder ab. Er zog seinen Fuß aus dem Bügel und lief zum Haupteingang der Burg. »Ich habe meine Wildlederhandschuhe liegen gelassen!«

Joergen Nyenkerken schüttelte leicht tadelnd seinen Kopf, aber er lächelte verständnisvoll, denn die Handschuhe waren feinste Kürschnerarbeit und richtig teuer gewesen.

Hermann Nyenkerken eilte durch den Vorraum, um die Treppe zu erreichen, als er zwei der Häuptlinge reden hörte, welche als Letzte gerade die Stufen herabstiegen. Unwillkürlich versteckte er sich hinter dem Treppenabsatz und lauschte.

»Nun müsst Ihr Euren wehrhaften Herrschaften beibringen, dass sie Euer Land verlassen müssen, werter Herr Allena.« Sibrand von Loquard lachte spöttisch und blieb auf halber Höhe der Treppe stehen. Er beugte sich vor und flüsterte in das Ohr seines Begleiters. »Ich wäre gar zu gern dabei, um zu sehen, wie Ihr das anstellt.«

»Die Reise könnt Ihr Euch sparen, mein guter Herr Sibrand«, erwiderte Folkmar Allena leise und bleib eine Stufe tiefer stehen.

»Wieso denn?«

»Nun, ich werde niemanden irgendetwas beibringen.«

»So, so. Bedeutet das …« Sibrand hob die Brauen.

»Na, was wohl?«

»Ihr behaltet Eure, hm, Leibwache.«

»Und ob.« Folkmar Allena nickte entschlossen.

»Und was ist mit Emden und Lübeck?«

»Da fahre ich hin«

»Zum Unterschreiben und Schwören?« Sibrand stutzte und blickte verwirrt.

»Durchaus. Aber dabei kreuze ich heimlich meine Finger, denn dann gilt‘s nicht.«

»He, he.« Sibrand lächelte verständnisvoll, blickte listig und nickte übereinstimmend. »Das werde ich Euch nachmachen.«

»So? Wollt Ihr etwa auch nicht …«

»Ihr glaubt doch nicht im Ernst, dass ich mir Sorgen um die Hamburger mache. Diese dickbäuchigen Pfeffersäcke werden vor den Mauern meiner Burg allesamt elendiglich verrecken, wenn sie sich überhaupt trauen, mich anzugreifen.«

»Sie sparen nicht mehr, sondern haben die Kriegskasse gefüllt, daher werden sie die neuesten Kanonen an Bord haben.« Warnend hob Folkmar Allena den rechten Zeigefinger, aber in seinen Augenwinkeln steckte der Schalk.

»Pah, auch die reichen noch lange nicht bis zur Burg.«

»Das stimmt allerdings.«

»Darf ich Euch einen guten Rat mit auf den Weg geben?« Sibrand wagte es, die rechte Hand vertraulich auf die Schulter von Folkmar zu legen.

»*Ihr* wollt *mir* einen Rat geben?«

»Warum nicht?«

»Na gut, lasst hören, aber leise.« Neugierig richtete Folkmar Allena das rechte Ohr nach dem Mund des Gesprächspartners.

»Kreuzt lieber Eure Zehen beim Schwören und Besiegeln, Herr Allena, damit es auch wirklich keiner von den Hamburgern sieht.«

Folkmar Allena brüllte vor Lachen und prustete immer noch, als er durch den Vorraum ging. Auch Sibrand von Loquard wand sich vor Vergnügen und verabschiedete sich von ihm am Hauptportal.

5

Einige Augenblicke noch wartete Hermann Nyenkerken, dann stieg er so leise wie möglich die Treppe hinauf. Vor der Tür zum Saal verharrte er kurz, denn er hörte die Stimme von Störtebeker.

Als sein Freund aus früheren Tagen vorhin in den Saal gestürmt war, hatte er sich beherrschen müssen, um keine Freude über das Wiedersehen zu zeigen. Er hatte sich bemüht, nicht auffällig zu ihm hinüberzuschauen.

Störtebeker hatte sich in den vier zurückliegenden Jahren verändert: Der Leib wog etliche Pfunde mehr, am Bauch hatte er angesetzt und vor allem seine Backen waren fülliger geworden. Abgesehen von den leicht gequollenen Unterlidern und dem rot geäderten Weiß in seinen Augen schien ihm die weniger unstete Zeit in Friesland wohl bekommen zu sein.

Dass Störtebeker ihn weder vergessen hatte noch feindselig gesinnt war, erkannte Nyenkerken anhand eines blitzartigen Zwinkerns von ihm, als die streitenden Friesenhäuptlinge die Aufmerksamkeit im Saal auf sich lenkten. Er war zu überrascht gewesen, um seinerseits ein Zeichen zu geben und kam nicht mehr dazu, es nachzuholen.

Sacht öffnete Nyenkerken die Tür und lugte durch den Spalt: Am Tisch saßen Wichmann und die Männer vom Roten Teufel, die sich an den aufgetragen Speisen und Getränken gütlich taten. Die Häuptlinge sowie Keno tom Brok waren nicht zu sehen, auch Störtebeker erblickte er nicht. Plötzlich wurde die Tür ganz aufgerissen und Nyenkerken erschrak heftig, denn vor ihm stand der Vermisste und hielt die vergessenen Handschuhe in der rechten Faust.

»Wenn man vom Teufel spricht …«, murmelte Störtebeker und grinste Nyenkerken erfreut an. »Ich sagte gerade zu meinen Leuten, dass ich dir die Handschuhe rausbringe, da stehst du schon leibhaftig vor mir.«

Nyenkerken lächelte verlegen, aber er fasste sich. »Sie sind es wert, selbst einen langen Weg nochmals zu gehen. Erst als ich aufstieg, fiel es mir auf.«

»Ein wunderschönes Paar.« Störtebeker überreichte die Handschuhe. »Hat deine Frau sie für dich ausgesucht?«

»Katharina?« Nyenkerken bekam heiße Backen. »Ja, sie hat sie von einem Händler aus dem Norden erstanden.«

»Du kannst dir ja solche Stücke leisten, denn …«

Nyenkerken zeigte rasch auf ein Paar hellbraune Handschuhe, die im Gürtel Störtebekers steckten. »Deine haben mindestens genauso viel gekostet.« Unüberlegt fuhr er fort. »Und du hast bestimmt nicht nach dem Preis gefragt.«

»Habe ich auch nicht«, fauchte Störtebeker und blickte verärgert, »denn sie sind ein Geschenk!«

»Entschuldige bitte, Klaus. Ich habe meinen Kopf verl…«

»Schon gut.« Störtebeker grinste und hieb Nyenkerken kameradschaftlich auf die Schulter. »*Dein* Kopf wird oben bleiben.«

Unwillkürlich ging Nyenkerken einen Schritt zurück. »Seit ich dich kenne, wird ständig von abhandenkommenden Köpfen geredet.«

Störtebeker erkannte, wie zuvor schon Nyenkerken, dass die frühere Freundschaft nicht mehr möglich war. Er begann ein unverbindliches Gespräch. »Hast du Kinder von Katharina?«

Nyenkerken lächelte froh und seine Augen leuchteten im Gedanken an sein geliebtes Weib. »Zwei, ähm, drei! Zwei Töchter und einen Sohn, den wir Nikolaus genannt haben.«

»Klaus!«, rief Störtebeker erfreut. »Etwa nach mir?«

»Nach wem denn sonst.« Nyenkerken blickte verlegen, denn er wusste nicht, wie er seinem alten Freund auf die Sprünge helfen sollte. »Er ist gerade drei Jahre alt geworden – drei Jahre …«

So unbändig jedoch freute Störtebeker sich, der Namenspatron eines dreijährigen Jungen zu sein, dass er nicht zu Ende dachte. »Und ich habe einen fetten Burschen zuhause, den ich Hermann genannt habe. Es ist ein junger, noch kein Jahr alter Hamster, der aber schon ganz schön gefräßig ist. So ein Zufall, nicht war? Oder doch nicht?«

»Fett? Gefräßig?«

»Nur der Name! Ich rede doch bloß von seinem Namen, den er dir verdankt.«

»Schon gut.« Nyenkerken zuckte mit den Schultern und sah Störtebeker an. »Wie sieht es denn bei dir aus?«

»Meinst du mit Frauen?«

»Unter anderem.«

»Du kennst mich doch, ich bin kein Kostverächter.« Störtebeker grinste. »Aber in den Hafen der Ehe werde ich ganz bestimmt nicht einfahren, eher verliere ich meinen Kopf.«

»Schon wieder!«

»Wie bitte?«

»Dieses Gerede.« Resigniert winkte Nyenkerken ab. »Was ich eigentlich wissen will: Was wirst du nun tun?«

»Es scheint stetig nach Westen zu gehen, und wenn ich dort auch noch vertrieben werde, fahre ich irgendwann nach Vinland, dann folge ich Erik und Leif.«

»Wohin willst du?« Nyenkerken blickte skeptisch.

»Schon gut.« Störtebeker winkte ab. »Aber du verstehst doch sicherlich, dass ich dir diesmal nicht sage, wohin meine Reise geht.«

»Ich warne dich, auch nur ein einziges Mal noch unsere Londonfahrer anzugreifen, denn das werden wir sofort rächen.«

»Dann bleibt mir ja nur noch der Rand der Welt, hin und her segeln am Abgrund.«

»Da bist du längst.«

»Ich weiß, unwiderruflich.« Störtebeker nickte langsam und redete im fatalistischen Ton weiter. »Seit ich meinen Fuß auf Michels Greif von Rügen gesetzt habe, bestimmt das Schicksal meine Lebensbahn und jeder Versuch, sie selbst zu lenken, ist gescheitert. Mein Weg neigt sich abwärts, aber ich werde ihn zu Ende gehen.«

Nyenkerken senkte betroffen den Kopf, denn ihm blieb nichts anderes übrig, als Störtebeker seinem Los zu überlassen. Am Strand von Neuwerk war die letzte Gelegenheit verstrichen, ihm zu einem anderen Leben zu verhelfen. Trotzdem reichte er Störtebeker die Hand.

Störtebeker lächelte wehmütig. »Ich wünsche dir alles Gute im Leben und viel Glück mit deiner großen Familie!« Er schüttelte behutsam Nyenkerkens Hand und grinste. »Dein Händedruck ist kräftiger geworden und du blickst selbstbewusster als früher. Unsere gemeinsame Zeit scheint dir genützt zu haben.«

»Ohne Zweifel.« Nyenkerken lächelte geschmeichelt. »Außerdem bleibt mir gar nicht anderes übrig, sonst gerate ich doch noch unter Katarinas Pantoffel.«

Schallend lachte Störtebeker, dann beugte er sich vor und flüsterte: »Alle Achtung, das hätte ich nicht von dir gedacht.«

Die Backen von Nyenkerken wurden rot wie üblich, während er genauso leise erwiderte: »Sie ist nicht mehr so dickköpfig wie früher, da hätte ich gar keine Möglichkeiten. Sie ist eine wunderbare Hausfrau und Mutter geworden. Da ich regelmäßig auf Londonfahrt gehe, wächst mir die Familie auch nicht über den Kopf.« Er zwinkerte Störtebeker zu und winkte zum Abschied auch Wichmann, der ihn mit einer knappen Geste grüßte. Im Augenwinkel nahm er wahr, wie Fietje ihn beobachtete und einem Tischnachbarn etwas zuflüsterte. Nach seinem Gesichtsausdruck zu schließen, wünschte er ihm jedoch nichts Erfreuliches. Nyenkerken wandte sich um und ging.

Auf dem Hof saßen die Hamburger auf ihren Pferden und sein Vater winkte ihm mit einer ungeduldigen Geste. Er eilte zu seinem Pferd und stieg auf. Während er sich Klaasen zuwandte, sprach er so leise, dass nur noch sein Vater ihn hören konnte. »Entschuldigt bitte, aber ich sprach eben mit Keno tom Brok und belauschte zwei der Häuptlinge.« Störtebeker erwähnte er nicht, denn der Hauptmann durfte nicht wissen, wie gut er ihn kannte.

»Was haben die beiden Friesen denn geredet?«, murmelte Klaasen.

»Sie wollen uns hintergehen.«

»Wirklich?«, rief Klaasen empört und machte ein finsteres Gesicht. Aber einen Wimperschlag später schon lächelte er und seine Augen funkelten unternehmungslustig, während er die Stimme senkte zu einem Flüstern. »Dann können wir endlich mal unsere nagelneuen Kanonen ausprobieren und womöglich unsere eingerosteten Glieder im Kampf aufwärmen.«

Nyenkerken nickte, aber er zog ein bedauerndes Gesicht, denn er wünschte sich Frieden unter den Menschen. Er drückte die Fersen seinem Pferd in die Weichen und folgte den anderen Hamburgern durch das Burgtor.

6

Klaus Störtebeker unternahm einen Gewaltritt nach Verden an der Aller. Dafür benutzte er zwei kräftige Pferde, die er abwechselnd ritt. In einer Gasse neben dem ›Dom Sankt Maria und Cäcilia‹ stieg er von seinem Pferd, fasste die Zügel beider Tiere und führte sie in den Stall eines Wirtshauses. Der Wirt kannte ihn bereits von einem früheren Besuch und buckelte in einem fort, denn er hoffte auf eine erneute großzügige Bezahlung.

Störtebeker lockerte seinen Gürtel, schob die Waffen weiter nach hinten und befestigte zwei prallvoll gefüllte Leinenbeutel auf Höhe seiner Hüftknochen. Dem Wirt gingen fast die Augen über, denn er hörte das Edelmetall in einem fort klimpern. Inbrünstig betete er, dass wenigstens etwas davon wieder den Weg aus der Domanlage in seine Herbergskasse finden würde. Störtebeker grinste spöttisch, aber er zwinkerte dem Wirt beruhigend zu, denn er sah dessem Gesicht an, woran dieser dachte. Gemächlich ging er hinüber zur Bischofskirche und sah sich um, bevor er kräftig an die Nebenpforte klopfte.

Es dauerte einige Augenblicke, bis das gedämpfte Geräusch von Schritten vernehmlicher wurde. »Wer da?«

»Ritter Hans von Halsmühlen ob Verden an der Aller!«

»Oh, der großzügige Spender unserer Fenster, ich öffne sofort!« Dem Geräusch eines Schlüssels im Schloss folgte das Knarren des Türblatts und ein hochgewachsener gut genährter Kaplan lugte um die Kante. »Gott zum Gruß, edler Herr, kommt herein.«

»Grüß Gott, Pater Wilbrod.« Störtebeker verbeugte sich höflich und trat mit drei langen Schritten ein.

Der Geistliche schloss die Tür wieder zu und schob sich an der Wand des Flurs entlang am Gast vorbei, um ihn ins Innere des Doms zu führen. »Ihr kommt sehr gelegen, Herr Ritter, denn ihre fürstliche Gnaden befinden sich gerade im Haus des Herrn.«

Pater Wilbrod geleitete Störtebeker durch das Seitenschiff bis zum Gestühl vor dem Hochaltar. In einer der holzvertäfelten Nischen saß der Fürstbischof von Verden an der Aller und betete. So sah es jedenfalls aus, aber als der Pater sich räusperte, um auf sich aufmerksam zu machen, schrak Konrad von Vechta aus dem Nickerchen auf. Mit der flachen Hand vorm Gesicht verbarg Störtebeker ein spöttisches Grinsen, indessen der Pater sich bemühte, nichts bemerkt zu haben.

»Hochwürdigster Herr, ich bringe den Ritter zu Euch, den edlen Spender!« Wilbrod kniete nieder und küsste ehrfürchtig den Bischofring, der ihm mit geübter Bewegung vor die Nase gehalten wurde. Ein gnädiges Nicken des Bischofs bedeutete, dass er sich zurückziehen konnte. Der Pater entfernte sich einige Schritte rückwärtsgehend, dann drehte er sich rasch um. Als er davoneilte, strahlte er übers ganze Gesicht ob der widerfahrenen Huld.

»Gott zum Gruß, Hochwürden.« Störtebeker verbeugte sich artig, übersah aber geflissentlich den ihm ebenfalls dargebotenen Ring. »Ich weiß, ich komme zu früh, aber später geht es leider nicht mehr mit dem Bezahlen.«

Der Fürstbischof lächelte erfreut und hob beruhigend seine Hände. »Die sieben Fenster befinden sich bereits an Ort und Stelle. Kommt mit, Ritter von Halsmühlen, und seht sie Euch an.« Während er die beiden Beutel an Störtebekers Gürtel musterte, strahlte er vor Wonne.

Mit einem Ächzen erhob sich Konrad von Vechta und verließ den gut gepolsterten Betstuhl.

Sie gingen in den östlichen Gang des Mittelschiffs, damit sie durch den Schein der untergehenden Sonne die sieben Fenster in der gegenüberstehenden Wand in ihrer Farbenpracht nacheinander betrachten konnten.

Jedes Motiv der Todsünden wurde von Störtebeker in Demut besehen und mit kaum vernehmbarer Stimme benannt: »Hochmut, Geiz, Wollust, Zorn, Völlerei, Neid und Faulheit.« Zuletzt gab er sein Einverständnis durch einen zufriedenen Blick und ein leichtes Nicken. »Ich hoffe sehr, Hochwürden von Vechta, dass damit alle meine Sünden vergeben sind.«

»Nur die Hälfte.« Der Fürstbischof dehnte das erste Wort. »Diesen Teil habt Ihr getilgt mit Eurer Anzahlung. Die Absolution Eurer Restschuld hängt ganz davon ab, ob …«

»Schon gut.« Hastig griff Störtebeker nach dem linken Beutel und nestelte ihn los. Er reichte ihn dem Fürstbischof und löste auch den rechten vom Gürtel.

Die Beutel waren so schwer, dass Konrad von Vechta sie beidarmig an seine Brust pressen musste, um sie halten zu können. Er versuchte, das Gewicht der beiden Beutel zu schätzen, indem er abwechselnd die Unterarme anhob. »Sie sind vergeben!«, murmelte er dann befriedigt und neigte gnädig sein Haupt. »Allesamt.«

Störtebeker atmete erleichtert aus, aber er sah noch einmal hoch. »Kann ich mein Wappen noch einmal vergleichen?«

»Wie bitte? Kennt Ihr nicht ...«

»Gebt mir bitte meinen Stoff zurück!«, sagte Störtebeker mit Nachdruck in der Stimme, obwohl er noch verlegen war.

Der Fürstbischof beugte sich tief über eine Kirchenbank und ließ die beiden Säckchen darauf plumpsen. Dann klatschte er in die Hände, dass es im Kirchenschiff hallte. Sogleich eilte Pater Wilbrod herbei.

»Das Muster!«

Der Pater flitzte davon, kehrte aber im Nu wieder zurück. In den Händen hielt er ein Stück Stoff, in welches ein Wappen eingenäht war. Er überreichte den Fetzen an Störtebeker.

»Da habt Ihr Euer Muster wieder,« murmelte der Fürstbischof und mühte sich, nicht verächtlich dreinzublicken.

Störtebeker verglich das Wappen in einem der Fenster mit jenem auf dem Wamsfetzen, indem er eifrig hinauf- und hinabschaute. Dann nickte er befriedigt und stopfte den Stoff hinter den Gürtel. »Ich empfehle mich.«

»Gottes Segen über Euch!« Der Fürstbischof bekam keine Hand frei, denn er hatte einen der beiden Beutel beidhändig wieder aufgehoben. Daher segnete er Störtebeker beidarmig durch ein Kreuzzeichen, das volle Säckchen mitführend. Dabei ächzte er vor Anstrengung, denn dieser Segen hatte es in sich.

Störtebeker verbeugte sich höflich, übersah wieder mit Absicht den Ring des Fürstbischofs, der ihm trotz des schweren Beutels hingehalten wurde, und wandte sich dem Nebeneingang zu.

Konrad von Vechta nickte gnädig und sah ihm mit breit gezogenem Lächeln hinterher, jedoch nur so lange, bis er außer Sichtweite geriet. »Der Teufel soll Euch holen, Klaus Störtebeker, aber erst nachdem Ihr einen Kopf kürzer gemacht worden seid!«, murmelte der Fürstbischof, als Störtebeker die Kirchenhalle verlassen hatte. »Am besten heute Nacht schon.«

Er ging in die Knie und wuchtete den zweiten Beutel auch vor seine Brust. Er wankte, so schnell er konnte, in seine privaten Gemächer, denn beide Geldsäcke mussten in Sicherheit gebracht werden. Um die Fensterbauer zu bezahlen, hatte einer der beiden Beutel von der Vorauszahlung mehr als gereicht.

Danach nahm er eine kleine Glocke vom Tisch und läutete mit ihr. Einige Augenblicke später trat, bereits gebückt, Pater Wilbrod ein, verbeugte sich noch tiefer als sonst und verblieb in dieser Haltung.

»Komm her!«, befahl der Fürstbischof, winkte mit dem linken Zeigefinger und hielt ihm in der halb geöffneten Rechten fünf Goldstücke unter die Nase. »Drei davon gebe ich dir für deine treuen Dienste sowie deine Verschwiegenheit bis ans Lebensende. Der Rest ist für das Auswechseln des Wappens.«

Pater Wilbrods zuvor auf des Fürstbischofs edelsteinbestickte, rosafarbene Pantoffeln gerichteten Pupillen weiteten sich; mit spitzen Fingern beider Hände sammelte er die Münzen ein und steckte sie rasch in seine beiden Taschen.

Konrad von Vechta wies auf ein Stück eingefasstes buntes Fensterglas, das neben ihm an der Wand lehnte. Es zeigte das Wappen des Nikolaus von Kesselhut, einem seiner Vorgänger als Fürstbischof von Verden, passgenau dem neu gefertigten Wappen des Ritters von Halsmühlen. »Lass den Fenstermacher noch einmal herkommen«, flüsterte er dem Pater ins Ohr. »Er soll das alte Wappen wieder einsetzen. Damit er wirklich sein Leben lang schweigt, genauso wie du, gibst du ihm zwei Gulden, statt nur einen für die Arbeit.«

»Und das Wappen des Ritters?«

»Wirf es weg.«

7

Nach dem Frühstück wagte Fietje einen letzten Versuch, stieg hinauf in den sechsten Stock und pochte an die Tür zur Turmstube.

»Klaus!«, rief er durch ein Astloch im Eschenholz des Türblatts. »Lass mich nochmal rein!«

»Hmm«, hörte er den Hauptmann brummeln.

Fietje fasste dies als ein Einverständnis auf und trat ein. Im Raum war es dämmerig, denn nur vor einer Öffnung waren die Fensterläden beiseitegeschoben.

Davor saß Störtebeker breitbeinig und verkehrt herum auf einem Stuhl und hatte seine Unterarme überkreuz auf die Lehne gelegt. Er blickte melancholisch aus dem mittleren Ostfenster auf die weite idyllische Landschaft unter ihm: sonnenbeschienen, voller kornstrotzender Felder, eingerahmt vom satten Grün der Raine.

Fietje erkannte, dass er einen günstigen Zeitpunkt erwischt hatte, um sich für seinen dicken Freund starkzumachen. Geradewegs ging er Störtebeker an.

»Wir lassen Wim zurück, denn er hat eine große Familie, um die er sich kümmern muss.« Beim Reden starrte er auf den breiten Rücken seines Hauptmanns, der unentwegt nach draußen schaute. »Nicht wahr?«

»Hmm«, brummte Störtebeker wieder, sodass Fietje sicher war, eine Zustimmung erhalten zu haben.

Hennig Wichmann hatte im Dachgeschoss Ausschau gehalten und kam indessen die Treppe herunter. Durch die offene Tür hörte er das Ansinnen von Fietje.

»Klaus!«, rief er ebenfalls und trat ein. Rasch ging er zu Störtebeker und legte ihm seine Rechte schwer auf die linke Schulter. »Das geht nicht! Du kannst deine Entscheidung nicht rückgängig machen.«

»Wieso denn nicht?«, protestierte Fietje.

»Auf keinen Fall! Lassen wir Wim hier, wollen die anderen auch nicht mit, und berufen sich auf ihn. Womöglich gehen wir dann nur mit einer Hand voll Männern an Bord.«

»Wim ist doch eine Ausnahme bei uns, denn er ist kein Kämpfer, sondern nur ein harmloser Koch, der noch nicht einmal ein Tier umbringen kann.« Fietje beobachtete, wie Störtebeker zweimal langsam nickte, und schöpfte Hoffnung.

Wichmann jedoch ließ ihn nicht weiterreden. »Klaus, du hast dein Wort gegeben, dass keiner von uns mehr da sein wird, wenn die Hamburger wiederkommen. Ich weiß, dass du geschworen hast, nie wieder dein Wort zu brechen.«

Wieder nickte Störtebeker, nun mehrmals und ausholender, sodass Fietje seine Felle davonschwimmen sah.

»Wir brauchen Wim nicht mehr. Ich werde künftig von der Hand im Mund leben.« Er klopfte sich mit der flachen Hand auf seinen straffen Bauch. »Außerdem sind wir alle zu fett geworden.«

»Darum geht es nicht. Wir haben geschworen, alle miteinander«, entgegnete Wichmann und schüttelte entschieden den Kopf, »dass wir zusammenbleiben und Gefolgschaft leisten bis in den Tod!«

»Ohne Wenn und Aber!«, murmelte Störtebeker und hob fatalistisch die Schultern.

Wichmann nickte und rüttelte aufmunternd an der linken Schulterkugel von Störtebeker. »Außerdem bin ich sicher, dass jeder zurückgelassene Mann trotz seiner friedlichen Absichten von den Hamburgern erhascht und vom Leben zum Tode befördert wird. Und unseren bisherigen Gastgebern traue ich es ohne Weiteres zu, dass sie tatkräftige Hilfe dabei leisten würden.« Er wandte sich an Fietje und sah ihm in die Augen. »Du willst doch nicht, dass dein Kumpan kaum größer als du sein wird, weil er einen Kopf kürzer gemacht worden ist?«

Fietje war so traurig, dass er sich über diese Anspielung nicht einmal ärgerte. Er schüttelte seinen Kopf und ließ ihn dermaßen hängen, dass der schwere Helm ihm das Kinn auf die Brust herabdrückte.

Störtebeker drehte sich um. »Kopf hoch, Fietje!« Er stand ächzend auf und gab zum Abschied dem Stuhl einen tüchtigen Tritt, sodass dieser bis an die Wand flog und ein Bein brach. »Du bringst Wim sofort zum Roten Teufel! Wir brechen in einer Stunde auf.« Er sah ein letztes Mal aus dem Fenster. Dann gab er sich einen Ruck, verließ den Raum und stampfte die Treppe hinunter. Wichmann ging sofort hinterher; Fietje folgte ergeben mit dem Kopf nickend und machte sich schweren Herzens auf den Weg zu seinem Kumpan.

Die schmucke Kate, in welche Wim mit seiner Familie lebte, stand auf einer winzigen Anhöhe. Trotzdem überragte sie das Land weit umher. Fietje stieg den schmalen Weg empor und drückte sich den Helm auf seinem Kopf noch fester. Lang und tief atmete er aus, dann bummerte er heftig an die Tür.

»Wim, komm raus!«, schrie er. »Wir müssen los!«

Aber so einfach wurde es ihm nicht gemacht, denn er vernahm lediglich vielstimmiges Wimmern sowie Geräusche wie von wieder in die Nase eingezogenem Rotz.

Fietje schob seine flache Hand in den Türspalt und ertastete den Riegel. Er schob ihn nach oben und stieß die Tür auf. Mit einem mulmigen Gefühl betrat er den einzigen Raum. In der etwa zehn Ellen im

Geviert messende Stube konnte er kaum etwas erkennen, denn die hölzernen Fensterläden waren zugezogen. In der Mitte saßen Wim und seine pausbäckige Frau eng umschlungen auf einer Bank.

Wimeken beugte voller Gram ihren Kopf hinab bis auf die Tischplatte, als Fietje eintrat und hilflos zum Wim hinüberblickte. Ihre verstrubbelten fingerlangen Haare waren weizenblond und die Apfelbäckchen trotz ihres Wehklagens rot wie eh und je. Denn stets lachte sie übers ganze Gesicht, mochte die Arbeit noch so schwer sein und ihr Chor kleiner Quengler Jahr für Jahr anwachsen. Sie war klein und stämmig, aber nicht so fett wie ihr Mann, und wieder einmal hochschwanger. Ihrem Bauchumfang nach zu schließen, würde sie wieder mindestens Zwillinge in die Welt setzen. Bereits sieben Kinder hatte das glückliche Paar: ein- und dreijährige Zwillinge sowie zwei Jahre alte Drillinge. Die ordentlich gekleideten, trotzdem stets verschmutzten Bälger versuchten mehr oder weniger erfolgreich, sich an den Beinen ihres rundum feister geworden Papas festzuhalten, wobei die Größeren die Rechte der Stärkeren für sich beanspruchten.

An der Wand neben der Tür sah Fietje einen großen fest verschnürten Sack stehen. Wimeken hatte also geahnt, dass er keinen Erfolg beim Hauptmann haben würde.

Wimeken schniefte bekümmert durch die Nase und sah nicht zum Fietje auf. Sie fasste schwer atmend unter ihren prallen Kugelbauch, aber sie hielt ihn nicht voller Vorfreude wie sonst, sondern wie eine kaum noch zu ertragende Bürde.

»Wie machst du das bloß?«, versuchte Fietje seinen Freund abzulenken. »Jedes Mal schaffst du mindestens zwei! Jetzt scheinen wieder drei Stück auf einmal an der Reihe zu sein, wenn ich mir den Bauch von deiner Frau so ansehe.« Fietje lachte meckernd. »Oder sogar vier? He, was meinst du?«

Wim stöhnte nur leidvoll auf, denn sein Dreifachkinn war auf die Brustschwarte gesunken. Doch dann hob den dicken Kopf und schaffte ein leichtes erfreutes Lächeln. »Ja, ja, ich bin schon gesegnet, denn keins meiner Wänste ist gestorben. Alle haben sie genauso rote Bäckchen, wie meine herzallerliebste Wimeken. Friesland ist für mich das Gelobte Land!« Er nickte so heftig, dass sein Hals rundum bebte. »Bestimmt hat mir der Ablassbrief in Wismar dazu verholfen.«

»Ach von wegen Gelobtes Land.« Fietje winkte ab und blickte geringschätzig, denn er war von der ganzen Mannschaft des Roten Teufels der Einzige, der froh war, dass es wieder auf unstete Fahrt ging. »Hier fliegen sogar die Möwen auf dem Rücken, damit sie das Elend auf dem Land nicht sehen müssen!«

Wim schüttelte heftig den Kopf »Das ist gar nicht wahr. Wie oft hast du dich hier so vollgefressen, dass du kaum noch zum Turm zurücklaufen konntest?«

Fietje seufzte, denn Wim hatte recht. Trotzdem hatte er nie richtig hier Fuß fassen können.

»Siehst du.« Wim lächelte wehmütig und streichelte seinen zwei Ältesten über die Köpfchen. »Schau nur, wie ähnlich sie mir alle sind.«

Nun sah Fietje die Gelegenheit gekommen, Wim von hier fortzulocken. »Tja, das stimmt allerdings«, sagte Fietje gedehnt und streckte seine Hand aus nach dem Bund des schweren Sacks neben der Tür. »Aber die Ohren von deinen Wänsten sind nicht deswegen so lang, weil sie diese von dir geerbt haben, ...« Fietje schwang sich den Sack auf den Rücken und drehte sich um. Über die Schulter zurückblickend sprach er zu Ende. »... sondern weil du sie ständig an den Ohren fasst, sie hochhebst und rund um deine Hütte trägst. Danach machst du deinen Kleinen weis, dass sie nun ganz Friesland gesehen hätten.« Er flitzte los.

Wim fuhr hoch wie von der Sehne geschnellt, der Tisch fiel um und seine Schar purzelte in alle Richtungen davon. Wutentbrannt rannte er hinter Fietje her, den Weg von der Kate hinab auf die Straße und auf den Hafen zu. Der Dicke walzte in seinem Zorn dem Lästerer hinterher, so schnell er konnte, jedoch war der kleine Fietje trotz des schweren Sacks zu flink auf seinen Füßen. Wim fing bald an zu keuchen und folgte langsam und mit hängendem Kopf seinen ihm nun mit forderndem Winken und Rufen vorausgehenden Kumpan.

Das lauthalse Plärren seiner verrotzten und verschmutzten Kinderschar blieb immer weiter hinter ihm zurück und Wimeken in der kleinen Kate auf ihrer kleinen Bank am kleinen Tisch stöhnte langanhaltend und atmete mehrmals ganz tief durch, denn die ersten Wehen setzten ein.

8

Der Turm der Burg von Loquard diente den Steuermännern der Fredekoggen als Landmarke, um sicher durch die Untiefen zu kommen. Jedoch kamen sie nicht nahe genug heran, um die befestigte Anlage beschießen zu können. Allerdings war Stadthauptmann Klaasen darauf erpicht, die neuen Fernwaffen einzusetzen. Zudem hatten die Hamburger in Erfahrung gebracht, dass Goedecke Michel bei Häuptling Sibrand von Loquard untergeschlüpft sein sollte, nachdem Graf Konrad II. von Oldenburg ihn ausgewiesen hatte, aufgrund des in Lübeck unterschriebenen Vertrags.

Es dauerte zwei Tage, bis die Geschütze zu den Mauern geschafft, in Schussweite aufgestellt und ausgerichtet waren. Die Friesen regten sich die ganze Zeit nicht, denn die Hamburger belagerten sie mit einer zwanzigfachen Übermacht. Am Morgen des dritten Tages gab Klaasen den Befehl zum Abfeuern der Bombarden. Die Kugeln der ersten Salve flogen noch zu tief und richteten kaum Schaden an; die nächsten Geschosse jedoch trafen die Tortürme sowie das Burgtor, woraufhin der Eingang zusammenfiel zu einem Trümmerhaufen. Die Verteidiger liefen über den Hof und zogen sich in das Hauptgebäude zurück.

Stadthauptmann Klaasen ließ zwei Kompanien vorrücken. Zweihundert Fußsoldaten fällten ihre Piken und marschierten auf den Burgeingang zu. Sie wurden begleitet von fünfzig Armbrustschützen mit gespannten Arbalesten, die ihnen Flankenschutz gaben. Weitere fünfzig Soldaten schleppten Pavesen, welche wiederum den Schützen Deckung boten. Die Streitmacht erreichte die Ruine der Toranlage und kletterte über die Steinhaufen hinweg in den Innenhof der Burg. Die Nachfolgenden begannen, einen Weg freizuräumen.

Sibrand von Loquard hielt sein Schwert, an dessen Spitze ein weißes Tuch festgebunden war, aus einem Fenster unter dem Giebel des Hauptgebäudes.

In sicherer Entfernung saß Klaasen auf seinem Pferd, das auf einem kleinen Hügel stand. Er lächelte spöttisch und schüttelte sichtlich unzufrieden seinen Kopf über diesen leichten Sieg. Gar zu gern hätte er seine berittene und schwer gepanzerte Kompanie mit ihm an der Spitze noch in die Schlacht geführt.

Mit einem Krach wurden die beiden Torflügel eines Nebengebäudes geöffnet und aus dem Stall stoben etwa drei Dutzend Seeräuber auf Pferden. Sie ritten die Fußsoldaten haufenweise nieder, um sich einen Weg aus der Burg zu bahnen. Die überraschten Hamburger fingen sich und stießen oder schossen einige der Seeräuber von den Pferden herunter. Etwa dreißig von ihnen jedoch gelang die Flucht aus der Burg, indem sie ihre Pferde rücksichtslos über die Geröllhalden der zerstörten Toranlage trieben.

Mit grimmigem Gesicht blickte Klaasen ihnen entgegen und klappte mit der linken Hand das Visier herunter. Während er den Schwertarm mit seiner Waffe hob, brüllte er den Befehl zum Angriff. Seine Reiterei schwärmte aus und walzte die ihnen entgegenkommenden Flüchtlinge nieder. Es dauert nur wenige Minuten, bis die Hamburger wieder Herren der Lage waren; die Verluste an eigenen Soldaten waren gering. Die überlebenden Seeräuber wurden gefangen genommen, aber schon tags darauf in Emden öffentlich geköpft.

Sibrand von Loquard musste mit allen seinen Gefolgsleuten die Burg räumen; danach wurde sie in Trümmer geschossen und in Brand gesetzt. Die Lohe über der Ruine war in ganz Friesland zu sehen. Auch Folkmar Allena erblickte dieses Fanal, welches ihm zeigte, wen die Hamburger als Nächsten aufsuchen würden: Seine Burg Osterhusen wurde einige Tage später ebenfalls in Schutt und Asche gelegt.

9

Die Fredekogge segelte von der Leybucht durch den Kanal im Brokmerland. Etliche Männer liefen zusätzlich die Ufer entlang und zogen das Schiff mit langen Tauen. Hermann Nyenkerken navigierte das Schiff mit größter Vorsicht durch die unbekannte Wasserstraße, welche bis nach Marienhafe reichte und sich dort zu einem kleinen See verbreiterte. Er blickte immer wieder zum hohen Turm der Kirche, dessen verschiedenfarbige Ziegel im Licht der Morgensonne blinkten. Mit ihrer Hilfe hatte er sich bereits vor der Einfahrt in die Meeresbucht orientiert. Die Hamburger wussten inzwischen, wie Störtebeker die verborgene, vom offenen Wasser aus nicht erkennbare Einfahrt nach Marienhafe stets gefunden hatte. Nyenkerken grinste anerkennend, sowohl den Einfallsreichtum seines früheren Freundes betreffend, als auch das eigene Vermögen, dieses schwierige Manöver nachvollziehen zu können.

An Bord wimmelte es von schwer bewaffneten Hamburger Kämpfern, die sämtlich zu dem hohen Turm und nach dem Hafen hinüberstarrten. Die meisten rechneten damit, den berüchtigten Seeräuber in seinem Nest anzutreffen und ihn darin auszuräuchern. Neben den geladenen Kanonen kauerten die Geschützmeister und schützten die Zündschnüre mit ihren Händen vor Nässe. Die Fackeln brannten bereits in der Esse der Kombüse.

Nyenkerken lächelte insgeheim, denn er kannte Störtebeker besser, außerdem hätte er längst die Masten des Roten Teufels erblicken können, wenn dieser noch im Hafen läge.

Wie von ihm erwartet, befanden sich nur einige abgetakelte Fischkutter im Hafen. Weit und breit war kein Mensch zu sehen, denn die Einwohner hatten sich furchtsam verkrochen. Nyenkerken manövrierte seine Schiff an die Mole und ließ es vertäuen.

Hindrick von Klaasen ging als Erster von Bord, gefolgt von seiner Kompanie. Sie gingen kampfbereit direkt auf den trutzigen Kirchturm zu. Klaasen duckte sich hinter seinen Schild, ergriff den Klopfring der Tür und zog vorsichtig an ihm. Das Türblatt schwang auf, sodass er sofort einen Schritt zurücksprang. Im Raum dahinter befand sich niemand; der Wind wehte durch den Raum hinüber zur Feuerstelle und fegte eine Aschefahne nach oben durch den Kamin. Der lange Eichentisch der Wachen war blankgefegt und acht Stühle aus rohem Holz standen ordentlich reihum.

Ohne Eile folgte Nyenkerken der Kompanie und ging direkt hinter Klaasen die Turmtreppe hinauf, dabei ließ er sein Schwert stecken. Da er sicher war, dass Störtebekers Kammer sich im obersten Stockwerk befand, stieg er an den Türen der unteren Etagen vorbei und überließ Klaasen und den Soldaten die Durchsuchung der unteren Räume.

Die letzte Tür stand einen Spalt offen, sodass Nyenkerken nur sacht zu drücken brauchte, um eintreten zu können. Alle hölzernen Fensterflügel waren zugezogen bis auf jene des mittleren Fensters nach Osten. Ein viereckiges Lichtbündel der Sonne erleuchtete einen Tisch, sodass nur dieses Möbel im Halbdunkel des Raums deutlich zu erkennen war. Auf ihm stand ein großer Käfig mit einem eisernen Ring, befestigt auf dem Dachfirst.

Nyenkerken hörte ein leises Zischen und beugte sich über den Käfig. Er sah darin ein kleines Tier aufgeregt herumhuschen, bis es eine Nuss fand und daran knabberte. Grinsend erinnerte Nyenkerken sich an den Hamster namens Hermann, von welchem Störtebeker ihm erzählt hatte. Neben dem eisernen Ring entdeckte er ein kleines Röllchen, das in einem Gittergeviert des spitzen Dachs steckte. Er fasste es mit zwei Fingerspitzen und zog es behutsam heraus.

Gott zum Gruß, werte Ratsherren Nyenkerken, las er und hielt das Pergament näher zum Licht. *Ich ersuche Euch, diesen Hamster samt seinem Käfig mit nach Hamburg zu nehmen, denn ich schenke ihn Euren Kindern beziehungsweise Enkeln, weil ich ihn nicht mitnehmen kann.*

Mich kriegt Ihr nie! Deswegen tröste ich Euch mit einem Tier, welches mir ähnlich ist: Ein Hamster, der sich gern die Backen vollstopft und seine Beute vergräbt.

Nikolaus Störtebeker

Nyenkerken lächelte beschwingt und fühlte sich wieder so freundschaftlich verbunden wie zur Zeit ihrer Abenteuer im Baltischen Meer. Unterhalb der gekrakelten, kaum lesbaren Unterschrift von Störtebeker wand sich noch eine winzige Zeile am unteren und rechten Rand entlang. Diese konnte, wie auch der vorstehende Text, nur von einem Schreibkundigen geschrieben worden sein. Nyenkerken hielt das Blatt höher und dicht vor seine Augen. *Hermann mag ab und zu ein Schälchen Bier, ganz wie ich, bei mir jedoch bleibt es nie bei einem.*

Nyenkerken lächelte versonnen, rollte das Blatt zusammen und nahm den Käfig vom Tisch.

»Ihr seid unvorsichtig, Ratsherr Nyenkerken!« Hauptmann Klaasen stürmte mit gezogenem Schwert in die Kammer. »Aber der Galgenvogel scheint tatsächlich rechtzeitig ausgeflogen zu sein.«

»Eher auf dem Roten Teufel davongesegelt.« Nyenkerken winkte beruhigend ab. »Ich sah schon von weitem, dass sein Schiff fort ist, und mir war klar, dass auch er unterwegs ist. Ohne sein Schiff wäre er doch kein Seeräuber mehr.«

»Trotzdem hätte es eine Falle sein können, denn er ist bekannt für seine List.« Klaasen wedelte abwägend mit der Hand, dann stutzte er und wies mit der Schwertspitze auf den Käfig. »Was ist denn das?«

»Ein Geschenk Störtebekers an den Hamburger Rat«, log Nyenkerken. »Als Trost dafür, dass wir ihn nie fangen werden.«

»Ach was. Selbstverständlich fangen wir ihn und dann …« Klaasen blickte entschlossen und strich mit dem Zeigefinger die Haut über seiner Gurgel entlang.

»Wir sollen uns mit einem Hamster trösten, denn das Tierchen wäre wie er: Es stopft sich gern die Backen voll und vergräbt die Beute.«

»Ha, ein Hamster! Er macht sich auch noch lustig über uns. Na warte Bursche, ich krieg dich noch!« Klaasen hieb mit seinem Schwert kreuz und quer durch die Luft, dass es zischte, dann trat er einen Schritt, vor und beugte sich über den Käfig. Sein Schwert hielt er stoßbereit.

»Der tut uns nichts. Den nehme ich mit nach Hamburg.«

»Von wegen! Habt Ihr schon mal was vom Trojanischen Pferd gehört, Herr Rat?« Klaasen zog mit der Zeigefingerspitze sein linkes Augenlid herunter.

»Natürlich. Aber das ist doch nur ein harmloser friesischer Goldhamster.«

»Sind Friesen harmlos? Von wegen! Vielleicht bringt das Vieh uns den schwarzen Tod in die Stadt?«

»Dann würde hier die Pest schon grassieren. Aber schaut Euch um, rundum seht Ihr nur gesunde Friesen mit roten Backen.«

»Gesund? Ach was.« Klaasen winkte geringschätzig ab. »Deren rote Köppe kommen von dem Schüsschen Bier, mit dem sie ihre Rumpötte auffüllen.«

»Ich nehme ihn jedenfalls mit.«

»Aber nur als Gefangenen!«

»Er ist ja schon im Käfig.« Nyenkerken grinste und hob das eiserne Gestell höher.

»Um so besser. Und er darf niemals frei gelassen werden! Ist das klar?«

»Gut, ich verspreche es. Der Hamster bleibt stets unter Aufsicht.«

»Ausnahmsweise erlaube ich die Einfuhr eines dubiosen Geschenks von einem gesetzlosen Gesellen in die Hansestadt Hamburg, aber nur weil Ihr es seid.« Klaasen gab mit einer schlenkernden Bewegung der linken Hand den Weg frei, obwohl er immer noch ein skeptisches Gesicht zog. Dann ging er zu einem der beiden Fenster neben dem Bett und stieß die hölzernen Läden auf. Er stellte sich neben den Lichtstrahl, bückte sich und lugte vorsichtig unter das hölzerne Gestell. Enttäuscht schüttelte er den Kopf, erhob sich wieder und stieß verärgert die Spitze seines Schwerts durch Kopfkissen und Matratze hindurch. Das ganze Bett durchstocherte er und hieb in die Kissen; immer mehr Federn sowie etliche Spreu schwebten im Raum.

Nyenkerken sah ihm einige Augenblicke belustigt zu, dann ging er und grinste immer noch, als er mit einem erleichterten Seufzer aus der Turmtür trat.

10

Den Käfig brachte er in die Kapitänskajüte und ging erneut von Bord, um nach Bruder Almer Ausschau zu halten. Er schritt am Turm vorbei entlang des Kirchenschiffs und suchte den Eingang zur Sakristei. Im Seitenschiff entdeckte er eine Tür und klopfte mit der Faust heftig an.

Nach einigen Augenblicken hörte er ein Getöse sowie ein gemurmeltes Geschimpfe. Dann wurden die Geräusche von Schritten lauter und eine Stimme ertönte hinter der Tür. »Wer ist da?«

»Ratsherr Hermann Nyenkerken aus Hamburg. Ich suche den Bruder Almer.«

»Pater Almer!« Im Schloss der Tür ratschte ein Schlüssel, die Klinke wurde gedrückt und Pater Almer lugte hinter dem Türblatt nach draußen. Er war weitaus dicker, als ihn Nyenkerken in Erinnerung hatte, und das Gesicht ganz schön feist. »Ich erinnere mich, denn Ihr habt dem Störtebeker geholfen, mich aus dem Kloster Mälarholmen zu entführen.«

»Nicht geholfen!« Sofort erkannte Nyenkerken, wie gefährlich das Wissen dieses ehemaligen Mönchs für ihn werden konnte. »Ich habe diesen Mann nur angeworben, damit er die Familie Oxenstierna befreit und nach Hamburg bringt.«

»Nun ja.« Almer lächelte hintersinnig. »Ihr habt euch recht gut verstanden.«

Nyenkerken wich aus. »Hier scheint es Euch aber besser zu ergehen als in jenem Kloster, wo Ihr meistens die Kübel mit den Hinterlassenschaften Eurer Brüder entleeren musstet.«

»Hm«, brummte Almer und wiegte den dicken Kopf. »Hier ist der tägliche Dienst für den Herrn im Himmel sicherlich leichter. Jedoch ist es schwierig, den Friesen das Christentum näher zu bringen, denn alle miteinander bleiben sie starre Sturköpfe.«

»Soll ich Euch wieder zurück ins Kloster bringen?«

»Gott bewahre! Ich bin nicht mehr der Jüngste, meine Knochen vertragen das raue Wetter dort oben nicht mehr.«

Verständnisvoll nickte Nyenkerken. »Zudem müsst Ihr nicht brüderlich teilen, sondern habt eine Pfründe ganz für Euch allein.«

Almer zuckte zusammen. »Was denkt Ihr von mir? Solche profane Gedanken sind mir fern. Das Christentum tief in den Herzen der Friesen zu verankern ist jener Dienst, welchen der Herr für mich vorgesehen hat: Ich werde die Mission des Heiligen Bonifatius vollenden.«

»Geht ihnen aber nicht zu sehr auf den Geist, sonst erschlagen sie Euch auch noch!«, warnte ihn Nyenkerken und lächelte spöttisch. »Ich habe Euch aufgesucht, weil ich wissen will, ob Störtebeker seine Beute in Eurer Kirche versteckt hat.«

Almer riss die Arme hoch und blickte anklagend nach oben. »Oh Gott!« Er starrte Nyenkerken an, als erblicke er den Satan. Dann faltete er die Hände wie zum Gebet und bewegte fassungslos den Kopf langsam hin und her. »An diesem geheiligten Ort soll Beute eines Seeräubers sein. Ratsherr Nyenkerken, welcher Ungeist ist in Euch gefahren, daran auch nur zu denken?«

»Schon gut.« Nyenkerken bekam noch rötere Backen und hob abwehrend die Hände. »Ich fragte ja nur, weil es meine Pflicht ist.« Verlegen blickend verabschiedete er sich hastig, wandte sich um und ging mit eiligen Schritten zum Hafen zurück.

11

Almer sah ihm nach, bis der Ratsherr außer Hörweite war, dann atmete er erleichtert aus.

»Ist er weg?«

Erschrocken fuhr Almer zusammen. »Erschreckt mich doch nicht so, Bruder Daniel!«

»Hat er Euch die Lüge angesehen?«

»Lüge?«

»Er hat Euch gefragt, ob Störtebeker …«

»… hier etwas versteckt hat. Hat er nicht!« Entschieden schüttelte Almer den Kopf. »Er hat etwas zurückgelassen zur Sühne, das ist nicht dasselbe. Also habe ich nicht gelogen.«

»Zur Sühne? Der goldene Mast soll der Buße dienen?« Bruder Daniel stutzte, dann blickte er verschmitzt. »Dann bekommen das Gold also Arme?«

»Ja, meine, ähm, ich meine, ja. Natürlich erst, wenn der Störtebeker mausetot ist, ich meine, ihn seine verdiente Strafe ereilt hat.«

»Bis dahin solltet Ihr Euch sehr in Acht nehmen, denn er hat Euch gewarnt, dass er jedes Beutestück kennt, weil er sie selbst in den hohlen Mast gesteckt hat.«

»Ja, ja«, flüsterte Almer, sah Bruder Daniel entsetzt an und griff mit scheinbar überraschtem Blick in die Tasche seiner Soutane. »Ich weiß gar nicht, wie dieses Stück hier hineingelangt ist. Ich tue es gleich wieder an seinen Ort.« Er hielt einen goldenen Armreif mit spitzen Fingern, als wäre das Schmuckstück etwas Übles.

Bruder Daniel ging vor ihm her zu einem sechs Ellen hohen Schrank, tastete dahinter nach einem Hebel und zog daran. Mit leichtem Druck der anderen Hand schob er den Schrank zur Seite, der einen hohen viereckigen Raum verbarg, der drei Ellen im Geviert maß. Frei in der Mitte stand ein sowohl oben als auch unten abgesägter Mast, dessen Holz innen ausgehöhlt worden war. Er war so dick, dass ein großer Mann ihn gerade noch mit beiden Armen umfassen und mit den Fingerspitzen aneinanderstoßen konnte, und dermaßen gefüllt mit Geld, Gold und Schmuck, dass ihn selbst ein Dutzend starker Männer nicht würde emporheben können.

Pater Almer nahm einen Hocker mit in den Raum und stellte sich auf ihn. Mehrmals schwang er den Arm, zielte und warf das Schmuckstück über den oberen Rand der hölzernen Säule. Beim Aufprall ertönte ein leises Klirren, dies ließ Pater Almer erleichtert nicken. »Nur weg, fort aus meiner Hand mit diesem Blutgold!« Hastig stieg er vom Hocker, eilte hinaus und schob den Schrank wieder vor. »Lasst uns beten, Bruder Daniel, dass diese Seeräuber nie wiederkehren und …«

»… und diesen Schatz Arme bekommen, ähm,« versprach sich Bruder Daniel absichtlich. »Unsere, meinte ich.«

Pater Almer warf ihm einen wütenden Blick zu. »Geht Euren Pflichten nach, Bruder Daniel, und macht einen großen Bogen um diesen Schrank!«

Bruder Daniel nickte und sah demütig zu Boden. Er drehte sich um und ging zur Tür, die ins Seitenschiff der Kirche führte. *Dieser Schatz wird nicht in deine Arme kommen!* Bruder Daniel lächelte hintersinnig, als er Pater Almer verdrießlich vor sich hinmurmeln hörte.

Magister Wigbold, welchen Pater Almer nur als Bruder Daniel kannte, ging im Seitengang der Kirche bis zur Vierung, wandte sich zum Hochaltar und blickte empor zur Statue des Gekreuzigten, dessen

Gesicht gezeichnet war von Schmerzen, weniger seinen eigenen, sondern er schien wegen der ganzen Menscheit zu leiden. *Ich werde dafür sorgen, dass sie in Deine kommen!* Zum Kreuzzeichnen hob er langsam die Finger seiner Rechten zur Stirn.

Elfter Teil

Aufrüstung

August 1400

1

Regenwolken verdeckten die Sonne und ein steter Nordwind trieb den Roten Teufel dem Hafen von Den Haag entgegen. Das Schiff segelte noch außerhalb der Anlage, als Klaus Störtebeker eine nie zuvor gesehene Kogge erspähte. An ihrem Bug prangte das mächtige Haupt einer Kuh mit eisernen Hörnern und der Kopf der Galionsfigur war scheckig bemalt in Schwarz und Weiß. Das Schiff sah ungewöhnlich aus, wegen seiner Ausmaße sowie dessen Wehrhaftigkeit: Auf beiden Seiten ragte je eine Reihe eiserner Schlünde über die Reling.

Störtebeker konnte es kaum abwarten, an Land zu gehen, um die Fredekogge in Augenschein zu nehmen. Wichmann begleitete ihn zu dem beeindruckenden Schiff, an dem sich mehr als ein Dutzend Zimmermannsleute sowie andere Handwerker zu schaffen machten und der Kogge den letzten Schliff verpassten. Davor auf dem Kai stand ein edel gekleideter Mann, der hin und wieder Anweisungen hinüberrief.

»Das ganze Schiff ist nagelneu, es ist eine echte Windsbraut!«, sagte Störtebeker und seine Stimme klang begeistert, als sie näher kamen.

»Es scheint sogar eine sehr stürmische Braut zu sein«, gab Wichmann zurück und schüttelte respektvoll mit der Hand. »Der möchte ich nicht einmal mit unserem guten alten Roten Teufel in die Quere kommen. Sieh dir nur die dicken Kanonenrohre an!«

»Ich mag aber wilde Bräute, sogar so wüst wie möglich.« Störtebeker grinste frech und hinter vorgehaltenem Handrücken flüsterte er Wichmann ins Ohr. »Diese hier wäre daher haargenau die einzig Richtige für mich.«

»Wie sie wohl heißt?«, murmelte Wichmann, aber so verständlich, dass es für Umstehende noch zu hören war.

»Bunte Kuh von Flandern!«

Die beiden Hauptmänner drehten sich überrascht um. Sie waren mit großen Augen am Schiff entlanggegangen und hatten nicht weiter auf den edel gekleideten Mann geachtet, der nun hinter ihnen stand.

»Bunte Kuh von Flandern?«, sagte Störtebeker und betonte jedes Wort, während er verdutzt blickte. »Das ist ein außergewöhnlicher Name für ein solches Schiff.«

»Das stimmt!« Der hochgewachsene Mann reckte sich, wies mit seinem rechten Arm in weit ausholender Geste auf die Kogge. »Aber er passt zu diesem besonderen Schiff, denn nie zuvor wurde ein besseres gebaut.« Er lächelte selbstbewusst und blickte stolz auf das Schiff.

»Ich nehme an, dass Ihr die Bunte Kuh gebaut habt«, sagte Wichmann. Mit hochgezogenen Augenbrauen sah er aufmerksam den Mann an, denn er ahnte die Antwort.

»Jawohl, das habe ich.«

»Ich kaufe es!«, rief Störtebeker und zeigte mit dem Daumen über die Schulter auf den Rumpf. »Bestimmt gehört es Euch noch.«

Der Herr blickte skeptisch die beiden Männer an: Sie waren edel und wehrhaft gekleidet, aber reich sahen sie nicht aus. Der Schein jedoch konnte trügen, daher breitete er seine Arme weit aus. »Bitte schön, wenn Ihr für das Schiff in barer Münze zahlt, könnt Ihr es übermorgen bereits besitzen.«

Obwohl er das Gefühl hatte, ein dicker Kloß stecke in seinem Hals, versuchte Störtebeker, in beiläufigem Ton zu sprechen. »Wie viel denn kostet der Kahn?«

»Das Mindestgebot beträgt zweitausend Florijn[88]!«

»Ohooo!« Wichmann japste, rollte mit den Augen und schüttelte den Kopf. »Das teuerste Schiff aller Zeiten!«

»Zweitausendeinhundert Goldgulden!«, rief Störtebeker dazwischen und hob die linke Hand. Augenblicks besann er sich und streckte dem Herrn seine Rechte entgegen. »Abgemacht?«

»Hey, Klaus!« Wichmann fasste Störtebeker am Unterarm und zog ihn zur Seite. »Augenblick mal. Seit wann zahlen wir anstandslos, was andere verlangen?«

Unwirsch blickend riss Störtebeker sich los. »Der Brautpreis lohnt sich selbst in dieser Höhe.«

Der Besitzer des Schiffs sah Wichmann kurz in die Augen und lächelte. »Euer Kamerad hat recht, denn ich handele nicht, sondern verkaufe an den Höchstbietenden.«

»Zweitausendzweihundert Florijn ist ab sofort das höchste Gebot!« Störtebeker streckte erneut die rechte Hand aus. »Nämlich meines.«

»Der Betrag ist stattlich.« Der Mann hob die Arme und wedelte leichte mit seinen Händen ab. »Aber ich fürchte, er wird nicht reichen, denn selbst mein Landesherr bietet mit, der Graf von Holland. Es kann noch erhöht werden bis übermorgen zur Mittagsstunde.«

»Was, das soll immer noch nicht reichen? Dann biete ich ...«

»Halt!« Wichmann stellte sich zwischen die beiden womöglich Handelseinigen und breitete die Arme halbhoch aus. »Nun mal langsam. Wir gehen erst einmal an Bord, bevor wir das nächste Gebot abgeben. Eine kurze Fahrt mit dem Schiff wäre noch besser. Außerdem

88 Florijn – Goldgulden. Siehe Anhang, Seite XX (598).

sehen wir nach den Kanonen und prüfen die Mischung des Pulvers«, bedeutsam hob er die Brauen, »denn die Waffen sind sicherlich nicht Euer Werk, sondern dasjenige eines beauftragten Metallgießers. Falls diese Fredekogge so viel taugt, wie sie aussieht, bieten wir in der Tat weiter.«

Der Herr lächelte nachsichtig. »Keine Sorge, mein Herr. Ich schlage ohnehin nicht zu einem Handel ein, bevor die Frist abgelaufen ist.« Er wies mit selbstsicherem Blick auf das Schiff. »Selbstverständlich könnt Ihr an Bord gehen und Euch von der Güte dieses Kriegsschiffs überzeugen. Mit wem habe ich die Ehre?«

»Mit Hauptmann Hennig Wichmann. Ich bin Kapitän des Roten Teufels, mit dem ich gerade angelegt habe.«

»Und ich bin Klaus Störtebeker, Söldnerhauptmann zur See. Ich trete heute Abend in die Dienste des Grafen von Holland. Und mit wem haben wir die Ehre?«

»Mein Name ist Simon von Utrecht. Ich bin der beste Kriegsschiffbauer weit und breit.«

»Ihr scheint Euch zurecht zu rühmen, denn diese Fredekogge sieht wirklich unüberwindlich aus«, lobte Wichmann, verfrüht aber längst überzeugt.

»Habt Dank, meine Herren. Ihr seht mit den Augen von Fachmännern und lobt daher zurecht.«

»Und ob«, beteuerte Störtebeker. »Je schneller und wehrhafter unser Segler ist, desto länger bleiben unsere Köpfe zwischen unseren Schultern stecken.«

Simon von Utrecht lachte gönnerhaft. »Dann würdet Ihr uralt, wenn Ihr den Rest Eures Lebens auf diesem Schiff unterwegs seid.«

»Das wollen wir ja, am liebsten sofort.« Sehnsüchtig blickte Störtebeker hinüber. »Also, ehrbarer Meister, wie wird das höchste Gebot wohl ausfallen?«

Bisher hatte Simon von Utrecht die Männer nicht richtig ernst genommen und verhandelte eher zum Scherz. Nun erkannte er jedoch, dass die Söldnerführer tatsächlich in der Lage waren, jeden Preis zu zahlen. Er blickte kurz zu dem Roten Teufel hinüber und wägte den Wert dieser Holk ab. Selbst wenn sie ihr eigenes gutes Schiff verkauften, mussten sie noch einen richtigen Schatz dazugeben. Konnten sie den Höchstpreis zahlen, war es ihm gleich, auf welche Weise sie zu ihrem Reichtum gekommen waren. »Dreitausenddreihundert Florijn sind zurzeit das höchste Gebot«, sagte er ernst.

»Was, so viel?«, stammelte Wichmann und japste übertrieben.

»Ich erhöhe jedes Gebot, das bis übermorgen Mittag getätigt wird, sofort um einhundert Goldgulden!«, rief Störtebeker wieder dazwischen und grinste unternehmungslustig. »Ganz so viel habe ich zwar nicht an Bord, aber ich könnte es mir noch holen, denn das wäre mir selbst eine kurze Rückkehr nach Marienhafe wert.«

»Kaufe nicht die Katze im Sack! Sehen uns lieber erst mal das Schiff an.« Wichmann hielt Störtebeker an der Schulter fest, bevor er sich wieder an Simon von Utrecht wandte. »Warum wird denn so hoch geboten?«, beschwerte er sich.

»Wegen der Kanonen, unter anderem. Diese sind neuartig, in einem Stück gegossen und reichen für mehr als nur einige Schüsse.«

»Aber nur, wenn das Pulver selbst auch taugt.«

»Das Pulver für die Kanonen ist von vortrefflicher Beschaffenheit, denn diese Mischung zündet sofort und verbrennt vollständig.« Simon von Utrecht schleuderte mit den Armen in der Luft herum, als verstreue er zwei Handvoll Pulver in alle Winde.

»Ich traue nur meinen eigenen Augen«, murmelte Wichmann und blickte misstrauisch. »Gerade beim Pulver wird gern gestreckt, damit es ein besseres Geschäft wird.«

»Nicht bei mir, überzeugt Euch selbst!« Heftig schüttelte Simon von Utrecht den Kopf und wies erneut einladend auf das Schiff.

Die beiden Hauptmänner ließen sich nicht ein drittes Mal auffordern, sondern liefen fast über die Planke, um an Bord zu kommen. Sie sahen sich begierig um, und gingen stracks zu den Kanonen.

»Prüfen wir erst einmal das Pulver«, rief Simon von Utrecht ihnen zu und winkte, ihm zu folgen. Sie gingen unter Deck in die geräumige Kapitänskajüte, in ihr brauchte selbst Störtebeker den Kopf kaum einzuziehen. In der hinteren Bordwand waren sogar zwei kleine Fenster eingelassen, damit tagsüber keine Kerzen mehr nötig waren.

Simon von Utrecht ging zu einer Truhe aus Kiefernholz und öffnete deren Schloss. Ächzend hob er den schweren Deckel, nahm ein Fässchen heraus und stellte es behutsam auf den massiven Tisch. »Dies ist eine Probe von dem Pulver für die Kanonen. Ihr könnt jedes Fass prüfen, es ist stets von gleicher Güte.«

Dann öffnete er ein Schränkchen, nahm von einem Stapel darinnen ein quadratisches Pergament und legte es mitten auf den Tisch. Er zog den Verschluss aus dem Spundloch des Fässchens und schüttete vorsichtig eine Prise Pulver auf das Blatt. Die Utensilien zum Feuermachen holte er aus einem tieferen Regal und breitete diese auf dem Deckel der Truhe aus.

Die beiden Hauptmänner zogen sich in die hinterste Ecke der Kajüte zurück, während Simon von Utrecht Feuer schlug und einen

Holzspan zum Brennen brachte. Er ging in die Knie, streckte den Arm hoch über sich und ließ den lodernden Zunder fallen auf das kegelförmige Häufchen graubrauner Körner; gleichzeitig duckte er sich unter den Tisch.

Das Pulver verpuffte mit einem leisen Knall in einer großen Stichflamme und verblieb als weiße Rauchwolke, die durch die Kajüte waberte. Wichmann scherte sich nicht um den beißenden Qualm, sondern riss das Pergament von Tisch und hastete hinaus aufs Deck. An der Reling hielt er das Blatt gegen das Licht und prüfte mit Argusaugen den unregelmäßigen Kreis, welchen das Pulver am Rand des Haufens in das Blatt gesengt hatte. Nach einigen Augenblicken nickte er zufrieden.

»Das Pulver ist fast vollständig verbrannt.« Wichmann reichte das Pergament an Störtebeker weiter. »Es haftet kaum ein Körnchen mehr am Blatt.«

»Seht Ihr!«, sagte Simon von Utrecht laut und blickte die beiden Männer selbstbewusst an. »Für dieses Schiff mit allem Drum und Dran ist selbst eine Summe von viertausend Florijn angemessen.«

Stur blickend verneinte Wichmann mit einer Kopfbewegung und wedelte mahnend mit dem Zeigefinger. »Zweitausend ist das Ganze wert, und was darüber hinausgeht, ist Preistreiberei von Euch.«

»Nein, ich tue nichts Unrechtes!« Nun schüttelte Simon von Utrecht den Kopf und zeigte mehrmals senkrecht nach unten. »Es gibt nun einmal dieses Schiff hier, welches mehrere Herrschaften unbedingt haben wollen, und daher bereit sind, mehr und noch mehr zu zahlen.«

»Schon gut«, unterbrach Störtebeker den Streit. »*Ich* gehöre zu diesen Herrschaften. Weil ich der Zahlungskräftigste von allen bin, werde ich sicherlich dieses Schiff erwerben, auch wenn es mich ...«

»Noch wissen wir nicht, ob das Schiff und die Kanonen taugen«, fiel Wichmann ins Wort. »Wir wollen die Bunte Kuh segeln und auf ein Ziel schießen!«

Simon von Utrecht nickte. »Ich bin heute Abend ebenfalls auf der Audienz und werde Ihre Hoheit ersuchen, Euch eine Fahrt zu erlauben.«

2

Als der Steuermann den ›Roten Stier von Mecklenburg‹ in den Hafen von Den Haag steuerte, stand hinter ihm Admiral Johann von Landorp, erhöht auf einem Podest. Er starrte zum Ufer hinüber, um für sein Schiff den besten Platz im Hafen auszumachen. Der Blick glitt über mehrere festgemachte Koggen bis zur entferntesten Anlegestelle und verharrte bei einer Holk: das war der Rote Teufel. Rasch ging er in Deckung hinter dem Hauptmast und beobachtete das Deck des feindlichen Schiffes.

Den schmalen Kerl an Bord, der einem schwarzen Helm trug, erkannte er sofort: Fietje Schuit, den gefährlichen Giftzwerg am Steuer.

Mit mit halblauter Stimme kommandierte Landorp sofort: »Kapitän, lasst auf der Stelle die Fahne mit unserem Wappen einholen!«

Während er weiter lauerte, zählte er nur wenige Männer an Bord. Dann spähte er die Reihe der vertäuten Schiffe entlang, bis er seine ärgsten Feinde entdeckte: Störtebeker sowie Wichmann standen mit einem unbekannten Herrn auf dem Deck einer nagelneuen Kogge, welche mit einem gehörnten Kuhkopf als Galionsfigur versehen war.

»Kennt Ihr diese Männer, Exzellenz?«, murmelte der Kapitän des Roten Stiers von Mecklenburg, und beugte sich zu dem Admiral herab, denn er stand noch höher. »Sind das die Herrschaften, welche unsere Wappen nicht erkennen sollen?«

Landorp zuckte zusammen. »Ähm, ja.« Dann nickte er kurz. »Aber der Große und der Mann mit den dünnen schwarzen Haaren sind keine Herrschaften, sondern Seeräuber.«

»Wie, Seeräuber? Auf gleichem Fuß stehend mit ehrbaren Menschen. Wie ist denn das möglich?«

»Das bekomme ich in wenigen Stunden heraus«, antwortete Landorp, indessen er rasch unter Deck ging, um nicht von den Männern auf dem Roten Teufel oder dem neuen Schiff gesehen zu werden. »Ich werde noch heute Abend den Grafen aufsuchen.«

3

Für die Audienz beim Grafen von Holland am gleichen Abend zogen die beiden Hauptleute ihre edelste Kleidung an und steckten ihre blitzblank polierten Waffen ein. Störtebeker trug einen vergoldeten Brustharnisch sowie seinen stählernen Helm mit einem ellenhohen Federbusch aus weißen und roten Federn. Er beeindruckte jedermann noch mehr als ohnehin, sodass die Wachen vor dem Schlosstor vorsichtshalber ihre Piken senkten und nach ihrem Dienst habenden Hauptmann riefen.

Diesem Anführer zeigte Störtebeker ein zusammengerolltes Pergament, welches mit rotem Wachs versiegelt war. »Den Brief sendet der Häuptling des Brokmerlandes an den Grafen von Holland. Keno tom Brok befahl mir, dieses Schreiben nur persönlich auszuhändigen. Er empfiehlt dem Grafen, mich für den Kriegsdienst zu verdingen, ich bin nämlich Klaus Störtebeker, der Hauptmann der Söldner des Roten Teufels.«

Der untersetzte holländische Hauptmann sah beeindruckt an Störtebeker hoch. »Wenn Ihr wirklich so stark und wehrhaft seid, wie Ihr ausseht, wird Ihre Hoheit Euch sicherlich nehmen.«

Störtebeker lachte selbstbewusst und bongte mit seiner linken Faust auf jene Stelle der Brünne, unter der sich sein rechter Brustmuskel wölbte. »Ganz bestimmt!«

»Trotzdem müsst Ihr Eure Waffen bei mir abgeben, denn bei der Audienz darf kein Bittsteller bewaffnet sein.«

»Ich bin aber kein Bittsteller!« Störtebeker brummelte noch einige unverständliche Worte, aber er fügte sich.

Ein Diener geleitete sie durch einige Gänge in einen großen Saal, in dem als einziges Möbelstück ein prunkvoller Sessel auf einem Podest stand. Dieser Thron befand sich gegenüber dem Eingang an der Kopfseite; dahinter mitten auf der Wand prangte mannshoch das Wappen der Grafen von Holland.

Nahe den Mauern beider Längsseiten des Saals reihten sich einige Adlige und mehrere Ritter sowie gegenüber zahlreiche wohlhabende Bürger des Landes. Unter denen befand sich auch Simon von Utrecht. Er winkte die beiden Eintretenden zu sich und bedeutete ihnen, sich vor ihm einzureihen.

Die Anwesenden unterhielten sich in kleinen Gruppen mit gedämpften Stimmen oder übten sich in schweigsamer Geduld. Es dauerte fast eine halbe Stunde, bis der Herold des Grafen erschien, gefolgt von zwei Trompetern. Die Trompeter stellten sich an die Wände rechts und links neben der Tür und bliesen aus voller Lunge in ihre Fanfaren, sodass den Anwesenden die Trommelfelle wehtaten.

»Seine Erlaucht, der Reichsgraf von Hennegau, Holland und Seeland sowie Herr von Friesland!«, deklamierte der Herold und stieß mit dem eisernen Ende seines vier Ellen langen Stabs mehrmals wuchtig auf den Steinboden. »Ihre Hoheit, Albrecht I. von Wittelsbach, Herzog von Bayern-Straubing!«

Der weißhaarige Fürst schritt gemächlich in den Saal und folgte dem Herold, der ihm bis zu seinem Thron voranging. Er ächzte leise, während er mithilfe des bereits wartenden Haushofmeisters das Podest bestieg und sich auf den vergoldeten Sessel sinken ließ. Erschöpft lehnte er sich zurück, während er mit einer knappen Handbewegung den nächststehenden adligen Herren zu sich winkte – die Audienz war eröffnet.

Die beiden Hauptmänner warteten über eine Stunde; Störtebeker war ungeduldig und wechselte mehrmals seinen schweren Helm von einer Armbeuge in die andere. Nachdem sie aufgerufen wurden, traten sie nur so nah vor den Thron, wie es für Bittsteller erlaubt war. Sie verbeugten sich gleichzeitig, aber nur so tief, wie sie es für vertretbar hielten. Wortlos hielt Störtebeker dem Grafen den zusammengerollten Brief hin.

Albrecht I. winkte kurz zu Mijnheer van den Bosch, seinem Haushofmeister, und hielt fordernd die Hand auf. Der sichtbar gut genährte Minister stelzte zu den beiden Hauptleuten hinüber, nahm die Rolle an sich und legte sie dem Grafen in die Hand. Albrecht I. hob das Dokument halbhoch und mit einer Drehung des Handgelenks reichte er es dem Minister zurück. Mijnheer van den Bosch zerbrach das Siegel, zog das Stoffband von der Rolle und hängte sich beides um den rechten Unterarm. Sorgfältig wickelte er den Brief auf und blickte auf die ersten Worte des Schreibens.

»Es ist ein Brief an Euch, Hoheit, von Eurem friesischen Lehensmann Häuptling Keno tom Brok«, sagte er halblaut und sah den Grafen mit einem fragenden Blick an.

Albrecht I. nickte kurz, sodass der Minister zu ihm ging und den Brief lesbar vor des Grafen Augen hielt. Mit dem Lesen ließ Albrecht I. sich Zeit, dann winkte er ab, woraufhin der Minister den Brief wieder einrollte.

»Tretet drei Schritte vor!«, forderte der Graf die beiden Hauptmänner auf, indessen er seine Augen leicht zusammenkniff. Wichmann nickte er nur kurz zu, Störtebeker jedoch sah er länger an. »Ihr seid also dieser Klaus Störtebeker, denn Keno tom Brok lobt Euch als kämpferischen Recken.« Er hob seine Brauen und sprach lauter. »Richtet Euch zu voller Größe auf!«

Störtebeker zeigte gern seine Kraft und war stolz auf seine Größe, dieses Mal jedoch blickte er leicht verlegen, während er den Körper streckte und die Muskeln anspannte.

»Tatsächlich«, murmelte der Graf. »Solch einen Kerl habe ich trotz meiner vierundsechzig Lebensjahre noch nicht gesehen.« Er wandte sich mit erhobenem Zeigefinger an seinen Minister. »Nehmt ihn unverzüglich in meinen Sold und richtet Herrn tom Brok meinen gnädigsten Dank aus.«

»Ähm, ich bin aber nicht alleine«, redete Störtebeker dazwischen.

Graf Albrecht blickte missbilligend wegen der unaufgeforderten Anrede. »Das schert mich nicht«, murmelte er und schüttelte langsam sein ergrautes Haupt.

»Ich gehe aber nur mit der ganzen Mannschaft in Sold und auch nur an Bord des Rotes Teufels!«, sagte Störtebeker mit fester Stimme.

»Dann schert Euch von dannen.«

»Hoheit!« Vorsichtig näherte sich Simon von Utrecht. »Ich folge als nächster Bittsteller. Entschuldigt bitte vielmals, dass ich unaufgefordert hinzutrete. Meine Bitte jedoch hat mit diesen beiden Herren zu tun.«

»So?« Genervt verdrehte Albrecht I. die Augen und lehnte sich zurück, erlaubte jedoch gleichzeitig die Unterbrechung durch eine gönnerhafte Handbewegung. »Dann redet.«

»Ihre Hoheit wissen, dass im Hafen mein neues Schiff liegt, die Bunte Kuh von Flandern.« Simon von Utrecht vermied es, den Grafen zu direkt anzusprechen.

Albrecht I. nickte betont gleichgültig, aber die Augen verrieten ihn, denn sie funkelten begierig.

»Ein Schiff ist nur so gut wie seine Besatzung. Daher wäre es angebracht, Hauptmann Störtebeker und seine Mannschaft übernähmen die Bunte Kuh. Er hat mir das beste Angebot gemacht, welches ich mit Eurer Erlaubnis annehmen würde. Mit diesem Schiff und dieser Mannschaft stiege Eure Grafschaft Holland zur Seemacht auf.«

»So, und was ist mit *meinem* Gebot?«

Der Minister beugte sich zu dem Grafen herab und flüsterte eindringlich einige Sätze in dessen Ohr. Albrecht I. blickte ergeben zur Decke, nachdem Mijnheer van den Bosch geendet hatte.

»So, so«, murmelte er und begann ironisch zu lächeln. »Ich soll also keinen höheren Preis mehr nennen, das wäre zum Wohle des Landes. Nun, wir werden sehen.«

Skeptisch besah Albrecht I. den riesigen Hauptmann von oben bis unten und blickte ihm wieder in die Augen. »In dem Brief behauptet Keno tom Brok, Ihr könntet an einem Tag sieben Koggen aufbringen.«

»Hat Herr tom Brok das wirklich geschrieben?«

»In der Tat!«, antwortete der Minister für den Grafen, hob bedeutsam die Rolle und blickte spöttisch.

»So?« Störtebeker grinste geschmeichelt. »Da hat er keineswegs übertrieben, denn sieben Koggen würde ich mir mit dem Roten Teufel schon zutrauen, wenn sie mir schön der Reihe nach in die Fänge segeln. Mit der Bunten Kuh allerdings würde ich sogar doppelt so viele aufbringen, selbst wenn sie in einem Flotten-Verbund unterwegs wären.«

»Wenn es Eure Hoheit gestatten, würden die beiden Hauptmänner morgen eine Fahrt unternehmen«, warf Simon von Utrecht ein.

»Hm ...« Albrecht I. überlegte. »Aber nur der Große mit der halben

Mannschaft, und damit er nicht auf Nimmerwiedersehen abhaut, wird der Rest auf dem Roten Teufel scharf bewacht.«

»Dann sind Eure Hoheit also einverstanden?«

»Durchaus. Und er darf weiter bieten, aber nur wenn er genügend Schiffe aufbringt.«

»Wir bringen Euch die sieben Schiffe!«, rief Wichmann dazwischen, um die Aufgabe leichter zu machen.

»Lenkt mich nicht ab!«, sagte Albrecht I. laut und blickte Wichmann unwirsch an. Dann wandte er sich wieder an Störtebeker und redete in ironischem Ton. »Ihr habt Euren Mund sehr weit aufgerissen, Hauptmann Störtebeker, nun seht zu, wie Ihr ihn wieder zu bekommt. Ihr bringt mir vierzehn Schiffe auf einen Streich nach Den Haag! Erst dann erlaube ich Euch den Kauf der Bunten Kuh von Flandern, falls Ihr tatsächlich so viel zahlen könnt.«

Der alte Graf bedeutete den drei Männern, zu gehen, denn er wurde müde und wollte zurück in seine Gemächer.

4

Im von Menschen fast geleerten Saal trat der letzte Bittsteller vor, fasste beidhändig seine schwarze Kapuze und schob sie zurück auf den Rücken des einfachen Mantels.

»Hoheit!« Der hochgewachsene Mann verbeugte sich höflich, indessen zog er seinen falschen Bart von den Backen herunter.

Albrecht I. blickte zunächst erschöpft, im nächsten Augenblick jedoch hellwach. »Admiral Johann Landorp?«

»In der Tat!« Landorp verneigte sich noch einmal kurz, während er den Bart rasch in eine Tasche stopfte und seinen Mantel weit öffnete. Darunter trug er ein edles Wams mit dem Wappen der Herzöge von Mecklenburg-Schwerin. »Ich komme wie üblich im Namen des Herzogs von Mecklenburg-Schwerin, Albrecht III.!«

»Wirklich? Weshalb kommt Ihr dann als Letzter zu meiner Audienz und dazu auch noch verkleidet? Ihr wisst doch, dass Ihr jederzeit Einlass in meine privaten Gemächer erhaltet, zur üblichen Zusammenkunft unter vier Augen.«

»Ich weiß um diese Ehre, Hoheit, die mir stets aufs Neue widerfährt, und dafür bin ich Euch aufs Äußerste dankbar. Erlaubt mir, Euch zu Euren Gemächern zu begleiten, um Euch meinen ungewöhnlichen Auftritt zu erklären.«

»Ihr macht mich neugierig, Exzellenz.« Albrecht I. ächzte, als er sich mithilfe des Ministers erhob und das Podest verließ. »Kommt mit, ich lasse uns einen guten Tropfen bringen.«

»Sehr wohl, Eure Hoheit!« Landorp bot mit einer eleganten Bewegung, welche mit einer leichten Verbeugung einherging, dem Grafen den rechten Arm. »Darf ich Euch behilflich sein?«

»Nur zu.« Albrecht I. nickte huldvoll und stützte sich mit der linken Hand in der Armbeuge des Admirals ab.

Landorp geleitete mit langsamen Schritten den Grafen in dessen Bibliothek und half ihm beim Setzen. Er nahm auf der anderen Seite des schweren Schreibtischs Platz und machte es sich bequem. Dabei achtete er darauf, eine betont lässige und überlegene Haltung einzunehmen, um seine Anspannung zu verbergen. Sie warteten auf einen Diener, welcher ein Silbertablett hereintrug mit einer Karaffe und zwei goldenen Trinkpokalen darauf.

Nachdem der Diener hinausgegangen war und die Tür zum Raum fest zugezogen hatte, nahm Landorp den vor ihm stehenden Kelch und nippte am Wein.

»Ah!«, murmelte Albrecht I. und setzte zufrieden den eigenen Pokal wieder ab. »Ein sehr guter Wein. Viel lieber jedoch trinke ich eine Maß meines heimischen Biers.«

»Ich verstehe Euch, Hoheit, denn in Bayern wird vorzügliches Bier gebraut.«

»Natürlich!« Albrecht I. lächelte stolz. »Deswegen habe ich auch einige Braumeister an meinen Hof gerufen, damit künftig auch in Holland gutes Bier gebraut wird.«

»Dann braucht Ihr endlich kein Weißbier mehr aus Hamburg einführen.«

»Eben drum. Deswegen habe ich dieses edle Gebräu mit so hohem Zoll belegt, dass die Hamburger sich kaum noch in Den Haag blickenlassen. Die Lieferungen an mich sind davon natürlich befreit.«

Landorp beugte sich leicht vor und blickte den Grafen eindringlich an. »Trotzdem solltet ihr Euch nicht mit ihnen überwerfen, im Gegenteil, Ihr könntet die Stärke dieser Stadt gut an Eurer Seite gebrauchen.«

»Wobei?«

»Gegen Seeräuber zum Beispiel.«

Albrecht I. schielte mit dem rechten Auge über den Rand seines Pokals hinweg und musterte den Admiral argwöhnisch. »Meint Ihr ganz bestimmte Seeräuber zum Beispiel?«

»Klaus Störtebeker ist dieser ganz bestimmte Seeräuber.«

»Also meint Ihr diesen Söldner von vorhin.«

»Söldner?« Landorp musste sich beherrschen, um nicht zu schreien. »Dieser Kerl ist ein ganz gemeiner Seeräuber!«

»Er ist ein Söldner.«

»Ihr wollt, dass er innerhalb eines Tages vierzehn Schiffe in der Themsemündung aufbringt und samt Ladung hierher verschleppt – das ist Seeräuberei!«

»Er soll doch nur zeigen, was er kann.« Der Graf zuckte mit den Schultern und blickte betont gleichgültig, obwohl ihm unwohl wurde. Er wusste durchaus, dass er im Unrecht war.

»Genau das tut er, nämlich Seeraub!«

»Übermorgen werde ich es ihm verbieten, denn er soll auf der Bunten Kuh für mich Krieg führen.«

»Krieg gegen die Hanse etwa?«, fragte Landorp spöttisch und bereute sogleich seinen Tonfall.

»Nein, gegen die Friesen.«

»Deren Herr ihr seid.«

»Nur dem Namen nach, denn keiner von diesen Sturköpfen gehorcht mir, auch mein Lehensmann Keno tom Brok nicht.« Graf Albrecht von Holland seufzte wie ein leidgeprüfter Vater, der mit seinen ungebändigten Kindern nicht fertigwird.

»Ich habe dieses Schiff heimlich in Augenschein genommen: es ist unvergleichlich, wohl unbezwingbar.« Landorps Augen weiteten sich.

»Das ist durchaus möglich.«

»Wenn dieser Mann es in seinen Händen hat, habt Ihr ihn nicht mehr im Griff. Er wird jahrein, jahraus im Englischen Kanal[89] hin und her segeln und Euch eine lange Nase drehen.«

»Das wäre möglich.« Albrecht I. zuckte betont gleichgültig mit den Schultern.

»Darauf solltet Ihr es auf keinen Fall ankommen lassen. Außerdem werdet Ihr dann nie der wahre Herr von Friesland.«

»Was?« Der Graf zog die Brauen zusammen. »Wieso nicht?«

»Hamburg wird Euch nicht die Herrschaft über Friesland ausüben lassen, wenn Ihre Hoheit diesen Seeräuber namens Störtebeker ungehindert in der Themsemündung kreuzen lasst und dieser ihre Englandfahrer aufbringt.«

»Was geht mich Hamburg an?«

»Die Hamburger haben immerhin die Friesen in die Knie gezwungen!« Landorp sah Albrecht I. triumphierend an.

»Das stimmt«, sagte der Graf gedehnt und zog ein langes Gesicht. »Leider.«

»Außerdem ist die anmaßende Regentin Margarethe zu mächtig, sie gebietet über drei Kronen und …«

»Das erzählt Ihr mir jedes Mal gleich nach Eurer Ankunft.« Alb-

89 Englischer Kanal – früher der Name für den Ärmelkanal.

recht I. verdrehte die Augen. »Meinetwegen kann sie sich sechs Kronen aufstülpen, wenn sie sich auf den Norden und den Osten beschränkt.«

»Es kann Euch nicht gleichgültig sein«, ereiferte sich Landorp, »denn sie ist eine Usurpatorin und …«

»Das erzählt ihr mir auch jedes Mal und mir ist es …«

»Herzog Albrecht III. von Mecklenburg-Schwerin ist bereit, Euch zu unterstützen. Darum bin ich hier, um Euch diese erfreuliche Botschaft zu bringen. Diese Seeräuber entdeckte ich zufällig bei der Einfahrt in den Hafen. Aber ich erkannte sofort, dass ich Euch warnen und sie in unsere Verhandlungen einbeziehen muss.«

»Davon weiß Euer Landesherr sicherlich nichts.« Der Graf sah Landorp skeptisch an.

»Ich verhandele hier in seinem Namen. Daher lege ich Euch nahe, die Bunte Kuh nach Hamburg zu senden. Im Gegenzug überlässt die Hanse Euch wieder die Regentschaft in Friesland, um den Rücken frei zu haben.«

»So, so. Ihr wollt die Hanse wieder in einen Krieg mit Dänemark treiben.«

»Die Gerechtigkeit muss endlich siegen!«, sagte Landorp laut.

»Ach was. Ihr Mecklenburger regt Euch schon seit Jahrzehnten darüber auf. Seht den vollendeten Tatsachen in die Augen und schließt endlich Frieden mit der hohen Dame.«

»Niemals!« Landorp schnellte vom Stuhl. »Ich habe mir geschworen, bis zu meinem, ähm, besser ihrem Tod, um den dänischen Thron zu kämpfen.« Er hieb mit der Faust auf den Tisch und warf fast seinen Weinbecher um.

Albrecht I. ließ sich nicht beeindrucken, sondern nippte bedächtig vom Wein. »Für Euch etwa?«, murmelte er fast beiläufig.

Landorp blickte hastig auf die Tischplatte, um seinen stechenden Blick zu verbergen. »Natürlich nicht.«

»Margrethe von Dänemark hat Erich von Pommern[90] zum König krönen lassen, denn der junge Mann ist der Enkel ihrer Schwester, Herzogin Ingeborg von Mecklenburg-Schwerin. Folglich sitzt ein Mann aus dem Geblüt Mecklenburgs auf Dänemarks Thron.«

»Dieser Bogislaw ist eine Marionette!«, höhnte Landorp. »*Sie* ist es, die regiert, die Fäden zieht und ihn auf dem Thron vorspielen lässt. Das gilt nicht, denn er stammt aus keiner männlichen Linie meines Hauses. Daher hat zurzeit Herzog Albrecht III. von Mecklenburg-Stargard den rechtmäßigen Herrschaftsanspruch auf Dänemarks Thron.«

»Zurzeit?« Der Graf lächelte spöttisch. »Es klingt eigenartig in mei-

90 Erich von Pommern – siehe Anhang, Seiten XXXII-XXXIII (610-611).

nen Ohren, wie Ihr diese beiden Silben betont. Stürbe nämlich Euer Cousin, der ehemalige König von Schweden, würdet Ihr in der Thronfolge vorrücken auf ...«

Landorp ballte unter dem Tisch die Fäuste, denn der Graf hatte ihn durchschaut. »Hoheit, lassen wir das. Mecklenburg unterstützt Euer Bestreben nach der Herrschaft über Friesland und erwartet von Euch, die Hamburger gegen die Seeräuber zu unterstützen, indem Ihr ihnen die Bunte Kuh sendet.«

»Eine solche Verhandlungsweise bin ich nicht gewohnt.« Der Graf zog angewidert die Brauen zusammen, aber er verzichtete darauf, den unbotmäßigen Admiral energischer zurechtzuweisen. Denn abgesehen von dessen wundem Punkt handelte es sich bei ihm um einen vortrefflichen Diplomaten, der durchaus zum Vorteil aller Beteiligten agierte.

»Hm.« Albrecht I. hob die Brauen und wog im Geiste die Vor- und Nachteile. »Friesland ist das bessere Pfand. Die Bunte Kuh wird an Hamburg verkauft und Störtebeker zwar nicht aus dem Sold entlassen, aber weit weg nach Helgoland geschickt. Dort können die Hamburger ihn schnappen. Auf jeden Fall werde ich Störtebeker ziehen lassen, denn ich habe ihm freies Geleit gewährt.«

»Was?« Landorp wollte erneut aufspringen, aber er hielt sich im letzten Augenblick zurück. »Ihr wollt diesen Seeräuber laufen lassen?«

»Er hat mein Wort. Seht zu, wie Ihr ihn außerhalb meines Landes unters Richtschwert bekommt. Und wehe Euch, Ihr vergreift Euch an ihm auf dem Boden meines Landes oder in Sichtweite der Küsten Hollands!«

5

Früh am nächsten Morgen verließen Störtebeker und dreiunddreißig seiner Söldner den Roten Teufel, um an Bord der Bunten Kuh von Flandern zu gehen. Wichmann sowie die andere Hälfte der Männer blieben zurück auf der Holk. Gleichzeitig besetzte eine Kompanie Soldaten des Grafen das Deck des Roten Teufels, um dieses Schiff als Pfand zu nehmen und auf die Söldner ein wachsames Auge zu haben.

Simon von Utrecht sowie ein älterer Schiffbaumeister, ein jugendlich wirkender Geschützmeister und sechs erfahrene Seeleute befanden sich bereits auf dem neuen Schiff, als Störtebeker vor seinen Männern über die Laufplanke zur Bunten Kuh schritt.

»Willkommen auf der Unbesiegbaren!«, rief Simon von Utrecht und breitete seine Arme aus, als Störtebeker seinen linken Fuß aufs Deck setzte.

»Unbesiegbar?« Störtebeker sah sich ringsum und nickte zufrieden seinen nachfolgenden Söldnern zu. »Mit den richtigen Männern an Bord auf jeden Fall.«

Die zum Teil recht verwegen aussehende Bande des Söldnerhauptmanns wurde durch Simon von Utrecht beäugt. »Die Segel setzen und Schwerter ziehen reicht längst nicht mehr aus. Heutzutage muss man auch Kanonen bedienen können und Schiffe bis ins Detail kennen.«

Aber Störtebeker lächelte zuversichtlich, während er eifrig nickte. »Ich lerne mein Leben lang dazu, erst der Tod wird meine letzte Erkenntnis sein.«

»Genauso ist es, Hauptmann Störtebeker, aber lasst den Sensenmann noch lange auf Euch warten. Um Eure Männer einzuweisen, kommen daher meine kenntnisreichsten Handwerker mit.«

Innerhalb einer halben Stunde wurde die Bunte Kuh klar gemacht und dann die Leinen gelöst. Der Wind blies in die drei großen Segel und trieb das mächtige Schiff aus dem Hafen. Fietje hatte sich sogleich am Steuerruder breitgemacht und lenkte die Fredekogge in die Westsee oberhalb des Englischen Kanals. Der Wind wehte stetig von Nordost, sodass nach zwei Stunden bereits die Küstensäume der Themsemündung zu erkennen waren.

»Wunderbar!« Fietje grinste selig, streichelte das Steuerruder so sanft er konnte, und nickte Störtebeker mit begeistertem Blick zu. »Diese Windsbraut schwebt übers Wasser wie ein fliegender Fisch; die kann ich schon mit zwei Fingern steuern. Sieh zu, dass wir für immer an Bord bleiben!«

»Mach ich, keine Sorge.« Mit vor der Brust verschränkten Armen stand Störtebeker neben Fietje und spähte mit zusammengekniffen Augen die Themsemündung aus. »Da!«, rief er und wies mit der linken Hand gegen Westen. »Dort kommt ein Kauffahrer aus London. Halt auf ihn zu, den erbeuten wir als Ersten ...«

»... und bestimmt nicht als Letzten heute.« Fietje grinste schadenfroh und hob die linke Hand flach über die Augen. Er machte den kleinen Punkt am Horizont aus, zog leicht am Ruder und hielt die Bunte Kuh auf ihn zu.

Es dauerte nicht lange, bis die Fredekogge parallel zu dem Kauffahrer segelte, welcher nach Nordost zu entkommen versuchte. Aber auch gegen den Wind kreuzte das neue Schiff schneller und wendiger als die betagte Kogge. Störtebeker ließ die Kanonen in Stellung bringen und wartete, bis sein Schiff auf Schussweite herangesegelt war. »Feuer!«, brüllte er erwartungsvoll und sah hingerissen zu dem anderen Schiff hinüber.

Eine Salve aus einem halben Dutzend Kanonen ertönte: sechs Steinkugeln flogen übers Wasser, von denen zwei auf dem Deck und drei in den Rumpf der Kogge einschlugen. Zwei davon trafen unterhalb der Wasserlinie, weshalb die Kogge Wasser lecken und sicherlich binnen kurzer Zeit absaufen würde.

»Holla!«, rief Störtebeker aus. »Das ist ja, wie mit Kanonen auf Spatzen schießen.« Er winkte mit beiden Armen ab. »Das war viel zu viel des Guten, denn eigentlich wollten wir das Schiff als Prise nach Den Haag bringen. Den nächsten Fang gehen wir behutsamer an.«

Eilig wurden so viele Waren umgeladen wie möglich sowie die eingeschüchterte Besatzung an Bord der Bunten Kuh genommen. Als das mächtige Kriegsschiff bereits auf seine nächste Beute zusegelte, ragte in der Ferne nur noch der Bug der Kogge aus dem Wasser, bis auch dieser Teil des Schiffs im Mündungsstrom der Themse versank und der Wasserspiegel sich wieder glättete. Im Laufe des Tages enterte die Mannschaft Störtebekers tatsächlich vierzehn Koggen, sodass ihr Hauptmann genug hatte, und die Rückfahrt befahl.

Es war schon dämmerig, als die Bunte Kuh in den Hafen von Den Haag zurückkehrte, gefolgt von den vierzehn gekaperten Kauffahrerschiffen, welche in einer langen Reihe hinterher segelten wie Entenküken ihrer Mutter.

Simon von Utrecht hatte sich während des Beutezugs zurückgehalten, aber Störtebeker und dessen Männer stets beobachtet. Nun entschloss er sich, dieses Schiff den Söldnern zu verkaufen und winkte deren Anführer beiseite. »Hauptmann Störtebeker, ich verkaufe Euch das Schiff für Euren letztgenannten Preis von dreitausenddreihundert Florijn.«

Überrascht blickte Störtebeker den Schiffbauer an. »Ich denke, die Frist läuft erst morgen ab.«

Nach einem Augenzwinkern redete Simon von Utrecht weiter. »Es kann ja auch weiter geboten werden, aber Ihr bekommt das Schiff. Bietet zum Schein immer mit, sodass Ihr zuletzt den höchsten Preis habt. Ihr zahlt aber nur dreitausenddreihundert Florijn, den Rest erlasse ich Euch. Aber das bleibt unter uns beiden.«

Störtebeker strahlte übers ganze Gesicht und streckte die rechte Hand aus. »Abgemacht! Aber warum verzichtet Ihr auf viel Geld?«

»Meine Sache, Hauptmann. Mir liegt einfach viel daran, dass Ihr das Schiff bekommt.«

»Schon gut. Vorsichtshalber lasse ich die Fragerei.« Er blickte bedeutsam auf seine Rechte, als Aufforderung an Simon von Utrecht.

Der Besitzer des Schiffs schlug ein. »Das Geschäft ist gemacht!«

Nach dem kräftigen Händedruck wandte er sich ab und ging in seine Kajüte. Stillvergnügt rieb er sich die Hände und lächelte hintersinnig, denn in seiner Schiffbauerwerkstatt in Utrecht lagen bereits drei weitere Koggen gleicher Bauweise auf Kiel. Die Nachfrage und somit auch der Preis würden sprunghaft steigen, wenn Störtebeker mit der Bunten Kuh die Westsee unsicher machte. Simon von Utrecht schmunzelte, während er mit den Fingern nachvollzog, was sein Kopf rechnete: Auf siebenhundert verzichtet, aber dafür dreimal siebenhundert mehr verkauft – das machte für ihn vierzehnhundert Florijn mehr Gewinn.

Nur das beste Geschäft ist für mich ein gutes Geschäft, dachte er. *Dafür ist mir jedes Mittel recht!*

6

Während Störtebeker mit der Bunten Kuh in der Themse räuberte, schlenderte Wim mit sieben Kameraden durch die Hafengegend. Wichmann blieb mit den restlichen Männern auf dem Roten Teufel, um seinerseits auf die Wachen des Grafen ein waches Auge zu haben.

Wim spähte Essbares für seine Kameraden aus, das seine Begleiter für ihn an Bord schaffen sollten. Sein Magen knurrte vernehmlich, obwohl es an Bord reichlich zu Essen gab. Jedoch war ihm der Appetit vergangen, wegen des Kummers um sein verlorenes Zuhause. Tagein tagaus blickte er so traurig wie ein herrenloser Hund um sich und ließ seine Backen hängen, sodass der Mund stets halb offen stand.

Während er mit seinen Kameraden über den Fischmarkt streifte, wich der Trübsinn einer zaghaften Anteilnahme. Sein untrügliches Geruchsempfinden nämlich weckte die Lebensgeister und er hob die Nase und schnupperte. Die Ausdünstungen kamen eindeutig von eingelegten Heringen, aber der Duft wurde umwoben vom Hauch eines betörenden Aromas.

Er hielt die Nase in alle Himmelsrichtungen, witterte den Ausgangspunkt des Wohlgeruchs und marschierte geradewegs auf den größten der zahlreichen Heringsstände zu.

Der Stand war erst vor Kurzem aus frisch geschlagenem Holz gezimmert worden und beeindruckte durch Hunderte von aufgestapelten Fässern rundum. Auf dem hellen Holz der Tische standen nebeneinander mehr als ein Dutzend flache Wannen aus Eichenholz. Sie waren bis zum Rand gefüllt mit einer weißlichen Lake, in welcher in langen Reihen und in etlichen Schichten übereinander zahlreiche Heringe lagen. Zwei Schritte hinter der Auslage stand ein dicker kleiner Holländer, der fortwährend übers ganze Gesicht strahlte und mit flinken Augen seine Bediensteten beaufsichtigte. Ein halbes Dutzend eifriger Frauen verkaufte und wickelte seine Ware ein, denn der Stand wurde regelrecht belagert von der Haager Bevölkerung.

Wim drängte sich selbstbewusst vor, denn er war schließlich ein ›Gros-Einkäufer‹. »Euer Geschäft läuft besonders gut, das sehe ich auf den ersten Blick«, rief Wim dem vergnügten Fischhändler zu. »Diese Heringe riechen feiner, aber letztendlich sind es doch auch nur Heringe.«

Der apfelbäckige Mann schüttelte heftig den Kopf, trat nach vorn an den Stand und nahm einen der Heringe am abgeschnittenen Ende. Er hielt ihn hoch emporgereckt vor Wims Nase. »Diese Heringe hier sind etwas ganz Besonderes, so wahr ich Wilhelm Beukelzoon heiße.«

»Wieso denn?«

»Sie schmecken ganz einfach besser.« Er legte den bereits gekehlten Hering auf ein dickes Holzbrett und mit einem scharfen Messer schnitt er den Kopf ab. »Dieser Happen ist für Euch!«

Wims Augen wölbten sich aus Esslust. »Wirklich?«

»Wirklich!« Der Holländer hob den Fisch noch höher als zuvor, stellte sich sogar auf seine Zehenspitzen und reckte seinen Arm, sodass der Hering über Wims Haupt schwebte. »Den Matjes[91] lässt man von oben herab in den Mund gleiten.«

Wim brauchte keine weitere Erklärung, er legte seinen dicken Kopf in den Nacken und riss den Mund auf. Beukelzoon ließ den Fisch sinken, bis Wim mit einem Biss die Hälfte abriss. Wim kaute langsam und genüsslich, schluckte und öffnete den Mund sperrangelweit. Weil er sich auch noch auf seine Zehenspitzen stellte, erschrak der Holländer und ließ los, sodass der Rest des Fisches in den Rachen des dicken Kerls fiel.

»Upps! So gierig verschlungen hat hier noch keiner seinen ersten Happen.« Beukelzoon zählte seine noch heilen Finger ab und atmete erleichtert aus. Er stützte sich mit beiden Fäusten auf dem Tisch ab, beugte sich leicht vor und blickte Wim erwartungsvoll an. »Nun, mein Herr, wie schmeckt's Euch denn?«

Wim kaute, schluckte und verdrehte die Pupillen. »Vorzüglich!«, murmelte er und seufzte vor Wonne. Er sah sich hastig nach den Fässern um.

»Keine Sorge«, sagte der Holländer und breitete die fülligen Arme so weit aus, wie er konnte. »Ich habe reichlich Ware in den Fässern. Ihr könnt ruhig etwas mehr als üblich einkaufen, denn dieser Hering hält sich in den Eichenfässern länger in der Lake als bisher.«

91 Matjes – siehe Anhang, Seite XX (598).

»Wirklich?«

»Wenn ich es Euch sage!«

»Wie viele Fische sind denn in einem Fass?« Wim reckte sein Kinn gegen den nächsten Stapel Fässer.

»Zehn Gros[92]!«

»Gut, dann nehme ich zwei Dutzend Fässer!«

Beukelzoon riss Augen und Mund auf. »Kauft Ihr für die Flotte eines Landes ein?«

»Aber Wim!«, protestierte der Lange Jan und schubste Wim in die Seite. »Hauptmann Wichmann hat dir höchstens vier Fässer erlaubt.«

»Der weiß doch noch gar nicht, dass es hier etwas ganz Besonderes gibt.« Beidhändig griff Wim in die nächste Wanne, packte acht Fische und breitete sie auf dem großen Holzbrett aus. Er zog sein blitzblankes Küchenmesser aus der Scheide und schnitt in Windeseile die Matjesheringe zurecht. »Kostet selber!«

Wims Kameraden aßen mit Bedacht ihre Fische, aber er stopfte zwei Stück gleichzeitig in den Rachen.

»Es bleibt bei zwei Dutzend Fässern!«, sagte Wim im Kommandoton, trotz vollen Mundes, indessen die eifrig kauenden Kumpane heftig nickten. Er zog seinen prallvoll gefüllten Beutel vom Gürtel und wandte sich an den gut genährten Holländer. »Wie viel macht das zusammen?«

»Vierhundertzwanzig Florijn!«

»Waaas?« Wim machte kreisrunde Augen. »So viel?«

»Hm«, brummte Beukelzoon nur, nickte leicht und breitete, in der Gewissheit der Einzigartigkeit seiner Ware, seine Arme halbhoch aus. »Und ich lasse nicht mit mir feilschen.«

»Schon gut. Ich zahle den Preis, denn einen so guten Hering habe ich noch nie gegessen.«

Der Lange Jan legte behutsam von hinten die Hand auf Wims linke Schulter. »Bevor ich es vergesse: Der Klaus soll doch vierzehn Schiffe mitbringen, sonst bekommt er die Bunte Kuh nicht.«

Wim hob überrascht seine Augenbrauen, aber dann strahlte er bis über beide Backen. »Das schafft unser großer Hauptmann! Solch eine Gelegenheit lässt er sich nicht entgehen. Morgen haben wir also wieder einen Haufen Gold in der Kasse, sodass ich auch noch alle anderen Vitalien einkaufen kann.« Er legte einen Stapel Goldgulden nach dem anderen auf das Holzbrett, indessen die Kameraden sich jeder ein Fass nahmen und zum Schiff rollten. »Meine Helfer kommen noch dreimal, dann sind es achtundzwanzig Stück.«

92 Gros, das – ein Gros = 12 x 12 = 144.

»Ihr habt aber nur für zwei Dutzend gezahlt.«

»Mir fiel gerade ein, dass der Klaus ja mit zwei Mal sieben Schiffen zurückkommt. Daher kaufe ich vier Mal sieben Fässer ein!« Mit strahlender Miene stapelte Wim zusätzlich sieben goldene Zehner-Türmchen aufs Brett. »Hoffentlich können wir bald wieder hierher kommen und erneut bei Euch einkaufen.«

»Oh, das ist leichter als Ihr denkt. Dies hier ist schon mein vierzehnter Laden. Ich komme nämlich aus Biervilet in Zeeuws Vlaanderen[93] und habe dort und entlang der Küste bis hoch nach Texel bereits in jeder größeren Stadt einen Stand.«

»Dann habt Ihr mit diesem leckeren Fisch den Fang eures Lebens gemacht. Wie habt Ihr das nur mit dem guten Geschmack hinbekommen?«

»Ja, ja, das wüsstet Ihr gar zu gerne.« Beukelzoon lachte ironisch, doch dann blickte er geheimnistuerisch. »Das verrate ich Euch doch nicht. Seht Euch doch um, wie die anderen Händler darauf lauern, um herauszubekommen, wie ich das mit den Heringen mache.«

»Sie werden es früher oder später herausbekommen.«

»Und wenn schon. Bis dahin ist das Geschäft gemacht.« Der Holländer lachte selbstzufrieden und griff in eine Wanne, welche noch gut mit Fischen gefüllt war. »Diese sechs Matjes schenke ich Euch auch, guter Mann. Denn es ist für mich eine wahre Freude, Euch zuzusehen, mit welcher Wonne Ihr esst.«

Wim nickte nur dankbar, denn er war längst dabei, das halbe Dutzend an Ort und Stelle zu verputzen.

Auch der Lange Jan rollte währenddessen sein Fass hinüber zum Schiff, ging dabei aber immer langsamer. Schließlich stellte er sein Fass hochkant ab, kehrte um und trabte zum Stand zurück. Vorsichtig tippte er von hinten auf Wims Schulter. Wim drehte sich um, ohne mit dem eifrigen Kauen aufzuhören; in jeder Hand hielt er zwei Fische an ihren Enden.

Der Lange Jan kratzte sich verlegen am Kopf und blickte nachdenklich. »Weißt du Wim, ich bin ja nicht der Hellste, aber zusammenzählen kann ich. Ist dir überhaupt klar, dass du gerade vierzigtausenddreihundertundzwanzig Heringe eingekauft hast?«

»Was, so viele sind das!«, murmelte Wim mit vollem Mund und guckte verdutzt.

»Und wir sind nur achtundsechzig Männer. Was willst du also mit so vielen Fischen?«

93 Biervilet – liegt am südlichen Ufer der Westerschelde nahe der Grenze zum heutigen Belgien.

Für einen Moment vergaß Wim sogar, zu kauen.

Der Lange Jan sah Wim mit großen Augen an und begann zu grinsen. »Etwa auf hoher See aussetzen?« Er lachte meckernd.

»So ein Blödsinn!« Erzürnt blähte Wim die Backen, sodass einige Fischbröckchen zum Mund herausquollen. Er saugte sie aber mit gierigem Blick wieder ein, schluckte den ganzen Klumpen im Mund auf einmal hinunter, würgte einmal und sah dem Langen Jan ernst in die Augen. »Aufessen natürlich!«, sagte er im Brustton der Überzeugung. »Alle.«

Dann legte er den Kopf in den Nacken und hob die Rechte mit zwei Matjesheringen nebeneinander über seinen aufgesperrten Mund. Genießerisch ins Himmelblaue sehend ließ er die edlen Fische entlang der ausgestreckten Zunge in den Rachen gleiten.

7

Für die folgende Audienz beim Grafen von Holland am nächsten Morgen wählten die beiden Hauptleute die gleiche Kleidung aus, wie beim ersten Mal.

Dieses Mal standen keine Bittsteller entlang der Wände des großen Saals, denn nur sie sowie Simon von Utrecht waren vorgeladen.

Trotzdem mussten sie über eine halbe Stunde lang auf den Grafen warten, bevor er mit dem gleichen Ritual wie bei der letzten Audienz in den Saal einzog und auf dem Thron Platz nahm. Eines jedoch war anders: Acht Wachsoldaten mit Piken und gegürteten Schwertern sowie deren Hauptmann standen in einer Reihe schützend vor dem Thron.

Der Minister winkte die drei Männer bis vor die Reihe der Wachsoldaten. Er sprach anstelle des Grafen. »Ihre Hoheit hat bereits erfahren, welchen Ausgang Euer Beutezug genommen hat!«

Die drei Männer strahlten miteinander um die Wette. Schweigend verbeugten sie sich gleichzeitig und warteten auf die Aufforderung zum Reden.

Der Graf jedoch setzte eine betont gleichgültige Mine auf und blickte starr über ihre Köpfe hinweg. Im Stillen zählte er die Kerzen des Kronleuchters, der in der Mitte des Saals hing.

Für ihn redete der Minister fast ohne Unterbrechung. »Ihre Hoheit ist sehr beeindruckt von der Tüchtigkeit des Hauptmanns sowie seiner Mannschaft. Allerdings scheint es vor allem an dem Schiff zu liegen, dass ein solcher Erfolg möglich war. Daher geht der Graf davon aus, dass er mit eigener Mannschaft genauso erfolgreich sein wird.

Deswegen erachtet seine Hoheit die Dienste des Hauptmanns Störtebeker sowie seiner Mannschaft in Den Haag für entbehrlich und schickt sie zum Teuf..., ähm, samt ihrem Schiff Roter Teufel nach Helgoland. Ein Freibrief sowie ein Empfehlungsschreiben an den Vogt der Insel wird ihnen mitgegeben.«

Er winkte den Hauptmann der Wache zu sich, damit dieser ihm zwei Pergamentrollen abnahm und den beiden Männern überreichte. Wichmann schob die beiden Dokumente mit Sorgfalt in seine innere Manteltasche, obwohl Störtebeker ihn finster blickend davon abhalten wollte.

»Von dort aus können sie unter dänischer Flagge auf Raubfahrt gehen.« Der Minister machte eine kleine Pause. »Die vierzehn Schiffe gehen in das Eigentum des Grafen über sowie deren gesamte Ladung. Dem Hauptmann wird jedoch der vereinbarte Sold bereits für ein Jahr im Voraus ausgezahlt. Der Graf erwartet keinen Widerspruch und besteht auf sofortiger Abreise nach Helgoland!«

Der Minister drehte sich halb um, nahm von einem Beistelltisch einen kleinen Beutel und warf ihn Hennig Wichmann zu. Es klimperte hell, als der Kapitän den Sold auffing. Der Minister hatte mit Absicht auf den kleineren Mann gezielt, denn er war sicher, dass der riesengroße Hauptmann das Geld verschmähte. Sein Gefühl trog ihn nicht, denn Störtebeker brauste auf.

»Teufel noch einmal, das nenne ich einen Wortbruch! Ich habe die Bedingung erfüllt: Vierzehn Schiffe sollte ich aufbringen!« Anklagend reckte er den linken Arm gegen den Minister. »Vierzehn an einem Tag! Womöglich habt Ihr geglaubt, das schafft niemand. Darum wollt Ihr jetzt nicht zu Eurem Wort stehen.«

»Untersteht Euch, so mit mir, ähm, mit Ihrer Hoheit zu ...«

»Wachen!« Graf Albrecht sprach nicht laut, aber die acht Soldaten fällten auf der Stelle ihre Piken, denn zuvor hatten sie in der Wachstube eine Einweisung von ihrem Hauptmann erhalten. »Hauptmann van der Eycken, geleitet unverzüglich die beiden Männer hinaus!«

Störtebeker wollte erneut aufbegehren, Wichmann jedoch packte mit beiden Händen den vom Stahl umschlossenen linken Oberarm und zerrte seinen widerstrebenden Kumpan mit, denn die Wachen scharrten mit den Spitzen der Piken bereits an ihren Brünnen.

»Wirf ihm den Sold vor die Füße!«, befahl Störtebeker. Sein Hals war dermaßen dick, dass er kaum noch verständlich sprach.

Wichmann schüttelte entschieden den Kopf und zog weiter am Arm. Die Wachen drängten sie zügig aus dem Saal. Simon von Utrecht blieb unschlüssig stehen, ehe er sich hastig verbeugte und zum Gehen wandte.

»Ihr bleibt, Herr von Utrecht!«, sagte der Minister bestimmt. »Seine Hoheit wünscht Eure Anwesenheit.«

Graf Albrecht zählte nicht weiter Kerzen, sondern blickte den Holländer an. Mit erhobenem Zeigefinger mahnte er: »Mijnheer Simon von Utrecht, solche Schiffe dürfen nicht in falsche Hände geraten!«

»Aber Ihre Hoheit selbst hat doch ...«

»Schweigt, solange ich Euch nicht zum Reden auffordere!« Der Graf verdrehte die Augen, sein Sinneswandel war ihm peinlich. »Ich wollte mich lediglich davon überzeugen, dass dem so ist.« Er schwieg und sah mürrisch den Minister an. Dann hob er den Kopf und zählte erneut Kerzen.

Der Minister räusperte sich und drohte seinerseits Simon von Utrecht mit dem Zeigefinger. »Ihre Hoheit ist überzeugt davon, dass Ihr diese welterschütternde Waffe einem Seeräuber verkaufen wolltet.«

»Aber er hat doch das beste Angebot gemacht und ...«

»Schweigt, solange ich Euch nicht zum Reden auffordere!« Der Minister verdrehte die Augen, denn es fiel ihm schwer, den Wortbruch des Grafen umzudeuten. »Ihr habt den rechtschaffenen Anliegen unseres Landes schaden wollen. Zur Strafe wird Euch deshalb untersagt, weiterhin Kriegsschiffe auf holländischem Boden zu bauen! Eure Werkstatt geht in Besitz des Grafen von Holland über, damit weitere Schiffe zum Wohl des Landes gebaut werden.«

»Ja, aber ...« Simon von Utrecht stand starr vor Schreck und bekam den Mund nicht mehr zu.

Der Minister lächelte ihn gönnerhaft an. »Aber Ihre Hoheit zeigt sich großmütig, denn Ihr dürft die Bunte Kuh nach Hamburg überführen und dem Rat dieser Stadt verkaufen. Es wurde ein Angebot von zweitausend Goldgulden unterbreitet und daher ...«

»Zweitausend?«, rief Simon von Utrecht empört. »Angemessene viertausend Florijn hat Hauptmann Störtebeker mir noch geboten, bevor wir diesen Saal betraten!«

»Unterbrecht mich nicht dauernd!«, zürnte der Minister, wandte sich rasch um zu dem Beistelltisch und ergriff eine Pergamentrolle. Er hielt das Dokument mit dem Siegel des Grafen von Holland, das nach frischem Wachs roch, dem Schiffbaumeister kurz unter die Nase. »Preistreiberei ist ab sofort strengstens verboten! Ein vom Verkäufer festgelegter Preis darf nicht mehr überhöht werden, selbst aus freien Stücken nicht. Handeln jedoch ist nach wie vor erlaubt.« Achtlos legte er die Rolle beiseite, die sogleich vom Tischchen herabfiel.

Simon von Utrecht zog das Gesicht in die Länge, wagte jedoch keine Widerrede mehr.

»Zweitausend hattet Ihr festgesetzt, alle abgegebenen Gebote gelten nicht, weil verboten, somit jene des Grafen auch nicht.« Der Minister setzte eine mahnende Mine auf. »Übrigens wollte Seine Hoheit nur beispielhaft zeigen, wohin solch ein Gebaren führt.«

»Ich sehe es ein«, murmelte Simon von Utrecht mit traurigem Gesicht und sah im Geiste seine Schiffe ohne ihn davonschwimmen.

»Grämt Euch nicht zu sehr«, tröstete ihn der Minister. »Die Hansestadt Hamburg bietet Euch einen Sitz in ihrem Rat an, wenn Ihr eine neue Werkstatt in deren Stadt errichtet.« Der Minister sah Simon von Utrecht eindringlich in die Augen. »Das ist ein unwiderstehliches Angebot, nicht wahr?«

Simon von Utrecht war nicht nur Schiffbauer, sondern auch Kaufmann, daher hatte er verstanden. »In der Tat ein unwiderstehliches Angebot.« Er verbeugte sich tief vor dem Grafen. »Eure Hoheit hat recht! Verzeiht mir, dass ich so begriffsstutzig bin und ...«

»Schon gut«, murmelte der Graf und scheuchte mit einer herablassenden Handbewegung Simon von Utrecht von dannen.

Ratsherr in Hamburg!, dachte der Holländer. *Besser als gar nichts. Dann fange ich eben von vorne an und errichte an der Elbe eine neue Werft. Aber ich nehme ich meine Pläne mit und lasse gefälschte zurück, damit der Graf kein Schiff mehr nachbauen lassen kann.*

»Einhundertvierundvierzig Kerzen!«, flüsterte der Graf von Holland sowie Herzog von Bayern-Straubing. »Ein Dutzend Schiffe aus der Werkstatt in Utrecht reichen gegen Friesland, drei Dutzend gegen England, sechs Dutzend gegen die Hanse, und mit zwölf Dutzend wird Holland zur Seemacht und somit Albrecht I. Herr aller Meere!«

Der Minister nickte beflissen, legte sämtliche Fingerspitzen sacht gegeneinander und verbeugte sich diensteifrig.

8

Landorp betrat den Audienzsaal nicht, sondern lugte nur um den Türrahmen. Er vergewisserte sich, dass Störtebeker und Wichmann um das Schiff verhandelten, und ging fort zum Torgebäude. Dort ließ er den Hauptmann der Wache rufen und stellte sich vor.

»Ihr nehmt den Bittstellern die Waffen ab und bewahrt sie auf«, sagte Landorp. »Stimmt das, Hauptmann?«

Der Hauptmann nickte und zeigte auf eine Tür zu einem Nebenraum. »Da drinnen liegen sie und werden ihren Besitzern beim Verlassen des Schlosses zurückgegeben. Ich kann mich stets an jeden Mann und dessen Waffen erinnern.«

»Ich weiß.« Landorp streifte mit seinen Fingerspitzen am Unterkiefer entlang, bis sie sich über dem Kinn berührten, dann sah er dem Hauptmann eindringlich in die Augen. »Ich suche Euch wegen einer ernsten Angelegenheit auf, denn ich vertraue auf Eure Redlichkeit.«

»Darauf könnt Ihr bauen, Exzellenz!« Der Hauptmann nahm Haltung an und blickte ernsthaft. »Wie kann ich Euch behilflich sein?«

»Es handelt sich um ein wertvolles Erbstück meines Hauses Mecklenburg-Stargard: einen Scheibendolch aus Herzog Johanns I. eigener Waffenschmiede. Die stählerne Klinge ist schmal und zweischneidig und auf der Scheide prangt unser gespaltenes Wappen: Links in Silber ein Gold bewehrter roter Adler sowie rechts ein Gold gekrönter schwarzer Stierkopf mit silbernen Hörnern und ausgeschlagener roter Zunge.« Mit gestrecktem Arm wies Landorp in Richtung des Audienzsaals. »Diese Waffe wurde uns vor Jahren gestohlen von dem Riesenkerl, der sich gerade bei Eurem Grafen einschleichen will.«

»Wirklich?«

»Jawohl!« Mehrmals tippte Landorp mit dem Zeigefinger auf sein Wams, auf welchem in Brusthöhe das Wappen von Mecklenburg-Stargard prangte. »Denn auf beiden Seiten des Dolchgriffs sowie außen auf der Scheide befindet sich dieses Wappen.«

»Das könnte möglich sein, denn der Große hat neben seinem Riesenschwert auch ein vorzügliches Messer abgegeben. Ich schaue sogleich nach.« Der Hauptmann nickte und ging in den Nebenraum.

Landorp hörte ihn rumoren und einige Augenblicke später während des Zurückkommens befriedigt vor sich hin murmeln.

»Hier ist es!« Der Hauptmann strahlte übers ganze Gesicht und zeigte die Scheide mit der Waffe vor.

»Auf der Schneide steht: Auf ewig mein!«, sagte Landorp, als er die Waffe an sich nahm, und den Dolch aus der Scheide zog. »Seht Ihr?«

Der Hauptmann beugte sich vor und blickte neugierig auf die in den Stahl eingeritzten Zeichen. Er nickte bedächtig, obwohl er nicht lesen konnte. »Ihr habt recht, Exzellenz. Ihr seid der rechtmäßige Besitzer, denn nur Ihr konntet wissen, dass hier etwas steht.«

Durch ein wohlwollendes Nicken verabschiedete sich Landorp von dem Hauptmann und wollte wieder ins Schloss gehen.

»Was soll ich denn zu dem Kerl sagen?«, rief der Hauptmann ihm hinterher. »Wenn er kommt und sein Diebesgut wiederhaben will?«

»Jagt ihn und dessen Kumpane zum Teufel! Leider könnt ihr sie nicht verhaften, denn sie stehen bis morgen Früh noch unter dem Geleitschutz des Grafen.«

»Keine Sorge, ich werfe sie raus, und wenn sie mir noch einmal über den Weg laufen, sacke ich sie ein.«

»Ich sagte bereits: Ich kann Eurer Redlichkeit vertrauen!«

Der Hauptmann nahm stramm Haltung an und strahlte noch, als Landorp längst außer Sichtweite war.

9

Mit finsterem Gesicht drängte sich Störtebeker durch die Schar der Männer, die ihre Waffen abholten. Er fuhr den Wachmann hinter dem Tisch im derben Ton an: »Hol sofort mein Schwert und her mit dem Dolch daneben!«

Der Hauptmann der Torwache hörte ihn knurren und kam herbeigeeilt. »Gebt ihm das Schwert, Wachmann.«

»… und das Messer!«, schrie Störtebeker dazwischen und hieb mit der Faust auf den Tisch.

»Gemach.« Der Hauptmann blickte kurz seine sechs Torwachen an, die sofort ihre Piken senkten, dann hakte er seine Daumen in den Gürtel. Er wippte mit den Fersen, während er betont langsam sprach. »Das Schwert also könnt Ihr wieder mitnehmen, aber den Dolch nicht. Der war nämlich gestohlen und ist seinem rechtmäßigen Besitzer zurückgegeben worden.«

Es geschah selten, dass Störtebeker die Spucke wegblieb, mit offenem Mund starrte er den Hauptmann an.

Währenddessen hakte Wichmann seine Waffen in die Gehänge ein und nahm auch den Anderthalbhänder an sich. »Klaus, mach jetzt keinen Aufstand! Heute haben wir den Kürzeren gezogen.« Er steckte zwei Finger durch die Öse des Schwertgehänges von Störtebeker und zerrte den fast Willenlosen hinaus. »Komm schon, Mensch. Hör wenigstens einmal auf mich.«

»Ja, sofort raus mit ihnen!«, befahl der Hauptmann seinen Soldaten. Die Wachen drängten sie durch das Tor, welches sogleich hinter ihnen geschlossen wurde.

»Haltet Eurer losen Mäuler …«, rief ihnen der Hauptmann nach, der eine Luke in der Tür aufgerissen hatte. »… und seid froh, dass wir Euch nicht einen Kopf kürzer machen.«

Störtebeker schüttelte den Kopf und zwinkerte mit den Augen, als würde er aus einem bösen Traum erwachen.

»Dieses Schiff wird trotzdem mein!«, brüllte er das geschlossene Tor an. Wutentbrannt drehte er sich um und eilte zum Hafen, wildentschlossen, die Bunte Kuh zu entern.

»Klaus!« Rasch ging Wichmann ihm hinterher. »Hör auf, wie ein Kopfloser zu rennen!« Erst als er lief, konnte er ihn einholen und am unteren Saum des Umhangs erwischen. Atemlos redete er auf den

Vorwärtseilenden ein. »Auf der Bunten Kuh stehen über einhundert Mann in Waffen. Schau hin!«

Mit einer ärgerlichen Bewegung riss Störtebeker sich los, aber sein kurzer Blick reichte, um auch die zahlreichen Wachen rund um und auf dem Schiff zu sehen. Er lief weiter, wurde aber langsamer, dann blieb er abrupt stehen und verzog sein Gesicht zu einer letzten zornigen Fratze. »Verfluchtes Schicksal!«

»Komm schon!«, murmelte Wichmann und zog wieder am Umhang. »Wir müssen sofort von hier verschwinden.«

Die beiden Hauptleute gingen raschen Schritts zu ihrem Schiff und befahlen sogleich den Aufbruch. Die Mannschaft des Roten Teufels machte im Nu das Schiff klar und setzte das große Segel. Fietje lenkte den Holk aus dem Hafen, während er seine Kommandos gab.

An der Reling standen die beiden Hauptleute und blickten hinüber zum Schloss von Den Haag. Störtebeker stützte sich auf der Bordwand ab und seufzte, dann flüsterte er niedergeschlagen: »Nun sind wir nur noch Gottes Freund und aller Welt Feind!«

Wichmann nickte bedächtig und legte den rechten Arm um Störtebekers Schultern.

Zwölfter Teil
Gefangen
September-Oktober 1400

1

Seit einer Woche lag die Bunte Kuh von Flandern an einem Kai im Hamburger Hafen. Eine Kompanie der Stadtgarde bewachte das Schiff Tag und Nacht und hielt die Bevölkerung auf Abstand, die sich in Scharen einfand vor dem Schiff, um es zu begaffen. Wie ein Lauffeuer hatte es sich herumgesprochen, dass der Rat der Stadt diese Fredekogge von einem Niederländer erworben hatte. Der Mann stand im Ruf, das größte und wehrhafteste Kriegsschiff gebaut zu haben, das jemals vom Stapel gelaufen war.

Die Menschen staunten über die nie gesehenen Ausmaße der Kogge und zählten die Mündungen der Kanonen, die über die Bordwand ragten. Verstärkt mit diesem Schiff, davon waren sie auf den ersten Blick überzeugt, war ihre Flotte endlich dem legendären Roten Teufel des seit Jahren ungehindert räubernden Klaus Störtebeker überlegen.

2

Am frühen Nachmittag des gleichen Tages versammelten sich die Ratsherren der Stadt Hamburg im großen Rathaussaal, um ein neues Mitglied aufzunehmen: Simon von Utrecht. Der Holländer kam herein in Begleitung von Admiral Erik von Landorp, der mit dem Roten Stier von Mecklenburg die Bunte Kuh von Flandern ›begleitet‹ hatte, sowie des ersten Bürgermeisters Kersten Miles.

Die meisten Patrizier unter den Ratmännern murrten, als sie den Mecklenburger Edelmann erblickten, denn auswärtige Adlige wurden von ihnen nur ungern in der Hansestadt geduldet. Dass er sogar einer Ratssitzung beiwohnen durfte, stieß ihnen besonders sauer auf. Jedoch hatte der Stadtadel sich durchgesetzt.

Aus diesem Grund eilte Landorp auch zu Hans von Klaasen, um ihn aufs Höflichste zu begrüßen und für die Einladung zu danken. Er durfte neben dem Ratsherrn Platz nehmen und beobachte angespannt die größere Gruppe der Kaufleute im Rat, darunter deren Wortführer Joergen Nyenkerken. Sein Blick blieb haften auf Hermann Nyenkerken, dem einstigen Rivalen im Werben um seine Halbschwester. Er gönnte sie ihm nicht, sondern war nach wie vor darauf aus, ihn zu vernichten, so wie seinen ärgsten Feind: Klaus Störtebeker.

Im Mittelpunkt stand aber nicht Landorp, sondern Simon von Utrecht, der Erbauer der einzigartigen Bunten Kuh. Dass sie aus Flandern kam, hatte der Rat schon beschlossen, sollte im Namen nicht mehr erwähnt werden.

Die Kaufleute waren sich nicht einig, sondern teilweise für den Erwerb des Schiffes gewesen, und unterstützten daher den Stadtadel. Die Gruppe um Joergen Nyenkerken jedoch witterte eine Bestrebung der Adligen, mit dem Schiff deren eigene Stellung in der Stadt zu festigen. Daher lehnten sie den Kauf der Bunten Kuh ab, wurden aber überstimmt. Auch die überstürzte Aufnahme des ihnen allen unbekannten Holländers in den Rat hatten sie abgelehnt, jedoch vergeblich.

Joergen Nyenkerken fügte sich den Mehrheitsverhältnissen und verlegte sich darauf, dass das Wichtigste erledigt wurde, nämlich Störtebeker fangen und richten. Wenn die Seeräuberplage erst einmal beendet war, würde er wieder um die Macht im Rat ringen, dies schwor er sich.

Die Sitzung verlief ohne Zwischenfälle, aber Landorp lauerte auf seine Gelegenheit. Sie ergab sich, als es um das Kommando auf der Bunten Kuh ging, für welches einige treffliche Männer vorgeschlagen wurden. Er bat um das Wort und erhob sich. »Werte Herren, gegen diesen mit allen Wassern gewaschenen Seeräuber, der sich jeglicher List bedient, darf nichts dem Zufall überlassen werden. Daher sollte derjenige das Kommando über die Bunte Kuh erhalten, der ihm am ehesten gewachsen ist und seine tückischen Finten aus früheren Zeiten kennt.«

»So?«, fragte Ludolf Lopow verdutzt. »Haben wir denn jemanden, der schon gegen ihn gekämpft hat?«

»Und ob!« Landorp lächelte fein und blickte unter gesenkten Lidern verschlagen zu Nyenkerken, dem sichtlich unwohl wurde. Aber er hatte nicht vor, sein Wissen über ihn auszubreiten, denn er saß mit im Glashaus. »Wie die ehrenwerten Ratsherren wissen, reiste in Eurem Auftrag während der Belagerung von Stockholm ein Kapitän der Hanse dorthin. Auch später war er oft im Baltischen Meer unterwegs und lernte dort die Finten unseres Gegners kennen.«

»Das war doch Euer Sohn!« Hans von Klaasen beugte sich vor.

Joergen Nyenkerken blieb nichts anderes übrig, als mit dem Kopf zu nicken.

»Richtig!«, rief Landorp fast triumphierend. »Das heutige Ratsmitglied Hermann Nyenkerken ist ein trefflicher Kapitän und erwarb sich im Ringen gegen diesen Seeräuber auch Umsicht und Kampfkraft. Daher schlage ich ihn für das Kommando gegen Klaus Störtebeker vor, denn er ist der Beste.«

Zustimmendes Gemurmel überlagerte den schwachen Protest von

Hermann Nyenkerken, den sein Vater gleich erstickte, in dem er ihm sacht die Hand auf den Arm legte.

»Ratsherr Hermann Nyenkerken, nehmt Ihr den Auftrag des Rats der Hansestadt Hamburg an?«, fragte Kersten Miles, ohne dazu eine förmliche Abstimmung vorzunehmen.

Nyenkerken blickte leichenblass auf die Tischplatte und nickte erst, als ihn sein Vater sacht anstieß. »Ja.«

Landorp setzte sich rasch, um nicht weiter aufzufallen. Er mühte sich ein gleichgültiges Gesicht zu ziehen, aber im Inneren brodelte es, denn der erste Schritt der Rache war getan.

Währenddessen klatschten die Ratsherren Beifall und riefen dem leichenblass gewordenen Nyenkerken aufmunternde Worte zu.

Als der Applaus nachließ, rief einer der Adligen überschwänglich: »Wann greifen wir an, Herr Bürgermeister?«

Unschlüssig, leicht verwirrt sah Kersten Miles sich um, dann spürte er die Aufbruchsstimmung. »Unverzüglich!« Er sah Hans von Klaasen und andere heftig nicken. »Sofort!«

3

Eine Woche später segelte die Kriegsflotte der Hamburger gegen die dänische Insel Helgoland. An Bord der Bunten Kuh befehligte Nyenkerken ein Geschwader von sieben Schiffen: das Flaggschiff, eine Holk, drei Koggen und zwei Schniggen. Der Wind wehte günstig von Südost, sodass die Flotte bereits zwei Tage nach Verlassen Hamburgs sich in der Nähe von Helgoland befand.

Nyenkerken sah hinüber zu den Spitzen der roten Felsen, welche bereits über der Kimme aufragten. Er fühlte sich gestärkt und war entschlossen, zum Wohle seiner Heimatstadt zu handeln. Ein langes Gespräch mit seinem Vater hatte dazu geführt, dass er seine Aufgabe entschlossen angepackt hatte und sich sogar darauf eingestellt hatte, Störtebeker mit eigener Hand zu erschlagen, wenn es darauf ankam.

Weil er die Vorsicht seines Gegners kannte, vor allem von Wichmann, verwarf er den Gedanken, sich mit der Flotte einfach unter vollen Segeln auf den Hafen von Helgoland zu stürzen. Gut vorstellen konnte er sich, dass die Besatzung des Roten Teufels dessen trügerische Sicherheit mied und den Anker irgendwo anders geworfen hatte, zum Beispiel vor der Steilküste.

Daher ließ Nyenkerken auf den Schiffen sämtliche Segel einholen und begab sich mit einer zuverlässigen von ihm selbst ausgesuchten Mannschaft auf eine der beiden Schniggen. Diese Großboote hatten den Vorteil, dass sie bei Flaute auch gerudert werden konnten. Ein unschätzbarer Vorteil sogar, denn der Wind hatte stark nachgelassen. Nyenkerken ließ die dänische Flagge hissen und übernahm das Ruder. Er lenkte die Schnigge bis in Sichtweite des Hafens und erkannte trotz der beginnenden Dämmerung, dass der Rote Teufel tatsächlich nicht im Hafen der Insel lag.

Die Ruderer schoben ihre Blätter weiterhin im Takt durchs Wasser und brachten das Großboot zügig voran, bis im letzten Licht des Tages der Holk Störtebekers in Sicht kam. Das Schiff lag in der Nähe einer hohen Felsnadel, die auf einer schmalen Landzunge vor der rötlichen Westwand der Insel stand.

Sofort ließ Nyenkerken wenden und bis außer Sicht zurückrudern. Dann wurde Anker geworfen und gewartet bis nach Mitternacht. Nun wurde ein Beiboot ausgesetzt und er ruderte mit elf Männern hinüber. Der Holk konnte nicht verfehlt werden, denn die Nacht war mild, fast wolkenlos, und die schmale Sichel des zunehmenden Mondes stieg im Westen scheinbar aus dem Meer, das im Mondlicht schillerte. Außerdem schien eine Laterne drüben, wohl in der Bordküche.

Entdeckt zu werden, damit rechnete Nyenkerken nicht, denn vor einigen Tagen war vom Roten Teufel ein Schiff der Hamburger aufgebracht worden. Es war randvoll beladen worden mit Bier- und Rumfässern. Diesen Köder gelegt hatte Nyenkerken in der Gewissheit, dass die Seeräuber sich daran gütlich tun würden. Das geleerte Schiff wurde von der unbeschadeten Mannschaft zurückgebracht. Die Seeleute hatten lediglich Frondienst geleistet, indem sie die Fässer hinüber auf den Roten Teufel tragen und verstauen mussten. Sie berichteten, dass die Seeräuber, einschließlich Störtebeker bereits zu trinken begonnen hatten, als sie noch umluden. Nach dem üblichen Tritt in den Hintern hatte man sie wieder fahren lassen.

Der Steuermann des geenterten Schiffs jedoch hatte sich beim Umladen die Stelle gemerkt, an welcher das Ruder des Roten Teufels sich befand. Nach der Heimkehr in den Hamburger Hafen hatte er Nyenkerken und den elf Männern, die nun in diesem Boot saßen, genau beschrieben, was sie zu tun hätten. Aus diesem Grund führten sie auch eine Pechpfanne mit sich.

Nyenkerken kannte den Roten Teufel natürlich in und auswendig, aber dieses Wissen konnte er nicht preisgeben.

Das Boot näherte sich der Steuerbordseite der Holk, sodass die Männer auf der linken Seite ihre Ruderblätter einzogen. Nyenkerken streifte sich robuste Lederhandschuhe über und stellte sich auf die Schultern von zwei seiner Männer. Dann richtete er sich vorsichtig auf und tastete an der Bordwand des roten Teufels entlang zu der Stelle, an welcher das Gestänge des Steuerruders aus dem Rumpf herausragte. Er ließ sich drei Keile geben und zwängte sie rundum in die Lücken. Dann reichte man ihm einige zuvor in heißes Pech getauchte Lappen, mit denen er die Hohlräume abdichtete. Nach kurzer Zeit erstarrte das Geknäul und blockierte das Ruder.

Die Kante der Reling befand sich nur eine Armlänge oberhalb von Nyenkerkens Kopf, daher unterlag die Vorsicht der Neugier, dort oben nach dem Rechten zu sehen. Er reckte sich, griff nach der Kante und wollte sich hochziehen, als ihm ein eisigkalter Schreck durch die Glieder fuhr. Erst prasselte Gemüseabfall herab auf seinen Kopf und die Schultern, eine Schrecksekunde später spürte er den scharfen Stahl einer Messerklinge, die quer auf seine Kehle gedrückt wurde.

4

Obwohl noch nicht Mitternacht war, hatte Wim wieder einen solchen Hunger verspürt, dass er zur Kochnische geschlichen war und Licht machte. Die Laterne stellte er neben den Herd und öffnete ein Fass mit Matjes. Diese Tonne hatte er für sich alleine beiseite gestellt, trotzdem war sie schon fast leer. Immer noch war er der Heringe nicht überdrüssig, denn sie schmeckten eher noch leckerer als damals beim Einkauf. Sein Kummer ließ ihn ohnehin nicht schlafen und das ständige Fressen milderte sein Leid wenigstens für die Zeit des Kauens und Herunterschluckens.

Er nahm sein langes scharfes Küchenmesser und fing an, Gemüse zu schälen und zu schnippeln, denn er wollte nicht wieder in die stickige Kammer zu seinen Kameraden zurück. Dort hatte er stets das Gefühl, keine Luft mehr zu bekommen. Morgen früh konnten die Jungs ohnehin gleich eine kräftige Suppe gebrauchen, denn sie allesamt schliefen gerade ihren Rausch aus; selbst der sonst so besonnene Wichmann hatte tüchtig zugelangt. Wim war wie üblich der einzig Nüchterne an Bord, denn trotz seines Leids brachte er nach wie vor kaum einen Tropfen herunter.

Der Bottich mit dem Abfall war voll. Wim steckte sein Messer ein und trug den Kübel zur Steuerbordwand. Er beugte sich vor, drehte den Bottich und im nächsten Augenblick bereits hatte er sein Messer gezogen und der Gestalt unter ihm an die Kehle gesetzt. Den Kübel hatte er längst fallen lassen und stattdessen unters Kinn des Eindringlings gefasst. Mittels seiner Bärenkräfte hob er ihn mit solcher Leichtigkeit hoch, als wäre er nur ein frisch gefangener Raubfisch.

Als Wim den Oberkörper des Eindringlings über die Reling zerrte, fiel der schmale Schein des Monds genau auf dessen Gesicht. »Ach, je, der Herr Nyenkerken!«, flüsterte er und machte ein bestürztes Gesicht. »Fast hätte ich Euch abgemurkst!« Nun zog er mit Bedacht und lehnte sanft den Oberkörper rücklings an die Innenwand der Reling.

Das Gesicht von Nyenkerken war kreidebleich und er starrte entsetzt auf das lange Messer in Wims Hand. »Früher konntet Ihr keinem Tier etwas zu Leide tun«, flüsterte er und hielt den Atem an.

Wim blickte schamhaft seine Küchenwaffe an, deren stählerne Klinge im Mondlicht aufblitzte. »Das kann ich immer noch nicht. Fietje muss jedes Mal für mich die ganzen Viecher abmurksen, bevor ich sie ausnehme.«

Nyenkerken atmete erleichtert aus.

»Ihr führt nichts Gutes im Schilde!« Wim sah ihn argwöhnisch an. »Und seid auch nicht allein. Da unten schwimmt ein Boot voll mit Männern.«

Stumm schüttelte Nyenkerken den Kopf, die Furcht um sein Leben ließ ihn die Unwahrheit signalisieren.

»Wenn ich die Kameraden rufe, seid ihr ein toter Mann«, murmelte Wim und in seiner Pranke drehte er unschlüssig den Griff seines Messers. »Und die im Boot auch!«

Hastig nickte Nyenkerken und wieder blickte er voller Angst auf die Klinge.

Wim seufzte und schüttelte seinen dicken Kopf. »Das bringe ich nicht übers Herz.« Er half Nyenkerken auf die Beine. »Macht, dass Ihr wegkommt, denn Ihr seid ein anständiger Herr.«

Nyenkerken stieg rücklings über die Kante und hielt sich außen an der Reling fest.

»Wir haben uns nicht gesehen!«, flüsterte Wim und blickte Nyenkerken flehentlich in die Augen. »Hoffentlich mache ich jetzt nichts verkehrt.«

Um Wim nicht in die Augen sehen zu müssen, senkte Nyenkerken senkte die Lider. Stumm schüttelte er den Kopf, obwohl der gute Wim gerade seine Kameraden womöglich ans Richtschwert geliefert hatte.

5

Die Männer im Boot erstarrten vor Schreck und machten keinen Mucks, als unversehens der Leib Nyenkerkens hinter der Reling verschwand. Einer von ihnen lag verkrümmt zwischen den Ruderbänken und hielt sich den Kopf, denn ihm war ein Kübel aufs Haupt gefallen. Sie lauschten, aber nur ein leises Flüstern jenseits der Bordwand über ihnen war zu hören.

Sie sahen sich stumm an und nickten sich zu. Die fünf Männer nahe der Bordseite der Holk nahmen ihre Ruder wieder auf, um das Boot abzustoßen. Da erschien ein Schemen über ihnen, schwang sich rücklings über die Reling und hielt sich mit seinen Händen noch einen Augenblick fest. Dann ließ Hermann Nyenkerken sich fallen. Zwei Männer fingen ihn auf und einige andere stießen im nächsten Augenblick schon das Boot ab.

Zurück zur Schnigge ruderten nur zehn der Männer, denn Nyenkerken war außer Stande, ihnen zu helfen. Er kauerte inmitten des Boots neben der Pechpfanne und drückte die Fingerspitzen auf die blutende Halswunde.

»Oooh!«, stöhnte einer der beiden Männer, welche Nyenkerken beim Blockieren des Ruders gestützt hatten, und hielt sich mit beiden Händen den Schädel. »Dieser verdammte Kübel ist mir genau mit der Kante auf die Birne gefallen.«

Sein Sitznachbar grinste bloß und flüsterte. »Und jetzt ist sie weich. Aber gut, dass du deinen Kopf hingehalten hast, sonst hätte es ganz schön gescheppert, wenn der Kübel im Boot aufgeschlagen wäre.«

Der Mann guckte weiterhin finster und zog ein Schmerz verbissenes Gesicht.

»Sei doch froh«, sagte der andere, »dass du nur eine Beule hast. Wenn die Seeräuber wachgeworden wären, würdest du ihn ganz verlieren. Dank dem schönen Ei da oben behalten wir alle unsere Birnen und du bist der Held Hamburgs, wenn wir zurück sind.« Er klopfte seinem Kumpan anerkennend auf die Schulter. Der grinste schwach, denn in Hamburg einer der Helden zu sein, das gefiel ihm und war sicherlich eine schmerzende Beule wert.

»Und endlich war dein Kopf mal zu etwas gut«, brummelte einer der anderen Ruderer, ein Freund von ihm, mit gutmütig gemeintem Spott.

Das Gesicht des Verletzten jedoch verzerrte sich noch mehr und er trat wütend den Bottich, der vor ihm im Boot lag.

»Pscht, mach nicht so einen Krach, du Blödmann!«, schimpfte der Ruderer und versetzte seinerseits dem Getroffenen einen Tritt.

Während der Rückfahrt erklärte Nyenkerken den elf Mitstreitern, warum der Seeräuber ihn wieder herabließ, statt ihn zu töten oder die anderen zu warnen. Dieser Mann sei unfreiwillig an Bord und werde gezwungen, für die anderen zu kochen. Daher habe er niemanden geweckt und ohnehin könne dieser gutmütige Mensch keinem Wesen etwas zu Leide tun. Nyenkerken nahm sich felsenfest vor, Wim vor dem Henker zu retten.

Die Bootsbesatzung erreichte die Schnigge ohne Zwischenfall und daraufhin das Großboot die in der Nähe Helgolands ankernde Flotte. Als Nyenkerken an Bord der Bunten Kuh ging, verkrustete die Wunde bereits.

6

Am nächsten Morgen lichteten die Besatzungen auf den Schiffen der Flotte die Anker und setzten die Segel, um Helgoland anzusteuern.

Das Aufgebot wurde geteilt: Die Bunte Kuh und die beiden Schniggen segelten zum Angriff auf den Roten Teufel, eine Kogge folgte ihnen und sollte in der Nähe ihren Einsatz abwarten. Damit niemand den Seeräubern zur Hilfe kommen konnte, steuerten die restlichen Schiffe den Hafen an, um ihn zu erobern.

Unter vollen Segeln näherte sich die Bunte Kuh der Holk Störtebekers, denn Nyenkerken beabsichtigte, einen Rammstoß in eine der beiden Bordseiten auszuführen.

Währenddessen wurde es an Deck des Roten Teufels lebhaft, denn angesichts der Gefahr schien jeglicher Rausch wie weggeblasen und jedermann wusste, was er zu tun hatte. Fietje fluchte am Lautesten, denn er konnte das Ruder nicht einschlagen; daher blies der Wind zwar in die gesetzten Segel, das Schiff jedoch fuhr lediglich im Kreis. Nachdem der Holk einen Halbkreis gedreht hatte, schlugen die Segel wegen des Gegenwinds an die Masten, und brachten den Roten Teufel fast wieder zum Stillstand.

Der Holk lag nun wie auf dem Präsentierteller quer zur durch die Wogen heranbrausenden Bunten Kuh. Zwei Kanonen an Bord des Roten Teufels wurden rasch noch abgefeuert, aber die Kugeln zischten rechts und links des Hauptmastes der Fredekogge vorbei und streiften lediglich einiges Tauwerk, sodass die Rahen leicht ausschlugen. Die Bunte Kuh jedoch nahm den Roten Teufel auf die Hörner.

Die Bugspitze der Kogge rammte zwei Ellen tief in die Backbordwand der Holk, ineinander verkeilt trieben die beiden Schiffe langsam auf die spitze Felsnadel zu.

Die Hamburger Soldaten sprangen so ungestüm vom Bug auf die zersplitterten Planken hinüber, dass die wegen des Rammstoßes übereinandergestürzten Seeräuber zurückgedrängt wurden und zum hinteren Kastell wichen.

Nyenkerken geriet sogleich an Störtebeker und mit seinem leichten Schwert setzte ihm zu durch flinke Hiebe und schnelle Stiche. Er hatte dazugelernt und hieb nicht mit gewaltigen Streichen um sich, wie es Störtebeker nach wie vor tat. Trotzdem war er ihm immer noch unterlegen, denn ihm fehlte es an Reichweite, sodass Störtebeker ihn gegen den Bug der Bunten Kuh zurückdrängte. Der Hauptmann hätte ihn springenlassen zurück auf dessen Schiff, denn er wollte nicht den todbringenden Schlag führen. Nyenkerken jedoch war wild entschlossen und drängte wieder nach vorn, um zu treffen. Aber er konnte nicht und Störtebeker trat zurück, weil er nicht wollte. Daher bot er den Hamburgern Raum zum Gegenstoß und Hindrick von Klaasen ließ diese Gelegenheit sich nicht nehmen: Er drang mit wuchtigen Hieben auf Störtebeker ein. Der Hauptmann musste sich noch weiter zurückziehen, ein Gewühl kämpfender Männer trennte ihn nun von Nyenkerken.

»Aufs Kastell!«, brüllte Störtebeker. Seine Männer gehorchten sofort und zogen sich zum Hinterdeck zurück. Die Hamburger waren nun Herren des Vorder- und Hauptdecks, aber an die im Kastell verschanzten Seeräuber kamen sie nicht heran. Auf beiden Seiten lauerten etliche Scharfschützen, um ihre Bolzen abfeuern zu können, daher duckten sich hier wie dort die Männer hinter Schilden, Pavesen, oder auch Fässern, die auf dem Deck vertäut worden waren.

Weiterhin trieben die beiden ineinander verkeilten Schiffe auf die lange Felsnadel zu; es fehlte nicht mehr viel, um vom Roten Teufel an Land springen zu können.

Diese Fluchtmöglichkeit erkannte Nyenkerken und winkte zu den Schniggen hinüber. Die beiden Schiffe wurden von ihren Besatzungen zur felsigen Steilküste Helgolands gerudert, sodass etwa sechzig Soldaten an Land gehen konnten. Zwei Drittel von ihnen versperrten den Fluchtweg ins Innere der Insel. Der Rest lief die Landzunge entlang bis zu dem spitzen Felsen und fing an, ihn zu besteigen. Angespannt beobachteten Freund und Feind die halsbrecherischen Kletterkünste der Hamburger Soldaten.

Auch Wichmann äugte misstrauisch hinauf zu dem Bündel Netzwerk, welches von den auf dem Felsen stehenden Männern hinaufgezogen wurde. »Sie wollen ein Netz über uns werfen!«, rief er Störtebeker zu.

»Schießt sie ab!«, rief Störtebeker seinen Männern zu. Diese nahmen sofort die Kletterer auf Korn, die jedoch hinter dem Felsen in Deckung gingen oder sich auf der Spitze hinlegten. Außerdem schossen etliche Soldaten auf der Landzunge mit ihren Arbalesten auf die Schützen des Roten Teufels, um sie von den Ihrigen abzuhalten.

»Verdammt!«, fluchte Störtebeker. »Wir kriegen diese Kerle nicht. Nehmt Eure Spieße und haltet sie hoch, wenn sie das Netz werfen.«

Indessen breiteten die Männer auf der Felsspitze das Netz aus und gaben Nyenkerken ein Zeichen. Als das fein geknüpfte Gespinst vom

Felsen herab geworfen wurde – unter den Soldaten befanden sich einige geübte Männer, deren Väter Fischer waren – gab Nyenkerken den Befehl zum Angriff. Die Seeräuber mussten sich des herabfallenden Netzes sowie der Hamburger gleichzeitig erwehren. Versuchten sie, sich nicht umgarnen zu lassen, waren sie ungedeckt, verteidigten sie sich gegen die Angreifer, verhedderten sie sich im Netz. Die Hamburger nutzten ihren Vorteil und trieben die Seeräuber unter dem Geflecht zusammen. Dabei erstachen oder erschlugen sie mehr als ein Drittel von ihnen, während sie ihre Feinde weiter einengten.

Störtebeker hatte sein Schwert durch die Maschen gesteckt, um sich zu noch verteidigen, aber er schaffte es nicht, auch die Parierstange hindurchzubekommen. Dermaßen in seinen Bewegungen eingeschränkt, erkannte er, dass sie keine Chance mehr hatten.

»Aufhören!«, brüllte er und senkte sein Schwert. Er ergab sich in der Hoffnung, unter anderem mithilfe des Schatzes im Goldenen Mast seine Freiheit noch erkaufen zu können. Denn bei Kaufleuten hatte alles seinen Preis, das hoffte er jedenfalls; kämpfte er nun bis zum letzten Mann weiter, erschlugen sie ihn auf der Stelle.

Daher zog er die Klinge aus dem Netz und legte das Schwert auf die Erde. Dann fasste er in die Maschen, hob das Netz eine Hand breit an und mit einem kräftigen Fußtritt schubste er seine Waffe übers Deck hinüber zu Hamburgs Stadthauptmann.

»Aufhören!«, hatte auch Klaasen gerufen und sein Schwert eingesteckt. Nun ging er in die Hocke, ohne Störtebeker aus den Augen zu lassen, hob dessen Schwert auf und reckte die Klinge hoch in die Luft.

Die Seeräuber befolgten den Befehl ihres Hauptmanns – dieser löste bereits die Schnallen seiner metallenen Handschuhe und zog sie ab –, indem sie ihre Waffen ablegten und drängten sich zusammen. Klaasen öffnete sein Visier und schritt mit vorgestrecktem Schwert auf Störtebeker zu. »Habeas Corpus[94]!«, rief er und blickte ihn triumphierend an. »Ich verhafte Euch im Namen des Stadtrats von Hamburg. Ich übergebe Euch der Gerichtsbarkeit der Hansestadt, die Euch für Eure Missetaten zum Tode verurteilen wird. Danach werde ich Euch dem Henker überstellen, der Euch vom Leben zum Tode bringen wird.«

Störtebeker nahm seinen Helm ab, ließ ihn achtlos fallen und grinste spöttisch. »Sehr schön habt Ihr das gesagt. Habt Ihr es auswendig gelernt?« Er fasste beidhändig ins Netz und sah dem Stadthauptmann in die Augen. »Ihr habt mich nicht im Kampf Mann gegen Mann besiegt«, rief er, »sondern mich nur durch List und Tücke zu Fall bringen

94 Habeas Corpus – ›Wir haben den Körper!‹ Eine lateinische Haftbefehlsformel im Mittelalter.

können. An Eurer Stelle würde ich nicht so hochmütig herumlaufen.«

Klaasen wurde zornig und wollte nach Störtebeker stechen, als Nyenkerken ihn davon abhielt, indem er ihm eine Hand auf die eherne Schulter legte.

Währenddessen sprang Erik von Landorp vom Bug der Bunten Kuh herab und eilte herbei. Bisher hatte er auf Deck des Flaggschiffs gestanden und mehrmals seine Arbalest angelegt. Einige Seeräuber erlegte er mit genauen Treffern in die Stirn oder in ein Auge. Währenddessen hatte er jedoch auf die Gelegenheit gelauert, Störtebeker zu erlegen. Das Getümmel um den Hauptmann herum war jedoch zu dicht gewesen für einen genauen Schuss. Er hätte auch gern auf Nyenkerken geschossen. Jedoch war seine Schießkunst zu bekannt, als dass man ihm diesen ›Fehlschusss‹ abgenommen hätte.

Jetzt erst, als seinem Leben keine Gefahr mehr drohte, näherte er sich. Denn er dachte nicht daran, für die Hamburger seinen Kopf hinzuhalten oder sogar sein Flaggschiff einzusetzen. Daher hatte er unter einem Vorwand den Roten Stier von Mecklenburg bereits nach Wismar fortgeschickt. Der Grund für seine Anwesenheit war ein persönlicher. Nun erkannte er die Gelegenheit, seinem Streben näher zu kommen, nachdem seine beiden Feinde ihm nicht den Gefallen getan hatten, sich gegenseitig abzuschlachten.

Klaasen jedoch ließ sich nicht beruhigen, sondern stieß Nyenkerken weg, sodass dieser rücklings taumelte, geradewegs auf Störtebeker zu. Landorp eilte herbei, scheinbar um Nyenkerken zu helfen. Mit der Rechten hielt er ihn auf, aber mit der anderen Hand zog er heimlich das von Störtebeker entwendete Messer und rammte es in den Rücken Nyenkerkens. Dieser war ungeschützt, denn der Brustharnisch reichte nur bis zu den Ansätzen der Rippenbögen und war an den Endkanten mit breiten Lederriemen miteinander verflochten.

Als Landorp seinen Druck verstärken wollte, um den Dolch tiefer zwischen die Rippen zu schieben, traf er auf Widerstand, denn Störtebeker hatte die blanke Klinge mit seiner rechten Hand gepackt. Die Scheibe des Dolchgriffs war zu breit, daher konnte Landorp die Waffe nicht durch die geschlossene Faust Störtebekers drücken und auch nicht tiefer in Nyenkerkens Körper eindringen lassen.

Landorp jedoch handelte mit einer Geistesgegenwart, die verschlagenen Menschen oft eigen ist, und ließ den Griff sofort los. »Mörder!«, brüllte er aus Leibeskräften und stieß Störtebeker zurück, sodass dieser zurücktaumelte und dabei den Dolch aus der Wunde zog. »Seht nur, wie hinterhältig dieses Pack ist!«

Nyenkerken stöhnte qualvoll auf, verlor das Bewusstsein und fiel.

Klaasen sprang hinzu, fing ihn mit seinem linken Arm auf und ließ ihn zu Boden gleiten.

»Lügner!«, brüllte Störtebeker genauso laut. »Ihr habt es getan! Ich habe ihn aufgehalten!« Er zeigte, wie er das Messer hielt. Trotz des hindernden Netzes hatte er es geschafft, die Klinge zu packen. Nun waren die Maschen zerfetzt und blutig von seiner zerschnittenen Handfläche sowie den fast durchtrennten Fingergliedern. »Kann man etwa so mit einem Messer zustoßen?«

»Feiger Mörder!«, brüllte Landorp erneut und entriss einem der Soldaten die Lanze. Am liebsten hätte er damit Störtebeker auf der Stelle erstochen, jedoch beherrschte er sich und drehte stattdessen den Spieß um.

Klaasen drückte währenddessen die Spitze seines Schwerts zwischen den reißenden Garnfäden hindurch. Er versuchte, den lauthals protestierenden Seeräuber mit einem Stoß gegen den Kehlkopf zu bedrohen. Störtebeker wich aus, daher achtete er nicht auf seinen Feind.

Landorp steckte seine Finger ins Netz und schob das untere Ende der Lanze durch eine Masche. Dann packte er beidhändig den Schaft und stieß den Stab mit voller Kraft gegen Störtebekers Schläfe. Der Seeräuber verdrehte die Augen und sackte zusammen.

»Fesselt ihn und verbindet ihm die Hand!«, kommandierte Klaasen. »Sonst verblutet er uns noch.«

»Verbinden?«, beschwerte sich einer der Soldaten. »Soll er doch draufgehen.«

»Warum murksen wir sie denn nicht gleich ab?«, murrte ein anderer Soldat und senkte stoßbereit seinen Spieß, denn er war voll des Hasses und dürstete nach Rache für seine erschlagenen Kameraden.

»Untersteht euch, den Seeräubern zu nahe zu kommen! Das ist ein Befehl!« Klaasen rief so laut, dass es jeder verstehen musste. »Sie werden erst in Hamburg hingerichtet. Dort werden wir der Welt ein Schauspiel unserer Stärke bieten.«

Währenddessen eroberte das restliche Aufgebot die gesamte Insel. Schon am nächsten Tag musste der Vogt an Bord seines Flaggschiffs Helgoland verlassen, samt seinen Angehörigen und jenen Gefolgsleuten, die ihm und der dänischen Krone die Treue hielten. Die Hamburger hielten das Eiland einige Wochen lang besetzt, bis Soldaten aus dem Herzogtum Schleswig eintrafen und Helgoland in Besitz nahmen. Graf Gerhard VI. von Holstein-Rendsburg[95] war Herzog von Schles-

95 Graf Gerhard VI. von Holstein-Rendsburg – der Herzog von Schleswig fiel in der Schlacht an der Hamme am 4. August 1404 beim Versuch, die eigenständigen Dithmarscher Bauern zu unterwerfen.

wig und hielt als Gegenleistung die Dänen von Hamburgs Grenzen ab.

Inzwischen wurden die gefangenen Seeräuber auf verschiedene Schiffe verteilt und der Rote Teufel wieder flott gemacht. Am dritten Tag nach dem Sieg verließ ein Teil der Flotte die Insel und steuerte Hamburg an.

Als die Bunte Kuh am Tag darauf am Neuen Krahn anlegte, dämmerte es bereits und das wenige Volk, das noch unterwegs war, wurde verscheucht. Erst danach wurden die Gefangenen hinübergebracht auf mehrere Schniggen. Hinterm Rathaus legte nur eines der Großboote an und Störtebeker sowie Wichmann wurden an Land gebracht. Lediglich eine Kompanie Wachen war angetreten und geleitete die beiden Anführer bis zu den Verliesen im Keller des Rathauses. Jeder von ihnen erhielt eine geräumige Zelle, jedoch reichte kein Lichtstrahl bis hierhin und von draußen drang niemals ein Geräusch herein.

Die Hauptmänner wurden in Ketten geschmiedet, deren Enden in eiserne Ringe in den Wänden befestigt wurden. Nachdem man Wasser und Brot neben sie gestellt, die Türen verriegelt und abgeschlossen hatte, ließ man die beiden allein.

7

Störtebeker hörte, wie jemand den eisernen Schlüssel seiner Gefängnistür von außen ins Schloss steckte, ihn zweimal herumdrehte und die Klinke herunterdrückte. Langsam hob er seinen Kopf und blickte auf die Tür – trotz seiner misslichen Lage hoffte er immer noch. Seit einer Woche steckte er hier drinnen und hatte lediglich den Schemen des Schließers gesehen und die Geräusche gehört, die dieser Mann verursachte, wenn dieser ihm neues Essen und Wasser brachte. Immerhin kam der eisern schweigende Schließer regelmäßig ein zweites Mal, nahm den Kübel mit den Exkrementen fort und stellte stattdessen einen leeren Bottich mit hölzernem Deckel hin. Heute Morgen hatte Störtebeker sich sogar das erste Mal dafür bedankt.

Das Türblatt wurde eine Handspanne nach innen gedrückt, sodass der Schließer seinen Kopf hereinstecken konnte. Er blickte sich vorsichtig in der Zelle um, bevor er die Tür ganz öffnete, und trat einen Schritt zur Seite.

Störtebeker blinzelte, um im Gegenlicht den Schemen zu erkennen, der im Türrahmen stand: Es war eine schlanke Gestalt mit weiblichen Formen. Hinter ihrem Rock versteckte sich ein Kind, hielt seinen Kopf seitwärts geneigt und starrte neugierig in das Halbdunkel der Zelle.

»Lasst mich vor!«, hörte Störtebeker sagen und erkannte die Stimme Joergen Nyenkerkens. Der Ratsherr hielt in jeder Hand einen eisernen Ring, an denen Laternen hingen mit je einer dicken brennenden Kerze darin. Er schob sich seitlich an den beiden Gestalten vorbei in die Zelle und stellte die beiden Laternen auf den Boden außer Reichweite des Gefangenen. »Jetzt könnt ihr hereinkommen.«

Langsam kamen die beiden Gestalten näher, bis Störtebeker das Gesicht der Frau erkannte.

Katarina!, wollte er erstaunt ausrufen, aber er besann sich eines Besseren. Es schadete ihr sicherlich, wenn sich in Hamburg herumsprach, dass er sie kannte. Schnaufend und mit seinen Ketten klirrend stand er auf und deutete eine leichte Verbeugung an. »Mit welcher Dame habe ich die Ehre?«

Katarina blickte ihm freundlich lächelnd ins Gesicht, denn sie war ihm in der Tat dankbar, dass er kein schädliches Wort entfahren ließ. Sie öffnete ihren Mund, um ihm zu antworten, aber der kleine Junge kam ihr zuvor. Er ließ ihren Rockzipfel los, lief mutig auf den riesengroßen Seeräuber zu und trat ihm mit der linken Schuhspitze vors rechte Schienbein.

»Du böser Räuber, du!«, rief er und trat nach. »Du hast meinen Papa gestochen!«

Sogar noch einmal treten wollte er, jedoch brüllte der riesengroße Seeräuber dermaßen aus vollem Hals, dass der kleine Junge sich entsetzt nach oben blickend die vom Lärm schmerzenden Ohren zuhalten musste. Nun bekam er es doch mit der Angst zu tun, machte kehrt und nahm Reißaus. Er flitzte zur offenen Tür, wurde jedoch von Joergen Nyenkerken abgefangen, seinem Großvater.

Der Ratsherr nahm den Buben auf seinen Arm und ging hinaus. Er winkte beruhigend mit seiner freien Hand den beiden Wachen im Gang zu, die sich mit gefällten Spießen herumgedreht hatten. Der Schließer folgte ihm und zog die Tür zu.

»Au!« Störtebeker hüpfte auf seinem linken Bein und hielt mit beiden Händen den schmerzenden rechten Unterschenkel. »Der stellt aber früh seinen Stachel auf. Was dieses Kerlchen schon für einen Tritt hat!«

»Kein Wunder.« Katarina lächelte schelmisch. »Der Apfel fällt nun mal nicht weit vom Stamm.«

»Na, nu aber«, murmelte Störtebeker und zwinkerte Katarina zu. »So kräftig ist der Hermann nun auch wieder nicht.«

»Wer redet denn hier von Hermann?«

»Hä, von wem sollen wir denn sonst reden?«

»Von dir!«

»Von mir?« Störtebeker blieb still auf einem Bein stehen, reckte seinen Kopf vor und starrte mit großen Augen Katarina an.

»Nun hab dich nicht so.« Katarina lachte belustigt, stemmte die Fäuste in die Seiten und legte ihren Kopf schief. »Steh nicht mehr herum wie ein Storch, sondern stelle dein schwer verletztes Bein wieder ab.«

Verlegen grinste Störtebeker. »Na, ja. Hab schon lauter gebrüllt, als es wehtat. Ich wollte dem Bengel einen Schrecken einjagen, weil er auf mich losgegangen ist.« Er streckte sich und dehnte die Gliedmaßen, soweit es in seinen Ketten ging. »Von mir also sollen wir reden. Weshalb denn?«

»Weil der Junge vier Jahre und vier Monate alt ist.«

»Erst? Der ist schon ganz schön groß für sein Alter.«

»Weil der Apfel nicht weit …«

»Was!« Störtebeker weitete wieder die Augen. »Bist du etwa hier, um mir zu sagen, dass ...«

»... dieser Junge dein Sohn ist!« Katarina lächelte und ergötzte sich an dem Mienenspiel Störtebekers, den wahrhaftig nichts so leicht aus der Fassung bringen konnte.

»Machst du bitte deinen Mund wieder zu«, flüsterte Katarina und senkte kurz ihre Lider. »Du riechst nämlich aus dem Hals.«

Störtebeker klappte seinen Unterkiefer wieder nach oben und lächelte gerührt, während seine Augen strahlten. »Dann war das also doch kein Köhtusindertuptodersonstwas damals im Boot?«

»Koitus Interruptus? Keineswegs.« Katarina lächelte. »Er heißt Nikolaus.«

»Nach seinem Vater!« Störtebeker lachte und schüttelte ungläubig den Kopf. »Ich fass es nicht. Ich muss sterben, aber ich habe einen Sohn!« Er hielt inne und sah Katarina erschrocken an. »Und Hermann? Weiß er, dass ...«

»Hattet ihr nicht abgemacht, dass du mich ihm überlässt, nachdem du deinen Spaß mit mir gehabt hast?«

»Ouh!« Störtebeker spitzte seinen Mund und musterte mit dem unschuldigsten Blick, den er machen konnte, die Maserungen des nächsten Deckenbalkens. »Dazu wärst du mir doch viel zu Schade gewesen und ...«

Katarina lächelte nachsichtig. »Hermann bot mir die Ehe trotz meiner Schwangerschaft an. Wir ließen das Baby erst drei Monate nach der Geburt taufen, um den Schein zu wahren. Es war sogar Hermanns Wunsch, den Jungen nach dir zu benennen. Er ist deinem Sohn ein wunderbarer Vater.« Katarinas Gesicht verdüsterte sich. »Und du ...«

»Katarina, ich schwöre dir, ich war es nicht!« Störtebeker sank auf die Knie und hob die gefesselten Hände zum Schwur. »Das Messer wurde mir in Den Haag gestohlen. Ich schwöre nochmals beim allmächtigen Gott, dass ich Hermann sogar das Leben gerettet habe, denn Landorp stach zu und ich habe ...«

»Soll ich glauben, dass mein Bruder den Ehemann seiner Schwester erstechen wollte?«

»Er ist nur dein Halbbruder.« Störtebeker hielt Katarina die Handfläche hin, die er wegen der Schmerzen nicht strecken, sondern nur krümmen konnte. »Mit meiner rechten Hand habe ich die Klinge gefasst und Landorps tödlichen Stoß aufgehalten. Traust du ihm denn immer noch keine Missetaten zu?«

Katarina sah mitleidig auf die verschorften schwärzlichen Schnittwunden herab. »Auch als Halbbruder ist er mein Bruder«, murmelte sie, aber ihre Stimme klang nicht mehr überzeugt.

»Zunächst ist er erst einmal ein Bastard des Hauses Mecklenburg, höchst unzufrieden mit seinem Leben und darum sind ich und Hermann seine persönlichen Feinde.«

»Hermann auch?«

»Auch Hermann!«

Katarina neigte ihren Kopf. Sie sah Störtebeker in die Augen. »Ich traue es ihm eher zu als dir.«

Störtebeker seufzte erleichtert. Dann blickte er rasch auf. »Wie geht es Hermann?«

»Er fiebert und ist immer noch nicht zu sich gekommen. Die Wunde schwärt und schließt sich nicht.«

Bekümmert seufzte Störtebeker. »Ich bete darum, dass er überlebt und bezeugen kann, dass ich es nicht war.«

»Nur darum?« Katarina blickte verstimmt.

»Nein!«, hauchte Störtebeker entsetzt. »Nicht doch. Er ist doch der Erzieher meines Sohnes.« Er hielt inne und sprach verlegen weiter. »Und dein geliebter Mann.«

»Ja, ich liebe Hermann! Und ich habe mit ihm drei kleine Töchter: drei, zwei und noch kein Jahr alt«, flüsterte Katarina mit seligem Blick, dann sah sie Störtebeker spöttisch an. »Steh endlich auf, denn du hast mich längst überzeugt.«

Störtebeker stand mühsam auf, denn seine Glieder waren steif und ungelenk durch die Gefangenschaft.

Katarina stand schweigend vor ihm. Keiner von beiden rührte sich.

»Du bekommst von uns ein Bett. Mehr kann ich nicht für dich tun«, flüsterte Katarina endlich. »Leb wohl!«

Sie drehte sich brüsk um und schritt rasch aus der Zelle. Sie war kaum hinaus, als zwei Bedienstete des Handelshauses der Nyenkerkens einen offenen Holzkasten hereintrugen, der über vier Ellen lang und zwei Ellen breit war, und in der sauberen Ecke hinstellten. Störtebeker drehte sich um und blickte verwundert auf den leeren Rahmen, indessen die beiden Männer wiederkamen und zwei Ballen Stroh hineinzwängten. Sie kamen erneut mit zwei Ballen, dann stülpten sie eine Matratze darüber und legten obenauf weiße Bettwäsche mit Daunen gefüllt.

»Danke!«, murmelte Störtebeker, als er wieder allein war, und wälzte sich mit Behagen auf sein Bett. Eine Weile starrte er in die Dunkelheit über sich, dann legte er die Handflächen aneinander und murmelte andächtig: »Herrgott im Himmel, behüte meinen Sohn! Auch Katarina! Auch Hermann! Sogar auf dem seinen Vater kannst Du ein wenig aufpassen. Gäbe es doch mehr von seiner aufrechten Art!«

8

Der kleine Junge stolperte fast über Türschwelle der Sakristei, als er an die Pforte klopfen wollte, denn Pater Almer öffnete sie gerade. Er hatte das aufgeregte Rufen des Jungen gehört und war zur Tür geeilt.

»Was hast du denn, mein Junge?« Pater Almer fing den Arm des Jungen, bevor dieser hinfiel, und half ihm, sich wieder aufzurichten. »Warum rufst du so laut nach mir?«

»Der Störtsbk!«, japste der Junge außer Atem. »Den Störtsber hamse kürzer gemacht!«

»Was redest du da?« Almer erriet den Sinn der Worte, aber er wollte sichergehen. »Hol erst einmal Luft, mein Junge, und erzähl mir alles eins nach dem andern, aber so, dass ich es verstehen kann.«

Der Junge lehnte sich an die Wand, um sich von seinem schnellen Lauf zu erholen. »Mein Vater hat vom Hauptmann der Wache von Burg Upgant gehört, dass die Hamburger den Störtebeker gefangen haben.«

»... und einen Kopf kürzer machten!«

»Hä, wieso?« Der Junge guckte dumm.

»Du hast doch selber gesagt, dass sie ihn kürzer gemacht haben«, hakte Pater Almer nach.

»Ach so.« Der Junge schüttelte verlegen den Kopf. »Ich habe mich versprochen. Ich meinte, sie wollen ihn bald köpfen.«

»Bald, nicht gleich?«

»Erst im Oktober!«

Almer schüttelte tadelnd den noch dicker gewordenen Kopf. »So eine Unvorsichtigkeit. Bis dahin kann vieles geschehen.« Er blickte den Jungen streng an. »Weißt du sonst noch etwas?«

Der Junge schüttelte verlegen den Kopf.

»Nun gut.« Pater Almer entließ den Jungen mit einem gnädigen Kopfnicken. »Das hast du gut gemacht, dass du gleich zu mir gekommen bist.«

Die Augen des Jungen leuchteten vor Dankbarkeit, als er wieder davon flitzte.

Pater Almer sah ihm hinterher. »Gut, dass ich das vor allen anderen weiß, vor allem früher als Bruder Daniel«, murmelte er.

Höchste Zeit, zu handeln!, fiel ihm ein, als er sich umwandte und ins dunkle Innere der Sakristei hastete. Er ging zu dem großen Schrank und betätigte den geheimen Hebel. Er schlüpfte hindurch und tastete nach dem hohlen Stamm. Dabei stieß er mit der Hand an eine Leiter, die an den Mast gelehnt stand. Er wunderte sich, denn er hatte sie nicht stehen gelassen, als er letztes Mal nach dem Schatz sah.

Hastig stieg Pater Almer die Sprossen empor, hielt den rechten Arm über den oberen Rand des hohlen Baums tief hinein ins Innere und griff zu. Jedoch entwich ihm lediglich Luft zwischen den Fingern.

Almer schrie entsetzt auf, zog sich am Rand empor und beugte den Oberkörper ins Innere. Sein hineingestreckter Arm pendelte im Hohlraum hin und her, ohne auf den geringsten metallenen Widerstand zu treffen, denn der ehedem Goldene Mast war leer.

Erneute brüllte Almer zornig auf, wand sich zurück und sprang mit einem Satz auf den Boden herab. Er eilte in das Schlafgemach von Bruder Daniel und schrie in einem fort dessen Namen.

»Bruder Daniel!«, rief er ein letztes Mal und japste nach Luft. »Wo steckt Ihr denn?« Er warf sich auf den Boden und sah unter dem Bett nach. Jede Ecke durchsuchte er und entdeckte, dass die persönlichen Sachen des Bruders fehlten. Zuletzt rannte er in die Kirche, suchte sie ab und blieb zuletzt schwer atmend stehen vor dem Hochaltar.

»Dieser miese Vogel ist ausgeflogen und hat alles mitgenommen!«, murmelte er keuchend. Er sah anklagend den gekreuzigten Jesus über den Altar an. »Herr im Himmel! Warum hast du mich nicht vor diesem falschen Bruder gewarnt? Du wusstest ganz bestimmt, dass er mit diesen Seeräubern unter einer Decke steckt.«

9

Als Störtebeker hörte, wie jemand den eisernen Schlüssel seiner Gefängnistür von außen ins Schloss steckte, ihn zweimal herumdrehte und die Klinke herunterdrückte, fragte er sich, ob er doch noch hoffen sollte, ließ es dieses Mal aber sein.

Die Ratsherren Joergen Nyenkerken und Kersten Miles traten ein, jeder von ihnen hielt eine Laterne in der Hand. Der Schließer ging sofort hinaus und sperrte ab.

Störtebeker blieb auf seinem Bett liegen und rührte sich nicht. »Erwarten die Herren, dass ich sie angemessen begrüße?«

»Keineswegs.« Kersten Miles lächelte. »Ich an Eurer Stelle würde wohl auch nicht buckeln und um mein Leben betteln, selbst wenn es möglich wäre.«

»Wäre es denn möglich?«, murmelte Störtebeker beiläufig.

»Durchaus.«

Störtebeker hob seine Augenbrauen, spannte seinen Körper und stand ächzend auf. »Grüß Gott, Herr Bürgermeister. Grüß Gott, Ratsherr Nyenkerken. Ich bin ganz Ohr, was Euer Begehren ist.«

Kersten Miles lächelte und hakte seine Daumen in den Gürtel. »So ist's recht.«

Störtebeker sah dem Bürgermeister in die ironisch blitzenden Augen. Er erkannte, dass Kersten Miles ihn gefoppt hatte, ärgerte sich und überlegte, ob er sich wieder hinlegen sollte.

»Hauptmann Störtebeker!«, warf Joergen Nyenkerken ein und trat einen Schritt vor. »Wir sind gekommen, um über Eure Hinrichtung zu reden. Ihr werdet wie die anderen mit der Axt gerichtet, denn ...«

»Auf gar keinen Fall!«, rief Störtebeker und seine Ketten klirrten von der ruckartigen Bewegung. »Ich bin ein Ritter, wie die Herrschaften eigentlich wissen sollten, und daher bestehe ich darauf, mit dem Schwert gerichtet zu werden.«

Joergen Nyenkerken nickte gelassen. »Dieses Gerücht ist uns bekannt und wir sind durchaus gewillt, Euch diesen Wunsch unter gewissen Voraussetzungen zu erfüllen.«

»Falls Ihr Euren Schaden wiedergutmachen würdet«, sprach Kersten Miles gedehnt und legte seinen Kopf schief.

»Schaden? Wollt Ihr mein Raubgut?«

»Es ist kein Raubgut, sondern unser Eigentum.«

»Nur ein Teil. Ich kann Euch die Herkunft von jedem Stück benennen, damit Ihr es dem Eigentümer zurückgeben könnt.«

»Nicht nötig.« Kersten Miles winkte gönnerhaft ab. »Das ist zu viel Aufwand. Es reicht, wenn Hamburg angemessen entschädigt wird, schließlich sind wir es, welche Euch vom Leben zum Tode befördern.«

»Und wenn ich nichts sage und mit der Axt ins Jenseits befördert werden will?« Störtebeker blickte lauernd. »Werde ich dann einer peinlichen Befragung unterworfen?«

Die beiden Ratsherren sahen sich schweigend an, dann nickten sie übereinstimmend. Nun wandte Joergen Nyenkerken sich an Störtebeker. »Auge um Auge, Zahn um Zahn. So heißt es in der Bibel. Uns ist nicht bekannt, dass Ihr einem der Unseren auch nur ein Härchen gekrümmt habt und daher ...«

»Das ist nicht wahr. Er hat dem Kaufmann Ludolf Lopow zum Abschied dermaßen in den Hintern getreten, dass ihm der Steiß brach und er monatelang nicht sitzen konnte!«, protestierte Kersten Miles und wedelte mit dem Zeigerfinger.

Störtebeker grinste übers ganze Gesicht, selbst Joergen Nyenkerken lächelte, denn er konnte den Vorsteher der Brauergilde nach wie vor nicht leiden.

»Nun werden wir uns nicht die Mühe zu machen, Euch jetzt bibelgetreu in den Hintern zu treten, um den Steiß zu brechen.« Joergen Nyenkerken schmunzelte, dann blickte er ernster. »Wir werden Euch auch nicht foltern, und wenn Ihr uns nichts mehr zu sagen habt, gehen wir.«

Störtebeker spitzte den Mund, denn er witterte seine Gelegenheit. »Ich hätte durchaus noch ein Angebot zu machen.«

»So?« Kersten Miles wippte mit den Fußballen. »Lasst hören.«

»Ich besitze so viele edle Ketten, dass sie aneinandergebunden um ganz Hamburg reichen würden. Mein Leben für den Schatz im Goldenen Mast biete ich!«

Der Bürgermeister blickte unbeeindruckt und wippte weiter. »Von diesem Mast habe ich gehört. Der ist sicher auch nur eine Legende wie so viele andere über Euch.«

»Nein, wirklich. Ihr könnt Euch mit eigenen Augen davon überzeugen.«

»Mit eigenen Augen?« Kersten Miles lachte ungläubig, aber er hörte auf, zu wippen. »Wie denn?«

»Er ist hier!«

»Hier?« Kersten Miles sah sich verdutzt um.

»Nicht doch, ich meine, er ist in der Nähe.«

»Wie nah?«

»So nah, dass Ihr ihn sogleich besichtigen könnt.«

10

Kersten Miles und Joergen Nyenkerken ritten durchs Spitaler Tor und eine Meile nach Norden am Ufer der aufgestauten Alster entlang. Sie gelangten zum Siechenhaus und stiegen ab. Sie fragten einen der barmherzigen Brüder nach dem Bruder Daniel. Dieser geleite sie zum

Oberen des Heims. Der wuselte um die beiden Ratsherren herum und erbat sich sogleich einen Obolus aus der Stadtkasse für die Pflege der immer größer werdenden Schar von Aussätzigen, indessen er die beiden zur Kammer des Gesuchten führte. Er klopfte an und meldete die beiden Ratsherren an.

Magister Wigbold öffnete und ließ die Ratsherren ein. Er bat einen der Brüder, drei Becher zu bringen und eine Karaffe Bier. »Setzt Euch, werte Herren!«, sagte er zu ihnen und wies ihnen die beiden freien Stühle an. »Ich habe Euch erwartet.«

»So?« Kersten Miles zog erstaunt seine Augenbrauen hoch. »Man könnte meinen, Ihr hättet mit Störtebeker höchstpersönlich geredet.«

Magister Wigbold lächelte geheimnisvoll. »Es gibt in jeder Stadt dunkle Kanäle, die den hohen Herrschaften droben im Rathaus nicht bekannt sind, und derer man sich bedienen kann.«

»Vorausgesetzt, man hat die Mittel dazu«, murmelte Joergen Nyenkerken.«

Magister Wigbold lächelte fein und hob die Brauen.

Kersten Miles seufzte. »Das stimmt. Dieses rattenähnliche Gezücht lässt sich nicht ausrotten und ist eine Plage für jeden ehrlichen Menschen. Deswegen sind wir aber nicht hier. Wir wollen die Wahrheit mit eigenen Augen sehen.«

»Ihr werdet sie zu sehen bekommen. Aber zuerst schwört Ihr bei allem, was Euch heilig ist, mich ungeschoren ziehen zu lassen.«

»Euch einen Schwur leisten?« Kersten Miles sah Magister Wigbold mit höhnisch verzerrtem Mundwinkel an. »Einem Seeräuber?«

»Ich bin ein Magister der Freien Künste, kein Seeräuber. Und wenn schon, dann ein Berater von freien Söldnern, wie dies bei den freien Kompanien in Italien gang und gäbe ist. Dort käme niemand auf den Gedanken, dies sei außerhalb der gottgewollten Ordnung.« Magister Wigbold blickte dem Bürgermeister ernst in die Augen.

Kersten Miles sah zu Joergen Nyenkerken, welcher ihm auffordernd zunickte. »Schon gut, das war ein vortreffliches Plädoyer für Eure Sache. Außerdem seid Ihr nicht derjenige, welchen wir fassen wollten. Um der Sache Hamburgs wegen, gebe ich Euch hiermit meinen feierlichen Eid, Euch mitsamt allem, was Ihr mit Euch führt, nicht zu behelligen.«

Magister Wigbold sah Joergen Nyenkerken an.

»Ich bestätige die Worte des Bürgermeisters und leiste gleichfalls diesen Eid!« Joergen Nyenkerken hob ebenfalls die Hand zum Schwur.

Zufrieden nickte Magister Wigbold und winkte die beiden Ratsherren hinaus aus der Stube und führte sie hinab zu den Ställen. Dort stand in einer Koppel ein Planwagen mit einem Haufen Strohballen. Das Heu war zugedeckt mit ledernen Planen, die rundum am Wagenkasten festgezurrt waren. Er löste einen Teil der vordersten Haut, hob sie hoch und schob etwas Stroh beiseite.

Dazwischen erblickten die beiden Ratsherren das Podest und die Beine einer wuchtigen hölzernen Statue.

»Dies ist der heilige Sankt Florian, welcher auf dem Nebenaltar der Kirche in Marienhafe stand«, erklärte Magister Wigbold. Er lächelte listig. »Schließlich muss ein Mönch einen Grund haben, mit einem Karren über Land zu fahren. Ich sage den guten Leuten, dass ich diese vom Papst geweihte Statue nach Lübeck überführe, damit den Hanseschiffen eine glückliche Heimkehr beschert wird.«

»Dann könntet Ihr den Heiligen auch hier lassen«, sagte Kersten Miles und lächelte. »Wir könnten ihn genauso gut gebrauchen.«

»Meinetwegen.« Magister Wigbold zuckte mit den Schultern. »Vielleicht ist er sogar die richtige Dreingabe.« Mit einem Ächzen verschob er die Figur und legte einige Holzlatten beiseite. Darunter standen kleine Fässchen, welche als friesischer Rum deklariert waren.

Er kippte eines der Fässchen, zog an einem versteckten Griff und löste den Deckel. Aus der Öffnung quollen verschiedenfarbige Edelsteine, silberne, goldene und bernsteinene Ketten sowie Anhänger, Spangen und Ringe auf den Boden des Wagens; darauf prasselten Münzen aus aller Herren Länder. Haufenweise Daunen dazwischen federten die edlen Metalle ab und dämpften die Klingelgeräusche.

»Dies ist nur ein Sechzehntel vom Ganzen. In jedem der anderen fünfzehn Fässer befinden sich ähnliche Werte, denn ich habe den Schatz gleichmäßig verteilt.« Magister Wigbold lächelte schelmisch. »Damit ich mich nicht vergreife, und dem einen zu viel und dem anderen zu wenige gebe.«

»Wen meint Ihr denn mit dem einen und dem anderen?«, fragte Kersten Miles mit lauerndem Blick.

»Euch! Beispielsweise.«

»Uns?«

»Euch! Meinetwegen auch den ganzen Rat von Hamburg.« Sein Gesicht wurde ernst. »Im Gegenzug zu dem Leben von Klaus Störtebeker. Und bei dieser Menge dürfte auch das Leben von Hennig Wichmann noch zu lösen sein, nicht wahr?«

»Und die anderen?«

»Welche anderen?«

»Also nur die beiden Großen laufen lassen und die Kleinen sollen wir köpfen?«

Wigbold blickte kühl. »Das ist der Preis. Über die anderen müsst Ihr Gericht halten, sonst verliert Ihr Euer Gesicht.«

»Und das würde auch nur gehen, wenn die Scharfrichter mitmachen. Ich habe gehört, die haben so eine Finte, mit welcher sie das Publikum täuschen können, und ...«

»Nein!« Joergen Nyenkerken hatte viel lauter gesprochen, als er beabsichtigt hatte, daher sahen die beiden Gesprächspartner ihn überrascht an. »Wir handeln nicht um Seelen. Wir sind zu Ratsherren einer freien Stadt gewachsen, und keine kleingeistigen Kaufleute mehr, die selbst ihre Großmutter verkaufen würden.« Er schüttelte entschieden den Kopf und legte Kersten Miles die Hand schwer auf die Schulter. »Vergesst nicht, Herr Bürgermeister, dass wir lediglich zum Störtebeker gegangen sind, um mit ihm über seine Hinrichtung zu reden. Und stattdessen stehen wir auf einmal hier und werden in Versuchung geführt, wie wir im Vaterunser beten, nicht verführt zu werden.«

Er zog den Bürgermeister am Mantel und wandte sich dem Ausgang zu. »Gehen wir!«

Kersten Miles musste sich von dem Anblick des Schatzes losreißen, folgte aber dem Ratsherrn. Als sie bereits am Tor waren, hörten sie einen Ruf.

»Ratsherr Nyenkerken!« Magister Wigbold war ihnen nicht gefolgt, sondern füllte das Geschmeide in das Fässchen. »Auf ein Wort mit Euch.«

Joergen Nyenkerken sah Kersten Miles einen Augenblick an. Nachdem dieser zustimmend genickt hatte, ging er zurück und beugte sich über den Wagen. Ungläubig blickte er auf den Haufen Gold und Silber, indessen der Magister alles beidhändig ins Fass schaufelte.

»Ratsherr Nyenkerken«, begann Magister Wigbold. »Ich habe eine Botschaft von Klaus Störtebeker an Euch: Ihr sollt Euch vorsehen wegen Eures Sohns. Sein Leben ist nicht nur durch die Wunde in Gefahr. Er befahl mir, auf Eure Familie aufzupassen und Hermann zu versorgen, denn ich bin ja auch Arzt.«

Joergen Nyenkerken stutzte. »Mein Sohn in Gefahr? Meint Ihr wegen Admiral Landorp?«

Magister Wigbold nickte.

»Das glaube ich nicht. Aber ich wäre Euch sehr verbunden, wenn Ihr wirklich nach meinem Sohn seht und ihm womöglich das Leben rettet. Ich werde Euch fürstlich entlohnen.«

Magister Wigbold sah lächelnd auf das Fass. »Ich denke, das ist nicht nötig, mir etwas zu geben, wo ich doch viel mehr habe. Ich verstecke den Schatz und werde morgen früh zu Euch kommen.«

»Ihr habt freies Geleit, das schwöre ich.«

Magister Wigbold breitete die Arme aus. »Für dieses Mal, ja. Aber wenn ich Hamburg noch einmal betrete, werde ich wohl nur ein Geleit zum Grasbrook bekommen.«

Joergen Nyenkerken schwieg betreten während er nickte.

»Nun gut. Aber ich komme zu Euch, denn der Klaus hat es mir befohlen. Gott zum Gruß, Ratsherr Nyenkerken.«

»Gott zum Gruß, Magister Wigbold.«

Während des Rückweges zum Spitaler Tor wandte sich Kersten Miles an Joergen Nyenkerken. »Was wollte er denn?«

»Er hat sich nach dem Zustand von meinem Sohn erkundigt und mir einen Rat gegeben, wie ich ihn pflegen kann.«

»Ach, ja, Euer armer Sohn! Ich bete darum, dass er wieder zu sich kommt.«

Joergen Nyenkerken lächelte sarkastisch, denn er war sicher, dass niemand in Hamburg mehr an seinen Sohn dachte.

Am Spitaler Tor trafen sie Stadthauptmann von Klaasen an, der gerade die Wachen inspizierte. Joergen Nyenkerken rief ihm im Vorbeireiten einen Gruß zu, Kersten Miles jedoch hielt sein Pferd an, nachdem er gegrüßt hatte. Er drehte seinen Oberkörper, soweit es der Sattel zuließ, und blickte nachdenklich zurück – das Siechenhaus war in der Ferne gerade noch sichtbar.

»Werter Herr Bürgermeister!«, rief Joergen Nyenkerken, wendete hastig sein Pferd und hob mahnend den Zeigefinger. »Wir werden auf keinen Fall wortbrüchig! Nicht wahr?«

»Schon gut«, murmelte Kersten Miles, seufzte tief und setzte sich im Sattel wieder gerade. »Hü!« Mit den Spornen an den Fersen trat er dem Pferd heftig in die Weichen. »Vorwärts mit dir, du lahmer Gaul!«

11

Eine Stunde danach standen sie wieder vor Störtebeker im Verlies und Joergen Nyenkerken sagte: »Nichts zu machen. Wir gehen nicht darauf ein. Übrigens wollten wir nur herkommen, um über Eure Hinrichtung sprechen. Gehabt Euch wohl!«

Störtebeker sackte in sich zusammen, aber im nächsten Augenblick fuhr er auf. »Wir sind noch nicht fertig. Wenn ich schon mein Leben nicht retten kann, dann bestehe ich auf einer Hinrichtung mit dem Schwert, wie Ihr selbst angeboten habt. Die Entschädigung ist übrigens auch nicht weit. Im Kiel des Roten Teufels ist Gold versteckt. Holt es Euch und kauft dem Scharfrichter ein anständiges Schwert, welches noch nie benutzt wurde.«

»Gut«, murmelte Kersten Miles. »Das ist eine andere Sache. Das Schiff haben wir erbeutet, daher gehört es uns sowieso, und wenn Ihr tatsächlich ein Ritter seid, ist es angemessen, Euch mit dem Schwert vom Leben zum Tode zu befördern.« Er wandte sich an Joergen Nyenkerken und zog an dessen Mantel. »Gehen wir!«

Joergen Nyenkerken stimmte mit einer beiläufigen Handbewegung zu, während er Störtebeker tief in die Augen sah. Dann senkte er im stillen Dank die Lider. »Gott zum Gruß, Herr Hauptmann!«

Kerstin Miles hielt kopfschüttelnd inne und blickte den Ratsherren tadelnd an. Dann zog er erneut an dessen Mantel. Die beiden gingen zur Tür und er pochte ans Blatt. Der Schließer öffnete so rasch er konnte und ließ sie hinaus.

»Ach ja« Joergen Nyenkerken stutzte und drehte sich auf der Schwelle noch einmal um. »Was wünscht Ihr Euch als letzte Mahlzeit, Hauptmann Störtebeker?«

»Das ist mir doch scheißegal!« Störtebeker schüttelte tief enttäuscht seinen Kopf, einige Augenblicke später jedoch hatte er es sich anders überlegt. »Sieben Spiegeleier, ein halbes Brot, ein knusprig gebratenes Hähnchen, aber sauber geköpft, wenn ich bitten darf, sowie ein Schöppchen vom besten Hamburger Weißbier. Das wäre mir recht.«

»Das Schöppchen könnte ruhig eine Maß sein?«

Störtebeker nickte, davon sehr angetan.

»Ihr bekommt Eure Wünsche erfüllt.« Joergen Nyenkerken blickte Störtebeker ohne Feindseligkeit an, senkte nachsichtig seine Lider und verließ mit seiner Laterne den Raum.

Wieder im Dunkeln hörte Störtebeker, wie die Tür abgeschlossen wurde und die Geräusche der sich entfernenden Menschen verklangen.

12

Gert Acker hatte üble Laune, während er durch die Gassen Hamburgs schlenderte und Ausschau nach einem bestimmten Patrizierhaus hielt. In der Großen Reichenstraße fand er das neu errichtete Haupthaus der Familie Nyenkerken, welche die beiden obersten der vier Stockwerke bewohnte. Er beobachtete den Eingang mit dem reich verzierten Türsturz und der geschnitzten Zahl MCCCXCVIII darauf. Die römischen Ziffern konnte man schon von Weitem lesen, denn die fingerdicken Vertiefungen waren frisch ausgepinselt mit fleckenfreiem Weiß.

Es herrschte geschäftiges Treiben vor dem erst vor zwei Jahren fertiggestellten Haus, gewiss auch in den Räumen des Kontors im Hinterhaus, welches unmittelbar am Zollenfleet stand. Die Nyenkerkens gehörten zu den angesehensten und reichsten Kaufmannsfamilien Hamburgs.

Missmutig verzog Gert Acker sein Gesicht, denn es würde ihm nicht leicht fallen, in dieses Haus einzudringen. Auch vom Kontor aus nicht, denn dessen Wand ragte senkrecht über dem Fleet empor, sodass man nur von einem Schiff aus hineingelangen konnte. Der Innenhof wurde wegen der wertvollen Waren nachts bewacht. Rechts und links des neuen Hauses standen jedoch ältere Gebäude, deren Firste niedriger als die Dachbodenfenster des neuen Kaufmannspalastes waren. Obwohl er weiterhin ein unzufriedenes Gesicht machte, wog er bedächtig den Kopf, denn immerhin konnte er über das Dach des Nebenhauses einsteigen.

Er blickte noch einmal zum Eingang, bevor er sich auf die Suche nach einem Wirtshaus in der Nähe machte. Es war spät nachmittags – zu früh für einen heimlichen Besuch beim schwer kranken Hermann Nyenkerken. Diesen Auftrag von Admiral Erik von Landorp auszuführen, war ihm zutiefst zuwider. Jedoch hatte er keine Wahl, denn er war seinem adligen Mitwisser zufällig über den Weg gelaufen.

Nachdem er vor fünf Jahren Wismar verlassen hatte, war Gert Acker mit seiner Bande nach Süddeutschland gezogen, überquerte in Regensburg die Donau auf der ›Steinernen Brücke‹ und fuhr durch Bayern. Er zahlte seinen Kumpanen ihre Anteile an der jahrelang gehorteten Beute aus und schickte sie nach allen Himmelsrichtungen fort. Seine Handlanger hätten ihn in seinem weiteren Leben nur gestört, denn mit dem Großteil des Schatzes wollte er sich als angesehener Bürger zur Ruhe setzen.

Mit seiner Familie erreichte er Augsburg und erkundete die Stadt nach einer aussichtsreichen Vermögenseinlage. Bei einem aus Schwaben zugewanderten Weber wurde er fündig und stieg ein in dessen Italien-Baumwollhandel als stiller Teilhaber. Vor allem aufgrund der erheblichen Geldeinlage florierte das Geschäft und innerhalb weniger Jahre wuchs der unscheinbare Kontor an zu einem der bedeutendsten Handelshäuser der Stadt.

Als unbescholtener Bürger Augsburgs, mit seiner ganzen Familie eingespannt ins emsige Geschäft seines Partners, ließ die Erinnerung an seine räuberische Vergangenheit nach. Sie wurde eines Tages jäh geweckt, als unversehens Erik von Landorp an ihm vorbeiging, denn auf einer diplomatischen Reise durch Bayern suchte der Admiral unter anderem diese Stadt auf.

Beide hatten sich auf den ersten Blick erkannt, Acker jedoch war eilig weitergegangen, als würde er seinen früheren Auftraggeber nicht kennen. Aber Erik von Landorp folgte ihm unablässig, obwohl der ehemalige Wirt verzweifelt versuchte, ihn abzuschütteln. Bis er die Flucht aufgab, sich umwandte und seinem Schicksal stellte. Seitdem erpresste ihn Landorp durch stetig ansteigende Geldforderungen.

Aus diesem Grund weilte Gert Acker nun in Hamburg, um sein mörderisches Handwerk ein letztes Mal auszuüben. Zum letzten Mal! Und die Geldforderungen mussten aufhörten, das hatte er sich ausbedungen.

Zehn Tage hatte Landorps Kurier gebraucht, um ihn zu erreichen und zehn Tage hatte er selbst gebraucht, um nach Hamburg zu reiten.

Vor dem Gasthaus angekommen, riss er sich zusammen und verscheuchte seine trüben Gedanken, denn nur noch ein Stich, ein letzter Schnitt, und dann hatte er endlich seine wohlverdiente Ruhe. In der Stube bestellte er sich eine Maß Bier und lehnte sich an die Eckbank, um bis zum Kehraus auf die Nacht zu warten.

13

Er erwachte durch das Geräusch, das der Wirt mit dem leeren Krug verursachte, indem er mit dessen Boden mehrmals auf die Tischplatte klopfte. Er verstand die Aufforderung ohne Worte, rappelte sich auf und verließ die Gaststube. Er war der letzte Gast gewesen; der Nachtwächter war bereits vorbeigegangen, aber von ferne war noch sein Rufen zu hören.

Vollmond!, dachte Gert Acker. *Schlechter kann es nicht mehr kommen!* Er reckte sich und ging nahe an den Hauswänden entlang zurück in die Große Reichenstraße. Ohne Mühe verschaffte er sich Zugang zum linken Nachbarhaus und stieg leise wie eine Katze hinauf bis aufs Dach. Auf dem First balancierte er geübt zu einem kleinen Bodenfenster und stieg ein. Es war hell genug, um den Weg ins tiefere Geschoss zu finden. *Der Mond hat auch sein Gutes!,* stellte er befriedigt fest.

Trotz seiner fast tonnenförmigen Statur und des großen Gewichts bewegte er sich so umsichtig, dass er kaum ein Geräusch verursachte. Am Fuß des hölzernen Stiegs verharrte er und lauschte, ob ein Geräusch ihm den Weg in die gesuchte Kammer weisen würde. Er hörte ein Kratzen, wie von einem kleinen Tier, welches seine Krallen an Holz wetzte. Die leisen Töne drangen durch die Bretter der Tür links von ihm. Er roch frisch geschnittenes Holz, als er die Tür sacht aufschob, und lächelte still vor sich hin, denn er war im richtigen Raum. Vor ihm im Bett sah er im Mondschein den Kopf von Hermann Nyenkerken, dem eine weiße Bettdecke bis zum Kinn hochgezogen worden war. Der Ratsherr atmete flach und auf seiner Stirn bildeten sich kleine Schweißperlen durch die Hitze in dem kranken Körper. Auf einem niedrigen Tisch neben dem Bett stand, neu gezimmert ein großer Käfig, in dem ein kräftiges Tierchen herumhastete und zu quieken begann.

Gert Acker beachtete es nicht weiter, sondern schlich zu dem Bett und ergriff mit traumwandlerischer Sicherheit das Heft seines langen Dolchs. Mit der anderen Hand packte er den Saum der Decke und zog sie langsam zurück, bis Nyenkerkens Oberkörper frei gelegt war. Die stählerne Klinge blitzte im Mondlicht, als er sein Mordwerkzeug hoch über seinen Kopf erhob. Acker blickte auf die vertiefte Stelle des sich hebenden und senkenden Brustkorbs, die er treffen wollte, und holte vor dem Stoß tief Luft.

Die Schneide verursachte sägende Geräusche, während sie zwischen den Rippenknochen hindurchglitt und als sie aus der Wunde drang, bildete das Blut Schlieren auf der Klinge. Gert Acker starrte ungläubig herab auf die schmale Mittelspitze[96], die mehr als einen Finger lang aus seiner Herzgrube hervorragte. Sein eigenes Messer entfiel der Faust und im nächsten Augenblick war er tot; sein Körper kippte quer über Nyenkerkens Bett.

»Dieses Mal habt Ihr Eure Rechnung *mit* dem Wirt gemacht!«, murmelte Magister Wigbold und riss mit kräftigen Rucken die schmale Klinge seines Kurzschwerts aus dem dicken Leib. Er beugte sich vor, hielt seinen Atem an, und prüfte mit geübtem Gehör, ob der Mann wirklich tot war. Zufrieden nickte er, stellte sein bluttröpfelndes Schwert beiseite, nahm die leblosen Beine und warf den Leichnam kopfüber von der gegenüberliegenden Bettkante.

Sorfältig prüfte Magister Wigbold den Zustand von Nyenkerken, dann atmete er aus. »Kein Kratzer! Nur Blut auf der Decke.«

Er beugte sich über den Käfig und blickte hinein. »Ich danke dir von Herzen, kleiner Klaus!«, sprach er den Goldhamster an, zwinkerte ihm freundlich zu und lächelte erleichtert. »Ein Glück, das du auch auf Hermann aufgepasst hast! Der Stuhl in der Ecke ist so bequem, dass ich für einige Augenblicke doch eingeschlummert bin.«

14

Störtebeker wachte auf, als jemand den eisernen Schlüssel seiner Gefängnistür von außen ins Schloss steckte, ihn zweimal herumdrehte und die Klinke herunterdrückte. Langsam hob er seinen Kopf und blickte gespannt auf die Tür – immer noch hatte er sich nicht aufgegeben trotz seiner hoffnungslosen Lage.

96 Mittelspitze, die – eine Schwertspitze in symmetrischer Form.

Das Türblatt wurde wie stets nur eine Handspanne nach innen gedrückt, sodass der Schließer sich vorsichtig in der Zelle umsehen konnte, bevor er die Tür ganz öffnete. In die Zelle traten zunächst die beiden Soldaten, welche gerade im Gang auf Wache standen. Mit gefällten Piken zielten sie auf den Gefangenen, der inzwischen seinen Rücken an die Wand hinter seinem Bett gelehnt hatte.

Spöttisch blickte Störtebeker die beiden Soldaten an, welche trotz seiner dicken Ketten sichtlich Respekt vor ihm hatten. Hinter ihnen sah er einen kleinen Mann, der zwei Stühle hereinschleppte, gefolgt von zwei großen Männern, die einen wuchtigen Tisch trugen. Anhand der gestickten Wappen auf den Gewändern erkannte er in ihnen Bedienstete des Hauses Mecklenburg. Störtebeker wurde neugierig, richtete sich auf und setzte sich auf die Bettkante.

»Hauptmann Störtebeker«, sprach ihn der kleine Mann an. »Könntet Ihr bitte so weit vortreten, wie es Euch möglich ist?«

»Wozu denn?«, brummelte Störtebeker und blickte skeptisch.

»Damit Ihr Euch auf einen der Stühle setzen könnt.«

»Stellt den Stuhl doch neben mein Bett, dann brauche ich nicht so weit zu laufen.«

»Das geht nicht!« Der kleine Mann schüttelte bedauernd seinen schmalen Kopf. »Dann begäbe sich Ihre Hoheit ja in Eure Reichweite! Ihr müsst schon so weit vortreten, dass Ihr niemanden mehr einvernehmen könnt.«

»Einvernehmen?« Störtebeker lachte höhnisch. »Das ist gut: Ich vernehme ein. So wie Ihr redet, seid Ihr bestimmt ein Schreiberling.«

Der kleine Mann krümmte den Körper wie ein geschlagener Hund, dann nickte er jedoch und winkte höflich, herzukommen.

Viel zu neugierig war Störtebeker, um sich stur zu stellen, und trat so weit vor, wie er konnte. Vorsichtig mit gestrecktem Fuß schob der kleine Mann den Stuhl, bis Störtebeker die Lehne ergreifen konnte und sich umständlich setzte. Die beiden großen Männer stellten den Tisch mit der Schmalseite vor Störtebeker ab und den zweiten Stuhl dahinter. Derjenige, welcher sich auf die andere Seite setzen würde, war für Störtebeker tatsächlich außer Reichweite. Indessen holte der kleine Mann zwei Laternen und stellte sie nebeneinader auf den Tisch.

»Jetzt bin ich aber mal gespannt, ob wirklich ein hoher Mecklenburger Herr hier hereinschneit«, murmelte Störtebeker und schaffte es geradeso, seine gefesselten Hände wie zum Gebet vor sich auf die Tischkante zu legen.

»In der Tat!«, sagte ein in einen einfachen Mantel gehüllter Mann, der gerade zur Tür hereinkam. Darunter verbarg sich jedoch ein hoher

Herr, was er mit seinem Gebaren nicht verhehlte. Er setzte sich ohne Umstände und entließ die Umstehenden mit einer herrischen Geste, lediglich der kleine Mann blieb seitlich am Tisch stehen, nachdem er eine tiefe Verbeugung gemacht hatte. Jedoch wurde ihm mittels des rechten Daumens auch die Tür gewiesen.

»Entschuldigt, ehrenwerter Herr, dass ich mich nicht so tief verbeuge, wie Euer Schreiberling«, sagte Störtebeker höflich und neigte das Haupt ein wenig gegenüber dem Fremden. »Aber die Hamburger haben mich dermaßen dingfest gemacht, dass ich nur noch mit dem Kopf nicken kann.«

»Seid froh, dass er Euch noch nicht herunterfällt dabei. Ich habe vernommen, der Hamburger Henker vollziehe seine Kunst mit einem dermaßen feinen Schnitt, dass der Kopf erst herabpurzele, wenn der Geköpfte versuche, zu nicken«, spottete der Ankömmling.

Störtebeker lachte sardonisch, denn das hörte sich nicht nach einem Hoffnungsschimmer an.

Der Ankömmling öffnete seinen Mantel, damit auf einem edlen Wams das gestickte Wappen von Mecklenburg-Stargard sichtbar wurde. »Kommen wir zur Sache: Ich bin Herzog Johann II. von Mecklenburg-Stargard und ...«

»Hoch, höher, am höchsten!«, höhnte Störtebeker. »Als Letzter besucht mich noch der Kaiser. Dabei bin ich einfach nur ein gefallener Seeräuber – tief, tiefer, am tiefsten.«

»Redet keinen Unsinn, Hauptmann Störtebeker!«, herrschte der Herzog den Gefangenen an. »Seid lieber froh, dass ich mir überhaupt diese Mühe hier mache.«

»Warum denn? Wollt Ihr etwa meinen Kopf retten?«

»Ähm«, zögerte der Herzog mit der Antwort. »Selbst wenn ich wollte, könnte ich es nicht.«

»Warum denn nicht?«

Der Herzog lächelte ergeben. »Ich bin ein mächtiger Mann in meinem Land, in Hamburg jedoch ist mein Einfluss begrenzt.« Er breitete seine Arme aus. »Allerdings kann ich Euch etwas bieten, das Euch ruhiger ins Grab sinken lässt: den Kopf von Erik von Landorp.«

»Meint Ihr das im Ernst?«, murmelte Störtebeker nachdenklich und kraulte im wirren Bart seiner linken Wange. »Was nützt es mir, wenn der Kopf von Erik von Landorp rollt, auch wenn ich nichts dagegen hätte?«

»Er hat König Olaf III. von Dänemark vergiftet!«

»Der Landorp war's, wirklich? Der arme Junge, das war so ein lieber Bursche.«

»Mag sein! Jedenfalls war Erik von Landorp zur damaligen Zeit Botschafter Mecklenburgs am Hof in Kopenhagen.«

»Nicht doch!« Störtebeker seufzte. »Daher kam er mir so bekannt vor, aber ich kam einfach nicht drauf.«

»Er hat Admiral Christiansen gegen Euch aufgewiegelt.«

»Die Stimme! Richtig, es war Landorps Stimme, die ich hörte, bevor ich über Bord geworfen wurde.« Störtebeker lachte wie irre über sich selbst. »Und ich hatte Jahre später meinen ärgsten Feind wochenlang an Bord meines Schiffes.«

»Nun?«

»Gut!« Störtebeker nickte entschlossen. »Wie kann ich ihn zu Fall bringen?«

»Indem Ihr ein Schreiben an die Regentin Margarethe aufsetzt.«

»Waaas, ich?« Störtebeker grinste verlegen. »Ich kann nur meinen Namen krakeln.«

»Das reicht.« Herzog Johann II. stand auf und entnahm der Innentasche des Mantels eine kleine Rolle. Nachdem er das Band mit dem Siegel abgestreift hatte, ging er den Tisch entlang und stellte eine Laterne näher zu Störtebeker. Behutsam entrollte er das Pergament und legte es auf den Tisch. Dann legte er das gewichtige Siegel auf die untere Kante des Blatts, fasste es an der Oberkante und schob das Dokument dem Hauptmann zu. Weit vornübergebeugt stand er, darauf bedacht, nicht erfasst zu werden. Er hob den Kopf, zog die Brauen zusammen und zeigte gebieterisch auf die unbeschriebe Fläche unterhalb der schwarzen Buchstaben. »Dort unten unterschreibt Ihr!«

»Eins nach dem anderen, Hoheit. Was steht in diesem Brief?«

»Lest ihn ruhig.«

»Ähm, ich sehe schlecht hier im Dunkeln und ich habe lange nicht mehr gelesen und ...«

»Schon gut, Hauptmann.« Den Bogen brauchte Johann II. nicht an sich zu nehmen, denn er kannte den Text auswendig. Daher begann er zu zitieren.

»Ähm«, unterbrach ihn Störtebeker. »Ich kann mich doch darauf verlassen, dass hier wirklich steht, was Ihr mir vorsagt?«

»Bei meiner Ehre, Hauptmann!«

Durch ein Schulterheben akzeptierte Störtebeker und hörte ergeben blickend zu.

Der Herzog begann noch einmal von vorn: »An die Regentin Margarethe von Dänemark. Ich teile Eurer Hoheit mit, dass ich nicht ertrunken bin, nachdem Ihre Hoheit dem Admiral Tuve Christiansen befohlen hat, mich zu ersäufen. Ich lebe weiter unter meinem richtigen Namen Klaus Störtebeker und ich schwöre, dass ich an dem Mord an Eurem Sohn unschuldig bin.

Ich bin der gleiche Mann, der als Ritter Hans von Halsmühlen ob Verden an der Aller an Eurem Hofe weilte. Ich erinnere Euch hiermit an Euren Rat, meinen dummen Kopf in einen Eimer Wasser zu stecken, nachdem ich Euch einen unsinnigen Antrag machte. Niemand außer uns beiden weiß etwas davon!

Gezeichnet Klaus Störtebeker … Euren Namen müsst Ihr natürlich noch eintragen.«

»Gut, ich unterschreibe«, murmelte Störtebeker und nickte bedächtig.

Der Herzog schnippte mehrmals mit den Fingern seiner freien Hand.

15

Die Tür wurde geöffnet und der kleine Mann trat wieder ein, mit einem Tintenfass sowie einer gespitzten Feder in seinen Händen. Wieder verbeugte er sich ehrfürchtig vor dem Herzog und stellte sich auf die andere Seite des Tischs. Er legte, sich auch weit vorbeugend, die Feder bereit und fasste den Deckel des Tintenfasses. Obwohl er am Verschluss würgte, bekam er ihn nicht ab.

»Macht schon!«, herrschte ihn der Herzog an.

»Bitte vielmals um Verzeihung, Euer Gnaden. Aber der Deckel sitzt zu fest. Die Tinte ist wohl etwas eingetrock...«

»Ich brauche keine Tinte!«, grölte Störtebeker, winkte geringschätzig ab und griff nach der Feder. Er spannte seinen rechten Unterarm an, stach sich in die Armvene und ließ sein Blut in die transparente Spitze des Kiels fließen.

»Blut?«, stammelte der Schreiberling, beugte sich vor, um besser sehen zu können. »Blut! Ich kann kein …« Er sackte in sich zusammen und fiel ohnmächtig mit dem Oberkörper zur Seite.

Der Herzog verdrehte entsagungsvoll die Augen und schüttelte missbilligend seinen Kopf.

Mit seinem linken Fuß stupste Störtebeker den schlaffen Körper und lachte höhnisch. »Mit solchen Weichlingen regiert Ihr Euer Herzogtum? Armes Stargard!«

Johann II. zog lediglich eine Braue nach oben und starrte auf die freie Fläche auf dem Blatt. »Tut uns den Gefallen und unterschreibt endlich, Hauptmann Störtebeker.«

»Ja, ja, schon gut«, murmelte der Hauptmann und ließ vorsichtig einen Tropfen Blut auf die Tischkante fallen, bevor er die Spitze des

Federkiels über das Pergament hielt. Er runzelte unschlüssig die Stirn. »Soll ich hier anfangen?«

»Genau dort!«

»Schon gut.« Störtebeker beugte sich nach vorn, zog angestrengt die Linien der ersten drei Buchstaben und ließ sich von dem Stöhnen des erwachenden Schreiberlings nicht ablenken. Sechs Mal schob er die Federspitze in den blutenden Einstich, bis er seinen Namen geschrieben hatte, mehr schlecht als recht.

Der Herzog schwieg, bis der Hauptmann den Federkiel beiseitelegte. Er nahm das Blatt und wedelte es eine Weile in der Luft, um die Unterschrift zu trocknen. Sorgfältig rollte er das Dokument zusammen und schob das Band wieder darüber. Er ging um den Tisch herum und trat in den Hintern des Schreiberlings, der auf noch wackligen Beinen stand. »Gebt den Wachen Bescheid, dass sie mich herauslassen, und räumt das hier alles wieder fort!«

Mit schuldbewusstem Gesicht eilte der kleine Mann zur Tür und pochte drei Mal. Während der Schließer öffnete, machte der Herzog eine knappe Verbeugung vor dem Hauptmann. »Ich gebe Euch mein Ehrenwort, Hauptmann: Admiral Erik von Landorp wird Euch um einige Tage höchstens überleben!« Er wedelte bedeutsam mit der Rolle.

»Ein geringer Trost für mich, aber immer noch besser als gar keiner«, murmelte Störtebeker und zuckte ergeben mit den Schultern. Ruckartig hielt er inne und setzte sich kerzengerade hin. »Ich habe Euch noch etwas Wichtiges mitzuteilen, Hoheit!«

Herzog Johann II. blieb auf der Schwelle stehen und wandte sich wieder um. »Etwas Wichtiges?«

»Ja, etwas für uns beide sehr Wichtiges! Aber das geht nur unter vier Augen.«

Der Herzog überlegte kurz, dann winkte er dem Schreiberling mit einer herrischen Kopfbewegung. »Raus mit Euch und macht die Tür hinter Euch zu!« Er wartete, bis sie zu zweit waren, und setzte sich gegenüber. »Nun, was habt Ihr mir zu sagen?«

»Ich weiß, wer Euer leiblicher Vater ist.«

Herzog Johann II. saß wie vom Donner gerührt. »Wie, woher ...?«, stammelte er und starrte den Hauptmann an.

»Wenn ihr mir hier heraushelft, nenne ich Euch seinen Namen.«

»Ich verstehe!« Johann II. atmete tief durch, lehnte sich zurück und schloss die Lider.

Die Ketten rasselten, als Störtebeker seine Arme so weit ausbreitete, wie ihm möglich war. »Ist das nicht ein gutes Angebot, Hoheit?«

Johann II. öffnete die Augen, schnellte vor, beugte sich weit über den Tisch und reckte den Zeigefinger gegen Störtebeker. »Untersteht Euch, solchen Irrsinn zu reden. Mein Vater ist Herzog Johann I. von Mecklenburg-Stargard! Wer denn sonst?«

»Ach was, ich weiß es besser. Und ich kenne Euren Erzeuger sogar recht gut.«

Johann II. hieb mit der Faust auf den Tisch. »Was nicht sein darf, kann auch nicht sein!«, schrie er und sprang so hastig auf, dass der Stuhl nach hinten kippte. »Ich bin von Gottes Gnaden Herzog von Mecklenburg-Stargard!«

»Wollt Ihr denn gar nicht wissen, wer ...?«

»Nein, nein, und nochmals nein!« Johann II. schüttelte wild seinen Kopf, als wolle er Wassertropfen aus den Haaren schütteln, und packte die fallengelassene Rolle. Er reckte die Urkunde gegen Störtebeker und mit drohendem Blick sprach er: »Nie wieder ein Wort darüber, sonst ...!« Er wandte sich um zur Tür und bummerte mit seiner freien Faust dagegen. Als der Schließer ihm öffnete, stieß er ihn und die Wachen beiseite und eilte fort. Seine Bediensteten räumten hastig die Möbel aus der Zelle, indessen die Wächter die Laternen mitnahmen.

Im Finsteren saß Störtebeker noch eine Weile auf seinem Stuhl, denn niemand hatte es gewagt, ihn wegzunehmen, und presste den linken Daumen auf den Einstich.

Jetzt erst fiel Störtebeker ein, dass er nicht daran gedacht hatte, den Herzog zu fragen: Woher habt Ihr Euer Wissen? Denn nur vier Menschen kannten sein Geheimnis. Hatte Johann II. es etwa von Keno tom Brok? Oder hatte Oswald von Wolkenstein doch ein Lied über diese Liebe verfasst und trug es nun tagein tagaus aller Welt vor? Waren es vielleicht die beiden Weiber gewesen, die ganz gewiss schon neue Liebhaber hatten und ihn bei diesen verpetzt hatten?

»Teufel nochmal!«, fluchte er lauthals und stampfte mit seinem linken Bein auf, dass seine Ketten klirrten. »Bestimmt war es Keno tom Brok! Wieder einmal bin ich von den hohen Herrschaften zum Hampelmann gemacht worden.«

Mit hängendem Kopf stand er auf und schlurfte gebeugt zu seinem Bett. Der Länge nach ließ er sich rücklings hineinfallen und legte die Handflächen überkreuz auf die Brustmuskeln. »Das war's, alter Junge«, murmelte er, atmete tief aus und schloss ergeben seine Augen. »Das letzte Pulver ist verschossen!«

16

Seit einigen Wochen hatte er keinen Besuch mehr bekommen, daher besaß er kein Gefühl mehr für die Zeit. Fast dankbar blickte Störtebeker zum Eingang, als er mehrere fremde Stimmen von draußen vor der Tür vernahm. Mit einem Ruck richtete er den Oberkörper auf und setzte sich erwartungsvoll auf die Bettkante.

Herein kamen der schweigsame Schließer sowie vier unbekannte Männer. Der am vornehmsten Gekleidete von ihnen trug ein Richtschwert an der linken Seite, war groß gewachsen, aber außer Form geraten, denn er schob einen stattlichen Schmerbauch vor sich her. Begleitet wurde er von einem einen halben Kopf kleineren Mann, der aber wesentlich stämmiger war und Schultern sowie Nacken wie von einem Stier hatte. Er hatte eine furchterregende zweischneidige Axt rechts geschultert.

Hinter den beiden Männern standen zwei armselig aussehende Gehilfen, der eine trug einen Holzblock und der andere einen weißen Hahn. Diesen hatte er in die rechte Armbeuge geklemmt und mit beiden Händen hielt er den Schnabel zu.

»Ich sehe, Ihr habt geruht, Hauptmann Störtebeker«, sagte der stattliche Mann, zog seinen knallroten Filzhut und verbeugte sich übertrieben höflich. »Ich rate Euch, heute Nacht wach zu bleiben und die letzten Stündlein Eures irdischen Lebens noch zu genießen. Beten könntet Ihr zum Beispiel, denn morgen werde ich Euch einen Kopf kürzer machen und …«

»Ich!«, fiel der Mann neben ihm ins Wort und riss seine schwarze Lederkappe vom Kopf. »*Ich* bin der Henker und …«

»Nichts da! Dieser Mann wird von mir höchstpersönlich vom Leben zum Tod beförd…«

»Ihr seid doch aus der Übung und …«

»Rede mir nicht dauernd dazwischen, Buxtehunde!«, rief der stattliche Mann. »*Ich* bin der Scharfrichter und habe auch das letzte Wort. Wenn ich sage, ich mache das selber, dann meine ich auch, dass …«

»Schon gut, Meister Rosenfeldt, ich meine ja nur.«

»Aber du darfst dafür alle anderen Köpfe rollen lassen, falls du das mit deiner Axt schaffst.«

»Und ob ich das schaffe.« Buxtehunde bongte seine rechte Faust so heftig auf die Brust, dass die Muskelberge vibrierten. »Als Dreingabe fürs Volk könnte ich noch dem ganzen Hamburger Rat die Köpfe abhauen und …«

»Sag das bloß nicht morgen auf dem Richtplatz, sonst lassen die hohen Herren auch deinen eigenen rollen!« Rosenfeldt drohte Buxtehunde mit dem Finger, er tat es in vollem Ernst.

»Ich hätte aber nichts dagegen, wenn der Regen direkt in deren Geizhälse fallen könnte.« Buxtehunde schüttelte drohend seine Axt und ließ sie mehrmals durch die Luft kreisen. »Köpfe rollen lassen ist Schwerstarbeit, dafür könnte der Rat ruhig ein paar Münzen mehr in meine Taschen rollen lassen.«

»Hör auf, zu lästern!«, rief der Scharfrichter und winkte verärgert ab. »Am Ende denkt der Hauptmann, wir verstünden unser Handwerk nicht.«

»Oho! Dem seine Rübe trenne ich so sauber ab, dass …«

»Ich! Zum letzten Mal: *Ich* trenne diesen Kopf vom Leib. Merk dir das endlich!«

»Schon gut«, murrte Buxtehunde. »Ich meine ja nur …«

»Ja, schon gut.« Rosenfeldt klopfte ihm jovial auf die Schulter. »Es weiß doch jeder hier im Lande, dass du weit und breit der beste Henker bist.«

»Weltweit. Wenn schon, denn schon.«

»Woher willst du das denn wissen?«

»Ganz einfach.« Buxtehunde tippte sich mit dem linken Daumen auf sein vorgewölbtes Brustbein. »Wenn es einen besseren gäbe, hätte ich schon davon gehört. Gute Arbeit spricht sich nämlich rum unter unsereiner.«

»Meinetwegen. Wenn du es wirklich schaffst, alle Köpfe rollen zu lassen, dann bist du bestimmt der Beste.«

»Wobei ich auch den Rat …«

»Halt ja dein Maul, wenn morgen einer von den hohen Herren hinterher dich fragt, ob du müde bist von deinem Werk.«

»Müde? Jeden Tag übe ich und hacke einen ganzen Baum klein.«

»Könnt Ihr auch mit einem Schwert umgehen?«

Rosenfeldt und Buxtehunde hielten überrascht inne und sahen verblüfft zu Störtebeker hinüber, der immer noch auf der Bettkante saß.

»Ich werde mit einem Schwert geköpft!«, sagte er gelassen und pendelte, über die Maßen belustigt über den Disput, mit seinen Unterschenkeln, sodass die Kette zwischen seinen Fußgelenken über den Boden scheuerte. »Euch jedoch, werter Henker Buxtehunde, sehe ich nur mit einer Axt hantieren.«

»Ich …«

»Und genau darum …«, rief Rosenfeldt, hielt seinen Arm quer vor die Brust des Henkers und schob ihn beiseite, »… werde ich diesen Streich führen – mit diesem Schwert!«

»He!« Buxtehunde blickte unwirsch, schubste Rosenfeldts Arm beiseite und trat einen Schritt vor. »Ich haue genau so gut mit dem Schwert wie mit meiner Axt! Ich hab mein eigenes Schwert nur deswegen nicht dabei, weil der Herr Scharfrichter es ja unbedingt selber tun will. Dabei ist er längst aus der Übung.«

»Bin ich nicht!«, protestierte Rosenfeldt und schnaubte vor Empörung. Er winkte heftig den beiden Gehilfen.

Die beiden schwarz gekleideten Männer sahen eher bemitleidenswert aus als Schrecken erregend, denn sie wurden schlecht bezahlt vom Scharfrichter. Der kräftigere brachte den Richtblock, der aus einem etwa eine Elle langen Baumstumpf bestand und einen Durchmesser von etwa einer Handspanne hatte. Der andere kam mit dem lebenden Hahn unterm rechten Arm, dessen Schnabel er mit Mühe festhielt.

17

Nachdem der Richtblock zurechtgerückt war und einen einigermaßen festen Stand hatte, zog Rosenfeldt umständlich sein riesiges Schwert und nahm es in beide Hände. Er forderte den zweiten Mann mit einem Nicken auf, den Kopf des Hahns über den Richtblock zu halten. Mit ausgestreckten Armen hielt dieser das sich wehrende und krähende Tier fest und richtete den hin und her zuckenden Kopf einigermaßen über der Mitte der hölzernen Rundfläche aus.

»Halt doch endlich das Vieh richtig fest!«, schimpfte Rosenfeldt, während er das Schwert hob. »Sonst treffe ich nicht den ...«

»Vorsicht Meister!«, flüsterte Buxtehunde. »Die Decke!«

»Ich bin doch nicht blöd!«, raunzte Rosenfeldt, hielt jedoch inne, denn die Spitze kratzte schon am Gebälk der Gefängniszelle.

Er hieb nur so fest, wie die Decke des Raums zuließ, aber für den dünnen Hals des Hahns reichte es und schon kollerte dessen Kopf vom Block. Der zweite Gehilfe lockerte während des Schlags seinen Griff, weil er ein Verfehlen des Scharfrichters fürchtete. Daher breitete der Rumpf des Hahns die Flügel aus und flatterte in die Höhe. Er stieß gegen den nächsten Balken, kam ins Trudeln und stürzte zu Boden vor Störtebekers Füße. Der Mann hastete hin und haschte den Rumpf, dann sah er erschrocken zum großen Hauptmann empor, denn dieser hätte ihn mühelos erdrosseln können mithilfe der Kette, mit der seine Handgelenke aneinander gefesselt waren.

Störtebeker jedoch grinste von einem Ohr zum anderen, pendelte wieder fröhlich mit seinen Unterschenkeln und senkte begütigend die Lider, als er auf den Gehilfen hinabsah, der mit offenem Mund und geweiteten Augen von seinen Füßen fortkrabbelte.

»Was seid ihr bloß für Stümper!« Er schüttelte missbilligend sein Haupt, jedoch es kostete ihn Mühe, streng zu blicken. Scharf sah er den Richter an. »Ihr wisst doch, dass ich meinen Kopf nicht auf den Block lege, sondern im Knien enthauptet werde. Für dieses Privileg habe ich eine Menge Gold gezahlt!«

»Ja schon.« Rosenfeldt winkt unwirsch ab. »Aber das geht ja mit dem Hahn hier nicht, der hält ja überhaupt nicht still. Und in die Knie gehen kann das blöde Vieh schon gar nicht.«

»Ein Glück für Euch, dass ich stillhalten werde.«

»Das fehlte noch, dass Ihr nach dem Schlag davonrennen würdet.«

»Meister Rosenfeldt!« Störtebeker sah auf die Klinge, dann wieder dem Scharfrichter in die Augen und schüttelte tadelnd den Kopf. »Die Klinge hat eine Scharte von Eurem stümperhaften Schlag.«

Rosenfeldt hielt die Klinge senkrecht vor die Augen und bekam einen roten Kopf.

»Soll nicht doch lieber ich ...«, murmelte Buxtehunde hoffnungsvoll und seine Pupillen weiteten sich beim begierigen Starren auf Störtebekers Hals, der so dick war wie ein Baumstamm.

»Schlag dir das endlich aus deinem tumben Kopf!«, brüllte Rosenfeldt und schob hastig das Schwert in die Scheide.

»Dass Ihr mir die ja wieder rauswetzt, bevor ihr mich morgen köpft!« Störtebeker ließ sich von dem neuen Disput der beiden Henker nicht ablenken. »Scharfrichter Rosenfeldt, ich erwarte eine blitzsaubere Meisterarbeit von Euch und zwar mit einer haarfein geschliffenen Klinge! Nicht den kleinsten Kratzer will ich an meinem Hals spüren. Ist das klar?«

»Der Kunde ist König!« Rosenfeldt nickte grimmig. »Ihr bekommt Euren Wunsch erfüllt.« Er stelzte gespreizt wie ein Hahn hinaus, gefolgt vom kopfschüttelnden Buxtehunde.

Der Henker drehte sich auf der Schwelle um und wartete, bis der Scharfrichter mit den Gehilfen außer Hörweite war. Dann ging er einen Schritt in die Zelle zurück und hielt seine hohle Hand neben den Mund. »Es ist ein Jammer, dass nicht ich Euch köpfen darf, denn solch einen dicken Hals habe ich mein Lebtag noch nicht durchtrennt. Es wäre besser, ein Könner wie ich würde Euren Kopf abschlagen und nicht mein ausgedienter Meister Rosenfeldt, welcher nur an seinen Ruhm denkt. Er hat ja gar keine Ahnung mehr, wie viel Kraft bei Euch vonnöten ist, denn Ihr habt einen Nacken wie ein Stier. Bestimmt muss ich den Rest noch mit meiner Axt durchhacken. Aber keine Sorge, das geht ruckzuck! Alles Gute im Jenseits wünsche ich Euch schon mal.«

»Buxtehunde! Wo bleibst du denn?«, tönte es von draußen.

Er drehte sich hastig um und eilte seinem Meister hinterher. Das Türblatt wurde von dem Schließer zugezogen, der Schlüssel im Schloss gedreht und die Geräusche von den Schritten des Schließers wurden stetig leiser.

Störtebeker hielt die Luft an und lauschte, bis es so still wurde, dass er das Atmen der Wachen vor seiner Tür hörte.

Geköpft habt Ihr den Hahn, Meister Rosenfeldt, trotzdem ist er Euch noch davon geflogen!, dachte er und murmelte halblaut vor sich hin. »Wäre es möglich, dass ich es dem Hahn gleichtun könnte, und einige Schritte noch laufen könnte, obwohl mein Kopf ab ist?«

Er stand langsam auf und ließ sich bedächtig auf sein rechtes Knie sinken. Dann streckte er den Oberkörper etwas schräg nach vorn und spannte die Muskeln des linken Beins. Einige Augenblicke verharrte er in dieser Haltung. Urplötzlich sprang er auf und rannte los, bis ihn die Ketten fast von den Beinen rissen. Er keuchte vor Anstrengung und vom ziehenden Schmerz in den Gelenken. Jedoch ging er zur gleichen Stelle zurück und nahm wieder die Haltung ein. Erneut stürzte er los, hielt aber an, bevor die Ketten ihn hinderten.

»He!«, hörte er und eine der Wachen mit der gepanzerten Faust an die Tür bummern. »Was macht Ihr da drinnen für einen Krach?«

»Das geht euch überhaupt nichts an!«

»Wollt Ihr nicht lieber Ruhe geben während Eurer letzten Stündlein?«, rief die Wache ungehalten.

»Nein! Stopft euch was in die Ohren und lasst mich jetzt in Ruhe!«

»Euch in Ruhe lassen? Ihr seid es, der uns stört!«

»Ich?« Störtebeker lachte. »Beschwert euch bei eurem Hauptmann und sagt ihm: Der Herr Beker störte uns die ganze Nacht! Dann wird der euch aber was erzählen! Also ertragt es gefälligst oder kommt rein und bringt mich zum Schweigen.«

Die Wachen murrten vernehmlich, aber sie rührten sich nicht mehr. Störtebeker sank wieder auf ein Knie und übte die halbe Nacht.

18

Das Holstentor war bereits geschlossen worden, als Herzog Johann II. die Stadt Lübeck erreichte. Er reiste jedoch mit großem Gefolge, welches zahlreiche Standarten mit den Wappen von Mecklenburg-Stargard hochhielt, sodass die Wachen seinen hohen Rang erkannten. Die Zugbrücke wurde wieder herabgelassen und das Fallgitter hochgezogen. Mit Genugtuung erfüllte es den Herzog, dass selbst eine freie Hansestadt wie Lübeck es nicht wagte, ihn von seinen Toren abzuweisen.

Allerdings war ihm diese Stadt ein Dorn im Auge, denn sie begrenzte die Herrschaft der Mecklenburger Herzöge nach Westen. Dies würde auch so bleiben, denn diese Stadt stand unter dem Schutz des Kaisers, auf welchen sie im Ernstfall jedoch nicht angewiesen war. Sämtliche Hansestädte würden ihr zu Hilfe eilen, denn sie nahm den ersten Rang unter ihnen ein.

Andererseits gab Lübeck die Möglichkeit zu Verhandlungen auf neutralem Boden für verfeindete Herrscher. Deswegen hatte Johann II. die Stadt betreten: Die Regentin der Kalmarer Union erwartete ihn zu einem geheimen Gespräch. Aus diesem Grund wurden nun die Fahnen eingerollt und die Wappen zugedeckt, als die Schar statt des Rathauses eine abgelegene Herberge in der Stadt aufsuchte. Dass auch Margarethe in Lübeck weilte, wussten nur die Bürgermeister, einige Räte und die Hauptmänner der Stadtwache. Herzog Johann II. ließ jedoch die Nacht verstreichen und auch den nächsten Tag, denn er wollte sichergehen, dass die Regentin nicht doch noch rechtzeitig eingreifen konnte.

Es schlug schon Mitternacht des zweiten Tages, bevor er dem Lübecker Bürgermeister erlaubte, die Nachricht seiner Ankunft an die Regentin Margarethe zu senden. Eine Stunde später kamen sie in einem Nebenraum des Rathauses zusammen. Nachdem ihre Gastgeber sich nach einer kurzen Begrüßung zurückgezogen hatten, waren sie allein im Zimmer, in dem lediglich ein Tisch sowie zwei Stühle standen. Ihre Leibgarden hatten vor den beiden Türen des fensterlosen Raums sowie in den angrenzenden Fluren Position bezogen.

Die beiden Herrscher sahen sich zum ersten Mal in ihrem Leben von Angesicht zu Angesicht, obwohl sie seit Jahren einen geheimen Briefwechsel führten. Zwar erwartete jeder von ihnen das größere Entgegenkommen vom Gegenüber, beide jedoch wussten, dass sie nur profitierten, wenn sie sich einig wurden. Deswegen kamen sie nach den üblichen Höflichkeitsfloskeln gleich zum Kern ihrer Angelegenheiten.

19

Herzog Johann II. legte ein zusammengerolltes Pergament auf den eichenen Tisch und blickte ernst die Regentin Margarethe an. »Ich werde den vereinbarten Frieden mit der Kalmarer Union unterzeichnen. Zudem werde ich die Herzöge von Mecklenburg-Schwerin dazu drängen, ebenfalls zu unterschreiben, denn die Vorteile eines Friedens sind auch für meine Verwandten nicht zu verachten. Allerdings steht eine kriegslüsterne Person diesem Frieden im Weg, nämlich der Admiral Erik von Landorp.«

»Setzt ihn doch ab.«

»Wie Ihr wisst, ist er lediglich ein elender Bastard meines hohen Vaters. Seit dem Tod von Johann I. ließ er sich nicht mehr in Stargard blicken und das aus gutem Grund. Stattdessen suchte er Schutz bei meinem Neffen am Hof von Schwerin und schleimte sich bei ihm ein. Von dort aus intrigiert er sowohl gegen mich als auch gegen Euch.«

»Ihr werdet doch Euren Neffen dazu bewegen können, ihn ...«

»Leider nicht, denn die Schweriner lassen sich selbst von einem Stargard-Herzog nichts vorschreiben. Das Problem mit dem Admiral muss anders gelöst werden.«

»Braucht Ihr etwa mich dazu?«

»In der Tat, denn ich kann nicht selbst Hand anlegen und darf auch nicht in Verruf geraten.«

»Hand anlegen? Ihr wollt das Problem also mit Gewalt lösen.« Regentin Margarethe rümpfte die Nase. »Seit wann leiste ich Handlangerdienste?«

»Bisher nicht, Hoheit, aber dieser Mann ist nicht nur mein Feind, sondern auch ein Mörder!«

»Dann übergebt ihn dem Henker.«

»*Ihr* müsst ihn dem Henker übergeben!« Johann II. wies mit beiden Händen auf die Regentin.

»Wieso ich?«

»Er ist der Mörder Eures Sohnes!«

»Das kann nicht sein.« Entschieden schüttelte Regentin Margarethe den Kopf. »Olafs Mörder wurde sofort nach der Tat gerichtet.«

»Nein!« Johann II. wedelte mit beiden Zeigefingern. »Das stimmt nicht, denn Ihr habt einen Unschuldigen bestraft.«

»Wie?«

»Ja, denn der Mörder ist Erik von Landorp. Er war damals Botschafter Mecklenburgs an Euren Hof. Er schrieb einen Brief an seinen Vater, in welchem er gestand, dass er diese frevelhafte Tat zum Wohle des Herzogtums Mecklenburg ausführte und ...«

»Zum Wohle Mecklenburgs? Ha! Das hatte ich mir schon gedacht. Deswegen habe ich zum Wohle Dänemarks ...«

»... Herzog Albrecht IV. ...«

Margarethe schüttelte heftig den Kopf. »Nichts da, ich bin kein Racheengel! Kommen wir zur Sache, denn Ihr vermutet alles nur.«

»Keineswegs!« Herzog Johann II. griff nach der Rolle und zog das Band ab. »Hier ist der Beweis! Vor etlichen Jahren schlich ich mich in das Arbeitszimmer meines Vaters und kopierte das Original. Ich schwöre bei der Heiligen Jungfrau, dass ich diesen Brief mit eigenen Händen abgeschrieben habe, Wort für Wort!«

»Warum gebt Ihr mir nicht den echten Brief? Ihr seid sein Nachfolger und habt Zugriff zu seinen Dokumenten.«

»In der Stunde seines Todes ließ mein Vater durch Erik das Original verbrennen!«

»Das klingt schlüssig.« Regentin Margarethe legte den Kopf schief.

»Ich bitte Eure Hoheit, diesen Brief zu lesen.«

Margarethe nahm das Pergament mit spitzen Fingern und blickte flüchtig über die ersten Zeilen. Nach dem zweiten Absatz jedoch hielt sie inne, fasste das Blatt fester und las jedes Wort mit steigendem Ingrimm. »Er brüstet sich auch noch damit!«, rief sie aus und warf zornentbrannt den Bogen auf die Tischplatte, worauf das Papier sich einwickelte und vom Tisch herunterrollte.

Der Herzog fing das Dokument nicht auf, obwohl es in seiner Reichweite blieb, sondern blickte betont gleichgültig hinterher. Er nahm eine zweite Rolle aus dem Mantel und legte sie sorgfältig vor sich auf den Tisch.

»Ich glaube Euch trotzdem nicht, denn diesen Brief könntet Ihr trotz aller Eurer Eide doch gefälscht haben.«

Herzog Johann II. seufzte. »Das habe ich mir schon gedacht, dass ich Euch nicht so leicht überzeugen kann.« Er hob die zweite Rolle. »Darum lest auch diesen Brief: Er wurde von Keno tom Brok an mich gerichtet. Als Gegenleistung Kennt Ihr ihn?«

»Nein, aber ich weiß, wer er ist: Ein kleiner Häuptling von einem kleinen Flecken von Friesland«, sagte sie mit ironischem Unterton.

»Klein mag sein, aber oho-wichtig für uns alle!«, murmelte er und entrollte das lange Schreiben. »Denn es geht um den Ritter von Halsmühlen.«

»Den Mörder meines Sohns!«, schrie sie aufgebracht.

»Eben nicht«, murmelte Johann II. und sah angestrengt zur Decke. »Ihr habt doch gerade den Brief von Erik von Landorp gelesen. Lest noch diesen Brief, dann werdet Ihr überzeugt sein.«

»Doch nicht?« Sie nahm den Brief und hielt ihn in die Nähe der auf dem Tisch brennenden Kerzen.

Geduldig wartete der Herzog, während die Regentin zusehends unruhiger wurde und mehrmals den Kopf schüttelte. Sie warf den Bogen auf den Tisch. »Der Ritter soll überlebt haben und dieser Klaus Störtebeker sein? Unmöglich!«

Herzog Johann II. seufzte tief und griff erneut in seinen Mantel. »Das dachte ich mir, wie schwer es werden wird, Euch zu überzeugen.« Er holte eine kleinere Rolle heraus. »Dieses Dokument hat er selbst unterschrieben.«

»Und wer hat den Rest verfasst?«

»Ich, unter vier Augen«, log er, »denn er konnte nur seinen Namen drunter setzen.«

»Das zumindest passt, denn der Ritter von Halsmühlen hat niemals auch nur ein Wort zu Papier gebracht, aber er besaß ein gutes Gedächtnis.«

»Lest, Hoheit!« Johann II. schob die Rolle hinüber und lächelte der Überzeugung sicher.

Regentin Margarethes Pupillen überflogen die Zeilen, dann schüttelte sie den Kopf und warf den Brief auf den Tisch. Aber sie nahm ihn wieder in die Hände und las die Zeilen so oft, bis sie durch die Tränen in ihren Augen zur Unleserlichkeit verschwammen.

»Welche arge Hinterlist!« Margarethe bedeckte gramvoll ihre Augen mit der rechten Hand. »Ich wäre niemals darauf gekommen! Bis jetzt dachte ich, den Mörder sogleich gestraft zu haben.« Sie seufzte. »Armer Hans, leider kann ich dieses Unrecht nicht wieder gutmachen.«

»Grämt Euch nicht, Hoheit. Er hat doch überlebt.«

»Der Vogt von Helgoland hat mir nach seiner Vertreibung von der Insel berichtet, dass die Hamburger den Seeräuber Klaus Störtebeker gefangen genommen haben.«

Johann II. nickte. »Er wartet im Gefängnis des Hamburger Rathauses auf seine Hinrichtung, denn er ...«

»Wann ist die Hinrichtung?«

»Die Hinrichtung?« Johann II. versuchte einen ahnungslosen Gesichtsausdruck. »Sie stand noch nicht fest, als ich Hamburg verließ, könnte aber bereits erfolgt sein.«

Margarethe sprang auf und stieß mit ihren Kniekehlen den Stuhl nach hinten um. »Warum habt ihr ihn nicht gerettet, als ihr ihn aufsuchtet?«

»Ihn retten? Vor dem Recht? Auf Hamburger Boden? Hoheit, Ihr wisst selbst, dass auch Eure Macht nur so weit reicht, wie das eigene Land.«

»Geld, Gold, Ihr hättet ihn auslösen können!«

»Er selbst hat es versucht mit seinem riesigen Schatz«, murmelte Johann II. und breitete scheinbar resigniert die Arme aus. »Das hörte ich von Bürgermeister Miles. Nicht einmal der Wert unserer Welt könnte die Hamburger dazu verleiten, das gefällte Urteil nicht zu vollstrecken!«

»List, nachts herausholen!«, schrie die Regentin den Herzog an.

Johann II. blickte Regentin Margarethe empört an. »Glaubt Ihr, ich habe mich in Hamburg frei bewegen können? Die Wachen des Stadthauptmanns von Klaasen haben mich nicht aus den Augen gelassen, erst als ich die Stadt auf dem Weg hierher verließ.«

Margarethe wollte sich ergeben auf den Stuhl sinken lassen, bemerkte jedoch rechtzeitig, dass er umgefallen war, und erhob sich wieder voller Elan. »Aber ich könnte es schaffen. Ich werde sofort nach Hamburg reiten!«

»Reiten? Aber Hoheit, Ihr seid fast fünfzig und ...«

»Schweigt! Mein Alter spielt keine Rolle.« Sie wandte sich zur Tür und rief: »Marschall Christiansen!«

Wenige Augenblicke später betrat Tuve Christiansen den Raum und verbeugte sich ehrerbietig. »Hoheit?«

»Lasst sofort ein Pferd für mich satteln, denn ich reite noch diese Stunde nach Hamburg!« Margarethe bedachte ihn mit einem langen gehässigen Blick. »Nur Ihr begleitet mich und meine Leibgarde!«

»Reiten? Aber Hoheit, Ihr seid fast fünfzig und ...«

»Schweigt! Mein Alter spielt keine Rolle.« Sie wandte sich wieder zum Herzog. »Wenn ich zu spät komme, weil Ihr gezögert habt, wird das Folgen für Euch haben!«

»Aber Hoheit, wie konnte ich ...«, stammelte Johann II. und wurde leichenblass. Mit der Kutsche hätte sie es niemals geschafft, vor der Hinrichtung noch anzukommen. Aber er hatte ja nicht ahnen können, dass sie sich in ihrem Alter noch aufs Pferd schwingen würde.

»Marschall!«, rief sie zornentbrannt. »Ihr steht immer noch in der Tür, obwohl Ihr einen Befehl erhalten habt!«

»Ich eile, Hoheit«, murmelte Tuve Christiansen erschrocken und hastete hinaus.

Die Regentin verließ eilig den Raum, ohne den Herzog noch eines Blickes zu würdigen. Eine halbe Stunde später ritt sie mit Tuve Christiansen sowie ihrer Leibwache zum Holstentor, ließ es öffnen und hieb ihrem Pferd die Sporen in dessen Weichen. Es war Neumond, daher trugen fast alle Männer Laternen und beleuchteten für sie den Weg.

Herzog Johann II. ließ sich mit dem Wagen zurück zu seiner Herberge bringen. Mit ernster Miene saß er auf seinem Platz und dachte angestrengt nach. Es blieb ihm nichts anderes übrig, als morgen früh Margarethe zu folgen, denn mit seinem Anliegen, die Regentin möge Erik von Landorp beseitigen lassen, war er noch gar nicht durchgedrungen.

Dreizehnter Teil

Kopflos?

Oktober 1400

1

Von außen klopfte jemand hart mit den Fingerknöcheln mehrmals ans Holz der verriegelten Tür zum Schlafgemach des Hamburger Stadthauptmanns. Hindrick von Klaasen wachte auf, öffnete langsam das linke Auge und starrte einen Atemzug lang ins Halbdunkel des Raums. Er rief in unwirschem Ton: »Hör sofort auf, ich bin längst wach! Geh wieder an dein Werk.«

Träge drehte Klaasen seinen Kopf auf die linke Seite, blickte zu den beiden Fenstern und blinzelte kurz, denn Tageslicht strahlte durch mehrere Ritzen der geschlossenen Läden. Mit dem rechten Arm riss er die Daunendecke beiseite und wälzte sich zur linken Bettkante. Klaasen schwang die Beine aus dem Bett, setzte die nackten Füße auf die kühlen Dielenbretter und richtete langsam den Oberkörper auf. Er bezwang seinen Drang, sich rücklings aufs warme Bett sinken zu lassen, die Beine wieder einzuziehen und die schützende Decke zurückzuholen. Stattdessen streckte er die Arme, gähnte ausgiebig und rieb sich anschließend die geröteten Augen, denn er hatte zu wenig geschlafen.

Mitten in der Nacht nämlich war Klaasen aufgestanden, hatte sich angezogen und sein Schwert gegürtet. So leise wie möglich war er an der Tür zum Schlafzimmer seiner Familie vorbeigeschlichen hinunter in den Stall. Dort hatte er einen der Stallburschen unsanft geweckt, welcher in Windeseile eines seiner Pferde satteln musste. Nachdem er aus dem Tor des Adelshofes der Familie von Klaasen geritten war, hatte er in der Gasse ›Neue Burg‹ kurz an den Zügeln gezogen, um sich für eine der Himmelsrichtungen zu entscheiden. Heute Nacht hatte Klaasen einen Teil der nordöstlichen Mauer inspiziert und war abschließend auf die beiden Wachttürme des Steintors gestiegen.

Der Stadthauptmann nahm seine Rundgänge nach Belieben vor und daher fürchteten ihn die Nachtwachen, denn für das geringste Vergehen der Männer machte er sie regelrecht zur Sau. Gröbere Verstöße wurden hart bestraft mit Auspeitschen oder Schlimmerem angesichts der vollzählig angetretenen Kompanien der Stadt Hamburg. Die nächtlichen Inspektionen des Stadthauptmanns erfüllten jedenfalls ihren Zweck, denn die Wachen waren stets auf der Hut.

Seufzend erhob sich Klaasen, ging zum rechten Fenster, entriegelte es und öffnete beide Läden. Aus seinem hohen Haus schaute er hinweg über die Hausdächer nach Osten direkt in die noch rötliche Scheibe der Morgensonne. Aber deren Licht war schon zu hell, um es länger zu ertragen. Nach einigen Augenblicken verdrehte er den Oberkörper sowie den Hals und blickte hinauf zum fast wolkenlosen Firmament. Er grunzte zufrieden und nickte mehrmals, denn es sah nach einem himmelblauen Tag aus, wunderbar passend zum heutigen Anlass.

Klaasen kniff die Lider zusammen und starrte hinüber zum hohen Turm der Kirche Sankt Nikolai, um die Tageszeit abzulesen. Hoch oben an einer weiß getünchten Stelle der Südwand befand sich eine Uhr, deren eiserner Polstab einen schmalen Schatten warf mitten über die dritte Ziffer der im Dreiviertelkreis auf die Wand gemalten Zahlen: IX Uhr. Klaasen blieb ruhig, denn ihm blieb noch genügend Zeit.

Er streifte sein Nachtgewand kopfüber ab und ging zu einem fast randvoll mit Wasser gefüllten Bottich, welcher auf einem hölzernen Bock neben der Tür stand. Klaasen steckte das Haupt bis zum Hals ins kalte Wasser und tauchte so lange, bis er Luft holen musste. Nachdem er mit dieser rüden Vorgehensweise sich wach geschreckt hatte, rieb er das Gesicht ab und rubbelte die Haare trocken. Von einem Ständer nahm er seine wollene Unterwäsche, die eng anliegende Hose aus Stoff sowie sein ledernes Oberhemd und zog sich an.

Nachdem Klaasen die Tür zu seiner Schlafkammer mit einem vernehmlichen Knall zugezogen hatte und den Gang entlangschritt, vernahm er das Trappeln eines Kindes, das lauter wurde. Er lächelte selig, denn sein ältester Sohn war der Liebling der Familie. Er ging in die Hocke und breitete die Arme aus. Schon bog der kleine Hans um die Ecke und flitzte auf den Vater zu.

»Papa!«

Klaasen fing ihn ein, richtete sich rasch auf und hob den Sechsjährigen hoch in die Luft.

»Na, mein Großer. Du hast es aber eilig!«, rief Klaasen und lachte glücklich.

»Papa, nimm mich mit.« Hans beugte sich herunter und umklammerte den Hals seines Vaters.

»Puh«, murmelte Klaasen, setzte rasch seinen Sohn ab und nahm behutsam dessen Ärmchen vom Hals. »Du würgst mich ja ab, so stark bist du schon.«

»Ich will so groß und stark werden wie der Mann, den wir gefangen haben.«

»Meinetwegen darfst du das werden«, sagte Klaasen und lächelte gönnerhaft. »Aber nur wenn du dabei rechtschaffen bleibst.«

Hans nickte eifrig, stellte sich auf die Zehenspitzen und reckte seine Ärmchen in die Höhe. »Sooo groooß ist er, sagt Mama!« Er schnaufte vor Anstrengung, als er sich noch mehr zu strecken versuchte. »Viiiel größer als Papa, sagt Mama.«

»Na, na, *so* groß nun auch wieder nicht«, brummelte Klaasen und schaute unwirsch. »Aber *du* bist ganz schön groß für dein Alter.«

»Dann kann ich ja mit dir reiten.«

»Nein, mein Sohn. Das geht nicht.« Klaasen blickte seinen Sohn entschieden an und schüttelte energisch den Kopf. »Dein Platz ist auf der Tribüne bei der Familie. Freu dich darauf, mein Junge, denn ich habe dafür gesorgt, dass ihr in der ersten Reihe sitzt, damit ihr die Seeräuber aus nächster Nähe sehen könnt.«

Hans blickte enttäuscht und sank in sich zusammen, aber er versuchte nicht, seinen Vater umzustimmen, denn er wusste, wie beharrlich der Vater bleiben konnte.

»Komm, du darfst mit mir zusammen frühstücken«, munterte Klaasen seinen Sohn auf. »Bring mich in den Speisesaal.«

In dem holzgetäfelten Raum standen seine fünfunddreißigjährige Frau, die drei älteren Töchter sowie die beiden jüngeren Söhne rund um den reichhaltig gedeckten Tisch. Aber nur für ihn, denn die Familie hatte ihr Morgenmahl längst eingenommen.

»Was erzählst du denn den Kindern?«, murmelte Klaasen und sah seine Frau mit gelindem Vorwurf im Blick an. »Du machst mich ja ganz klein vor ihnen.«

»Nicht doch, mein Liebster.« Mechthild lächelte voller herzlicher Liebe, sodass sie mit ihren Grübchen auf den roten Bäckchen noch bezaubernder aussah. »Du bist doch ihr großer Held, weil du einen so gefährlichen Riesen gefangen hast. Erhöhe den Feind, desto glänzender wirkt der Sieg! Das hast du selbst gesagt.«

Sie drückte ihren üblichen Gutenmorgenkuss auf Klaasens schmollende Lippen und drängte ihren ranken Körper gegen dessen kräftigen Leib. Er spürte sofort seine Männlichkeit regen und hätte gar zu gern die Liebste auf der Stelle ins Schlafgemach gezogen. Stets fühlte er sich glücklich verheiratet, wenn er seine Frau Mechthild in die Arme nehmen konnte, denn begehrenswerte weil schöne Adelstöchter waren selten.

Allerdings hatte Klaasen sich nicht aufs Glück verlassen und ergeben darauf gewartet, mit welcher Jungfrau er verheiratet würde. Bereits als sechszehnjähriger Bursche war er heimlich zu den umliegenden Adelshöfen geritten und hatte die schönste Braut ausgespäht. Nach heftigem Bemühen hatte er seinen Vater Hans dazu bewegen können, mit dem Grafen von Holstein-Rendsburg, Heinrich II. ›dem Eisernen‹, diese Partie auszuhandeln.

Gemächlich setzte sich Klaasen, wies Hans den Stuhl rechts neben sich zu und bat seine Frau, dem Jungen noch ein Gedeck hinzustellen.

Obwohl er von seiner quirligen weil aufgeregten Familie umgeben war, frühstückte er in aller Ruhe, nahm aber nur mäßig von jeder Speise, damit es ihm nachher in der Rüstung nicht unwohl wurde. Abschließend wischte er sich den Mund ab mit einem feinen Tuch, stand auf und verabschiedete sich von jedem seiner Familienmitglieder mit einem Kuss auf die Wange.

2

Klaasen stieg hinab in die Rüstkammer, in der seine sechs gewappneten Hauptmänner auf ihn warteten; sie saßen an einem runden Tisch, auf dem sie ihre Helme abgesetzt hatten. Ruckartig standen sie auf und verbeugten sich nur knapp, aber mit vollem Respekt.

»Gott zum Gruß, Herr Kommandant!«, begrüßte ihn der Dienstälteste mit dröhnender Stimme, ein in Ehren ergrauter Haudegen, knorrig wie eine Eiche, welcher schon im Krieg der Hanse gegen den dänischen König Waldemar IV. Atterdag gefochten hatte. Klaasen mochte ihn besonders, obwohl er kein Adliger war, sondern einer der ersten Patriziersöhne Hamburgs, die man zu Hauptleuten ernannt hatte.

Die Zeiten jedoch hatten sich geändert, von den sechs Hauptmännern vor ihm waren nur noch zwei vom hiesigen Adel. Klaasen hatte ein Gespür für diesen Wandel und war gefasst darauf, dass seine Standesgenossen ihren Einfluss gänzlich einbüßten. Er konnte sich durchaus vorstellen, sich rechtzeitig auf die Seite der Bürgerschaft zu stellen, falls diese siegte.

»Gott zum Gruß, meine werten Herren«, erwiderte Klaasen den Gruß des alten Kämpen. »Wie steht es?«

»Alles bestens, Herr Kommandant!«, antwortete zackig der Ältere der beiden adligen Hauptmänner. »Zwei vollzählige Kompanien zu Pferd sind angetreten vor Eurem Haus, alle anderen Soldaten halten uns den Weg frei.«

»Sehr schön, fabelhaft.« Klaasen blickte seine Untergebenen der Reihe nach zufrieden an und nickte jedem gönnerhaft zu. »Dann wollen wir mal ...«

Die sechs Männer gingen zu einem großen Holzständer beziehungsweise zu einem der Tische an der Wand, hoben Teile der neuen Rüstung ihres Stadthauptmanns auf und legten sie ihm an. Es dauerte über eine halbe Stunde, bis Klaasen in dem aus Dutzenden von Teilen bestehenden Prunk-Harnisch steckte. Der Stadthauptmann prüfte seine ehernen Glieder mit einigen Bewegungen; das Geschiebe gab keine hässlichen Geräusche von sich und der Stahl glänzte frisch poliert. Von Klaasen nickte zufrieden, denn der Plattner[97] sowie der Harnischfeger[98] hatten meisterliche Arbeit geleistet. Die Rüstung drückte nirgends, sodass er sich nicht beengt fühlte; außerdem konnte er sich müheloser darin bewegen, als wenn er in von Nässe steif gewordenen Ledergewändern herumstaksen würde.

Abschließend gürtete der alte Hauptmann ein neues Schwert aus Damaszener Stahl und der ältere Adlige überreichte mit einer ehrerbietigen Geste den blitzblanken Helm mit dem frisch gesteckten Federbusch. Das Visier stand offen und war festgeschraubt, denn es sollte nicht versehentlich herunterklappen und das Gesicht des stolzen Siegers dem Publikum verbergen. Klaasen fasste die untere Kante der Helmschale und klemmte seinen Kopfschutz in die linke Armbeuge.

Vor seinen Hauptleuten schritt er über den Hof seines hohen Hauses durchs Tor hinaus in die Gasse Neue Burg. Rechts und links des Tors stand je eine Kompanie gepanzerter Soldaten in langer Reihe nebeneinander. Sie hielten die Zügel ihrer Pferde, welche hin und wieder schnaubten und unruhig von einem Huf auf den anderen traten.

Sobald die Männer ihren Stadthauptmann erblickten, strafften sie ihre Körper, fassten rechtshändig ihre Visiere und schoben diese hoch über den Helm; ihr Befehlshaber grüßte zurück mit einem generösen Nicken und einem von ihnen blinzelte er sogar leutselig zu. Die Männer ließen ihre Visiere wieder herunterklappen und wirkten wie eine Schar eisengrauer Mäuse im Vergleich zu den prächtig ausstaffierten Hauptleuten mit deren offenen Visieren.

Klaasen setzte den Helm auf, fasste das Sattelhorn seines bereitgehaltenen Rappens und stellte den rechten Fuß in den Steigbügel. Er konzentrierte sich, spannte sämtliche Muskeln an und schwang sich mit einem schwungvollen Bogen in den Sattel. Sein Knappe reichte ihm die Zügel und Klaasen wartete, bis sämtliche Männer aufgesessen hatten. Er hob seine rechte Hand und gab den Befehl zum Aufbruch.

3

Eingefasst von den beiden Kompanien sowie je drei Hauptmännern vor und hinter sich ritt er durch die Gasse Neue Burg und überquerte auf der Trostbrücke den Alsterhafen. Je näher er dem Rathaus kam, desto enger drängten sich die Menschen aus fern und nah, denn einen solchen Festtag, wie es nur alle Jubeljahre einmal gab, wollte meilenweit im Umkreis sich niemand entgehen lassen. Die Brücke war ab-

97 Plattner, der – ein Schmied, der Plattenpanzer herstellte.

98 Harnischfeger, der – ein Schmied, der gefärbte und polierte Rüstungen schuf.

gesperrt, damit sie nicht unter dem Ansturm der Zuschauer zusammenbrach, nur Klaasen und seine Soldaten wurden von den Wachen hinübergelassen. Auf der anderen Seite der Brücke waren es nur noch wenige Pferdeschritte bis zum Rathaus am Ufer des Alsterhafens.

Weitere Kompanien von Fußsoldaten hielten den Weg frei bis zum Haupteingang, indem sie ein Spalier bildeten und mit ihren langen Piken die gaffende Menge davon abhielten, diesen Zugang mit Menschenleibern zu verstopfen.

Zur gleichen Zeit als Klaasen vor dem Portal des prachtvollen Gebäudes sein Pferd anhielt, wurden sämtliche Glocken aller Kirchen in der Stadt angeschlagen: elfmal. Er stieg ab und betrat das Rathaus, gefolgt nur von seinen sechs Hauptmännern. Klaasen ging hinab ins Kellergeschoss, und während der letzte Glockenschlag dröhnte, betrat er die Gefängniszelle Störtebekers. Umgeben von einem Dutzend schwer bewaffneter Wachen stand breitbeinig inmitten des Raums der Hauptmann der Seeräuber, barhäuptig, aber angetan mit seiner prächtigen Rüstung. Die Arme waren nach dem Anlegen des Panzers hinter den Rücken gezogen und wieder gefesselt worden. Die Handgelenke wurden umschlossen von stählernen Bändern, untrennbar zusammengeschmiedet durch eine eiserne Kette mit daumendicken Gliedern. Diese Verbindung war nur eine Handspanne lang und in ihr mittleres Glied war das Endglied einer weiteren Kette eingeschmiedet worden. Diese Kette maß in ihrer Länge mehr als ein Dutzend Ellen und lag auf dem Boden in weiten Windungen, sodass sie wie eine eiserne Schlange erschien.

Klaasen erwies Störtebeker seinen Respekt durch einen raschen Griff an das rechte Scharnier seines Visiers. »Hauptmann Störtebeker«, sagte er betont feierlich, legte seinen Kopf in den Nacken und sah dem Seeräuber in die Augen, ohne mit der Wimper zu zucken. »Eure letzte Stunde hat geschlagen!«

Störtebeker senkte langsam den kahl geschorenen Kopf mit dem gestutzten Bart. Der Bader hatte nur ein kreisrundes Büschel Haare vom Durchmesser einer großen Münze mitten auf dem Schädel stehen gelassen und zu einem langen Zopf geflochten, der seitlich neben dem linken Ohr baumelte. Störtebeker schwang mit einer Kopfbewegung den Zopf nach hinten und blickte dem Stadthauptmann seelenruhig ins Gesicht.

»Herr Kommandant, ich bin bereit zum letzten Gang«, antwortete er in der gleichen Tonlage und schloss für einen Moment die Lider.

»Habt Ihr gut gefrühstückt, Hauptmann? Bekommt Euch die letzte Mahlzeit?«

»Durchaus, Herr Kommandant. Ich bin sogar dermaßen satt, dass ich befürchte, die Füllung quillt nachher zum Hals raus.«

Klaasen gluckste, um ein Lachen zu unterdrücken, jedoch grinste er übers ganze Gesicht, indessen seine Hauptleute lauthals lachten; die umstehenden Wachen jedoch hüteten sich, eine deutliche Regung zu zeigen.

Nach einem anerkennenden Nicken winkte Klaasen einem Soldaten und ließ sich von ihm das andere Ende der Kette geben. Er fasste diese um die Hälfte kürzer und wickelte sich einen Teil von ihr mehrfach um seinen Unterarm. Seine Hauptleute traten zur Seite, um die Wachen vorbeizulassen.

»Geht mir voran, Hauptmann!«, forderte er Störtebeker auf und wies mit einer Kopfbewegung zur Tür. »Folgt der Wache.«

Klaasen ließ die Wachen und Störtebeker bis zum Eingang des Rathauses vorausgehen, dann gebot er Halt, um Störtebeker den vergoldeten Helm mit dem hohen Federbusch aufsetzen zu lassen. Mit einigen Handbewegungen scheuchte Klaasen die Wachen beiseite, um als Erster aus dem Portal zu treten. Das Brausen in der Luft, erzeugt von tausenden flüsternder Stimmen, wuchs zu einem staunenden Tosen. Er reckte sich stolz und ruckte kurz an der Kette; folgsam mit tief eingezogenem Kopf erschien Störtebeker im Eingang und richtete sich gemächlich zu seiner vollen Größe auf. Das Tosen steigerte sich in ein rasendes Gebrüll.

Der Stadthauptmann hob seinen rechten Arm und gebot Schweigen, jedoch vergeblich.

»Maul halten!«, donnerte Störtebeker aus vollem Hals. Sein Gesicht war frei, denn man hatte auch bei seinem Helm das Visier hochgeschoben und festgeschraubt.

Der Lärm legte sich innerhalb weniger Augenblicke und wich einem erwartungsvollen Schweigen, hier und dort gestört vom Greinen einiger ungehaltener Säuglinge. Störtebeker wandte langsam den Kopf zu seinem Vorführer, lächelte nachsichtig und zwinkerte ihm spöttisch zu.

Mit einer abschätzigen Handbewegung zum Volk warf Klaasen seinen Groll ab, ihm war die Lust zum Reden vergangen. Da auch Störtebeker schwieg, begannen die Menschen wieder zu lärmen.

Klaasen stampfte die Treppe herunter bis zur letzten Stufe. Quer davor stand sein Pferd, auf welches er sich unverzüglich schwang, achtete dabei aber auf die notwendige Anspannung. Nachdem er im Sattel saß, befestigte er das Kettenende an seinem Schwertgurt und packte die Kette einige Handbreit vom Körper entfernt.

Durch ein ungeduldiges Schwingen mit der Kette forderte Klaasen den abwartenden Gefangenen auf, nach vorn zu gehen.

Beruhigend nickte Störtebeker ihm zu, stieg gelassen von den beiden letzten Stufen der Treppe und stellte sich vor das Pferd des Stadthauptmanns. In diesem Augenblick sah er Hennig Wichmann einige Schritte entfernt stehen: Sein Kamerad war genauso gerüstet und gefesselt, wie er selbst. Die genauso lange Kette hinter ihm wurde vom älteren der beiden adligen Hauptleute gehalten, welcher gerade sein Pferd bestieg.

»Gott zum Gruß!« Störtebeker schrie, damit er gehört wurde, und nickte dem langjährigen Gefährten zu.

»Gott zum Gruß!«, brüllte Wichmann zurück und schloss einen Augenblick lang die Lider in stillem Einvernehmen.

Weitere Worte konnten sie nicht miteinander wechseln, denn mehrere Wachen rührten ihre Trommeln oder bliesen die Olifanten. Störtebeker spürte einen leichten Ruck an seinen Handgelenken. Er sah sich um.

»Vorwärts!«, rief Klaasen. Mit eisernem Zeigefinger wies er gebieterisch nach Westen.

Es war zu laut, um zu hören, aber Störtebeker verstand. Er nickte gelassen und folgte der ihm vorausreitenden Kompanie. Quer durch die von Menschenleibern gebildete Gasse ging er über den Rathausplatz und bog nach Westen ein in die Große Reichenstraße. In ihr standen keine Bürger an den Seiten, denn die Wachen hatten die Leute zurück in ihre Häuser oder in die Seitengassen getrieben. Mit entschlossenen Gesichtern und aufgestellten Piken standen die Soldaten vor jedem Hauseingang in dieser Straße. Jedoch waren alle Fenster weit geöffnet und zwischen ihren Rahmen rangelten die Zuschauer um die besten Plätze. Einige stopften sich noch zwischen die anderen, sodass die zahlreichen herauslugenden Oberkörper wie aus dem Leib einer Meduse zu ragen schienen.

Mit gemessenen Schritten marschierte Störtebeker durch die Große Reichenstraße und blickte stoisch rechts und links auf die Gaffer: Verwandte, Bekannte sowie Freunde der Bewohner dieser Gasse waren eingeladen worden oder hatten sich von selbst eingefunden.

Er näherte sich einem prächtigen Patrizierhaus mit einem Balkon vorm ersten Stock. Auf diesem standen lediglich ein blutjunges Fräulein und ein edel gekleideter älterer Mann. Vom ersten Anblick an gefiel Störtebeker das bildschöne Weib und im Vorbeigehen starrte er unablässig in ihre Augen. Das Fräulein konnte ihren Blick nicht von seinem lösen, wurde blass und hielt sich am Geländer fest. Störtebeker starrte weiter, selbst als er schon vorbei war und seinen Hals immer weiter verdrehen musste.

Über einhundert neugierige Augenpaare folgten dem Blick des Seeräuberhauptmanns.

Hastig griff das Fräulein sich an den Hals, bevor es rücklings in Ohnmacht fiel. Im Stürzen jedoch wurde sie von dem älteren Mann aufgefangen, welcher daraufhin Störtebeker mit der geballten Faust drohte und einen zornigen Ruf hinterhersandte.

Das hämische Gegacker der schadenfrohen Gaffer schallte durch die Gasse.

Störtebeker wandte langsam den Kopf ab und grinste belustigt. Vergnügt ging er weiter, reckte sich und öffnete weit die Augen, um nach seinem nächsten Opfer auszuspähen.

Währenddessen näherte er sich jedoch dem stattlichen Haus der Familie Nyenkerken, aber er vermied es, nach oben zu sehen. Nur aus den Augenwinkeln erkannte gerade noch Katarina, die rasch von einem der Fenster im obersten Stock zurücktrat. Er spürte, wie sein Herz rascher schlug.

Der Ratsherr Joergen Nyenkerken indessen blieb am offenen Fenster stehen und blickte herab, ohne eine Regung zu zeigen. Störtebekers Gedanken verweilten für einen Augenblick bei Hermann Nyenkerken, welcher hinter diesem Fenster schwerkrank in einem Bett liegen musste. Er erbat vom Hohen Herrn im Himmel das Leben des Freundes, denn es reiche doch wohl, nur des Räubers Lebenslicht zu löschen.

Am Ende der Großen Reichenstraße an einer Kreuzung bog der Zug rechts ab nach Süden in die ›Twedorpstwiete‹[99]. Störtebeker erblickte in der Gasse seine verbliebenen Gefährten, welche aufgereiht vor einer Hauswand standen. Ihre Köpfe waren bedeckt und sie steckten in ihren besten Kleidern. Die Handgelenke waren mit dicken Seilen hinterm Rücken gefesselt und aneinander waren sie mit einem ellenlangen Tau gebunden. Störtebeker zählte sie, als er mit kürzeren Schritten an ihnen vorbeiging: Es waren nur noch drei Dutzend. Sie hatten in einem anderen Gefängnis gesessen, in dem sie längst nicht so zuvorkommend behandelt worden waren wie er und Wichmann. Aber sie blickten ungebrochen und brüllten der Reihe nach die Losung, als ihre Anführer an ihnen vorbeigingen: »Gottes Freund und aller Welt Feind!«

Jedem sah Störtebeker kurz in die Augen, dabei leicht nickend und die Lider für einen Augenblick schließend. Nur einer rief nichts: Wim. Er stand weit vorn neben Fietje, formte mit seinem Mund ein tonloses

99 Twedorpstwiete – heute Brandstwiete

Oval und zitterte am ganzen Leib. Aus weit aufgerissenen Augen sah er seinen Hauptmann um Hilfe heischend an.

Störtebeker ging betroffen weiter und betete, den sichtlich abgemagerten Dicken noch retten zu können, aber auch die Kameraden.

Die Twedorpstwiete endete am ›Brooktor‹, dessen Zugbrücke mit der Kante auf der Insel ›Grasbrook‹ lag. Störtebeker blickte auf das spiegelglatte Wasser des Grabens und wusste, dass er sein Schicksals-Element zum letzten Mal sah.

Er atmete tief durch und betrat angespannt den Grasbrook, aber angekommen jedoch war er noch nicht. Auf der Insel ging es noch ein gutes Stück nach Westen, bis der Zug einen tief ausgehobenen fünf Ellen breiten Graben erreichte, der die Insel teilte. Über ihn hinweg war vor Jahren ein schmaler Steg errichtet worden.

Störtebeker sah nach vorn und erblickte am Ende der Insel die Richtstätte mit einigen Strafgerüsten und zwei neu errichteten Tribünen. Auf einer kleinen Erhebung dazwischen konnte er mit seinem scharfen Blick schon den Richtblock erkennen. Daneben stand erwartungsvoll der Scharfrichter Rosenfeldt, welcher die blanke Schneide eines langen Schwerts auf seine rechte Schulter gelegt hatte.

Eine größere Schäfchenwolke verdeckte die Sonne, aber der Wind zerteilte sie rasch und ein sich weitender Riss gab ein Strahlenbündel frei, das den Wartenden beschien. Das Licht hüllte ihn ein und es schien, als stände er inmitten einer Gloriole. Rosenfeldt drehte voller Ungeduld den Knauf seines Schwerts hin und her. Die Klinge blitzte auf, als sie einige Sonnenstrahlen in die Augen des Todgeweihten umlenkte.

Störtebeker zuckte schaudernd zusammen und bekam eine Gänsehaut, die seine Haare im Nacken aufrichtete. Sein Herz pochte heftig, sodass er jeden Schlag am Hals spürte. Trotzdem wich das Blut aus seinen Wangen und seinen Gliedern. Einen Augenblick lang befürchtete er, seine Beine würden unter ihm nachgeben und auch seine Blase sich entleeren. Er schalt sich einen todesängstlichen Feigling und riss sich zusammen. So fasste er neuen Mut und schritt mit hoch erhobenem Haupt vorwärts der Richtstätte entgegen.

4

Der Magister hatte den größten Teil des Schatzes versteckt und dessen Lage auf einem Plan vermerkt. Diese Karte hatte er einem frommen Mann mitgegeben, welcher sein Haus im hohen Norden verlassen hatte und barfuß seinen Jakobsweg nach Spanien ging. Den ahnungslosen Pilger hatte er gebeten, das versiegelte Dokument in der Kathedrale von Santiago de Compostela an einer von ihm genau beschriebenen Stelle zu verstecken. Der Wallfahrer nahm nichts für diesen Dienst an, denn er glaubte dem Fremden, dass er damit eine Wohltat begehe. Von seiner zusätzlichen Aufgabe mit Inbrunst erfüllt, setzte der gute Mann seine Wallfahrt fort und erreichte nach vielen Monaten unbehelligt sein Ziel.

Wigbold blickte ihm erleichtert nach und stieg mit einem zufriedenen Nicken auf den Planwagen. Obwohl sich kein Schatz mehr im Karren befand, mussten die beiden Gäule mit aller Kraft ziehen. Statt Edelsteinen und Geld türmte sich im Wagen allerlei zum Essen und jede Menge zum Trinken. Jedoch brauchten die Tiere lediglich eine halbe Stunde noch sich anzustrengen, bis ihr Lenker sein Ziel erreicht hatte. Es war noch früher Morgen und das Stadttor gerade erst geöffnet worden, als er Verden an der Aller erreichte.

»Hüa!«, rief der Magister und trieb seine schon müden Gäule an, die mit letzter Kraft den Marktplatz erreichten. Er tätschelte sie und dankte ihnen für ihren Fleiß. Er sah sich um. Einige Händler bauten bereits ihre Stände auf und die ersten Käufer schlenderten herum. Magister Wigbold winkte einen ärmlich gekleideten Mann zu sich und übergab ihm die Zügel.

»Ich schenke Euch diese beiden Pferde und auch den Wagen!«, rief er und legte dem verdutzten Mann die rechte Hand auf die Schulter, damit die Umstehenden die Rechtmäßigkeit dieser Tat bezeugen konnten. »Zuvor jedoch helft Ihr mir, diese Waren hier abzuladen und vor dem Wagen aufzuhäufen.«

Der Mann fasste sich, stammelte einige Dankesworte und packte freudestrahlend mit an. Im Nu türmte er mitten auf dem Platz die Körbe und Kisten auf sowie etliche Fässer mit der willkommensten Nahrung des Landes. Wigbold stellte sich auf ein Fässchen, breitete die Arme aus und winkte den Menschen, herbeizukommen.

»Auf!«, rief er, »Liebe Leut, kommt zuhauf! Heute gibt's einen besonderen Tageslauf! Herbei, werte Herrschaften, ich hab gebracht, mit was Euch der Ritter von Halsmühlen bedacht!«

Für einen Augenblick senkte Magister Wigbold den Kopf, um den kummervollen Blick in seinen Augen zu verbergen. Er nahm sich zusammen und reckte sich erneut. »Hört, hört, Ihr lieben Leut, hört, hört! Heute fällt in Hamburg, der Hansen Stadt, der Kopf des Halsmühlener Ritters, dem Schrecken aller nordischen Gestade!«

Er ließ sich von seinem Helfer einen Fisch sowie ein Brot reichen und hob beides hoch über seinen Kopf. »Nun hört sein Vermächtnis, liebe Leut: Das hier schenkt er Euch!«

Er warf beides in hohem Bogen unters Volk. »Frei Speis und Trank sollt Ihr haben heut! Esst und trinkt, bis sich der Magen beugt! Labt Euch und bildet Euch Eure eigene Sicht auf Störtebeker, den hansischen Bösewicht!«

Der Mann, der zu unverhofftem Wohlstand gekommen war, blickte fragend zum Magister empor. Als Wigbold nickte, packte er einen Korb und reichte ihn in die Menge. Es dauerte nur einige Augenblicke, bis die Menschen sich in Scharen auf den Haufen stürzten. Sie balgten sich um jedes Brot, jeden Fisch und jedes Fass. Die Stärksten setzten sich durch und schleppten das Beste fort. Zurück blieben die Schwächeren und begnügten sich mit übrig geblieben Broten und Fischen.

Die Händler begannen zu schimpfen und zu fluchen, denn niemand kaufte bei ihnen ein. Wigbold eilte herum einmal um den ganzen Markt und gab jedem der Verkäufer mehr als genug, denn die Verdener Bürger sollten am heutigen Tag alles umsonst haben.

Er ging nicht zurück zum Wagen, sondern eilte zum nördlichen Tor. Ohne zurückzublicken, marschierte er nach Norden. Der Magister eilte zu Goedecke Michel, dem zu sorglosen Admiral, um ihn eindringlich vor den Hamburgern warnen.

5

Auf den Tribünen saßen dicht nebeneinander die angesehenen Familien der Stadt sowie deren vornehme Gäste aus dem Umland. Das Volk drängte sich hinter dem langen Zug und wollte ebenfalls über den Steg zur Richtstätte, die Wachen jedoch hielten es davon ab. Auf vielfältige Weise versuchten die Menschen, über den Graben zu gelangen. Zu Hunderten ließen sie sich übersetzen auf den vorderen Teil der Insel von jenen Glücklichen, die ein Boot besaßen und die einmalige Gelegenheit nutzten, unverschämte Entgelte verlangen zu können.

Vor der Haupttribüne hielt Störtebeker an, neben ihm blieben Wichmann sowie die Gefährten stehen, sodass sie in einer Reihe standen. Sie blickten schweigend zu den Ratsherren auf, die erhöht saßen und ernst blickten. Neben Bürgermeister Kersten Miles saß als Ehrengast Erik von Landorp und lächelte Störtebeker siegesgewiss an. Störtebeker sah nur kurz und gleichgültig zu ihm hinüber, denn seine Gedanken galten seinen Kameraden.

Kersten Miles erhob sich langsam, sodass die Zuschauer ihn neugierig ansahen und nach einigen Augenblicken verstummten. Mit lauter Stimme verkündete der erste Bürgermeister der Stadt das Urteil: »Am Tage des Herrn, dem 20. Oktober 1400, vollziehen wir die gerechtfertigte Bestrafung von Klaus Störtebeker, Hennig Wichmann sowie ihrer Seeräuberbande. Möge ihre Strafe als abschreckendes Beispiel gelten! Denn sie haben ...«

»Hohe Herren!«, rief Störtebeker dazwischen, ohne eine Aufforderung zum Sprechen abzuwarten. »Diese Männer sind mir gefolgt und haben meinen Befehlen gehorcht. Daher nehme ich sämtliche Schuld auf mich und ersuche Euch, nur mich zu bestrafen und alle Anderen frei zu lassen.«

Kersten Miles blickte überrascht und sah sich um nach seinen abfällig lachenden Genossen im Rat. Er richtete die Augen auf Störtebeker und schüttelte missbilligend den Kopf. »Ihr selbst nennt euch Likedeeler«, sagte er und lächelte ironisch. »Folglich teilt ihr auch den Tod miteinander.«

»Das war einmal«, widersprach Störtebeker. »Ich allein trage die Schuld. Ich ersuche um ein Gottesurteil, indem jedem meiner Kameraden, an welchem ich nach dem ersten Richtschlag noch vorbeigehen kann, die Freiheit gewährt wird!«

Ein Rauschen, verursacht durch geäußerte Empörungen und heftige Gebärden, wehte durch die Reihen der Ratsherren.

»Lasst ihn doch!«, schrie Landorp und lachte schallend, er war fast von Sinnen, trunken vom Rausch der endlich sich erfüllenden Rache, voll des Übermuts. »Ich will sehen, wie er ohne Kopf läuft. Wäre das nicht ein wundersames Schauspiel, meine Herren?« Er wandte sich an seinen Sitznachbarn und blickte Hans von Klaasen auffordernd an.

Der adlige Ratsherr hielt stets zu seinesgleichen und lächelte ohnehin bereits über die Worte Landorps. Er nickte bereitwillig, sodass zunächst die adligen Genossen seinem Beispiel folgten, bis auch die anderen Ratsherren es für geboten hielten einzustimmen, einer nach dem anderen nickte. Sie ließen sich sogar von dem Übermut des Admirals anstecken, stießen sich amüsiert an und schlugen sich auf die Schenkel.

Anfangs hatte Kersten Miles zutiefst verärgert die Brauen zusammengezogen, danach aber mit den Schultern gezuckt und ergeben die Arme ausgebreitet. »Wenn Ihr tatsächlich glaubt, das Leben, das Gott Euch eingehaucht hat und wir Euch nun in Gottes Namen nehmen, nach Eurem eigenem Willen verlängern zu können, versucht es.«

»Jedem Kameraden, an dem ich vorbeigelaufen bin, schenkt ihr die Freiheit«, hakte Störtebeker nach. »Ich nehme an, die Hamburger Ratsherren halten zu ihrem Wort.«

»Und ob!«, rief Landorp dazwischen und sprang erzürnt auf.

»Ihr braucht Euch nicht anstelle von uns aufzuregen«, wies Kersten Miles seinen Gast mit kühler Geste zurecht. »Wir können für uns selbst sprechen. Klaus Störtebeker, Ihr habt unser Wort, aber es wird nicht dazu kommen, dass wir es halten müssen.«

Störtebeker nickte und sah Buxtehunde an, der sich vor ihn gestellt hatte. »Fangt an, damit wir es endlich hinter uns haben.«

Der Henker lachte ihm ungeniert ins Gesicht. »Hinter Euch? Wollt Ihr Euren Kopf etwa umgekehrt wieder aufgesetzt bekommen?« Er nahm Störtebeker den Helm ab. »Den braucht Ihr nicht mehr. Was der Rat bloß für eine Angeberei mit Euch macht.« Missbilligend schüttelte er den Kopf und warf den Helm achtlos unter die Tribüne.

Eine heftige Bö kam auf und fegte Laub über die Richtstätte. Rosenfeldt wandte sich zur Tribüne und bat mit einer Geste um Geduld.

6

»He du, komm mal her!«, hörte Buxtehunde im Getöse des Winds rufen. Er wandte sich um und sah die Reihe entlang, um herauszufinden, wer ihn so dreist rief.

»Na komm schon!« Ein kleiner Kerl hatte sich weit vorgebeugt und sah ihn unvermindert an.

»Was bildest du dir denn ein, wer du bist?«, knurrte Buxtehunde und schüttelte abweisend den Kopf.

»Komm schon her. Es lohnt sich für dich!«

Buxtehunde blickte so, wie ein Hund seine Ohren spitzt: es schien, als könnte es zu seinem Vorteil sein. So beiläufig, wie er es sich erlauben konnte, spazierte er die Reihe entlang, bis er vor dem Kleinen stand.

Er tat, als prüfe er die Fesselung, indem er den Mann halb herumdrehte und an den Knoten fummelte.

»Was willst du?«, murmelte er und richtete gegen den Mund des Kleinen jenes Ohr, mit welchem er besser hören konnte.

»Ich habe einen Goldschatz, den du haben kannst«, flüsterte Fietje.

»Her damit!«, entgegnete Buxtehunde rasch. »Echt Gold?«

»Ja, musst aber was für tun.«

»Was denn?«

»Wim retten!« Fietje machte ein bedeutsames Gesicht.

»Wen?«

»Den Dicken neben mir.«

Buxtehunde sah kurz auf. »Den da? Wozu in aller Welt den denn?« Er drehte Wim herum und prüfte dessen Fesseln, damit sie nicht auffielen, hielt aber sein Ohr ganz nahe bei Fietje.

»Frag nicht, ja oder nein?«

»Lässt sich machen. Ich könnt 'ne Finte machen.«

»Dann nimm ihn zuerst dran, damit ich es sehe«, flüsterte Fietje. »Danach sage ich dir, wo mein Gold ist.«

»Abgemacht. Einen Versuch ist es wert«, murmelte Buxtehunde.

»Noch was. Nimm meinen Helm ab und verstecke ihn.«

»Hä?«

»Mach schon!« Fietje stampfte ungeduldig mit dem Fuß auf und beugte sich ein wenig vor.

»Meinetwegen.« Buxtehunde richtete sich wieder auf und zog den Helm ab. »Mensch, der ist aber schwer.«

Scheinbar achtlos warf Buxtehunde den Helm weit hinter sich unter die Tribüne. Er wandte sich zu einem Gehilfen. »Kunz, ich geh Pissen! Du schneidest die zwei Kerle hier vom Tau ab und stellst sie ganz nach hinten. Ich erkläre dir und Hinz gleich, warum die zuletzt drankommen.«

Er drehte sich um, ging rasch um die Tribüne herum, stellte sich an einen der hinteren Pfosten und tat, als würde er sein Wasser abschlagen. Nach einigen Augenblicken sah er sich verstohlen um und stieg zwischen die Verstrebungen der Tribüne. Nachdem er Fietjes plumpe Zier gefunden hatte, hieb er mit der Axt schräg ins Gras und hebelte den Soden hoch. Mit der Schneide schaufelte er Erde heraus und schmiss sie weit weg, dann versteckte er den Helm.

7

Nachdem Buxtehunde zurück war, wollte er Rosenfeldt beiseitenehmen. »Scharfrichter, ich muss Euch etwas sehr Wichtiges mitteilen.«

»Nachher!«, gab Rosenfeldt unwirsch zurück, denn der Wind hatte sich gelegt und daher warteten alle auf den Henker. »Hol endlich den Kerl hierher.«

»Schon gut«, murmelte Buxtehunde. »Aber bevor wir mit den Letzten fertig sind, leiht Ihr mir Euer Ohr. Es geht um Gold!«

»Oh!« Rosenfeldt spitzte seinen Mund. »Dann mache ich rechtzeitig eine Pause.«

Buxtehunde ging endlich Störtebeker holen. »Mitkommen!«

Störtebeker nickte, wandte sich aber zunächst an Wichmann. »Gottes Freund und aller Welt Feind!«

Wichmann senkte kurz seine Lider und tauschte mit Störtebeker den Bruderkuss auf beide Wangen. »Gottes Freund und aller Welt Feind! Wir sehen uns wieder.«

»Himmel oder Hölle?«

»Erst Fegefeuer!«

»So?« Störtebeker grinste schwach. »Mir wird jetzt schon heiß.«

»Komm endlich mit!« Buxtehunde zerrte ungeduldig am eisernen Ärmel und schob Störtebeker einige Schritte hinüber zum Richtplatz.

»Knie dich hierhin!« Rosenfeldt wartete voller Ungeduld, denn die Zuschauer murrten schon. »Und du schnapp dir endlich den Zopf von dem Kerl.«

Störtebeker ging nur auf sein rechtes Knie und stellte seinen linken Unterschenkel zum Sprung bereit. Buxtehunde fasste den Zopf und zog Störtebekers Oberkörper nach vorn. Rosenfeldt stellte sich in Positur.

»Zieht fester, Henker!«, murmelte Störtebeker. »Oder habt Ihr keine Kraft mehr, weil Ihr aus der Übung seid?«

»Ich?« Buxtehunde ruckte hin und her mit dem Kopf und schielte missbilligend zu Rosenfeldt. »Der da hat keine Übung.«

»Der wird schon die richtige Stelle treffen.«

»Treffen? Hoffentlich! Aber Euren dicken Hals durchschneiden schafft er nicht, dafür hat er nicht mehr die Kraft.«

Störtebeker lächelte hintersinnig. Deshalb hatte er ja auch gesagt: ›Nach dem ersten Schlag!‹ Von Kopf ab hatte er nicht geredet. Er war von der Einsicht und der Redlichkeit des Rates überzeugt und zuversichtlich, auf diese Weise seine Kameraden retten zu können.

Der gereizte Buxtehunde zog aus Leibeskräften, Störtebeker spannte sämtliche Muskeln und hielt dagegen. Rosenfeldt holte weit nach hinten aus und schlug so fest zu, dass er nur noch auf den Zehen stand. Aber er traf nicht, sondern hieb auf den oberen Wulst der vergoldeten Brünne. Die Schneide schlug Funken und glitt ab, schräg sauste sie in den Nacken, durchtrennte Haut und Muskeln, dann drang sie ins Hinterhauptbein. Der Kopf kippte Störtebeker auf die Brust, trotzdem sprang er auf und lief los, im Hinterkopf steckte das Schwert fest. Rosenfeldt ließ sich den Schwertgriff aus der Hand reißen und blickte hinterher mit offenem Mund. Zugleich plumpste Buxtehunde auf den Hintern, guckte verdattert und ließ den Zopf los. Aber er nahm wahr, wie die lange Kette an ihm vorbeirutschte, und rappelte sich behände auf. Er lief hinterher und sprang mit beiden Füßen auf das Ende der Kette, sodass diese sich spannte und Störtebeker rücklings zu Fall brachte.

Sofort sprang Buxtehunde herbei und stellte sich breitbeinig neben den liegenden Körper, im Laufen bereits hatte er seine Doppelaxt aus dem Gürtel gerissen. Beidhändig holte er aus und trieb die gebogene Schneide durch die Kehle.

»Ihr wolltet wie ein Ritter durchs Schwert sterben«, murmelte er, während er sich kopfschüttelnd wieder aufrichtete und die Axt dem herbeigeeilten Kunz reichte, »habt jedoch Eure Ehre für Kerle hergegeben, die es gar nicht wert sind.«

Mit dem rechten Fuß drehte Buxtehunde den Kopf zurecht, packte den Griff des Richtschwerts und hebelte die Klinge aus dem Schädel. Er fluchte, denn die Schwertklinge hatte eine handspannenlange Scharte. Wütend warf er es weg und bückte sich. Buxtehunde packte den verschmutzten Zopf, reckte Störtebekers Kopf hoch empor und drehte dessen Antlitz zur Tribüne.

Dort saß niemand mehr auf seinem Platz, denn alle Zuschauer waren aufgesprungen. Nun starrten sie auf das mit Gras, Erde und Blut verschmierte Haupt.

»Elf!« Aber Kersten Miles war sitzen geblieben und stammelte entgeistert: »Elf! Wir müssen elf von diesen Verbrechern laufen lassen.« Er sah auf und zerrte heftig am Mantel des Admirals.

Landorp blickte mit glasigen Augen und sein Mund war verzerrt, als er sich Kersten Miles zuwandte.

Der Bürgermeister zog ihn mit aller Kraft zu sich herunter. »Euretwegen!«, zischte Kersten Miles in mühsam unterdrücktem Zorn in Landorps Ohr. »Wegen Eurer Vermessenheit müssen wir elf dieser Kerle laufen lassen.«

»Keineswegs, Herr Bürgermeister.« Landorp fand seine Geistesgegenwart wieder. »Störtebeker ist zu früh losgelaufen, darum ging der Schlag fehl. Außerdem war der Kopf nicht ab.«

»Er sagte ›Nach dem ersten Schlag!‹. Von Kopf ab hat er nicht gesprochen.« Kersten Miles hob beeindruckt die Brauen und spitzte seinen Mund. »Das war listig!«

»Ach was.« Landorp hatte sich längst gefasst und winkte geringschätzig ab. Er riss sich los, lehnte sich nach vorn über die Brüstung und übertönte das Geschrei ringsum. »Das zählt nicht! Er ist zu früh losgerannt und der Kopf war noch dran!« Anklagend wies er auf die Seeräuber und brüllte: »Weitermachen!«

Die Ratsherren stutzten, nahmen aber den Ruf dankbar auf und immer mehr von ihnen skandierten Landorp, bis sie die lauthals dagegen protestierenden Seeräuber überstimmten.

Kersten Miles blieb auf der Bank sitzen und schwieg mit finsterem Blick, aber er schwor sich, es diesem Adligen heimzuzahlen.

8

»Weitermachen!«, hallte es von der Tribüne herab, fast aus allen Mündern. Buxtehunde nickte, warf den Kopf in einen Weidenkorb und ging mit grimmig entschlossenem Gesicht hinüber zum Scharfrichter.

Rosenfeldt indessen hatte sein zweites Richtschwert in die Hände genommen und stand trotzig blickend zum nächsten Schlag bereit. Buxtehunde schubste ihn einfach beiseite, nahm ihm das Schwert ab und stellte sich selbst in Positur.

»He!«, beschwerte sich Rosenfeldt. »Was machst du?«

»Wichmann trägt auch eine Brünne.« Buxtehunde wiegelte ab mit einer beruhigenden Bewegung. »Lasst ihn mir, dann gebe ich Euch das Schwert wieder. Für die anderen.«

»Für die anderen?« Rosenfeldt stutzte. »Denen sollst du doch mit der Axt die Rüben abhacken.«

»Wir machen mit dem Schwert einfach weiter. Die da oben sind doch viel zu erregt, um darauf zu achten. Das ist wichtig, sonst kommen wir nicht an das Gold.«

»Sag schon, wie viel?«

»Viel! Ihr macht nach einem Dutzend Schlägen kurze Pause, dann erkläre ich Euch die Finte. Und denkt daran: Wir müssen mit dem Schwert bis zum Schluss weitermachen.«

Die Menge begann sich zu beruhigen und mit dem Schreien aufzuhören, einer nach dem anderen setzte sich wieder.

»Maul zumachen und Spucke sammeln!«, hatte Wichmann inzwischen angeordnet und mit der Schulter seinen Nebenmann angestoßen. »Befehl vom Hauptmann! Weitersagen!«

Der Mann guckte noch empört, aber er führte die Weisung sofort aus. Kurz darauf schwiegen auch die Seeräuber. Wichmann bog den Oberkörper nach hinten und verzog sein Gesicht zu einem Ausdruck tiefster Verachtung. Er schwang den Oberkörper nach vorn und spuckte in weitem Bogen aus; seine Männer taten es ihm nach. Einige der Ratmänner sprangen empört auf und drohten mit den Fäusten.

Buxtehunde grinste schadenfroh, denn er mochte keine Ratsherren, aber er verzog sein Gesicht nur für einen Wimpernschlag. Sogleich blickte er wieder ernst, denn jetzt war Schluss mit lustig.

»Der Nächste!«, brüllte er und hob das Richtschwert. »Wichmann, her zu mir!«

Hennig Wichmann trat schweigend vor, ruckte kurz mit dem Kopf, damit der Zopf nach hinten hing, und sah seinem Henker in die Augen, ohne mit der Wimper zu zucken.

9

Katarina hatte das Fenster des Krankenzimmers geöffnet und lauschte.

»Mama!«, quengelte der kleine Nikolaus und zupfte am Rock seiner Mutter. »Warum sind wir nicht dabei?«

»Wegen Papa«, flüsterte Katarina und streifte das Händchen wieder ab. »Wir können ihn nicht allein lassen.«

»Warum bin ich nicht dabei?« Nikolaus zerrte trotzig wieder am Rock. »Jan ist da. Er hat gesagt, sein Papa nimmt mich mit. Warum bin ich nicht dabei?«

»Nikolaus, hör endlich auf!« Katarina sah kurz auf die Sonnenuhr der Kirche Sankt Nikolai und blickte wieder angespannt über die Dächer der Häuser in Richtung des Grasbrooks. »Ich will nicht, dass du dabei bist.«

»Warum ist Opa nicht dabei?« Nikolaus zog heftiger. »Warum ...«

»Weil mein Platz bei meinem Sohn ist!«, sagte Joergen Nyenkerken, legte die Hand seines Sohns auf das Laken zurück und stand auf. Er ging zum Fenster, ging vor Nikolaus in die Hocke und legte ihm beide Hände sacht auf die Schultern. »Weil wir alle hierher gehören und nicht dahin.«

»Der böse Mann hat Papa gestochen!«, maulte Nikolaus und blickte finster. »Ich will sehen, wie er geköpft wird.«

Joergen Nyenkerken atmete tief ein. »Zum letzten Mal: *nein*! Ich will nicht, dass du deinen ...« Er hielt unvermittelt inne und sah rasch zum Krankenbett hinüber. »... deinen Vater allein lässt. Er kann jeden Augenblick wieder aufwachen.«

»Papa wacht nicht mehr auf.« Dicke Tränen kullerten über die rosigen Pausebäckchen von Nikolaus. »Ich will sehen, wie der böse Mann stirbt.«

Joergen Nyenkerken erhob sich wieder, denn die Körperhaltung wurde ihm zu unbequem. »Dein Vater wacht wieder auf. Ganz bestimmt. Er schläft nur.«

»Seit drei Tagen hat er sich nicht mehr gerührt und fiebert immer mehr«, flüsterte Katarina. »Die Wochen davor hat er wenigstens etwas gegessen und getrunken, obwohl er kaum bei Verstand war. Sieh nur, wie abgemagert er ist.«

»Papa stirbt!«, jammerte Nikolaus.

»Das Fieber lässt nach! Ich habe die Stirn berührt, sie fühlt sich wieder kühler an.« Joergen Nyenkerken ging wieder in die Hocke, um Nikolaus zu trösten.

Ein dumpfes Brausen tausender Menschenstimmen war zu hören, sodass Katarina zusammenfuhr und Halt am Fensterrahmen suchte. »Jetzt ist er tot!«

Joergen Nyenkerken erhob sich wieder, trat ans Fenster, nahm Katarina in den Arm und blickte mit ihr hinüber. »Gott sei seiner Seele gnädig«, murmelte er.

»Ooopa!«, protestierte Nikolaus und zerrte heftig an der Hose seines Großvaters. »Das ist ein böööser Mann!«

Der Hamster rumorte in seinem Käfig.

»Klaus, was machst du denn für einen Krach?« Die Worte waren nur leise ausgesprochen worden, aber klar verständlich.

Katarina fuhr herum und stieß einen Freudenschrei aus, denn Hermann hatte sich aufgestützt und blickte lächelnd in den Käfig mit dem lärmenden Hamster. »Hast du Hunger, Kleiner? Ich auch, großen Appetit sogar!« Dann sah er verwundert herüber. »Was macht ihr denn alle hier?«

Katarina stürzte zum Bett, kniete nieder und nahm Hermann stürmisch in ihre Arme.

»Aua!«, murmelte Hermann, als er ihre Finger auf seiner schlecht verheilenden Wunde spürte, und erinnerte sich. »Da tut höllisch weh. Aber ich lebe, ich bin nicht tot! Dann hatte ich Glück, denn Klaus hat mich gerettet.«

»Also war es Klaus Störtebeker wirklich nicht?« Joergen Nyenkerken beugte sich herab und hielt sein Ohr vor Hermanns Mund. »Wer denn?«

»Erik von Landorp war's.«

Joergen Nyenkerken erhob sich ruckartig, blickte zum Fenster und ballte erzürnt seine Fäuste. »Schon wieder diese Adelsbrut!« Er wandte sich wieder um und sah seinen Sohn an. »Bist du sicher?«

»Ganz sicher!«

Katarina senkte ihren Kopf und seufzte, denn in ihre Freude, dass es Störtebeker nicht gewesen war, mischte sich der Kummer, dass ihr Halbbruder skrupelloser war, als sie je zu denken vermocht hatte.

Joergen Nyenkerken drehte sich um und hockte sich vor seinen Enkel. Er legte wieder sacht beide Hände auf die Schultern und sah ihm ernst ins Gesicht. »Hast du gehört, was dein Vater eben gesagt hat? Dass nicht der Störtebeker deinen Papa gestochen hat?«

Der kleine Nikolaus stand völlig verdattert mit offenem Mund und machte nur noch große Augen. Nach einigen Augenblicken blickte er ernst und nickte langsam.

Katarina hätte am liebsten alle Körperteile ihres Mannes gleichzeitig gestreichelt, so glückselig war sie und sie musste sich zusammennehmen, dass sie ihn nicht vor Liebe erdrückte.

»Katarina«, sagte Joergen Nyenkerken und blickte seine Schwiegertochter ernst an. »Ich eile zum Bürgermeister! Wir müssen den Admiral fassen, solange er sich noch auf Hamburger Boden befindet.«

»Papaaa!« Die sechs anderen Kinder – die drei fast erwachsenen

Töchter hielten je eines der drei kleineren Geschwister von Nikolaus im Arm –, kamen ins Zimmer gelaufen und umringten freudestrahlend das Bett ihres wieder ins Leben zurückgekehrten Vaters.

10

Wim zitterte immer stärker, denn er war bald an der Reihe, letztendlich konnte er nicht mehr an sich halten.

»Bäh!«, schimpfte Fietje und rümpfte angewidert seine Nase. »Jetzt machst du auch noch in die Hose! Ich habe dir doch gerade geflüstert, dass du dir keine Sorgen machen brauchst.«

Wim heulte los. »Jetzt machst du dich auch noch lustig über mich. Natürlich mache ich mir gleich keine Sorgen mehr.«

»Du machst nach dem Schlag gar keine Bewegung mehr, keinen Mucks. Hast du verstanden!«

»Jetzt machst du mit mir auch noch einen Scherz. Natürlich rühr ich mich nicht mehr nach meiner Hinrichtung.«

Fietje stupste Wim mit der Schulter. »Mensch Dicker, glaub mir doch endlich: Du überlebst!«

Wim jedoch glotzte Fietje entsetzt an. »Wie denn, Fietje? Glaubst du wirklich, ich werde zu einem Wiedergänger? Wie entsetzlich!«

Fietje stampfte zornig auf. »Herrgott, Wim! Reg mich nicht auf, du Dummsau! Hätte ich je Haare gehabt, wären sie schon weiß, seit ich dich kenne! Tu einfach, was ich dir sage: Du machst, als wenn du tot wärst!«

»Machen? Wie denn? Ich bin's doch!«

»Herrgott!«, rief Fietje, legte seinen Kopf in den Nacken und verdrehte die Augen.

»Meinst du etwa mich?«, fragte Rosenfeldt, der gerade einen tadellosen Schlag geführt hatte und zufrieden sich mit dem Handrücken den Schweiß von der Stirn wischte. Dabei zwinkerte er Fietje vertraulich zu und grinste, denn er wusste inzwischen Bescheid.

»Meinetwegen bist *du* das. Jedenfalls machst du mich sofort einen Kopf kürzer, damit ich endlich meine Ruhe habe vor diesem Stinker neben mir.«

Rosenfeldt senkte mehrmals beruhigend die Hand. »Immer mit der Ruhe. Zunächst wollen wir doch unsere Abmachung erledigen, nicht wahr.«

Er winkte Wim zu sich, der jedoch nicht vom Fleck kam. Hinz und Kunz mussten ihn fast tragen zur Richtstelle. Sie drückten ihn nieder, stauchten seinen massigen Körper zurecht und richteten den Nacken aus. Sie hockten sich rechts und links neben den am ganzen Leib bebenden Dicken, hielten ihn dabei fest wie in einem Schraubstock. Buxtehunde trug immer noch den Kopf des zuvor gerichteten Seeräubers am Zopf, als er mit der anderen Hand in Wims Haarbüschel griff. Er wickelte die Haare um seine Finger, denn sie waren zu borstig und zu kurz gewesen, um einen Zopf daraus zu flechten.

Buxtehunde zog aus Leibeskräften und Rosenfeldt holte so weit aus, wie er konnte. Dann hieb er mit voller Wucht zu. Ein Kopf flog in hohem Bogen ins Gras; unwillkürlich folgten alle Blicke dessen Flug. Blitzartig riss Buxtehunde Wim vornüber hinein in einen Tümpel voll blutigem Matsch, sodass sein Hintern den Oberkörper überragte; im gleichen Augenblick fassten Hinz und Kunz die Enden von Wims offener Jacke, rissen diese dem Dicken überkopf und schleiften den bluttriefenden Leib zur Grube.

Fietje reckte seinen Hals und schaute ganz genau hin. Als Hinz und Kunz den Körper von Wim in die Grube fallen ließen, nickte er beifällig. Unaufgefordert ging er zum Scharfrichter und kniete neben ihm nieder.

Buxtehunde bückte sich und packte das wirre Haarbüschel.

»Vorsicht!«, mahnte Fietje. »Nicht so fest ziehen! Die Haare sind nur angeklebt, denn ich habe sie von Wim.«

»Ach, du Armer. Kaum gewonnen schon wieder zerronnen«, murmelte Buxtehunde und heuchelte Mitleid. Indessen betastete er mit der anderen Hand den Hals, als prüfe er die Stärke des Nackens. Zugleich hielt er sein Ohr in die Nähe von Fietjes Mund.

»Nun?«, flüsterte er. Auf seiner Zunge sammelte sich vor Gier der Geifer.

In vier Worten verriet Fietje ihm sein Geheimnis.

»Wirklich?« Buxtehunde machte runde Augen. »Eigentlich hätte ich mir das denken können.«

»Hast du aber nicht, genau wie alle anderen nicht.«

»Gut für mich!«

»Gut für Wim!« Fietje hob mahnend seine Augenbrauen.

»Dann war dein mickeriges Köpfchen ja doch zu etwas Nutze«, spottete Buxtehunde, aber er zwinkerte zugleich und lächelte milde.

»Eben drum«, murmelte Fietje und lächelte melancholisch. »Doch nun hat es seine Schuldigkeit getan und ...«

»... kann ab!«, ergänzte Buxtehunde, nickte entschieden und tauschte mit Fietje einen Blick tiefsten Einverständnisses.

»Ich habe diese Welt satt!«, knurrte Fietje und reckte seinen Hals. »Bring mich fort von hier, Henkermeister.«

»Keine Sorge, Großmeister Rosenfeldt befördert dich gekonnt vom

Leben zum Tod. Dieses Mal sogar mit dem allergrößten Vergnügen!« Buxtehunde grinste, blickte auf zu Rosenfeldt und senkte kurz die Lider. Mit der Schneide der Klinge nahm der Scharfrichter Maß über dem Nacken des Schlagetots und holte weit nach hinten aus.

11

Die Zuschauer verließen die Tribünen, Landorp jedoch stieg herab und suchte einen trockenen Weg zu den Henkern. Er wollte Störtebekers Kopf.

»Jetzt seid ihr gewiss rechtschaffen müde, Meister Scharfrichter«, sprach er Rosenfeldt an. »Bringt mir ...«

»Ich bin nicht erschöpft!«, antwortete Rosenfeldt schroff, denn er grollte dem fremden Adligen. Ihm gab er die Schuld an seiner Bloßstellung. »Im Gegenteil. Ich könnte auf der Stelle vor allem Euch sowie noch dem gesamten Rat den Kopf abhauen!«

»Das erzähle ich dem Bürgermeister!« Voller Empörung vergaß Landorp sein Anliegen und machte kehrt. »Und dann Gnade Euch!«

»Mit dem habt Ihr es Euch aber verscherzt«, murmelte Buxtehunde und wedelte besorgt mit der Hand.

»Anders herum: Er hat es sich mit mir verscherzt, denn mit einem Scharfrichter sollte sich niemand anlegen!«

12

Es war spät nachmittags, aber auf dem Grasbrook regten sich noch die Henker und ihre Gehilfen. Im Schein der Abendsonne nagelten zwei von ihnen die letzten der achtunddreißig Köpfe auf einen der waagerecht aufgebockten Holzstämme am Flussufer. Kunz und Hinz indessen schütteten Erde in eine große Grube auf die Leiber der Gerichteten. Neben ihnen standen Rosenfeldt sowie Buxtehunde und stützten sich auf ihre Schwerter.

Hinz sah in die Grube und wandte sich kopfschüttelnd an Buxtehunde. »Also das versteh ich nicht. Warum eigentlich haben wir denn dem da unten in der Ecke seinen Kopf drangelassen?«

»Pscht!«, fauchte Buxtehunde. Er bückte sich eilig, raffte zwei dicke Bündel Gras und einen Haufen Stroh zusammen und verteilte alles lose über dem Kopf, sodass dorthin keine Erde fallen konnte.

Rosenfeldt indessen blickte rasch zu den beiden Gehilfen hinüber, welche noch Köpfe befestigten, aber sie waren außer Sicht- und Hörweite. Er reichte Hinz und Kunz je eine goldene Münze. »Das lasst ihr unsere Sache sein. Ihr jedenfalls habt nichts getan oder gesehen und redet niemals darüber, wenn euch euer Leben lieb ist.«

Kunz und Hinz nickten heftig und nahmen mit gierigen Griffen das Gold, denn soviel hatten sie ihr Lebtag noch nicht besessen. Sie schippten weiter, so schnell wie noch nie, und zum Abschluss legten sie eine dicke Schicht Grassoden auf die festgestampfte Erde.

Rosenfeldt schickte die vier Gehilfen vor. Er sah ihnen nach, indem er beobachtete, wie sie durch die Entfernung scheinbar immer kleiner wurden.

»Können wir es schon wagen?«, flüsterte er Buxtehunde zu.

»Auf keinen Fall.« Der Henker wiegte bedächtig seinen Kopf. »Wir warten lieber noch, bis es dunkel ist.«

Unschlüssig kratzte Rosenfeldt sich am Kopf. »Oder sollten wir ihn lieber doch ...«

»Ne, ne.« Buxtehunde schüttelte entschieden blickend das Haupt. »Abgemacht ist abgemacht!«

»Schon gut. Ich meine ja nur, dass es gefährlich ist. Wegen der beiden da.« Rosenfeldt zeigte in die Richtung, in welche die Gehilfen sich entfernt hatten.

»Wegen Hinz und Kunz?« Buxtehunde ruckte herum, blickte zum Steg und grinste teuflisch. »Lasst das mal nur meine Sorge sein.«

Rosenfeldt sah dem Henker prüfend in die Augen. »Das beruhigt mich, denn auf dich kann ich mich verlassen.«

»Auch beim Störtebeker hättet Ihr Euch auf mich verlassen sollen, dann wäre der ganze Ärger nicht geschehen.«

»Schon gut.« Rosenfeldt wand sich und verdrehte seine Pupillen. »Wenn wir den Goedecke Michel erwischen, darfst du ihn köpfen.«

»Euer Wort in meinem Ohr! Ich hau dem Michel die Rübe so rasch ab, dass er nicht mal mehr ›Papp!‹ sagen kann.«

Rosenfeldt nickte unwillig. »Gehen wir?«

»Nein, wir bleiben … bis heute Abend.« Mit stoischer Miene setzte sich Buxtehunde auf einen der beiden Richtblöcke, bot dem Scharfrichter den anderen an. Er fischte mit seinem Zeigefinger nach dem Henkel eines länglichen Tonkrugs und zog das Gefäß aus seinem Ranzen. »Etwas Rum gefällig?«

13

Sie kam zu spät. Dies spürte Regentin Margarethe, als sie vor dem fest verschlossenen ›Steintor‹, dem nordöstlichen Tor der Stadt Hamburg anhalten musste und zu den Wachen auf dem Rundgang hinaufblickte.

»Eine hochgestellte Person erwartet, eingelassen zu werden!«, rief der Hauptmann ihrer Leibwache und blickte zu den Soldaten auf dem rechten Torturm auf.

Die Wachen holten ihren Befehlshaber. Er beugte sich weit über die Brüstung und verengte die Augen, um die Ankömmlinge im rötlichen Schein der untergehenden Sonne eingehend zu mustern.

»Wer seid ihr?«, fragte er misstrauisch, denn die Reiter unter ihm zeigten kein Banner, sondern verbargen mit ihren Händen sogar die Wappen auf ihren Wämsern.

»Eine hochgestellte Person erwartet, eingelassen zu werden!«, wiederholte der Hauptmann von Margarethes Leibwache. »Wir ersuchen Euch, den Stadthauptmann oder einen der Bürgermeister zu holen, denn nur diese dürfen ihren Namen erfahren.«

»Dänen!«, flüsterte ein Soldat auf dem Rundgang seinem Befehlshaber ins Ohr. »Das höre ich sofort heraus.«

»So?«, murmelte der Befehlshaber und sah seinen Nebenmann überrascht an. »Dänen vor den Toren Hamburgs? Das fehlte uns noch, dass die uns so nahe kommen.« Er legte dem Soldaten neben sich die Hand auf die Schulter und sah ihm ins Gesicht. »Du holst sofort den Stadthauptmann! Ihn findest du im Rathaus oder er sieht immer noch auf dem Grasbrook nach dem Rechten.«

»Das war schon eine Schau heute Mittag!« Der Soldat grinste vertraulich. »Wie der Störtebeker ohne Kopf noch gelaufen ist.«

»Ohne Kopf? Ich hab's anders wahrgenommen.«

»Doch, ohne Kopf. Hab's selber gesehen, denn ... «

»Gesehen? Du? Du hattest weit weg Wache am Steg und Schielaugen hast du auch noch.«

»Ich schwör's, ich hab's gesehen, denn ich ...«, empörte sich der Soldat, bis er von seinem Vorgesetzten unterbrochen wurde.

»Du und Deinesgleichen, ihr solltet nicht solch einen Unsinn weitererzählen. Es war so: Dieser Dummkopf von Scharfrichter hat danebengehauen und ...«

»... der Kopf war doch ab! Der Rat will sich damit doch nur herausreden, weil er sein Wort gebrochen hat. Keiner von uns hat einen Kopf gesehen, als er gelaufen ist. Das erzähl ich jedem.«

»Bis alle Dummköpfe auf der Welt glauben, dass es wahr sei. Nur auf der Tribüne konnte man erkennen, dass ...«

»Es ist aber wahr«, murmelte der Soldat, bevor er mit verstocktem Gesicht kurz Haltung annahm, und sofort kehrt machte. »Und ich bin kein Dummer!«

Der Befehlshaber sah ihm verärgert nach und schüttelte missbilligend den Kopf, dann beugte er sich erneut über die Brüstung. »Geduldet Euch, bis der Stadthauptmann eintrifft!«, rief er und blieb wachsam an der Zinne stehen.

Die Regentin verging vor Ungeduld, trotzdem beherrschte sie sich, nicht die Wachen zu fragen, ob die Hinrichtung bereits stattgefunden hatte. Sie atmete erleichtert auf, als sie die Ketten rasseln hörte, an denen die Zugbrücke herabgelassen wurde, aber das Fallgitter blieb unten. Jemand in silbern glänzender Rüstung mit goldenen Verzierungen steckte den rechten Arm durch ein Geviert der eisernen Stäbe und winkte mit der gepanzerten Hand.

Margarethe bedachte ihren Hauptmann mit einer ungeduldigen Handbewegung, als er an ihr vorbeiging über die Zugbrücke zu dem Gitter.

14

Rosenfeldt hatte die Nase voll vom Herumsitzen. Außerdem hatte er einen Schwips und wollte heim in sein Bett. Aber die Gier nach Gold ließ ihn bleiben, außerdem hatte Buxtehunde ihm das Geheimnis immer noch nicht verraten.

»Fangen wir endlich an?«, quengelte er zum wiederholten Mal und griff nach der Fackel.

Buxtehunde blickte gegen Hamburg, aber er sah nicht einmal mehr den Schattenriss der Stadt. »Ja, es ist Zeit. Gehen wir ans Werk!«

Umständlich zündete Rosenfeldt die Fackel an, ging zur Grube und leuchtete. Buxtehunde stellte sich neben die Ecke, unter welcher der Körper mit dem Kopf lag, und stampfte mehrmals heftig mit dem Fuß auf. »He, Dicker! Die Luft ist rein, du kannst rauskommen!«

Nichts geschah, es blieb still.

Buxtehunde stampfte erneut aufs Gras und rief lauter. »Na los, mach schon! Es ist Nacht und ich bin allein.«

Der Grassoden wurde langsam angehoben, wölbte sich zu einem ellenhohen Hügel, bis er auseinanderbrach. Erdbrocken und tote Leiber fielen nach allen Seiten, als sich eine massige Gestalt aus der Grube herauswand. Sie atmete tief durch und reckte sich stöhnend. Dann beugte sie sich leicht vor und griff sich mit schmerzverzerrtem Gesicht an den Nacken.

»Mir tut der Hals weh, ganz erbärmlich!«, jammerte Wim.

»Sei lieber froh, dass dir überhaupt noch etwas weh tut.« Rosenfeldt beugte sich vor und hielt die Fackel dicht vor Wims blut- und erdverkrustetes Gesicht. »Diese Kerle um dich herum werden niemals wieder Schmerzen haben. Die habe ich ein scharfes Gericht kosten lassen, du aber hast nur einen Schlag flache Klinge abbekommen.«

»Komm endlich da raus und mach das Loch zu!«, knurrte Buxtehunde und warf Wim einen Spaten zu.

Wim fragte nicht, sondern buddelte voller Inbrunst das Loch wieder zu und legte die Grasbatzen sorgfältig aus.

»Rum?« Buxtehunde hielt Wim den Krug vor die Nase.

Wim griff hastig danach und tat einen tiefen Schluck. Er hustete heftig, spuckte und keuchte.

»Na, na. So ein gutes Schlückchen wirst du doch wohl noch runterkriegen«, murmelte Rosenfeldt und klopfte ihm gönnerhaft auf den Rücken. »War wohl alles ein bisschen zu viel heute, nicht wahr?« Er machte sofort zwei Schritte zurück, denn Wim stank widerlich.

Seelenruhig packte Buxtehunde den Krug ein. »Willst du nicht wissen, warum du noch lebst?«

Ratlos blickend nickte Wim.

»Ja, sag endlich, wo das Gold ist!«, murrte Rosenfeldt.

»Wartet hier!« Buxtehunde blickte geheimnisvoll, nahm die Fackel sowie den Spaten und entfernte sich.

Rosenfeldt und Wim sahen ihn mit der Fackel unter der Tribüne irrlichtern und hörten ihn mit dem Spaten in die Erde stechen. Nach kurzer Zeit kam er wieder, ließ ächzend den Spaten fallen und gab Rosenfeldt die Fackel zurück. In der linken Armbeuge hielt er den Helm von Fietje eingeklemmt und mit der Rechten zog er seinen Dolch aus dem Gürtel.

»Guckt euch das an!« Buxtehunde kratzte mit der Klinge das Pech auf der Spitze ab und hielt den beiden anderen den Helmbuckel unter die Nase: Es blinkte golden im Fackelschein. »Der Helm ist gänzlich aus Gold!« Er wog ihn mit den Unterarmen. »Mindestens sechs Pfund schwer.«

»Wir sind reich!« Rosenfeldts Augen weiteten sich vor Gier. »Steinreich sogar. Dank dem Männchen mit dem Goldhelm.«

»Darum«, seufzte Wim eher betrübt denn froh. »Darum hat Fietje ihn immer getragen, auch im Schlaf.«

»Beim Schlafen auch, wirklich?« Buxtehunde sah Wim groß an, dann lachte er. »Selbst ein Drache könnte seinen Goldschatz nicht besser bewachen.«

»Los!«, sagte Rosenfeldt. »Bringen wir's hinter uns.«

»Sofort«, murmelte Buxtehunde und winkte Wim, mitzukommen.

Am Ufer der Norderelbe zeigte er auf ein Gebüsch, hinter welchem ein Boot versteckt lag. Zu dritt schoben sie es ins Wasser und stiegen ein. Wim saß zusammengekauert im Bug, während er von den beiden Henkern über den Flussarm gerudert wurde. Am gegenüberliegenden Ufer ließen sie Wim aussteigen und forderten ihn auf, das Boot vom Ufer abzustoßen.

Hilfesuchend hielt Wim mit den Pratzen den Bug fest. »Wie komme ich nach Marienhafe?«

»Marienhafe?«, murmelte Buxtehunde und blickte orientierungslos. »Wo liegt das denn?«

»In Friesland«, flüsterte Wim.

»Wo ihr euren Bau hattet und bestimmt auch Weiber, nicht wahr?« Rosenfeldt grinste anzüglich, während er mit langem Arm nach Westen wies. »Da geht's lang. Aber zunächst kommst du an die Süderelbe. Da musst du selber sehen, wie du drüber kommst.«

»Ich kann nicht schwimmen.«

»Dann klau ein Boot. Mit Rauben kennst du dich doch aus, oder?«

Wim schüttelte betrübt den Kopf. »Ich habe nur gekocht für die Mannschaft.«

»So?« Buxtehunde lachte gönnerhaft. »Vor allem für dich anscheinend.«

»Halt uns nicht länger auf!« Rosenfeldt stieß Wim mit dem Ruderblatt unsanft vor die Brust und verscheuchte ihn mit Handbewegungen. »Verschwinde, bevor wir es uns anders überlegen.«

Die beiden sahen dem ungelenk ins Dunkle davonhastenden Wim nach, bevor sie das Boot selber vom Ufer abstießen.

»Wir brauchen einen verschwiegenen Schmied, der den Helm einschmilzt«, flüsterte Rosenfeldt und schob den Helm unter der Ruderbank näher zu sich. »Jetzt graben wir ihn erst einmal wieder unter der Tribüne ein.«

»Keine Sorge, ich kenne einen guten Mann.« Buxtehunde grinste verschlagen. »Verlasst Euch auf mich, wie immer.«

15

Nur Hauptmann von Klaasen ritt mit Regentin Margarethe über den hölzernen Steg zum Grasbrook hinüber. Sie hatte darauf bestanden, allein zur Hinrichtungsstätte geführt zu werden und dem Hauptmann das Versprechen abgenommen, über das Folgende ein Leben lang zu schweigen. Beide hielten eine in leichtem Wind lodernde Fackel und leuchteten sich ihren Weg durch die Finsternis. In der Nähe der beiden Hackklötze hielt Klaasen sein Pferd an und stieg ab.

»Hier haben Störtebeker und seine Seeräuber ihr Haupt verloren.« Er hielt seine Fackel tief über den Boden, sodass eine dunkle Lache zu sehen war.

»Und wo sind sie jetzt?« Margarethe lenkte ihren Hengst neben das Pferd des Hauptmanns, hielt ihre Fackel höher und sah sich um.

»Fragt Ihr nach den Köpfen oder den Leibern, Hoheit?«

»Warum fragt Ihr so merkwürdig, Hauptmann?«

»Was fragt *Ihr* so merkwürdig.« Klaasen grinste ironisch. »Ihr wisst doch, dass diese Männer nun nicht mehr beisammen sind.« Er hielt die Fackel waagerecht nach Westen. »Am Ufer sind die Köpfe aufgereiht.« Die Flamme sprühte Funken und zog einen rötlichen Schweif, als Klaasen die Fackel in die Gegenrichtung schwenkte. »Die Rümpfe liegen dort hinten in der Grube.«

»Die Köpfe!« Margarethe starrte in die Dunkelheit nach Westen. »Ich will seinen Kopf sehen.«

»Seinen Kopf? Ihr meint sicherlich den Kopf vom Störtebeker.«

Margarethe nickte und blieb stumm.

»Ich verstehe«, sagte Klaasen. »Ihr wollt Euch vergewissern, dass der Kerl wirklich mausetot ist.«

Margarethe nickte wieder und zog mit verzweifeltem Blick ihre Unterlippe zwischen die Zähne.

»Ich bringe Euch hin.« Klaasen stieg ab, hielt die Pferde am Zaumzeug und führte sie zum Ufer. Artig trotteten die Pferde neben dem Hauptmann und standen sofort still, als Klaasen ein leises Brummgeräusch von sich gab. »Ihr könnt absteigen, Hoheit, wir sind vor Ort.«

Margarethe ließ sich beim Absteigen helfen, denn sie hatte nur die rechte Hand frei. Kaum hatte sie den Boden berührt, hielt sie die Fackel zur Seite. Sie erschrak und ging rückwärts, bis sie mit dem Rücken an die Flanke ihres Pferdes stieß, denn ein kreidebleiches Gesicht mit weit aufgerissenen Augen hatte sie angestarrt.

Klaasen konnte sich ein Grinsen nicht verkneifen. »Keine Sorge, der tut Euch nichts mehr an. Und Euch ins Gesicht springen, kann er sicherlich nicht.« Er hielt die Fackel nahe an den Kopf, achtete jedoch darauf, ihn nicht zu versengen. »Das Haupt ist festgenagelt!«

Margarethe überwand ihren Schrecken, trat näher und hielt ihre Fackel dicht vor das bleiche Gesicht mit dem halb geöffneten Mund. »Das ist er nicht!«, rief sie aus und erhob sich ruckartig.

»Doch, Hoheit«, sagte Klaasen und sah sie verblüfft an. »Das ist er, ganz bestimmt! Seht ihn Euch noch einmal genau an. Kann ja sein, dass wir sein Gesicht etwas in Mitleidenschaft gezogen haben.« Wieder einmal konnte der Hauptmann sich die Ironie nicht verkneifen.

Margarethe zögerte, bevor sie ein entschlossenes Gesicht zeigte. Sie ging zwei Schritte vor, hielt die Fackel tiefer und beugte sich nach unten. Sie blickte auf ein kahl geschorenes Haupt, lediglich einen Schopf im Durchmesser einer großen Münze hatte derjenige stehen gelassen, der ihn geschoren hatte. Das geflochtene Bündel dunkelblonder Haare wellte über das linke Ohr hinab bis zu einem quer liegenden runden

Balken, dem gekappten Mast einer Kogge. Tief in dessen Holz stecken musste die Spitze eines bestimmt zwei Handspannen langen eisernen Nagels, dessen schwärzlicher viereckiger Kopf über die bleiche Haut der Schädeldecke hinausragte.

Margarethe ging in die Hocke, um das Gesicht betrachten zu können. Die Augenlider standen weit offen, trotzdem sah sie von den Pupillen nur die unteren Ränder. Sie waren nach oben verdreht gewesen, als sie im Augenblick des Todes erstarrten. Der Mund war halb geöffnet und die Oberlippe leicht hochgezogen, sodass die unteren Kanten der Schneidezähne mit ihrem gelblichen Belag zu sehen waren. Die schwärzliche Spitze der Zunge steckte zwischen den Zähnen und war dick angeschwollen.

Nichts erinnerte sie an den stattlichen Liebhaber aus glücklichen Tagen. Außerdem hatte ihr stolzer Ritter zuletzt keinen Bart getragen, und zuvor auch nicht einen so zerzausten und struppigen wie diesen. Trotzdem suchte sie nach unverwechselbaren Merkmalen in diesem vom verlorenen Leben gezeichneten Gesicht.

Eines fand sie neben dem rechten Mundwinkel: eine Narbe, die nicht länger als ein Fingernagel breit war. Ein weiteres war gerade noch zu sehen, auf der Haut knapp über dem blutverkrusteten Stumpf: ein dunkler Fleck, so klein wie der Kopf einer Stecknadel. Die Narbe hatte sie ihm verpasst, als sie ihn mit einem Stilett zu sehr neckte, und über das herzförmige Mal hatte sie stets mit ihrer Zunge hinweg geleckt, wenn er sie wieder einmal mit seiner Männlichkeit beglückt hatte.

»Er ist es«, murmelte Margarethe und seufzte entsagungsvoll.

»Wer denn sonst?«, fragte Klaasen und zog verwundert die Brauen hoch. »Etliche Hamburger Herren und Kapitäne kennen ihn, denn er kam stets an Bord ihrer Schiffe, wenn er sie ausraubte, und lachte ihnen frech ins Gesicht.«

»Ich habe stets von Herzen gelacht, wenn ich hörte, wie viel Hamburgs Herren sich gefallen lassen«, spottete die Regentin.

Klaasen bekam einen roten Kopf. »Aber nur bis es einfach zu viel des Guten wurde.« Er zuckte mit den Schultern. »Immerhin ließ er alle Mann weitersegeln. Er habe Mitleid mit ihnen gehabt, weil sie so langsam segeln würden, höhnte er stets. Deshalb würde er sie von ihrem Ballast befreien, damit sie schneller nach Hause kämen. Einige von den Herren konnte er nicht leiden und gab noch einen kräftigen Tritt in den Hintern als Dreingabe, bevor er das Deck verließ. Aber ich muss zugeben, dass er sich durchaus ritterlich verhielt.«

»Kein Wunder, er war ja auch ein Ritter.«

»Wie bitte?« Klaasen blieb der Mund offen.

»Ich war dabei, als mein Sohn, der König, ihn zum Ritter schlug!«

»Euer Sohn hat ihn ..., wirklich?«

Margarethe erschrak über ihre entlarvenden Worte und stand hastig auf. »Herr von Klaasen, Ihr seid von Adel!« Sie nahm eine majestätische Haltung ein. »Sicherlich besitzt Ihr jene Würde, dass Euch kein Wort davon über die Lippen gehen wird, was soeben die Witwe eines Königs, die Regentin von drei Königreichen, Euch anvertraut hat.«

Beeindruckt von der Bedeutung dieses Augenblicks und der Hoheit der Regentin Margarethe, sank Klaasen auf sein linkes Knie und hob die Rechte zum Schwur: »Bis zu meinem Tod werde ich schweigen, Majestät!«

Margarethe neigte gnädig ihr Haupt, dann lächelte sie dankbar und hielt dem Hauptmann ihren rechten Handrücken hin. Klaasen hob seine Rechte behutsam unter ihre feingliedrigen Finger und hauchte ehrfürchtig einen Kuss auf die blauädrige Haut der Regentin.

Er stand auf, führte sie zu ihrem Pferd und wollte ihr beim Aufsteigen helfen.

Unvermittelt hielt Margarethe inne. »Ihr seid Kommandant der Hamburger Wache!« Sie reichte Klaasen ihre Fackel und faltete flehend ihre Hände. »Ich bitte Euch inniglich: Helft mir, den Mörder meines Sohns zu fassen! Ich hörte, er hält sich in Eurer Stadt auf.«

Der Stadthauptmann hielt die beiden Fackeln in die Höhe und blickte ins Dunkle über sich. Die edle Rüstung funkelte im Licht der lodernden Flammen; wie ein rächender Gott überragte er die Regentin und gelobte feierlich: »Ich werde diesen Missetäter nicht nur fassen, sondern auch seiner gerechten Strafe zuführen, so wahr mir Gott helfe!«

16

Stadthauptmann von Klaasen ließ sein Pferd Schritt gehen bis zum ›Goldenen Löwen‹, dem stattlichsten Gasthaus der Hansestadt Hamburg. Er führte Scharfrichter Rosenfeldt sowie den Henker Buxtehude zum Hintereingang des Hauses und stieg ab. Trotz der Dunkelheit trugen sie keine Laternen, sondern ertasteten blindlings das Schloss der Eichentür. Klaasen zog einen eisernen Schlüssel aus seinem Hosenbund und schloss so geräuschlos wie möglich auf. Die drei Männer schoben sich durch den schmalen Gang und stiegen die Hintertreppen zum dritten Stock empor. Klaasen schlich bis zur hintersten Tür und lauschte kurz. Er nickte zufrieden, zog sein Schwert und machte Platz für Rosenfeldt und Buxtehunde. Die beiden Männer rannten gleichzeitig auf die Tür zu und rissen sie durch die Wucht ihrer gewichtigen

Körper aus den Angeln. Im nächsten Augenblick sprang Klaasen über das niedergeworfene Türblatt ins Zimmer und richtete die Spitze seines Schwerts auf den Adamsapfel von Admiral Landorp.

Landorp war bereits aus seinem Sessel aufgesprungen und hatte seinen Dolch gezogen, blieb jedoch regungslos stehen, denn er konnte der gegnerischen Klinge nicht mehr ausweichen. Buxtehunde schlug mit einer kurzen Peitsche auf den Unterarm des Admirals, sodass der Lederriemen sich um das Handgelenk wickelte, und riss heftig mit dem Peitschenstiel. Landorp ächzte und ließ den Dolch fallen.

»Habeas Corpus, Admiral Landorp!«, flüsterte Klaasen und dehnte jede Silbe. »Ich verhafte Euch im Auftrag des Rats der Hansestadt Hamburg und werde Euch Eurer gerechten Strafe zuführen!«

Landorp kam nicht zu einer Antwort, denn Rosenfeldt packte ihn am anderen Arm und würgte ihm einen Knebel in den zur Widerrede bereits geöffneten Mund. Indessen verdrehte Buxtehunde die rechte Hand Landorps und zog sie hinter den Rücken, sodass der Admiral sich vor Schmerzen wand. Rosenfeldt trat gegen Landorps linkes Fußgelenk und stieß ihm in den Rücken, sodass der Admiral bäuchlings auf den Dielenboden fiel. Klaasen stellte seinen rechten Fuß mit Nachdruck auf Landorps Nacken, indessen seine beiden Helfer die Arme des Admirals stramm fesselten. Rosenfeldt zog ein Tuch vor Landorps Mund und knüpfte es hinterm Kopf des Admirals fest.

Zu dritt halfen sie ihm auf die Beine. Landorp blutete: In dem weißen Tuch breitete sich ein rotbräunlicher Fleck aus.

»Ich habe Euch doch nicht etwa einen Zahn ausgeschlagen?«, flüsterte Buxtehunde ihm ins Ohr. »Oder haben wir gerade den letzten Zacken aus Eurer Krone gebrochen?«

Er grinste dreist, und ohne Ehrfurcht vor seinem hochwohlgeborenen Gefangenen schubste er ihn mit derben Stößen seines Knies gegen den Steiß des Admirals aus dem Zimmer.

Auf dem Rückweg zum Rathaus beeilten sich die Schergen mit ihrem Gefangenen und nahmen in Kauf, dass sie gehört und gesehen wurden. Sie steckten Landorp in die Zelle Störtebekers und schmiedeten ihn in die gleichen eisernen Fesseln. Dessen Bett jedoch schoben sie gegenüber in die für den Admiral unerreichbare Ecke, denn sie gönnten ihm keinerlei Annehmlichkeiten. Lediglich ein loses Bündel Stroh warfen sie ihm hin und zogen ihm den Knebel aus dem Mund, bevor sie sich von ihm verabschiedeten. Höhnisch wünschten sie ihm eine gute Nacht und schlossen die schwere Tür zum stockfinsteren Verlies ab.

Befriedigt lachten sich die beiden Männer an und klopften jeweils ihrem Gegenüber anerkennend auf die Schulter. Sie nahmen die einzige brennende Fackel aus ihrer Halterung, stiegen empor und verriegelten auch die Kellertür des Rathauses. Rosenfeldt legte das Ohr an die Tür und lauschte: Im Keller war es totenstill. Er blickte zufrieden und winkte Buxtehunde, ihm zu folgen.

17

Der Schlüssel ratschte, als er ins Schloss geschoben wurde und es knirschte, während mit dessen Bart der fast ellenlange Riegel außen am Türblatt zurückgezogen wurde. Landorp richtete sich halb auf und blickte im Dunkeln in Richtung der Tür, in der irren Hoffnung, dies sei alles nur ein Missverständnis. Über einen Tag lang, schätzte er, verbrachte er bereits in dieser schändlichen Zelle und ihm taten sämtliche Knochen weh, denn seine Muskeln verkrampften. An seinen Gelenken klebten verkrustete Blutflecken, denn er hatte sich stundenlang damit gequält, die metallenen Bänder abzustreifen, bevor er sich seinem Schicksal ergeben hatte. Weder hatte sich irgendein Mensch blickenlassen, noch hatte er auch nur einen einzigen Laut von außerhalb vernommen, nicht einmal Wasser und Brot hatte man ihm hingestellt.

Eine männliche Person trat ein. Sie trug eine braune bodenlange Mönchskutte und hatte deren Kapuze tief über ihr Gesicht gezogen, damit lediglich Mund und Kinn zu sehen waren. Sie steckte schweigend zwei Fackeln in die Halterungen rechts sowie links neben der Tür und ging wieder hinaus. Rosenfeldt und Buxtehunde traten ein, gefolgt vom Stadthauptmann, der eine leichte Halbrüstung trug. Jeder von ihnen trug an den Lehnen zwei einfache Holzstühle, die sie vor der gegenüberliegenden Wand abstellten.

Klaasen wandte sich um und stellte sich in die Mitte des Raums. »Admiral Landorp«, sagte er ernst und nahm Haltung an. »Ihr werdet nun vor Gericht gestellt!«

»Gericht?«, schnaubte Landorp verächtlich. »Es gibt nichts zu verurteilen, rein gar nichts. Ich verlange meine sofortige Freiheit und für diese schändliche Behandlung äußerste Genugtuung!«

»Genug zu tun?«, höhnte Buxtehunde, während er sich mit mit Hammer und Schlageisen näherte. Mit raschen Schlägen trieb er einen eisernen Bolzen durch zwei übereinandergelegte Ringglieder, sodass die lange Kette nun um die Hälfte kürzer war. »Haben wir … seit Tagen und gleich tun wir es wieder.«

Landorp wurde blass. »Das kann einfach nicht sein.«

»Oh doch!« Rosenfeldt nickte bestimmt und sah ihn sogar mit einem Hauch von Respekt an. »Ihr müsst sogar von größter Bedeutung sein, denn solch ein hohes Gericht gab es noch nie innerhalb der Mauern von Hamburg.«

»Nennen Hamburgs Herren sich künftig etwa Hohe Räte, weil ihnen das Rollen einiger Seeräuberköpfe dermaßen ins Hirn gestiegen ist?«, höhnte Landorp, sah Stadthauptmann Klaasen an und reckte herausfordernd sein Kinn.

»Nein, Exzellenz.« Klaasen schüttelte den Kopf, ohne eine Miene zu verziehen. »Ein Femegericht wird über Euch urteilen.«

»Ein geheimes Gericht?«, rief Landorp überrascht. »Das ist überhaupt nicht möglich!«

»Euretwegen anscheinend doch!«, sagte Klaasen mit Nachdruck und senkte einmal langsam seinen Kopf.

»Das gilt nicht!«, schrie Landorp mit schriller Stimme. »Ich verlange, vor den Rat geführt zu werden!«

»Und ob dieses Gericht gilt!«, ertönte die männliche Stimme einer weiteren vermummten Person, welche mit einer Fackel in der Hand eintrat. Mit der anderen Hand hielt sie die Vorderkante eines Tischs. Sie ging nach links, gefolgt von der zuerst erschienenen Person, welche die Tischplatte hinten angefasst hatte und eine weitere Fackel trug.

»Ha!«, rief Landorp. »Ihr könnt Euch nicht vor mir verstecken, Bürgermeister. Glaubt bloß nicht, Ihr könntet mit mir Euer falsches Spiel treiben.«

»*Ihr* seid es, der verwerflich handelt!«, sagte die erste Person ungehalten und wandte sich wieder zum Gehen.

»Auch Euch erkenne ich an der Stimme: Der ach so aufrechte Joergen Nyenkerken verbirgt schamhaft sein Haupt vor mir!«, deklamierte Landorp mit hohntriefender Stimme.

Unbeeindruckt von dem Gezeter des Admirals brachten die beiden Ratsherren einen weiteren Tisch herein und stellten ihn neben den anderen. Kersten Miles steckte seine Fackel in einen Halter, zog einen Stuhl heran und setzte sich.

»Scharfrichter Rosenfeldt«, murmelte er, gerade noch verständlich für den Angesprochenen.

»Ja?« Rosenfeldt drehte sich herum.

»Habt Ihr auf dem Grasbrook gesprochen, dass Ihr noch den ganzen Rat köpfen könntet?«

Rosenfeldt wurde blass. »Wie kommt Ihr denn darauf, Herr Bürgermeister?«

»Habt Ihr etwa gehofft, ich sage es dem Rat nicht?« Landorp lachte geringschätzig.

Der Scharfrichter fuhr herum und starrte mit wutverzerrtem Gesicht den Admiral an.

»Habt ihr es gesagt oder nicht?« Die Stimme von Kersten Miles klang unheilvoll.

»Das war Übermut, weil ich ...«

»Ihr habt ausgesprochen, was Ihr gar zu gern tun würdet.«

»Ich war voller Groll, weil ...«

»... Ihr daneben gehauen habt. Ihr habt unserem zuverlässigen Henker die Arbeit weggenommen, um Euch selbst hervorzutun. Ihr besudelt Hamburgs Ehre, zürnt aber uns, statt in Euch zu gehen, und die Schuld bei Euch selbst zu suchen.« Kersten Miles hatte sich erhoben und wies anklagend auf Rosenfeldt.

Der Scharfrichter hatte Landorp ununterbrochen angesehen, trotz der anklagenden Worte des Bürgermeisters. »*Er* ist schuld! Er hat sich über Euch hinweggesetzt, Herr Bürgermeister. Ein Adliger von außerhalb hat die Bürgerschaft lächerlich gemacht!«

Landorp lachte überlegen. »Nur weiter so, Scharfrichter. Ihr redet Euch um Kopf und Kragen.«

»Der Admiral hat recht!«, rief Kersten Miles empört. »Auf der Stelle kniet Ihr vor mir nieder, entschuldigt Euch und nehmt Eure Buße auf Euch!«

Rosenfeldt sah sich nicht um, sondern dem Admiral unverwandt in die Augen. »*Er* ist schuld, und dafür haue ich ihm gleich die Rübe blitzsauber ab.«

»Mein Kopf ist aber kein Gemüse!«, höhnte Landorp und lachte dem Scharfrichter ins Gesicht. »Aber Ihr habt einen Kürbis zwischen den Schultern, der bald geerntet wird.«

»Ihr habt recht, Admiral Landorp!«, ertönte die Stimme von Joergen Nyenkerken. »Dafür werdet Ihr nicht zur Rechenschaft gezogen, obwohl der Rat von Euch vor aller Welt bloßgestellt wurde. Wir würden Euch aus der Stadt weisen bis auf Nimmerwiedersehen.«

»Dann kettet mich sofort los und lasst mich ziehen!«, forderte Landorp. »Auf die Gastfreundschaft von solchen Pfeffersäcken wie Euch kann ich mit Leichtigkeit verzichten.«

»Ich sagte: dafür nicht!« Joergen Nyenkerken ging zur Seite, um zwei weitere vermummte Personen hereinzulassen. »Jedoch habt ihr genügend andere Schuld auf Euch geladen.«

Nun lachte Rosenfeldt dem Admiral ins Gesicht. »Ich sagte doch, ich haue ...«

»Meister Rosenfeldt!«, rief Kersten Miles und mit dem rechten Zeigefinger wies er gebieterisch auf den Zellenboden. »Entweder kniet

Ihr vor mir nieder und zeigt Eure Reue oder Ihr begebt Euch sofort zu Eurem Platz!«

Der Scharfrichter wandte sich zur Seite, ohne den Bürgermeister anzusehen. Mit verstocktem Gesicht ging er zu Buxtehunde, der mit dem Rücken leicht an der Wand lehnte und die Unterarme auf der Parierstange des Richtschwerts ruhen ließ.

Buxtehunde verfolgte das Geschehen mit Gleichmut und wollte die Waffe an den Scharfrichter abgeben. Rosenfeldt jedoch schüttelte den Kopf und zog dem Henker die zweischneidige Axt aus dessen Gürtel. Buxtehunde grinste nur belustigt, während er den Scharfrichter aus den Augenwinkeln beobachtete. Indessen packte Rosenfeldt mit beiden Händen den Stiel der langen Axt, pendelte mit ihr und starrte zitternd vor Zorn auf Landorps bloßen Hals.

18

Die beiden zuletzt hereingekommenen Personen achteten nicht auf den Disput der Hamburger, sondern setzten sich und starrten unter ihren Kapuzen hervor unentwegt auf Landorp, der sie zunächst nicht beachtete.

»Gönnt Ihr mir etwa kein Schwert?« Der Admiral starrte seinerseits Rosenfeldt in die Augen und grinste höhnisch. »Wollt Ihr Euch etwa mit einer hundsgewöhnlichen Axt an einem hohen Adligen vergehen?«

Keiner von den beiden wandte den Blick. Erst als Kersten Miles sich räusperte und Klaasen die Tür geräuschvoll schloss, sahen sie wieder umher.

»Die Verhandlung gegen Admiral Landorp kann beginnen«, sagte Kersten Miles und klopfte mit dem Hammer des Henkers auf den Tisch. »Wer etwas gegen ihn vorzutragen hat, der melde sich.«

»Hört, hört!«, höhnte Landorp.

»Ich klage Erik von Landorp an!« Joergen Nyenkerken erhob sich, beugte sich vor und richtete den Zeigefinger auf den Admiral. »Er hat versucht, meinen Sohn zu ermorden!«

»Hermann?« Landorp heuchelte großes Erstaunen. »Jedermann weiß, dass Klaus Störtebeker ihn auf dem Gewissen hat.«

»Im Gegenteil! Hätte er nicht beherzt eingegriffen, wäre Hermann Nyenkerken tot. *Ihr* habt den Stoß geführt!«

»Das Messer gehörte Klaus Störtebeker!«

»Gehörte!« Joergen Nyenkerken wandte sich an die anderen Personen des Gerichts. »Er schwor mir, dass es ihm gestohlen wurde.«

»Pah, wie viel gilt der Schwur eines Seeräubers? Nichts!«

»Die Hand Störtebekers war aufgeschlitzt, weil er um die blanke Klinge griff.«

»Er hat sich selbst verletzt!« Landorps Stimme schrillte.

»Jemand hat gesehen, dass Ihr es wart.«

»Hö, hö, wer denn?«

Joergen Nyenkerken sah hinüber zu Klaasen. Der Stadthauptmann nickte, ging hinaus und kam mit einer ebenfalls verhüllten Person zurück. Sie konnte nur gestützt auf zwei Leibwachen der Regentin gehen und wurde behutsam auf einen der beiden freien Stühle gesetzt. Die Wachen bezogen wieder Stellung bei ihren zehn Kameraden im Gang vor der Zelle.

»Ich weiß, dass Ihr es gewesen seid!« Hermann Nyenkerken zog die Kapuze zurück.

Landorp zuckte zusammen, aber er fasste sich rasch. »Störtebeker stand mit dem Messer hinter Euch, ich eilte Euch zu Hilfe und hielt seinen Arm fest.«

»Er war unbewaffnet, als ich mit ihm sprach. Er hielt sich mit beiden Händen im Netz fest, als ich mich von ihm abwandte. Er hat mit bloßer Hand die Schneide umfasst, um mich zu retten.«

»Ich habe es anders gesehen oder habt Ihr etwa Augen im Hinterkopf. Habt Ihr gesehen, wer zugestoßen hat?«

»Nein, aber ich glaube ihm, nicht Euch.«

»Ihr glaubt?«, höhnte Landorp, mimte einen tumben Allesgläubigen und lachte schallend. »Glaube ist kein Beweis. Und wo kein Beweis ist, kann kein Urteil fallen.« Er ging hastig einen rasselnden Schritt auf Kersten Miles zu, sodass seine Ketten laut knirschten, als sie spannten. »Ich fordere meine sofortige Freilassung! Ihr könnt mich deswegen nicht verurteilen.«

»Aber für etwas anderes!« Die dritte vermummte Person sprach zum ersten Mal. »Das können wir.« Herzog Johann II. von Mecklenburg-Stargard warf seine Kapuze zurück auf den Rücken.

»Herz...« Landorp erstarrte vor Entsetzen. »Joh...« Er drehte sich hastig um, packte mit beiden Händen die gekürzte Kette und riss daran wie ein Rasender. »Das hier ist kein Gericht, sondern ein teuflisches Rachetribunal!« Landorp schrie gellend, über die Schulter zurückblickend. »Ich verlange, sofort dem kaiserlichen Hofgericht überstellt zu werden! Kommandant von Klaasen, besudelt nicht Eure Ehre mit Unrecht! Ihr bringt mich auf der Stelle nach Prag zum Kaiser!«

»Ihr kennt meine Ehre nicht, Admiral Landorp, denn Euer Ehrbegriff ist nicht der meinige«, entgegnete Klaasen kühl. »Innerhalb dieser Stadtmauern verhelfe ich der Gerechtigkeit zum Triumph.«

»Ich klage Euch an wegen des Mordes an König Olaf III. von Dänemark!«, rief Herzog Johann II.

Landorp fuhr zusammen. »König Olaf ist seiner Krankheit erlegen, das weiß jedermann.«

»Aber *ich* weiß es besser!«, erklang schrill eine weibliche Stimme. Die vierte Gestalt gab sich zu erkennen: Regentin Margarethe streifte ihre Kapuze ab. »Mein Sohn wurde ermordet!«

»Mag sein.« Landorp fühlte sich trotz allem sicher. »Ein König lebt gefährlich. Das Schwert des Damokles schwebt stets über ihm.«

»Gefährlich ist das Leben eines hohen Adligen wegen Bastarden wie Euch«, entgegnete Margarethe kühl.

»Ich bin kein Bastard. Ich bin Herzog Johanns ältester Sohn und somit rechtmäßiger ...«

»Bastard! Und nicht einmal rechtmäßig. Aus gutem Grund hat mein Vater Euch nicht anerkannt.« Herzog Johann II. hieb auf den Tisch. »Ihr seid und bleibt ein rechtloser Bastard!«

»Es geht um den Mord an meinem Sohn, meine Herren!«, rief Margarethe aufgebracht. »Kommen wir zur Sache.« Sie wandte sich an Landorp. »Denkt Ihr, wir verdächtigen Euch? Nein, wir wissen es, denn wir haben Beweise.«

Kersten Miles wandte sich an Klaasen. »Bringt ihn herein!«

19

Zunächst wies Klaasen drei Wachen an, den geschwächten Nyenkerken wieder nach Hause zu bringen, danach stellte er den frei gewordenen Stuhl in die Mitte des Raums und richtete ihn auf Landorp aus. Zuletzt ging er hinaus und kam mit zwei anderen Leibwächtern der Regentin zurück. Diese führten eine ebenfalls vermummte Person herein, deren Hände jedoch auf den Rücken gebunden waren. Klaasen drückte den Kopf tief nach unten, sodass der Kapuzenträger weder sich umsehen konnte noch von den Anwesenden zu erkennen war. Zu dritt zwangen sie die Person auf den Stuhl, unablässig hielt Klaasen den Kopf unten. Die beiden Wachen verließen den Raum wieder und zogen die Tür hinter sich zu. Klaasen richtete den Oberkörper des Sitzenden auf und riss mit einem Ruck die Kapuze zurück.

»Tuve Christiansen!«

»Erik von Landorp!«

Gleichzeitig ertönten die Rufe.

»Der Mörder und sein Helfer!«, deklamierte Margarethe, sprang erregt auf und richtete die Zeigefinger auf die Männer. »*Ihr* habt meinen Sohn umgebracht!«

»Nicht ich, er war‘s!«, rief Tuve Christiansen. Der alte erfahrene Kämpfer verlor seine Fassung.

»Halt‘s Maul!«, brüllte Landorp. »Es gibt keine Beweise!«

»Doch!« Herzog Johann II. stand auf und hielt die Abschrift hoch. »Dieser Brief überführt euch!« Er übergab ihn an Kersten Miles. »Bitte lest ihn vor.« Er setzte sich wieder.

Der Bürgermeister entrollte das Pergament und las vor, nur halblaut aber deutlich und betont.

Während Kersten Miles vortrug, ließ Landorp das Kinn bis auf die Brust sinken. »Unmöglich!«, murmelte er, während er die letzte Zeile hörte. »Ich habe den Brief doch verbrannt.«

»Marschall Tuve Christiansen, Ihr habt den Tod verdient!« Margarethe hielt inne. »Jedoch habt Ihr jahrzehntelang dem Wohl der dänischen Krone gedient. Mit Euch wollte ich demnächst das seit Jahrzehnten verwaiste Amt des Reichsdrosts[100] wieder besetzen. Ihr seid der letzte Mann gewesen, dem ich noch vertraut habe.

Und ich bin nicht frei von Schuld, denn ich nahm Euch die Würde als Admiral. Daher lasse ich Euch am Leben, jedoch geht Ihr in die Verbannung. Im Kloster Mälarholmen werdet Ihr Euer Leben bis zum Ende verbringen.« Sie wandte sich an die beiden Männer ihrer Leibgarde. »Führt ihn ab und sperrt ihn in eine Zelle!«

Die Soldaten steckten ihren entmachteten Befehlshaber in den Kerker nebenan, in welchem Wichmann seine letzte Lebenswochen verbracht hatte.

Landorp starrte stumm auf den Boden, während der Helfer aus seiner hoffnungsvollsten Zeit abgeführt wurde. Er blickte seine Richter einen nach dem anderen an. Zuletzt verweilte sein Auge auf Joergen Nyenkerken und er fing zu lachen an wie ein Irrer.

Joergen Nyenkerken schaute mit geweiteten Pupillen in die Augen von Buxtehunde, dann sah er auf das Schwert und ließ seinen Blick auf der Schneide hinabgleiten bis zur im Licht der Fackeln blinkenden Spitze.

Buxtehunde verfolgte diesen Blick und verstand: Er senkte kaum wahrnehmbar die Lider und tastete langsam mit beiden Händen nach dem Griff.

»Schachmatt ist der König!«, rief Landorp pathetisch, dann prustete er vor Lachen. »Aber ich weiß etwas, was Ihr noch nicht wisst!« Er beugte sich weit vor und sah Herzog Johann II. höhnisch ins Gesicht. »Ihr, Johann Kuckuckskind.«

Joergen Nyenkerken blickte Buxtehunde befehlend an: Der Hen-

100 Reichsdrost – dänisch für Truchsess. Vorsteher der Hofhaltung.

ker schlich sich heran, atmete tief ein und holte so weit aus, wie es im Raum möglich war.

»Euer Vater ist …«, rief Landorp, dann durchtrennte die Schneide des Richtschwerts den gestrafften Hals im Bruchteil von einem Wimpernschlag. Beim zweiten Wort bereits hatte Joergen Nyenkerken den rechten Zeigefinger hochgerissen und Buxtehunde im nächsten Augenblick mit der ganzen Kraft seines Körpers zugeschlagen.

»Halt!« Regentin Margarethe hob ihre Rechte, aber der Kopf lag bereits vor ihren Füßen. »Die nächsten Worte hätte ich gar zu gern noch vernommen«, sprach sie leise und mit drohendem Unterton, dabei blickte sie den Ratsherren vorwurfsvoll an.

Joergen Nyenkerken zog den Kopf ein und zuckte bedauernd mit den Schultern. »Entschuldigt vielmals Hoheit. Aber ich war überzeugt davon, dass dieser Missetäter lange genug gelebt habe.«

»... ist Herzog Johann I. von Mecklenburg-Stargard!«, sprach Herzog Johann II. in der folgenden Stille betont langsam den von Landorp begonnen Satz zu Ende. »Von Gottes Gnaden bin ich Herzog von Mecklenburg-Stargard.« Mit einem kurzen Nicken bekundete er Joergen Nyenkerken seinen Beifall und sah einige Augenblicke finster auf den auf der Seite liegenden Rumpf des Rivalen herab. Dann ließ er den Rücken gegen die Lehne sinken, atmete zutiefst erleichtert aus und sein Blick verlor sich in der Ferne.

Buxtehunde ging zurück zum verdutzt blickenden Rosenfeldt und flüsterte dem reglos stehengebliebenen Scharfrichter hinter vorgehaltener Hand ins Ohr: »So geht das bei mir: Zackzack und keiner hat einen Spritzer abbekommen!« Dann wischte er die Klinge sauber, nahm ihm die Axt ab und drückte ihm das Schwert in die Hände.

20

»Das Femegericht hat seine Schuldigkeit getan!« Kersten Miles stand auf. »Bevor wir auseinandergehen, schwören wir jedoch gemeinsam, dass darüber weder ein Wort über unsere Lippen kommt noch eines niedergeschrieben wird. Macht Euch bereit.«

Wer noch nicht stand, erhob sich, und alle miteinander hoben die rechte Hand zum Schwur. Kersten Miles sagte die Eidesformel Satz für Satz auf, gemeinsam wiederholten die Anwesenden das Gelöbnis.

Buxtehunde machte danach keine Umstände: Er hieb mit seiner Axt die Hände ab und zog die Stümpfe von Landorps Unterarmen aus den eisernen Ringen. Rosenfeldt fasste die im Sterben zu Krallen gebogenen Finger und warf die Hände auf den Kopf im Ranzen des Henkers.

Sie waren so beschäftigt, dass sie nicht darauf achteten, dass die Regentin den Kerker noch nicht verlassen hatte. Klaasen schloss die Tür von innen und stellte sich davor.

»Meine werten Herren!« Rosenfeldt und Buxtehunde weiteten ihre Augen und hörten genau hin, denn so hatte sie noch nie eine hochgestellte Persönlichkeit angeredet. Sie huschten mit ehrerbietig vorgebeugten Oberkörpern zur Regentin hinüber, die eindeutig sie angesehen hatte und gerade mit dem rechten Zeigefinger zu sich winkte.

»Spitzt Eure Ohren und hört genau zu!«, flüsterte sie.

Die beiden Männer beugten sich über den Tisch, so weit sie konnten, und beide wandten ihr jeweils das Ohr zu, mit welchem sie besser hören konnten.

»Ich habe den Stadthauptmann gebeten, mir eine Gefälligkeit zu erweisen. Dazu braucht er Euch beide.«

Die beiden nickten eifrig.

»Danke, ich erkläre es Euch.« Margarethe sprach lange, hastig und ohne Unterbrechung.

Die beiden sahen sich an, dann nickten sie stumm.

»Schwört, dass Ihr bis zum Tod schweigt!«

»Wir schwören!«

Von zwei Fingern zog Margarethe je einen Ring und legte sie auf den Tisch. »Nehmt sie zur Belohnung.«

Rosenfeldt hatte den weitaus wertvolleren Ring bereits gegrabscht, bevor Buxtehunde auch nur einen Finger ausgestreckt hatte.

Die Regentin nickte Klaasen dankbar zu und verließ den Raum. Klaasen sah Buxtehunde an und bedeutete ihm mit unauffälligen Gesten, Rosenfeldt vorausgehen zulassen und selbst noch zu bleiben. Die Sprache des Körpers verstand Buxtehunde wie kein Anderer. Mit unbewegtem Gesicht blickte er Klaasen kurz in die Augen und senkte kurz die Lider.

Rosenfeldt war schon mit Landorps Kopf und Händen im Sack hinausgegangen, als Buxtehunde sich den Rumpf, mit dem bluttriefenden Hals nach hinten, auf der rechten Schulter noch zurechtlegte.

»Henker.« Kersten Miles kam noch einmal herein, setzte sich auf seinen Stuhl und winkte. »Leg wieder ab und komm her.« Er winkte, indessen Klaasen die Tür erneut von innen zuzog.

Buxtehunde legte folgsam seine Last nieder, beugte sich weit über den Tisch und hielt wieder sein besser hörendes Ohr hin.

»Ich habe für dich einen Auftrag des Rates«, flüsterte der Bürgermeister und zischelte dem Henker einige Sätze ins Ohr. Dann gab er ihm den zweckentfremdeten Hammer zurück.

Buxtehunde machte große Augen, während er den Befehl vernahm, dabei nickte er jedoch immer dienstbeflissener. Beim Verlassen des Rathauses durch den Hintereingang freute er sich unbändig, trotz der schweren Last, die er gebuckelt hatte.

»Wo bleibst du denn?«, schimpfte Rosenfeldt, aber im gedämpften Ton. »Wir haben's doch eilig.«

»Gemach, nur gemach, großer Meister«, murmelte Buxtehunde. Er lachte spöttisch, während er den Rumpf hinten auf den Karren warf. »Genießt mit Ruhe Euer Leben, denn es ist kürzer als Ihr denkt.«

»Was redest du für einen Unsinn?« Rosenfeldt nahm die Zügel fester. »Natürlich will ich es genießen, deswegen habe ich es ja so eilig. Heute Nacht holen wir den Helm, denn ich habe schon einen Schmied ausfindig gemacht.«

»Wieso, ich denke, wir gehen zu meinem.« Buxtehunde zog Hammer und Axt aus dem Gürtel und legte sie in den Wagen neben das Richtschwert, die Spaten und seinen Ranzen.

»Nein, ich habe einen besseren!« Mit einem raschen unbewussten Blick vergewisserte sich Rosenfeldt des Schwertes, bevor er die Peitsche hob.

»So, so, na ja«, brummelte Buxtehunde und zögerte, bevor er aufstieg. Rosenfeldts Vorhaben gefiel ihm ganz und gar nicht und ihm schwante etwas. Jedoch hob er seine Schultern und setzte sich ergeben auf die Wagenbank. Seelenruhig fuhr er mit zum nächsten Nachtwerk.

21

Die beiden Maultiere zogen den Wagen durch Nebengassen zum Brooktor und über den Grasbrook. Rosenfeldt lenkte sie direkt zu den Köpfen am Ufer der Norderelbe und ließ sie direkt am Wasser anhalten, sodass sie Wasser saufen konnten. Er nahm den Ranzen des Henkers sowie dessen Hammer und ging zu dem langen Balken.

Buxtehunde brachte eine Schmiedezange mit langen Griffen und legte die eisernen Backen um den Nagel, der aus Störtebekers Kopf ragte. Es kostete ihn viel Kraft und er fluchte ausgiebig, bis der Nagel aus Stamm und Haupt gezogen war. Rosenfeldt hielt den Kopf so lange fest, bis der Nagel raus war, und steckte ihn sofort in den Ranzen. Dann nahm er den zuvor herausgeholten Kopf Landorps und hielt ihn über die gleiche Stelle. Buxtehunde fasste den Nagel, setzte die Spitze auf dem Haupt an und trieb den Nagel mit dem ersten Hieb bereits durch bis zum Halsstumpf. Nach dem dritten Schlag schon stak der Nagel eine Handspanne tief im Holz.

»Sooo!« Rosenfeldt erhob sich und stellte sich vor dem Kopf in

Positur. »Das habt Ihr davon, dass Ihr einem Scharfrichter droht.« Er beugte sich vor, sah in Landorps verzerrtes Gesicht und drohte ihm höhnisch grinsend mit dem Finger. »Das gehört sich einfach nicht, Herr Admiral.«

Buxtehunde ergriff sein Messer und schor den erkalteten Schädel bis auf einen münzgroßen Schopf rund um den Nagel herum. Sogar einen Schopf flocht er, damit es nicht auffiel; die Haarbüschel warf er in die Elbe.

»Davon hat die Regentin aber nichts gesagt«, maulte Rosenfeldt. »Komm schon, wir wollen fertigwerden.« Er merkte auf und sah rasch zu Buxtehunde hinüber, bevor er weitersprach. »Aber sie hat gesagt: auch seine Kleidung. Sie weiß ja nicht, dass er gerüstet war. Also der Helm gehört dazu und den hast du ja unter die Tribüne geschmissen.«

»Na und«, brummelte Buxtehunde. »Wohin denn sonst?«

»Ich hole ihn und dann helfe ich dir bei der Leiche.« Rosenfeldt zündete eine zweite Fackel an und gab sie dem Henker. »Fang schon mal an zu graben.« Er wandte sich zum Gehen.

Buxtehunde nickte verdrießlich. »Ja, ja, die Drecksarbeit ...« Aber er marschierte zum Wagen, nahm seinen Spaten, ging zu der Grube und steckte die Fackel beiseite ins Erdreich.

»Auf und zu, auf und zu«, murmelte er, während er den Grassoden wieder lupfte und zur Seite legte. Er wusste, wo ungefähr der Rumpf lag und schob einige Körper beiseite, bis er es golden blinken sah. Er nickte befriedigt und legte Störtebekers Leichnam frei. Dann sah er sich um, denn der Scharfrichter musste den Helm längst gefunden haben und zurück sein. Dann schien Rosenfeldts Fackel wieder größer zu werden und er sah schemenhaft, wie der Scharfrichter den buschigen Helm in den Wagen legte.

Rosenfeldt pflockte die Maultiere los und führte sie bis zur Grube. Wortlos stieg er ins Loch und bückte sich nach dem Leichnam. Zu zweit hoben sie den schweren Rumpf aus der Grube und schleiften ihn zum Karren. Sie zogen Landorps Leichnam von der Ladefläche und ließen ihn auf die Erde fallen. Stattdessen wuchteten sie ächzend Störtebekers Rumpf auf die Ladefläche. Mit Landorps kopflosem Leichnam kehrten sie zur Grube zurück, warfen diesen hinein und schoben die beiseite geräumten Rümpfe über ihn.

22

Sie hörten das Schnauben eines Pferdes und sahen Fackelschein. Sie spürten sogar das Stampfen der Hufe, als Klaasen vor ihnen anhielt.

»Seid Ihr fertig?«, flüsterte er und beugte sich über den Pferdehals.

»Fertig wie immer und stets zur stillschweigenden Zufriedenheit unserer Kunden!«, antwortete Buxthunde und zwinkerte Klaasen zu. »Fast fertig jedenfalls.«

Klaasen blickte rasch zu Rosenfeldt, dann nickte er Buxtehunde zu, der unauffällig das Richtschwert vom Wagen nahm und etwas Abseits mit der Spitze in die Erde steckte.

»Ich nehme den Wagen und fahre zurück in die Stadt.« Klaasen stieg ab. »Ihr folgt zu Fuß, wenn ihr fertig seid.«

»Gut«, murmelte Rosenfeldt, ohne zu klagen über die zusätzliche Mühe. Das war ungewöhnlich bei ihm. »Wir haben hier noch was zu erledigen.« Er nahm den zweiten Spaten vom Wagen und stach ihn neben sich ins Gras.

»Ich weiß«, sagte Klaasen unbedacht. Er steckte die Fackel in eine Halterung vorn am Wagenkasten und befestigte die Zügel seines Pferdes am Ende der Ladefläche an einem Haken. Dann setzte er sich auf den Bock und mit einem Ruf die Maultiere in Bewegung. Der Wagen wurde angezogen und rumpelte davon, gefolgt von dem Pferd.

Rosenfeldt horchte, bis nichts mehr von dem Gefährt zu hören war. »Na so was«, murmelte er und schüttelte verwundert den Kopf, während er unter der Achselhöhle nach dem Knauf des Messers tastete. Nachher würde er den Henker durch einen Stich in den Rücken töten, während dieser vermeintlich den Helm ausgrub. »Was redet der denn?« Immer noch machte er keine Anstalten, Buxtehunde zu helfen.

Der Henker warf das Loch zu und stampfte den Grassoden wieder fest. »Das wird's doch wohl endlich gewesen sein!«, murmelte er und wischte mit dem Handrücken den kalten Schweiß von der Stirn.

»Ich gehe schon mal vor und schaue nach dem Helm.« Rosenfeldt nahm seinen Spaten, hob die Fackel und ging quer über die Richtstätte. »Ich leuchte aus und du gräbst!«

Buxtehunde lief zum Richtschwert, dann dem Scharfrichter hinterher. »Einen Augenblick noch, Meister Rosenfeldt!«, rief er. »Denn ich muss noch etwas erledigen.«

»Was denn noch?«, rief Rosenfeldt unwirsch, drehte sich herum und zuckte zusammen. Sein Rumpf fiel klatschend in die große Lache, gleichzeitig polterte der Kopf auf einen der Richtblöcke und rollte fort unter die Tribüne.

»Ich mache Euch einen Kopf kürzer im Auftrag des Rates der Stadt Hamburg«, murmelte Buxtehunde ungerührt. Mit befriedigtem Nicken fasste er das Ende eines wollenen Tuchs, das am Gürtel hing, und strich damit das Blut von der Schneide. Er stach die bloße Klinge in die nackte Erde und hob die fast erloschene Fackel auf. Breitbeinig stellte er sich über die Pfütze und beugte den Oberkörper über die Leiche. Nachdem er den Ring der Regentin gefunden und abgezogen hatte, ging er zur Tribüne und suchte nach dem Kopf.

Buxtehunde fasste in die Haare, hob das schwere Haupt und blickte grinsend in das erstarrte Gesicht. »Euren frechen Spruch nämlich lässt sich der Rat der Hansestadt nicht bieten. Merkt Euch das, Meister Rosenfeldt! Übrigens bin *ich* jetzt Scharfrichter der Stadt Hamburg.«

Er wickelte den Kopf in das Tuch ein und steckte ihn in seinen Ranzen. Dann ging er zum Versteck, um Fietjes Helm wieder auszugraben. Als er die Fackel darüber hielt, wunderte er sich, denn er hatte den Soden letztes Mal fester getreten. Mit ungutem Gefühl steckte er die Fackel in ein Erdloch, holte Rosenfeldts Spaten und fing an, wie ein Rasender zu buddeln. Längst war das Loch größer, als er es angelegt hatte, aber es war leer und die Goldhaube fort. Mit Entsetzen im Blick stieg er heraus, schnappte sich die Fackel und hielt sie in alle Richtungen. Kreuz und quer rannte er unter der Tribüne herum, bis er keuchend Atem holen musste. Wütend wie ein waidwunder Eber griff Buxtehunde nach dem Ranzen, schleuderte ihn herum und hieb ihn auf den Boden, dann kickte er ihn vor sich her.

»Du Sauhund!«, brüllte er mehrmals. »Wo hast du den Helm versteckt?« Er fluchte, wie noch nie im Leben, und beruhigte sich erst nach langer Zeit durch die Gewissheit, dass sein Gold nicht weit fort sein konnte. Morgen würde er wiederkommen und den Rumpf von Rosenfeldt musste er ohnehin noch holen. Er hob den Ranzen wieder auf und auch das Richtschwert nahm er mit, denn er brauchte es noch für Hinz und Kunz, denn Vorsicht ist besser als Nachsicht.

23

Wim japste, denn er war die letzte Stunde fast nur noch gelaufen, weil er bereits die Heimat roch. Von Weitem sah er den Rauch aus seiner Kate steigen und einige Kinder vor der Haustür herumtollen. Er ging langsamer, denn er konnte sich kaum noch auf den Beinen halten, und wankte auf die Tür zu, beobachtet von seinen Kindern, die ihn staunend ansahen und ihre Münder nicht wieder zu bekamen.

»Wimeken!«, rief er ein einziges Wort, während er gebückt eintrat und sich im Raum aufrichtete.

Seine Frau quiekte vor Überraschung und ließ den Kochlöffel fallen, bevor sie sich ihm an den Hals warf. Durch ihr Gewicht wurde er von ihr umgeworfen, und sein Kopf schlug seitlich an den Türrahmen.

»Na, immer noch so scharf auf mich?«, murmelte er und tastete beglückt sein anschwellendes Horn an der Schläfe.

»Du Armerchen!« Wimeken trocknete ihre Freudentränen. »Früher hat dich nichts umgehauen, aber jetzt bist du ja ganz abgemagert.« Sie sprang auf und zog ihn hoch, dann raffte sie den Löffel vom Boden und rührte mit ihm im Topf wie in einem Mahlwerk.

Eine halbe Stunde später war Wim satt und ein großer Klumpen kleiner Menschen hing um ihn herum. Ein Panorama reinsten Glücks spielte sich vor Wims Augen ab. Wim begann, die Kleinen wie von einem dicken Baumstamm abzupflücken, und zählte durch: »Eins, zwei, drei, vier, fünf und hier das Sechste. Und in der Wiege sind ja drei ganz kleine Racker: sieben, acht und neun! Oho, was hab' ich denn hier noch auf dem Rücken? Da sitzt ja noch einer! Zehn! Wimeken, dann waren's nach meinem Abschied wieder drei auf einmal, die du für mich zur Welt gebracht hast, nicht wahr?«

Wimeken, fast ohnmächtig vor Glück, konnte immer noch nicht sprechen und nur mit freudig strahlenden Augen zustimmend nicken.

»Wimeken! Und jetzt mach' ich dir vier Stück auf einen Schlag! Komm' her meine Gute, ich hab' dich so vermisst.« Wim drehte sich zu seinen größeren Kindern, stellte sich in väterliche Pose und donnerte in gutmütigem Ton: »Raus mit euch! Alle!«

Die Kinder flitzten mit begierig blitzenden Augen davon – nur die drei Kleinkinder verblieben, in einer Reihe nebeneinanderliegend, in ihrer Wiege – und draußen vor der zugezogenen Tür entspann sich an den Wänden entlang ein schweigsam und verbissen geführter Kampf um die besten Gucklöcher.

24

Zwei Tage nach der Hinrichtung Störtebekers legte die Bunte Kuh ab, fuhr die Elbe aufwärts, passierte Neuwerk und segelte nach Norden zum Kap Skagen. Drei Tage darauf hielt sie auf die nördliche Küste der Insel Seeland zu und lief ein in den Hafen von Korsør an der Westküste der dänischen Hauptinsel.

Beschützt von ihren Wachen verließ Regentin Margarethe das Schiff, lediglich begleitet von Hamburgs Stadthauptmann Klaasen. In Ketten gelegt wurde auch Tuve Christiansen von Bord geführt und sogleich auf ein anderes Schiff gebracht, welches ihn nach Mälarholmen bringen sollte.

Als Letztes wurde ein großer hölzerner Sarg über die Planken getragen und auf einen Planwagen geschoben. Dem Wagen voraus ritten die Regentin sowie Klaasen zum Ort Slagelse und weiter in Richtung Kopenhagen bis zum Schloss von Sorø.

Am nächsten Tag legte Hindrick von Klaasen seinen Prunkharnisch an, klemmte seinen mit einem Federbusch verzierten Helm in die linke Armbeuge und geleitete Margarethe zur Kirche des Klosters von Sorø. Ihnen folgten einige Diener und zogen einen Wagen, auf dem der große Sarg lag.

Durch die Kirche zog die kleine Prozession bis hinunter in die Krypta und hielt vor einem Sarkophag: der künftigen Ruhestätte der Regentin Margarethe. Daneben standen die Sarkophage von ihrem Vater Waldemar IV. Atterdag sowie von König Olaf III., ihrem Sohn.

Die Diener hoben den schweren Deckel des Sarkophags ab und staffierten den Innenraum der Grabstätte mit Kissen und Tüchern aus.

Indessen bildete sich auf dem Wagenboden eine Pfütze. Wasser rann aus dem Sarg, denn Störtebekers Leichnam war zwischen ellenlangen Eisblöcken aus dem Keller einer Hamburger Brauerei gebettet worden. Ächzend unter ihrer Last hoben sechs Bedienstete den in edle Gewänder gehüllten Rumpf Störtebekers heraus und legten ihn behutsam hinein ins Grab.

Margarethe nahm den Kopf, der mit einem festsitzenden Barett bedeckt war, aus dem Sarg und stieg die drei Stufen zum Sarkophag empor. Sie beugte sich über den marmornen Rand, schob das Haupt oberhalb des Rumpfs zurecht und zog am Kragen der Halskrause, sodass die trennende Wunde nicht mehr zu sehen war. Die Bediensteten reichten ihr den Anderthalbhänder sowie die Laute Störtebekers und halfen ihr, die beiden Gegenstände in seine starren Hände zu winden, die man von ihren eisernen Fesseln befreit hatte.

Mit zitternden Fingern streichelte sie die fahle Stirn, die gefurchten Wangen und die spröden Lippen. »Ruhe in Frieden, mein wackerer Hans, Ritter von Halsmühlen ob Verden an der Aller«, flüsterte sie, bevor sie sich nach einem letzten feuchten Blick abwandte.

Die Diener der Regentin schoben den marmornen Deckel darüber, verbeugten sich ehrerbietig und verließen auf leisen Sohlen die Grabstätte. Die Regentin folgte ihnen kurze Zeit darauf, umgeben von ihrer Leibwache.

Die ganze Zeit hatte Hindrick von Klaasen nahe der ersten Stufe des Sarkophags in aufrechter Haltung gestanden. Er ging nicht hinterher, sondern wartete, bis er allein war, dann sprach er halblaut und mit einem feierlichen Ton in der Stimme: »Ihr seid Hamburgs trutziger Feind gewesen, Hauptmann Klaus Störtebeker.« Der Stadthauptmann stand stramm und salutierte. »Jedoch werde ich stets mit dem größten Respekt an Euch denken!«

Epilog

Epilog
Souverän
August 1410

1

»Klaus! Hier bin ich, hier!«

Klaus Nyenkerken hörte den fröhlichen Ruf seines besten Freundes selbst aus dem Gebrodel hunderter Stimmen heraus und wandte sich freudestrahlend um. Er stellte sich trotz seiner Größe bis auf die Zehenspitzen und entdeckte Wulf Brand inmitten der Menschenmenge. Sein bester Freund sprang auf und ab und winkte ihm mit beiden Armen zu.

Sofort schlängelte Klaus Nyenkerken sich vorbei an den zahlreichen einkaufenden und handelnden Leuten, denn heute war Markttag. Die Menschen kamen selbst von weither und drängten sich durch die Gassen Hamburgs.

Die beiden Freunde umarmten sich herzlich und schlugen sich erfreut auf die Schultern. Wulf war vor Kurzem sechzehn Jahre alt geworden, ein stattlicher Bursche und groß gewachsen. Klaus Nyenkerken jedoch überragte den Freund um eine Handbreit, obwohl er erst vierzehn Jahre alt war. Mit seinen rotblonden Haaren fiel er schon von Weitem auf, denn sämtliche Erwachsenen um ihn herum reichten ihm höchstens bis zum Haaransatz der Stirn.

Sein Gesicht war länglich wie die Nase, der Mund jedoch breit und ein heller Flaum bedeckte die tief liegenden Wangen. Der Blick seiner großen grünlichen Augen war klar und die Haltung seines schlanken Körpers straff. Er war selbstbewusster als Wulf, obwohl er nicht so gut aussah wie sein Freund.

»Deine Mutter hat mir gesagt, du wärst auf diesem Markt«, sagte Wulf Brand und fasste den Freund am Oberarm. »Ich bin gleich weitergerannt und habe dich hier gesucht.«

»Warum hast du's so eilig?«, murrte Klaus Nyenkerken, während er sich nur widerwillig mitziehen ließ.

»Weißt du denn nicht, dass Herzog Erich in der Stadt ist?« Wulf sah ihn groß an und schüttelte ihn erregt am Arm.

»Meinst du Erich IV. von Sachsen-Lauenburg, welcher deinem Vater immer noch einen Batzen Geld schuldet?«

»Genau den meine ich. Vor wenigen Wochen erst hat mein Vater ihn zum zigsten Mal aufgefordert, zu zahlen. Wieder vergebens!«

»Und jetzt ...?«

»Jetzt sucht ihn mein Vater, um ihn vor allem Volk einen Schelm zu schelten[101]!« Wulf zog eine Fratze und strich mehrmals mit dem rechten Zeigerfinger auf der Kante des linken Zeigefingers entlang.

»Vor allem Volk?« Klaus Nyenkerken hob seine Brauen und wedelte mit der linken Hand. »Oho, das gibt einen Aufruhr.«

»Ach was. Wegen ein bisschen Geschimpfe? Mein Vater würde am liebsten höchstpersönlich den Herzog an den Pranger ketten.«

»Wenn dein Vater oder die Herzöge hier wären, hätte ich es bemerkt. Die sind bestimmt auf dem Markt[102] im Dom. Komm, wir gehen zum Mariendom!«

»Lauf du mal vor, denn dir machen die Leute eher Platz.« Wulf Brandt grinste und schob neckisch seinen Freund einige Schritte vor sich her. Klaus Nyenkerken jedoch wich dem Druck aus und nützte jede sich bietende Lücke zwischen den Menschen, um rasch voranzukommen.

Sie kamen gerade noch rechtzeitig im Mariendom an, denn in diesem Augenblick entdeckte der Ratsherr Hein Brand seinen Schuldner in der Nähe des Hochaltars. Der Herzog war nicht allein, sondern verweilte dort mit einem Würdenträger seinesgleichen, dem Herzog Johann II. von Mecklenburg-Stargard. Begleitet wurden sie von Hans von Klaasen, dem Wortführer der Adligen im Hamburger Rat.

Hein Brand schubste die Umstehenden beiseite, stellte sich breitbeinig vor die drei hohen Herren und begann ohne Umschweife zu schelten: »Ich sage es laut und deutlich vor allen Leuten, Herzog Erich, dass ihr ein Schelm seid! Ein richtiger Schelm, denn Ihr steht bei mir in der Schuld und zahlt nicht! Ihr seid ein Schelm, unehrlich und ...«

»Niemand beschimpft mich ungestraft!«, schrie der Herzog aufgebracht zurück.

»Aber ich bin kein Niemand, sondern Euer Gläubiger! Es ist und bleibt eine Schande, dass ein unredlicher Herzog gegenüber einem ehrbaren Ratsherrn nicht zu seinem Wort steht!«

»Niemand unterstellt mir ungestraft Unredlichkeit!«, brüllte Erich IV. den Ratsherrn an und griff wutentbrannt zum Gürtel. Jedoch fasste er ins Leere, denn sein Dolch steckte nicht in der Scheide. Als Gast des Rates der Stadt durfte er innerhalb der Mauern Hamburgs keine Waf-

101 Jemanden einen Schelm schelten – ›Du sollst mich einen Schelm heißen!‹ war die mittelalterliche Sitte, treubrüchigen, meineidigen Leuten ehrenrührige Scheltbriefe zu senden oder öffentlich anschlagen zu lassen. Die Schelmenschelte war im deutschen Recht eine Klausel in Schuldurkunden, wonach der Gläubiger befugt sein sollte, den säumigen Schuldner zu schelten.

102 Markt im Dom – heute ›Dom‹. Siehe Anhang, Seite XV. Der Hamburger Dom war namensgebend für das gleichnamige heutige Volksfest, da dessen Vorläufer, der Dom-Markt, zur Zeit seiner Entstehung neben, später bei ›Schietwetter‹ aber dann immer *im* Dom begangen wurde.

fen tragen, jedoch hatte er freies Geleit und mehrere Wachen waren abgestellt zu seinem Schutz.

»Dafür büßt Ihr!« Herzog Johann II. kam seinem Standesgenossen zu Hilfe, ging auf Hein Brand los und drohte ihm mit dem rechten Zeigefinger. »Dafür sorgen wir und dann ...«

»Haltet Euch da heraus!« Klaus Nyenkerken schnellte vor und trat wuchtig dem Herzog von Mecklenburg-Stargard vors rechte Schienbein.

»Au!« Der Ton verhallte erst im hintersten Winkel des Doms. Johann II. hüpfte auf dem linken Bein und presste die Hände auf die schmerzende Stelle. »Dieses Kerlchen stellt aber früh den Stachel auf. Was der Bursche schon für einen Tritt hat.«

Die Geleitwachen eilten herbei und schützten die hohen Herren, in dem sie sich um sie herum stellten und ihre Piken quer hielten. Sie richteten die Spitzen ihrer Waffen nicht gegen das Volk, weil das seit einigen Jahren verboten war.

»Ihr habt uns freies Geleit zugesichert, Ratsherr von Klaasen!«, schrie Herzog Erich IV. den Ratmann an und zerrte wutentbrannt an dessen Robe. »Wo bleibt Euer verbürgter Schutz? Lasst Ihr tatsächlich zu, dass wir angegriffen werden?«

»Ihr seid stets von Wachen umgeben und mein Sohn, der Kommandant, steht vor dem Domportal.« Hans von Klaasen wurde vor Scham rot im Gesicht und besänftigte mit hastigen Handbewegungen. »Alle Wachen hierher und holt Kommandant von Klaasen!«, rief der Ratsherr und stellte sich rücklings und mit ausgebreiteten Armen schützend vor die beiden Herzöge.

Eine Kompanie Soldaten mit ihrem Hauptmann schob sich durch die zusammengelaufene Menge und drängte sie zurück. Auch Hein Brand wurde weggestupst, trotzdem schimpfte er lauthals in einem fort. Die beiden Herzöge jedoch blieben ihm keine Antwort schuldig und verlangten von dem Hauptmann die Verhaftung des Scheltenden. Der Anführer der Kompanie war der Sohn eines angesehenen Bürgers, der sich nicht traute und auch nicht wollte. Er wartete lieber auf seinen Kommandanten, denn seit einigen Jahren nämlich war es ohnehin nicht mehr erlaubt, Bürger der Stadt einfach festzunehmen.

Es dauerte nicht lange, bis Hindrick von Klaasen eintraf. Er handelte sofort, denn sein Vater forderte ihn auf, den Ratsherrn Hein Brand auf der Stelle zu verhaften und auch den aufmüpfigen Bengel.

»Habeas Corpus Meister Brand!« Klaasen murmelte diese Worte nur unwillig und vermied die Anrede als Bürger oder Ratsherr. Zudem hütete er sich, wie üblich das Schwert zu ziehen, und auf den zu Verhaftenden zu richten. Er näherte sich Hein Brand, stellte sich neben ihn und flüsterte rasch in dessen rechtes Ohr. »Habt bitte die Nachsicht, mir erst einmal ohne Widerstand zu folgen. Ich verspreche Euch, dass es nicht Euer Schaden sein wird.«

Hein Brand hielt seinen Kopf nach vorn wie ein gereizter Bulle, ballte seine Fäuste und formte mit seinem Mund tonlose Schimpfworte. Jedoch sah er dem Kommandanten kurz in die Augen und senkte einverstanden seine Lider. Hein Brand richtete sich auf und marschierte schweigend mit Klaasen durch den Mittelgang. Der Stadthauptmann fasste den Ratsherrn nicht an beim Abführen, sondern ließ die Wachen ein geräumiges Rechteck um ihn bilden.

Der junge Nyenkerken jedoch ließ sich nicht abführen, sondern flankte zusammen mit seinem Freund über die marmorne Balustrade vor den Altären. Sie flitzten zum Hochaltar, gefolgt von den Häschern, und kletterten auf den Altartisch. Sie traten nach den Köpfen der nach ihnen greifenden Soldaten, sodass letztendlich ein Dutzend Wachen sich auf sie werfen musste, um sie dingfest zu machen. Noch beim Abführen aus dem Dom wehrten sie sich nach Leibeskräften und schrien aus vollem Hals, bis das Mittagsgeläut der Glocken alles überdröhnte.

Für diejenigen Bürger, welche neugierig aus den Fenstern ihrer Häuser lugten, sah es zunächst aus, als würde ein Ehrengast durch die Gassen zum Rathaus geführt. Stutzig wurden sie jedoch, wenn sie die beiden jungen Burschen erblickten, welche kurz danach vorbeigetrieben wurden mit auf den Rücken gefesselten Händen.

Die widerrechtliche Festsetzung des angesehenen Ratmanns Hein Brand sowie der beiden Ratsherrnsöhne sprach sich herum wie ein Lauffeuer. Die Hamburger Bevölkerung war aufs Äußerste empört, dass ein Bürger ihrer Stadt deswegen eingesperrt wurde, weil er einen auswärtigen Adligen zu recht einen Schelm gescholten hatte. Das Volk grollte dem Stadtadel, dass er zu seinesgleichen gehalten und die Verhaftung veranlasst hatte.

2

Früh am nächsten Morgen versammelte sich ein Haufen Menschen vor dem Gasthof Goldener Löwe, um ihren Zorn herauszubrüllen. Die beiden Herzöge jedoch waren des Nachts von Stadthauptmann von Klaasen gewarnt worden – immerhin war seine Frau eine entfernte Verwandte des Sachsen-Lauenburger Herzogs – und noch vor Morgengrauen mit ihrem Gefolge Hals über Kopf abgereist.

Einige der Bürger ließen sich nicht aufhalten, drangen in das Gasthaus ein und überzeugten sich davon, dass die Herrschaften wirklich fort waren. Die aufgebrachte stets zunehmende Menge wälzte sich daher durch die Gassen der Stadt zum Rathausplatz. Von allen Seiten strömte weiteres Volk zusammen, bis sich eine vieltausendköpfige Schar zusammenballte. Die Menschenmasse drückte dermaßen gegen die Reihen der Soldaten, dass die Stadtwachen sich ins Gebäude zurückzogen und das Rathausportal von innen verrammelten. Das Geschrei war ohrenbetäubend.

Obwohl der Bürgermeister keine Versammlung einberufen hatte, waren sämtliche Ratsherren längst durch den Hintereingang ins Rathaus geeilt und nahmen Platz auf ihren hochlehnigen Stühlen im großen Saal. Nur das Mitglied Hein Brand fehlte, denn der Hansekaufmann saß fest in Störtebekers ehemaliger Zelle.

Die Ratsherren jedoch saßen nicht einträchtig beisammen, sondern zwischen der Minderheit der Adligen an der Kopfseite der langen Tafel und der Mehrheit der Patrizier blieb eine Lücke mit je zwei unbesetzten Stühlen. Die gegenseitige Abneigung spiegelte sich in den Gesichtern wider: Die meisten der Kaufleute blickten anklagend, die Haltung der Adligen drückte Abwehr und Abgrenzung aus.

Stadthauptmann von Klaasen postierte beidseits des Eingangs zum Saal je sechs Wachen mit ihren Spießen und stellte sich breitbeinig vor die Tür. Er hatte nicht den Prunkharnisch angelegt, sondern trug seine rostrote Schlachtrüstung und hatte sein im Nahkampf bewährtes kurzes Schwert gegürtet.

Da die meisten Ratsherren betroffen schwiegen, hallte im Saal das Geschrei der Bürger trotz der geschlossenen Fenster. Der Bürgermeister erhob sich und läutete die Tischglocke.

»Meine Herren!«, begann Kersten Miles und musste lauter sprechen als gewohnt. »Wir müssen endlich zu einem Entschluss kommen, denn der Zorn der Bürger wächst zusehends. Die unberechtigte Festnahme von Hein Brand hat ...«

»Sie ist berechtigt!« Hans von Klaasen sprang auf. »Er hat Herzog Erich beleidigt und der junge Nyenkerken hat Herzog Johann sogar getreten! Das wird keinesfalls hingenommen.«

»In unserer Stadt ist ein Adliger nicht mehr wert als ein Bürger!«, rief Joergen Nyenkerken und erhob sich ebenfalls. »Auch wenn es ein Herzog ist.«

Hans von Klaasen reckte den rechten Zeigefinger gegen die Decke. »Gott hat jedem Menschen seinen Platz zugewiesen und setzte auf den obersten Rang den Edelmann, damit dieser in seinem Namen beherrsche den Untertan.«

»Heutzutage könnt Ihr keinen Ratsherren mehr blenden mit Eurem salbungsvollen Gerede, Herr von Klaasen«, sagte Joergen Nyenkerken und winkte abfällig ab. »Wir Bürger wissen, dass wir gleich sind vor Gott, dem höchsten Richter. Wollt Ihr das nicht endlich wahrhaben?«

»Auf gar keinen Fall werden wir uns unsere gottgewollten Vorrechte nehmen lassen und es wird allerhöchste Zeit, in dieser Stadt die aufmüpfige Bürgerschaft in ihre Schranken zu verweisen.« Hans von Klaasen blickte erregt seine Standesgenossen an, welche empört aufsprangen und ihm lauthals recht gaben.

»Kommandant von Klaasen!«, rief aus dem Geschrei heraus der Vater den Sohn. Mit befehlender Geste zeigte er auf die bürgerlichen Ratsherren. »Verhaftet Joergen Nyenkerken und seinesgleichen! Treibt das Volk auseinander, notfalls mit Gewalt!«

Hindrick von Klaasen zuckte zusammen, blickte seinen Vater entgeistert an und schüttelte kaum merklich den Kopf. Im nächsten Augenblick reckte er sich und zog sein Schwert aus der Scheide, jedoch nur eine Handspanne weit. Der Stahl der Klinge blitzte in den Strahlen der Morgensonne, als er zu rufen begann: »Mit dieser Waffe haue ich *jeden Feind* Hamburgs in Stücke!« Dann sah er herab auf seine eisenbehandschuhte Hand und mit entschlossenem Gesicht schob er sein Schwert zurück. »Aber ich werde sie *niemals* gegen die Bürger meiner Stadt richten!« Er hob stolz seinen Kopf und blickte, ohne mit der Wimper zu zucken, seinen Vater an, der ihn ungläubig mit vorwurfsvollem Blick anstarrte.

»Wohl gesprochen, Kommandant!«, rief Joergen Nyenkerken geistesgegenwärtig. »Wir sind stolz darauf, solche Helden wie Euch innerhalb unserer Mauern zu haben.«

»Stadthauptmann von Klaasen!« Kersten Miles winkte ihn zu sich. »Bitte kommt ...«

»Ruft mich künftig nur noch Klaasen, Herr Bürgermeister.«

»Wie bitte?«

Klaasen zögerte einen Augenblick, bevor er antwortete. »Ich lege meinen Titel ab.«

Kersten Miles verbeugte sich langsam und legte seine rechte Hand aufs Herz. »Ich bewundere Euch, Kommandant Klaasen.« Er breitete seine Arme weit aus. »*Das* ist ein Fingerzeig!«

Der Bürgermeister legte seine Hände flach zusammen, rieb sie sacht gegeneinander und sah mit hochgezogenen Brauen die Adligen der Reihe nach an. »*So* werden wir mit allen hohen Herren verfahren. Diejenigen, welche ihre Titel ablegen, können bleiben; wer kein Bürger werden will, muss die Stadt innerhalb eines Mon…, ähm, spätestens nach einer Woche verlassen.«

Die Edelleute sahen sich kurz an und erhoben sich wie ein Mann. Schweigend und feindselig blickend verließen sie den Saal, keiner von ihnen blieb.

Kerzengerade und mit erhobenem Haupt ging Hans von Klaasen an seinem Sohn vorbei, ohne ihn eines Blickes zu würdigen. »Du bist nicht mehr mein Sohn!«, zischelte er im Ton tiefster Verachtung. Er und seinesgleichen konnten nur durch den Hintereingang aus dem Rathaus gelangen. Hans von Klaasen verließ Hamburg noch am selben Tag.

3

Kersten Miles winkte den verbliebenen Ratsherren, zu ihm aufzurücken. Sie kamen der Aufforderung mit Freuden nach und besetzten stolz geschwellt die frei gewordenen Stühle.

»Beeilt Euch, Herr Bürgermeister, denn die Scheiben waren sündhaft teuer!« Joergen Nyenkerken wies auf eines der Fenster und lächelte schalkhaft. »Noch sind sie ganz, aber der erste Stein wird bald geworfen werden.«

Kersten Miles wurde blass. »Glaubt ihr, dass unsere Bürger so weit gehen?«

Joergen Nyenkerken kam nicht zu einer Antwort, denn eine Scheibe barst mit einem lauten Knall und ein dicker Stein polterte auf den Fußboden. »Aber der Pöbel.«

»Schließt die Läden!«, rief Kersten Miles und hastete selbst zum nächsten Fenster, denn die Scheiben waren tatsächlich sündhaft teuer gewesen. Nachdem die Läden zugezogen und die Fenster wieder geschlossen worden waren, saßen die Ratsherren einige Augenblicke im Dunkeln, bis die ersten Kerzen angezündet wurden.

Joergen Nyenkerken hob eine Pergamentrolle hoch. »Ihr wisst alle, was hier steht. Endlich können wir verwirklichen, was die sturen Adligen bisher verhinderten.«

Die Ratsherren stimmten ihm begeistert zu und Bürgermeister Kersten Miles erhob sich erneut.

»Werte Herren!«, redete er die Ratsmitglieder an. »Wie gesagt, ihr kennt diesen Text.« Er setzte sich langsam wieder hin und sagte mit gehobener Stimme. »Wer für diesen Rezess[103] ist, der erhebe sich!«

Einträchtig standen sämtliche Ratsherren auf, dann sahen sie sich gegenseitig anerkennend an. Sie begannen zu klatschen und klopften sich begeistert einander auf die Schultern.

---

103 Rezess – bedeutet wörtlich Rückzug. Die ›Verfassung‹ war ein ›Nachgeben‹ des Rats gegenüber den Bürgern.

»Wir sollten sofort zu den Bürgen sprechen!«, ermahnte sie Joergen Nyenkerken. »Sonst stürmen sie noch das Rathaus.«

»Das fehlte uns noch!«, rief Kersten Miles und eilte zum mittleren Fenster, welches als Einziges bis zum Boden reichte. »Am besten sprecht Ihr zu den Bürgern, Ratsherr Nyenkerken, denn Ihr seid bei ihnen sehr beliebt.«

»Ich hoffe, sie werden mich reden lassen.« Joergen Nyenkerken lächelte geschmeichelt, aber er hielt inne. »Herr Bürgermeister, denkt an die Gefangenen.«

»Richtig!« Kersten Miles wandte sich sofort an Klaasen. »Herr Kommandant, bitte holt den Ratsherrn Brand sowie die beiden Jungen sofort aus dem Kerker.«

»Ich eile!« Klaasen machte auf der Stelle kehrt und hastete mit weiten Schritten aus dem Saal.

Joergen Nyenkerken trat durch die geöffnete Fenstertür auf einen kleinen Balkon und hob um Ruhe bittend die Arme. Er wartete, bis die Menge sich beruhigt hatte und sämtliche Bürger hoffnungsvoll zu ihm hinaufstarrten, dann entrollte er das Pergament. An beiden Enden fasste er das Dokument, hielt es so hoch er konnte und zeigte es ringsherum.

»Dies ist unsere neue Verfassung!«, rief er lauthals und drehte das Pergament herum zum Verlesen: »Der Rat der Hansestadt Hamburg hat folgende Absätze einstimmig beschlossen.«

Aus tausenden von Kehlen ertönte erwartungsfrohes Aufseufzen.

Joergen Nyenkerken fuhr fort: »Kein Bürger darf ohne Verhandlung verhaftet werden!«

Nach diesem Satz musste er pausieren, bis die tosende Zustimmung der Bürger wieder verhallt war.

»Vor einer Kriegserklärung muss der Rat die Zustimmung der Bürger einholen!«, las er weiter und musste wieder eine lange Pause machen.

»Der Rat darf niemanden, der Schulden bei einem Hamburger hat, freies Geleit zusichern!«

Die Menge brüllte noch lauter, als bei den vorherigen Absätzen und konnte sich kaum beruhigen.

»Untreue Bedienstete der Stadt sind zu entlassen!«, fuhr er fort und las die weiteren Absätze vor.

Zuletzt rollte er das Pergament wieder zusammen und bat mit hoch erhobenen Armen wieder um Ruhe. »Daher wird der Bürger Hein Brand sofort frei gelassen! Er darf nach Hause gehen und seinen Sitz im Rat wieder einnehmen.«

Klaasen hatte im Rathaus hinter der Tür auf diese Worte gewartet, ließ nun das Portal öffnen und den Ratsherrn hinausgehen. Das Volk empfing Hein Brand mit begeisterten Rufen, und einige kräftige Bürger trugen ihn auf ihren Schultern, gefolgt von sämtlichem Volk, in einem wahren Triumphzug nach Hause[104].

4

Auch die beiden Ratsherrensöhne wurden hinausgelassen und Wulf rannte sogleich seinem Vater hinterher.

Klaus Nyenkerken blickte ziemlich ratlos über den sich leerenden Platz. Dann entdeckte er seine Mutter, die nahe der Treppe stand und besorgt zu den Fenstern des Rathaussaals emporsah. Freudestrahlend lief er zu ihr herunter und umarmte sie stürmisch.

»Erdrück deine Mutter nicht!«, hörte er von hinten rufen. Als er den Kopf wandte, sah er in den Augenwinkeln seinen Vater und den Opa näherkommen. »Du bist nämlich ganz schön stark für dein Alter.« Hermann Nyenkerken lächelte und zwinkerte seinem Sohn zu.

»Und ganz schön forsch!« Joergen Nyenkerken lachte herzlich, fasste mit der Hand seinem Enkel in den Nacken und zog ihn an seine stolzgeschwellte Brust. »Ich wollte kaum glauben, was ich hörte. Du hast dem Herzog von Mecklenburg-Stargard vors Schienbein getreten. Ausgerechnet *ihm*!«

»Wem denn sonst?«

Gemächlich hob Joergen Nyenkerken den grauhaarigen Kopf und blickte in den blauen Himmel. Er genoss diesen großen Tag und fühlte sich, als könne er die ganze Welt umarmen. Die Gefühle überwältigten den Dreiundsiebzigjährigen und er fühlte einen unwiderstehlichen Drang in sich, sein jahrzehntelang gehütetes Geheimnis doch noch zu enthüllen.

Erneut drückte er seinen Enkel, von dessen Herkunft er wusste, und maß ihn vom Kopf bis zum Fuß. Der Junge stand, wo zehn Jahre zuvor Klaus Störtebeker seinen letzten Gang angetreten hatte. Der Alte begann, so ausgelassen zu lachen, dass seine Familienmitglieder ihn erstaunt ansahen.

»Mein lieber Nikolaus! Versprichst du mir, dass du dem Herzog Johann nie wieder vors Schienbein trittst?«, fragte Joergen Nyenkerken scherzhaft und wedelte ermahnend mit dem Zeigefinger vor der Nase seines Enkels. »Weil er nämlich dein Onkel ist.«

»Ein Herzog soll mein Onkel sein?« Die Gesichtspartien von Klaus

104 Hein Brand – später wurde die Twedorpstwiete ihm zu Ehren in Brandstwiete umbenannt.

Nyenkerken verzogen sich zu staunenden Ovalen. »Aber Opa, das geht doch gar nicht.«

»Und ob das geht!« Joergen Nyenkerken sah dem Enkel mit Nachdruck in die Augen und nickte, dann schaute er seinen Sohn an, der verwundert den Kopf schüttelte. »Lieber Hermann, du bist nicht mein einziger Sohn.« Joergens Augenlider flirrten und die Pupillen weiteten sich, in seinem Blick lag ein Hauch von Stolz aber auch die stille Bitte um Nachsicht für seine außereheliche Verfehlung. Bei Katarina jedoch erlaubte er sich ein schelmisches Zwinkern.

Dann breitete er die Arme aus und legte den Kopf schief. ›So ist das Leben‹ konnte jemand verstehen, der seine Körpersprache zu deuten wusste. »Ich war jung und mein Herz voller Schwung«, begann Joergen Nyenkerken zu reden. »Damals trat ich als Hansekaufmann meine erste Reise an. Ich erreichte Burg Ruppin im Brandenburgischen, übernachtete dort und lernte meine Jugendliebe kennen, Agnes von Lindow-Ruppin, die Tochter des Grafen. Unser heimliches Glück war kurz, denn sie wurde mit dem Herrn von Werle-Goldberg verheiratet. Wir verloren uns aus den Augen.

Ein Dutzend Jahre später verweilte ich auf einer Geschäftsreise in Stargard. Auf der Burg sah ich sie wieder. Sie war Witwe geworden und hatte Johann I. von Mecklenburg-Stargard geheiratet. Der Herzog war zu dieser Zeit schon lange abwesend auf dem Reichstag von Metz. Unsere Liebe entflammte aufs Neue und unsere unbedachte Leidenschaft hatte Folgen: Johann, den heutigen Herzog.«

»Ooopa, wie kannst du nur …?« Klaus Nyenkerken schüttelte vorwurfsvoll seinen Kopf. »Tss, tss«, tadelte er, aber seine Augen strahlten vor blanker Bewunderung.

Hermann Nyenkerken war unsicher, wie er sich verhalten sollte. Er schielte zu Katarina, die sich kaum noch beherrschen konnte. Als sie den hilflosen Blick ihres Mannes bemerkte, war es um sie geschehen und sie prustete los. Sie hielt sich beide Hände vor Mund und Nase, sodass die anderen vom Gesicht nur noch die Augen mit ihren Lachfältchen sehen konnten.

Ihre Familie ließ sich anstecken und alle miteinander lachten sie, dass sie ihre Oberkörper nach hinten bogen und die Hände in die Seiten stemmten und für eine kurze Zeit waren sie gelöst von des Lebens Mühsal. Der Schall des Gelächters dehnte sich über dem Rathausplatz aus, stieg empor in den blauen Himmel, der Sonne entgegen und schwebte bis in die Ohren der Schicksalsgöttin, thronend jenseits von Gut und Böse. Sie lächelte zufrieden, denn dieses Spielchen hatte ihr gefallen, …

… und fegte sogleich sämtliche Figuren in ihren riesigen Lebensbecher, hinein zu den anderen zahllosen Existenzen, schüttelte allesamt kräftig durcheinander und würfelte sie über die Erde hinweg, dass haufenweise Menschlein kunterbunt durcheinander kullerten, trudelten und hüpften. Diese rieben sich verwundert die Augen, rappelten sich mühsam auf und machten sich zögernd an ihr Lebenswerk.

Die launische Göttin beugte sich erwartungsvoll über ihr nächstes Spiel: Sie schubste den einen hierhin, zog den anderen dorthin, stellte einem Dritten heimlich ein Bein und half ihrem nächsten Helden und Liebling – einem rothaarigen verwegen blickenden hakennasigen Korsaren mit Turban – auf dessem verschlungenen Weg zur Erfüllung.

Anhang

Geschehenes erzählt

Inhaltsverzeichnis

Personenregister

Person	Handlungseintritt im Jahr	Alter
Hermann Nyenkerken Kapitän, Londonfahrer, Hansestadt Hamburg	1390	30
(Johann) Erik von Landorp Bürgermeister, Hansestadt Wismar	1390	34
Hindrick von Klaasen stellvertr. Stadthauptmann, Hansestadt Hamburg	1390	23
Gert Acker Schankwirt in Wismar, Gasthaus Goldener Stier	1390	46
Wim Rasmus Hilfskoch, Schiff Roter Teufel	1390	34
Fietje Schuit Steuermann, Schiff Roter Teufel	1390	44
Klaus (Nikolaus) Störtebeker Hauptmann, Schiff Roter Teufel	1390	29
Hennig Wichmann Kapitän, Schiff Roter Teufel	1390	38
›Schöner Jan‹, Zwillingsbruder von Piet Geschützmeister, Schiff Roter Teufel	1390	20
›Hässlicher Piet‹, Zwillingsbruder von Jan Geschützmeister, Ausguck, Schiff Roter Teufel	1390	20
Tuve Christiansen Admiral, Königreich Dänemark	1390	50
Gösta Oxenstierna Bürgermeister, Stockholm	1390	53
Katarina Oxenstierna Tochter von Gösta Oxenstierna, Stockholm	1391	19
Birgitta Oxenstierna Frau von Gösta Oxenstierna, Stockholm	1391	51
Johann, Prinz Thronfolger von Mecklenburg-Stargard, Burg Stargard	1391	31
Johann I. Herzog von Mecklenburg-Stargard, Burg Stargard	1391	65

Person	Handlungseintritt im Jahr	Alter
Langer Jan Kumpan von Fictje Schuit, Schiff Roter Teufel	1393	41
Oswald von Wolkenstein Lautenspieler, Liedermacher, fahrender Knappe	1393	16
Fronicka Acker Schankwirtin in Wismar, Gasthaus Goldener Stier	1395	48
Jensen Torstad Stürzbecherhandwerksmeister, Wismar	1395	33
Mette Torstad, geb. Sturzbecher Schwester von Klaus Störtebeker, Wismar	1395	36
Martha Sturzbecher Mutter von Klaus Störtebeker, Wismar	1395	55
Bruder Almer Mönch im Kloster Mälarholmen, Schweden	1395	38
Magister Wigbold Gelehrter, Kanzler, Wisby auf Gotland	1395	38
(Michael) Goedecke Michel Söldnerführer, Admiral, Wisby auf Gotland	1395	52
Joergen Nyenkerken Ratsherr, Hansekaufmann, Hansestadt Hamburg	1398	61
Nikolas Schoke Ratsherr, Hansekaufmann, Hansestadt Hamburg	1398	
Hermann Lange Ratsherr, Hansekaufmann, Hansestadt Hamburg	1398	
Hein Brandt Ratsherr, Hansekaufmann, Hansestadt Hamburg	1398	39
Bertram von Minden Meister der Malkunst	1398	58
Jan Francke Geselle der Malkunst	1398	18
Bertram Horborch Bürgermeister, Hansestadt Hamburg	1398	

Person	Handlungseintritt im Jahr	Alter
Kersten Miles stellvertr. Bürgermeister, Hansestadt Hamburg	1398	
Hans von Klaasen Stadtadliger, Ratsherr, Hansestadt Hamburg Vater von Hindrick von Klaasen	1398	
Ludolf Lopow Ratsherr, Hansestadt Hamburg Vorsitzender der Brauergilde	1398	
Adolf von Stormarn Domherr im Mariendom, Hansestadt Hamburg	1398	
Christoph Kevenhüll ›Der wilde Ritter von Beilngries‹	1398	
Keno II. tom Brok Friesischer Herrscher (Häuptling) vom Brokmerland/Marienhafe, Sitz auf Burg Upgant	1399	19
›Hermann‹ / ›Klaus‹ Ein putzmunterer Goldhamster	1399	0,3
Tetta tom Brok Keno tom Broks jüngere Schwester	1399	17
Fritta Jancken ›Anstandsdame‹ von Tetta tom Brok	1399	29
Edo Wiemken (von Rüstringen) Friesischer Herr (Häuptling) von Rüstringen, Edenburg	1400	
Folkmar Allena (von Osterhusen) Friesischer Herr (Häuptling) von Osterhusen und Hinte, Burg Groothusen	1400	
Evenard Idzinga (von Norden) Friesischer Herrscher (Häuptling) von Norden	1400	
Sibet Papinga (von Rüstringen) Sohn von Edo Wiemken, Sibetburg	1400	
Edzard Cirksena (von Greetsiel) Friesischer Herrscher (Häuptling) von Greetsiel	1400	
Haro Aildesna (von Groß-Faldern) Friesischer Herr (Häuptling) von Faldern	1400	

Person	Handlungseintritt im Jahr	Alter
Focko Ukena (von Leer) Friesischer Herr (Häuptling) von Leer, Burg Neermoor	1400	
Hero (Vater) und ***Lütet*** (Sohn) ***Attena*** (von Dornum) Friesische Herrscher (Häuptlinge) von Dornum und Nesse	1400	
Enno Haytetsna (von Larrelt) Friesischer Herrscher (Häuptling) von Larrelt	1400	
Sibrand (von Loquard) Friesischer Herrscher (Häuptling) von Loquard	1400	
Hisko Abdena (von Emden) Probst, geistlicher und weltlicher Herr (Häuptling) von Emden	1400	
Graf Konrad II. von Oldenburg Friesischer Adliger, Herr von Oldenburg	1400	58
Konrad von Vechta Fürstbischof von Verden an der Aller	1400	30
Wiemeken Friesin, lebt in Marienhafe	1400	
Simon von Utrecht Schiffbaumeister, Den Haag	1400	
Albrecht II. von Wittelsbach Graf von Holland, Herzog von Bayern-Straubing	1400	64
Mijnheer van den Bosch Haushofmeister des Grafen von Holland	1400	
Meister Rosenfeldt Scharfrichter der Stadt Hamburg	1400	
Buxtehunde Henker der Stadt Hamburg	1400	
Klaus Nyenkerken Sohn von Katarina Nyenkerken, geb. Ochsenstierna	1400	4
Margarethe, Königinwitwe von Norwegen Regentin der Kalmarer Union	1400	48
Wulf Brandt Sohn von Hein Brandt, Freund von Klaus Nyenkerken	1410	15
Erich IV. von Sachsen-Lauenburg Herzog von Sachsen-Lauenburg	1410	56

Erläuterung einiger Fußnoten

[12] Bastard

Mittelhochdeutsch bast(h)art, altfranzösisch bastard, bedeutete ursprünglich ›rechtmäßig anerkannter außerehelicher Sohn eines Adligen‹.

Die Bezeichnung ›Bastard‹ betraf vor allem Söhne, die mit Frauen niederen Standes gezeugt wurden, mit denen der adelige Vater in der Regel nicht verheiratet war. Bastarde behielten im Abendland normalerweise den Stand ihrer Mutter und hatten keinerlei Privilegien.

Wenn jedoch die Gemahlin eines Adligen unfruchtbar war oder alle seine Nachkommen vorzeitig verstarben, konnte ein Bastard die Erbfolge antreten, so wie ein Adliger natürlich auch andere nahe Verwandte als seinen Erben einsetzen konnte.

Noch in der frühen Neuzeit war die Bezeichnung keineswegs ehrenrührig. Vielmehr wurde sie von den betreffenden Personen, die stolz auf ihre adelige Abstammung väterlicherseits waren, selbst benutzt.

[13] Herzog Johann IV. von Mecklenburg-Schwerin

Er regierte das Herzogtum für seinen Oheim Herzog Albrecht III. von Mecklenburg-Schwerin, denn dieser war gleichzeitig König von Schweden und residierte in Stockholm.

In der Schlacht von Falköping am 24. Februar 1389 wurden König Albrecht sowie sein Sohn Erich gefangen genommen. Seitdem saßen die beiden Mecklenburger ein in der Reichsfestung Lindholmen in Schonen (Südschweden) bis 1395.

Die siegreiche Regentin Margarethe soll gespottet haben, dass diese Männer nun hinter schwedischen Gardinen säßen. Daraus könnte das bekannte Sprichweort entstanden sein.

Siehe Anhang, Seiten XXX und XXXI: ›Haus Mecklenburg‹.

[15] Martini

Der 11. November ist der Martinstag, der Festtag des Heiligen Martin von Tours. Dieser Tag markierte den Beginn der Winterpause für die Hanse-Schiff-Fahrt.

Das julianische Kalenderjahr ist im Vergleich zum Sonnenjahr zu lang, dieser Zeitüberhang summierte sich bis ins 14. Jahrhundert auf etwa neun Tage zu viel. Der astronomischen Kalender zeigte erst den 2. November.

Die gregorianische Kalenderreform wurde erst ab 1582 vollzogen.

[17] **Scheibendolch**

[20] **Schießpulver**

Berthold Schwarz (auch Bertold Schwarz, Berthold der Schwarze oder Bertholdus Niger) war ein Freiburger Franziskanermönch und Alchemist des 14. Jahrhunderts. Er soll um 1359 (nach anderen Angaben 1353) durch Zufall das Schieß(Schwarz)pulver entdeckt haben.

Einer Überlieferung zufolge soll Berthold bei alchemistischen Experimenten in einem Mörser Salpeter (KNO_3, Kaliumnitrat), Schwefel (S, verursacht den weißen Rauch) und Holzkohle (C_7H_4O) zerstampft und diesen mit dem Stößel zusammen auf den Ofen gestellt haben, woraufhin er den Raum verließ. Kurze Zeit später habe sich eine Explosion ereignet und die herbeigeeilten Mönche stellten fest, dass der herausgeschleuderte Stößel so fest in einem Deckenbalken steckte, dass er nicht mal nach dem Berühren mit den Reliquien der heiligen Barbara herausgezogen werden konnte.

Auf dieses Ereignis soll die Bezeichnung für das Schwarzpulver, der Name ›Mörser‹ für kurzläufige Steilfeuergeschütze und die Tatsache, dass die heilige Barbara als Schutzpatronin der Artilleristen gilt, zurückgehen.

Es kann davon ausgegangen werden, dass Berthold Schwarz das Schießpulver nicht entdeckt hat, sondern ein effektiveres Mischungsverhältnis der Zutaten fand.

[21] **Olympische Spiele**

Die Olympischen Spiel des Altertums fanden statt von etwa 776 v. Chr. bis 393 n. Chr. in Elis, Halbinsel Peloponnes, Griechenland.

[28] **Wassertiefe**

Die Wassertiefe wurde mittels eines Seils, welches am Ende mit einem Bleistück beschwert war, in Faden gemessen. Ein Faden entsprach 6 Fuß, etwa 1,5 Meter.

[29] **Fjäderholmarna**

Die Federinselchen liegen nur wenige Kilometer vor der Einfahrt in den Nörrström. Sie sind heute ein beliebtes Ausflugsziel der Stockholmer, welche mit einem Boot innerhalb von 20 Minuten dort sind.

[32] **Waldemar IV.**

König Waldemar IV. ›Atterdag‹ von Dänemark war der Vater der Regentin Margarete (I.) von Dänemark. Er verzögerte bis zu seinem Tod die Ernennung eines Nachfolgers. Dies führte zum Ringen um die dänische Krone zwischen der Regentin Margarethe und den Herzögen von Mecklenburg. Siehe Anhang, Seiten XXXIII-XXXV.

[33] **Arbalest**

Eine Armbrust mit Stahlbogen, welcher mittels einer Kurbel gespannt wurde.

Die Bolzen wurden mit einer Kraft von bis zu 5.000 N (Newton) abgefeuert und konnten bei idealem Winkel auch den Stahl einer Ritterrüstung durchschlagen.

Spannen einer Arbalest, Abbildung ➔

[34] **Pavese**

Ein tragbarer Großschild, der freistehend abgestellt werden konnte. Zum Beispiel bestand dieser aus zusammengesetzten jungen Baumstämmen. Vor allem die Armbrustschützen benutzten diesen Schutz, um dahinter unbehelligt ihre Waffen spannen zu können.

[36] **Fehlschärfe** – siehe Seite XVI, Fußnote [61]

[40] **Sündenbock**

Am höchsten jüdischen Feiertag, Jom Kippur, dem Versöhnungstag, wurden im Jerusalemer Tempel besondere Opfer dargebracht.

Es war der einzige Tag, an dem der Hohepriester – allein und streng abgeschirmt – das Allerheiligste im Tempel betreten durfte, um stellvertretend für das Volk die Vergebung der Sünden zu empfangen. Dort besprengte er die Bundeslade mit dem Blut von zwei Opfertieren. Ebenso wurde über zwei Böcken das Los geworfen. Der eine wurde geopfert zur Reinigung des Tempels, auf den anderen sämtliche Sünden des Volkes von Israel übertragen. Danach wurde dieser Bock in die Wüste (zum Teufel) gejagt, damit dieser Asasel, dem Wüstendämon, die Sünden zurückbrachte, welcher dieser zuvor über die Juden verstreut hatte.

Eine andere Überlieferung berichtet, dass der Sündenbock getötet wurde, indem man ihn in eine Schlucht stieß. Dieses Ritual wird von den Juden seit der Zerstörung des Tempels durch Titus im Jahr 70 n. Chr. nicht mehr vollzogen.

[41] **Hexe**

Der sogenannte ›Hexenwahn‹ grassierte keineswegs im ›finsteren Mittelalter‹ sondern erst später in der sogenannten ›Neuzeit‹. Der Zeitraum von Hexenwahn und Hexenverfolgung: 1500-1800.

Es wurde bei den Hexen unterschieden zwischen ›guten Hexen‹ – weise Frauen machen ›weiße Magie‹ und wollen helfen und heilen – und ›bösen Hexen‹ – sie machen ›Schwarze Magie‹ und wollen schaden. Beide besitzen Geheimwissen und vergessene Naturerkenntnisse.

Der Hexenwahn, die Hexenverfolgung und die Hexenprozesse sind ein europäisches Phänomen, aber es fanden keine Verfolgungen statt im griechisch-orthodoxen (Südosteuropa) und russisch-orthodoxen Raum (Rußland).

Die Kernländer waren Frankreich, Norditalien, Alpenländer, Benelux-Länder, Schottland und Deutschland (Heiliges Römisches Reich deutscher Nation); weniger Irland, England, Skandinavien, Polen, Böhmen und Ungarn. Frei von Hexenverfolgung waren Spanien (trotz oder gerade wegen der Inquisition) und Süditalien.

Es gibt keine sichere Aussage über Zahl der Hexenprozesse und die Gesamtzahl der Opfer. Zum Beispiel sind allein in Südwestdeutschland (Baden-Württemberg) zwischen 1561 und 1670 3.229 Hinrichtungen überliefert (2.527 Katholiken, 702 Evangelische). Die Zahl der Opfer wird geschätzt: in Deutschland zwischen den Jahren 1600 und 1750 auf 15.000 bis 20.000; insgesamt in Europa auf 70.000 bis 100.000.

Das Ende der Hexenverfolgung, aber nicht unbedingt des Hexenglaubens, erfolgte erst in der 2. Hälfte des 18. Jahrhunderts durch den ›Sieg der Vernunft‹ sowie eine Humanisierung des Strafvollzugs und des Strafrechts.

[42] **Häresie**

Die Abweichung vom rechten Glauben. Im Gegensatz zum Hexenglauben, welchen die Kirche als ›Volksdummheit‹ einstufte, verfolgte die Kirche Abweichler auch im Mittelalter schon mit unnachgiebiger Strenge.

Zum Beispiel gab es in Spanien die Inquisition, aber es fand keine Hexenverfolgung statt.

[44] **Reichstag des Heiligen Römischen Reiches**

Der Begriff Reichstag bezeichnet ursprünglich die Versammlung der Reichsstände des Heiligen Römischen Reiches. Die neben dem König bzw. Kaiser stehende Körperschaft entwickelte sich seit dem 12. Jahrhundert aus den formlosen Hoftagen und wurde 1495 mittels eines Vertrages zwischen dem Kaiser und den Ständen zu einer festen Institution der Reichsverfassung.

Die Krönungsstadt Frankfurt (43) und Nürnberg (41) waren die Städte mit den häufigsten Reichstagen. Zwischen 19 und 25 Mal tagte er in Aachen (25), Worms (22), Regensburg (20) und Speyer (19). Es folgen noch Augsburg (15), Mainz (14) und Forchheim (11).

Reichstag 1355/56, Nürnberg – Karl IV. erlässt die Goldene Bulle, die das Reich stabilisieren und zukünftig Machtkämpfe um die Krone eindämmen soll.

Reichstag 1356/57, Metz – Erweiterung und Ergänzung der Goldenen Bulle.

[45] Spitzbogenstil (Gotik)

Der in Frankreich entwickelte Stil und die neue Bautechnik wurden um 1280 als opus francigenum bezeichnet.Da der Spitzbogen als ein zentrales Element der Baukunst der Gotik gilt, wurde der Stil ursprünglich als Spitzbogenstil bezeichnet.

Die heutige Bezeichnung Gotik (v. ital. gotico = ›fremdartig‹, ›barbarisch‹. Ursprünglich ein Schimpfwort, abgeleitet von der Bezeichnung des Germanenstammes der Goten) wurde in der Renaissance durch den italienischen Kunsttheoretiker Giorgio Vasari geprägt, der damit seine Geringschätzung der gotischen Kunst gegenüber dem goldenen Zeitalter der Antike ausdrückte. Auch wenn die Bewertung Vasaris heute nicht mehr geteilt wird, wurde diese Bezeichnung übernommen, bürgerte sich allmählich ein und verlor später ihren negativen Beiklang.

Die bedeutendste Neuerung der Spitzbogentechnik bestand darin dass bei einem gedachten Quadrat als Grundriss nicht 4 Rundbögen über die 4 Seiten des Quadrates gestellt wurden sondern 2 Rundbögen mit gemeinsamem Mittelstein über die beiden Diagonalen. Dadurch war die Stabilität des Gewölbes gesichert und die statisch nun weniger wichtigen Bögen über den 4 Seiten wurden spitz nach oben gebaut um die gleiche Höhe wie die beiden längeren und höheren Rundbögen über den Diagonalen zu erhalten. Diese Gewölbetechnik nennt man Kreuzrippengewölbe, denn sie ermöglicht es, ein Gewölbejoch über einem rechteckigen Grundriss zu erstellen. Damit wurde die Gestaltung freier als in der Romanik.

Eine weitere Neuerung war die Erfindung des selbständigen Tragwerks, das sich durch die Strebepfeiler zeigt. In der Romanik mußte die flächige Wand die Lasten des Gebäudes tragen und hatte daher nur kleine Fenster. In der Gotik wurde die Wand von der tragenden Funktion befreit und konnte beliebig aufgelöst werden. Das ermöglichte die riesigen Fenster, die fast die gesamte Wandfläche einnehmen.

Typisch für den Kirchenbau der Gotik ist die Betonung der Vertikale. Die häufigste Form des Grundrisses ist wie schon in der Romanik das lateinische Kreuz. Die Fenster sind meist sehr lang und schmal. Ihre Verzierung besteht oft aus Kreisen und Rundstäben. Unter den Fensterbogen findet man auch kleine kleeblattförmige eingesetzte Bogenspitzen.

Auch Öffnungen in Fischblasenform sind sehr beliebt. Die Vorlagen zu diesen vielen gotischen Ornamenten nahm man aus der Pflanzenwelt. Aber auch Motive und Formen aus der Menschen- und Tierwelt waren beliebt. An den Spitzen von Giebeln und Türmen verwendete man oft eine Kreuzblume als Ornament (Verzierung).

Der erste gotische Kirchenbau in Deutschland war die Elisabethkirche in Marburg. Das bedeutendste Bauwerk der Gotik in Deutschland ist der Kölner Dom, der trotz seiner langen Baugeschichte (Fertigstellung erst im 19. Jahrhundert) nach den Originalplänen vollendet wurde. Ein weiteres bedeutendes gotisches Bauwerk ist der Stephansdom in Wien. Eine besondere Form des gotischen Kirchenbaus stellen die Hallenkirchen wie das Ulmer Münster dar.

[47] **(Großes) Abendländisches Schisma**

Schisma – griechisch: Trennung – bezeichnet die Zeitspanne zwischen 1378 und 1417, als zwei – später drei – Päpste in der westlichen Kirche gleichzeitig Anspruch erhoben, das legitime Oberhaupt der katholischen Kirche zu sein.

Das große Schisma des Abendlandes hatte mit der umstrittenen Wahl des Papstes Urban VI. im Jahr 1378 begonnen. Aufgrund seines Verhaltens versagten ihm die Kardinäle den Gehorsam, erklärten seine Wahl für ungültig und wählten Clemens VII. zum Papst.

Daraufhin exkommunizierte Urban Clemens und seine Anhänger und gründete ein eigenes Kardinalskollegium. Clemens VII. ging daraufhin nach Avignon und besiegelte damit das Schisma.

Das Treffen von Kardinälen und Bischöfen beider Seiten 1409 in Pisa konnte das Schisma nicht überwinden und endete mit der Wahl eines dritten Papstes, der Wahl von Alexander V.

Das Konstanzer Konzil führte schließlich 1417 zum Rücktritt der rivalisierenden Päpste und zur Wahl Martins V., womit das Abendländische Schisma beendet wurde. Das Schisma hatte allgemein die Stärkung des Konziliarismus zur Folge und verstärkte den Ruf nach Reformen, der schließlich in der protestantischen Reformation gipfelte.

[52] **Goldene Bulle**

Ihren Namen erhielt sie von den Goldenen Siegeln, die sechs der sieben Ausfertigungen besaßen.

Die Goldene Bulle ist eine Gesetzessammlung Kaiser Karls IV. (reg. 1346-1378), die auf den Hoftagen von Nürnberg 1355/1356 (Kapitel 1-23) und Metz 1356/1357 (Kapitel 24-31) beraten und verkündet und in sieben Exemplaren (Mainz, Trier, Köln, Pfalz, Böhmen-Reich, Frankfurt, Nürnberg) ausgefertigt wurde.

Verfasst ist sie in lateinischer Sprache, stilisiert nach den Gesetzen des Cursus und bewehrt mit einer goldgetriebenen Siegelkapsel (bulla aurea).

Sie regelte, teilweise auf ältere Bestimmungen zurückgreifend, die Königswahl, legte die Zahl und Rechte der Kurfürsten fest und schloss endgültig päpstliche Mitwirkungsansprüche aus. Der neugewählte König hatte seinen ersten Hoftag in Nürnberg zu halten.

Von den sieben Ausfertigungen befinden sich heute zwei in bayerischen Archiven: das Exemplar der Kurpfalz im Bayerischen Hauptstaatsarchiv in München, jenes für die Reichsstadt Nürnberg im Staatsarchiv Nürnberg.

Die Goldene Bulle bildete einen zentralen Bestandteil der Reichsverfassung und war bis zum Ende des ›Alten Reichs‹ 1806 gültig.

[56] **Waldenser**

Die Waldenser wurden als christliche Laienbruderschaft von dem französischen Kaufmann Petrus Waldus in der zweiten Hälfte des 12. Jahrhunderts in Lyon gegründet. Weil in dieser Gemeinschaft Laien predigten, wurden sie 1184 von Papst Lucius III. exkommuniziert. Dennoch konnten ihre Anhänger die Gemeinschaft in den Bergtälern der französischen und italienischen Alpen weiterführen.

Die Waldenser wurden 1215 zu Ketzern erklärt und von der Inquisition verfolgt.

1487 organisierte Papst Innozenz VIII. in der Dauphiné und in Savoyen einen Kreuzzug gegen die Waldenser. Ihre Vertreibung führte zu einer Verbindung mit übrig gebliebenen Katharern und Humiliaten, wieder konnten sie als eigenständige Glaubensgemeinschaft überleben, gestärkt auch durch die in der Reformation entstandenen protestantischen Kirchen.

1532 gründeten die Waldenser, inspiriert von der Reformation, eine reformierte Kirche in den Cottischen Alpen – der Gegend um Susa. Die Mitglieder dieser Kirche gaben sich jetzt selbst den Namen Waldenser.

57 **Pest**
Als Schwarzer Tod wird die große europäische Pandemie von 1347 bis 1353 bezeichnet, die geschätzte 25 Millionen Todesopfer – ein Drittel der damaligen europäischen Bevölkerung – forderte. Das Wort ›Pest‹ leitet sich vom lateinischen Wort pestis für Seuche ab und wird daher auch ohne direkten Bezug auf die Krankheit Pest verwendet.

Die Pandemie brach nach heutigem Wissensstand zuerst in Asien aus und gelangte dann über die Handelsrouten nach Europa. In Messina nahm der durch Seeleute eingeschleppte Seuchenzug seinen Anfang. Manche Landstriche wurden weitgehend entvölkert, während andere Regionen von der Seuche verschont oder nur gering betroffen waren. In Florenz überlebte nur ein Fünftel der Bürger die Krankheit.

Für das Gebiet des heutigen Deutschlands wird geschätzt, dass jeder zehnte Einwohner infolge des Schwarzen Todes sein Leben verlor. Hamburg, Köln und Bremen zählten dabei zu den Städten, in denen ein sehr hoher Bevölkerungsanteil starb. Sehr viel geringer war dagegen die Anzahl der Todesopfer im östlichen Gebiet des heutigen Deutschlands.

Die sozialen Auswirkungen des Schwarzen Todes reichten sehr weit: Juden gerieten sehr schnell in den Verdacht, durch Giftmischerei und Brunnenvergiftung die Epidemie ausgelöst zu haben. Dies führte in vielen Teilen Europas zu Judenpogromen und einem lokalen Aussterben der jüdischen Gemeinden. Selbst da, wo geistliche oder weltliche Herrscher dies zu verhindern versuchten, war ihr Autoritätsverlust durch die sozialen Verwerfungen in der Folge der Epidemie so hoch, dass es ihnen in der Regel nicht gelang.

60 **John Wyclif**
John Wyclif studierte in Oxford und war dort ab 1372 als Dozent tätig. 1368 wurde er Pfarrer in Ludgershall, ab 1374 in Lutterworth. 1374 nahm er an einem Friedenskongress in Brügge teil und wurde dort von der Geldgier des päpstlichen Hofes abgestoßen.

Ausgehend vom apostolischen Armutsideal verneinte er die Rechtmäßigkeit kirchlichen Besitzes und kritisierte die neuen Bettelorden wie Franziskaner und Dominikanerorden, weil auch sie wieder auf Reichtum aus seien. Ohrenbeichte und Zölibat lehnte er ab.

1376 proklamierte Wyclif die Lehre von der Macht allein durch Gnade, derzufolge Gott selbst alle Autorität direkt verleihe, und bestritt damit den politischen Machtanspruch des Papstes, verdammte ihn sogar als Antichrist. Er unterstützte die Säkularisierungsbestrebungen der weltlichen Herrscher, denn für Kirchenmänner genüge urchristliche Armut.

1377 wurde er deshalb vom Papst gebannt, fand aber bei der englischen Politik Rückendeckung. 1379 verwarf Wyclif die Lehre von der Transsubstantiation (lat.: ›Wesensverwandlung‹, bezeichnet in der christlichen Theologie die Wandlung von Brot und Wein in den Leib und das Blut Jesu Christi in der Heiligen Messe).

Ab 1380 entsandte Wyclif Wanderprediger, sogenannte Lollarden, um seine religiösen Auffassungen in England zu verbreiten.

Seine Lehren fanden in weiten Teilen der Bevölkerung Anklang und beeinflussten den Aufstand der englischen Bauern von 1381 (Peasants' Revolt/Wat Tyler) maßgeblich; mit zunehmender Radikalisierung wandte sich aber der ihn früher unterstützende Adel von ihm ab, schließlich verlor er auch seine Dozentenstelle in Oxford.

1382 wurden seine Schriften von einer Synode in Oxford als ketzerisch verurteilt, er selbst verlor seine Kirchenämter, wurde aber aus Furcht vor einer Volkserhebung nicht angeklagt. Wyclif zog sich deshalb zurück, übersetzte 1383 als Erster das Neue Testament ins Englische und starb 1384 in seiner Pfarrei Lutterworth; mehrere verbliebene Anhänger wurden verfolgt und hingerichtet.

1415 wurde Wyclif posthum vom Konstanzer Konzil als Ketzer verurteilt und die Verfolgung der Lollarden angeordnet.

1418 wurden seine Gebeine exhumiert und verbrannt, die Asche in den Fluss Swist gestreut.

Die Lollarden verbreiteten nach seinem Tod seine Glaubensansichten weiter und sahen sich bis zu ihrer endgültigen Vernichtung zu Beginn des 15. Jahrhunderts ständiger Verfolgung durch die kirchlichen und weltlichen Autoritäten ausgesetzt.

Der tschechische Reformator Jan Hus bezog sich in seinem Kampf gegen die etablierte Kirche auf Wyclif, auch Martin Luther berief sich auf seine Lehren.

61 Fehlschärfe (36)

Die Fehlschärfe (oder das Ricasso) ist bei einigen Schwertern und Fechtwaffen ein nicht geschliffener Teil der Klinge. Häufig befindet sich eine Fehlschärfe direkt oberhalb der Parierstange, unterhalb des geschliffenen Teils der Klinge – der Schärfe. Fehlschärfen gibt es bei Degen und Rapier, häufig auch bei Bihändern.

Bei Zweihandschwertern wird die Fehlschärfe genutzt, um die Waffe, falls die Situation es erfordert, auch kürzer zu fassen, um in beengten Kampfsituationen besser und schneller agieren zu können.

Auch bei Messern bzw. Dolchen bezeichnet der Begriff Fehlschärfe den Bereich zwischen Griff bzw. Parierelement und Beginn des Klingenschliffs. Irrtümlicherweise wird auch ein angeschliffener (jedoch nicht scharf geschliffener) Bereich auf dem Klingenrücken eines Messers manchmal als Fehlschärfe bezeichnet. Die korrekte Bezeichnung für einen solchen Bereich lautet jedoch ›Falsche Schneide‹ oder ›Schor‹.

65 Grote Mandränke

Die Zweite Marcellusflut, auch: Mandrankels, Grote Madetuen oder Grote Mandrenke (›Großes Ertrinken‹), bezeichnet eine verheerende Sturmflut, welche die deutsche Nordseeküste von Ostfriesland bis Nordfriesland betraf. Laut späterer Überlieferung begann sie am 15. Januar 1362, erreichte am 16. Januar – dem Tag Marcelli Pontificis, das heißt des heiliggesprochenen Papstes Marcellus I., nach welchem sie auch den Namen Marcellusflut erhielt – ihren Höhepunkt und fiel erst am 17. Januar wieder ab. In dieser Flut sollen die nordfriesischen Uthlande zerrissen sein, wobei der sagenumwobene Marktort Rungholt untergegangen sei.

In neuerer Zeit konnten anhand des Vergleichs von Daten Zusammenhänge mit Sturmflutereignissen z. B. an der britischen Küste hergestellt werden: Große Teile der Hafenstadt Dunwich wurden demnach wahrscheinlich einen Tag vor Rungholt zerstört.

67 Grönlandfahrt 1355-1356 – die Paul-Knudson-Expedition.

Graf Paul Knudson, eigentlich Pål Knutsson, war ein norwegischer Beamter in Bergen und Offizier der Leibwache des schwedischen Königs Magnus Eriksson, der zugleich König von Norwegen war (1319 bis 1355).

Magnus hatte einen Hilferuf der norwegischen Grænlendingar erhalten, die seit 982 Grönland besiedelt hatten und 1261 von Norwegen unterworfen worden waren, seit Anfang des 14. Jahrhunderts jedoch in Vergessenheit geraten waren. Der fromme König, besorgt um die Situation der christlichen Gemeinden auf Grönland, beauftragte daraufhin 1354 Knudson, sich auf die Suche nach diesen norwegischen Siedlungen aufzumachen. Des Königs schriftlicher Befehl ist erhalten geblieben und wird im Königlichen Museum Kopenhagen aufbewahrt.

Mit einer Knorr und einer neben einigen Schweden vor allem aus Norwegern bestehenden Besatzung segelte Knudson 1355 von Bergen nach Grönland. Die ehemalige Westsiedlung fanden sie zerstört und verlassen vor, worauf Knudson vermutete, die Grænlendingar hätten sich vor den angreifenden Inuit auf das noch weiter westlich gelegene Festland (Vinland) geflüchtet. Knudson soll auf der Suche nach den Geflüchteten den nordamerikanischen Kontinent erreicht, sie aber nicht gefunden haben. Knudson ging mit Suchmannschaften ins Landesinnere, sie kamen nicht wieder zurück.

1362 befanden sich die Reste der Expedition bereits wieder auf Island, 1363 oder 1364 kehrten sie nach Schweden zurück. Norwegen war inzwischen an Magnus' Sohn Hakon VI. gefallen, der neue König stellte die Verbindungen nach Grönland ein. Hakons Ehefrau und spätere Regentin Margarethe verbot sogar, Grönland anzulaufen.

[70] Interregnum

In der Zeit von 1245 bzw. 1250 - 1273 herrschte kein König über Deutschland. Das Interregnum begann mit der Absetzung (1245) bzw. dem Tod (1250) von Kaiser Friedrich II. (Enkel von Friedrich I. ›Barbarossa‹) und endete mit der Wahl Rudolfs von Habsburg.

[71] Hamburger Weißbier

Zu den wichtigsten Waren aus Hamburg gehörte das Bier, deshalb wurde die Stadt auch als ›Brauhaus der Hanse‹ bezeichnet. Hamburger Bier wurde seit dem 13. Jahrhundert exportiert. Ab Mitte des 14. Jahrhunderts wurde verstärkt Weißbier gebraut, das als besonders mild galt. Dadurch expandierte der Handel, denn dieses Bier galt lange Zeit als einzigartig.

Nach Holland und Friesland begann der Export von Bier Anfang des 14. Jahrhunderts, endete aber schon 1321, denn der Graf von Holland erließ ein Einfuhrverbot für ausländisches Bier. An seinen Hof jedoch ließ er weiterhin große Mengen Hamburger Biers liefern. Dieses Einfuhrverbot galt bis zum Frieden von Kopenhagen, 1441.

Dafür nahm ab den siebziger Jahren des 14. Jahrhunderts der Export ins benachbarte Flandern zu, das zuvor hauptsächlich Bremisches, Wismarsches und englisches Bier importierte. Die flämische Hansestadt Brügge übernahm ab etwa 1400 den Verkauf des Hamburger Biers.

[73] Mariendom

Der Hamburger Dom wurde von den Einwohnern als Mariendom bezeichnet. Das Domkapitel gehörte zum Erzbistum Bremen. Diese ehemalige Hauptkirche Hamburgs wurde bis Ende 1806 restlos abgerissen und selbst die Fundamente ausgegraben. Aus dem Markt im Mariendom wurde der heutige DOM auf dem Heiliggeistfeld.

[75] Konrad von Jungingen

Konrad von Jungingen (* um 1355/1360 vermutl. auf Burg Hohenfels, Kreis Konstanz; † 30. März 1407 in Marienburg) war von 1393 bis 1407 der 25. Hochmeister des Deutschen Ordens. Er stammte aus schwäbischem Niederadel und war der Bruder von Ulrich von Jungingen, der unmittelbar nach Konrad zum 26. Hochmeister des Deutschen Ordens gewählt wurde.

Ulrich von Jungingen verlor am 15. Juli 1410 gegen Polen und Litauer die Schlacht bei Tannenberg und kam dabei ums Leben.

[76] Hundsgugel

Die Hundsgugel ist eine Helmform, die aus einem Visierhelm des frühen 14. Jahrhunderts um 1360/70 entstanden ist. Sie besteht aus einer spitzen Beckenhaube und einem spitzem Schnauzenvisier. In der Regel schloss sich ein Kettengeflecht zum Schutz von Hals- und Nackenpartie an, die so genannte Helmbrünne.

Das Visier ist mit aufgetriebenen Seh- und Mundschlitzen versehen. In die Helmspitze konnte ein Federbusch eingesteckt werden. Das Visier ist im so genannten italienischen Typus an zwei Drehbolzen befestigt. Beim deutschen Typus hängt das Visier an einem Stirnscharnier. Im 15. Jahrhundert wurde das Visier entweder klobig oder man verkleinerte die Schnauze.

Der Namensteil ›Hunds‹ leitete sich ab vom schnauzenförmigen Aussehen des Visiers. Der Begriff ›Gugel‹ hingegen bürgerte sich im Mittelalter für eine kapuzenartige Kopfbedeckung ein. Ab 1430 wurde dieser Helmtypus nicht mehr hergestellt.

[79] Fuga

Was heute ›Kanon‹ heißt, nannte man zur Zeit Oswalds von Wolkenstein ›Fuga‹ und in Italien gerne auch ›Caccia‹, also ›Jagd‹, weil die einzelnen Stimmen einander gewissermaßen ›nachjagen‹.

Der Kunstgriff, eine einstimmige Melodie so zu komponieren, dass sie mit sich selbst kombiniert zur Mehrstimmigkeit wird, hat das Mittelalter fasziniert, und es ist eine Vielzahl solcher ›Kanons im modernen Sinne‹ erhalten.

[81] Königreich Jerusalem

Es bestand von 1099 bis 1291 und war ein von Kreuzfahrern gegründeter Staat im ›Heiligen Land‹ (= historische geografische Region Israels). Drei weitere Kreuzfahrerstaaten fügten sich unter seine Oberhoheit. Auch Kaiser Friedrich II. war König von Jerusalem durch seine Heirat mit der Erbin Jolante von Brienne (= Isabella II. von Jerusalem). Die Stadt selbst gehörte seit ihrer Übergabe an Saladin am 2. Oktober 1187 nicht mehr zum Herrschaftsbereich.

[86] Nürnberger Lebkuchen

Aus dem Honigkuchen der vorchristlichen Zeit wurde im 13. Jahrhundert in Deutschland der Lebkuchen. In den Klöstern aß man während der Fastenzeit zum starken Bier gerne gepfefferte Lebkuchen, die sogenannten ›Pfefferkuchen‹.

›Pfeffer‹ war damals der Sammelbegriff für alle Gewürze, um deren magenfreundliche Wirkung man in Klosterküchen sehr wohl wusste: Sie fördern die Verdauung und lindern das Völlegefühl. Also würzten die findigen Mönche ihr ›panis piperatus‹ mit allem, was Venedigs Flotte aus dem Orient mitbrachte: Kardamom und Muskat, Zimt und Ingwer, Anis und Koriander, ›Nägelein‹ (Nelken) und schwarzer Pfeffer.

Urkundlich nachgewiesen ist ein Nürnberger Lebküchner in der Schmidgassen im Jahre 1395.

[88] Florijn

Graf Wilhelm V. von Holland und Seeland ließ 1378 die ersten Gulden in Holland prägen.

Der Gulden bezeichnete ursprünglich eine Goldmünze, später aber auch eine Recheneinheit und eine Silbermünze. Daher unterscheidet man Goldgulden, Rechnungsgulden und Silbergulden.

Von der ersten Goldmünze dieser Art, dem Florentiner Fiorino d'oro, lateinisch florenus aureus, leiten sich ab sowohl die Namen Floren oder Florene (deutsch), Florijn (niederländisch), Florin (französisch und englisch) und Forint (ungarisch) sowie die international gängigen Abkürzungen ›fl.‹ oder ›f‹. Demgegenüber setzte sich im Süden und Westen des Heiligen Römischen Reiches Deutscher Nation schon früh der Name Gulden durch (gekürzt aus mhd. guldin pfenninc oder guldin pfennic).

[91] Matjes

Der Matjes oder Matjeshering ist ein gekehlter und mild gesalzener, enzymatisch gereifter Salzhering.

Der Begriff Matjeshering ist von der niederländischen Bezeichnung maagdekensharing abgeleitet und bedeutet Mägdleinshering oder Jungfernhering. In diesem Entwicklungsstadium ist das Fleisch der Heringe besonders zart und fettreich. Ein Matjesfilet hat etwa 23 % Fett. Ein Hering wird jedes Jahr wieder ›jungfräulich‹, Matjes ist also nicht gleichzusetzen mit einem jungen Fisch.

1395 machte Wilhelm Beukelzoon aus Biervliet, einem kleinen Fischernest, das damals zu Flandern gehörte und heute in Belgien liegt, eine entscheidende Entdeckung. Beukelzoon erfand den Kehlschnitt.

Sobald Beukelzoon den Hering an Bord zog, schnitt er jeden einzelnen Fisch unter dem Maul zwischen den Kiemenbögen auf und entnahm die Eingeweide. Zufällig wohl wurde bei einem Fisch die Bauchspeicheldrüse (Appendices pyloricae) übersehen. Sie enthält so genannte proteolytische Enzyme. Diese Enzyme sind für die Bildung des unverwechselbaren Aromas des Matjes verantwortlich. Jedenfalls wurde dieser ausgenommene Hering zusammen mit Salz in eine Eichenholztonne gelegt in der sich eine Pökel-Lake bildete und den Fisch konservierte.

Wegen dieser Entdeckung konnte man Hering nun über längere Strecken in Fässern transportieren und aufbewahren. Diese Konservierungsmethode verbreitete sich schnell an Hollands Küste, ›Heringsstädte‹ entstanden, denn deren Bürger erlangten durch den Hering Reichtum. Nach dem 30-jährigen Krieg zum Beispiel erließ die Stadt Emden eine Heringsverordnung, die Qualität, Fang und Verarbeitung regelte.

Kaiser Karl V. war von Beukelzoons Entdeckung so beeindruckt, dass er dessen Grab besuchte und dort zu seinem Gedächtnis einen Humpen flämischen Bieres leerte.

102 Markt im Dom

Der Markt ›Hamburger DOM‹ hat seine historischen Ursprünge im 11. Jahrhundert. Im damaligen Hamburger Marien-Dom am Speersort suchten Händler und Handwerker, aber auch Gaukler und Quacksalber Schutz vor Wind und Wetter.

Den Domherrn, Erzbischof Burchard von Bremen, störte das weltlich bunte Treiben in der Kirche. 1334 erteilte er den Schaustellern Hausverbot bei Strafe des Kirchenbannes. Dies jedoch nahmen selbst die Kirchgänger ihm übel. Daher gestattete der Erzbischof ab 1337 die Anwesenheit der Händler im DOM, jedoch nur bei ›Hamburger Schietwetter‹.

Und so blieb der Markt im Dom, bis der Bau 1804 abgerissen wurde. Danach zogen die Händler und Schausteller ohne festen Standort durch die Hamburger Stadtteile. Erst 1893 erhielten sie wieder eine feste Bleibe: das Heiligengeistfeld.

Historischer Hintergrund – Auszug

ab 810: Ausbau der Hammaburg auf dem Geestrücken zwischen Bille und Alster (Domplatz am Speersort). Kaiser Karl der Große ließ die Befestigungen der Niederungsburg verstärken. Fertiggestellt wurde sie während der Regierungszeit seines Sohns, Kaiser Ludwig dem Frommen.

831: Während der Reichsversammlung in Diedenhofen (Thionville an der Mosel, Lothringen, Frankreich) weihte Kaiser Ludwig der Fromme den 30-jährigen Mönch Ansgar aus Corvey zum Erzbischof von Hammaburg. Papst Gregor IV. erteilte dem Erzbischof das Pallium – das Recht, Priester und Bischöfe zu ernennen.

Ansgar aus Corvey, der ›Apostel des Nordens‹ starb **865** und wurde später heilig gesprochen.

Das Bistum Hamburg verfiel noch im **9. Jahrhundert**, denn mehrere Slaweneinfälle – die Slawen sind einer der Hauptstämme der indogermanischen Völkerfamilie – führten zu Zerstörungen und Wiederaufbau. Zwischenzeitlich war die Stadt sogar Residenz der Herzöge von Sachsen.

7. Mai 1189: Kaiser Friedrich I., genannt Barbarossa, überreichte dem Grafen Adolf III. von Holstein und Storman, welchem auch Hamburg gehörte, einen Freibrief. Dieser sicherte der Stadt zu unter anderem das Marktrecht sowie die zollfreie Fahrt auf Unterelbe bis zur Westsee (Nordsee). Dieser Brief war der Dank des Kaisers an den Grafen für dessen Hilfe beim Kreuzzug ins Heilige Land. Der Brief ging wohl während dieses Unternehmens verloren. Trotzdem galt Hamburg seither als Stadt.

24.12.1201 - 1225, endgültig **1227:** Hamburg unter dänischer Hoheit. Die Stadt wurde erobert durch den jüngeren Bruder des Dänenkönigs Knut VI., Herzog Waldemar von Schleswig – dem späteren König Waldemar II., genannt ›der Sieger‹. Dieser nimmt Adolf III. gefangen, sodass der Graf schwören muss, auf Holstein zu verzichten und nie wieder Dänemark anzugreifen. Dessen Sohn Adolf IV. kehrt 1225 in die Stadt zurück. Am 22.7.1227 verlor Waldemar II. gegen Adolf IV. die Schlacht bei Bornhöved, Holstein.

1265: Die Hamburger selbst schrieben den Freibrief von 1189 neu und ließen ihn wohl beglaubigen von einem der kaum Macht ausübenden Könige/Gegenkönige des ›Interregnums‹ (Heinrich Raspe, Konrad IV., Wilhelm von Holland, Alfons von Kastilien, Richard von Cornwall). Sie nutzten wohl die Wirren während der Zeit des Interregnums aus (1245/1250-1273: Thronbesteigung Rudolfs von Habsburg), um zur Besiegelung dieses Dokuments zu gelangen.

1267: Nach dem Stadtbrand in Wismar wurden beim Wiederaufbau erstmalig zahlreiche Backsteinhäuser errichtet.

Mitte des 12. Jahrhunderts entstand die Hanse, eine lose Vereinigung deutscher Städte mit ausschließlich wirtschaftlichen Interessen. Der Begriff Hanse bedeutet soviel wie Genossenschaft und wurde zuerst bei einer Gilde Kölner Kaufleute in London benutzt.

1331: Die Stadt Hamburg trat der Hanse bei.

1336: Francesco Petrarca bestieg wohl den Mont Ventoux.

1339-1453: Hunderjähriger Krieg zwischen Frankreich und England.

1340-1375: Waldemar IV. regierte als König von Dänemark. Er war der Vater von Ingeborg und Margarete (I). Sein langes Zögern (›Atterdag!‹ = ›Morgen! An einem anderen Tag!‹) verursachte den Erfolgestreit einschließlich Kaperkrieg zwischen Dänemark und Mecklenburg.

1341: Francesco Petrarca (*20.7.1304/†18.7.1374) wurde auf dem Kapitol in Rom zum Dichter (poeta laureatus) gekrönt.

1346-1378: Karl IV. herrschte als deutscher König und Kaiser des Heiligen Römischen Reichs (Sacrum Romanum Imperium). Seine Residenz hatte er in Prag, denn er war zugleich König von Böhmen. Außerdem wurde er mit der eisernen Krone der Langobarden gekrönt und 1355 zum König von Burgund.

ab 1347: Die Pestseuche verbreitete sich in Europa, nachdem sie etwa 1333 in China ausgebrochen war. Ein Schiff landete in Messina (andere Quellen: Genua), vom Schwarzen Meer über Konstantinopel kommend, mit Pestkranken an Bord. Die Juden wurden verfolgt als ›Schuldige‹ – damals enstand auch die Legende von ›Ahasver‹.

ab Juni 1350: Die Pest erreicht Hamburg, die Seuche tötete die Hälfte der Einwohner – etwa 6.000 Tote.
Diese Pestepidemie tötete weltweit etwa 43 Millionen Menschen, etwa 25 Millionen davon in Europa.

um 1353: Berthold Schwarz ›erfand‹ das nach ihm genannte Sprengpulver. Wahrscheinlich hatte er beim Experimentieren lediglich ein optimaleres also effektiveres Mischungsverhältnis ermittelt.

1355-1356: Die Paul-Knudson-Expedition führte nach Grönland.
Siehe Fußnote 66, Seite XVII.

1355/1356: Reichstag zu Nürnberg. Die ›Goldene Bulle‹ wurde erlassen durch Kaiser/König Karl IV. Auch ›Kurfürstenverfassung‹ genannt legte sie fest, dass nur sieben Fürsten (drei geistliche sowie vier weltliche) den Deutschen König ›küren‹ durften: Die Erzbischöfe von Mainz, Köln und Trier, sowie der Markgraf von Brandenburg (Preußen), der Markgraf von Meißen (Sachsen), der Pfalzgraf bei Rhein (Residenz Heidelberg) und der König von Böhmen. Bayern erhielt die 8. Kurwürde erst während des 30-jährigen Kriegs. Die Krönung zum Kaiser erfolgte stets später durch den Papst.

1356: Francesco Petrarca war als Gesandter von Galeazzo II. Visconti (diese Familie herrschte über Mailand und die Lombardei; Galeazzo residierte in Pavia) bei Kaiser Karl IV. zu Besuch in Prag.

1358: Die Herzöge von Mecklenburg verlegen ihre Residenz von Wismar nach Schwerin.

1359: Hamburg erhielt von Kaiser Karl IV. das Privileg, über Seeräuber richten zu dürfen.

1361: Wisby wurde von den Dänen (König Waldemar II. ›Atterdag‹) eingenommen und geplündert. Der König sperrte die Durchfahrt zwischen Nord- und Ostsee für alle Hanseschiffe. Dies verschaffte der Hansestadt Hamburg einen Vorteil, denn sämtliche Waren von und nach dem Baltischen Meer (Ostsee) müssen über Land von Hamburg nach Lübeck oder umgekehrt gebracht werden.

1361-1362: Krieg der Hanse gegen Dänemark. Hamburg entsandte aber nur zwei Schiffe, Grund: siehe 1361.

15.-17.1.1362: Grote Mandränke (›Großes Ertrinken‹, die zweite Marcellusflut). Sie zerriss die nordfriesischen Uthlande, Rungholt geriet unter Wasser. Die gesamte Küstenline zwischen Skagen und Flandern wurde stark verändert.
Siehe Fußnote 65, Seite XVII.

1367-1370: Erneuter Krieg der Hanse gegen Dänemark (ohne Beteiligung Hamburgs, Grund: siehe 1361) mit Eroberung und Zerstörung Kopenhagens (mit Hilfe der Könige von Norwegen und Schweden).

1370: Friedenschluss in Stralsund zwischen der Hanse und Dänemark, das erhebliche Zugeständnisse machen musste. Die Sundschlösser wurden von der Hanse besetzt, selbst die Wahl eines neuen Königs bedurfte der Zustimmung der Hanse.

1377: Oswald von Wolkenstein wurde in Schöneck (Tirol) geboren und starb am 2. August 1445 in Meran. Er war einer der letzten Minnesänger, erlebte schon die Zeit des aufkommenden Meistergesanges und war maßgeblich an der Entwicklung des deutschen Volksliedes beteiligt. Wolkenstein (Grödnertal/Süd-Tirol) verließ er zehnjährig als Knappe und bereiste Europa und den Orient, u. a. Russland, Persien, Griechenland, Italien, Spanien und Portugal.

1378: Die Wahl von zwei Päpsten löste das ›Abendländische Schisma‹ aus, welches bis zum 11.11.1417 währte.
Siehe Fußnote 47, Seite XIII.

1380: Schlacht von Kulikowo am Don. Sieg des Großfürstentums Moskau über die Tataren.

1386: Schlacht bei Sempach. Sieg der Eidgenossen über Österreich

1387-1412: Regentin Margarete (I.).
Siehe Doppeltafel, Seiten XXXIV/XXXV.

1389: Schlacht auf dem Amselfeld, Kosowo. Der Verlierer Serbien wurde zu einem türkischen Vasall.

1392: Die Vitalienbrüder eroberten die Insel Gotland

22.4.1393: Überfall der Vitalienbrüder auf Bergen

26.9.1395: Friede zu Falsterbo und Skanör. Eine der Bedingungen war der Verbot der Kaperfahrten durch die Herzöge von Mecklenburg.

25.9.1396: In der Schlacht bei Nikopolis wurde ein mehrheitlich aus ungarischen und französisch-burgundischen Kreuzfahrern bestehendes Heer durch eine osmanisch-serbische Streitmacht des Sultans Bayezid I. vernichtend geschlagen.

20.7.1397: Die Union von Kalmar wurde gebildet. Die drei Königreiche Dänemark, Norwegen und Schweden behielten ihre eigenen Gesetze und Verwaltungen, jedoch vereinigt unter dänischer Oberhoheit (König Erich von Pommern/Regentin Margarethe (I.)). Anhang, Seiten XXXII-XXXIII.

1398: Der Deutsche Orden landete mit einem Heer auf Gotland und vertrieb die Vitalienbrüder von der Insel.

1399: Widzel tom Brok, Bastard des Ritters Ocko tom Brok, Halbbruder und Vormund von Keno II. tom Brok, starb bei einer Fehde gegen Probst Hisko Abdena von Emden in den Flammen einer Kirche in welche er nach einem verlorenen Scharmützel geflohen war. Der weltliche und geistliche Herrscher von Emden ließ diese Kirche verbarrikadieren und anzünden, sodass Widzel tom Brok mit seinen Männern darin erstickte oder verbrannte.

4. oder 11.1.1400: Schlacht von Bergtheim, Unterfranken. Die aufständischen Bürger und Bauern Würzburgs unterlagen dem Heer des aus der Stadt vertriebenen Erzbischofs von Würzburg, Gerhard von Schwarzburg. Die Wortführer der Aufständischen wurden geköpft oder im Main ertränkt. Vier Patrizier des Rats wurden gevierteilt und zur Abschreckung an den Stadttoren von Würzburg aufgehängt.

20.8.1400: Vier der Kurfürsten trafen sich auf der Burg Lahneck in Oberlahnstein und setzten den Deutschen König Wenzel ab, welcher ›der Faule‹ genannt wurde und von 1378-1400 ›regierte‹. Er blieb jedoch bis zu seinem Tod 1419 König von Böhmen.

21.8.1400: Der Wittelsbacher Kurfürst Ruprecht III. von der Pfalz wurde einen Tag später auf der anderen Rheinseite in Rhens von drei Kurfürsten (Mainz, Trier und Köln) sowie durch seine eigene Stimme zum Deutschen König gewählt und herrschte als Ruprecht I. bis 1410.

20.10.1400: Hinrichtung von Klaus Störtebeker und seinen Kumpanen auf dem Grasbrook.

1401: Hinrichtung von Goedecke Michel und seinen Kumpanen auf dem Grasbrook.

20. Juli 1402: In der Schlacht bei Ankara (Angora) besiegte Timur (Tamerlan, Timur Lenk) Sultan Bayezid I. und nahm ihn gefangen. Der serbische Verbündete Stefan Lazarevic entkam mit seinem Heer.

1410: Erster ›Rezeß‹ (›Verfassung‹) der Stadt Hamburg. Aufgeführt waren unter anderem: Kein Bürger darf ohne Verhandlung verhaftet werden. / Vor einer Kriegserklärung muss der Rat erst die Zustimmung der Bürger einholen. / Der Rat darf niemandem freies Geleit zusichern, der Schulden bei Hamburger Bürgern hat / Untreue Bedienstete der Stadt sind zu entlassen.

15.7.1410: (Erste) Schlacht bei Tannenberg, Masuren. Das Heer des Deutschen Ordens unterlag dem Koalitionsheer des Königreichs Polen sowie des Großfürstentums Litauen.

1414-1418: Konzil zu Konstanz. Unter anderem erfolgte die Verbrennung von Johannes Hus trotz Zusicherung freien Geleits (1415). Am 11.11 (Martinstag) 1417 wurde der unehelich geborene Oddo di Colonna aus dem Hause der Conti zum Papst gewählt. Er gab sich den Papst-Namen Martin V. Dadurch wurde das Abendländische Schisma beendet.

1510: Hamburg wurde von Kaiser Maximilian I. zur Freien Reichsstadt ernannt.

1525: Sieg Hamburgs über Klaus Kniphof, dem letzten ›großen‹ Piraten der Nordsee.

1529: Der Hamburger Senat entschied sich für den Übertritt der Stadt zum evangelischen Glauben.

Anmerkung: Adel, hoher Klerus (meist adliger Abstammung) sowie Wohlhabende wurden größer und älter als die darbende Bevölkerung.
Die Durchschnittsgröße der Menschen betrug um 900 n. Chr. immerhin 172 cm und sank bis 1700 n. Chr. ab auf 168 cm.

SCOTLAND
GERMAN
OCEAN
KINGDOM OF DENMARK
DUCHY OF SCHLESWIG
Tir
Connail
Ulster
Sligo
TIR2
of
Man
Northumberland
YORK
Lancaster
MEATH
LINCOLN
Or-
mond
Leinster
KINGDOM
OF
ENGLAND
WALES
Norfolk
Suffolk
Essex
Kent
Somerset
Sussex
Devon
Cornwall
Friesland
Holstein
Meck-
lenburg
D.
BRL
Small States
Gelders
Brabant
of the
Meissen
Flanders
Burgundy
Artois
German Kingdom
Luxem-
burg
UP
Valois
Champagne
Duchy of NORMANDY
KINGDOM
DUCHY OF
BRITTANY
Maine
Orléans
Provence
Blois
Anjou
OF
Duchy & County
of Burgundy
Lor-
raine
Bas
Blan
Bavaria
Munich
TYROL
FOR.
Berry
Bourbon
Poitou
FRANCE
Angou-
lême
Limou-
sin
Auvergne
Forez
CANTABRIC
SEA
to
England
Périgord
Rou-
ergue
Counties of
Dauphiné
Savoy
Duchy of
Milan
Venice
Genoa
French
prot.
Armagnac
Albi
Provence
Eng.
Navarre
Narbonne
ASTURIAS
GALICIA
LEON
OLD
CASTILE
ARAGON
CATALONIA
Della
Rocca
ST
PETER
KINGDOM
OF CASTILE
KINGDOM
OF ARAGON
ARBOREA
EXTRE-
MADURA
NEW
CASTILE
VALENCIA
MURCIA
COR-
DOVA
JAEN
SEVILLE
MEDITERRANEAN
KINGDOM
OF GRANADA
to Aragon
ZAYYANID
KINGDOM
HAFSID
KINGDOM
Emirate
of the Zab
Gafsa
and Tozer

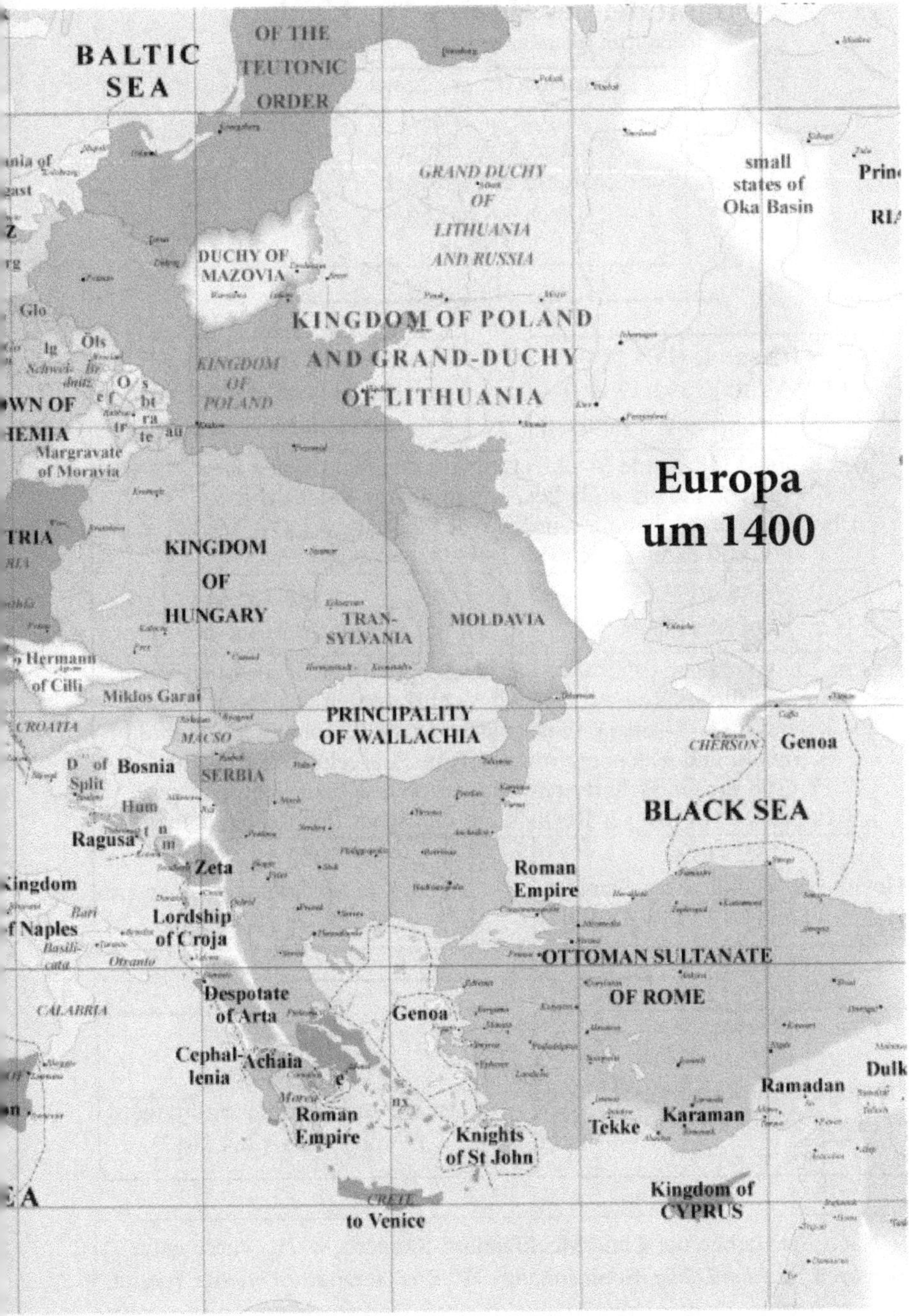
BALTIC SEA
OF THE TEUTONIC ORDER
GRAND DUCHY OF LITHUANIA AND RUSSIA
small states of Oka Basin
DUCHY OF MAZOVIA
KINGDOM OF POLAND AND GRAND-DUCHY OF LITHUANIA
KINGDOM OF POLAND
Margravate of Moravia
Europa um 1400
KINGDOM OF HUNGARY
TRAN-SYLVANIA
MOLDAVIA
of Cilli
Miklos Garai
PRINCIPALITY OF WALLACHIA
CROATIA
MACSO
Bosnia
SERBIA
CHERSON
Genoa
BLACK SEA
Hum
Ragusa
Zeta
Roman Empire
Lordship of Croja
OTTOMAN SULTANATE OF ROME
Otranto
CALABRIA
Despotate of Arta
Genoa
Cephal-lenia
Achaia
Roman Empire
Knights of St John
Tekke
Karaman
Ramadan
Kingdom of CYPRUS
CRETE to Venice

Stammtafel des Hauses Mecklenburg

männliche Hauptlinien im 14. Jahrhundert

Heinrich II., *der Löwe*
1287-1329
Fürst zu Mecklenburg, Stargard und Rostock
(*(nach 4.4.) 1266 - † 21.1.1329)

Johann I. (IV.)
1329(Vorm.)/1344-1348
Fürst zu Mecklenburg, Mitregent

Albrecht II., *der Große*
1329(Vorm.)/1336-1348
Fürst zu Mecklenburg

Am 8. Juli 1348 wurde Mecklenburg aus der sächsischen Herrschaft gelöst und ein erbliches, unmittelbares Reichslehen. Albrecht II. und Johann I. wurden von Kaiser Karl IV. zu Herzögen und damit in den Reichsfürstenstand erhoben.

Johann I.: 1348-1352
Herzog zu Mecklenburg

Albrecht II.: 1348-1352
Herzog zu Mecklenburg

Am 25. November 1352 wurde das Herzogtum geteilt, verblieb aber ein einheitliches Reichslehen. Albrecht II. erhielt das Stammland (Mikelenburg b. Wismar), sein Bruder bekam als Johann I. Stargard, Sternberg und Eldenburg mit der Ture. Albrecht II. kaufte am 7.12.1358 die Grafschaft Schwerin, erhob die Stadt Schwerin zur Residenz. 1370 löste er Rostock aus dänischer Lehnsshoheit aus.

Johann I.: 1352-1392
Herzog zu Mecklenburg-Stargard
(*1326 - † zw. 9.8.1392 u. 9.2.1393)

Albrecht II.: 1352-1379
Herzog zu Mecklenburg-Schwerin
(*1318 - † 18.2.1379)

Söhne Johanns I.:

Johann II.
1392/1393-1416
Herzog zu Mecklenburg-Stargard
(* vor 1370 - † zw. 6.7.1416 u. 9.10.1416)

Ulrich I.
1392/1393-1417
Herzog zu Mecklenburg-Stargard
(* vor 1382 - † 8.4.1417)

Nach Aussterben der Linie Mecklenburg-Stargard, 1471, wurde unter Heinrich IV., *der Dicke*, Sohn Johanns IV., das Herzogtum wieder vereint.

Heinrich III., *der Hänger*
1379-1383
Herzog zu Mecklenburg-Schwerin
(* um 1337 - † 24.4.1383)

Albrecht IV.
1383-1388
Herzog zu Mecklenburg-Schwerin, Mitregent
1375/1376
Als Enkel von König Waldemar IV. "Atterdag" Bewerber um die Krone von Dänemark
(* vor 1363 - † zw. 24. u. 31. 12.1388)

Albrecht III.
18.2.1364-24.2.1389
König von Schweden
1384-1412
Herzog zu Mecklenburg-Schwerin
1384-1395
Johann IV. an seiner statt
Regent in Mecklenburg-Schwerin
24.2.1389-26.9.1395
in dänischer Gefangenschaft
"hinter schwedischen Gardinen"
(* zw. 1338 u. 1340 - † 1.3.1412)

Erich (I.)
bis 1389
Kronprinz von Schweden
bis 1397
Herzog zu Mecklenburg-Schwerin, Mitregent
24.2.1389-26.9.1395
in dänischer Gefangenschaft
"hinter schwedischen Gardinen"
1396-1397
Rückeroberung Gotlands – Sten Sture, der Statthalter Dänemarks, wurde unterworfen
(* zw. 1359 u. 1365 - † 26.7.1397 in Visby/Gotland)

Magnus I.
1383-1384
Herzog zu Mecklenburg-Schwerin
(* um 1345 - † 1.9.1384)

Johann IV.
1384-1422
Herzog zu Mecklenburg-Schwerin
1384-1395
Regent für Albrecht III. in Mecklenburg-Schwerin
1395-1422
Mitregent v. Albr. III. und Albr. V.
(* zw. 1365 u. 1370 - † 16.10.1422)

Das Land wurde, mit kurzen Unterbrechungen, von Niklot, Fürst (König) der slawischen Obodriten, bis Friedrich Franz IV. von 1131 - 1918 regiert. Somit war das Haus Mecklenburg das am Längsten regierende Fürstengeschlecht in Deutschland. Der direkte Mannesstamm starb 2001 aus.

Schweden männl. Königswahl d. Reichsrat	**Norwegen** männliches Erbkönigtum
Magnus II. Eriksson 1319 - 1364 König von Schweden (* 1316 - † 1.11./12.1374) ↔	**Magnus VII. Eriksson** 1319 - 1355 König von Norwegen, gab Thron ab an Sohn Hakon VI., regierte in Schweden weiter (* 1316 - † 1.12.1374)
Erik XII. 1357 - 1359 Mit-König von Schweden (Regent v. Finnland, Schonen) (* 1337 - † 21.6.1359)	**Hakon VI. Magnusson** 1355 - 1380 König von Norwegen (* um 1339 - † 1.5.1380)
Hakon VI. Magnusson 1362 - 1364 Mit-König von Schweden (* 1339 - † 1.5.1380) ↔	**Olav IV. Hakonsson** 1380 - 1386 König von Norwegen unter Vormundschaft seiner Mutter, der Regentin Margarethe 1386 - 1387 König von Norwegen (Letzter d. Linie d. Ynglinger) (* Dezember 1370 - † 3.8.1387) ←
Albrecht (III.) von Mecklenburg 1364-1389 König von Schweden (* um 1338 - † 1.3.1412)	
Erik XIII. 1396 (Vorm.) /17.6.1397 - 1441 König von Schweden * ca. 1382 (als Bogislaw) - † 16.6.1459) ↔	**Erik IV.** 1389 (Vorm.) /17.6.1397 - 1442 König von Norwegen * ca. 1382 (als Bogislaw) - † 16.6.1459) ←

Kalmarer Union ab 17.6.1397
Dänemark dominierte die Union bis 1523 (Austritt Schwedens/König Gustav Wasa

Dänemark

männl. Königswahl d. Reichsrat

Waldemar IV., "Atterdag" 1340 -1375 König von Dänemark 1360 Besetzung von Schonen 1361 Eroberung von Gotland (* um 1321 - † 24.10.1375) Seine ältere Tochter Ingeborg heiratete Herzog Heinrich III. von Mecklenburg-Schwerin. Seine jüngere Tochter Margarethe heiratete Hakon VI. Magnusson, König von Norwegen.
Olaf III. 1376 - 1386 König von Dänemark unter Vormundschaft seiner Mutter, der Regentin Margarethe 1386 - 1387 König von Dänemark (* Dezember 1370 - † 3.8.1387)
Erik VII. 1396 (Vorm.) /17.6.1397 - 1443 König von Dänemark * ca. 1382 (als Bogislaw) - † 16.6.1459)
sowie 1814 (Unabhängigkeit Norwegens)

↔ Personalunion

——— Vater – Sohn

--------- Großvater – Enkel

Pommern-Stolp

selbständiges Herzogtum,
ab 2. Nov. 1390 Lehen
des Königs von Polen

Wartislaw VII. Herzog von Pommern-Stolp (*1362 - † 24.2.1395, ermordet) Seine Frau war Maria von Mecklenburg-Schwerin, die Enkelin von Waldemar IV. "Atterdag"
Erich I. 1395 - 1459 Herzog von Pommern-Stolp * ca. 1382 (als Bogislaw) - † 16.6.1459) herrschte 1439 - 1449 üb. Gotland regierte als Herzog 1449 - 1459 in Rügenwald/Pommern

Das Ringen um die dänische Krone – der Erfolg der Regentin Margarethe (I.)

Heilwig von Schleswig
Tochter von Herzog
Erich II. von Schleswig
(* um 1320 - † 1374)
Hochzeit 1340

⚭

Waldemar IV., "Atterdag"
1340 -1375
König von Dänemark
(* um 1321 - † 24./25.10.1375)

Heinrich III., *der Hänger*
1379-1383
Herzog zu Mecklenburg-Schwerin
(* um 1337 - † 24.4.1383)

⚭

(1) Ingeborg
Herzogin von Mecklenburg-Schwerin
(* 1.4.1347 - † spät. 16.6.1370)
Hochzeit 1362

(1) Albrecht
Als Enkel von König Waldemar IV. "Atterdag" erster Bewerber um die Krone von Dänemark
Albrecht IV.
1383-1388
Herzog zu Mecklenburg-Schwerin, Mitregent
(* vor 1363 - † zw. 24. u. 31. 12.1388)

Wartislaw VII.
Herzog von Pommern-Stolp
(* 1362 - † 24.2.1395, ermordet)

⚭

Maria v. Mecklenburg-Schwerin
(* 1363 - † 13.5.1402)
Hochzeit 1380

———
Eltern – Kind

Adoption

------►
Thronanspruch
(...): Rang des Anspruchs

(2) Margarethe (I.)
(* 1352 - † 28.10.1412 Flensburg)
Vom 9.4.1363 (Heirat elfjährig in Kopenhagen) bis 1.5.1380 (Tod ihres Gemahls) Königin von Norwegen. Bis zu ihrem Tod 1412 Königin-Witwe von Norwegen

Nach dem Tod ihres Vaters, Waldemar IV., beeinflusste Margarethe den dänischen Reichsrat

Der dänische Reichsrat entschied sich gegen (1) Albrecht und für (2) Olaf. Der Danehof, die Adelsversammlung, bestellte am 3.5.1376 den fünfjährigen Olaf zum König von Dänemark

Margarethe regierte für ihren unmündigen Sohn bis 1386; ab 1380 auch in Norwegen

Olaf war ab 1386 König von Dänemark und Norwegen bis zu seinem Tod 1387

Am 10.8.1387 wurde Margarethe vom Reichsrat zur Reichsverweserin mit Königsgewalt berufen.

1389 adoptierte Margarethe ihren Großneffen Bogislaw/Erich

Der Reichsrat von Dänemark entschied sich gegen Mecklenburger Erbansprüche für Erich/Erik als König

Margarethe regierte für ihren unmündigen Adoptivsohn bis 1397 – de facto bis zu ihrem Tod 1412

Margarethe (I.) war nie Königin von Dänemark (Norwegen,. s. o.)

⚭

Hakon VI. Magnusson
1355 - 1380
König von Norwegen
(* um 1339 - † 1.5.1380)

(2) Olaf
Als Enkel von König Waldemar IV. "Atterdag" zweiter Bewerber um die Krone von Dänemark
Olaf III.
1376 - 1386
König von Dänemark
unter Vormundschaft seiner Mutter,
der Regentin Margarethe
1386 - 3.8.1387
König von Dänemark
Olav IV. Hakonsson
1380 - 1386
König von Norwegen
unter Vormundschaft seiner Mutter,
der Regentin Margarethe
1386 - 3.8.1387
König von Norwegen
(* Dezember 1370 - † 3.8.1387)

Erich (Bogislaw)
wurde 1389 von seiner Großtante Margarethe adoptiert
Erik VII.
1396 (Vorm.) /17.6.1397 - 1443
König von Dänemark
* ca. 1382 (als Bogislaw) - † 16.6.1459)

DAS HEILIGE RÖMISCHE REICH
um 1400
Askanier
Habsburger
Luxemburger
Mecklenburg (Obodriten)
Schauenburger
Wettiner
Welfen
Wittelsbach Pfälzische Linie
Wittelsbach Bayerische Linien
Gft. Hennegau, Gft. Holland, Gft. Seeland zu Linie Bayern-Straubing-Holland (Friesland Einflussgebiet)
Zähringer
Geistliche Gebiete
Reichsstädte
Nicht darstellbare Kleinstterritorien
Grenze des Heiligen Römischen Reiches
Kondominate sind als schraffierte Flächen dargestellt
0 50 100 150 200
Kilometer
NORDSEE
Freie friesische Länder
Groningen
Jever
Emden
Gft. Oldenburg
Utrecht
Gft. Holland
A'dam
Hzm. Geldern
Bm. Utrecht
Arnheim
Rotterdam
Gft. Seeland
Hft. Breda
Hzgtm. Brabant
Brüssel
Gent
Grafschaft Flandern
Gft. Hennegau
Mons
Bm. Kamerich
Lüttich
Gft. Namur
Namur
Herzogtum Luxemburg
Hzm. Jülich
Jülich
Limburg
Gft. Cleve
Cleve
Erzbistum
Köln
Gft. Berg
Gft. Mark
Hzm. Westfalen
Bistum Münster
Münster
Gft. Tecklenburg
Gft. Bentheim
Meppen
Bm. Osnabrück
Osnabrück
Ravensberg
Gft. Lippe
Detmold
Bm. Paderborn
Gft. Waldeck
Gft. Ziegenhain
Lgft.
Gießen
Marburg
Siegen
Gft. Sayn
Gft. Wied
Gft. Solms
Nassau
Koblenz
Gft. Neuenahr
bistum Trier
Gft. Sponheim
Mainz
Hanau
Gft. Hoya
Gft. Diepholz
Minden
Erzbis Bren
Land Hadeln
Amt Ahaus
Essen
Duisburg
Lüdenscheid
Arnsberg
Cloppenburg
Abtei Stablo-Malmedy
Gft. Salm
Hft. Enghien
Gft. Hoorn
Gft. Katzen-ellnbogen
Aschaffenburg

KÖNIGREICH
DÄNEMARK
Kopenhagen
OSTSEE
Kiel
Gft. Holstein-Kiel
Bm. Lübeck
Gft. Holstein-Rendsburg
z. Gft. Schaumburg
Stralsund
Greifswald
Rostock
Fsm.
Güstrow
Werle
Herzogtum
Pommern
Kolberg
Bistum Cammin
Bm. Ratzeburg
Hzm.
Bm. Schwerin
Schwerin
Hzm. Sachsen-Lauenburg
Mecklenburg-Schwerin
Stargard
Hzm. Mecklenburg-Stargard
Lauenburg
Lüneburg
Hzm. Braunschweig-Lüneburg
Hft. Ruppin
Ruppin
Mark Brandenburg
Bm. Havelberg
Altmark
Stendal
Aller
Berlin
Cölln
Bm. Brandenburg
LE
FW
Hannover
Hzm. Braunschweig-Wolfenbüttel
Braunschweig
Wolfenbüttel
Erzbm. Magdeburg
z. Brandenburg
Magdeburg
Bm. Hildesheim
Hildesheim
Gft. Spiegelberg
Bistum Halberstadt
z. Ebm. Magdeburg
Kfm. Sachsen
Elbe
Oder
Mgft. Lausitz
Cottbus
Hzm. Braunschweig-Göttingen
Göttingen
Gft. Blankenburg
Gft. Anhalt
Gft. Hohnstein
Gft. Mansfeld
(z. Ebm. Mainz)
Eichsfeld
Gft. Torgau
Bm. Merseburg
Leipzig
Osterland
Mgft. Meissen
Meissen
Dresden
Herzogtum
Liegnitz
Hessen
Lgft. Thüringen
Eisenach
Erfurt
Weimar
Altenburg
Chemnitz
Bgft. Dohna
Aussig
Hersfeld
Abtei Fulda
Fulda
Gft. Schwarzburg
Mgft. Vogtland
Hft. Schönburg
Gft. Waldburg
Zwickau
Plauen
Bgft. Meissen
Gft. Henneberg
Bm. Bamberg
Coburg
Gft. Truhendingen
Würzburg
Main
Elbe
Prag
Königreich Böhmen

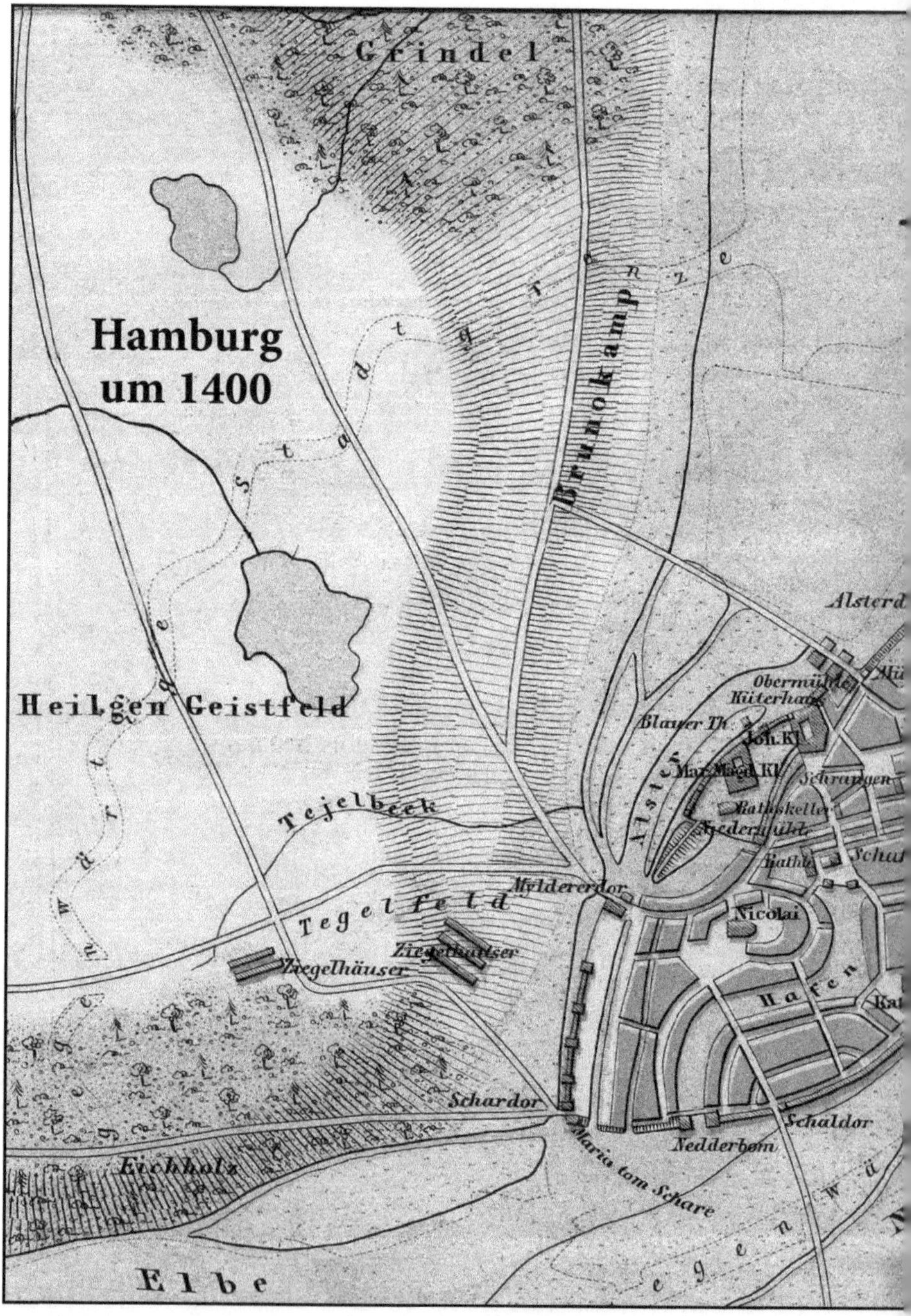
Hamburg
um 1400
Grindel
Brunokamp
Heilgen Geistfeld
Tejelbeek
Tegel Feld
Ziegelhäuser
Schardor
Eichholz
Elbe
Alster
Obermühle
Küterhaus
Blauer Th
Joh. Kl
Mar. Magd. Kl
Schrangen
Rathskeller
Nedermühl
Rathh
Myldererdor
Nicolai
Hafen
Schaldor
Nedderbom
Maria tom Schare

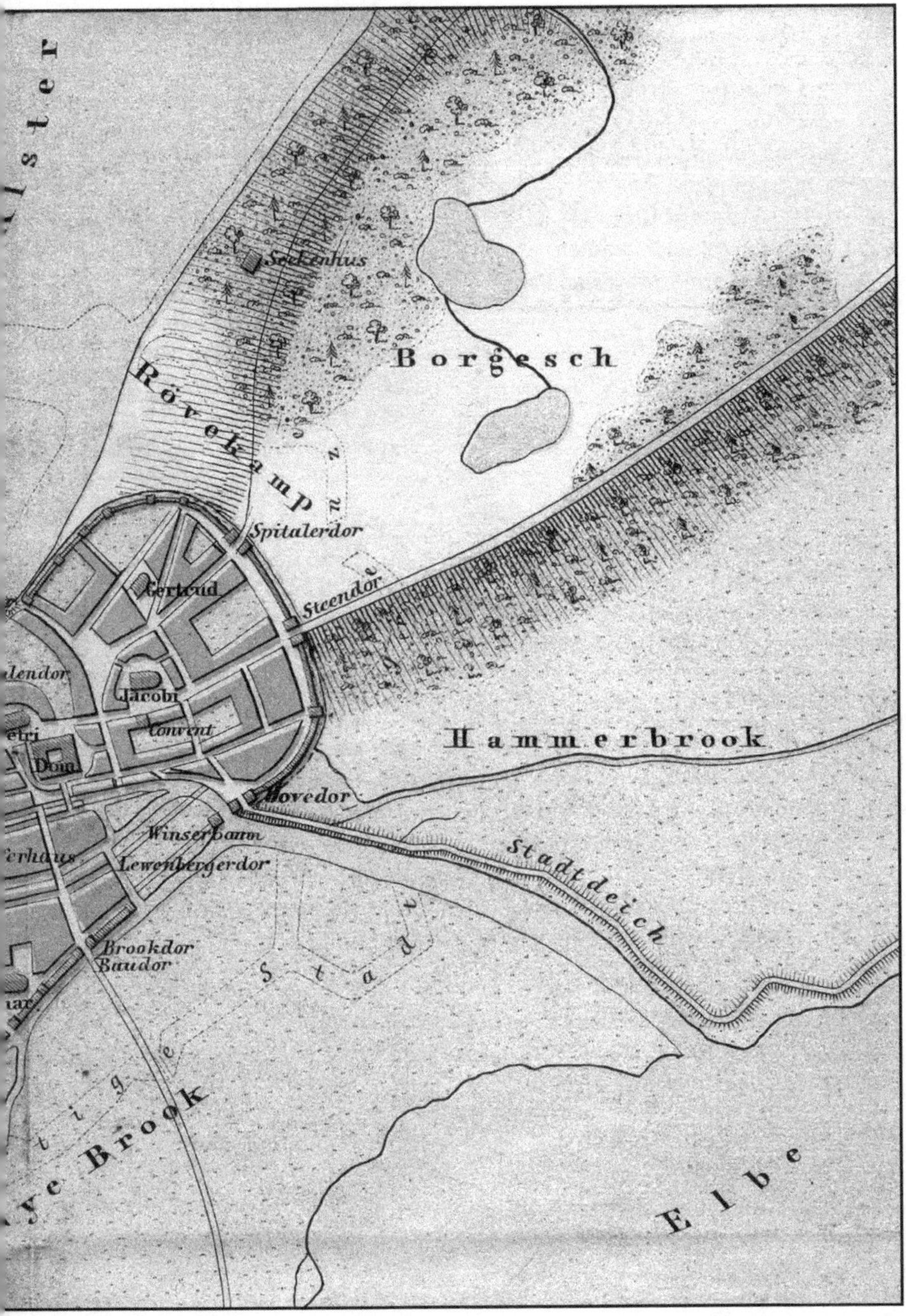
Borgesch
Röverkamp
Seekenhus
Spitalerdor
Steendor
Gertrud
Jacobi
Convent
Dom
Hovedor
Winserbaum
Lewenbergerdor
Brookdor
Baudor
Hammerbrook
Stadtdeich
Elbe

Stammtafel des

Doda (tom Brok)
(* um 1347 - † ?)
heiratet Edzard Cirksena
von Appingen-Greetsiel
(* 1340 - † 1406).
Deren Nachkommen werden
Reichsgrafen von Ostfriesland

Elborg Elbrich (tom Brok)
(* um 1345 - † um 1372)
heiratet um 1370
Haro Aildesna von Groß-Faldern

Ihmel (Kenisna) tom Brok
Erbe, tödlicher Reitunfall
(* um 1330 - † 1372)
heiratet Hebe (Heba) von Hinte

Folkmar Allena
von Osterhusen und Hinte
(Groothusen)
(* vor 1350 - † 1406)

⚭

Adda (tom Brok)
Folkmarsna von Hinte,
heiratet um 1372 o. 1380
(* um 1360 - † 1421)

Nach dem Tod von Keno I. tom Brok, 1376, reisten seine beiden Töchter, die Häuptlingsfrauen Elborg und Doda, übers Land nach Italien. Sie wollten ihren Bruder Ocko in die Heimat zurückholen, damit er Foelke Kampana heiratet und die Herrschaft übers Brokmerland übernimmt. Sie überzeugten die Königin Johanna von Neapel davon, Ocko tom Brok gehen zu lassen. Zuvor jedoch schlug sie ihn für seine ihr geleisteten Dienste zum Ritter.

Nach der “Schlacht bei Loppersum”, 1379, setzte Ocko I. tom Brok seinen Erbschaftsanspruch durch gegen seine Nichte Adda und deren Gemahl Folkmar Allena von Osterhusen.

1391 belagerte Folkmar Allena die Burg Aurich. Um zu verhandeln, trat Ocko I. vor die schützenden Mauern. Auf dem Rückweg in die Burg wurde er hinterücks ermordet.

1399 flüchtete sein Bastard Widzelt nach einem Kampf gegen Probst Hisko Abdena in die Kirche von Detern. Jedoch wurde das Gotteshaus angesteckt und Widzelt erstickte oder verbrannte mitsamt seinen Getreuen.

Hauses tom Brok

Keno (Hilmerisna) I. tom Brok
1347/1371-1376
Häuptling des Brokmerlandes
(* um 1310 - † 1376)

Ocko I. tom Brok
1376-1391 (o. 1389)
Häuptling des Brokmerlandes
(* um 1340/45 - † 7.8.1391)

ꝏ

(Quade) Foelke Kampana
von Hinte
Hochzeit 1377
(* um 1355 - † (16.8.1417/4.8.1419)

Widzel(t) Kenisna (tom Brok)
Mutter unbekannt, 1391-1399
Regent des Brokmerlandes
als Vormund für Keno II., nennt
sich jedoch seit 1398 selbst
Häuptling des Brokmerlandes
(* vor 1380 - † 25.4.1399)

Ocka tom Brok
(* um 1381 - † 1397)
heiratet Lütet Attena
von Dornum und Nesse

Lütet Attena ließ seine Frau Ocka wegen wiederholten Ehebruchs erst mittels einer Garotte erdrosseln, bevor ihr Leichnam gesteinigt wurde. 1410 nahm Keno II. tom Brok die Norderburg ein und ließ Lütet sowie dessen Vater Hero Attena von Dornum im Burghof köpfen.

Keno II. tom Brok
1399-1417
Häuptling des Brokmerlandes
(* um 1380 - † 16.8.1417)

Ocko II. tom Brok
1417-1427
Häuptling des Brokmerlandes
(* 1407 - † 1435)

Tetta tom Brok
(* um 1382 - † 1426)
heiratet
Sibet Papinga von Rüstringen

Nach der "Schlacht auf den Wilden Äckern" bei Upgant, Ende Okt. 1427, verlor Ocko II. tom Brok seine Herrschaft an Focko Ukena von Leer. Dieser jedoch verlor später seine Herrschaft – wie die meisten friesischen Häuptlinge – an die Cirksena von Appingen-Greetsiel, deren Nachkommen ab 1464 Reichsgrafen von ganz Ostfriesland waren (bis 1744).

Das Innere einer Hansekogge

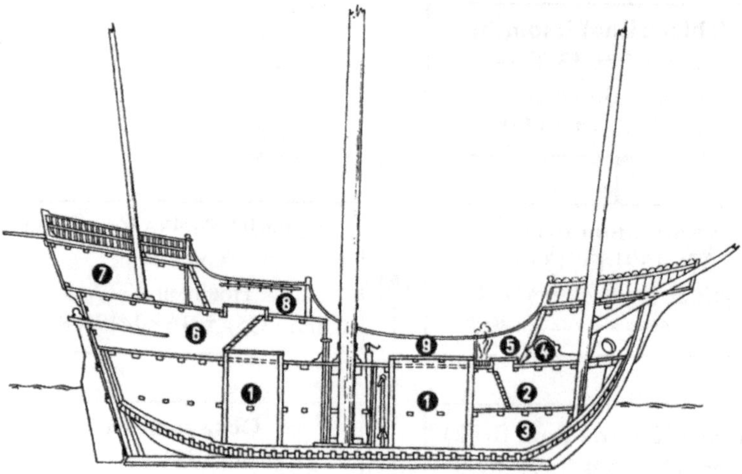

1 Laderäume
2 Proviantraum (in Verbindung mit der darüberliegenden Kombüse (5))
3 Kabelgatt (Raum zum Aufbewahren von Werkzeug, Segeltuch und Tauwerk; das ›Ersatzteillager‹ des Schiffes)
4 Bratspill (Winde zum Aufwinden des Ankers)
5 Kombüse (vgl. auch den Herd mit angedeutetem offenen Feuer) mit Luke und Niedergang zu Proviantraum und Kabelgatt
6 Ruderstand (vgl. auch die in den Raum hineinragende Ruderpinne. Das Ruder sitzt am Heck des Schiffes, nicht mehr seitlich wie bei den Wikingerbooten
7 Kapitänskajüte
8 Halbdeck (mit Luke und Niedergang zum Ruderstand)
9 Großdeck (mit einer breiten Luke zum vorderen Laderaum 1)

Länge über alles: ca. 27 m
Breite über alles: ca. 7 m
Tiefgang: ca. 3 m
Ladefähigkeit: 120-200 t
Segelleistung: 4-6 Seemeilen/Stunde (1 Seemeile = 1,853 km)
Ladezeit (Be- und Entladen): je ca. 1 Woche

Der Ostseehandel

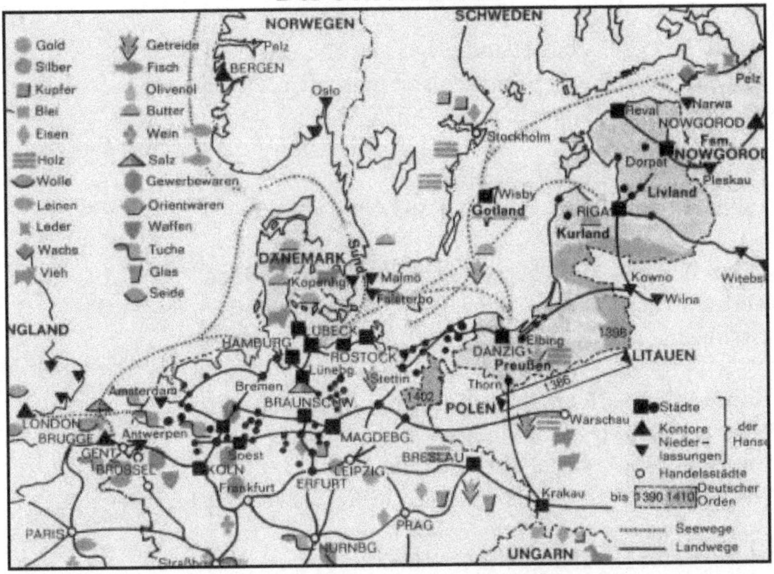

Die Ausdehnung des Deutschen Ordens

Quellenverzeichnis

Deutsche Geschichte, Herausgeber Joachim Leuschner, Band 3,
Joachim Leuschner – "Deutschland im späten Mittelalter"
Vandenhoek & Ruprecht, ISBN 3-525-33492-3

Dieter Zimmerling – "Die Hanse"
Wilhelm Heyne Verlag, ISBN 3-453-00770-0

Harm Bents – „Störtebeker – Dichtung und Wahrheit"
Verlag Soltau-Kurier-Norden, ISBN 3-922365-82-5
Grafiken S. 12a, 12c, 120a

Konrad Gatz – "Kauffahrer, Krämer und Handelsherren"
Historisches Wirtschaftsarchiv
Imprint des Salzwasser Verlags, Paderborn.
Nachdruck des Originals von 1941, ISBN: 978-3-86383-155-4

Museum für Hamburgische Geschichte 2001,
Herausgeber Prof. Dr. Jörgen Bracker –
"Gottes Freund – aller Welt Feind"
ISBN 3-9805772-5-2, Grafik S. 74 a

Hansische Studien XV, Herausgeber Wilfried Ehbrecht –
"Störtebeker – 600 Jahre nach seinem Tod"
Porta Alba Verlag Trier, ISBN 3-933701-14-7

Karl Rudolf Schnith, Herausgeber –
"Frauen des Mittelalters in Lebensbildern"
Verlag Styria, ISBN 3-222-12467-1

Robert Fossier – "Das Leben im Mittelalter"
Piper Verlag GmbH, ISBN 978-3-492-25720-6

Matthias Puhle – "Die Vitalienbrüder"
Campus Verlag, ISBN 3-593-34525-0

Geschichte 290
Hexenwahn und Hexenverfolgung 1500 – 1800
Dozent: Prof. Dr. Wilhelm Liebhart

XLIV

Andrea Baresel-Brand – Grabdenkmäler nordeuropäischer Fürstenhäuser im Zeitalter der Renaissance (Auszüge)

eMecklenburg –
Informationssystem zur Familienforschung in Mecklenburg

Ökumenisches Heiligenlexikon
www.heiligenlexikon.de

div. Internetrecherchen

Wikipedia

Hamburg um 1400, aus: E. H. Wichmann: Heimatkunde, 1863

Karte des Heiligen Römischen Reiches 1400
Ziegelbrenner - own drawing
http://de.wikipedia.org/wiki/Benutzer:Ziegelbrenner

Hundsgugel –
Foto: Sandstein, Kunsthistorisches Museum, Wien;
Schöpfer: Meister "A", Mailand, ca. 1400-1410

Laden einer Arbalest –
Quelle: Pearson Scott Foresman, Wikipedia

Scheibendolch –
Quelle: foro arcoflis

Hansekogge –
Quelle: Gabriele Weis

Sämtliche Daten und Angaben ohne Gewähr.
Der Anhang ist kein wissenschaftliches Dokument.